Cyrus Darbandi

Das Licht der Toten

aufbau

CYRUS DARBANDI

DAS LICHT DER TOTEN

ROMAN

aufbau

ISBN 978-3-351-03554-9

Aufbau ist eine Marke der Aufbau Verlag GmbH & Co. KG

1. Auflage 2013

Einbandgestaltung Sabine Kwauka
Herstellung Henning Däuber
Satz LVD GmbH, Berlin
Druck und Binden CPI – Clausen & Bosse, Leck
Printed in Germany

www.aufbau-verlag.de

JOHANNES, ELF-ZEHN

»Wer aber des Nachts wandelt, der stößt sich; denn es ist kein Licht in ihm.«

SLAYER, SOUTH OF HEAVEN

»Before you see the light / you must die.«

PROLOG

Du warst schon einmal hier in dieser Stadt, in einem anderen Körper, in einem anderen Leben; eingeschlossen wie ein Insekt in Bernstein ist die Zeit für dich jedoch nicht vergangen.

Hier oben auf dem Dach lockt dich der Wind, zerrt und zieht an dir wie ein ungeduldiger Spielkamerad, flüstert dir zu, dass hinter der Kante und über den Rand hinaus Trost, Freiheit, Vergessen warten.

Dein Körper wird sich von dir trennen, unnützer Ballast all die Jahre lang, du wirst ihn über Bord werfen wie einen Seesack, in dem all der Schmerz, die Scham, die Angst verschnürt sind.

Du stellst dich an den Rand, und in den wenigen Schritten von einer Kante zur anderen entledigst du dich deiner Geschichte: zuletzt nicht mehr als ein Haufen abgetragener Klamotten, an denen der üble Geruch deiner Kindheit haftet.

Blickst hinaus in die trostlose Weite und hinunter in den tröstlichen Abgrund, vergewisserst dich, dass dein Ende nicht auch das eines anderen bedeutet.

Du hast keine Angst vor dem Tod – du bist schon einmal gestorben, und dass du gerettet wurdest, war nicht dein Verdienst; all die Jahre, die darauf folgten, erschienen dir immer falsch, so als hättest du dir die unvorhergesehene Lebenszeit erschwindelt, zumindest aber nicht verdient.

Ein schon zu Lebzeiten Verlorener.

Immerhin: Du hast lange durchgehalten, viel länger, als du glaubtest, es zu können; ein Mann voller Verstecke, dunkler Winkel, verbotener Räume, ein immerzu maskierter Mann.

Dieser Mann stand morgens auf, küsste seine Frau, weckte die

Kinder, duschte, kochte Kaffee, briet Eier, las Zeitung, brachte die Kinder zur Schule, fuhr zur Arbeit, arbeitete, funktionierte, fuhr nach Hause, redete über den Tag, über dieses und jenes, sammelte, sortierte Worte, achtete auf seinen Zungenschlag, tat interessiert, aufmerksam. Aber niemand wird jemals wissen, wie viel Kraft es ihn kostete, in der Sonne zu stehen, unter einem blauen Himmel, an einem Strand mit den Menschen, die ihn lieben, und dabei die Hände in den Taschen zu Fäusten zu ballen, mit dem dringenden Verlangen, sie sich in den Rachen zu stopfen, um die Schreie des Kindes dort drinnen zu ersticken.

Oder in der Rushhour panisch auszuscheren, in eine Seitenstraße hinein oder unter eine zugemüllte Autobahnbrücke zu fliehen, weil ein plötzlicher Weinkrampf über ihn hereinbrach, seine Sicht verschleierte und seine Seele verschattete.

Ein Mann, der sein Leben lang damit verbrachte, sich selbst zu vergessen, der nachts auf die sich an den Felsen brechenden Wellen sah und seinen Körper dort hineinwünschte, und über ihm zogen Sturmwolken, in denen Blitze wie grelle Schnappschüsse aus der Hölle aufleuchteten über dem Pazifik, und Schatten krochen aus der Dunkelheit, vermischten sich mit dem Schatten, den er selbst auf der Veranda seines Hauses warf, und darin starrten glühende Augen auf das Kind, das sich zitternd und geschunden in ihm verbarg.

Erinnerungen wie deine sind Terroristen der Seele, es ist ihnen egal, wo und wann sie zuschlagen.

Wer wird um dich trauern?

Deine Familie am anderen Ende der Welt. Deine Familie – und sie zu gründen, war deine Entscheidung. Nach Australien zu gehen – deine Entscheidung.

Wie viel von dem, was wir erleben, ist von uns gewählt – und wie viel geschieht uns einfach? Stand das, was dir als Kind geschah, zwischen den Sternen geschrieben, oder war es nur die grauenhafte Laune eines bösen Gottes, ein Zufall, Pech?

Da war ein wenig Glück gewesen – eine vergleichsweise unverschämt mickrige Entschädigung für das Grauen, Brotkrumen auf verbranntem Boden.

Zwei Töchter, jetzt erwachsen, jetzt außer Haus, und deine dich liebende Frau, die sich nie über deine depressive Distanziertheit, die sie irrtümlich anfangs als eine Art linkische Schüchternheit missverstand, beschwerte.

Sie werden um dich weinen, zumindest eine Zeitlang.

Aber du machst dir keine Illusionen.

Der Winter wird gehen, der Sommer kommen, und mit ihm der von ihrer Seite aus gehegte Wunsch, weiterleben zu dürfen. Was von dir bleiben wird, ist am Ende nicht mehr als dein Gesicht hinter dem dünnen Glas eines Bilderrahmens.

Und Fragen.

Manchmal endet es mit Fragen, die unbeantwortet bleiben.

Wer bleibt zurück?

Du denkst an Lydia. An eure letzte Begegnung, gestern.

Als sie die Entscheidung in deinen Augen las.

In deinen Augen lag die Wahrheit in einem scharfen, schrecklich grellen Licht, während du gleichzeitig schamlos logst. Wie gut es dir ging, wie stark du seist und bereit, ja bereit, für die letzte Konfrontation mit deiner Mutter, eurer Nemesis.

Stark aber warst du nie, bereit schon gar nicht.

Nur entsetzlich müde.

»Tu's nicht«, sagte Lydia, als sie dir die Adresse gab. »Was auch immer du vorhast, tu's nicht.«

Aber sie sprach bereits zu einem toten Mann.

Der letzte Mensch auf Erden. Der letzte Mensch in Berlin. Du klopfst Sturm in der Gegenwart, und ein Orkan aus der Vergangenheit öffnet dir. Du gibst ihr eine Minute, dann noch eine, bis die Erkenntnis, dass du es bist, wahrhaftig und leibhaftig wie ein Gift in sie einsickert.

»Du also … dass du noch lebst … deine Schwester war mal

hier … ist lange her … hat mir nichts von dir erzählt. Wo zum Teufel bist du so lange abgeblieben? Ich hielt dich für tot, aber selbst das hast du nicht hingekriegt.«

Sie fragt nicht, was du machst. Wie du lebst. Deine Gegenwart ist unwichtig. Für sie zählt nur die Vergangenheit. Als deine Schwester nach Jahren bei ihr auftauchte, war sie bitter enttäuscht. Du warst es, den sie sehen wollte. Sie löcherte Lydia mit Fragen nach deinem Aufenthaltsort. Als Lydia dich ihr verweigerte, wurde sie so handgreiflich wie eh und je. Dabei habt ihr beide euch doch nie wirklich verloren, nicht wahr?

Und du fragst dich, ob du in ihren Träumen so weiterexistiert hast wie sie in deinen …

Und du kennst die Antwort: natürlich.

Ihr sitzt euch gegenüber, und sie lässt die Schnapsflasche kreisen. Je mehr sie in sich hineinschüttet, ungeniert, hemmungslos, außer Kontrolle, desto mehr verwandelt sie sich zurück in die Frau mit den kalten Augen. Die Erinnerung setzt mit einer effizienten Gnadenlosigkeit ein, die Hände der Zeit rücken ihr zerstörtes Gesicht zurecht, glätten die Falten, und auch du stürzt zurück in deine Kindheit. Du wirst kleiner und kleiner in ihrer Gegenwart, während sie größer und stärker wird. Und dann ist es wie gestern, als sie dich mit ihren langen spinnenartigen Fingern berührt und an sich zieht. An ihren Busen, deine Hand in ihren Schoß legt, während sie dich so küsst, wie eine Mutter ihr Kind nicht zu küssen hat. Aber dir geschah es, und es geschieht wieder. Und sie sagt die gleichen Worte, dieselben Aufforderungen, mit ihr etwas zu machen, was ihr gut tut … weil ein Junge seine Mama lieben muss … Doch je länger du ihr zuhörst, desto mehr spürst du die Dämonen in dir anwachsen wie die gerechte Wut aller misshandelten Menschen. Wie kleine, verborgene Tiere flitzen sie in dir umher. Ja, du hast ihr Gesicht noch einmal sehen wollen, die falschen Worte hören aus einem verwüsteten Mund voll fauliger Zähne. Ihr Wein- und Wodka-Atem. Ihre trüben, gelblichen Augen.

Sie stinkt wie etwas, das schon vor langer Zeit gestorben ist und sich dieser Erkenntnis hartnäckig verweigert.

Eine Aussätzige, die sich wie in einem Albtraum durch die toten Zonen des Lebens bewegt.

Regungslos, rettungslos lässt du ihre Tiraden über dich ergehen. Eigentlich bist du derjenige, der abrechnen sollte, stattdessen ist es, als befreie sie sich von einer jahrelangen Last des Schweigens. Ihre Worte sind wie perfekt geformte Giftpfeile, die dich an ihre Gegenwart nageln. Sie ist Hass, sie war nie etwas anderes, und jetzt, wo sie, vom Alkohol, von der Armut gezeichnet und verwüstet, vor dir hockt und sich regelrecht erbricht, weißt du, dass du ihr niemals wirklich entkommen bist. Nicht mal am Ende der Welt. Du vergräbst das Gesicht in deine Hände. Dein Herz flattert wie ein Kolibri in deinem Brustkorb, stößt sich, schlägt an, blutet, schreit, du zitterst am ganzen Leib, zerfällst unter ihrem Blick, unter diesen Hexenaugen, die nie Liebe und Vernunft kannten, nur Desinteresse, Kälte, Wahnsinn. Alles, was du dir am Ende der Welt, in einer anderen Zeit aufgebaut hast, löst sich auf, wird nichtig, bedeutungslos, du warst ja nie weg, du warst immer hier, dein Leben war nur ein Taumeln, ein Kreiseln um den Ort des Schreckens, den du Kindheit nennst. Du tauchst wieder ein in das tiefe Schwarz.

Das Nächste, was du wahrnimmst, sind deine Hände um ihren Hals, deine Finger, die sich so stark und tief in ihre trockene, kalte Haut graben, dass sie diese beinahe wie Messerklingen durchbohren.

Und du denkst, dass du deiner Mutter niemals so nahe warst wie jetzt, nicht mal in den Stunden, in denen sie dich missbrauchte, ihren Körper über deinen wälzte, dein Schreien und deine Tränen zu Stein erstarren ließ, als wäre sie eine Gorgone, die Medusa selbst, mit einem wimmelnden Nest von Schlangen als Haar und ihr Blick ein Abgrund, der dich wie früher zu Stein erstarren lässt.

Aber du tötest sie nicht. Du bist nicht deswegen zurückgekommen. Sie röchelt, krächzt, ruft nach dir, bring es zu Ende, mach

Schluss, sie liegt wie eine Tote auf dem Boden zwischen der schimmeligen Couch und dem gesprungenen Glastisch, ihre Hände zucken wie die offenen Enden eines Stromkabels, so als kratze sie magische Zeichen in die Luft, als verfluche sie dich. Du taumelst zurück, während unsichtbare Krallen an dir reißen.

Dein Gegenzauber bis zur rettenden Wohnungstür ist Lydias Gesicht. Sie sieht deiner Mutter so ähnlich, aber während das rasende, tobende Ding hinter dir aus der tiefschwarzen absoluten Essenz der Nacht besteht, ist Lydia ein warmes, helles Licht, in das du dich hineinwirfst wie in ein Rettungsboot.

Nicht, dass es reichen würde, dich von deinem Entschluss abzuhalten.

Frieden findest du erst nach dem letzten Schritt, dem Tritt ins Leere.

Dir fallen deine letzten Worte an Lydia ein.

»Niemand von denen da draußen weiß, wie es wirklich war, niemand. Was wir erlebt haben.«

Lydias flehende Stimme: »Du irrst dich. Wir haben es überwunden. Wir sind noch da.«

Und sie legte deine Hand auf ihren Körper, auf die Höhe ihres Herzens, dessen Schlag dich schon damals beruhigte und in den Schlaf leitete. Und wie damals lagt ihr nebeneinander, so eng, dass es aussah, als krieche der eine in den Körper des anderen, in ein gegenseitiges Nest gefallener Tage.

»Erzähl es ihnen, erzähl es meiner Familie, wenn sie fragen«, flüsterst du. »Wer soll sich an uns erinnern, wenn wir nicht mehr da sind?«

»Bleib«, sagte Lydia, »bleib bei mir.«

Öffne deine Augen. Es ist so weit.

Dein langer Mantel bauscht sich auf wie ein Cape, als du dich in den Himmel wirfst. Wir sind aus Staub und Tränen gemacht, wir sind Zöglinge, Pilger, die mit dem Wind gehen; wir fallen, weil das Leben manche von uns zu Stein erstarren lässt.

Du fällst, und alle Angst, jeder Zweifel fällt von dir ab.
Solange du fällst, ist noch nichts geschehen.
Es ist erst der Aufprall, der dich tötet.

Er schlug inmitten von Müllsäcken, zerbrochenem Glas, Bauschutt, Dreck und Unkraut auf. Beim Aufprall gab es ein Geräusch, dass einer der Jugendlichen, die vor dem Gebäude herumlungerten, Abraham später wie folgt beschrieb: als hätte der Teufel einen Furz gelassen, Mann. Ein zweiter dieser Komiker bemühte sich um eine konträre Sichtweise: als hätte der liebe Gott in eine Papiertüte geblasen und dann draufgeschlagen.

Das Ergebnis war allerdings in beiden Fällen dasselbe.

Es war Winter, und Menschen fielen aus dem Himmel über Berlin.

KAPITEL
EINS

Frank Abraham war Polizist in Berlin, ein großer, stiller Mann mit schweren, traurigen Augen, in denen sich ein ganzes Berufsleben widerspiegelte.

Polizist in Berlin, Mordermittler, fünfzehn lange Jahre, und jedes einzelne hatte sich in seinen Körper und in seine Seele gegraben; fünfzehn Jahre, das macht müde, es ist diese Art von Müdigkeit, die an das Ächzen alter sterbender Männer erinnert, an ihren verzweifelten Versuch, noch einmal genug Luft für einen letzten Atemzug zusammenzubekommen.

Hinter der Müdigkeit aber lauert, unerbittlich wartend, die Erschöpfung. Sie nimmt die Gestalt eines grauen, hohlen Mannes mit leeren ausgelöschten Gesichtszügen an, der einen zerschlissenen schäbigen Anzug trägt.

Dieser Typ weicht dir nicht mehr von der Seite, und irgendwann kommt der Tag, an dem du in den Spiegel blickst und ihn nicht mehr an deiner Seite siehst – weil du selbst an seine Stelle getreten bist.

Abraham war jetzt Anfang vierzig, zehn Jahre von seinen Glanzzeiten entfernt und zehn Jahre davon, das letzte Drittel zu beginnen. Die Bedeutung dieser Zahl kreiste unaufhörlich in seinem Kopf herum und beschäftigte ihn mehr und mehr – denn er war jetzt genauso alt wie sein Vater vor beinahe dreißig Jahren, als dieser in einem mörderischen Sommer drei Frauen tötete.

Das war der längste Sommer seines Lebens gewesen.

Nach der Aufdeckung der Morde und der anschließenden Verhaftung seines Vaters blieb seine Kindheit irgendwo zwischen der Hitze der Tage und der Erschöpfung durchwachter Nächte auf der Strecke.

Sein Vater, sein Ein und Alles hatte sich auf eine für ihn unerklärliche Weise in ein Monster verwandelt.

Abraham wünschte sich manchmal, er könne sagen: Das ist eine alte Geschichte, ich habe mit ihr abgeschlossen, die Dämonen meines Lebens in den Wandschrank gesperrt. Aber damit belog er sich nur selbst. Es heißt, wir selbst schreiben die Geschichte unseres Lebens, aber er hatte nach all den Jahren darauf begriffen, dass wir es sind, die von der Geschichte unseres Lebens beschrieben werden wie ein leeres Blatt Papier, das nur darauf wartet, mit Worten gefüllt zu werden.

Denn eine der Nachwirkungen der Morde, ihrer Entdeckung, der Überführung seines Vaters und des anschließenden Selbstmords seiner Mutter war, dass Abraham Polizist wurde.

Das Messer seines Vaters hatte diesen blutigen Pfad für ihn geschlagen, und nachdem Abraham den ersten Schock, das erste Zögern überwunden hatte, folgte er ihm auf dem mitternachtsdunklen Weg, folgte ihm selbst in seinen Träumen in eine unermesslich groteske Welt, die nichts anderes war als die Essenz seiner Arbeit und seiner Zeugenschaft als Mordermittler; und nur dort, an diesem geheimen, verborgenen Ort fühlte er sich ihm nah.

Das mit dem Verbrechen und ihm war also naturgemäß etwas sehr Persönliches. Deswegen war Abraham in seiner Ermittlungsarbeit so rigoros. Das Wort »diplomatisch« hatte er schon lange aus seinem Wortschatz gestrichen. Er hatte den Gestus der Straße nie abgelegt – denn dort fand das Verbrechen statt. Der Schreibtisch war nichts für ihn.

Er hatte noch nie von einem Mord gehört, der dort aufgeklärt worden wäre. Abraham konnte durchaus umgänglich sein, mitfühlend, hellwach, aber er verabscheute es zu klüngeln. Er interessierte sich nicht für aufwändige Verwaltungsakte, und er besaß keinen Sinn für die hochkomplexe, nach oben buckelnde und nach unten austretende Hausflurpolitik. Sein Umgangston, wenn er sich in der heißen Phase einer Ermittlung befand, war barsch und rau, selbst gegenüber seinen Vorgesetzten.

Ein Teil des latenten Misstrauens gegen ihn rührte auch daher, dass er der Protegé eines inzwischen verstorbenen Mordermittlers namens Martin Lohmann war, der einen zweifelhaften Ruf genossen hatte. Abraham galt als sein Bastard, weil er sich dessen einzelgängerische Vorstellungen von Polizeiarbeit zu eigen gemacht hatte, sehr zum Ärger einiger Leute, die sich in einer höheren Besoldungsstufe als er befanden und für die Polizeiarbeit in erster Linie aus Pressemitteilungen und Öffentlichkeitsarbeit bestand.

Lohmann war man inzwischen los, aber sein aufrührerischer Geist waberte in Gestalt Abrahams immer noch aufdringlich durch die Flure.

Zunehmend fühlte sich Abraham vom Verbrechen regelrecht terrorisiert. Die Zeit weigerte sich hartnäckig, ihm einen Panzer wachsen zu lassen, seine Haut war immer noch so dünn und verletzlich wie zu Anfang. Jeder Mord ging ihm nahe, und es gelang ihm immer noch nicht – und in letzter Zeit sogar immer weniger –, sich dem Grauen, das in Wohnungen, Hinterhöfen, in Seitenstraßen und Waldstücken auf ihn wartete, zu entziehen. Er hielt nur selten Distanz zu den Dingen, und das bekam weder ihm noch seiner Umgebung gut, andererseits: Waren denn nicht auch Täter und Opfer bei ihrer Begegnung weniger als einen Atemhauch voneinander entfernt? Und heißt es nicht, dass ein jeder von uns nur einen Atemzug von einer Höllenexistenz entfernt ist?

Sein letzter Fall lag gerade einmal zwei Wochen zurück, aber die Verwerfungen, die das Verbrechen in ihm aufgeworfen hatte, ließen ihn nur schwer zur Ruhe kommen.

Martin Krawczyk, ein 58-jähriger arbeitsloser Lagerist, hatte seine siebzehnjährige Tochter, die er seit ihrer Kindheit regelmäßig und ausdauernd missbraucht hatte, umgebracht, weil das Mädchen nach Jahren des Schweigens so weit war, ihn endlich anzuzeigen. Zu einer letzten Aussprache kehrte sie, die in einer Pflegeeinrichtung der Stadt lebte, in die elterliche Wohnung zurück. In der darauffolgenden Konfrontation schwang Nina ihre anklagenden Sätze wie einen gerechten Hammer und brachte mit jedem weiteren Treffer die Mauer aus Lügen und Heuchelei zum Einsturz. Zuletzt verkündete das völlig erschöpfte, aber befreite Mädchen triumphierend, dass sie von hier aus nun direkt zur nächsten Polizeiwache fahren würde.

Aber dazu kam es nicht.

Als Ninas Freund vergeblich auf ihre Rückkehr wartete und sie auch nicht ans Handy ging, fuhr er zur Wohnung ihrer Eltern, und als dort niemand auf sein energisches Klingeln hin öffnete, rief er die Polizei. Daraufhin schickte man eine Streife los. Die erfahrenen Beamten sahen Gefahr im Verzug und verschafften sich gewaltsam Zugang zu der Wohnung. Was sie dort vorfanden, veranlasste sie dazu, dem Freund den Zutritt zu verweigern und die Mordkommission zu verständigen. Denn das Erste, was sie sahen, als sie die Tür aufbrachen und den Blutspuren ins Schlafzimmer folgten, war die Gestalt eines Mannes, der nur mit Unterhose und Unterhemd bekleidet in einer Blutlache kniete und dabei war, seiner eigenen Tochter den Kopf abzutrennen, während seine Ehefrau gerade in der Absicht, jede Spur zu beseitigen, Wasser und Spülmittel in einen Eimer ließ.

Beide leisteten keinen Widerstand, als die Polizisten ihnen Handschellen anlegten.

»Die Wohnung ist völlig verwahrlost«, sagte einer der Beamten zu Abraham, als dieser zusammen mit Kleber den Tatort betrat. Er erzählte Abraham damit nichts grundlegend Neues; im Laufe seiner Dienstzeit hatte Abraham mehr als genügend Drecklöcher gesehen, ihre verkommene Unordnung, ihre chaotische Struktur entsprachen fast immer dem Geisteszustand ihrer Bewohner. Aber der Beamte verspürte einfach nur den Wunsch, irgendetwas zu sagen und sich für einen Augenblick nicht wie ein Mann in Uniform zu fühlen, sondern wie ein Familienvater, dessen Tochter nur sechs Jahre jünger als das Mordopfer war. Er war zwar erfahren, aber wie viel Erfahrung schützt einen schon vor dem massiven, komprimierten Pfeil reinsten Grauens, der irgendwann, irgendwo auf einen abgefeuert wird? Dieser Pfeil, in Herzhöhe platziert, findet immer sein Ziel, und er durchbohrt mit Leichtigkeit jede von unzähligen Dienstjahren vermeintlich gestählte Rüstung.

Alle Polizisten fürchten sich vor diesem Tag, und heute war eben er dran.

»Sie wird sicher nicht viel schöner durch die Tote«, sagte Abraham. Aber der Anblick des verstümmelten, gedemütigten Körpers des Mädchens, der im Schlafzimmer auf ihn wartete, passte in diese Szenerie; später dachte er, dass er sich ihn nicht hätte irgendwo anders vorstellen können als zwischen dem Bett und der Heizung unterm Fenster, so als wäre dieser winzige Spalt schon immer seine Bestimmung gewesen.

»Ich wünschte wirklich, jemand würde das Fenster öffnen«, sagte der Beamte, der Abraham und Kleber ins Schlafzimmer führte.

Er hatte das zweifelhafte Vergnügen, innerhalb von noch nicht einmal einer halben Stunde schon zum zweiten Mal das verstümmelte Mordopfer zu sehen, an seinem Gesicht war förmlich abzulesen, dass er sich bereits am Rand seiner Aufnahmefähigkeit befand. Gleich nachdem er die Wohnung verlassen durfte, um der Spurensicherung Platz zu machen, floh er in eine

Gasse und kotzte in den Rinnstein. Im Gegensatz zu seinem Kopf war wenigstens sein Magen in der Lage, das Gesehene zu verarbeiten.

»Nein, lassen Sie das Fenster geschlossen«, sagte Abraham, weil er alles in sich aufnehmen wollte: die Bilder, die Geräusche, den Geruch; das, was der Tod hinterlassen hatte, die ganze deprimierende Angelegenheit.

Abraham ging in die Knie und betrachtete Nina Krawczyk. Die Leiche schien noch im Nachhall des Todes vor Einsamkeit und Verzweiflung zu beben.

Nina lag wie zusammengefaltet auf dem Boden. Ihr rechter Unterschenkel war unter dem Knie auf stümperhafte Weise abgetrennt, er lag verloren neben ihrem ausgestreckten rechten Arm, der tiefe Einschnitte aufwies. Das Küchenmesser hatte sich bereits durch Haut- und Muskelgewebe und Nervengeflecht geschnitten, war aber am Knochen gescheitert. Ihr Bauch war aufgeschlitzt, ihre Innereien glänzten wie die Auslage einer Metzgerei. Ihr Oberkörper war von dutzenden Messerstichen zerfetzt, eine Brust beinahe zerteilt, aber all das war nichts gegen die Verletzungen in ihrem Gesicht, es waren die schlimmsten, die Abraham und Kleber in den letzten Jahren gesehen hatten. Ein Auge war ausgestochen und hing, nur an einem dünnen Nervenstrang gehalten, wie eine surrealistische Träne auf ihrer Wange, ihr Gesicht war vom Stirnansatz bis zu den Lippen regelrecht gespalten durch einen besonders heftigen Hieb. Was Abraham noch befremdlicher, verstörender fand als die Raserei, die man ihrem Körper angetan hatte, war, dass ihre langen schwarzen Haare abgeschnitten um ihren Kopf herum lagen; verteilt wie ein makabrer Heiligenschein.

Mord, dachte Abraham, war hier nur der Weg zum eigentlichen Ziel der völligen Auslöschung des Opfers.

Der Hass und der Wahnsinn, den dieser Mord begleitet hatte, hingen wie eine Horde fetter schwarzer Vogelspinnen in jedem Winkel der Wohnung. Er spürte, wie diese Spinnen sich jetzt in Bewegung setzten, wie sich ihre Punktaugen auf ihn richteten, ihre haarigen Beine über seine Haut strichen. Abraham strauchelte innerlich, spürte, wie etwas in ihm wegsackte und sich in tieferen Schichten von Dunkelheit verlor. Etwas Heftigeres, Ursprünglicheres als Schmerz verschlang ihn, so als würde er seinem eigenen Sein entrissen. Die Erschütterung kam einem Erdbeben gleich und spaltete ihn regelrecht. Er sah sich selbst davontreiben, den Mund zu einem stummen Schrei geöffnet; ein tonloser Abgrund.

Er war nicht der Einzige.

Hinter sich hörte er Kleber beim Anblick der Toten keuchen. Fluchtartig verließ sein Kollege das Zimmer.

Abraham ging ihm nach.

Kleber war aus der Wohnung gegangen und stand im Treppenhaus, presste sich gegen die Wand, als wolle er in ihr verschwinden. Er versuchte, die Kontrolle über sein Entsetzen zurückzugewinnen, seine Hände krampften heftig und sein Blick war glasig. Er schaute kurz auf, als Abraham ihn an der Schulter berührte.

»Ich bin okay«, sagte er viel zu hastig, um ehrlich zu sein.

»Der Ausdruck in deinem Gesicht erzählt aber etwas ganz anderes.«

»Mein Gott, das tut mir leid, Boss … als sähe ich so etwas zum ersten Mal. Vielleicht bin ich zu früh zurückgekommen … vielleicht hättest du mich da draußen einfach versauern lassen sollen …«

»Du willst dich doch hoffentlich nicht dafür entschuldigen, betroffen zu sein«, sagte Abraham.

Kleber schüttelte den Kopf, atmete tief durch.

»Vielleicht habe ich nur vergessen, zu was einige von uns fähig sind. Hab's vielleicht vergessen wollen.«

»Dann bist du in der falschen Abteilung, denn hier wirst du immer wieder daran erinnert.«

»Ja.« Ein verstohlenes, trauriges Lächeln huschte über Klebers Züge. »Du wirkst aber auch nicht gerade wie das blühende Leben«, sagte er.

»Siehst du, da geht's uns wie den Ermordeten, also scheinen wir beide ja bestens hierher zu passen. Und jetzt lass uns zurückgehen.«

Bei der ersten Vernehmung versuchte das mörderische Ehepaar Abraham davon zu überzeugen, dass Nina im Zuge der Aussprache aggressiv geworden sei und ihren Vater mit eben dem Küchenmesser, mit dem sie dann getötet wurde, angegriffen habe. Es kam zum Kampf, bei dem Nina sich das Messer quasi selbst in den Leib rammte.

(»Ja«, sagte Abraham zu Kleber, »und das ungefähr zwei Dutzend Mal. Und danach hat sie sich noch verstümmelt.«)

Abraham hätte am liebsten ihre Fratzen in das Blut ihres Kindes gedrückt. Für ihn war alles klar – er sah Nina, die sich zur Wehr setzte, während ihre Mutter sie festhielt und ihr Vater mit sadistischer Lust auf sie einstach, bis sie so viel Blut verlor, dass auch ihr Flehen mit ihr starb.

»Was hatten Sie denn mit dem Kopf vor?«, fragte Kleber, doch die Mörder schwiegen. Sie saßen am Küchentisch, der Mann noch mit dem Blut seines Kindes am Körper wie ein archaisches Wesen aus einem antiken Drama, die Frau mit pervers zusammengefalteten Händen – die Fingerspitzen nach oben gen Himmel gerichtet, was eindeutig in die falsche Richtung wies, dachte Abraham.

»Zerstückeln und vergraben«, gab Kleber selbst die Antwort, weil ihn das Schweigen ankotzte. Ein halbes Dutzend Abfallsäcke lagen dafür nämlich auch schon bereit.

»Ob ich lebenslang bekomme?«, fragte der Mörder, es war erst sein zweiter Satz, seit ihm die Streifenbeamten Handschellen angelegt hatten. Davor hatte er sich bei Abraham darüber beschwert, dass die Fesseln ihm in die Haut schnitten. Außerdem hatte er sich an der Hand verletzt, als er mit dem Messer beim Versuch, Ninas Halswirbelsäule zu zerteilen, abgerutscht war. Bei dieser Frage jedenfalls blinzelte er unaufhörlich, so als hätte er den zukünftigen Staub des geschändeten Körpers seines toten Kindes im Auge und wollte ihn loswerden. Der Mann atmete schwer und war schweißgebadet, das Töten hatte sich als unerwartet anstrengend erwiesen, und nachdem er sein Kind niedergemetzelt hatte, wartete immer noch ihre Entsorgung auf ihn; ein Haufen Probleme für einen banalen Dienstagnachmittag.

Er hatte mit unzureichendem Werkzeug hantiert, das Fleischermesser reichte zwar aus, um Ninas Körper wie einen Sack voller Blut aufzuschlitzen, versagte aber bei Knochen, Knorpeln und Sehnen.

»Tja, wo ist die Säge im Haus, wenn man sie mal braucht«, höhnte Kleber. Er nahm kein Blatt vor den Mund – warum auch, schließlich waren sie alle ja eine exklusive, eingeweihte Gesellschaft – das Opfer, seine Mörder und die Mordermittler – und gerade so nett beisammen.

Die offiziellen Förmlichkeiten waren ausgetauscht, jetzt konnte man auf moderate Töne verzichten. Nur keine Zurückhaltung, dachte Abraham, schließlich war er noch nie einem Killer begegnet, der die Bedeutung dieses Wortes verstanden hätte.

»Nun, was die Haftstrafe angeht«, sagte Abraham, »ich bin kein Staatsanwalt, aber ich habe schon einige wie dich hochgenommen und spreche deswegen aus Erfahrung und glaub mir, es wird auf lebenslänglich hinauslaufen. Heimtücke, niedere Beweggründe, du bist ja wirklich in die Vollen gegangen. Das ganze miese Programm. Und ich hoffe, dass noch eine nette kleine Sicherheitsverwahrung extra dabei herausspringt.«

Daraufhin jammerte der Mörder: »Ich weiß schon jetzt, dass ich den Knast nicht ertragen werde. Das ist, wie lebendig begraben zu sein.«

»Ich sehe da ehrlich gesagt keinen Unterschied zu deinem jetzigen Zustand«, sagte Abraham.

Und Kleber sagte: »Die Frage ist doch, ob der Knast *dich* aushält.«

Der Mörder sagte: »Was werden meine Kumpels denken, wenn ich nicht mehr zum Stammtisch erscheine?«

Kleber schüttelte angewidert den Kopf. »Manche Leute haben vielleicht Sorgen.«

»Glaub mir, Freundchen, deine Kumpels werden dich gar nicht vermissen. Wer klopft schon gerne Skat mit einem Kinderschänder und Mörder. Ich kenne jedenfalls niemand Anständigen«, sagte Abraham und zu Kleber gewandt:

»Du etwa?«

»Höchstens Charles Manson. Oder Ed Kemper. Ted Bundy. Also alles Kerle mit erheblichen Problemen, was den vernünftigen Umgang mit ihren Mitmenschen angeht.«

»Das ist aber mein ganzes Leben«, schrie der Killer.

»Auch das wird aufhören«, sagte Abraham. Es war fast so, als spräche er mit einem sehr ungezogenen Kind, das wirklich rein gar nichts von dem Bösen, das es getan hatte, verstand. Davon abgesehen interessierte Krawczyk das, was er Nina angetan hatte, überhaupt nicht. Im Gegenteil; für ihn gab es sie schon nicht mehr. Er war nur über seine eigene Zukunft entsetzt; nun, im Gegensatz zu seinem Kind hatte er noch eine – wenn auch auf einem sehr beengten Raum.

»Mein Rudi ist ein feiner Mann«, schrie daraufhin seine Ehefrau. »Nina war immer schon ein Flittchen, eine Hure, ich weiß gar nicht, was mit ihr los war, ich hab sie doch gut erzogen.«

Sie glaubte sich tatsächlich jede dieser Lügen und wiegte sich wie eine Schwachsinnige vor und zurück.

(Ja, dachte Abraham später, als sie in der Rechtsmedizin an Nina die Narben alter Misshandlungen entdeckten, es ist ihr auf die Haut eingeschrieben, wie gut sie es bei euch hatte.)

»Sie hat mit Rudi rumgemacht. Sie hat ihn sich geschnappt, als er betrunken war. Dann war er schwach, wie wir alle schwach sind, wenn uns das Leben übel mitspielt. Sie hat's auch mit anderen getrieben. Ihr letzter Freund war sogar ein Neger.«

»Das ist wirklich schlimm«, sagte Kleber zu Abraham, »wäre sie mal besser in Papas Bettchen geblieben, statt King Kong zu ficken.« Dann beugte er sich zur Ehefrau runter, die immer heftiger auf ihrem Sitz wackelte, und schob sein Gesicht so nahe wie möglich an ihres heran. Sie schien unter seinem zornigen, empörten Blick regelrecht zu schrumpfen.

»Leute wie du machen mich krank. Ich verbringe den größten Teil meines Lebens damit, eure nutzlosen mörderischen Ärsche hinter Gitter zu bringen. Aber das ist nichts im Vergleich zu den armen Seelen, die mit euch leben müssen.«

Etwas in diesem Satz, eine unverhohlene Abscheu und Verachtung, Wut, Verzweiflung, löste daraufhin eine Veränderung in dem Mörder aus. Seine weinerliche Miene löste sich auf, und ein anderes Gesicht, hässlich-verzerrt, lüstern und erbarmungslos, schob sich an dessen Stelle. Abraham sah einen Moment lang in die Fratze, in die Nina ihr ganzes kurzes Leben und ihr ganzes langes Sterben hatte blicken müssen.

»Mein Kind«, flüsterte Krawczyk, »meine Entscheidung, ich hab sie ins Leben gebracht, und ich hab sie wieder daraus entfernt. Weil ich es so wollte.«

»Ja«, sagte Abraham. »Und dabei bist du dir bestimmt wie Gott vorgekommen, nicht wahr?«

»Vielleicht. Darüber habe ich noch gar nicht nachgedacht. Aber jetzt, wo Sie es erwähnen, gefällt mir dieser Gedanke.«

»Nun, ich kenne ein paar tüchtige Psychiater, die sich schon richtig auf einen solchen Sonnenschein wie dich freuen, ganz abgesehen von dem Staatsanwalt, solche Worte aus einem solchen Mund wärmen sein kaltes Herz richtig auf.«

Einer der Streifenbeamten sagte beim Verlassen des Tatortes zu Abraham:

»Mein Gott, wie halten Sie solche Typen nur aus?«

»Gar nicht. Deswegen habe ich auch immer ein so nettes und sonniges Gemüt.«

Draußen wartete Ninas Freund auf Abraham, ein intelligenter, sanfter Junge aus dem Kongo, der seit drei Jahren an der FU Medizin studierte. Er war am Boden zerstört und wollte unbedingt den Leichnam sehen.

»Tun Sie sich das nicht an. Behalten Sie sie nicht so in Erinnerung«, sagte Abraham, »glauben Sie mir, in Ihren Träumen wollen Sie sie nicht in diesem Zustand sehen.«

»Ich hätte sie nicht alleine gehen lassen dürfen«, sagte er unter Tränen. »Ich wusste nicht, wie verrückt ihr Vater ist.«

»Sie musste das alleine hinter sich bringen«, sagte Abraham, weil er den Jungen beruhigen wollte und ihm nichts Besseres einfiel.

»Ich kann gar nicht glauben, dass ihr Körper so zugerichtet ist«, sagte Ninas Freund. Unglücklicherweise hatte er von einem der Beamten erfahren, was Nina geschehen war.

»Gestern noch haben wir miteinander geschlafen und uns versprochen, aufeinander aufzupassen«.

Jetzt machte er sich die schlimmsten Vorwürfe – er hatte das Versprechen seiner Meinung nach gebrochen.

»Wissen Sie, was das Allerschrecklichste an der ganzen Sache ist?«, fragte er Abraham und gab sich gleich selbst die Antwort darauf. »Das Schrecklichste ist, dass sie so mutig war, meine Nina. Sie war die tapferste Person, der ich jemals begegnet bin – und sehen Sie nur, wie feige, ruchlos und mörderisch ihre Erzeuger sind.«

Darauf gab es nun wirklich nichts mehr zu sagen.

Dieser Fall hatte Abraham wirklich zugesetzt. Auf dem Weg ins Büro hielt er mit seinem Toyota am Straßenrand und machte eine Zigarette nieder. Dabei dachte er an Nina, er dachte so stark und intensiv an sie, dass er sie vor seinem inneren Auge förmlich reanimierte. Ihr Körper war in dieser Vision intakt, frei von den grausamen Wunden, die man ihr zugefügt hatte. Selbst ihr Kopf befand sich an seinem Platz. Sie hatte ein hübsches Gesicht, aber ihre Augen waren trübe und traurig, weil sie den längsten Teil ihrer Wegstrecke nur Verzweiflung und Gewalt erlebt hatten.

Abraham hatte mit einem Mal schreckliche Kopfschmerzen, als er die Augen schloss und sich gleichzeitig in ihm ein Raum öffnete, in dem sich Nina Krawczyk befand. Er sah sie alleine im Zimmer ihres Wohnheimes stehen, sie hatte gebadet und betrachtete sich nackt wie sie war im Spiegel. Ihre Kleidung, es war die, die sie am Leib trug, als sie starb, und die damit zu ihrem Totengewand wurde, lag auf einem Stuhl für sie bereit. Abraham sah sie wie in einem Film, in dem er selbst nur am Rande auftauchte, eine unsichtbare Präsenz außerhalb des Bildes.

Er rief ihren Namen, und er warnte sie davor, zu ihren Eltern zu gehen, aber weder sah noch hörte sie ihn.

Stattdessen machte sie sich bereit für die letzte Konfrontation mit ihrem Vater – er hörte, wie sie zu sich selbst sprach:

»Es ist gut jetzt, ich weiß, dass ich nicht zerstört bin, auch wenn sie mir das weismachen wollen. Ich bin dabei, ein neuer Mensch zu werden. Ich bekomme einen Anfang – jetzt endlich richtig, so wie es sein sollte, denn ich liebe und werde geliebt, was kann mir da schon geschehen? Sie können mir nicht mehr antun als das, was sie immer schon getan haben.«

Aber sie sollte sich auf entsetzliche Weise täuschen.

Die Vision ließ ihn ratlos und beschädigt zurück. Abraham hatte sie nicht retten können. Er hatte nichts von ihr gewusst, obwohl ihm klar war, dass die Stadt voller Menschen war, die mit dem Rücken zur Wand lebten. Er fand diese Menschen früher oder später – einige von ihnen musste er dann verhaften, weil sie sich für die dunklen Nebenstraßen mit ihren mörderischen, selbstzerstörerischen Konsequenzen entschieden hatten; jede von ihnen war eine Sackgasse, an deren Ende Abraham und das Gesetz, dieser ewig steinerne Richter, warteten. Der größte Teil allerdings war so grau und öde geworden wie die Leben, die sie führten. Ihre Hölle bestand darin, immer weitermachen zu müssen mit einer Existenz, die ihnen inzwischen selbst ein Rätsel war und das zu lösen sie nicht mehr imstande waren. Und wenn es doch einmal gelang, dann mit verheerenden Folgen. Erkannte man erst einmal die bittere Wahrheit – dass es Liebe und Freundschaft nicht mehr gab (aber es hatte sie einmal gegeben und die Erinnerung daran war wie eine Wunde, in die man seinen schmutzigen Daumen reinsteckt), dann war man erledigt.

Was Nina betraf: Sie war nicht fort – auch die Toten haben ihre Straßen, sie streifen umher und versuchen sich zu erinnern, aber was sie einmal ausmachte, ähnelt einem Bandsalat. Verdreht und ein einziges Chaos. Da war nun wirklich nichts mehr zu machen.

Was Abraham anging: Er verstand in letzter Konsequenz weder die Toten noch ihre Mörder. Man bezahlte ihn dafür, den einen Gerechtigkeit zu verschaffen und die anderen zu verhaften. Und mit beiden war es immer dasselbe: Man bohrte sich einen Weg in sie hinein und stellte dann fest, dass sie innen alle hohl waren. Der Kern seiner Arbeit als Polizist bestand vor allem darin, Fragen zu stellen. Im Grunde waren seine Neugier, sein unerbittliches Nachstellen, wenn er das Gefühl hatte, vor einem Mörder zu stehen, seine einzige echte Waffe. Sie war, für sein Gegenüber jedenfalls, gefährlicher als seine Dienstpistole, die er noch nie benutzt hatte.

Wozu auch?

Die meisten Killer, die er festnahm, waren im Grunde erbärmliche, armselige Gestalten – stark, mächtig und grausam nur im Angesicht ihrer Opfer. Sobald sie aber vor dem Gesetz standen, wussten sie früher oder später, dass ihre Spielchen vorbei waren. Ihre mühsam aufrechtgehaltene Fassade brach zusammen – und unter den Ruinen fand sich ihre wahre Natur.

Jeder Beamte in einer Mordkommission erinnerte sich an seinen ersten Fall, an den Anblick der ersten Leiche, an den ersten Mörder, dem er begegnet, den er verhört, überführt und festnimmt. Nun, so sollte es laufen, genau in dieser Reihenfolge. Abraham jedoch konnte mit Fug und Recht behaupten, dass er einen ganz bestimmten Mörder schon sein Leben lang kannte. Über diese Tatsache kam er nicht hinweg; sie war Fluch und Antrieb zugleich. Irgendwann würden ihn diese Fliehkräfte zerreißen. Noch hielt er stand, aber es gab Anlass zur Sorge, denn sein Vater wurde aus dem Gefängnis entlassen. Sein Vater hatte ihn zu dem Mann gemacht, der er war. Da gab es nichts zu leugnen. Also ging er in seinem Schatten, der so kalt und trostlos war wie die Unermesslichkeit des Universums.

KAPITEL ZWEI

Abraham lebte seit geraumer Zeit in einer spartanisch eingerichteten Zweizimmerwohnung in Charlottenburg. Er lebte alleine, getrennt von Tisch und Bett, wie man so sagt, in seinem Fall hieß das: getrennt von Erin, der einzigen Frau in seinem Leben, die ihm so viel bedeutete, dass er sie geheiratet hatte.

Vor ihr hatte sein Leben aus einem Strom von Gesichtern und Ein-Weg-Gefühlen bestanden, sich verschwendende, verleihende Körper, die nicht mehr als einen warmen und mit jeder weiteren Minute ihrer Abwesenheit rasch abkühlenden Abdruck auf den Laken hinterließen, geschichtslose Verbindungen, die keinen Halt boten.

Als sie sich begegneten, befand er sich immer noch auf der

Flucht vor seinem Leben. Ein junger Kerl mit bereits alten Augen, der manchmal zu viel trank und einen unheilvollen Drang zum Schweigen, zum schwermütigen Brüten besaß. Er redete nicht viel, aber was er sagte, hatte Hand und Fuß, und sie hatte zuvor nicht viele Männer wie ihn getroffen. Nur manchmal war es schwer, zu ihm durchzudringen, vor allem, wenn er sich in einen Fall verbiss und alles darüber hinaus beiseiteschob, darunter auch sie. Er war ein Mann, der gerade dabei war, sich an der Hand seines Mentors Lohmann in die ungewisse Dunkelheit der Mordermittlungen vorzutasten. Schroff anmaßend, ja frech – gefangen in der Politik der Angst einer verkorksten Jugend, die er nur dank seines Bruders psychisch angeschlagen, aber noch intakt und nicht zerbrochen überstanden hatte.

Erin hingegen war die älteste Tochter eines Industriellen aus dem mittleren Westen, eine langbeinige, blonde amerikanische Schönheit, die in Europa als Model arbeitete. Sie kam auf Umwegen über Mailand und Paris nach Berlin. An einem regnerischen Montagmorgen lief sie, das Gesicht von Wind und Wetter gerötet und mit einem Regenfilm überzogen, der sie dazu zwang, sich ständig über die Augen zu wischen, in Abraham hinein und fand sich in seinen Armen wieder. Wie bei einem Fotoapparat machte es laut und deutlich »Klick«.

Sie heirateten, schnell kamen nacheinander Judith und Tyler, sie kauften ein Haus in Berlin, sie liebten sich, lachten, sprachen, und alles war gut. Sie hatten wie alle Liebenden einen Pakt miteinander geschlossen, und sie waren wie alle Liebenden von einem Leuchten umgeben.

Und dann nicht mehr.

Keine Liebe scheitert von heute auf morgen.

Abraham erschien immer öfter nur als Gast im eigenen Leben, und das Leuchten um sie herum verlor an Kraft. Wie immer in solchen Dingen waren die Gründe im Nachhinein viel komplexer, als sie während ihres Auseinanderdriftens erschienen. Abraham war ein Mann, der sich selbst wie in einem Safe einschloss. Von seiner Jugend, von ihren Schrecken und Abgründen kannte Erin nur den winzigen Teil, den er sich erlaubt hatte, ihr mitzuteilen. Den weitaus größeren Rest verbarg er rigoros in der Dunkelkammer seines Herzens, zu der er Erin keinen Zugang gewährte. Erin wusste lediglich, dass sein Vater seit Jahrzehnten im Gefängnis saß und dass sich seine Mutter kurz nach der Aufdeckung der Morde umgebracht hatte. Seine Familiengeschichte war wie ein fauler, bröckelnder Zahn, den ganz zu ziehen er nicht bereit war, so dass seine Zunge immer wieder gegen ihn stieß und neue Schmerzenswellen der Erinnerung in ihm auslöste.

Und auch das komplexe Verhältnis zu seinem Bruder hatte sie nie wirklich durchschaut.

Robert Abraham. Der Felsen.

Der seinen kleinen Bruder nach dem Verlust beider Eltern durch die darauffolgenden Jahre brachte, ihn durch Finsternis und Verwirrung half, der die Richtung vorgab. »Ohne ihn hätte ich es vielleicht nicht geschafft«, hatte Frank ihr erzählt. Auch deswegen hatte sie versucht, Robert zu mögen, aber da war etwas an ihm gewesen, das sie nicht zu ihm durchdringen ließ. Es war eine Verschlossenheit anderer Art als bei seinem kleinen Bruder, eine Unverbindlichkeit, die jede tiefer gehende Bindung scheute, eine Einsamkeit, die seiner Arroganz ebenso viel verdankte wie seiner Unfähigkeit, einem Menschen zu vertrauen und sich ihm hinzugeben.

Ein Felsen. Steinblöcke, Spalten, Verwerfungen, autonom, unnahbar. Den Gezeiten ausgesetzt.

Erin dachte: Schiffbrüchige können sich auf einen Felsen retten. Aber ihre Schiffe konnten an eben demselben Felsen auch zerschellen.

Eines Tages verschwand Robert aus Franks Leben. Sie hatten sich seit den Stürmen ihrer Kindheit und Jugend nie ganz aus den Augen verloren. Robert besaß eine Baufirma und war in den 90ern als Subunternehmer an den Arbeiten am Potsdamer Platz involviert – und in, wie sich später herausstellte, kriminelle Machenschaften. Seine Firma ging pleite, er musste Leute entlassen und blieb auf einem horrenden Schuldenberg zurück. Dann ließ er sich mit den falschen Leuten ein.

Und verschwand.

Es war die alte Geschichte von dem Mann, der eines Morgens aus der Tür geht und nicht mehr zurücksieht.

Roberts Verschwinden und Abrahams Weigerung, mit Erin darüber zu reden, waren nur ein Teil der langsamen Entfremdung zwischen ihnen. In den nächsten Jahren rief Robert immer wieder sporadisch an. Er sandte Lebenszeichen von sich, mehr nicht. Die Anrufe kamen nie von einem Festnetzgerät, sondern immer aus Telefonzellen oder von Handys, die danach beseitigt wurden, und sie kamen aus den unterschiedlichsten und unwirtlichsten Winkeln der Welt.

Und die Welt war groß, man ging so leicht in ihr verloren.

Und Abraham litt wie ein Hund unter der Ungewissheit, wo Robert war, was er machte und mit welchen Menschen er verkehrte.

Während ihrer Ehe mit Abraham wurde Erin Zeuge einer ganzen Reihe von Untergängen. Polizistenehen schienen mit einem Mindesthaltbarkeitsdatum versehen zu sein, das, zumindest in ihrer Zeit, nicht über eine Handvoll Jahre hinausreichte.

Der Verfall begann immer schleichend; Überstunden, komplizierte, belastende Ermittlungen – die Anwesenheit von Chaos, Zerstörung, Lüge und Tod als ungebetene Gäste, gegen die kein Protest, kein Gerichtsbeschluss half.

»Es sind die Toten«, sagte Erin einmal nach einem Streit, der mit einer Nichtigkeit begonnen hatte, »all deine Toten. Du misst dem Leben dieser Toten die gleiche Bedeutung zu wie dem der Lebenden. Sie bilden eine regelrechte Mauer zwischen uns, Frank. Und ich kann diese Mauer nicht durchbrechen. Sie nehmen dich mir weg, und dazu haben sie verdammt noch mal kein Recht.«

Natürlich verstand er ihre Wut, ihre Verzweiflung, sie aber verstand ihn nicht, und das war ihr Problem. Wie hätte er ihr auch den Terror erklären können, der ihn beim Anblick eines zerstörten Körper erfasste. Denn er verglich ihn unwillkürlich mit seinem eigenen unversehrten Leib und stellte sich vor, wie es wäre, selbst dort zu liegen … und Todesangst packte ihn, denn er war ebenso verletzlich und zerbrechlich wie alle Menschen angesichts ihres möglichen gewaltsamen Endes. Lohmann, sein Mentor, hatte ihn davor gewarnt: »Du wirst deine Familie und die Menschen, die du liebst, mit anderen Augen sehen, wenn du weißt, was ihnen geschehen kann.«

Abraham kam damit nicht zurecht. Er wusste einfach zu viel, weil er zu viel gesehen hatte. Was ihn plagte, war der mörderische Wissensvorsprung eines jeden Polizisten.

Denn er hatte zu oft gesehen, was einem Mädchen wie seiner Tochter Judith alleine da draußen geschehen konnte. Der falsche Freund. Die falsche Abzweigung. Das falsche Lächeln eines Fremden, der dich in Sicherheit wiegt, während seine Hand hinter dem Rücken verborgen schon den Griff des Messers liebkost.

Die Welt war groß, in ihr pulsierte ein schwarzes Herz, und die Toten riefen nach ihm.

Manchmal, wenn es zu viel wurde, blieb er nächtelang weg, streifte durch die verwahrlosten, räudigen Ecken der Stadt, suchte alte Mordschauplätze auf. Erinnerte sich stellvertretend für die Geister der Ermordeten, die ihm über die Schultern sahen.

Wenn er lieber bei seinen Opfern und Mördern ist als bei mir und den Kindern, dachte Erin, dann verliere ich ihn.

»Du fehlst mir«, sagte sie eines Nachts, als sie im Bett lagen.

Er verstand sie schon lange nicht mehr, deshalb brachte er nicht mehr als ein dünnes »Ich bin doch hier« zustande.

»Nein«, sagte sie.

Er gehörte ihr nicht mehr alleine, die Toten beanspruchten ihn ebenso intensiv wie sie selbst.

Manchmal versuchte sie, seine Sicht der Dinge nachzuempfinden. Bemächtigte sich seines Blicks, ging durch seine Träume.

Ja, es gab Zeiten, in denen sie ihm an all die Orte folgte, an denen er sich verlor.

Leichen in Reihenhäusern und Villen, in Sozialbauten und Einzimmerwohnungen, unter Betten, in Schränken und Truhen, in Plastiktüten und Abfallsäcken entsorgt, seit Monaten verrottet, verwest, verflüssigt, Maden und Larvenfriedhöfe, das Sterben auf Raten, der Tod auf Abruf, aus der Welt, aus der Zeit gefallen, Schuldige, Unschuldige, Frauen, Kinder, Alte, Schwache, Kranke: mit Messern erstochen, erschossen, erdrosselt, mit Plastiktüten erstickt, angezündet und verbrannt, ihre Schädel mit Hämmern und Montiereisen zertrümmert, vergiftet, zerstückelt, aufgefunden unter Autobahnbrücken, in Flüssen, Seen, Nebenstraßen, Seitenstraßen, in Kellern und Lauben; in Hinterhöfen, auf illegalen Müllhalden und alten Industriebrachen abgeladen, entsorgt, vergraben, mit ungelöschtem Kalk oder Säure aufgelöst; manchmal waren die Körper weit entfernt davon, einmal menschlich gewesen zu sein, nunmehr Fragmente, Überreste, bloße Behauptungen.

Erin durchstreifte Räume, Plätze, glitt körperlos durch Wände, schwebte über Dächern, folgte den Spuren ihres Mannes, verließ die Außengrenze der Nekropole und fand sich innerhalb eines einzigen Augenaufschlags in einer Wüste wieder und in einer neuen Stadt, die ihr wie ein gestrandetes Relikt, ein grotesker Irrtum erschien. Der Sand der Zeit hatte ihren steinernen Bauch gefüllt, ihre Gebäude waren verfallen und verlassen – als wären sie nie bewohnt gewesen.

Was sie sah, war das Ende der Zeit selbst.

Erin zog durch diese schwarze Rückseite der Welt mit weit geöffneten Augen.

Sie suchte nach Abraham unter all den Toten, die darauf warteten, dass man ihre Sachen verhandelte. In ihren entstellten, geschändeten, zerstörten Körpern pulsierte ein dunkles Licht. Sie starrten Erin an, als sei sie ein Missverständnis, eine Fehlbesetzung, eine unwillkommene Einmischung von außerhalb.

(Und nichts anderes war sie hier.)

Sie blieben stumm, aber das Entsetzen, das sie ausstrahlten (es lag in dem dunklen Licht), drang in Erins Kopf und setzte sich dort als ein immer stärker werdendes Summen fest.

Manifestierte sich zu einer schier endlosen Abfolge von Mordbildern: Die Toten erzählten ihr so auf ihre Weise von dem, was ihnen geschehen war.

Es war ihr, als platzte ihr der Kopf. Sie marschierte durch eine Ebene, die unter einer schwarzen Sonne lag. Der Horizont war in dunkles Blau getaucht, das sich mit keinem anderen vergleichen ließ. Irgendwo vor ihr war ihr Mann – sie erkannte seine große stille Gestalt, die stur weiter vorausschritt, einem Ruf folgend, der nur für ihn bestimmt war. Sie rief ihrerseits seinen Namen, aber er war außerhalb ihrer Reichweite, und egal, wie sehr sie sich bemühte, sie kam ihm nicht viel näher. Eine Gegenkraft drückte sie permanent weg von ihm, eine Art umgekehrter Magnetismus, der stärker war als die Sehnsucht ihres Herzens, bei ihm zu sein. Dabei wusste sie, dass er ihre Hilfe brauchte. Er befand sich in großer Gefahr, aber es war nicht sein Körper, der in eine Falle lief, sondern seine Seele. Sie rief erneut nach seinem Namen, und wieder trug der Wind ihn davon. Ihre Stimme verlor sich zu nichts anderem als einem Flehen.

Abraham durchquerte die Stadt so andächtig und scheinbar ergriffen wie ein Pilger. Aus den verfallenen Gebäuden starrten ihn die Toten an. Wie auf ein gemeinsames Kommando hoben sie alle zur selben Zeit einen Arm und streckten den Zeigefinger aus. Zeige-

ten auf Abraham, als markierten sie ihn. Beschuldigten sie ihn? Als Erin an einem der Häuser vorbeikam, warf sie einen Blick durch seine zerstörten, offenen Wände in das Innere. Drinnen waren Möbel und Schränke, Stühle und Tische in beiläufiger Raserei beiseitegeworfen und zertrümmert, der Boden war rostrot, und in einer Ecke unter einem Bündel Zeitungen lag ein verborgener Körper. Zwei Männer, hohl und von dunklem Licht erfüllt, irrten wie die unter Schock stehenden Opfer eines Verkehrsunfalles in dem Zimmer herum. Aber nicht sie waren hier die Opfer – denn in ihren Händen hielten sie Knüppel und Messer. Im nächsten Haus das gleiche Bild sinnloser Verwüstung. Diesmal waren es mehrere Körper, die einer Mutter und ihrer zwei Töchter, die wie groteske, lebensgroße Puppen auf einem Sofa arrangiert waren. Ein Mann stand dahinter, in seiner Hand pendelte ein Fleischermesser hin und her, sein Mund zuckte unkontrolliert und lautlos, und sein Finger war auf Abraham gerichtet. Anklagend, flehend? Auch er war ein Mörder, dessen Träume ihn Nacht für Nacht hierher beförderten, es war eine beinahe philosophische Strafe jenseits der Gesetzbücher und Paragrafen, wie Erin fand. Jetzt verstand sie: Das hier waren Schauplätze von Verbrechen. Im Gegensatz zu den Orten, die sie in der Nekropole Berlin gesehen hatte, waren diese Szenerien aber bevölkert. Anstatt leerer Räume, in denen das Grauen nur nachhallte – als Gespenst der Abwesenheit –, verrichteten die Toten und Träumenden hier erneut ihr Werk. Morde waren hier geschehen, und Opfer und Täter waren dazu verdammt, auf ewig zusammen zu sein in der Parodie einer Wiederholung dessen, was sie miteinander verband.

Erin zog weiter.

Als sie wieder nach Abraham suchte, hatte dieser die Grenze der Stadt erreicht. Jenseits von ihr war nicht mehr als eine endlose Steppe. Eine andere Gestalt näherte sich ihm aus diesem Ödland, ein dunkler Wanderer. Erin beeilte sich, aber sie konnte die Distanz nicht überbrücken. Jedoch erkannte sie den Wanderer, der jetzt ihrem Mann gegenüberstand.

Es war sein Vater.

Karl Abraham trug einen teuren Anzug und sah wie der perfekte Gentleman aus. Ein Mann der Frauen, selbstsicher, fast arrogant. Wie lange er auch unterwegs gewesen sein mochte, die Strapazen des Ödlands hatten ihm nicht zugesetzt. Er sah aus, als käme er direkt aus einer Sommerfrische, aus der alten, sepiagefärbten Fotografie einer anderen Zeit. Vornehm, akkurat, kultiviert – Erin konnte sich vorstellen, wie anziehend er auf Frauen wirkte. Aber das war nur Fassade. In dieser Realität hier, in der Essenz ihres dunklen Traumes, erkannte Erin seine wahre Natur.

Seine Augen funkelten listig, und als er grinste, fletschte er dabei die Zähne wie ein Raubtier und entblößte seine ganze ordentliche bürgerliche Aufmachung als einen billigen Taschenspielertrick. Dahinter verbarg sich etwas zutiefst Verschlagenes, Grauenhaftes.

Als Karl Abraham seinen Sohn umarmte, traf sein finsterer Blick Erin wie der Bannstrahl eines Dämons.

(Sie erinnerte sich in diesem Traum an die Erzählungen eines früheren indianischen Schulfreundes. Der berichtete ihr von den Skinwalker genannten Gestaltwandlern: Dämonen, die unter die Haut von Tieren oder gar Menschen krochen, um sie bei Nacht, wenn diese sich in der Wüste aufhielten, zu holen. Abrahams Vater war ein solcher Gestaltwandler.)

Abraham ließ die dämonische Berührung seines Vaters zu – ob aus eigenem Willen oder weil er willenlos war, hypnotisiert von diesen schrecklichen Augen, konnte sie nicht sagen. Sie sah, wie der Vater den Sohn aus der Stadt und in die Steppe führte. Sie wusste, dass ihm dort draußen Grauenvolles bevorstand. Aber als sie versuchte, mit einem letzten Schwung über diese Barriere zu setzen, um ihm zu folgen, fiel sie durch den Sand und durch die Zeit und zuallerletzt aus dem Traum selbst.

Es war dies nur eine Variante von vielen Träumen ähnlicher Art, die sich wie Doppelagenten in Erins Schlaf stahlen. So plastisch sie diese Träume auch erlebte – wie einen Film, gespannt auf einer Leinwand –, so sehr zersetzten sich ihr Inhalt und ihre Form, wenn sie wieder an die Oberfläche des Erwachens trieb. Zurück blieben nur Bruchstücke, so klein, unbedeutend und verstreut wie Kiesel an einem Strand, sowie ein kalter Schauder, der sie den Rest des Tages begleitete. Mit Abraham sprach sie nie darüber, aber ihr war klar, dass er ähnlich heftige Träume dieser Art haben musste. Und seine waren sicher um ein Vielfaches schlimmer.

Der Alltag gab ihnen dann den Rest, und ihre Ehe reduzierte sich auf die täglichen Gewinn- und Verlustrechnungen.

Als sich ihr Schiff immer mehr im Sturm neigte, da redete sie sich ein, dass dies selbst den besten Leuten misslingt: Das Glück, von dem man glaubte, es in Besitz genommen zu haben, rutschte einem aus der Hand. Sie hatten nicht gut genug aufeinander aufgepasst.

Immerhin kämpfte sie, und auch er gab lange nicht auf. Sie versuchten es, auch wegen der Kinder, aber wenn Kinder als das letzte Argument herhalten müssen, um sich nicht zu trennen, ist meistens alles schon zu spät. Und weder sie noch Abraham waren die Art von Menschen, die krampfhaft versuchten, die Fassade zu wahren, wenn dahinter alles in furchtbarer Unordnung ist.

Sie bereiteten die Kinder, Gott sei Dank nicht mehr klein und selbst dabei, sich in der Welt einzurichten, langsam darauf vor. Für sie änderte sich nichts, was Liebe und Zuneigung betraf – und bald darauf ging Judith nach Paris, um Mode zu studieren, und Tyler für ein Jahr in das Land seiner Mutter, wo seine Großeltern sich um ihn kümmerten. Sobald die Kinder weg waren, packte Abraham seine Koffer. Sie sah ihm dabei zu und dachte an Robert Abraham und dass die beiden Brüder trotz unterschiedlicher Wege vieles gemeinsam hatten. Erin sah ihm nach, diesem großen stillen Mann, der ihr gemeinsames Leben verließ. Gescheitert, dachte sie bitter.

Wie alle anderen.

Und für wie einzigartig hatten sie sich doch zu Anfang noch gehalten.

Wie alle anderen.

Was folgte, war eine neue Erfahrung: die erste Nacht alleine ohne ihren Mann. Der Verlust seiner beruhigenden Nähe. Aber zugleich auch: der Verlust seiner mitunter beunruhigenden Nähe. Denn die Träume von der Totenstadt in der Wüste erschienen ihr nicht mehr. Ohne Abraham war die Verbindung gekappt. Ohne seine Nähe in ihrem Schlaf waren ihre Traumbande zerschnitten und verweigerte ihr die Nekropole schlicht den Zutritt.

Es war kein Abschied für immer.

Dann und wann begegneten sie sich auf den Trümmern ihrer Ehe, und obwohl es Papiere zum Unterzeichnen gab, ruhten diese (geladenen Waffen gleich) in den Schubladen ihrer Anwälte. Noch nicht, sagten sie sich beide; zumindest das waren sie sich schuldig. Und besaßen ihre gelegentlichen Besuche in seiner neuen Wohnung nicht sogar einen absonderlichen Reiz? Es ging ja gar nicht um Versöhnung – Versöhnung von was? Ihre Streitereien waren vergeben und vergessen. Vielmehr hatte sich der Riss zwischen ihnen, der Spalt, der Abraham langsam von der Welt entfremdete, zu einer immer größeren Kluft entwickelt.

In gewisser Weise war Abraham zu einem Autisten geworden. Wie in ihren Träumen von der Totenstadt war er ihr nahe und doch fern zugleich, und obwohl sie ihn hätte berühren können, blieb er außerhalb ihrer Reichweite. Er hatte ihr einen Zweitschlüssel für seine Wohnung überlassen wollen, aber den lehnte sie ab. Er hingegen besaß immer noch einen Schlüssel zu dem gemeinsamen Haus. Sie trafen sich, wenn ihnen danach war, im Grunde wie in einer Zeitschleife: als wäre es immer die Wiederholung des ersten Mals. Taten so, als hätte es die Jahre dazwischen nicht gegeben. Darin lagen sowohl eine gewisse Verzweiflung wie auch eine Art von Selbstbetrug, aber die Täuschung funktionierte. Ihre Körper funktionierten, und obwohl Erin klar war, dass dies nicht mehr ausreichte, um noch einmal neu zu beginnen, hielt sie sich an dem bisschen fest, solange es ging. Aber alles endet irgendwann unwiderruflich, und heute war es soweit, denn sie hatte eine endgültige Entscheidung getroffen. Sie rollte von ihm, ihr nackter Körper in eine Decke gewickelt.

Mag sein, dass wir einander nicht mehr gehören, dachte sie, aber dann hätte jemand unseren Körpern Bescheid geben sollen. Die Decke um sich gewickelt, bahnte sie sich den Weg durch das Halbdunkel des Zimmers in Richtung Bad.

Abraham sah ihr nach. Jetzt, wo ihn Erins Wärme nicht mehr beschützte, zitterte er in der Dunkelheit, das Fenster halb auf Kipp gestellt. Die Kälte strich wie mit Rasiermessern über seine Haut, und draußen riss die Morgendämmerung immer größere Fetzen aus der Nacht. Berlin erwachte wie ein schlaftrunkener Gigant aus wirren Träumen, schälte sich aus den Resten der Nacht, streifte sie ab wie einen stinkenden, klammen Anzug. Langsam baute sich seine Geräuschkulisse auf, sein mitunter hässliches, zur Fratze entstelltes Gesicht. Aus seinen Hautfalten fielen die Überreste der letzten Stunden; Betrunkene, Betrogene, Erschlagene, Verhungerte, Erfrorene. Das Leben hatte seinen Zoll entrichtet.

Abraham hörte die Dusche rauschen. Zündete sich eine Zigarette an. Dann noch eine, weil er wusste, dass Erin ebenfalls danach verlangen würde. Er stand auf, verzichtete auf die Umarmung seiner Decke, ging zum Fenster, wartete auf das erst bläuliche, dann fahle Licht. Erin trat neben ihn, nur ihr Gesicht lugte unter dem Stoff hervor. Als er ihre Hand nahm, schob sie diese weg, und er empfand fast körperliche Schmerzen dabei. Aber vielleicht war es ja besser so. Nein, nichts daran war besser. Nichts war gut. Leg deine Hand um mich, dachte er, lass sie dort liegen, bleib.

Nach einer solchen gemeinsamen Nacht waren ihre Gesichtszüge, die sich in den letzten Jahren so verhärtet hatten, aufgebrochen, endlich schienen ihre weichen Linien wieder durch. Wir leuchten immer noch, dachte er. Nicht stark, aber auch noch nicht erledigt. Kein Feuer mehr, aber das Glimmen der Glut.

»Wir waren magisch«, sagte er.

»Waren wir das?«

»Ich bin mir ziemlich sicher, dass wir es waren.« Er reichte ihr die zweite Zigarette.

»Welche Magie das auch immer war, Frank, sie war nicht stark genug. Nicht stärker als die Dinge, die uns voneinander trennen.«

Was sollte er daraufhin sagen? Sie hatte recht.

Trotzdem war da eine Vertrautheit, und sie würde immer bleiben. Unmöglich, dass Erin ihm jemals als Fremde begegnen würde – auch wenn ihre Körper so taten, als wären sie es, um sich nicht vor ihrer gescheiterten Geschichte rechtfertigen zu müssen.

Er sah sie an, lange und intensiv, und sie spürte seinen Blick, der so unerbittlich sein konnte, wenn er einem Verdächtigen gegenübersaß, und so zärtlich bei den Menschen, die er liebte. Manchmal reicht ein Blick aus, dachte sie, und wir verlieren uns darin, weil wir verloren sein wollen. Sie erinnerte sich daran, wie sie ihm das erste Mal begegnet war. Das Schicksal hatte sie ihm direkt in die Arme geworfen. Um sie herum eilten die Menschen durch den Sturm, jeder sich selbst der Nächste; kleine Fischerboote, dabei, noch rechtzeitig den schützenden Hafen zu erreichen. Sie war auf dem nassen Berliner Pflasterstein mit ihren untauglichen Pariser High Heels eingeknickt, war durchnässt und fror, und davon abgesehen war sie verdammt noch mal einsam.

Ihre letzte Beziehung zu einem Landsmann in Paris, einem Musiker, hatte sich als Rock-'n'-Roll-Schwindel entpuppt.

Der Typ dachte, er sei der neue Mick Jagger und sie Jerry Hall. Nun, er war es nicht, dafür aber der Meinung, er könne es mit jeder treiben, und sie wäre damit einverstanden.

(»Hier in Europa sind alle Bigamisten, Babe.«)

Sie sehnte sich nach Ruhe, nach Stabilität. Nach einem Gefährten, der sie festhielt, wenn sie es brauchte, und der schweigen konnte, wenn sie traurig war und nur den Wolken zusehen wollte, die über sie hinwegzogen, gen Atlantik, nach Hause. Und der sie bedingungslos liebte, wenn sie es nicht mehr mit sich selbst aushielt.

»Okay«, sagte Abraham, weil er spürte, wie sie zitterte, als die Erinnerungen sie überrannten. Egal, wie hoch wir unsere Festung bauen, wie tief wir den Schlossgraben ziehen, egal, wie stark die Mauern sind, diesem Ansturm halten wir niemals stand. Wieder griff er nach ihrer Hand. Diesmal zog sie sie nicht weg. Sein Herz stieß eine einsame Fanfare aus. Auf dem Nachttisch lag sein Handy, es vibrierte, summte, das Display leuchtete unheilvoll.

Erin vergrub ihr Gesicht in seiner Seite, seufzte, sagte: »Das war abgesprochen, nicht?«

In der Dunkelheit flimmerte ein Lächeln über sein müdes Gesicht.

»Für so hinterhältig hältst du mich?

»Nein, nur für allzeit bereit.«

»Ich könnte ihnen sagen, regelt das selbst. Kleber ist schon ziemlich lange ein großer Junge«.

Sie schüttelte den Kopf. »Nein, du bist es, den sie brauchen. Das wird immer so bleiben, du wirst immer so bleiben, ich habe es nur zu spät verstanden.«

»Es tut mir leid«, sagte Abraham.

»Was?«

»Alles irgendwie. Ich schätze, ich hab's irgendwann einfach vermasselt.«

»Dazu gehören immer zwei.«

Abraham sagte: »Ich vermisse dich.«

»Es wäre traurig, wenn es nicht so wäre, oder?«

»Ja, das wäre es, aber …«

»Ja?« Plötzlich stockte seine sonst so feste Stimme.

»Das heute war das letzte Mal zwischen uns, Frank. Wir können nicht für immer so weitermachen, das eine von dem anderen trennen, wir treten doch nur auf der Stelle.«

»Ich soll dich loslassen?«

»Das hast du bereits vor langer Zeit getan.«

Abraham spürte den stechenden Schmerz der Empörung (und der Schuld, denn jedem von ihnen war klar, wie die Prozente in dieser Sache verteilt waren) und versuchte sich zu rechtfertigen, aber Erin verschloss seine Lippen mit ihren Fingern und schüttelte den Kopf.

»Tu uns das nicht weiter an«, sagte sie.

Denn sie hatten sich zu oft in Nebenkriegsschauplätzen verzettelt, ihre Kräfte in Rückzugsgefechten aufgebraucht, hatten sich voreinander verborgen; weder Erin noch er ertrugen mehr davon.

Abraham dachte, dass sie in vielen Dingen so viel weiter war als er, dass ihr nüchterner, amerikanischer Pragmatismus ihren Blick für die Realität ihrer Beziehung, ihren Tief-, ihren Endpunkt weitaus mehr geschärft hatte als seine romantische Vorstellung. Und Erin hatte letztendlich begriffen, dass er ein einsamer Mann war und immer bleiben würde und dass die Intensität, mit der er dem Leben und dem Tod begegnete, dieselbe war, die sie einst angezogen und wieder von ihm abgestoßen hatte. Ein Suchender war er; auf der Suche nach den Dingen, die er verloren hatte, aber ohne Hoffnung, jemals eine Endstation für diese Suche zu finden.

Sie wollte jetzt kein weiteres Wort mehr hören oder verschwenden, sondern das mit ihm tun, was sie immer schon getan hatten, wenn sie zu erschöpft waren vom Streiten oder vom Sich-lieben, und so schwiegen sie eine Zeitlang und in diesem Schweigen, das gleichzeitig so vertraut wie verstörend war, nahmen sie voneinander stumm Abschied und sahen zu, wie der Tag sich über die weichenden Reste der Nacht schob. Wie das Leben da draußen erst ächzend und stotternd und dann zunehmend routinierter in die Gänge kam. Und wie es dann, einmal auf dem richtigen Gleis und in Fahrt, einfach immer weitermachte.

Sie waren ein Teil davon und lebendig.

KAPITEL DREI

»Ich überlege noch, ob der alte Spruch stimmt, dass die Menschen im Sommer sterben wie die Fliegen, oder ob wir nicht stattdessen den alten grauen Griesgram einsetzen sollten«, murrte Kleber, als Abraham aus dem Toyota stieg. Abraham war müde und traurig, das wurde langsam zum Dauerzustand, aber im Gegensatz zu Kleber sah er immer noch aus wie das blühende Leben. Kleber, untersetzt und viel zu schwer, mit dem Gesicht eines Mannes Mitte vierzig, der zu viel rauchte, zu viel aß und zu viel trank, der seine früh ergrauten Haare zu einem unvorteilhaften, ungepflegten Zopf gebunden trug (was ihn noch älter machte), war erst seit ein paar Wochen wieder im Dienst, nachdem er sich vorher eine »von oben« verordnete Auszeit hatte nehmen müssen. Zurück »auf Bewährung« wie man ihm mit einem drohenden Unterton erklärte. Kleber hatte sich mit einem Kollegen namens Stieglitz aus dem Raubdezernat geschlagen, nachdem dieser vorher Abraham als »Scheißjuden« beschimpft hatte, betrunken zwar (wie sie alle am Ende eines langen, trostlosen Tages, an dem Abraham und Kleber frühmorgens die Leiche eines fünfjährigen Jungen aus einem Müllcontainer geborgen hatten), aber dennoch gewollt bösartig. Ehe

Abraham sich selbst zur Wehr setzen konnte, erledigte das sein Partner für ihn.

Abraham war denen da oben ein Dorn im Auge, und Kleber, der wusste, dass man nur nach einem Grund suchte, um in Abrahams Akte einen Vermerk zu setzen, kümmerte sich dementsprechend um Stieglitz.

Die anderen Kollegen hatten entweder betreten oder betont desinteressiert zur Seite gesehen; persönliche Feindschaften, Intrigen, Gerüchte, Rivalitäten waren nichts Neues und ein Grund sich nur mit seinesgleichen zu umgeben. Und was war denn schon geschehen; nichts weiter als überreizte Nerven, Anspannung, Frustration, zu viel Alkohol.

Nichts sehen, nichts hören, nichts sagen, überall saßen die drei Affen herum; wir alle sind die Affen, dachte Abraham und dann musste er Kleber in den Schwitzkasten nehmen und von dem viel größeren und stärkeren Stieglitz wegzerren, da Kleber nicht damit aufhörte, auf den Mistkerl einzuprügeln.

Weil Kleber, der vor zwei Jahren einen Zuhälter, der eine Nutte mit einer Stahlrute brutal zusammenschlug, dieselbe Behandlung hatte zukommen lassen und deshalb noch mehr als Abraham auf der Abschussliste stand, diesmal Gefahr lief, endgültig gefeuert zu werden, musste Abraham ihn nach ein paar Wochen, in denen sein Partner diverse psychologische Eignungstests hinter sich brachte, persönlich bei »denen da oben«, den graugesichtigen, mit ihren Schreibtischen verwachsenen Stimmen zurückfordern, und er tat das, indem er drohte, den »Scheißjuden« von Stieglitz öffentlich publik zu machen – etwas, was das Präsidium nun überhaupt nicht gebrauchen konnte.

»So etwas könnte man als Erpressung bezeichnen«, bekam er zu hören.

»Ja, und das andere als Antisemitismus.«

»Ach kommen Sie, der Kollege war betrunken.«

»Das war Kleber ebenfalls, als er sich Stieglitz vornahm.«

»Kleber ist als gewalttätig bekannt.«

»Und Stieglitz als Rassist. Scheint so, als könnten wir auf beide nicht verzichten, denn abgesehen von ihren persönlichen Defiziten sind sie beide gute Ermittler, und davon gibt's viel zu wenige in dieser Stadt und weiß Gott, wir brauchen jeden einzelnen, selbst die Arschlöcher unter ihnen, und was sagt uns das nun über den Zustand unserer Polizei?«

»Soll das eine Frage sein? Ständig Ihre Fragen. Ich wünschte, Sie würden nicht alles hinterfragen, sondern einfach Ihre Arbeit erledigen.«

»Wenn Sie damit auf meine Aufklärungsquote anspielen: Lässt die zu wünschen übrig?«

»Nein.«

»Tja, und was das Andere angeht … nehmen Sie mir meine Marke und ich bin weg.«

»So meinen wir das nicht.«

»Aber ich.«

Also kehrte Kleber zurück; und das war beileibe keine Selbstverständlichkeit. Zu viele gingen vor die Hunde, gelähmt und hilflos angesichts der Forderungen des Jobs. Es gab Kollegen, die nach einer solchen Auszeit nicht mehr in den aktiven Dienst zurückfanden. Abraham begegnete ihnen manchmal in ihren winzigen Büros, in denen sich ihre Augen über Computermonitore quälten, Anzeigen aufnahmen, Akten ordneten. Gute Männer, die sich als gescheitert ansahen, als Versager, ihre Augen hatten sich in blinde Spiegel verwandelt, und er fragte sich, ob sie morgens im Badezimmer noch den eigenen Anblick ertrugen.

Lohmann, sein Ausbilder und Mentor, hatte dies nicht mehr geschafft.

Abraham hatte ihn eines Tages in einer dieser schäbigen Absteigen gefunden, in der sie früher zusammen Drogentote, Ermordete oder Selbstmörder unter Betten hervorgezogen hatten. Lohmann hatte sich nicht in seiner Wohnung getötet, sondern an einem dieser finsteren Orte, an denen er sein ganzes Berufsleben verbracht hatte. Konsequent, dachte Abraham, und der Schmerz und die Erschütterung wirkten auf ihn ein wie ein betrunkener Kneipenschläger. Er nahm alles direkt körperlich wahr und krümmte sich, als hätte man ihm in den Unterleib getreten. Sein ehemaliger Mentor lag in der Badezimmertür, der Spiegel, in dem Lohmann sein ausgezehrtes, lebensmüdes Gesicht zum letzten Mal betrachtet hatte, war zerschossen.

Der zweite Schuss hatte dann ihn selbst ausgelöscht.

Er hatte sich die Pistole in den Mund gesteckt – »die Waffe fressen« nannten sie das untereinander, in einer Mischung aus Verzweiflung und Galgenhumor, für die jemand außerhalb ihrer Welt kein Verständnis aufbrachte.

Alles, was er je gewesen war, sein Wissen, seine Hartnäckigkeit und Unbestechlichkeit, sein Vertrauen und Verständnis, war von Einsamkeit niedergerungen und klebte trostlos an der muffigen Wand dieser hässlichen Absteige.

»Irgendetwas an meinem Haus zieht diese Typen an«, maulte der Besitzer, als er pikiert auf die Leiche starrte, »jedenfalls war das hier schon der Vierte in fünf Jahren. Wer macht mir jetzt die Wand sauber?«

Abraham packte den frechen Kerl am Kragen und sagte: »Wie wär's, wenn du Arschloch auf deinen Tonfall achtgibst. Hier liegt ein Mensch und kein Typ, zeig ein wenig Respekt, denn dieser Mann hier hat ein solches Ende nicht verdient. Und was die Wand angeht, ja, sehr hässlich, aber irgendwie gibt das deinem Drecksloch doch ein wenig mehr Atmosphäre, meinst du nicht auch?«

Der Kerl bohrte sich daraufhin einen Finger in sein rechtes Ohr, förderte Schmalz zutage und starrte es wie einen Goldnugget an. Er sagte: »Ihr Ton gefällt mir überhaupt nicht. Vielleicht sollte ich mich über Sie beschweren.«

»Und vielleicht sollte ich mir mal deine Geschäftsbücher ansehen, vor allem die Abrechnungen über die Nutten, die ihre Freier hier bedienen, weiß das Finanzamt eigentlich davon?« Das reichte, um dem Kerl das Maul zu stopfen. Abraham versuchte, Ekel angesichts solcher Menschen zu empfinden, fand aber, dass selbst dies schon zu viel Aufmerksamkeit für dieses Arschloch war.

Lohmann war so alleine gestorben, wie er gelebt hatte. Seine Frau war schon lange tot, und sein Sohn war dabei, eine Karriere als Investmentbanker in den Staaten zu starten. Als man ihn über den Selbstmord seines Vaters informierte, wies er seiner Sekretärin nur an, einen Blumenstrauß zu schicken. Er steckte gerade in einer größeren Transaktion fest und hatte für solche ungeplanten Störungen kein Verständnis.

Es waren Abraham und einige andere Mordermittler, die das Begräbnis ausrichteten. Jemand, der mit Lohmann in den alten Tagen zusammen angefangen hatte, sprach ein paar Worte, danach begnügten sich die Wenigen, die gekommen waren, in einer Kneipe, in der Lohmann seine letzten Nachmittage verbracht hatte, einen zu heben. (Von den Vorgesetzten ließ sich übrigens keiner blicken – immerhin hatte Lohmann sich die Kugel gegeben, was nicht gerade Werbung für das Polizistendasein war und ihnen dementsprechend unangenehm. Wieso hatte er verdammt nochmal nicht wie jeder andere auch an einem Infarkt oder Krebs sterben können? »Weil er die Waffe besaß und genug Selbstachtung, sich nicht vor einen Zug zu werfen. Und davon mal abgesehen, war er einsam und ausgebrannt, und er fühlte sich nutzlos«, sagte Abraham später zu einigen Kollegen, »und keiner von uns Helden hat ihn je besucht, weil wir zu beschäftigt sind, mörderischen Scheißkerlen, die ihre Kinder totprügeln oder im Suff ihre Oma skalpieren, um den nächsten Block nachzujagen.«)

»Zumindest hat er nicht leiden müssen«, sagte einer der Kollegen, »das war ein wirklich guter Schuss, nicht wahr?«

Ja, wirklich sehr tröstend, dachte Abraham, aber woher wissen wir denn, ob seine Hand nicht gezittert hat, während sich die Sekunden vor der Entscheidung ins Unendliche ziehen, bis sie in einem letzten klaren und reinen Moment zusammenfallen.

Zuletzt hoben sie das Glas auf Lohmann, während ein belangloser Schlager von der Schönheit der Welt erzählte, was ihnen allen in diesem Moment wie ein grotesker Witz vorkam.

Kleber nun hatte einstweilen den Weg zurückgefunden, angeschlagen, mit angekratzter Ehre, ein Schiffbrüchiger, der sich auf einem Stück Treibholz über Wasser hielt. Abraham hatte sich insgeheim geschworen, auf ihn aufzupassen, denn ein nochmaliger Aussetzer wäre Klebers Ende im aktiven Dienst.

»Was bleibt mir denn dann noch? Höchstens ein Job als Wachmann, und jeder zweite Wachmann ist ein Exbulle, stell dir das mal vor, die Typen könnten glatt eine Scheißarmee aufstellen. Und das zu reduzierten Bezügen, wer braucht denn so was?«

Kleber klang dabei schnoddrig wie immer, aber seine Stimme vibrierte vor Angst und Unsicherheit.

Es war noch früh am Morgen, deshalb konnten sie sich der Illusion hingeben, die Sonne würde es heute vielleicht noch schaffen, sich durch das Betongrau des Himmels zu bohren. Aber natürlich wussten sie es besser. Da war nichts zu machen.

In der anderen Sache, die zerschmettert vor ihnen lag, ebenso wenig.

»Wenn du mich fragst, ich sehe das so: Er dachte, er könnte fliegen«, sagte Kleber, »aber als er erstmal in der Luft war, fiel ihm wieder ein, dass an seinen Seiten Arme baumeln und keine Flügel.«

Abraham blickte nach oben. Der Wohnklotz hinter ihnen war eine Zumutung, irgendein betongrauer, angeödeter Stadtplaner hatte sein Innenleben in Architektur umgesetzt und dieses Verbrechen an Lebensqualität und Schönheit wie ein Serientäter durch die halbe Stadt gezogen; noch einer, den wir nicht finden, dachte Abraham.

Der Tote lag unter einer Plane, die die Kriminaltechniker über ihn ausgebreitet hatten. Stative mit starken Lampen waren aufgebaut, die Umrisse des Toten mit Kreide nachgezeichnet. Männer und Frauen in weißen Overalls, die Tatortfotos schossen, Spuren sicherten, Schaulustige in der näheren Umgebung hinter die Absperrungen drängten; die Routine einer Todesermittlung.

»Wissen wir, wer er ist? Wohnte er hier, oder was?«

»Tja, nicht direkt«, sagte Kleber und reichte Abraham einen Pass.

»Stefan Phelps, Ende dreißig, jetzt pass auf: wohnhaft in Melbourne, Australien.«

Das heißt, wir müssen die australische Botschaft vom Tod eines ihrer Staatsbürger informieren, dachte Abraham. Diplomatische Verwicklungen inklusive.

»Ein Australier kommt nach Berlin, um sich von einem Hochhaus zu stürzen. Ich dachte, die kommen als Backpacker, um hier billig zu wohnen, dem Bier zu frönen und den Rest Europas zu erobern?«, sagte Kleber.

»Was wollte er hier – abgesehen davon, vom Dach zu fallen«, sagte Abraham. Noch war der Mann ein ungeklärter Todesfall.

Kleber ging in die Hocke und fixierte den Leichnam, sagte: »Mann, es ist wirklich nicht mehr viel von ihm übrig.«

Es war schon zu Lebzeiten nicht mehr viel von mir übrig.

Abraham wusste nicht genau, woher ihm dieser Gedanke kam.

Als hätte ihm dies eine Stimme, die sich im Wind verbarg, zugeflüstert. Unwillkürlich sah er sich um. Aber da war nichts, nur eine Handvoll Menschen, die sich im Zentrum des Todes aufhielten und ihrer Arbeit nachgingen. Er spürte eine Berührung, aber nein, es war natürlich nur der Wind. Er wandte seine Aufmerksamkeit wieder dem Toten zu.

Ein Mann in seinem Alter, mit einem mittelmäßigen Gesicht, einem mittelmäßigen Anzug, und was für einem Leben? Denn darin lag die Antwort auf das Warum dieses Sturzes. Hatte man ihn gestoßen, oder war er gesprungen?

Es gab nicht viel Trostloseres als die Geschichte eines Selbstmordes, und Abraham glaubte sie alle zu kennen, all die mitunter banalen, niederschmetternden Details, die er rekonstruierte, nachdem derjenige aus dem Fenster gesprungen war, sich vor den Zug geworfen, ein Seil um den Hals geschlungen oder eine Plastiktüte über den Kopf gezogen hatte.

Kleber sah sich um.

»Neukölln, Karl-Marx-Platz, keine besonders angenehme Gegend. Hoher Hartz-IV-Anteil. Wohlstandsverlierer, Polizisten sind hier so gerne gesehen wie der Gerichtsvollzieher oder der Sperrkassierer von den Stromwerken. Die Marke genießt hier keinen Respekt.«

Tatsächlich blickte Abraham in die stumpfen, zum Teil abweisenden Gesichter der Schaulustigen, unter anderem Gruppen jugendlicher Herumtreiber sowie Männer und Frauen in der Mitte des Lebens, die schon zu dieser Tageszeit damit beschäftigt waren, ihren alkoholischen Nachschub sicherzustellen. Abraham sah in vielen Augen Resignation, in anderen hingegen eine stumme, aber rasende Wut, ein loderndes Feuer, das nur auf ein Ereignis wartete, das sie als Brandbeschleuniger nutzen konnten. Sie waren müde von Zweifel, müde davon, dass die Welt sich ihnen mit jedem neuen Tag mehr und mehr entzog.

Nein, aus diesen Menschen würden sie ganz sicher nichts herausholen.

Nun, Fragen stellen mussten sie trotzdem.

Norbert Kossack und Carola Gottwald trafen am Tatort ein. Sie gehörten offiziell zu Abrahams Ermittlungsteam. Ihrem Chef begegneten sie manchmal zwischen dem Tatort eines Mordes und der Rechtsmedizin. Sie kommunizierten vor allem mit Kleber. Abraham blieb ihnen fremd, beinahe ein wenig unheimlich. Kleber hingegen kam mit allen aus. Er verteilte die Arbeit.

»Hört euch um! Weist die Kollegen in Blau ein. Das wird eine Menge Laufarbeit, Kinder, klingelt die Bagage hier aus den Betten.«

Abraham streifte derweil Latexhandschuhe über und durchsuchte den Toten noch einmal. Der Sturz aus enormer Höhe hatte alles in ihm zerschlagen. Doch erstaunlicherweise war sein Gesicht relativ unversehrt geblieben, und seine Augen standen halb offen. Da war kein Leben mehr in ihnen, natürlich, und dennoch hatte Abraham das Gefühl, als fixierte der Tote einen Punkt, einen Ort außerhalb der Zeit an.

Als blickte er in eine andere Art Licht, das zu sehen nur den Toten vorbehalten blieb.

Dabei fiel Abraham wieder ein Gedicht von Harold Pinter ein, und er murmelte, unhörbar für die anderen, die ersten Zeilen:

»Tod.
Wo fand man den Toten?
Wer fand den Toten?
War der Tote tot, als man ihn fand?
Wie fand man den Toten?
Wer war der Tote?
Wer war der Vater oder die Tochter
oder der Bruder
oder der Onkel oder die Schwester oder
die Mutter oder der Sohn
des toten und verlassenen Toten?

War er tot, als er verlassen wurde?
War er verlassen?
Wer hatte ihn verlassen?«

Es war nur ein Gedicht, eine künstlerische Anordnung von Worten, aber für Abraham stellte dieser Gesang nichts anderes als den Kern seiner Arbeit dar.

»Sein Hotel liegt in Mitte«, sagte Kleber, »was hat ihn bloß hierher verschlagen?«

»Vielleicht hat er sich auch einfach nur den höchsten Punkt in der Landschaft ausgesucht«, sagte Abraham. Er blickte erneut nach oben. Auf das Dach des Hochhauses.

»Wir müssen da rauf.«

»Er hat die Tür aufgebrochen, sehen Sie.«

Der Hausmeister, ein Kerl Ende fünfzig, dessen Haar so schmutzig-grau wie seine Gesichtsfarbe war, wedelte mit seinem Schlüsselbund herum.

Tatsächlich.

Die Frage war nur, wie? Phelps selbst schien ein eher schwächlicher Mann gewesen zu sein. Und die Tür, die zum Dach führte, war recht massiv. Dennoch: ihr Schloss war aufgebrochen.

»Früher lungerten hier die Teens rum. Soffen, hörten Musik. Da musste man energisch werden. Vor ein paar Jahren hat man hier Handymasten angebracht. Hässliche Dinger, richtige Krebsschleudern. Ich komm denen jedenfalls nicht zu nahe.«

Abraham überließ es Kleber, sich das Gerede des Hausmeisters anzuhören. Etwas zog ihn unerbittlich lockend an den Rand des Abgrunds. Die Kollegen von der Spurensicherung hatten die Stelle markiert, von der Phelps mutmaßlich gesprungen war. Als er dorthin ging, kam es ihm vor, als trete er mit jedem Schritt erneut in die Fußspuren des Toten, als nähme er seinen Platz ein. Und er dachte: Gehen wir denn nicht unser Leben lang in den Fußspuren anderer?

Und in wessen Fußspuren war Phelps hierhin geschritten, um sich selbst aus dieser Welt zu entfernen?

Abraham stand an der Kante und blickte nach unten, so wie er eben noch von dort nach oben geschaut hatte. Seine zeitvertauschten Blicke kreuzten sich.

»Boss, sei vorsichtig da …« Klebers Stimme schien von weit her zu kommen. Tatsächlich verspürte Abraham einen Taumel.

Was ist es, das einige von uns immer an den Rand zieht, dorthin, wo wir dem Taumel, dem Schwindel schutzlos ausgeliefert sind? Der Wind fuhr ihm von hinten in den Rücken. Seine langen Mantelschöße schlugen um seine Beine.

Abraham hielt dem Abgrund stand. Da unten waren die Menschen nichts mehr als wuselnde Ameisen im Blick eines Riesen. Und er dachte, dass es ebenso viel Mut wie Verzweiflung brauchte, um den letzten Schritt zu tun.

»Boss.«

Abraham trat einen Schritt zurück. Kleber deutete auf Carola Gottwald, die zu ihnen eilte. Ihre langen Haare verfingen sich im Wind, fächerten über ihr Gesicht, zwangen sie dazu, sich einen Zopf zu binden.

»Wir haben was«, sagte sie, noch ein wenig atemlos. »Unser Mann war nicht zufällig hier. Er hat hier jemanden aufgesucht, wir haben einen Zeugen. Wir wissen auch, in welcher Wohnung er war.«

»Habt ihr die schon überprüft?«

»Es öffnet niemand, aber der Zeuge schwört Stein und Bein, dass jemand da sein muss. Unser Mann wurde eingelassen, und er kam alleine wieder heraus.«

Um dann hier hoch zu kommen, die Tür aufzubrechen und sich in den Tod zu stürzen. Was war dem vorausgegangen? Was hatte ihn aus der Bahn geworfen?

Abraham sagte: »Welche Wohnung?«

KAPITEL VIER

Die Bewohnerin hieß Margot Beenhakker.

Ihre Wohnung lag im vierten Stock. Sie klingelten, sie klopften, sie riefen ihren Namen, umsonst, hinter der Tür regte sich nichts. Kleber sah Abraham an, zuckte mit den Schultern.

»Sie müsste da sein«, sagte er.

»Die ist da, ganz sicher«, sagte der Nachbar, Groschek, ein Frührentner, der in der Wohnung gegenüber lebte. Er stand bei ihnen, gespannt, aufgeregt.

Wenn man Bulle ist, dachte Abraham, dann entwickelt man im Laufe der Zeit ein Gespür dafür, wenn etwas nicht in Ordnung ist. Man lernt, den Klang der Stille wie eine fremde Musik zu unterscheiden; die Stille der Einsamkeit, die Stille bloßer Abwesenheit, die Stille des Todes.

»Und Sie haben also gesehen, wie ein Mann die Wohnung verlassen hat«, fragte Abraham. Eifriges Nicken.

»Wäre nicht das erste Mal«, sagte Groschek.

»Inwiefern?«

»Sie hatte öfters Männerbesuch. Wechselnd.«

Kleber sagte: »Wollen Sie damit eine gewerbsmäßige Tätigkeit von Frau Beenhakker andeuten?«

Groschek grinste. Er sah aus wie ein wildes Frettchen.

»Die 'ne Nutte? Kaum, so wie die aussieht. Ein Wrack. Eine Säuferin. Na ja, davon gibt's hier so einige«.

»Sie scheinen ja gut Bescheid zu wissen.«

»Was soll ich sonst machen? An die Wand starren?« Kleber warf Abraham einen Blick zu. Was für ein Arsch. Groschek, glücklich darüber, aus dem Sud der Bedeutungslosigkeit aufzusteigen, sagte: »Die lungerte in den Parks rum. Soff sich durch den Tag. Hat dann so Kerle angeschleppt … Trinker, Gesindel. Fällt hier aber kaum auf. Und Streit hat's dann gegeben. Da flogen öfters mal die Fäuste, wenn die sich im

Rausch gegenseitig bekriegt haben. Die Streife war auch schon hier.«

Kleber sagte zu Carola: »Überprüf das bitte nachher.«

Abraham fragte: »Aber den Mann von heute haben Sie früher hier nicht gesehen?«

Groschek stülpte seine fleckigen Zähne vor. »Na, alles bekomm selbst ich nicht mit. Liegt der Kerl da unten vor der Tür? Ich hab ja von dem Spektakel noch gar nichts gesehen.«

»Er ist bereits abgedeckt. Stellen Sie sich einfach vor, wie jemand aussieht, der vom Dach springt«, sagte Kleber und schob Groschek wieder in dessen Wohnung zurück. Abraham untersuchte das Türschloss. Es war intakt, die Tür selbst schien aber nicht abgeschlossen zu sein. Im Hintergrund protestierte Groschek. Er wollte den ganzen Kuchen haben. Sehen, was in Beenhakkers Wohnung auf sie wartete. Abraham holte ein kleines Etui aus seiner Tasche, in der sich diverse Dietriche und Türspanner befanden. Gottwald machte große Augen.

»Besser als die Tür einzutreten.«

»Und mit welcher Begründung?«

»Gefahr im Verzug«, sagte Abraham. »Damit kommen wir fast immer durch.«

Drinnen war es dunkel, die Jalousien waren heruntergezogen. Abraham tastete nach dem Lichtschalter neben der Tür. Noch bevor das Licht anging, wusste er bereits, was ihn erwartete. Er roch das kupfrige Blut förmlich. Es war auf den Wänden verteilt wie eine scheußliche Variante Pollock'scher drip paintings.

Groscheks Stimme hinter ihnen: »Ich wusste immer, dass es mit der ein böses Ende nimmt.«

Abraham sagte zu Gottwald: »Carola, gib der Spurensicherung Bescheid, dass wir einen zweiten Tatort haben. Und schaff den Kerl endlich weg.«

Dann bewegten er und Kleber sich vorsichtig in die Wohnung hinein.

Abraham kannte nur zu gut das Gejammer der Kriminaltechnik: Die Zivilen versauen uns die Spuren. Am liebsten hatten sie's, wenn sie die Allerersten in dieser Terra incognita waren. Aber den Gefallen konnte er ihnen nicht tun. In der Wohnung streiften sie sich ein erneutes Paar Handschuhe über. Kleber drückte die Tür zu und schloss Groscheks gierige Blicke aus. Kleber zückte vorsichtshalber seine Dienstwaffe. Abraham nicht, was Kleber mit den Augen rollen ließ.

»Du rettest mir schon meinen Hintern«, sagte Abraham. Er sah, dass die Blutspur im Flur in ein breites Geschmiere überging, das sich bis in ein hinteres Zimmer zog. Zuerst aber überprüften sie die anderen Räume.

Groschek hatte recht: Beenhakker war eine Trinkerin. In der Küche stapelten sich, zum Teil schon staubbedeckt, Bier-, Wein- und Wodkaflaschen, dazu Unrat, angebrochene Mikrowellengerichte, Müll. Es roch neben dem Blut vor allem nach Schimmel, feuchter, dreckiger Wäsche, nach abgestandener Luft, es roch wie in einem selbstgefertigten Gefängnis. Abraham und Kleber spürten die Präsenz des Gespenstes der Verwahrlosung, dieses alten Bekannten.

»Wie manche Leute leben«, murmelte Kleber.

»Und wie sie sterben«, ergänzte Abraham.

Es hingen keine Bilder an der Wand, Fotografien, Belege für ein gelebtes Leben, überhaupt gab es nichts Persönliches hier, nichts, was der Bewohnerin eine Art von Individualität verliehen hätte. Es war nicht einmal ein Provisorium.

Das Schlafzimmer.

Der Geruch wurde stärker, lockte sie förmlich an. Es war nie derselbe Tatort, den Abraham betrat. Das hieß, man gewöhnte sich nie an die dunklen, blutigen, trostlosen Orte, die einen erwarteten. Im Laufe der Zeit entwickelte man eine professionelle Routine – es gab Vorschriften, Regeln, Verfahrensweisen, nach denen man vorging, es waren Dinge, die einem in der ersten Phase halfen, sich den Schrecken vom Leibe zu halten.

Aber je tiefer man in den Fall einstieg, desto stärker drängte sich das allererste Bild, der allererste Anblick wieder ins Gedächtnis zurück. Plastischer als jede Tatortfotografie. Abraham wappnete sich. Nickte Kleber zu. Kleber verzog das Gesicht zu einem schiefen Grinsen.

Abraham betätigte den Lichtschalter.

Beenhakkers Körper lag wie weggeworfen, verdreht und zerstört, auf dem Bett. Unter ihr war Blut, neben ihr, überall. Sie war im Leben schon keine großgewachsene Frau gewesen, aber der Tod hatte ihren Körper noch einmal geschrumpft. Sie war halbnackt, ihr Oberkörper bekleidet in Scharlachrot, ihr Unterleib entblößt. Und nicht nur das. Zwischen ihren Beinen ragte eine abgebrochene Bierflasche hervor.

»Na, toll«, sagte Kleber. »Ganz großartig. Da freut man sich schon auf den Rest des Tages.«

Abraham aber dachte nur an Stefan Phelps, der immer noch da draußen lag. Mörder, Selbstmörder? Und wenn, warum?

Ihm wurde schwer ums Herz, und auch darauf hatte er keine Antwort.

Nein, du begegnest ihr nicht, wenn es vorbei ist und sie sich von ihrem Körper löst, der jetzt nicht mehr ihr gehört, sondern ihrem Mörder, der sich in seinem Todestrieb über ihn hermacht, eine der Flaschen nimmt, zerschlägt und ihr zwischen die Beine rammt. Ihr bereist jeweils andere Straßen. Es ist ein Impuls, der dich hier hält – immer noch bei deinem Körper, der stumm und friedlich, endlich, unter der Plane liegt. Wie er sich verändert hat, jetzt, wo er unbewohnt ist. War er je wichtig? Konnte er durch Wände gehen, so mühelos wie durch eine offene Tür? Den Herzschlag der Welt hören? Auf- und absteigen, als hätten Himmel und Erde keine natürliche Grenze? Und deine Augen sehen jetzt, wo dein Blick zerschmettert ist, so viel mehr. In diesem exklusiven Licht gehen sie den Dingen auf den Grund. Werden Teil der Szenerie. Und du erinnerst dich an alles, was je gewesen ist. An den Anbeginn der

Zeit. Und an ihr Ende. Und der große, stille Mann mit den traurigen Augen blickt dich einen Moment lang an, so als könne er dich wirklich sehen.

Und du flüsterst ihm zu, dass alles, was beginnt, auch endet. Und dass er keine Angst zu haben braucht.

KAPITEL FÜNF

Mitternacht war schon lange vorüber, als Robert Abraham in der Lagerhalle eines ehemaligen Schrottplatzes im trostlosen Osten von London, im Stadtteil Newham, dabei zusah, wie ein Mann, nur unwesentlich jünger als er, zu Tode geprügelt wurde. Die Halle lag auf dem Gelände eines stillgelegten Schrottplatzes, auf dem bis vor ein paar Jahren noch Autos ausgeschlachtet und abgewrackt worden waren; jetzt lagen ihre rostigen Gerippe wie die versteinerten Skelette von Dinosauriern nebeneinander. Das Gelände war eingezäunt und unzugänglich, es lag abseits und doch inmitten einer postindustriellen Ruinenlandschaft aus Schnellstraßen, Outlets, heruntergekommenen Filmstudios, indischen Restaurants, Autowaschanlagen. Irgendwo hinter ihm in der Kälte der Nacht ragte »The Shard«, ein in die Stadt hineingerammter überdimensionierter Wolkenkratzer, in die Dunkelheit hinein, Lichter verstreuten sich hier am Rande, liefen, je näher es an die City ging, zusammen und bildeten einen Pulk, der noch vom Weltraum aus deutlich zu erkennen war.

Aber nicht heute, dachte Robert, hier und jetzt gab es nur Fragmente einer unvollständigen Finsternis, zerschnitten von Scheinwerfern, die man am Rande einer provisorischen Arena, begrenzt durch Sand und Zementsäcke, aufgestellt hatte. In dem gleißenden Licht drangen die Körper zweier Männer aufeinander ein. Sie wurden von Kameraleuten mit teuren, normalerweise für Hollywood-Produktionen benutzten ARRIFLEX-Kameras aufgenommen. Die Kameraleute achteten penibel darauf, nur die Kämpfer zu zeigen und möglichst wenig von den anwesenden Zuschauern, die sich im Halbdunkel dahinter verborgen hielten.

Es waren Männer, deren Gesichter von der sie umgebenden Dunkelheit am Rande der Arena regelrecht verfinstert waren. Ihre Augen waren hinter dunklen Brillen versteckt, aber dahinter weit geöffnet und alles wahrnehmend; Männer mit Augen wie Grabsteine, Augen so ausdruckslos und leer wie die von Toten, gnadenlose Blicke werfend. Robert war einigen von ihnen, Kuriere wie er selbst, irgendwann, irgendwo im dunklen Universum des Bela Nagy begegnet, andere hingegen schienen Geschäftspartner zu sein. Robert hatte schon oft Gerüchte über diese Kämpfe gehört, im Internet gab es sogar spezielle durch Passworte und Firewalls gesicherte, nur einem exklusiven Club zugängliche Webseiten, die das Material zeigten.

Die Männer, die hier miteinander auf Leben und Tod kämpften, waren die Verlierer, die vor den Toren des Finanzviertels lungerten wie einst die Aussätzigen vor den Toren der mittelalterlichen Städte. Tagelöhner, auf dem Arbeiterstrich unterwegs; das einzige Kapital, das sie nach Abzug aller Verbindlichkeiten noch besaßen, waren ihre Körper: Knochen, ummantelt von Muskeln, Sehnen und Fleisch. Humankapital im wahrsten Sinne des Wortes. Männer, die ihre Haut zu Markte trugen. Männer, die hier bis zum Tode kämpften.

Und einem von ihnen offenbarte sich der Tod in Gestalt eines letzten Faustschlages, der den dünnen Knochen an seiner Schläfe zertrümmerte. Ein Blutgefäß platzte, und er lebte noch ein paar Sekunden, so lange wie das Blut brauchte, um sich massiv in seinem Hirn auszubreiten und ihn zu töten. In den paar Sekunden, in denen er sich daraufhin noch aufrecht in der Arena hielt, zitterte sein Blick über die geschlossenen Reihen der düsteren Männer, die ihn stumm betrachteten und die ihm so unwirklich schienen wie in dem Traum, den er zwei Tage vor seinem Ende geträumt hatte; einen Todestraum, wie er jetzt begriff.

Ein heimtückisch schmaler Faden Blut schlängelte sich aus seinem Ohr und folgte seiner Halsschlagader. Dann stürzte sein Körper, brach regelrecht in sich zusammen wie die Türme des World Trade Centers: eben noch im Glauben, unvergänglich zu sein, hatte er sich genau wie diese böse getäuscht. Derjenige, der ihn erschlagen hatte, beugte sich langsam über ihn und betrachtete ihn wie einen Köter, den man mehr oder weniger absichtlich überfahren hat. Er hob den schlaffen Arm des Verlierers, schüttelte ihn und ließ ihn wieder fallen, als keine Reaktion erfolgte. Totes Fleisch, bedeutungslos. Der Sieger, der selbst im Gesicht blutete, zuckte mit den Schultern und trat aus der Arena zu einem Stuhl, über dessen Lehne seine Klamotten lagen. Er war bis auf Shorts nackt, so wie der Tote, und sein sehniger Oberkörper war von Blutergüssen gezeichnet; immerhin war es bis zum Ende ein ausgeglichener Kampf gewesen. Jemand reichte ihm eine Wasserflasche, und er trank die eine Hälfte und schüttete sich die andere über den Kopf.

Ein Arzt, der während des Kampfes in der »Sun« geblättert hatte, untersuchte flüchtig seine Wunden. Nichts, was nicht von selbst heilte. War mehr zu tun, nahm er denjenigen mit in seine schäbige Praxis, für deren Betrieb er schon lange keine Zulassung mehr besaß; so wie sein Leben war sie ramponiert und desaströs geführt worden. Er trank zu viel und er dachte zu wenig nach, und das hatte ihn genauso wie die Männer in der Arena hierher geführt. Ebenso wie diese gehörte er sich schon lange nicht mehr selbst.

Nachdem er mit dem Sieger fertig war, stieg er zu dem Toten in den Ring und bestätigte nur, was alle ohnehin schon wussten.

Niemand klatschte Beifall oder gab einen Kommentar von sich. Die plötzlich einsetzende Stille nach dem Tod war nur schwer erträglich, fand Robert, er beobachtete, wie Geldscheine eingesammelt wurden; fürwahr ein Lohn der Angst.

Zwei Handlanger wischten die Arena feucht durch, beseitigten das Blut, streuten Sägespäne auf den blanken Beton.

»Das war noch gar nichts«, sagte Bela Nagy neben Robert. »Es wird noch besser.« Dabei ließ er Robert keine Sekunde lang aus den Augen. Und Robert spürte Nagys Blick, der sich wie Säure durch seinen schicken teuren Anzug, der wie eine zweite Haut an ihm saß, durchfraß, bis er tief in sein Innerstes einsickerte, um ihn dort zu zersetzen.

Zwei weitere Männer betraten die Arena. Diesmal waren sie bewaffnet.

»Das sind Kukris«, erklärte Nagy Robert und deutete auf die dreißig Zentimeter langen, gebogenen Messer. »Sie stammen aus Nepal und werden dort von den einheimischen Gurkhas benutzt. Furchterregend, nicht wahr? Kein Vergleich mit üblichen Klingen. Eigentlich sind sie in den Händen von Amateuren verschwendet, aber das macht es nur noch interessanter. Diese Typen haben kein Gefühl für das Gewicht einer solchen Waffe, für die Art und Weise, wie man sich mit ihr bewegt. Ein Gurkha würde diese Sache hier in wenigen Sekunden beenden.«

Aber das ist nicht das, was du willst, dachte Robert. Was sie alle hier wollen.

Und was zum Teufel machst du hier?, fragte er sich.

Er war erst gestern aus Hongkong angekommen.

Hinter ihm lagen Transaktionen und deren korrekte Einhaltung, das Pochen auf die Erfüllung von Verträgen in verrauchten, engen Hinterzimmern, in der Luft hing der Geruch fremdartiger Gewürze, das Salz des Meeres.

Vier-Augen-Gespräche, und darin enthalten deutliche Worte, während sich auf dem Bildschirm von Laptops virtuelles Geld wie ein zerstörerischer Virus ausbreitete, infizierte, infiltrierte, der Geist in der Maschine. Robert verstand nichts davon. Da waren Barrieren, die er nicht würde überwinden können. Er war nicht frustriert oder verärgert deswegen. Nur sehr müde.

Männer mit verschlossenen, undurchdringlichen Mienen prüften Verträge, tippten Zahlenkolonnen ein, entschlüsselten Codes, agierten, reagierten, handelten; er sah ihnen zu, eine Randfigur, ein Kurier, der Überbringer von Wünschen, Forderungen, Drohungen. Nicht sein eigener Herr, aber das hatten sie alle hier gemeinsam: Sie zappelten an den Fäden, die andere zogen.

Danach an die Hotelbar. Einsamkeit und das Gefühl, in dieser Welt verloren zu sein, manifestierten sich in Abertausenden von künstlichen Lichtern, die da draußen in der Nacht wie Leuchtbojen schwammen. Irgendwo hinter diesen Lichtern, hinter all dem Glas, Beton und Geld mussten sich reale Menschen befinden. Aber hier auf sich selbst geworfen, zweifelte er an ihrer Existenz. Und er zweifelte an sich selbst. Sein Gesicht spiegelte sich in dem zu großen Panoramafenster: erschreckend alt und verbraucht, und schlimmer noch, seine Züge ähnelten nun immer mehr denen seines Vaters, er näherte sich ihm an, es gab kein Entkommen. Sein Vater, der dreifache Frauenmörder, der eigentlich im Knast verrotten sollte, es aber geschafft hatte, entlassen zu werden. Robert hatte es eher durch Zufall erfahren – eine Meldung in der Online-Ausgabe einer Zeitung. Er hatte daran gedacht, seinen Bruder wieder mal anzurufen, nur wozu? Um schlafende Geister zu wecken? Nur war es zu spät, um sich zurückzuziehen, und sein früheres Leben marschierte wie eine beschissene Straßengang, auf Ärger und Randale aus, direkt in ihn rein. Das gab ihm den Rest. Und so dachte er, weit weg von zu Hause, so intensiv an Frank wie schon lange nicht mehr.

»Ich glaub's nicht. Du und Bulle?«

»Glaub's ruhig.«

»Wer hat dir diese Flausen bloß in den Kopf gesetzt, Frank? Ich wette, dieser Kommissar, der Vater verhaftet hat, steckt hinter dieser Idee.«

»So etwas kann ich durchaus alleine entscheiden, Rob. Es ist das, was ich tun will.«

»Das willst du doch gar nicht ... du wirkst auf mich wie fremdgesteuert. Du hast doch gar keinen Bezug zu diesem Beruf.«

Frank lachte freudlos. »Mehr Bezug als ich haben die wenigsten, meinst du nicht auch.«

»Ja. Und gerade deshalb ist es keine rationale Entscheidung.«

»Und welche wäre so eine?«

»Du kommst zu mir. Ich baue mir einen eigenen Betrieb auf. Steig mit ein, wir beide als Team, Kleiner.«

»Aber es ist nicht das, was ich will, Rob.«

»Hör doch mal ... ich werde dich dort nicht mehr beschützen können.«

»Aber das ist okay, Rob. Ich bin jetzt so weit.«

Robert hatte seinen Bruder nicht davon abbringen können, Polizist zu werden. Natürlich steckte dieser besessene Alte dahinter, dachte er. Lohmann. Er hatte sich nach ihren Verlusten vor allem um Frank gekümmert. Davor um ihre Mutter.

Robert seufzte tief und schwer. Nicht mal am Arsch der Welt entkam er diesem Mist.

Lohmann hatte ihre Mutter überredet, mehr noch: sie dazu gedrängt, ihren Vater in der Untersuchungshaft zu besuchen, um ihn weitere Details, die er den Bullen nicht verriet, zu entlocken. Und das verlangte er von einer psychisch labilen Frau, dachte Robert, die, völlig versteinert und verstört, hilflos durch Dunkelheit und Verwirrung irrte.

Das Ergebnis fand Robert eines Morgens dann im Badezimmer vor – in einer mit Blut vollgelaufenen Wanne ...

Und dann nahm dieser Bulle ihm auch noch seinen kleinen

Bruder weg. Frank ging den ganzen Weg, erst als Streifenbeamter, um dann auf Lohmanns Rat hin die höhere Laufbahn einzuschlagen. Ausgerechnet in der Mordkommission. Und weshalb? Aus Schuldgefühlen heraus. Weil auch Lohmann das Bild einer blutgefüllten Wanne nicht mehr aus dem Kopf bekam?

Wie auch immer: Die Wege der Brüder trennten sich.

Wir steckten in einem tiefen, dunklen Wald und folgten jeder einem anderen Licht, nur führte mich mein Licht in eine noch größere Finsternis hinein, dachte Robert.

Was Frank jetzt wohl tat? Leichen zählen? Die Orte aufsuchen, an denen die Toten auf ihn warteten? Seit Jahren telefonierten sie nur noch sporadisch miteinander. Es hatte keinen Streit gegeben, nur Roberts Verschwinden in ein anderes Leben. Ein Leben, das ihn manchmal an Orte wie diesen hier führte. Aber wieso dachte er gerade jetzt an Frank?

Auf der Bühne neben der Bar quälte ein von babyspeckummantelter deutscher Teenager die wenigen Gäste mit einer grausigen Karaoke-Darbietung von Florence Welchs »You've got the Love«. Die ersten Buh-Rufe kamen erst zaghaft und dann mit jedem weiteren Schluck aus vollen Gläsern immer mehr und lauter und vertrieben das beschämte Kind in die Arme seiner Eltern, die es daraufhin aus der Bar hinter sich herzerrten.

Neben Robert stritt sich ein junges amerikanisches Pärchen auf Hochzeitsreise über alte, missverstandene Highschool-Erinnerungen, der Mann, angetrunken und gekränkt, schrie auf seine Frau ein, die immer stummer wurde, der Abend endete erwartungsgemäß in Tränen.

Später ließ sich Robert von einer überaus blonden, sahnehäutigen Dänin mehr oder weniger abschleppen. Fast anderthalb Jahrzehnte jünger als er, eine IT-Spezialistin mit Abschluss am MIT, wie er fremd und nur für kurze Zeit hier als Repräsentantin eines amerikanischen Konzerns, Typ globale Netzwerkerin. Schwarze Slim-Pants, schwarzes Top, Ankle-Boots, dezenter Schmuck. Lise.

(»Bloß keine Nachnamen«, sagte sie, »die versauen nur alles.« Was Robert auch fand.)

Ihr Gesicht voll und rund, ihre Stimme dunkel, ihr Lachen sehr sexy und gehaltvoll.

Sie kamen schnell voran, verzichteten auf ein ausgiebiges, langsames Vorprogramm, ihre Körper drangen ungestüm aufeinander ein. Lise mit ihren großen festen Brüsten, laut und sich verausgabend, so dass er ihr um der Nachtruhe der anderen zuliebe den Mund zuhielt, als sie kam. Robert entsorgte anschließend das Kondom in der Toilette, danach duschten sie zusammen, hielten dabei einander fest, ihre Blicke schweigend über den anderen streifend, ein Übermaß an Intimität, das ihn verstörte. Er war davon ausgegangen, dass sie danach auf ihr Zimmer ging, stattdessen lag sie neben ihm, klaute ihm eine Zigarette und verspürte plötzlich das dringende Bedürfnis zu reden.

»Vor zwei Jahrhunderten war das hier nichts anderes als Felsen, Sand und Meer. Das Ende der Welt. Heute ist es der Anfang von allem … ich könnte stundenlang auf all diese Lichter starren. Ich war mal auf dem Mullholland Drive, wenn du nachts von da oben auf Los Angeles runterblickst, dann siehst du einen unendlichen Teppich aus Lichtern, Gitterstäben gleich, und du denkst: Wow, hier sitzt das Geld, die Macht, das ganze Kapital konzentriert sich auf dieses Stück Wüste, Ströme aus Licht, aus Gold. Europa ist weit weg. Ich war schon länger nicht mehr drüben. Es heißt jetzt überall, dort gehen die Lichter aus.«

»Nicht überall«, sagte Robert. »Und auch nicht so schnell.«

»Ich glaube, dass Lateinamerika in ein paar Jahren das nächste große Ding wird. China ist zu groß, zu viele Menschen mit den gleichen Bedürfnissen und Wünschen. Auf Dauer wird das hier böse kollabieren. Die Karawane wird weiterziehen.« Das Kapital, der Fortschritt, dachte Robert.

»Gibst du mir Feuer?«

Sie rauchten und stießen den Rauch gen Decke, wo sich dieser langsam sammelte und zu verharren schien wie ein ungebetener Gast, der sich weigerte, die Party zu verlassen.

Lise sagte: »Es heißt hier, in bestimmten Nächten kann man in einer gewissen Stimmung die Vergangenheit des jeweils anderen im Zigarettenrauch lesen. Wie in einer Art Geisternebel. Die Menschen hier sind furchtbar abergläubisch.«

Sie vergrub ihr Gesicht in seiner Achsel.

»Erinnerst du dich an deine Jugend?«

»Ja, die ist aber schon länger her als bei dir. Die Tage verlieren merklich an Farbe, aber die Konturen sind noch zu erkennen«, sagte Robert. Leider, dachte er. Denn er erinnerte sich an beinahe alles – vor allem an die Zeit, als Frank und er in die Nacht geschleudert wurden ... und an ihren Kampf danach, nicht zu zerbrechen. Aber das war keine Gute-Nacht-Geschichte für jetzt. Lise kicherte und schlängelte ihre Hand an seiner Brust hinunter und zwischen seine Beine.

»Mach dich nicht älter, als du bist, großer Junge.«

Er reagierte automatisch auf ihre Liebkosung, was ihr ein erneutes Kichern entlockte.

Sie erzählte:

»Dänemark ist so scheißklein, du wächst dort auf und nichts geschieht dir, nichts passiert, du willst einfach nur raus. Ich habe meine ganze Jugend lang die Flucht geprobt – erst mit Kerlen, dann mit Drogen, Partys, das waren endlos verlängerte Sommer. Aber gleichzeitig war es ein Leben ohne Risiko: Du fällst, und du weißt, es sind genug Netze vorhanden, die dich auffangen. Das wollte ich nicht. Ich wollte sehen, ob ich's auch packe, wenn unter mir nichts als der harte, blanke Boden ist.«

Also eine Geschichte vom Fallen, dachte Robert. Damit kannte er sich aus, er wusste, was es bedeutete zu stürzen. Sein Sturz hatte ihn unter anderem auch hierhergeführt.

»Ich bin überall fremd, und es macht mir nichts aus. Ich will so leben, keine Bindungen, keine Kompromisse«, sagte sie, doch

Robert, der die letzten Jahre unter professionellen Lügnern und Täuschern verbracht hatte und der selbst einer war, hörte die Unsicherheit und Frustration aus ihrer Stimme heraus. Nähe, Vertrauen; wir merken erst, wie hundeelend allein wir sind, wenn wir uns völlig Fremden offenbaren, Gesichtern, die wir morgen schon vergessen haben. Robert hatte sich bislang zurückgehalten. Er mochte es, ihr zuzuhören, selbst aber verschlossen zu bleiben. Dann die obligatorische Frage.

»Was machst du hier?«

Er hätte ihr so ziemlich alles erzählen können. Darin war er gut. Aus einer Laune heraus sagte er:

»Ich bin Literaturdozent und auf einem Symposium.«

Was Lise zum Lachen brachte.

»Nie im Leben«, sagte sie. »Nicht hier. Das Einzige, was die Leute hier lesen, sind die Auszüge ihrer Wertpapierdepots und Geldanlagen. Hier gibt's zwar Zeichen und Wunder, aber keine Sprache dafür.«

»Vielleicht will ich einfach nicht die Hoffnung aufgeben, die Barbaren hier zu bekehren … Kafka, Grass, Böll.«

Sie beugte sich über ihn, biss ihm in die Schulter, knurrte verspielt.

»Alle tot … na ja, außer Grass … und für die Leute hier sind wir die Barbaren. Die Chinesen behaupten ja, dass sie alles Wesentliche bereits vor uns erfunden haben. Vielleicht stimmt das sogar.«

Sie liebten sich erneut, hier am Ende der Welt oder ihrem neuen Anfang, es war egal. Als er am Morgen wach wurde, war Lise nicht mehr da, hatte ausgecheckt und ihm nicht mal eine Nachricht hinterlassen. Ihre Spur verlor sich inmitten der Zeichen und Wunder, für die es keine Sprache gab.

KAPITEL SECHS

Das war Hongkong gewesen, gestern.

Und das hier war London, heute.

Die Männer in der Arena umkreisten einander; ein großer massiger Farbiger und ein zäher kleiner Kerl mit rötlichen Haaren und ungesunder Haut. Die Kukris halb erhoben, auf Brusthöhe, ungeschickt balancierend, erste Schläge austeilend, die die Luft vor ihren Gesichtern zerteilte. Ein Raunen ging durch die dunkle Masse, in der sich auch Robert befand. Unter dem wachsamen Blick Nagys.

Der Kleine tänzelte hektisch, während der Große sich unsicher bewegte, seine Schritte schwer und zäh, als steckte er in Treibsand. Sie warteten auf ein Zögern, auf eine falsche Bewegung des jeweils anderen.

Sie alle warteten darauf.

Mit jeder weiteren Sekunde stieg die Spannung, die wie Elektrizität in der Luft hing, ein dünnes Sirren, ein weißes Rauschen, und eine fremde, beunruhigende Hitze stieg in Robert auf. Er wusste, er durfte nicht zulassen, dass diese Hitze seine Augen erreichte und seine Angst verriet. Man sagte, dass Nagy die Angst an einem roch wie manche Hunde Krankheiten. Er wagte es deshalb nicht, seinen Blick von dem Geschehen abzuwenden. Diesmal würde es schlimmer werden, viel schlimmer. In der Arena explodierte die aufgestaute Gewalt in einem Schrei, den der Rothaarige ausstieß, als die Panik seinen Kopf erreichte und sich ein roter Nebel über seine Augen legte. Er stürzte plötzlich blindlings vor, beendete das Geplänkel und hieb auf den Farbigen ein, der einen Moment zu lange überrascht war. Ein Profi hätte den Rothaarigen abgeblockt und aufgespießt, aber hier gab es weit und breit keine Profis, nur verzweifelte Männer.

Die Klinge des Kukris schrammte an seiner breiten Brust entlang und färbte sie rot. Der nächste Schlag, der folgte, trennte dem Mann beinahe den ganzen linken Arm ab, den er schützend vor sein Gesicht gehoben hatte. Den Kukri in der anderen Hand ließ er achtlos zu Boden fallen. Robert wusste, dass der Kampf damit beendet war, dass jetzt nur noch der grausige Abschluss des Spektakels fehlte. Neben ihm lachte Nagy amüsiert, enthielt sich aber eines Kommentares, im Gegensatz zu der Menge, durch die eine Welle der Gewalt ging und sie zum Beben brachte, zum Johlen und Grölen. Die Kameraleute hielten weiter gnadenlos drauf. Der große Mann starrte wie benommen auf seinen nur noch von einen abgesplitterten Stück Knochen und einem Fleischstrang gehaltenen Arm.

Er rief: »Ich brauche einen Arzt.«

Die Zuschauer brüllten ihn nieder. Robert blieb stumm. Er wagte nicht zu atmen. Sein Herz raste.

»Bitte«, sagte der verletzte Mann, und er sagte dies so nüchtern und sich seiner Lage bewusst, dass sich alles in Robert zusammenkrampfte. Die Todgeweihten, dachte er, die Todgeweihten grüßen euch.

Der schwere Mann plumpste auf den Boden. Er stöhnte tief und grollend. Robert sah zu dem schäbigen Arzt hinüber, der seinerseits einen kurzen Blick auf Nagy warf und sich, als von diesem keine Reaktion erfolgte, wieder hinter Meldungen über das Königshaus und dem neuesten Promiluder verschanzte.

Eine Stimme aus dem Dunkeln rief ungeduldig: »Du weißt, wie's läuft, Freundchen, bring die Sache zu Ende und wir können alle nach Hause.«

Wen meinte die Stimme: den Schwerverletzten, dessen Blut den Boden der Arena tränkte, oder seinen Gegner, den Rothaarigen, der seit dem vernichtenden Schlag wie in Trance einfach dastand, den blutverschmierten Kukri in seiner verkrampften Hand?

Der kleine Mann drehte sich zu den Lichtern hin, die Kameras drangen wie Fäuste auf sein Gesicht ein.

Erneut rief der Farbige einen Namen. Robert hörte »Jocelyn« heraus. War das der Name seiner Frau? Geliebten? Seiner Schwester? Dachte irgendeiner darüber nach, oder war er der Einzige?

»So ein starker Bursche«, hörte Robert Nagys metallische Stimme an seinem Ohr, »die meisten haben ihr Geld auf ihn gesetzt. So kann man sich täuschen.«

Nagy fragte den Mann neben sich, offenbar denjenigen, der die »Veranstaltung« organisierte, wo der Kerl herkam.

»Aus Brixton, Sir«, kam die prompte Antwort. »Der Typ ist eigentlich ein bekannter Schläger, hat insgesamt sechs Jahre in Pentonville verbracht, ein harter Hund …«

»Das sind sie alle, bis sie entdecken, wie viel Blut in ihrem Körper ist. Sehen Sie, er wird immer schwächer … gleich legt er sich hin.«

Nagy schnipste mit den Fingern, es klang wie ein Peitschenhieb im Staub und in der plötzlichen Stille, die sich wie ein Sargdeckel auf sie alle legte. Das Geräusch holte den Rothaarigen aus seiner kurzzeitigen Abwesenheit heraus. Er hatte einen Menschen verletzt, ihm fast den Arm abgetrennt, und das war eine neue Erfahrung für ihn. Bislang hatte er sich mit Betrügereien durchs Leben geschwindelt und war meistens davon gekommen. Er glaubte, sogar übers Wasser gehen zu können, bis er den falschen Leuten Geld schuldete und diese sich daraufhin seine Schwester schnappten und als Pfand hielten, das auszulösen er sich verpflichtet hatte. Das hatte ihn an diesen Ort geführt; nun, hier war das Ende der Fahnenstange erreicht, das Ende aller Täuschungen, und jetzt würde er die nächste Erfahrung machen – einen Menschen, mit dem ihn nichts verband, zu töten –, und sie würde alles in ihm verändern.

Niemand kam hier ungeschoren davon, begriff Robert.

Nagy flüsterte seinem Nebenmann etwas ins Ohr. Der rief daraufhin: »Köpfe das Arschloch und dein Gewinn wird verdoppelt.«

Nagy sagte zu Robert: »Er wird mehr als einen Hieb benötigen. Was meinst du, Robert. Hältst du dagegen?«

»Nein«, sagte Robert.

Der Rothaarige schaute auf die Waffe in seiner Hand und blinzelte hektisch. Er fragte sich einen Augenblick lang, ob er das alles hier nicht träumte und ob ihm im Traum nicht irgendjemand die Waffe in die Hand gedrückt hatte. Sie und er passten so gar nicht zueinander, aber jetzt würde sie als Verlängerung seiner Entschlossenheit dienen müssen. Und er dachte an Samantha, die in einem dreckigen Hinterzimmer eingesperrt war und auf ihn wartete. Das war kein Traum, wusste er, und so kam er wieder zu sich und seine Finger schlossen sich fester um den Griff der Waffe und er trat einen Schritt zu dem am Boden sitzenden großen Mann vor.

Im grellen Licht sah das Blut um ihn herum schwarz aus.

»Tu das nicht, Bruder«, sagte er und sah den Rothaarigen an, als ihm dieser die scharfe Klinge des Kukri an den Hals drückte.

»Komm mir nicht auf diese Tour, Kumpel, das läuft nicht, du würdest das Gleiche mit mir abziehen«, sagte der Rothaarige mit irischem Akzent.

Er holte zum Schlag aus. Da war kein Zögern mehr.

Robert wollte sich endlich abwenden, er hatte das Gefühl, nicht mehr der Menschheit anzugehören, wenn er weiter zusah, aber genau auf diese Reaktion spekulierte Nagy, deshalb hatte er Robert hierher bestellt und ihn in diesen Kreis der Hölle aufgenommen, und also gab es auch für Robert Abraham kein Entkommen, und deshalb sah er, wie die Augen des Farbigen ganz klein wurden und seine dunkle Haut ganz grau, und obwohl er nicht älter als Anfang dreißig sein konnte, war er, als die Klinge sich seitlich in seinen Hals grub, auf einmal uralt, erst eine Million Jahre, dann eine Milliarde, und dann war nichts mehr.

Draußen regnete es. Sie verzichteten auf die bereitgestellten

Regenschirme und wurden nass. Robert dachte, dass selbst tausend Jahre Regen die Scham und die dumpfe Leere in ihm nicht wegzuspülen vermochten. Er hatte sich noch nie zuvor so schmutzig gefühlt. Der teure Anzug, maßgeschneidert in Italien, stank nach Schweiß und Schuld.

Robert und Bela Nagy standen am Rande der Lagerhalle, aus der die beiden Toten der Nacht entfernt wurden; ihre Körper würden im Gefüge der riesigen Stadt einfach verschwinden, auf Jahre hinaus vergraben unter einem Neubau, in Beton bestattet, aus der Welt getilgt. Ihre Freunde würden sie als vermisst melden, als verschollen, verloren, man würde nach ihnen suchen, ein paar Tage lang, ein paar Wochen ihre Gesichter sowohl auf den Straßen wie auch virtuell im Internet plakatieren; umsonst.

Robert hätte ihnen erzählen können, was geschehen war.

Nein, nicht er.

Und auch keiner der anderen hier.

»Du fragst dich, warum diese Typen sich dafür hergeben«, sagte Nagy, als er in Robert las; wie immer kroch er ihm dabei unter die Haut, und es war, als legte er seine Hände auf Roberts Kopf, Hände, die auch über der Stadt lagen, über dieser und über jeder anderen, in denen er Ableger seiner kriminellen Aktivitäten unterhielt. Hände, die über das Leben und Sterben von Menschen bestimmten, Hände, in die sich Robert vor langer Zeit hinein begeben hatte wie in eine Falle und aus deren Griff er nicht mehr herauskam.

»Ja, das frage ich mich wirklich.«

»Wie schmeckt Armut? Nach nichts, Robert. Armut ist der graue Belag auf deiner Zunge, das drückende, krampfende Gefühl in deinem leeren Magen, die Hungerleere in deinem Kopf. Armut ist ein sich ewig wiederholender Tag, den du damit verbringst, dem Grau deines Lebens eine weitere Schattierung abzugewinnen. Was das falsche Wort wäre … gewinnen. Armut macht die Leute mürbe, Armut treibt sie an die wildesten Ufer.

Armut tötet. Sie bringt die Menschen dazu, alles Menschliche abzulegen, sie entkernt dich, sie verwandelt. Es fasziniert mich, dabei zuzusehen, wie wir alles vergessen, was man uns beibrachte, um in ein Stadium zurückzukehren, von dem wir glaubten, es hinter uns gelassen zu haben. Keiner von denen hier wurde als Mörder geboren. Aber sie haben heute gemordet. Nicht gekämpft, gemordet.«

Robert bemerkte, wie die beiden vermeintlichen Sieger das Lagerhaus verließen und von Nagys Männern auf den Rücksitz eines alten Fords bugsiert wurden. Die Männer sahen scheußlich aus, völlig leer und zutiefst deprimiert. Die Geldbündel in ihren Händen zitterten. Sie warfen keinen Blick darauf.

»Was hält sie davon ab, irgendwann zur Polizei zu gehen?«, fragte Robert.

»Nichts. Aber sie werden es nicht tun. Wir wissen alles über sie und ihre Angehörigen. London ist eine große Stadt, aber selbst die Welt wäre nicht groß genug …«

Ja, Robert verstand.

Nagy bleckte die Zähne, zufrieden mit seinen Ausführungen, seiner grimmigen, wölfischen Philosophie.

Es waren zwei Dinge, die an Nagy auffielen.

Erstens seine Augen. Sein klarer, offener und wacher Blick, der sich von dem der Leute, die für ihn arbeiteten und mit denen er geschäftlich zu tun hatte, unterschied. All diese Basiliskenaugen ordneten sich dem kleinen schmächtigen Mann unter. Und die, die meinten, es nicht nötig zu haben, änderten früher oder später ihre Meinung.

Nagys Blick war intensiv, fokussiert, interessiert, da war eine Nickhaut aus Zuvorkommenheit und Vertrauen, hinter der sich ein Reptil verbarg.

Dann die Zähne. Implantate, gebleicht, strahlend weiß, klein und scharf. Zähne, die dafür gemacht waren, zu zerstören und zu vertilgen.

Es gab da Geschichten. Es gibt immer Geschichten um Leute

wie Nagy, die nach dem Ende des Kommunismus wie neugeborene Albträume in den Westen übersetzten. Neue Spielregeln aufstellten, ihr Brandzeichen hinterließen. Stoff für urbane, hartgesottene Mythen. Sich widersprechende Wahrheiten.

Ungeheuerliches: Nagy, der aus einem russischen Waisenhaus stammte, von dort nach Misshandlungen und sexuellen Übergriffen floh, auf der Straße lebte wie eine ganze Generation verlorener Kinder vor und nach ihm. Der Anführer einer Jugendbande wurde. Nagy, der am Ufer der Moskwa einmal einem Milizionär, der ihn vergewaltigen wollte, die Kehle durchbiss mit den alten, kaputten Zähnen seiner Kindheit, der sich später als Auftragskiller die goldene Leiter des freien Unternehmertums hocharbeitete, eine Organisation infiltrierte, die alten Männer aus dem Weg räumte, natürlich eigenhändig, wie es sich gehört.

Nagy, der Fürst der Finsternis.

Sein nackter Oberkörper war angeblich nach Art der russischen *vodry*, der Mafiosi, ein Gemälde eintätowierten Schreckens, eine über die Haut gespannte Leinwand aus Blut und Terror.

So sagten die einen.

Die anderen erzählten, dass Nagy gar kein Russe war, sondern einem alten ungarischen Adelsgeschlecht entstammte, sein Vater eng mit Admiral Horthy befreundet war und ein Onkel als Regimentskommandeur an der Seite der deutschen Truppen vor Stalingrad fiel. Nach dem Krieg war man trotzdem auf Seiten der Sieger und wechselte einfach von rechts nach links. Der junge Bela wurde noch vor dem Sturz der Sowjetunion nach Moskau geholt, in den KGB, und lernte dort das Handwerk der Henker und Verräter, ohne den überflüssigen Ballast von Moral, Anstand, Empathie. Solche Männer, Macher, Lenker brachten es in der postsowjetischen Welt, die sich wie eine alte erschöpfte Hure von ihren kapitalistischen Freiern ohne Pause, ohne Gnade besteigen ließ, ganz nach oben. Sie verbündeten sich mit Geschäftsleuten, organisierten deren Schutz, beseitigten Konkurrenten, wurden beteiligt, machten Geld, übernahmen selbst das Ruder – ja, und manche von ihnen endeten sogar als Präsident einer Atommacht.

Alles davon stimmte.

Nichts davon war wahr.

Nur eines stand fest: Bela Nagy, Anfang sechzig, ein überraschend kleiner, zerbrechlich wirkender Mann, liebte die Gewalt. Sie war ein essentieller Bestandteil seines Selbstverständnisses. Auch wenn er selbst nicht mehr Hand an seine Gegner legte, war er immer noch bereit, jede Grenze zu überschreiten, um die verbotenen Ländereien der Nacht zu betreten. So wie sich in vielen von uns Güte und Mitleid finden, ohne die diese Welt nichts wäre als Wüste, Ödnis, Finsternis, existiert in anderen ein Verlangen danach, zu zerstören, die Welt in Brand zu setzen, um die Hitze des Feuers auf der Haut zu spüren – die Hitze einer anderen, dämonischen Sonne, die gleiche, die Robert da drinnen gespürt hatte. Er wusste, er würde diesen Ort hier und das, was er an ihm gesehen hatte, nie mehr vergessen; er war bereits jetzt schon Bestandteil seiner künftigen Albträume.

»Wieso hast du mich hierher bestellt?«, fragte Robert.

»Ich wollte dich einweihen … vielleicht sehen, wie du reagierst.«

»Und, wie habe ich mich gehalten?«

»Wie jemand, der partout keine Schwäche offenbaren wollte. Wie ein Mann aus Stein.«

Ja, mit Fieber im Blut, Fieber im Kopf, dachte Robert, verbrannt von dunkler Hitze, infiziert von dem Ekel der Gewalt, der er sich doch nicht entziehen konnte in der Gegenwart dieses Mannes.

Er erinnerte sich wieder daran, wie er Nagy begegnet war … nein, vielmehr war Nagy ihm *zugestoßen:* in Form eines Konglomerats von Baufirmen, die seine eigenen Preise und Löhne unterboten und Robert so unter Druck setzten. Die Botschaft war klar: Zieh dich zurück, überlass uns den Potsdamer Platz. Aber wie alle anderen auch blickte Robert in die gigantische urbane Wüstenlandschaft, die im Scheinwerferlicht und umgeben von unzähligen Baukränen wie eine andere geheimnisvolle Welt wirkte, und wie alle anderen auch sah er die Krater darin, die mit Geld und Aufträgen gefüllt waren. Er machte wider besseres Wissen weiter und zahlte drauf, zahlte in jeder Hinsicht drauf. Schwamm mit den Haien, ohne zu merken, dass er bereits blutete und die Räuber sich um ihn drängten. Leute von ihm wurden abgeworben. Nicht nur mit Geld und warmen Worten, wie er heute wusste. Andere erlitten »Arbeitsunfälle«. Robert besorgte sich daraufhin Schwarzarbeiter. Seine unbekannten Gegner hetzten ihm die Behörden auf den Hals. Roberts Firma schmolz in der Hitze der Auseinandersetzungen wie Butter in der Sonne. Gib auf, sagten sie ihm, am Telefon.

Aber er war der Felsen. Arrogant und maßlos in seinem Ehrgeiz, in seiner schieren Unverwundbarkeit redete er sich selbst ein, keine Hilfe zu benötigen. Er sah alles als eine Herausforderung an und erkannte nicht den Ernst der Lage, in der er sich befand.

Die andere Seite spielte nicht mit fairen Mitteln. Das tat sie nie.

Er hielt Frank aus der Sache heraus; er würde ihn nicht kompromittieren, niemals. Aufträge brachen weg, wurden gekappt, schon erteilte Zuschläge verweigert, das Finanzamt ermittelte, das Ordnungsamt, er wurde angezeigt, die Rückstellungen, die Schulden … zum Schluss saß er am Fenster seines Büros und sah zu, wie sein Leben in Kartons verpackt und abtransportiert wurde.

Geschlagen, nein mehr: vernichtet.

Genau auf diesen Moment der Leere wartete Bela Nagy, erst dann trat er aus dem Dunkel heraus.

Robert lieh sich Geld, um seine Mitarbeiter abzufinden. Wenigstens das. Von seinen Banken erhielt er schon lange nichts mehr, also nahm er es aus den Händen von Menschen, die sich fest um seine schlossen und nicht mehr freigaben.

Es war das Geld der Leute, die ihn zuvor ruiniert hatten.

Und da er es nicht zurückzahlen konnte, verpflichtete er sich auf andere Weise.

KAPITEL SIEBEN

Frank wusste zu Anfang von alldem nichts, aber es blieb nicht aus, dass er Geschichten hörte. Und dass er nachforschte. Natürlich, sonst wäre er nicht sein Bruder gewesen. Als Robert Berlin verließ, um sich für Nagy zu verdingen, tat er das auch, um Frank und dessen Familie zu schützen. Ab einem gewissen Punkt wurden diese Leute um ihn herum nervös, wenn man ihnen zu nahe kam. Vor allem wenn derjenige einen Dienstausweis bei sich trug und zu viel nachfragte. Nagy kaufte Polizisten – genauso gut aber war er auch bereit, sie zu beerdigen, wenn es keinen anderen Weg gab, um sie loszuwerden oder ihr Schweigen zu kaufen. Und Frank gehörte nicht zur Fraktion derer, die die Hand aufhielten und in eine andere Richtung blickten.

Also ging Robert, entfernte sich aus dem Leben seines Bruders, entfernte sich auf eine solch radikale Art und Weise, dass er darüber hinaus sich selbst abhandenkam. Inzwischen hatte sich sein Wertsystem komplett verändert. Die Zeit auf der anderen Seite der Nacht hatte auch ihn verfinstert; er hatte zu viel gesehen, zu viel gehört, hatte Leute bedroht und eingeschüchtert.

Ein großer, massiver Mann, Mitte vierzig, männlich-gutaussehend, markant, bis auf die Augen. Die letzten Jahre hatten sich in seinen schweren, müden Augen niedergeschlagen, ihnen mangelte es inzwischen an Wärme, sie erinnerten vielmehr an ein morastiges, trübes Gewässer. Doch natürlich konnte er immer noch, falls nötig, die Lichter in ihnen anknipsen, ein Lagerfeuer entzünden und dem Rest der Welt weismachen, dass ihm zu trauen war.

Er vermisste Frank.

Zwei Männer, Zeiten und Welten getrennt, was sie hatten, war einander in der Vergangenheit, heute aber waren sie nur noch zwei Stimmen, die sich gegenseitig aushorchten, wann immer sie sich begegneten. Im Körperlosen, im Äther.

»Für wen arbeitest du, Rob? Was machst du? Ich höre da Dinge, die ich nicht glauben kann. Glauben will.«

Sie telefonierten wieder einmal miteinander. Darauf war ihre Welt, ihr Zusammensein inzwischen geschrumpft, auf Funknetze, unsichtbare Wellen. Auf eine Stimme am anderen Ende von Irgendwo. Es war immer Robert, der seinen Bruder anrief und auch nur dann, wann er es wollte. Frank hingegen besaß keine Nummer, unter der er ihn hätte erreichen können. Robert war da draußen, und allem Anschein nach bewegte er sich genau in den dunklen Seitenstraßen, in denen Frank bei seiner Arbeit immer wieder auf Täter und Opfer traf. Er hatte Angst um seinen großen Bruder.

»Was auch immer es ist, ich kann dir helfen«, sagte er. »Egal, in welchem Schlamassel du steckst …«

»Das ist sehr gütig«, sagte Robert.

»Hör auf mit dieser verdammten Ironie.«

Robert schwieg. Auch Frank suchte nach Worten. Währenddessen tropfte die Zeit träge zu Boden. Das Handy am Ohr wog eine Tonne und seine Hand zitterte. Robert hingegen saß auf einer Brüstung, blickte auf ferne Lichter in einer der vielen Städte, die in der Nacht zu einer einzigen verschmolzen. Und er hörte die Brandung des Meeres in seinem Rücken.

»Du musst mich nicht beschützen, Kleiner. Es war mal andersherum, weißt du noch?«

»Als ob ich das je vergessen könnte.«

»Mir geht's genauso. Komm, Kleiner, ich bin okay.«

»Dann sag mir, was du tust? Wer du bist? Ich glaube manchmal, ich telefoniere mit einem Fremden.«

»Und wessen Gesicht siehst du dabei?«

»Deines. Immer.«

»Siehst du, nichts hat sich zwischen uns geändert. Nichts wird sich jemals ändern. Egal, was wir beide tun …«

Er stockte, bekam sich jedoch wieder in den Griff. Er war der Felsen, nicht wahr?

»Dann sag mir zumindest, wo du bist, verdammt.«

Robert lachte. Es begann zu regnen, dabei war es sommerlich warm, und er würde einfach noch eine Weile hier sitzen bleiben. Neben ihm stand eine geöffnete Flasche Rotwein, und er hatte es sogar geschafft, ein entsprechendes Glas zu organisieren. Sein Auftrag war beendet, und er war dabei, die Erinnerung daran wegzuspülen. Meistens funktionierte es.

»Willst du dafür nicht einfach mein Handy orten lassen?«

»Sehr witzig. Du wirst es wahrscheinlich entsorgen und dir ein neues beschaffen.«

Wie jemand auf der Flucht. Wie ein Krimineller. Und ja, Robert würde das Teil ins Meer werfen. Benutze diese Dinger niemals zweimal. Er hörte die Brandung, und er wusste, dass auch Frank sie durch ihn hörte.

»Ich bin bei dir, Kleiner – auf die eine oder andere Weise werde ich immer bei dir sein und umgekehrt. Blutsbande, vergiss das nicht. Es ist egal, was aus uns geworden ist, das ist doch nicht wirklich von Bedeutung. Das Einzige, das zählt, ist, dass wir uns aufeinander verlassen können.«

Und zwischen all den abgestandenen Lügen, auf die er sein Leben aufgebaut hatte, lag dieser eine Fetzen Wahrheit.

»Ja«, hörte er Frank sagen.

»Und wenn wir uns wiedersehen, wird es wie gestern sein.«

»Klaus Mikosch«, sagte Nagy, dessen Stimme über den Wassern der Erinnerung schwebte. Robert riss sich zusammen. Er war beinahe in Nagys intensiven Blick weggedriftet.

»Das ist der eigentliche Grund, warum ich dich nach London geholt habe. Sagt dir der Name etwas? O ja, das tut er.«

Der Name geisterte einen Moment lang durch das Gewölbe von Roberts Erinnerungspalast, streifte wie ein kalter Hauch verborgene Türen und verschlossene Räume.

Und ja, als er sich jetzt mehr Mühe gab, den Namen mit einem Gesicht, einer Geschichte in Verbindung zu bringen, erinnerte er sich an eine Bar um Mitternacht, an einen nicht enden wollenden langen regnerischen Tag in einer Stadt ohne Licht, in einem Land, in dem es viel zu früh dunkel wurde und in dem es selbst am Tag dunkel blieb.

Sie hatten die Zeit totgeschlagen, ein mühsames Geschäft, und in ein paar Stunden würden sie, jeder für sich, eine andere Maschine besteigen.

Robert hatte von Mikoschs Aufenthalt hier erfahren, und entgegen seiner sonstigen Gewohnheiten suchte er dessen Nähe, weil er den Blues schob, manchmal bleibt einem nur der, wenn alle anderen Optionen versagen.

Trinken, reden, zuhören, wenn angebracht, schweigen; was sonst sollte man in einer Bar schon tun?

Mikosch: ein schmächtiger, zu früh gealterter Mann, wässrige Augen, stumpfer Blick, die Haare verschnitten, so als hätte er selbst an ihnen rumgefummelt. Nicht viel älter als Robert, aber schon verbraucht. Dir vielleicht nur ein paar Schritte voraus, dachte Robert.

Mikosch, der zu viel trank und zu wenig vertrug.

Als Robert die Bar betrat, drehte sich Mikosch in seine Richtung, und obwohl sie sich vorher noch nie begegnet waren, erkannten sie einander wie Hunde, die in der Dunkelheit denselben Pfiff hören.

»Heute habe ich mit einem Kerl zusammengearbeitet, der kam mir vor wie ein Krokodil – Augen und Schnauze dicht überm Wasser, lauernd. Grauenhaft. Adrett gekleidet, so ähnlich wie Sie, teuer, und jeder sollte das auch sehen. Würden Sie mir bitte Ihre Fingernägel zeigen?«

Der Alkohol kreiste; Robert kreiste mit, zuckte mit den Schultern, was für Wünsche die Leute haben, und streckte die Finger aus. Sauber geschnitten, keine Ränder, zufrieden?

Mikosch war's.

Und noch mehr: aufrichtig erleichtert.

»Das ist gut. Noch so einen hätte ich jetzt nicht ertragen.«

»Wen ertragen? Was? Keine Rätsel, dafür bin ich nicht in Stimmung.«

»Meinen speziellen Freund, den Blutsäufer. Der hatte dreckige Fingernägel. Alles andere an ihm war top. Kleidung, das Auftreten, aber die Leute verraten sich – so ein Krokodil muss irgendwann aus dem Wasser, wenn es seine Beute haben will. Dreckige Fingernägel, verstehen Sie? Blut. Verkrustetes Blut, ich hab's gesehen. Mit so jemanden, machen wir Geschäfte.«

»Wir überbringen nur Botschaften. Über alles andere mache ich mir keine Gedanken. Ich bin nur für mich selbst verantwortlich.«

Mikosch lachte meckernd.

»Sie dürfen diese Dinge nicht persönlich nehmen«, sagte Robert sanft.

Erneutes Gelächter, angetrunken und verzweifelt.

»Wie sind Sie denn Nagy in die Hände gefallen?«, fragte Mikosch unvermittelt, aber ernsthaft interessiert.

Robert sagte: »Auf dieselbe Weise wie Sie, wie jeder andere auch. Vermutlich.« Ich bin erpressbar geworden, dachte Robert. Hab mich in seine Hände begeben.

»Schön blöd.«

»Ja. Wahrscheinlich.«

»Ganz bestimmt. Nagy sammelt Biografien wie unsere. Diese Leute tauchen dann auf, wenn es einem schlecht geht, wenn man am Boden ist … sie riechen das förmlich … dann reichen sie einem die Hand, weil niemand anderes dazu bereit ist. Und wir greifen zu, obwohl wir es besser wissen sollten. Mit offenen Augen. Tja, und das ist dann das letzte Mal, dass wir etwas aus eigenem Antrieb getan haben. Die letzte freie Entscheidung.«

»So ist es.«

»Und das … ich meine, denken Sie nicht drüber nach?«

»Am Anfang schon. Jetzt nicht mehr.«

»Sie lügen.«

»Vielleicht.«

»Es beschäftigt Sie genauso wie mich.«

»Interessant, wie Sie meine Gedanken lesen.«

»Ihnen ist das alles scheißegal, oder?«

»Ja, vielleicht.«

»Sie sollten sich mal hören …«

Was soll's, dachte Robert verärgert. Vielleicht war es doch keine so gute Idee gewesen, Mikoschs Nähe zu suchen. Der Mann wurde ihm unangenehm. Er dachte zu viel über seine Situation nach, anstatt sich gründlich die Kante zu geben. Robert lief, je länger er ihm zuhörte, Gefahr, selbst mit dem Denken zu beginnen.

Großer Fehler.

Mikosch sagte: »Ich komme mir vor, wie ein dicht beschriebenes Blatt Papier – ein Haufen winziger Buchstaben. Das ist mein Leben, ein Ameisenstaat Worte auf weißem Hintergrund.«

»Metaphysisch gesehen ist das beeindruckend.«

»Und jemand reißt Streifen von diesem Papier ab.«

Er führte es vor, rutschte dabei vom Hocker, strauchelte, Robert griff zu, stabilisierte ihn, »Ritsch-Ratsch, sehen Sie, immer von oben nach unten. So fühlt sich mein Leben an. Es wird weniger. Ich zerfalle.«

»Das liegt nur an dem guten Zeug hier«, sagte Robert und vernichtete sein Glas. »Das fährt Karussell mit Ihnen.« Aber Mikosch wippte inzwischen verzweifelt mit dem Kopf hin und her. Dann rammte er sich plötzlich unvermittelt die Fingerspitzen wie Messer gegen seine Brust, die sich hob und senkte, als kämpfe das Herz darin einen letzten Kampf.

»Sehen Sie denn nicht, was die aus mir gemacht haben? Was die aus uns gemacht haben.«

»Das haben wir uns schon selbst angetan«, sagte Robert ruhig. Tatsächlich aber zitterte seine Stimme ein wenig dabei. Gott, er hatte eigentlich nur einen heben wollen.

»Sie erzählen öfters Scheiße, oder?«, fragte Mikosch. »Was sagt Ihre Familie denn über so viel Scheiße?«

Er schwankte wie eine staatenlose Fahne im kalten Wind der Geschichte.

»Das geht dich nichts an, Kumpel«, raunte Robert. »Wieso verpisst du dich nicht einfach und lässt mich alleine weitertrinken.«

»Kein Problem. Scheiß drauf. Sie kommen auch noch dahinter.«

»Wohinter?«

Aber Mikosch grunzte nur und torkelte vom Hocker. Diesmal verzichtete Robert darauf, ihn festzuhalten.

»Wie ist er dir vorgekommen?«, fragte Nagy.

»Wie jemand, der kurz vorm Zusammenbruch steht.«

»Der Dummheiten begeht?«

»Vielleicht. Ich bin nicht in den Kopf dieses Kerls hineingekrochen. Hat er denn? Bin ich deswegen hier?«

»Er hat mir Geld gestohlen, Robert. Keine Obligationen, kein virtuelles Spielgeld. Echte Noten.«

Nagy nannte ihm die Summe. Das Geld war dazu bestimmt gewesen, Polizisten und Verwaltungsleute zu schmieren.

»Diese Typen akzeptieren heutzutage einfach keine Überweisungen auf Privatkonten mehr, jetzt, wo alle Steueroasen austrocknen. Es geht doch nichts über die physische Realität von bedrucktem Papier.«

Mikosch hatte das Geld einfach abliefern sollen, Robert hatte solche Aufträge schon selbst durchgeführt.

»Und er ist nicht bei seinen Kontraktpartnern aufgetaucht?«, fragte Nagy.

»Nein.«

»Und ihm ist auch nichts zugestoßen?«

»Bis jetzt nicht.«

»Das ist tatsächlich dumm.«

Was sollte er sonst sagen? Etwas begann jetzt seinen Hals hochzukriechen. Stopfte ihn dabei zu. Angst?

Ja, der pelzige Körper Angst und einen Rattenschwanz an Sorgen hinterher.

»Ich will es wiederhaben.«

Mehr als verständlich.

»Und ihn dazu?«

»Nicht unbedingt in dieser Reihenfolge.«

Das Geld war zweitrangig. Nagy hatte genug davon. Es ging ums Prinzip. Jede Kultur verachtet den Dieb. Im Orient wurde ihnen die Hand abgehackt. Im Wilden Westen machte man mit Pferdedieben kurzen Prozess, sie endeten am Galgen, unter den zufriedenen Mienen der braven Bürger. Nagy würde Mikosch sicher nicht der Justiz überstellen. Das nachzuvollziehen bedurfte keiner allzu großen intellektuellen Anstrengung. Roberts Blick tastete sich verstohlen zu Nagys perfekt manikürten Fingern vor. Den Nägeln. Die Wahrheit darunter. Sauber. Kein Dreck, kein Blut.

Nein, die Bestie fand er auch dort nicht.

»Ich weiß nicht, ob ich dafür besonders gut geeignet bin«, sagte Robert.

»Ich weiß aber, dass du es bist«, sagte Nagy.

»Du hast doch Leute …«

Nagy fächerte Luft beiseite.

»Berlin«, sagte er. »Wir vermuten, dass er sich in Berlin aufhält.« Beobachtete ihn dabei, wartete auf eine Reaktion Roberts. »Ist das ein Problem für dich?«

Berlin.

Robert sagte: »Nein.«

O doch. Wir flüchten. Wir fliehen, lassen alles zurück, die Türen offen, und mit dem Vorsatz, nicht zu unseren alten Geschichten zurückzukehren. Jahrelang haben wir danach mit den Fliehkräften der Erinnerung zu kämpfen, die uns wieder auf Start zurückstellen wollen. Wir fürchten uns vor dem Rückfall in alte Gewohnheiten, wir meiden den alten Kiez. Wir akzeptieren den Trennungsschmerz. Fliehen weit und schnell. Tauchen unter. Kommen nicht zurück. Robert hatte mehr als nur einen Koffer in Berlin gelassen – sein ganzes Leben. Die Lebenden und die Toten. Und Nagy wusste davon. Natürlich, Robert gehörte ihm schließlich.

Berlin war Vergangenheit, ein harter Grund, den Nagy mit »Unfällen« und verschwundenen Konkurrenten gepflastert hatte.

»Ich wollte immer wieder mal in den Reichstag«, sagte Nagy. »Es heißt, dass sie dort die Inschriften der russischen Soldaten, die das Gebäude 1945 besetzten, nicht entfernt haben. Worte in Stein gemeißelt. Denkmalpflege. Ihr Deutsche besitzt eine seltsame Moral euren Feinden gegenüber. Ihr bewahrt sogar die Worte von Geistern auf. Weißt du, was ich glaube? Dass die Geister dieser Soldaten dort immer noch herumspuken. Berlin ist voll von ihnen. Die Engländer haben ihre Gespenster aufs Land in ihre Herrenhäuser und Schlösser verbannt. In Berlin aber sitzen sie an jeder Straßenecke und führen ein urbanes Dasein.«

»Ich glaube nicht an Gespenster«, sagte Robert.

»Das solltest du aber.«

Robert dachte an Mikosch: an seine Flucht mit dem Geld

eines Ungeheuers. Was ging nur in dem Mann vor, dass er nicht nur sein Leben versaute, sondern auch Robert in Schwierigkeiten brachte?

»Berlin ist eine große Stadt«, sagte Robert, »eine Menge Menschen auf einem Haufen, wo soll ich da ansetzen? Ich weiß nicht genug über den Mann.«

»Ich weiß genug. Eine geschiedene Frau, eine Tochter, er hat beide seit Jahren nicht mehr gesehen. Sie leben in Berlin. Naheliegend, dass er zu ihnen will.«

»Wozu brauchst du dann mich, wenn du weißt, wo du ihn antriffst?«

»Ja. Wozu? Es würde doch genügen, ein paar Schläger loszuschicken, oder? Sie könnten seine Exfrau befragen. Oder die Tochter.«

Sagte es und wartete auf eine Reaktion Roberts. Was zwischen den Zeilen lag: Die Befragungen wären nichts anderes als Einschüchterungen, Bedrohungen. Schlimmstenfalls Folter. Gangsterkram wie aus einem schlechten B-Picture. Nagy trat heutzutage im Gewand eines Geschäftsmannes auf, aber darunter schimmerte dunkel die Natur der Bestie durch. Robert hielt sich zurück. Das war der Vorteil, wenn man massiv war, Dinge prallten einfach so ab.

Nein, nicht wirklich. Nicht, wenn man dabei zusah, wie einem Mann der Kopf abgeschlagen wurde.

Nagy zwinkerte fröhlich.

»Ich schicke dich, weil ich deine Art, Probleme zu lösen, mag. Du redest, du verhandelst. Dein Wort ist dein Schwert. Die Kerle da draußen beherrschen zwar das Alphabet, aber ihre Worte haben keine Bedeutung, weil das, was sie ausmacht, in ihren Fäusten liegt. Wenn sie jemandem drohen, dann auf eine primitive Art und Weise. Was ab und an auch notwendig ist. Säbel und Entermesser, Robert. In diesem Fall will ich das Florett. Vermeide die groben Sachen und benutze deinen Verstand.«

»Du meinst, ich kann ihn einfach mit Reden überzeugen, dir das Geld zurückzugeben. Und sich an dich auszuliefern.«

»Betrachte es als eine Herausforderung. Ich schätze, du wirst bei den Frauen ansetzen müssen. Sie führen dich zu der Ratte, und dann …«

Nagy bewegte die Hand, zog einen Schlussstrich.

Robert begriff: Mikosch gehörte schon nicht mehr den Lebenden an. Irgendwo in Berlin lief ein toter Mann herum.

»Keine Sorge, du musst dir nicht die Finger an ihm schmutzig machen. Wenn es so weit ist, übernimmt ein anderer. Du trittst einfach beiseite und schaust woanders hin.«

Damit war klar, wen Nagy meinte. Wenn Blut floss, dann verließ sich ein Mann wie Bela Nagy immer noch auf seinen eigenen Stamm von Blutsäufern. Robert hatte vor allem von einem Mann gehört. Einem Tschetschenien-Veteran.

Wenn Robert Nagys Top-Kurier war, dann war dieser Russe sein Top-Killer. Ein Mann, der immer dann gerufen wurde, wenn es galt, lose Enden abzuschneiden.

Das war Mikosch jetzt. Ein loses Ende.

KAPITEL ACHT

In letzter Zeit waren Grischas Tage wie ausgelöscht. Er nahm keinen Raum mehr in der Welt ein. Als hätte man ihn ausgestanzt und aus dem Bild entfernt – wieso also war er immer noch hier? War er das? Nahm irgendjemand noch Notiz von ihm? Noch war er kein Geist, er plauderte durchaus noch mit den Leuten, aber ihm lag nicht mehr viel daran. Er suchte jetzt zu oft nach den letztlich immer gleichen Floskeln, einstudierter Kram, nichts davon besaß Tiefe, Substanz. Sein Leben plätscherte dahin bis auf die Momente, wo er abtauchte wie ein U-Boot, unsichtbar und ebenso tödlich.

Winter in Moskau waren immer eine Sache auf Leben und Tod, es gab genug Obdachlose, die sich nachts unter Brücken und in Hauseingänge legten und dann am nächsten Morgen nicht mehr aufwachten. Der lange, kalte Schlaf. Seltsam verrenkte, geschrumpfte Körper, erstarrtes Fleisch. Einmal hatte Grischa dabei zugesehen, wie man ihre Körper dutzendweise wie gefrorene Rinderhälften auf die offene Ladefläche eines LKW der Miliz geworfen hatte. Die Männer, die das taten, steckten in groben, langen Mänteln, schwere Kappen auf ihren Köpfen, sie packten die Toten bei Armen und Beinen und stapelten sie wie Brennholz, warfen im Anschluss eine Plane über den Haufen. Grischa war nicht der Einzige, der dies mitbekam, aber er war der einzige Passant, der innehielt, während die anderen weitergingen.

Die Männer, Arbeiter des Todes, unterhielten sich über das letzte Spiel von Spartak, über die richtige Zubereitung von Pelmeni, über Frauen, lachten, teilten sich Zigaretten, waren genauso deprimierend alltäglich, wie es der Tod in ihrem Leben war.

Grischa wusste genau, wie sie sich fühlten.

Auf dem Markt kaufte er frisches Obst, in einem kleinen Lebensmittelladen Eier, Milch, Piroggen, Gläser mit eingelegter Roter Bete, Brot, Wodka. Eine Flasche für die Woche. Es war nicht die Menge, die zählte, sondern die Stunde, in der man trank, wenn das Licht die Welt verließ wie ein geschlagenes Regiment. Morgen kehren wir zurück, Jungs. Als ginge man wie selbstverständlich davon aus, dass es einen neuen Morgen gab.

Als hätten wir ein Anrecht darauf, dass es immer für uns weitergeht.

Nun, die Toten wussten es besser.

In seiner Wohnung begrüßten ihn die pockennarbigen Wände, die jedes natürliche Licht verschluckten. Er schaltete den Fernseher ein: eine Gewohnheit. Die Welt erwachte zuckend, kreischend, aus Dioden und Elektronen geboren.

Ihr fahles Bild, ihr falsches Antlitz.

In einer Provinzstadt hatten sich Dutzende von Jugendlichen mit gepanschtem Wodka getötet. Die wenigen Überlebenden waren gerade so davongekommen: für immer erblindet. Die Behörden fahndeten bereits nach den Veranstaltern der illegalen Party, die ihren Todestrank zu Höchstpreisen an die Feiernden verkauft und sich dann aus dem Staub gemacht hatten. Die entsetzten Gesichter der Angehörigen, Männer, die lautstark die Stadtverwaltung beschimpften, im Kontrast dazu das stille Weinen der Frauen, das Grischa viel mehr bewegte als die ohnmächtige Wut der Väter.

Dass es ihn überhaupt bewegte, wunderte ihn.

Flottenmanöver im Schwarzen Meer. Graue stählerne Leiber, die einander umkreisten.

Die besorgniserregende Anzahl verpfuschter Operationen in einem Krankenhaus.

Schwere Unfälle, Razzien mit Todesopfern.

In einer schäbigen Wohnung im Norden der Stadt hatte die Kripo die gekochten Überreste zweier Frauen gefunden.

Ein wegen angeblicher Korruption verhafteter Oligarch war überraschend in seiner Haft verstorben.

Ein an Leukämie erkranktes TV-Sternchen.

Grischa stellte die Einkäufe in die Küche. Der Kühlschrank war ein Monstrum aus den frühen Neunzigern. Sie hatten immer wieder mal über einen neuen gesprochen. Nicht mehr nötig, dachte er.

Larissa.

Er drückte ihren Namen aus seinem Kopf, so als bediene man eine Fernbedienung. Ihrer Gegenwart selbst im Tod hingegen konnte er sich jedoch nicht entledigen.

Fünf Jahre. Fünf Winter, fünf Sommer, die Zeit dazwischen. Tatsache ist: Nichts verblasst, weder Schmerz noch Sehnsucht. Im Gegenteil: Die Erinnerung ist ein Muskel, der mit jedem Gedankenzug stärker wird. Stark wie ein gesundes Herz. Wie seins. Es schlug so kräftig wie zu der Zeit, als er ihr zum ersten Mal begegnete, bei einer Tanzveranstaltung, rührend unbeholfene, ungelenke Jugendliche in einem großen, schlecht geheizten Saal in der Mitte von nirgendwo. Sie hatten nichts als ihren angetrunkenen Mut und ihre verstohlenen Blicke, feuchte Hände trotz der Kälte, Erwartungen.

Larissa.

Lange, dicke blonde Haare. Dünn war sie, schmal, eine Balletttänzerin, anmutig, mit einer stillen Ehrfurcht. An der ist doch nichts dran, maulten seine Freunde, sie bevorzugten größere Kaliber, richtige Weiber; schau nur, Grischa, sie ist eine Feder, im nächsten Sturm verlierst du sie an den Himmel. Es war ihm egal.

Die so quatschten waren auch nicht wirklich seine Freunde – nur Jungs, mit denen er aufgewachsen war. Sie bedeuteten ihm nichts. Er war alleine auf der Welt, bis zu dem Tag, als sie in sein Leben trat und blieb.

Grischa, der nie wirklich jung gewesen war, besaß die Augen einer alten Seele. Mit einem Blick, der die Erdzeitalter durchstreift hatte. Menschen verloren sich in diesem Blick. So war es bis heute.

Oft genug konnten ihm die Menschen nicht lange in die Augen blicken. Welche Schrecken mochten in ihnen wohnen? Und wie hielt Larissa ihnen stand, mehr noch, tauchte regelrecht darin ein. Was sah sie dort, das den anderen verwehrt blieb? Wohnte tatsächlich so etwas wie Liebe und Güte in diesen Augen? Larissa war davon überzeugt. Sie selbst strahlte so heftig, dass ihr Licht in den Stunden ihres Zusammenseins die Finsternis verdrängte, die Grischa seit jeher begleitete. Doch sobald sie voneinander getrennt waren, weil er einen neuen Auftrag annahm, kehrte die Finsternis wie ein treuer Köter zu ihm zurück, rieb sich an ihm, fletschte gemeinsam mit ihm die Zähne, entblößte Reißzähne, denn sie waren beide Raubtiere, und das Töten lag in ihrer Natur.

Er wusste um seine Anlagen.

Zum Beispiel, dass ihm Schmerz nichts ausmachte. Oder anderen Schmerzen zuzufügen. Erst durch Larissa fühlte er sich wie ein Mensch. Es dauerte, bis sie zusammenkamen. Gefunden hatten sie sich – jetzt galt es, die schnöde Welt zu überzeugen. Larissa trennte sich von ihrem Freund, dem nichtsnutzigen Sohn eines Kaders. Das gefiel dem Burschen naturgemäß nicht, er fing an, Larissa zu drangsalieren, bis zu der Nacht, in der Grischa ihn abpasste und ihn sich vornahm. Larissa bedeutete dem Bonzensohn nichts, sie war nur eines seiner vielen Spielzeuge, ein Zeitvertreib, für Grischa hingegen war sie alles.

Der Junge lachte ihn aus. Grischa war der schäbige Sohn eines trunksüchtigen Nichtsnutzes, eines stadtbekannten Schlägers und Hurenbocks, der bedeutungslose Bastard eines bedeutungslosen Mannes.

»Weißt du nicht, wer mein Vater ist, du Arschloch. Ich lasse dich zerquetschen.«

»Nein«, sagte Grischa, »wenn du ein Mann bist, tust du's selbst. Hier und jetzt.«

Der Junge war im Eishockeyverein, er war größer und kräftiger als Grischa. Sie waren alleine. Selbst wenn er verlor, würde er nicht bloßgestellt sein, dachte der Junge, denn sein Ansehen und das seines Vaters waren ihm wichtiger als so eine Kleinigkeit wie Selbstachtung. »Hurensohn«, brüllte er und stürzte sich auf Grischa, aber der stand schon nicht mehr an der gleichen Stelle wie zuvor, die Nacht hatte ihn verschluckt und spuckte ihn im Rücken des anderen wieder aus, und dann trat ihm Grischa in die Kniekehle, und als der größere Kerl am Boden war, bestrafte er ihn. Blut tränkte den Boden unter ihnen, Blut im Gesicht seines Gegners, Blut an Grischas Händen. »Bitte«, weinte der Kerl. Er war übel zugerichtet, und später erzählte er allen, dass mehrere betrunkene Männer ihn überfallen hatten. Grischa setzte seinen Stiefel auf die Kehle des Kerls.

Sagte: »Dieses Mädchen ist für dich gestorben. Sie ist tot. Vergiss sie! Oder du bist tot! Wenn du deinen verschissenen Vater auf mich hetzt, dann lösche ich deine verdammte Familie aus.«

Er hatte keine Angst, dachte nicht an mögliche Konsequenzen, an Verbindungen, die der andere hätte spielen lassen können. Er war bereit, für Larissa zu töten. Er war bereit, für sie zu sterben.

Der andere las es, durch einen Blutschleier hindurch, in Grischas kalten, grausamen Augen. Und er verstand.

Grischa hörte niemals wieder etwas von ihm.

Larissa erfuhr nie etwas davon. Sie sah nur, dass der andere Kerl sich nicht mehr in ihre Nähe wagte, sie regelrecht mied. Sie machte sich ihre Gedanken, und sie ahnte, dass Grischa etwas damit zu tun hatte, es schmeichelte ihr, und zugleich hinterließ es ein schales, unangenehmes Gefühl. Aber sie fragte ihn nie danach.

Sie verbrachten ihre Zeit zusammen in diesem speziellen Käfig, den nur Liebende um sich aufbauen: Die Welt hatte das zu akzeptieren oder draußen vor zu bleiben.

Er erinnerte sich an ihre gemeinsamen Kinobesuche.

An die Filme erinnerte er sich nicht mehr, nur daran, wie er sich anstelle der Heldin Larissa auf die Leinwand träumte. Er erinnerte sich daran, wie lange und ausdauernd sie miteinander sprachen. Er hatte zuvor nie viel gesprochen, Worte waren ihm suspekt, er fühlte sich im Schweigen wohler. Es war Larissa, die seinen Worten Leben verlieh. Zusammen bauten sie Luftschlösser. Und nach jedem vorläufigen Abschied in der Nacht fühlte er sich trostlos und leer wie der Himmel über ihm, und er wankte missmutig nach Hause und hätte am liebsten an der Schwelle kehrtgemacht, um zu ihr zurückzulaufen.

Er erinnerte sich, dass selbst die Erwähnung ihres Namens durch andere ihm ein Lächeln aufs Gesicht zauberte. Und bei diesen Gelegenheiten war es das einzige Mal, dass man ihn lächeln sah. Seine Sehnsucht umkreiste ihre Gegenwart wie ein Satellit; selbst Sputnik war ein Scheiß dagegen.

Und die harten, verrohten Kerle aus den Vorstädten, den Dörfern, die Arbeiter und Bauernburschen, die mit ihm zur Armee gingen, verspotteten ihn, weil sie jung und stark und in erster Linie an Busen und Hintern, Hüften und langen Beinen interessiert waren. Aber heimlich und einzeln erzählten sie Grischa, dass es ihnen doch genauso ging: die Hoffnung, dass die Mädchen auf einen warteten, bis man zurückkam. Ohne die Liebe einer Frau wären sie alle irgendwann durchgedreht.

Die Armee.

Seine Entscheidung dorthin zu gehen, zu dienen, entsprach nicht einem ausgeprägten Sinn für Patriotismus. Vielmehr wusste er instinktiv, dass die Anlagen, die in ihm waren, eine Art innerer Ausnahmezustand, die Befriedigung, die es ihm verschaffte, Gewalt auszuüben, sein Jagdinstinkt, dort in geordnete Bahnen gelenkt würden. Im Gegensatz zu den anderen Rekruten hatte er keine Anlaufschwierigkeiten, die Hemmschwelle, einen anderen Menschen als Ziel anzusehen, zu überwinden. Und weil das auch seine Ausbilder erkannten, blieben ihm die sadistischen Erniedrigungen, denen sich seine Kameraden ausgesetzt sahen, weitgehend erspart.

Man behielt ihn im Auge.

Als eine lose, herumstreunende Waffe kam er zur Armee, und er verließ sie als ein perfekter Killer. Dazwischen lag Tschetschenien. Das Schärfen der Waffe.

Von alldem wusste Larissa nichts. Er erzählte ihr auch nichts von Grosny, von den Ereignissen dort und seiner Rolle dabei.

Was sie in den Nachrichten sah, genügte, um ihre Phantasie aufs Dunkelste anzukurbeln.

Es gab Dinge in ihm, die besser unausgesprochen blieben.

Und es gab Albträume.

Zitternd, schweißgebadet fand er sich dann in der beruhigenden Gewissheit ihrer Gegenwart wieder, wenn die Erinnerung an Grosny ihn aus ihren Klauen entließ. Sie verfolgte ihn bis in sein Unterbewusstsein – ein Film, den er so oft vor seinem inneren Auge sah, dass er zum Klassiker wurde. Er war ein Bewohner dieser Stadt geworden – dazu verdammt, ihren Untergang, den er mit herbeigeführt hatte, wieder und wieder durchzumachen.

Grischa öffnete die Balkontür. Moskau lag zwanzig Stockwerke unter ihm, vor ihm das, was die Amerikaner eine Skyline nannten; nun, für ihn war sie nur ein steinerner Scheißhaufen. Masse und Macht und von allem zu viel. Der Gott der Winde offenbarte sich und fuhr durch seinen alternden Körper, schüttelte sein Knochengerüst durch, kniff schmerzhaft in sein Fleisch.

Erinnerte ihn unerbittlich daran, dass er noch lebte.

Im Gegensatz zu ihr.

Wieso musste Larissa jahrelang gegen eine Krankheit kämpfen, die sie am Ende dann doch aufs Grausamste umbrachte, während er, ein professioneller Todesbringer, stolz darauf war, seine Ziele nicht leiden zu lassen? Was der Krebs ihr antat – sie aufs Gründlichste zu zerstören und vom Antlitz dieser Welt zu tilgen –, erledigte er binnen Sekunden mit einem Schuss ins Auge, einer platzierten Bombe, einem Messerstich ins Herz.

Fünf Jahre; Larissas Körper war längst zerfallen, nicht jedoch die Bilder von ihr. Er trug sie in seiner Erinnerung, in seinem Herzen, sie lebte dort weiter bis zu dem Tag, an dem auch er verschwinden würde, um ihr jenseits der Zeit erneut zu begegnen. Es gab Fotografien, die sie zusammen zeigten, sie lagen irgendwo in Schränken unter ihrer Wäsche, die er nicht entsorgt hatte, obwohl sie jetzt alt und muffig roch und nicht mehr nach ihrem Körper wie zu Anfang noch. Aber diese Fotos bedeuteten ihm nichts mehr. Er war nur zu müde und zu traurig, um sie wegzuwerfen oder zu verbrennen.

Er erinnerte sich noch genau an die Leere der ersten Zeit.

An die leere Wohnung.

An das leere Bett.

Ihr Körper lag unter der Erde und verweste, verging, zerfiel. Er konnte nicht schlafen. Wenn er es doch versuchte und dabei die Augen schloss, sah er, wie die Würmer sich über sie hermachten. Er träumte.

Die Träume waren grauenhaft real. Ein großer dunkler Vogel riss Brocken aus seinem Körper und verschlang sie. Sein scharfer, gebogener Schnabel zerfetzte ihn wie einen Abfallsack. Grischa spürte den Schmerz überwältigend, vernichtend, ohne allerdings dabei zu bluten. Stattdessen rieselte eine sandähnliche Masse aus den Wunden. Ein anderes Mal quälten ihn kleinwüchsige Menschen mit deformierten Gesichtern, stachen lange Spieße in seinen Leib. Lachten brüllend, wild, und Grischa schrie mit ihnen aus Angst, er hatte solche Angst, er musste sich regelrecht dazu zwingen zu erwachen. Die Augen schreckensweit geöffnet, rief er nach Larissa, suchte nach ihr in der Wohnung, vergebens. Er floh in die Straßen von Moskau. Marschierte nachts ungeheure Strecken von einem Bezirk zum nächsten. Immer alleine, niemand machte ihn an. Besser so, für wen auch immer. Er war wanderndes Eis, wirbelnde Finsternis. Hass erbrach sich in dem schwarzen Stück Kohle, zu dem sein Herz in der Kälte der Nacht verbrannt war. Ruhe fand er nur in der bleiernen Betäubung seiner Erschöpfung.

Aufschnitt, eingelegte Gurken, hart gekochte Eier, rohe Zwiebelringe, festes dunkles Brot, Wodka: Er aß und trank mit der somnambulen Mechanik eines gerade einer Katastrophe entronnenen Überlebenden. Inzwischen regnete es, und weil er die Balkontür wieder geschlossen hatte, warf sich der Wind wie ein zorniges Kind gegen die Scheiben. Der Regen tauchte die graue Stadt in ein noch dunkleres Licht.

Sirenen heulten mit den Göttern um die Wette. Im Norden zogen schwarze Rauchsäulen gen Himmel. Wohnungen brannten, Bomben detonierten, Menschen wälzten sich in ihrem Blut.

KAPITEL NEUN

Der Himmel brannte.

Vögel brannten, fliegenden Feuerbällen gleich.

Die Häuser brannten.

Menschen brannten, ihre Gesichter schmolzen wie Plastik, ihre Haare lösten sich von ihren Köpfen, ihre Kleider stiegen als Aschehaufen in den Himmel.

Über ihnen schwebten riesige MIL-24-Hind-Kampfhubschrauber. MIG-25-Erdkampfflugzeuge leerten ihre Waffenpylone. Der Gott des Krieges tauchte seine Hand in das Blut der Unschuldigen und malte die Welt in dunklem Rot.

Grischas Einheit, die Reste, die von ihr noch übrig waren, kauerte hinter einem Mauervorsprung. Früher war hier eine Schule gewesen. Die gab es nun nicht mehr, ebenso wenig wie Kinder, die man noch hätte unterrichten können. Das hier war Niemandsland. Die wenigen überlebenden Zivilisten wankten, halb verhungerten, wahnsinnigen Gespenstern gleich, durch die Ruinen. Ansonsten ging es nur noch zwischen den Spezialeinheiten und den Aufständischen hin und her. Terroristen, wie die politische Führung sie nannte. Inzwischen waren es nicht mehr nur Tschetschenen, gegen die Grischas Einheit kämpfte, sondern auch Männer aus anderen Regionen der islamischen Welt, Afghanen, Iraner, bärtige fanati-

sierte Kämpfer. Opfergaben ihres Propheten, sie trugen sein Wort auf ihren Lippen und sein Schwert in der Hand. Grosny war zum Schmelztiegel (ja, im wahrsten Sinne des Wortes) eines heiligen Kampfes geworden.

Und weil Grischas Männer unter dem orthodoxen Kreuz kämpften, war das hier eine Sache, die, wie so oft, wenn es um Religion und Glaube ging, auf beiden Seiten keine Gnade zuließ.

Wie Hauptmann Belenski gerade erfuhr.

Er lag gut vierzig Meter von ihnen entfernt mitten auf der Straße. Sein Pech war, dass er noch lebte, es aber keinen Panzerwagen gab, hinter dessen schützender Drachenhaut man ihn hätte bergen können, ohne Gefahr zu laufen, selbst abgeschossen zu werden.

Aber selbst wenn, dachte Grischa, ein Panzer nützt uns gar nichts, weil der Feind über RPG-7-Panzerfäuste und Panzerminen verfügt. Sie bräuchten schon einen schwergepanzerten T-80, um Belenski zu holen. Ursprünglich hatten die Aufständischen/Rebellen/Terroristen den Krieg mit veraltetem Material begonnen, bis einige russische Armeeeinheiten samt ihrer korrupten Kommandeure damit begannen, sie gegen Geld mit Kalaschnikows, Dragunov-Scharfschützengewehren, Minen, Panzerfäusten, zum Teil sogar mit Flakgeschützen aufzurüsten.

Unsere eigenen Leute helfen dabei, uns zu töten, dachte Grischa. Willkommen im Wahnsinn.

Die Hubschrauber hatten ihre Munition verschossen und zogen sich zurück. TSCHIP-TSCHIP machten die Rotoren. Die Männer sahen beinahe sehnsuchtsvoll hinter ihnen her. Dort drinnen in dem großen stählernen Bauch wären sie so geborgen wie schon lange nicht mehr. Die Flugzeuge drehten ihre Kreise, wackelten mit den Tragflächen, es kam Grischa fast höhnisch vor, diese Bastarde waren so was von sicher, Hunderte Meter über ihnen, und verschwanden ebenfalls. Die Lage gehörte wieder der Infanterie. Vorübergehende Stille. Der Gefechtslärm versank wie ein Geist in der Erde.

Belenski stöhnte.

Etwas hatte ihn getroffen, als er einen Spähtrupp auf die andere Seite hatte führen wollen. Die drei anderen Männer waren tot und lagen verstreut wie Puppen auf dem zersprengten Asphalt. Grischa dachte, dass nur die Toten das Ende eines Krieges erleben. Für sie war er jetzt tatsächlich beendet. Gute Reise, Jungs.

»Wir müssen sie holen«, jammerte Tretjak neben ihm. Tretjak war ranghöher als Grischa, er führte jetzt offiziell die Einheit an, aber Tretjak war in diesen Tagen in Grosny sowohl innerlich als auch äußerlich geschrumpft, er hatte nicht das Zeug, die Männer zu führen, seine vollgeschissene Hosen verliehen ihm dazu nicht die nötige Autorität. Also war Grischa jetzt der Anführer.

»Die sind tot«, sagte Grischa, eine Tatsache, die Tretjak anscheinend verdrängt hatte.

»Belenski aber nicht.«

Nein. Belenski nicht. Das war ja das Elend.

Stille, und plötzlich wurde die Stille durchbrochen von den Worten des Propheten, die man ihnen über das Schlachtfeld hinweg entgegenschleuderte. Gesänge, Anrufungen. Die Männer um Grischa bekreuzigten sich. Murmelten Flüche, Beleidigungen, wurden zusehends unruhiger. Die Verluste wogen zu schwer, jeden Tag verloren sie mehr Männer. Man hatte sie hierher geschickt, um zu töten, aber jetzt waren sie es, die getötet wurden. Mit jedem weiteren Verlust brach die Klammer aus Loyalität und Kampfeslust ein Stück mehr entzwei. Grischa wusste, was die Männer brauchten: ein Blutbad. Unter ihren Feinden. Eine weitere flammende Schneise, die sie durch die Stadt zogen. Grosny, ihre rohe, zerstörte Struktur, war selbst längst schon zum Feind geworden. Die geschändeten Häuser waren Rattennester, in denen der Tod wohnte. Grischa hatte jetzt eine Ahnung davon, wie es in Stalingrad gewesen sein musste.

Belenski wimmerte lauter.

Tretjak lugte durch das Fernglas.

»O Gott …«

Grischa nahm ihm das Fernglas ab. Belenskis Bauch war aufge-

rissen, wahrscheinlich von den Splittern einer RPG-7-Granate, mit denen die Bärtigen sie beschossen hatten. Neben Belenski lagen dampfend dessen Eingeweide. Das war's dann, dachte Grischa.

»Wir gehen ihn holen«, murmelte Tretjak. Er drehte sich zu den Männern um, die sich hinter ihnen zusammendrängten. Sie hatten keine schweren Waffen dabei, wie auch, die waren an die Bärtigen verkauft worden, also konnten sie nur versuchen, über ihre AK-47 ein Sperrfeuer aufzubauen, um die Männer zu schützen, die Belenski bergen sollten. Der Feind hingegen steckte in der gähnenden Schwärze der toten Häuser, geschützt durch Stein, bewaffnet mit Scharfschützengewehren. Sie würden die Retter einfach abknallen. Belenski entpuppte sich damit als tödliche Falle für die ganze Einheit. Aber Grischa würde dies nicht zulassen. Die Männer diskutierten über Tretjaks Vorschlag. Grischa spürte, wie die Situation zu kippen drohte.

Und dann, als wäre das alles noch nicht genug, kamen die Hunde.

Sie kamen beinahe lautlos, kamen, nachdem die Bärtigen mit den Lobpreisungen ihres schurkischen Propheten fertig waren, die Hunde schienen aus dem Boden zu kriechen, aus den Löchern, die die Armee in das Gefüge der Stadt geschossen hatte, es waren zwei Dutzend Hunde, frühere Haustiere, deren Besitzer entweder tot oder ohne sie geflüchtet waren. Wie hatten sie überleben können, ohne dass man ihnen Futter gab? Wasser gab es genug, Pfützen, in denen eine dunkle ölige Soße schwamm, aber Futter? In Grosny gab es nichts mehr, wovon man hätte leben können.

Dann dachte Grischa an die Toten in den Häusern, auf den Straßen, Zivilisten in der Mehrzahl, durch Fäulnisgase aufgeblähte Körper mit grauenhaft deformierten Gesichtern.

Und er erinnerte sich, an einigen von ihnen tiefe Bisswunden gesehen zu haben. Als hätte man ihnen Fleischstücke herausgerissen. Jetzt ahnte er, wie die Hunde überlebt hatten. Sie kamen langsam heran wie Strauchdiebe, nervös in der verbrannten Luft schnuppernd, witternd, in der Abwesenheit ihrer Besitzer waren sie völlig verwildert, waren zurückgekehrt zu ihrer ursprünglichen Daseinsform.

Als sie die brachliegende Beute erblickten, die nächste lohnende, sie überleben lassende Mahlzeit, beschleunigten sie ihr Tempo, achteten dabei aber weiterhin auf jedes verräterische Geräusch. Doch es blieb still.

Grischa wusste warum, und ein tiefer eiskalter Zorn breitete sich in ihm aus. Die Bärtigen ahnten, was bevorstand und auch, dass ihre Feinde Zeugen davon wurden.

Die Hunde scharten sich um die Toten.

Und um Belenski.

War Belenski noch bei Bewusstsein? Bekam er den heißen, fiebrigen Atem der Köter um ihn herum mit? Ihr Hecheln? Ihr drohendes Grollen? Nahm er Schemen, Schatten in seinen sterbenden Augen wahr, abstrakte Körper, die herumstreiften? Die Vorboten des Todes. Tretjak sah die Hunde ebenfalls. Er griff an Grischas Arm, seine Augen weit aufgerissen, dem Zusammenbruch nahe.

»Wir holen ihn, ja.«

Grischa sagte: »Nein.«

Er sprach nicht zu Tretjak. Er sprach zu den Männern. Sprach in ihre leer gewaschenen Gesichter hinein. Einer der Männer, verroht, verschmutzt, in den letzten Tagen waren seine Muskelpakete zu einem schwammigen Brei zusammengeschmolzen, sagte:

»Sollen wir ihn etwa dort liegenlassen?«

Dabei hielt er Grischas Blick mit trotziger Entschlossenheit stand.

»Er ist schon tot.«

»Ist er nicht. Er ruft nach seiner Mutter.« Das tat Belenski nicht. Zumindest nahm Grischa nichts wahr. Vielleicht hatte der Mann bessere Ohren als er? Vielleicht aber stellte er sich auch nur vor, was er anstelle Belenskis machen würde.

Das Wort »Mutter« elektrisierte die Männer, erinnerte sie daran, dass jenseits von Grosny ein Zuhause auf sie wartete, eine Zukunft. Frieden.

Grischa spürte, wie er die Autorität über die Männer verlor. Er musste sich etwas einfallen lassen. Belenski mochte tatsächlich noch leben. Das war der Punkt, nicht wahr? Ein toter Belenski brauchte nicht geborgen zu werden. Jedenfalls nicht jetzt. Entsetzte Aufschreie, als die Männer über den Mauerrand lugten und sahen, wie die Hunde anfingen, an ihren toten Kameraden zu zerren. Zuerst vereinzelt, dann bildeten sich Rudel. Aus dem Hecheln wurde ein Knurren, dann ein Heulen, als die Natur des Wolfes wieder durchbrach. Einer der Köter, eine Kreuzung verschieden aggressiver Rassen, schnappte plötzlich nach Belenskis Eingeweide. Es war ein surrealistischer Anblick. Die glänzenden, prallen Därme zerplatzten unter seinen scharfen Zähnen. Einige der Männer übergaben sich. Tretjak stöhnte tief und dumpf auf.

Grischa aber richtete seinen Blick weiterhin stur auf die gegenüberliegende Häuserfront. Auf den verborgenen Feind, der nur darauf wartete, dass die Einheit, von diesem höllischen Tableau überwältigt, losstürmte. Dann habt ihr uns, und die Hunde vergraben unsere Knochen im Untergrund der Stadt. Der Kämpfer, der Grischas Blick standgehalten hatte, ein Mann aus Nowgorod namens Lewin, spuckte aus, nickte Grischa zu – und sprang mit einem Satz über die Mauer.

Zumindest hatte er das vor.

Denn er hing noch in der Luft, als ihn eine Geschoßgarbe traf und ihn zurückwarf. Er landete inmitten seiner Kameraden, sein Körper von großkalibriger Munition entzweigeschnitten. Ein Regen aus Blut taufte die Männer.

Die Hunde waren beim Geräusch des schweren Maschinengewehres zusammengezuckt und auseinander gestoben. Jetzt bellten sie, schnappten nach einander, verloren das bisschen Verstand. Der Tod war in ihrer unmittelbaren Nähe, aber die Macht des Todes war nicht stärker als der Hunger, der wie ein dämonischer Schmerz in ihnen wütete.

Und dann schrie Belenski.

War das sein letztes Aufbäumen? Ein letzter Schrei, den die Stadt gierig aufnahm? Nein, es war schlimmer. Denn Belenski begann sich zu bewegen. Er stemmte seine Hände in den Boden und versuchte dann den Rest seines aufgebrochenen Körpers mitzuziehen. Dabei schleifte er auch seine angefressenen Gedärme mit sich. Hinter sich spürte Grischa die Panik seiner Männer. Der Verband war dabei, sich aufzulösen. Lewins Leichnam hatte man zur Seite geworfen, der Mann war schon vergessen.

Weil er tot ist, dachte Grischa.

Und er wusste, was er zu tun hatte.

Aber Tretjak kam ihm zuvor. Er hob sein Gewehr und feuerte wild drauflos. Weder auf die Häuser, in denen der Feind saß, noch auf … er schoss auf die Hunde. Erwischte zwei von ihnen, vertrieb die anderen. Grischa schlug ihm das Gewehr aus der Hand. Dann wuchtete er ihm die Handkante gegen den Kehlkopf. Tretjak brach würgend zusammen.

Grischa stellte seine Waffe auf Einzelfeuer.

Atmete einmal tief ein.

Hielt die Luft in sich wie in einem verschlossenen Gefäß.

Fror den Moment ein.

Dann kam er hoch, zielte und schoss, so wie er es tausendmal geübt und wie man es ihm bei den Scharfschützen beigebracht hatte.

Ein einziger perfekter Schuss.

Er atmete wieder aus.

Er wusste im selben Moment, als er den Abzug betätigte, dass er getroffen hatte.

Belenski rührte sich nicht mehr. Nur Minuten später tauchten die MIG-25 wieder auf und warfen ihre Bomben über die Häuserfront des Gegners ab. In einer gewaltigen Staubwolke brach sie zusammen, begrub dabei die Märtyrer des Propheten unter sich.

Tretjak hatte seine Atmung wieder unter Kontrolle gebracht, seine Stimme klang rau und wund, als er schrie: »Die verdammten Hunde fressen uns, und du lässt es zu.«

Grischa würdigte ihn keines Blickes, ebenso die anderen Männer, die sich vielmehr darauf vorbereiteten, loszustürmen. Grischa sagte: »Was knallst du die Hunde ab, du Narr? Die wollen auch nur überleben.« Er kam aus der Deckung, schulterte sein Gewehr, lief los. Wie selbstverständlich folgten ihm die blut- und dreckverschmierten Männer. Nur Tretjak blieb zurück, geschlagen und aus dem Spiel genommen.

Grischa hatte seine Einheit wieder im Griff. Er hatte Verantwortung übernommen – hatte getötet, um die Ordnung beizubehalten. Er war nicht nur fähig, den Feind zu töten, sondern auch die seinen, um größere Verluste zu vermeiden. Er hatte Belenski gut gekannt, so wie alle seine Männer, sie waren in dieser Hölle auf Erden zu einer Einheit zusammengeschmiedet worden, aber wenn es darauf ankam, dann war Grischa bereit, das zu tun, was getan werden musste.

Er verstand nichts von den unausgesprochenen Dingen zwischen Himmel und Erde, von Vergebung oder Wiederauferstehung. Ihm war schon immer klar, dass es nichts zwischen den Sternen und unter der Erde gab, das ihn hätte trösten können.

Von diesem Tag an hatte er seinen Nom de Guerre weg: der Eismann.

Grischa schlug die Augen auf. Grosny zog sich wie eine Hand, die sich einem auf den Kopf legt, von ihm zurück. Ich habe geträumt, ohne zu schlafen, dachte er. Die Erinnerung an Grosny war wie abbrechendes Packeis, jedes Mal befand er sich auf einem größeren Stück, welches im Meer der Zeit weiter ins Nichts hinaustrieb.

Es war Nacht, er war in Moskau, in seiner Wohnung, vor ihm lagen die Reste seiner Mahlzeit, und er war alleine. Mühsam und schwerfällig kam er hoch, wankte, taumelte, hielt sich an einem Stuhl fest, wartete, bis sein kaltes Blut es ihm erlaubte, auf sicherem Grund zu stehen. In der Wohnung war es stockdunkel, nur der Fernseher lief ohne Ton, tauchte die dunkle Wohnung in knisterndes, bläuliches Licht. Er arbeitete sich bis zum Badezimmer vor, pinkelte, was inzwischen länger dauerte als früher, dann putzte er sich die Zähne, schloss die Wohnungstür ab, schob den eisernen Riegel vor, schaltete auf dem Rückweg den Fernseher aus und setzte sich dann in den einzigen Sessel, den er besaß. Blickte hinaus in die sternenklare Nacht.

Wartete auf einen Schlaf ohne Träume.

Wartete vergeblich.

Draußen bellten Hunde, Moskau gehörte ihnen, sie waren die wahren Herrscher der Nacht. Wie Schatten jagten sie durch die Straßen. Auf der Suche nach den toten Männern der Vergangenheit.

Sie haben dich bis hierher verfolgt, dachte er manchmal. Aber ihm machten sie keine Angst. Er fürchtete sich nicht vor ihnen.

Er war der, den seine Männer Eismann nannten.

Er war der Hölle entkommen, als diese zufror, oder nicht?

KAPITEL ZEHN

Am frühen Morgen weckte ihn ein Anruf. Das war ungewöhnlich und gleichzeitig auch nicht. Es gab keinen Menschen mehr in seinem Leben, der ihn hätte anrufen können. Also ging es ums Geschäft. Er nahm ab und hörte die vertraute Stimme des Maklers.

Er hörte zu, sagte nichts, gab nur ein Knurren von sich.

Danach duschte er, aß von dem Brot vom Vortag, trank stark gezuckerten schwarzen Tee, verzichtete auf die Nachrichten. Im Haus selbst war es noch still, so als wären seine Bewohner wie Tiere in einen langen dunklen Winterschlaf gefallen. Oder als wäre die Welt selbst verschwunden, und nur Grischa noch übrig.

Der Aufzug war ein deutsches System, fast zwanzig Jahre alt, aber ebenso tüchtig und zuverlässig wie die Autos, die sie bauten. Er war alleine und starrte sein Spiegelbild in dem dort angebrachten mannshohen Spiegel an. Die Zeit hatte große Stücke aus ihm herausgebissen. An den Rändern war er wie ausgefranst, und seine Muskulatur war bei weitem nicht mehr so elastisch wie früher, seine Bewegungen schnell, aber nicht mehr so schnell wie er es gerne hätte, seine Haare ergraut zu einer kurz geschnittenen Platte, das Gesicht durchzogen von tiefen Furchen, und die steile Zornesfalte verlieh ihm eine Art bösen Blick. Ein immer noch massiger Mann, aber zunehmend mehr Masse, als ihm lieb sein konnte.

Der Hausflur war riesig, ein von nur zwei jämmerlichen blanken Glühbirnen spärlich erleuchteter Bereich, zugig und immer kalt. Manchmal fanden sie hier morgens die Überreste von Betrunkenen, die der Winter wie ein Wolfsrudel verfolgt hatte.

Sein Kleinwagen war wie er: unauffällig, ein Skoda, zehn Jahre alt, tauchte in keiner Unfallstatistik auf. Er brauchte ein paar Minuten, passierte zwei Ampeln und warf sich dann in den ewig fließenden Verkehrsstrom hinein. Es ging nach Norden, da wo die Stadt dreckiger, düsterer wurde. Wohnblocks markierten den Horizont, sahen aus wie gestrandete Raumschiffe oder Überbleibsel einer zugrunde gegangenen Zivilisation. Wie auch immer: Aus ihren steinernen Eingeweiden heraus führte kein Weg in die Zukunft. Die gab es nur für ein paar Hundert Menschen in dieser Stadt, genau genommen gestalteten sie die Zukunft, und zwar zu ihren Gunsten. Man sah ihre Gesichter in den Klatschblättern, wo sie ihre Frauen und neue Autos, Wohnungen und Yachten präsentierten. Von ihren Geschäften erfuhr man nichts.

Manchmal hielt Grischa nach Zeichen und Wundern Ausschau. Und manchmal, wenn er es zuließ, war Larissa bei ihm. Selbst im Tod war sie wärmer, als er je sein würde.

Moskau steckte voller Erinnerungen. Grischa erinnerte sich zum Beispiel an all die Orte, an denen er Menschen getötet hatte. Die Orte waren präsent, nicht so sehr die Gesichter der Opfer.

Die Gesichter vergisst man zuerst.

Aber das gelang nicht immer.

Dieses Gebäude hier zum Beispiel, an dem er vorbeifuhr, katapultierte ihn zurück an einen trüben, kalten Morgen, ein paar Monate nach Larissas Tod. Sein Zielobjekt war eine Frau gewesen – eine bekannte investigative Journalistin, die gewissen Leuten im Schatten ständig Kummer bereitete.

Grischa hatte sich in ihrer Wohnung versteckt und gewartet, bis sie aus der Redaktion ihrer Zeitung nach Hause fuhr. Ihre Wohnung war klein und trist – sie lebte für ihre Arbeit, mit dem Leben selbst hatte sie es nicht so. Keine behagliche Einrichtung, keine schönen Kleider, nur Arbeit, ein paar Bilder, Fotos ihrer zwei Kinder, die im Ausland studierten, das Gesicht eines Mannes, der in ihrem Leben keine Rolle mehr spielte.

Ein einsames Leben, asketisch, fast wie deines, dachte Grischa.

Auf einem der Bilder war auch sie selbst zu sehen, im strömenden Regen unter einem viel zu großen Regenschirm stehend, versunken in einem viel zu weiten Mantel. Sie lachte prustend den Fotografen an, vielleicht war es der Mann auf dem anderen Bild. Eine kleine, beinahe unscheinbare Frau. Aber zäh, mutig, hartnäckig. Und obwohl sie so verhärmt wirkte, fast grau, strahlte sie auf diesem Foto etwas Besonderes aus.

Ein Späher, mit dem er manchmal in Moskau zusammenarbeitete, ein im Zivilleben heruntergekommener Typ, der sich etwas dazuverdiente (seine Hände blieben im Gegensatz zu denen Grischas sauber), meldete ihm von seinem Wagen aus, der auf der gegenüberliegenden Straßenseite des Hauses stand, dass die Journalistin zurückkehrte. Grischa verließ die Wohnung, trat in den Hausflur und stellte sich vor den Aufzug.

Sie hatte eingekauft und hielt zwei Tüten in den Armen. Grischa hatte die Tokarew schon in der Hand und schoss ihr durch die Tüten mit ihren Einkäufen hindurch zweimal in die Brust, und als sie zusammengekrümmt auf dem Boden lag, verpasste er ihr einen weiteren Schuss in den Kopf. Die Aufzugtüren glitten zu, trafen ihren Körper, der halb draußen lag, und blockierten. Grischa flüchtete über die Treppe nach draußen und stieg in den Wagen des Spähers ein.

Ein normaler Job, und er hatte es immer noch drauf.

Es gab in den folgenden Tagen ein großes Geschrei um diese Journalistin, vor allem im Ausland. Nicht so sehr im eigenen Land.

Die Leute vergaßen schnell.

Grischa aber geschah Seltsames: Er träumte eine Zeitlang von ihr.

Das war in der Zeit, als er ständig Larissa in seinen Träumen sah. Und plötzlich drängte sich auch diese Frau dort hinein – so als hätte sie, ebenso wie Larissa, zu seinem Leben gehört. Verfolgte ihn mit ihren traurigen Augen durch gespenstisch leere Straßen, in denen der Wind mit klirrend kalter Stimme nach ihm rief. Grischa suchte in dieser Traumstadt nach Larissa, verfolgte ihren blonden Schopf, ihre zarte Gestalt um jede Ecke, aber immer dann, wenn er sie fast erreichte, drehte sie sich um, und er stand vor der anderen Frau mit ihren kurzen dunklen Haaren, innerhalb eines Wimpernschlages hatte sie Larissas Platz eingenommen. Hier in seinen Träumen hatte er endlich Zeit, sie länger anzublicken als bei seinem Mord. Was er sah, war eine abgezehrte, magere Frau, im Leben schon zermürbt und verloren. Sie erzählte ihrem Mörder von ihren Todesängsten, von ihrer Einsamkeit, den Drohungen ihrer unsichtbaren Gegner, nächtlichen Telefonanrufen, Warnungen. Deshalb hatte sie ihre Kinder ins Ausland geschickt. Deshalb hatte der Mann auf dem Foto sie verlassen. Im Leben war sie schon zum Tode verurteilt – und als der Tod in Gestalt des erbarmungslosen Henkers mit seinem Gesicht dann kam, war es beinahe wie die Ankunft eines erwarteten Vertrauten. Deshalb hatte er damals kein Entsetzen in ihrem Blick wahrgenommen, nur das Ende einer tiefen Müdigkeit.

Rechts von ihm tauchte der riesige Komplex des European Medical Centers auf. Hier war Larissa behandelt worden. Grischa erinnerte sich, wie er einmal etwas früher als sonst zur Besuchszeit erschien. Larissa lag in einem Einzelzimmer, privat bezahlt, wie überhaupt die ganze Krebstherapie. Ihr behandelnder Arzt, ein noch junger Mann, war bei ihr im Zimmer. Er saß an ihrer Bettkante und betete gemeinsam mit ihr.

Grischa stand, still und heimlich, in der Türe und sah ihnen dabei zu. Es war ein solch intimer Moment, dass er beinahe eifersüchtig auf den jungen Arzt war. Grischa schloss die Tür wieder, ohne sich zu zeigen. Wartete im Gang darauf, dass der Arzt wieder herauskam. Und dachte, dass seine geliebte Larissa ihren geliebten Gott anflehte, sie zu retten. Aber Gott hörte ihr nicht zu. Vielleicht war es ihm auch egal. So egal wie das, was Hauptmann Belenski in Grosny zugestoßen war. Und Grischa selbst, als er viel später den Bärtigen in die Hände fiel und gefoltert wurde, die Armee ihn aufgab und nur der Eismann ihn rettete, in dem er ein Blutbad unter seinen Peinigern anrichtete.

Der Arzt erschien und nickte ihm zu. Tränen schimmerten in den Augen des jungen Mannes.

»So viel Fortschritt, und ich kann sie nicht retten«, sagte er. Grischa hätte daraufhin viel sagen können: »Sie tun Ihr Bestes« oder irgendetwas in der Art. Wäre das paradox gewesen? Dass er, der verzweifelt, traurig, ja verrückt vor Sorge und Angst hätte sein müssen, den Arzt tröstete? Stattdessen schwieg Grischa – scheinbar aus Kummer. Aber der Arzt erinnerte sich später hin und wieder, da war Larissa schon tot und er an neuen Fronten beschäftigt, an diesen stämmigen Mann mit den kalten, harten Augen, der so gar nicht zu der zierlichen, warmen Frau passte.

Und daran, dass er ihm unheimlich vorkam. Wie ein Mann, der nachts zu Orten unterwegs war und Dinge tat, deren zerfleischte, zerschossene, zerstochene Ergebnisse er manchmal in der Notaufnahme (oder der Pathologie) sah. Erinnerte sich daran, dass er den Mann nie hatte weinen oder verzweifelt gesehen.

(Und er hatte viele gestandene Männer vor dem Angesicht des Todes zusammenbrechen sehen.)

Und doch waren all diese Gefühle in Grischa einmal vorhanden gewesen. Larissa hatte ihm beigebracht zu fühlen, ihre Wärme hatte ihn am Leben gehalten. Und jetzt, wo sie starb, da vergrub der Eismann das bisschen Wärme, das ihm von ihr geblieben war, unter einer dicken Eisdecke.

Er kehrte von den Lagerfeuern ihrer gemeinsamen Zeit zurück in die nächtliche Kälte des Winters, die schon immer in ihm herrschte.

Der Makler hatte Grischa mal etwas gesagt, seitdem trug er diesen Satz wie einen Schatz mit sich herum.

»Du wirst dein Leben nicht los und die Menschen, die darin eine Rolle spielen, schon gar nicht; selbst dann nicht, wenn sie sterben.«

Wo lernte man solche Weisheiten? Im KGB?

Nein, eher nicht.

Der Makler war aussortiert worden, er hauste jetzt auf dem Gelände eines verlassenen Betriebes in dem grauen Leviathan eines von drei ehemaligen, verrotteten Verwaltungsgebäuden im Bezirk Lefortowo – außerhalb der Stadt, zusammen mit einer Heerschar von Ausländern, Georgiern, Usbeken, Tadschiken, »Schwarzfüßen«, die als Gastarbeiter Moskaus Straßen fegten, für eine Handvoll Rubel und einen Kübel Verachtung.

Zwischen den Gebäuden türmten sich aufgeplatzte Müllsäcke, verwilderte Hunde, an Ketten gelegt, bellten ohne Unterlass, es roch nach dem miserablen Essen alter, verwahrloster

Menschen, Männer und Frauen in seinem Alter hockten auf der Erde, tranken Fusel, stritten sich oder starrten mit leerem Blick zurück auf die Trümmer ihres Lebens. Sie beachteten Grischa gar nicht, sondern waren nur auf ihre Verluste fixiert.

So wie der Makler.

Auch er war ein Verlustspezialist.

Der Makler hieß eigentlich Stoljanow und war zusammen mit der alten Bezeichnung für den Geheimdienst abgewickelt worden – das war jetzt mehr als zwanzig Jahre her. Vorher dazu bestimmt, die Schattenwelten zu durchstreifen, sich in ihren Verwerfungen zu tummeln, Pläne zu schmieden, wie Kinder Streiche ausheckend, böse und gemein, fand er sich von heute auf morgen als ein weiterer verbitterter mittelalter Mann im Staub der Trümmer der Geschichte wieder. Er erinnerte sich daran, wie dieser Staub sich auf seine Augen setzte und seinen Blick in die erfüllte Vergangenheit, als er noch bedeutend war, löschte und ihm nichts anderes ließ als eine Gegenwart, die ihn und seinesgleichen verachtete, und dahinter verbarg sich das beunruhigend undurchdringliche Dunkel der Zukunft. Die ersten Monate sahen ihn blinzelnd, verwirrt und gedemütigt durch das Chaos der neuen Zeit irren; binnen weniger Wochen zerfiel seine Ehe und setzten sich seine Kinder, nun befreit von den autoritären Fesseln, die er ihnen unter anderem auch durch die Drohung seiner Arbeit angelegt hatte, in den Westen ab. Später schrieben sie ihm, versöhnungsmilde gestimmt durch ihre verweichlichte Verwestlichung, aber er zerriss ihre Briefe und er legte das Telefon auf, wenn sie ihn anriefen, und schlussendlich meldeten sie sich gar nicht mehr. Seine Kameraden waren auch nicht viel besser, sie setzten sich in alle Himmelsrichtungen ab, einige boten sich ausländischen Nachrichtendiensten an, andere gaben sich in einer jähen Aufwallung von Verzweiflung die Kugel. Über ihren an der Wand verteilten Überresten prangte nur für Eingeweihte lesbar: Alles umsonst.

Ja, und die Frage, die sich ihm daraufhin stellte, war: mit diesem Gefühl weiterzuleben oder sich zu arrangieren? Zu gehen oder zu bleiben?

Er blieb.

Immerhin war er ein Mann mit bestimmten Talenten und Kontakten. Das zumindest konnte ihm keiner nehmen.

Breite Risse schlängelten sich über die Wände. Grischa konnte seine Fingerspitzen in die Risse schieben. Das war gar nicht gut. Irgendwann würden diese matten, angeschlagenen Relikte von gestern endgültig in die Knie gehen und ihre Bewohner unter sich begraben.

Stoljanow residierte in einem Zwei-Zimmer-Büro, auf dessen Tür »Stoljanow Import/Export« prangte. Sein dicker Bauch versteckte sich hinter einem wuchtigen Schreibtisch, die einst muskulären und nun verfetteten Arme lagen auf der Tischplatte. Mit schweren, blutunterlaufenen Augen, nach Wodka riechend, nickte Stoljanow Grischa zu.

Grischa schloss die Tür hinter sich und setzte sich ihm gegenüber hin.

»Berlin«, sagte Stoljanow und warf Grischa eine Akte hin. »Du warst schon mal da?«

»Vor Jahren. Du selbst hast mich dorthin vermittelt.«

Grischa erinnerte sich vor allem an das Sowjetische Ehrenmal im Tiergarten in Berlin-Mitte, das er damals besucht hatte, an den Anblick des T-34-Panzers auf dem Betonsockel, den er lange betrachtet hatte. Er hatte versucht, eine Verbindung zwischen sich und den Geistern der Männer, die in dieser Stadt gestorben waren, herzustellen. Junge Männer, deren Gesichter vom Krieg zerdrückt, deren Seelen zertrampelt wurden, junge Männer, die danach nichts weiteres mehr als alt waren und alt blieben, lebende Tote, die Helden des Überlebens waren, sonst nichts. Er empfand eine fast brüderliche Liebe und Zuneigung zu ihnen.

Den Mord führte er eine Stunde später aus; ein Messerstich auf der Toilette einer düsteren Kneipe im Ostteil der Stadt, ein zuckender Körper, ausschlagende Beine, weitaufgerissene Augen, seine Hand, die den Mund des Opfers zuhielt und ihm den Atem nahm.

»Ja, kann sein«, sagte Stoljanow. »Ich weiß es nicht mehr. Je älter ich werde, desto mehr verliere ich den Überblick über das große Ganze. Meine Sicht der Dinge beschränkt sich inzwischen nur noch auf das, was vor mir liegt.«

Er kniff die Augen zusammen. »Und selbst das verliert an Schärfe. Ich frage mich, ob das gut ist oder nicht.«

Grischa zuckte mit den Schultern.

»Ja, das hat mir schon immer an dir imponiert: deine Redseligkeit.«

Stoljanow lachte kehlig, nur um danach trocken und laut zu husten. Er holte zwei Wodkagläser nebst einer arg dezimierten Flasche aus der Schreibtischschublade.

Grischa kippte den Wodka hinunter und genoss das Brennen in seinem Hals. Viel zu früh für ihn, aber er tat Stoljanow gerne diesen Gefallen. Nichts war deprimierender als alleine zu trinken, wie er selbst wusste.

»Jetzt fühle ich mich wieder wie ein Mensch«, sagte Stoljanow. Er kippte mit seinem Stuhl nach hinten, bis er die Wand seines Büros berührte, und bleckte die Zähne.

»Weißt du eigentlich, wie lange wir uns jetzt schon kennen?«

»Ich vermute, lange genug«, sagte Grischa.

Stoljanow vermittelte Auftragsmörder, Söldner, Wachleute, den ganzen bunten Fundus aus Exmilitär, Polizei und Spezialkräften. Er schickte die Männer »in die Pipeline«, bot ihre Arbeitskraft, ihre Tötungsbereitschaft den Meistbietenden an. Seit die alte Ordnung zusammengebrochen war und das Land sich in einen Dschungel verwandelt hatte, florierte das Geschäft. Es gab immer etwas zu tun. In diesen Zeiten machte man sich so leicht Feinde.

Stoljanow hielt Grischa für ein Naturtalent; ein Profi durch und durch. Als er ihn unter Vertrag nahm, hatte Grischa nicht mehr als zwei, drei Mordaufträge hinter sich, ein nicht mehr wirklich junger Kerl mit einem billigen Gebiss und verwachsenen Fingernägeln. Er sah aus wie ein Gespenst. Wie er liefen damals viele herum; Tschetschenien-Gardisten, die meisten allerdings so hinüber, dass sie nicht mal mehr geradeaus schießen konnten.

Grischa war anders.

Faszinierende Augen, erinnerte sich Stoljanow, zahllose kalte Polarlichter schwammen darin herum und bildeten eine Galaxie unentdeckter Sterne. Man schauderte angesichts ihrer abgründigen Tiefe.

»Trinkst du noch einen mit?«

Grischa verneinte. Er blätterte durch die Akte.

»Wer ist Arschawin?«

»Dein Kontaktmann in Berlin. Fungiert auch als Späher, wenn du einen brauchen solltest, oder als Back-up.«

»Hat er darin Erfahrung?«

»Nein, wahrscheinlich nicht. Vielleicht pisst er sich die Hosen voll, wenn es drauf ankommt. Vielleicht auch nicht. Wer weiß das schon?«

»Als ich das letzte Mal in Berlin war, habe ich keinen gebraucht.«

»Da warst du auch für jemand anderen tätig.«

Auch gut. Eigentlich war es egal, solange das Dossier in Ordnung war. Grischa fragte nicht, wer ihn bezahlte oder weswegen die Zielperson sterben musste. Du fragst nicht, niemals. Das war der Deal.

»Er soll mich bloß nicht stören.«

»Dann mach es ihm klar. Du kannst ja sehr überzeugend sein.« Sie schwiegen eine Zeitlang. Stoljanow gönnte sich ein weiteres Glas, Grischa lehnte ab.

»Gehst du noch oft auf den Friedhof?«

»Warum?«

»Nur so. Kann ich nicht einfach so fragen?«

»Wir sind keine Freunde, ich verstehe die Frage nicht. Bist du neugierig?«

Stoljanow sah aus dem Fenster nach draußen auf das versammelte Elend der Welt.

»Ich komme nicht mehr viel unter Leute.«

»Ich auch nicht. Na und.«

»Du bist wirklich ein eisenharter Bastard.«

»Weißt du was, schenk mir doch noch einen ein.«

Stoljanow grinste.

»Der ist wirklich gut, nicht?«

Grischa nickte. Er streckte seine Beine aus, das einzige Zeichen, das er ein wenig entspannt war.

»Was soll ich dort? Beten? Zu wem? Zu dem, der mir meine Frau gestohlen hat?«

Larissa war auf dem Danilow-Friedhof begraben, im Süden Moskaus, im Stadtteil Donskoi gelegen. Er hatte Stoljanow irgendwann einmal davon erzählt, er wusste bis heute nicht warum. Wahrscheinlich musste selbst ein Mann wie er ab und an aus dem Schweigen auftauchen.

Stoljanow sagte: »Es ist ein sehr schöner Friedhof, nicht?«

»Den Toten ist es egal, wo sie begraben sind.«

Er hatte Larissa dort beisetzen lassen, weil auch ihre Eltern dort begraben waren. Auch sich selbst hatte er eine Grabstätte besorgt.

»Es muss schwer sein, jeden Tag an sie zu denken.«

»Ja, das ist es.«

Ihm fiel wieder Stoljanows Satz ein. Verdammt richtig, dachte er. Und je länger man lebt, desto schlimmer wird es.

Stoljanow gab ihm ein Flugtickket.

Grischa stand auf. Er klemmte sich die Akte unter die Achsel. »Sonst noch was?«

Stoljanow schüttelte den Kopf.

»Eigentlich nicht.«
Grischa nickte und verließ das Büro.

Auf dem Weg zu seinem Wagen bettelte ihn eine alte Frau mit vom grauen Star vernebelten Augen um ein paar Kopeken an. Ihr Rock war schmutzig und sie roch nach Krankheit, so wie alte Menschen in Krankenhäusern rochen. Grischa leerte seine Taschen und füllte ihre knotige, raue Hand mit seinen letzten Münzen. Sie murmelte etwas und humpelte zu einer Gruppe räudiger alter Männer, die sich um eine Flasche Wodka stritten. Ein struppiger, ausgezehrter Köter zerrte an seiner Kette, die ihn gnadenlos an die Verlorenen hier fesselte; er bellte seine Enttäuschung darüber wütend in die Welt. Grischa stellte sich vor, wie er ihm den Gnadenschuss gab. Damals in Grosny war ihm nie die Idee gekommen, auf die Hunde zu schießen. Er fand es einfacher, Belenski zu erlösen. Die Hunde hingegen hatten alle Chancen auf ihrer Seite. Sie waren Jäger, sie würden überleben, solange sie nur frei waren. Der hier hingegen besaß schon lange keine Freiheit mehr. Die rostige Kette hatte sein Fell blutig aufgescheuert und die Gefangenschaft ihn wahnsinnig gemacht.

Grischa sah sich selbst an seiner Stelle.

Damals.

Gestern.

Er stieg in seinen Wagen und fuhr davon.

KAPITEL ELF

In einem Flugzeug über Berlin kreiste ein Mann ohne Orientierung, ein Mann im Nebel seiner eigenen Geschichte. Landeten sie in Tegel oder Schönefeld? Orte entglitten Robert zusehends, und er hatte seit seiner letzten Begegnung mit Bela Nagy das Gefühl, sich wie im Negativ eines Schwarz-Weiß-Films zu bewegen. Die Dunkelheit um ihn herum nahm zu. War es nicht langsam an der Zeit, Laternen ans Haus zu hängen? Während des Fluges hatte er nicht geschlafen. Aus gutem Grund. Er fürchtete sich davor, im Schlaf das Gesicht des farbigen Mannes zu sehen, ein Gesicht mit weit geöffneten Augen, das über den Boden der Arena rollte.

Vor ihm saß ein Vater mit seinem kleinen Sohn. Der Mann war in seinem Alter, ein sanfter, geduldiger Geschichtenerzähler. Das Kind war vier, fünf, ein aufgeweckter, aufgeregter Junge bei seinem ersten Flug. Seine kleine Hand drückte sich auf das runde Bullauge des Fensters. In atemberaubendem Tempo schoss er die elementarsten Fragen ab. Wo waren denn die Vögel? Konnte man in den Wolken gehen? War da oben der liebe Gott, und wieso zeigte er sich nicht?

Die Vertrautheit zwischen Vater und Sohn erschütterte Robert zutiefst. Sie erinnerte ihn daran, dass er alleine war und dass es nicht das war, was er wollte. Er hatte lange gebraucht, um sich dieser Erkenntnis zu öffnen.

Er war alleine und wurde älter, und nichts daran war gut.

Beim Sinkflug traf eine heftige Windböe den Airbus. Der Junge schnellte in die sichere Umarmung des Vaters. Eine Frau schrie, andere fielen wie in einen Chor mit ein, ein Moment der Panik. Hier oben gab es keine Sicherheit, keine Gewähr.

Ab und zu wurde man daran erinnert.

Der Pilot flog eine erneute Kurve und stabilisierte die Maschine, setzte dann den Landeflug fort.

Der Augenblick der Angst war vorüber.

Robert war von allem unberührt geblieben.

Wie ein Felsen.

Er sah aus dem Kabinenfenster Berlin, das ihm regelrecht entgegenwuchs. Irgendwo da unten im steinernen Antlitz der Stadt war sein Bruder auf seinen eigenen Bahnen unterwegs.

Du hast etwas, wofür du lebst, dachte Robert. Einen Job, der mehr als das war. Eine Familie. Eine Zuflucht.

Frank.

Frank, der als Kind so lebhaft war, regelrecht überhitzte, wenn er sich in etwas verrannte; Bücher, Mädchen, Flohmärkte. Lange Sommertage, in denen er durch Berlin zog, »*die Stadt gehört uns, Rob*«, er besaß die Gabe, sich in all diesen Dingen zu verlieren. Frank, der immer wie auf dem Sprung war. »*Es gibt so viele Leben zu leben, Rob, so viele Möglichkeiten, ich krieg einfach nicht genug davon.*« Robert lächelte, als er daran dachte. Vergangenheit wurde Gegenwart.

»*Sag mir, dass das niemals aufhört*«, hörte er Frank jetzt wieder sagen.

»Was?«

»Na, all das hier. Die Bücher, die Mädchen, der Sommer. Das Licht, das vom Himmel fällt. Der Geruch alter, vergilbter Seiten. Wie Mädchen lächeln, wenn ich sie ansehe. Das Flüstern, wenn der Wind durch die Bäume zieht. Alles. Die Schönheit, die überall ist.«

Robert sagte: »Das kann ich dir nicht versprechen, Kleiner. Dinge ändern sich. Sie werden anders. Und uns fragt niemand.«

Frank schüttelte den Kopf.

»Das akzeptiere ich aber nicht.«

Robert sagte: »Ich werd's dem Leben ausrichten, Kleiner.«

»Dir geht das alles am Arsch vorbei, oder? Tust immer so abgezockt und gleichgültig.«

»Denkst du wirklich so von mir?«

»Keine Ahnung. Nein. Ich werde aus dir nicht schlau.«

»Deshalb bin ich dein großer Bruder. Ein wandelndes Rätsel.«

»Ja. Und weißt du was? Ich vermisse dich, wenn du mal länger weg bist.«

»Na so was. Mr. Sentimental.«

»Blödmann.«

»Ich liebe dich auch, Kleiner.«

Das stammte aus ihrem letzten Sommer.

Dem Sommer.

Die Dinge ändern sich, werden anders, dachte Robert.

O ja, und wie!

Als hätten wir uns immer wieder einander unserer Zuneigung vergewissern müssen, die Bande erneuern, in der Ahnung, dass die Welt, wie sie sie kannten, dabei war unterzugehen.

Das Hotel war nicht das »Adlon« oder »Kempinski«, gehörte aber zu einer amerikanischen Kette, war standesgemäß sternegeschmückt und bot idealen Wohlfühl-Komfort für Businesstypen, die perfekte Absprungzone nach den nachmittäglichen Geschäftsessen, um die Nacht zu entern.

Sein Zimmer war groß, atmete, wie man so schön sagt, fließende warme Farben, ein Geruch von Lavendel lag in der Luft. Keine Gerüche seines Vorgängers, überhaupt nichts, was darauf hindeutete, dass jemand vor ihm Spuren irgendwelcher Art hinterlassen hatte. Was er immer wieder auch ein wenig beklemmend fand. Er duschte ausgiebig, ließ sich einen Snack bringen, blätterte durch die im Foyer ausgelegten Zeitungen; das Flughafendesaster beschäftigte neben dem üblichen Kram die Kommentatoren. Überall Bilder eines sichtlich müden, überforderten Bürgermeisters. Berlin, immer noch erhaben und lächerlich zugleich, dachte er. Wie nannten sie ihren Slogan für die weltweite Vermarktung:

Be Berlin.

Großer Gott.

Berlin, so dachte er weiter, war weniger ein Ort als ein Zustand. Immer zwischen himmelhochjauchzend und zu Tode betrübt changierend.

Hatte er die Stadt vermisst? Nein. Nur den einzigen Menschen, der ihm hier geblieben war.

Du erledigst deinen Auftrag und verschwindest wieder, dachte er. Wie immer. Und danach würde es dann andere Städte geben, andere Straßen, Gesichter, Tage.

Das Leben verweigert sich mitunter hartnäckig gerader Linien. Du gehst selten direkt von A nach B. Und manchmal verläufst du dich so sehr, dass du zwischendrin bei Z landest. Und dir die Augen reibst. Wie konnte ausgerechnet dir so etwas geschehen?

Wieso kam ihm das gerade hier und jetzt wieder in den Sinn?

Eigentlich hatte er diese Form der Grübelei lange hinter sich gelassen. Anscheinend regte die Stadt seinen Gedankenfluss an. Und während er das Hotel verließ und seine Füße sich an den Asphalt schmiegten, kam er sich vor wie ein fehlendes Puzzleteil: genau in die Lücke passend, die er hinterlassen hatte.

Das »Sale e Bocca«, ein italienisches Restaurant, lag schräg gegenüber dem Checkpoint Charlie mit seinen kostümierten Vergangenheits-Darstellern. Urbane Folklore. Robert bestellte ein Steinbuttfilet, Arschawin ein Bistecca mit Spinat. Später Vormittag, ringsum hungrige Gesichter, ein Haufen ausgefüllter Anzüge, die bilanzierten, abwogen, aufrechneten. Die Philosophie der Mittagspause.

»Keine zehn Pferde bringen mich nach Moskau zurück«, sagte Arschawin. »Wenn überhaupt, dann nur als reichen Mann.«

In diesem Fall also nie, dachte Robert.

Arschawin gehörte der mittleren Ebene an, er verteilte Aufträge, stellte Dossiers zusammen, besorgte die Logistik. Als junger Kerl war er bei der Westgruppe der Roten Armee gewesen, hatte in einer verlausten Wohnung in Karlshorst gehockt, drehte Däumchen, als die Weltgeschichte wieder ausatmete und die Ebenen vor der Stadt nicht in Flammen standen, ihre Panzer nicht gebraucht wurden, und wartete darauf, dass ihre

Zeit ablief. Der Rückzug aus Berlin war das Trübseligste, was ich je erlebt habe, erzählte er später. Wir kamen als Sieger und gingen als gefühlte Verlierer. Die Deutschen zahlten uns einfach aus. Die Berliner winkten ihnen zum Abschied zu – mit einem falschen Grinsen, wie er fand.

In Moskau blieben ihm unterm Strich nur ein weiteres verlaustes Scheißloch von Wohnung und mies bezahlte Gelegenheitsarbeiten.

Dann fragten ihn die richtigen Leute. Damals kauften sie die Soldaten regelrecht von der Straße. Arschawin besaß ein Talent zum Organisieren. Das brachte ihn wieder nach Berlin zurück. Und hier war er nun: Bela Nagys Mann an der Spree.

»Du stammst von hier?«, wollte er wissen.

»Ja.« Robert zerlegte seinen Steinbutt.

»Hab einiges über dich gehört. Aber ich lasse es mir gerne von den Leuten selbst bestätigen.«

Arschawin säbelte am Fleisch herum, spießte die Stücke auf und schob sie sich in den Mund.

»Berlin ist auch meine Stadt. Wie gesagt: Moskau ohne Geld geht gar nicht. Aber hier ist das in Ordnung.«

Robert nickte und tat so, als interessiere es ihn. Da war er nun zurück in der Stadt seines Lebens und musste sich von einem Typen wie Arschawin erklären lassen, was hier so ablief.

Irgendwie deprimierend.

Am Nebentisch tauschten zwei junge Spanierinnen in ihrer Sprache Sätze wie Maschinengewehrsalven aus. Beide trugen dicke Mäntel, große Schals, die zwecks Nahrungsaufnahme offen um ihren Hals hingen, und bunte, derbe Strickmützen. Zwischen den Wortkaskaden fielen sie immer wieder in ein lautes staunendes Lachen: Eine neue Welt galt es da draußen zu entdecken, und ein neues Leben inklusive.

Arschawin hatte Roberts Blick abgepasst und ihn aufgenommen.

»Die Mitte der Welt, hier und jetzt; Berlin: das neue Kraftzentrum. Generell, Deutschland.« Er deutete auf die beiden Frauen. »Deren Leute haben mal die Welt beherrscht. Und heute wandern ihre Kinder aus, weil sie zu Hause keine Arbeit mehr finden. Jetzt gehen sie denselben Weg wie ihre Eltern in den 50er, 60er Jahren, immer nach Norden. Was das bedeutet? Neue Migrationsströme. Oder nein … eher die gleichen wie zu allen Zeiten.«

»Ist angekommen«, sagte Robert.

Arschawin sagte: »Ich weiß, dass du hier die Sache schaukelst, ist mir schon klar. Natürlich hätte ich diesen Auftrag genauso erledigen können – bei der ganzen Vorarbeit, die ich schon reingesteckt habe. Ehrlich gesagt, es leuchtet mir nicht so ganz ein, warum Nagy extra jemanden wie dich schickt …«

»Wie mich?«

»Deines Kalibers. Na ja, du bist doch sonst eher auf … äh, anderes spezialisiert. Transporte, Abwicklungen.

Ein Kurier.«

Robert war schon klar, was los war. Da war jemand beleidigt, weil er übergangen wurde. Die gekränkte Eitelkeit eines Mitarbeiters – wo war da der Unterschied zu einem normalen Berufsleben? Nun, am Ende wird jemand sterben, sagte sich Robert. Und du wirst maßgeblich daran beteiligt sein.

Das ist der Unterschied.

»Der Auftrag ist spezieller Natur und wichtig«, sagte Robert. Arschawin lehnte sich zurück und verzog keine Miene.

»Schon klar. Das sagen sie immer.«

»Können wir uns jetzt auf die Arbeit konzentrieren?«

Arschawins Augen blitzten kurz verärgert auf und er sagte etwas auf Russisch. Das veranlasste eine der Spanierinnen, zu ihnen herüberzusehen. Nicht, dass sie ein Wort verstanden hätte – ebenso wie Robert, der davon ausging, dass Arschawin seinem Missmut Luft gemacht hatte. Sie lächelte ihnen zu, prallte damit aber sowohl an Arschawin als auch an Robert ab. Verlegen wandte sie sich wieder ihrer Freundin zu.

»Das wird nicht das letzte Wort Russisch sein, das du hörst, Mädchen«, murmelte Arschawin. »Hier leben zweihunderttausend von uns. Charlottenburg wurde von uns schon vor Jahren in Charlottengrad umgetauft.«

»Die Frau«, sagte Robert, zunehmend ungeduldiger.

Er meinte Mikoschs Tochter.

Arschawin holte eine kleine Digitalkamera aus seiner Tasche.

»Du willst schnell zur Sache kommen, was? Ja, warum nicht? Die Bilder sind in den letzten Tagen entstanden.«

Damit meinte er wohl seine Vorarbeit. Er reichte Robert die Kamera. Robert klickte sich durch eine Reihe von Aufnahmen, die auf dem Display erschienen.

»Sie heißt übrigens Leifheit. Das ist der Name ihrer Mutter.«

Selina Leifheit.

Die ersten Aufnahmen zeigten sie auf einer Vernissage. Eine Menge moderne Kunst, die ihm nichts sagte, ein Haufen Künstler, Bohemiens, Hipster und Digital Natives, die sich um sie herum wie ein Ameisenhaufen in einer Ordnung, die nur sie selbst verstanden, organisiert hatten. Alle waren stolz auf ihre Individualität und trugen doch dasselbe – die Uniform der Eingeborenen: T-Shirts mit V-Ausschnitt, dazu drei Schals, kunstvoll drapiert, Vollbart bei den Männern, Labbermützen, Skinnyjeans, hohe Turnschuhe.

Bei ihrem Anblick kam sich Robert noch älter vor, als er sich bereits fühlte.

Was Selina anging: Sie war Mitte zwanzig, groß gewachsen, ihre schwarzen Haare ein wenig einfallslos zu einem einfachen Zopf zusammengebunden, lange Beine, aber eindeutig zu dünn für ihre Größe. Entweder war sie ein schlechter Nahrungsverwerter, oder sie passte sich irgendwelchen Trends an, oder sie litt an einem Kummer.

Das Letzte wohl eher, dachte er.

»Sie sieht traurig aus«, sagte Robert, weil es das war, was am offensichtlichsten an ihr erschien. Und weil er ein Auge für Einsamkeit hatte. Da war eine Einsamkeit um sie herum, die auf verschlungenen Wegen mit seiner eigenen korrespondierte. Beinahe sofort fühlte er sich zu ihr hingezogen. Etwas in ihm, eine Sehnsucht, die unter den Geröllmassen seiner Persönlichkeit vergraben war, bahnte sich einen Weg ans Freie. Selina war auf eine unauffällige natürliche Weise schön, und wenn es ihr gutging, konnte sie einen besonderen Glanz verströmen, auch das war offensichtlich, aber nicht in diesen Tagen.

»Auf so etwas achtest du, Freund«, sagte Arschawin. Er anscheinend nicht. »Na ja, es liegt wahrscheinlich daran, dass sie ständig neben irgendwelchen Typen aufwacht. Und das nicht in ihrem Bett.«

Roberts fragender Blick.

»Du siehst, ich knie mich auch rein«, sagte Arschawin. »Ich war fast überall mit dabei. Ist keine große Sache. Diese Kunstszene ist ohnehin wie ein großes, offenes Haus. Es reicht, wenn du interessiert tust. All diese Typen sind ja immer auf dem Sprung – probieren jeden Tag ein anderes Leben aus, und jedes führt zu nichts. Sie bewegt sich in diesen Kreisen als eine Art Scout. Vermittelt, knüpft Beziehungen. Sie ist von einer Menge Leute umgeben, die sich wichtig nehmen. Mit einigen von ihnen geht sie mit. Oder die mit ihr, das ist wohl fließend. Kontakte auf einer anderen Ebene knüpfen.«

Für eine Nacht, für einen halben Tag. Das war einerseits ein bisschen wenig, andererseits der übliche Standard in dieser Stadt, in der man sich jahrelang aus den Augen verlieren konnte, wenn man nur wollte.

»Und weiter?«

»Ihre Mutter liegt in der Charité. Krebs, so viel habe ich rausbekommen. Keine Ahnung welcher, aber da sie schon seit längerer Zeit auf der onkologischen Station liegt, wird es wohl etwas Ernsteres sein. Andererseits ist Krebs immer eine ernste Sache.

Das war der Grund für ihre Traurigkeit, dachte Robert. Ihre Mutter lag im Sterben, ihr Vater war ein großes Nirgendwo, und sie ließ sich treiben. Das erinnerte ihn an irgendjemanden, der so aussah wie er selbst und den zu kennen er glaubte.

Nun, eigentlich immer weniger.

Das erklärte vielleicht auch, warum Selina Leifheit so extrem dünn war. Sie neigte zum Verschwinden, was ihn berührte. Sie trug kein Make-up, was sie natürlich erscheinen ließ und gleichzeitig auch verletzlich. Ihr Blick hingegen schien konzentriert, aber tatsächlich musste sie wie durch einen Nebel sehen. Im Schmerz verloren die Dinge an Schärfe. Robert kannte dieses Gefühl. Frank war bei ihm gewesen, damals, und er hatte gelernt, dass es einfacher war, den Schmerz zu ertragen, wenn man ihn mit jemandem teilen konnte … das war wann noch mal gewesen? Tausend Lichtjahre entfernt von dem Punkt, an dem er heute war.

»Deshalb wird Mikosch hier auftauchen«, sagte Robert.

»Wenn du flüsterst, höre ich dank der Lautstärke unserer beiden Senoritas nichts, Freund«, sagte Arschawin.

»Mikosch wird seine Frau …«

»Exfrau.«

»… noch einmal sehen wollen.«

»Keine gute Idee. Gar nicht gut. Wo er doch denken kann, dass wir nach ihm suchen.«

»Er wird nicht direkt zu ihr gehen, sondern den Weg über seine Tochter nehmen.«

»Für die er quasi ein Fremder ist. Was wird das hier? Eine Familienzusammenführung wie in einer Vorabend-Soap?«

Nein, dachte Robert, eher der verzweifelte Versuch, Rechnungen zu begleichen und Dinge zu ordnen. Im Angesicht des Todes für Klarheit zu sorgen.

»Dann häng dich an die Tochter, denn wenn du lange genug in ihrer Nähe bist, begegnest du automatisch unserem Freund«, sagte Arschawin. »Alles Weitere übernimmt dann der Eismann.«

»Der wer?«

Arschawin tat erstaunt.

»Na, das wird dir Nagy doch wohl verraten haben. Er ist ein vodry, Mann, die lassen sich nicht bestehlen. Tu nicht so, als wärst du überrascht, das bist du nämlich nicht.« Dann, mit einem lauernden Unterton in seiner Stimme: »Es sei denn, du fühlst dich mit so einer Sache überfordert. Nicht dass ich das glaube, aber …«

»Unfug«, zischte Robert schärfer als gewollt.

Arschawin hob beschwichtigend die Hände.

»Okay. Ich sage dazu nichts mehr. Jedenfalls soll der Job so schnell wie möglich erledigt werden. Du klebst an der Kleinen, fängst ihren Daddy ab und lieferst ihn an die wirklich harten Jungs aus. Ich berichte Nagy, dass alles gut abläuft.«

Als er sah, dass Robert, immer noch in Selinas Bild versunken, ihm nicht antwortete, beugte er sich zu ihm herüber und sagte: »Das wird es doch, oder?«

»Natürlich wird alles reibungslos ablaufen«, sagte Robert und sah dabei demonstrativ an Arschawin vorbei. Falls es ihn kränkte, und das tat es bestimmt, so ließ sich Arschawin nichts anmerken, sondern lehnte sich daraufhin bequem zurück, die Arme vor der Brust verschränkt. Er sah jetzt wirklich wie das aus, was er war und immer bleiben würde: ein mieser kleiner Gangster.

»Da bin ich aber sehr froh.«

Robert war klar, dass Arschawin Nagy von dem Gespräch berichten würde. Er war nicht nur für die Logistik verantwortlich, sondern auch da, um Robert zu überwachen. Man wusste ja nie, oder? Menschen waren unberechenbar. Was sie letztendlich taten, hatte manchmal nichts mit dem zu tun, was sie eigentlich wollten. Hatte Nagy in Roberts Augen vielleicht etwas gesehen, was diesem selbst noch nicht wirklich bewusst war?

Vor mir sitzt ein ausgebrannter Mann. Vor mir sitzt ein großer, starker Kerl, der in Wirklichkeit innerlich verfault. Die Art von Mann, die eines Morgens aufwacht und aus dem Fenster springt. Die Art von Kerl, die man von der Straße kratzt und verscharrt, weil es niemanden gibt, der um ihn weint.

Nein, dachte Robert. Einer würde um ihn weinen. Und wenn er starb, dann wollte er bei einem Menschen sterben, den er liebte.

KAPITEL ZWÖLF

Auf dem Weg zum Rechtsmedizinischen Institut der Charité in Moabit, unter einem Himmel, der ihn an zerstoßenes Eis erinnerte, drängten sich die Toten an seine Seite. Kleber fuhr, und Abraham hatte genug Ruhe, um sie an sich heranzulassen.

Die Erinnerung an seinen ersten Toten zum Beispiel.

Abraham war bei ihm, als er starb. Ein älterer Mann, der mit seinem Fahrrad auf einer Landstraße unterwegs war, als ihn bei einsetzender Dämmerung und Regen ein mit überhöhter Geschwindigkeit rasendes Auto erfasste und durch die Luft schleuderte. Der Fahrer, Teil einer Gruppe betrunkener Jugendlicher, fuhr einfach davon. Es dauerte Minuten, bis ein anderer hielt und Hilfe holte. Handys gehörten noch nicht zur Grundausstattung, und die Zeit war wie immer unerbittlich. An diesem Tag hatte es gleich mehrere schwere Unfälle gegeben, und die Rettungskräfte mussten abwägen und Entscheidungen treffen. Da die Familie, eingeklemmt im Wrack ihres Wagens, dort ein brennendes Gebäude mit dutzenden Verletzten. So kam es, dass der Streifenpolizist Abraham noch vor dem Notarzt an Ort und Stelle war. Über Funk hatte man ihnen mitgeteilt, dass es dauern würde und dass sie dem Schwerverletzten so gut wie möglich helfen sollten. Aber helfen oder gar retten konnten sie ihn nicht – das sah Abraham schon in dem Moment, als er sich neben dem zerbrochenen, verdrehten Körper in den nassen Boden kniete. Während sein Partner die Straße absperrte, zog Abraham seine Jacke aus und legte sie unter den Kopf des Sterbenden. Aus dessen Ohren rann Blut und vermischte sich mit der aufgewühlten, feuchten Erde.

Abraham sagte: »Halten Sie durch, Hilfe ist unterwegs, alles wird in Ordnung kommen.«

Nun, nichts davon würde geschehen, und sie wussten es beide.

Der Mann versuchte zu sprechen. Letzte Worte, auch das war ihnen beiden klar. Abraham legte sein Ohr auf den zerschlagenen Mund des Mannes und lauschte.

Was er jedoch zuerst hörte, war die Stimme seines Partners, eines abgestumpften Routiniers, der rief: »Was willst du denn noch – der Kerl ist bereits hinüber.«

»Halt's Maul«, schrie Abraham zurück, dabei wandte er seinen Blick keine Sekunde von dem Sterbenden ab. Durch das Blut, das sich in seiner Kehle sammelte, durch die zersplitterten Zähne hindurch, bat ihn der Mann, aus seiner Brieftasche ein Foto zu holen. Es steckte zwischen der Bankkarte und dem Ausweis einer Bücherei. Das Bild einer jungen, lachenden Frau, aufgenommen in den frühen 60ern, in einem anderen Land unter einem blauen Himmel und vor den antiken Überresten einer vergangenen Zivilisation. Die Finger des Sterbenden schlossen sich um das Bild.

»Ihre Frau?«, fragte Abraham. Er fühlte sich schrecklich hilflos. Auf dem zerschmetterten Gesicht des Mannes zeichnete sich die entsetzliche Parodie eines Lächelns ab. »Beinahe«, sagte der Sterbende. Und erst sehr viel später, als er den Angehörigen die Todesnachricht überbrachte und mehr über das Leben des Toten erfuhr, begriff Abraham, dass der Sterbende die Fotografie eines möglichen Glücks aus einem anderen Leben als das, das er führte, immer bei sich getragen hatte. Als hätte er das verpasste Glück nicht loslassen wollen. Abraham dachte: Solange er das Bild festhält, stirbt er nicht. Er wusste nicht, woher dieser Gedanke kam, aber er war plötzlich einfach da. Der Regen wurde stärker und trennte sie beide vom Rest der Welt, die hinter einem silbrigen Vorhang verschwand, den die einfallende Nacht mit jeder weiteren Minute in Dunkelheit tauchte. Einer von ihnen würde in dieser Dunkelheit zurückbleiben.

»Wo bleibt der beschissene Notarzt?«, brüllte Abraham in die regnerische Nacht hinein, und er brüllte auch die desinteressierte, reglose Gestalt seines Kollegen an. Der zuckte mit den Schultern. Was das bedeutete, war klar: Das hier wird dir nicht nur einmal geschehen, Kumpel.

»Bitte«, flüsterte Abraham und weinte. Der Regen wusch die Tränen aus seinem Gesicht. Aber der Griff des Sterbenden um das nicht gelebte Glück seines Lebens wurde schwächer. Regentropfen fielen auf die Fotografie, als sich seine Hand öffnete. Da nahm Abraham die Hand des Mannes in seine und schloss sie wieder und hielt sie fest, und es war ihm, als läge das Leben des anderen buchstäblich in seiner eigenen Hand. So blieben sie und warteten und irgendwann, nach einer gefühlten Ewigkeit, schnitten Scheinwerfer durch die Nacht und Männer stiegen aus einem Rettungswagen, aber bis dahin hatte sich das Leben schon davongeschlichen. Zurück blieb nur die leere Hülle eines Menschen, denn alles, was ihn ausgemacht hatte, war bereits jenseits der Nacht verschwunden. Abraham blieb nichts anderes übrig, als das aufgeweichte Foto zu retten und dem Verstorbenen die Augen zu schließen.

Im Leben der Hinterbliebenen besaß die Fotografie keine Bedeutung. »Ja, da war mal was«, erzählte die Ehefrau, sie hatte so gar nichts von der Frau auf dem Foto an sich, vielmehr strahlte sie eine unangenehme Härte aus, »aber das war vor meiner Zeit, und wieso sollte es mich gerade jetzt interessieren, wo es mir doch schon all die Jahre gleichgültig war. Schließlich trägt jeder seine alten Geschichten mit sich rum.«

»Dieses Foto schien ihm nur sehr wichtig zu sein«, sagte Abraham.

»Ja«, sagte sie, »Sie sagen es: *ihm* war es wichtig.«

Die beiden Toten des Morgens waren unterdessen in den Sektionssaal der Rechtsmedizin der Charité gebracht worden. Die Rechtsmedizin wurde von Dr. Benjamin Levy geleitet, einem kleinen, drahtigen Israeli, dessen olivfarbene Haut sich so gar nicht mit dem Berliner Winter vertrug. Er stammte aus Tel Aviv und war durch die Liebe zu einer deutschen Jüdin, die er dort am Strand kennengelernt hatte, nach Berlin gespült worden. Das war jetzt fast zehn Jahre her, und er vermisste den Sommer in seiner Heimat, der mit nichts anderem zu vergleichen war, immer noch. Was er nicht vermisste, waren seine Einsätze als Notarzt, die ständigen Selbstmordattentate, zerfetzte, verstümmelte Körper, Sirenengeheul, das einen bis in die tiefsten Schichten des Schlafes verfolgt; die Schockwellen des Krieges, die ihre zerbrechlichen Körper erzitterrn ließ. Berlin hatte das alles hinter sich – und diejenigen, die sich daran erinnerten, wurden mit jedem Jahr weniger. Ausgerechnet in der Stadt, dem Land, in dem so viele seiner Verwandten umgekommen waren, hatte Levy seine eigene Art von Frieden gefunden. Levy und Abraham teilten denselben Glauben, und das in vielerlei Hinsicht – vor allem fühlten sie sich den Unschuldigen verbunden. Abraham mochte nicht allzu viele Freunde haben, aber es gab Verbündete, und Levy war einer von ihnen.

In Margot Beenhakkers Wohnung hatten sie bereits einen Set von Fingerabdrücken sicherstellen können – und sie stammten alle von Phelps. Noch bedeutsamer war, dass sie sich auch an Beenhakkers Leiche befanden. An ihrem Hals ebenso wie an ihrem zerquetschten Kehlkopf.

Sollte dieser Fall tatsächlich so einfach laufen, überlegte Abraham. Gab es hier keinen dunklen, schlammigen Grund, der nur darauf wartete, aufgewühlt zu werden, um einen tieferen Schrecken zu finden? Seine Kollegen hatten bislang an den richtigen Stellen gesucht, die richtigen Fragen gestellt; genau nach Vorschrift. All dies war allerdings bedeutungslos ohne Instinkt, Erfahrung und Intuition. Gottwald und Kossack würden dies noch lernen müssen, harte Lektionen in Misstrauen und dem schmalen Grat zwischen Lügen und Nicht-die-Wahrheit-sagen; kleinste Nuancen, ein falscher Blick, eine aufschlussreiche Geste. Abraham und Kleber hatten diese strenge Schule aus Scheitern und Neu-Beginnen hinter sich und trugen ihre Narben mehr oder weniger sichtbar in der Art, wie sie ihren Mördern begegneten; von denen benötigte ein jeder seine eigene Ansprache.

Abraham wusste, dass die meisten Morde Beziehungstaten waren, ja, in ihrer schlichten, tristen Grausamkeit, in ihrer Sinnlosigkeit waren sie simpel – kein ausgeklügelter Masterplan steckte hinter einem Streit, der jahrelang schwelte wie ein versteckter Brand und dann irgendwann, bei einem falschen Wort, einer missverstandenen Geste ausbrach. Immer wieder hatte er Mördern gelauscht, die ihm erzählten, dass sie während der Tat völlig neben sich standen – wie ausgeschlossen aus ihren Körpern, die in dem Moment von blindwütigen, rasenden Dämonen besetzt waren.

(Wenn er ihre Geschichten hörte, schob sich immer das Bild seines Vaters vor sein inneres Auge. Er versuchte dann, derweil mit einem Ohr zuhörend, sich seinen Vater während dessen Morden vorzustellen, das Gesicht zu einer bösartigen, besessenen Fratze entstellt, während er auf die schreienden Frauen unter ihm eindrang. Nur gelang es Abraham nicht, das dämonische Antlitz seines Vaters heraufzubeschwören. Es war das Antlitz eines Fremden, der ihn aussperrte. Nur in seinen Träumen war er ihm nahe.)

Phelps war – auch davon gingen sie nach Auswertung der ersten Spuren aus – alleine auf dem Dach gewesen, als er sprang. Erstens hatte man keine Spuren einer weiteren Person dort oben gefunden, zweitens hatten mehrere Zeugen Stefan Phelps dort oben minutenlang von einer Kante zur anderen herumgehen sehen. Eine in Gedanken versunkene Gestalt, die eine einsame, ultimative Entscheidung traf. Niemand, der Phelps dazu zwang zu springen. Ein Mörder, von der eigenen Tat erschrocken, von dem eigenen Abgrund, in den er sich jetzt endgültig fallen ließ.

Kleber fasste es, recht grobschlächtig, wie folgend zusammen: »Ein Typ bringt eine alte Frau auf grausame Weise um und kapiert erst im Nachhinein, was er da angerichtet hat. Er gerät in Panik, fremde Stadt, fremdes Land, und schließt sich selbst kurz – er springt. Ende der Geschichte.«

»Das ist mit dem Holzhammer fabriziert«, sagte Abraham.

Kleber grinste.

»Dafür bin ich doch da. Die Feinjustierung überlasse ich dir.«

Abraham sagte: »Keine Einbruchsspuren, sie hat ihn hereingelassen. Kannten sich die beiden? Und falls ja, von woher? Immerhin ist Australien von hier so weit entfernt wie die Erde vom Mond. Aber sein Vorname Stefan sowie dessen Schreibweise klingen deutsch – also ist er vielleicht vor Jahren nach Australien ausgewandert.«

»Und in Wirklichkeit kein Surfer-Sonnyboy, sondern eine echte Berliner Pflanze.«

Die australische Botschaft würde ihnen, was diese Frage anging, weiterhelfen.

»Beenhakkers Wohnung war ein zugemüllter Albtraum«, machte Abraham weiter, »aber das bisschen Bargeld, das sie bei sich hatte, wurde nicht entwendet. Also, vergiss einen Raubüberfall. Schau dir ihre Verletzungen an – das war kein Gelegenheitsmord. Die Flasche zwischen ihren Beinen – eine vorsätzliche Schändung. Und du weißt, dass wir so etwas nicht zum ersten Mal sehen.«

»Du meinst, diese Scheiße von vor zwei Monaten in Wilmersdorf.«

»Ja, und da sind wir bis heute keinen Schritt weiter.«

»Edda Markowitz«, erinnerte sich Kleber. »Alleinstehend, Alkoholikerin. Verwahrlost. Du hattest dir ihren Ehemann vorgenommen.«

Abraham erinnerte sich an einen kleinen zappelnden Mann, dessen Hände sich gelegentlich zu Fäusten verkrampften, wenn er sich aufregte, was während des Verhörs öfter passierte.

»Exmann, und irgendwie kann ich ihn verstehen. Er sagte: ›Leben mit Edda war ein Albtraum, der sich jeden Tag wie eine alte Platte neu abspielte, nur dass diese Platte einen üblen Sprung hatte.‹«

Aber das war nicht alles gewesen, was er ihm während des Verhörs erzählte. Henning Markowitz schloss die Schubladen seines Lebens mit Edda auf, dort, wo er die stinkende, dreckige Wäsche ihrer jahrelangen selbstzerstörerischen Beziehung vor der Öffentlichkeit versteckt hielt. Sie soffen beide, und wenn sie tranken, gesellten sich Gewalt und Langeweile dazu.

Bevor sie sich selbst zerfleischten, verloren sie ihre beiden Kinder an den Staat.

»Und heute weiß ich, das hat meine Kinder gerettet. Leben jetzt wie normale, wie richtige Menschen, sind nicht mehr in Gefahr, denn eines sage ich Ihnen: Bei uns waren sie in Gefahr.«

Jetzt, endlich ungestört, konnten sie sich ihrem Abstieg intensiver widmen.

»Ich habe sie geschlagen und sie schlug zurück. Erstaunlich, was für Kräfte man im Suff anzapft, sie war klein und schwächer als ich, aber wenn wir uns die Kante gaben, dann immer auf Augenhöhe. Es war wie bei diesem Film mit der Taylor und

Burton – nur gab's keine Oscars für uns. Wir waren ein seltsames Paar – liefen uns wie Hunde über den Weg, die im selben Viertel herumstreunen.«

Zu dem Zeitpunkt galt Henning Markowitz aufgrund der gewalttätigen Vorgeschichte als dringend tatverdächtig.

»Meine und ihre Eltern waren übrigens genauso – ihre Mutter soff schon, während sie mit Edda schwanger ging, und die einzige Aufmerksamkeit, die ich von meinem Alten bekam, war der Besenstiel. Wahrscheinlich gibt es Menschen, die eine solche Scheißkindheit hinter sich lassen können – nun, wir gehörten definitiv nicht dazu. Wir machten einfach da weiter, wo unsere Kindheit aufgehört hatte. Trugen die Scheißfackel weiter.«

(»Aber er war's nicht«, sagte Kleber nach einiger Zeit, in der sie schwiegen und jeder seinen eigenen trüben Gedanken nachhing.

»Er hatte ein hieb- und stichfestes Alibi«, sagte Abraham. »Du weißt, wie sehr wir uns die Hacken abgelaufen haben.«

»Ja«, sagte Kleber, »und wir liefen direkt ins Leere hinein. Und Markowitz war raus aus der Sache. Wäre ja auch zu schön gewesen.«)

Markowitz lebte damals schon von seiner Frau getrennt.

Er erzählte: »Ich weiß nicht, mit wem sie um die Häuser zog. Wahrscheinlich mit einem ebenso kaputten Typen, wie ich einer war. Wie gesagt, manche von uns machen einfach immer weiter, treffen die falschen Entscheidungen, begegnen den falschen Leuten, es hat uns keiner etwas anderes beigebracht. Ich schätze, selbst schlechte Gewohnheiten bilden ein Fundament. Nur, dass man am Ende darin versinkt, weil es nicht sicher ist. Aber was ist schon sicher, außer dass wir alle irgendwann krepieren?«

»Warum haben Sie sich letztendlich von ihr getrennt?«, fragte Abraham. Er meinte: Woher nahm Markowitz die Kraft dazu?

Markowitz lachte, und seine Haut schien dabei zu zerreißen.

»Ich wollte nicht eines Morgens mit meinen Händen um ihren Hals aufwachen. Und ich wollte auch nicht, dass es andersherum kommt. Da war so viel Hass und Vergeudung in meinem Leben, und irgendwann wird man zu müde, um noch abzuspringen. Ich spürte das ganz genau – ich dachte: Du wirst hier mit ihr sterben, ohne dir selbst noch einmal bewiesen zu haben, dass es außerhalb unserer Hölle eine Art von Himmel gibt. Auch für einen wie mich.«

Markowitz weinte, als er dies sagte, und obwohl Abraham Markowitz für einen Kerl hielt, der tragischerweise für sich und andere immer wieder in dieselben Verhaltensmuster zurückfiel, sah er, dass nichts an diesen Tränen falsch war.

»Hast du mal gezählt, wie oft wir hier schon unsere Aufwartung gemacht haben?«, fragte Kleber Abraham, als sie die Rechtsmedizin betraten. Hinter ihnen schlüpfte die kalte Luft mit durch die Türe, es zog sie verständlicherweise zu den kalten Toten hin.

»Nein, du etwa?«

»Ehrlich, ich weiß es selbst nicht mehr. Alles erscheint einem immer gleich – selbst die Opfer werden irgendwann austauschbar, all ihre Gesichter verschmelzen miteinander zu einer Art Blaupause, ach, ich weiß auch nicht. Nur dieses eine Mal, wo wir Dorfmann identifizieren mussten, weißt du noch? Das geht mir einfach nicht aus dem Kopf.«

Ja, Abraham erinnerte sich; es war jetzt zwei Jahre her, ein altes, verfallenes Haus in Pankow, und Dorfmann, der ohne Rückendeckung einen als psychisch labil bekannten Drogendealer zu einem sadistischen Mord befragen wollte. Der Kerl befand sich gleichermaßen im Drogen- und Todesrausch und halluzinierte, als Dorfmann bei ihm klingelte und sagte: »Polizei, öffnen Sie die Tür.«

Und genau dort attackierte er Dorfmann, ohne jede Vorwarnung. Angeblich hatte er den Polizisten für einen Abgesandten des Satans gehalten und um sein Leben gefürchtet. Dorfmann schleppte sich, von einem Dutzend Messerstichen getroffen, auf die Straße, wo er starb. Den Mord, weswegen ihn Dorfmann hatte befragen wollen, hatte ein anderer, den Abraham drei Tage später schnappte, begangen.

Ja, an Dorfmann erinnerten sie sich beide gut.

Kleber sagte: »Als ich ihn dort liegen sah, da sah ich mich selbst in irgendeiner düsteren, schrecklich schiefgelaufenen Zukunft.«

»Du solltest deinen Frieden mit solchen Dingen machen.«

»Das sagt der richtige Mann.«

Sie grinsten einander an, weil sie sich beide verstanden.

»Wenn ich so dächte, wäre ich nicht dein Partner, was auch immer du darunter verstehst«, sagte Kleber.

»Geduldet«, sagte Abraham.

Kleber lachte. »Ohhhh jaaa, geduldet. Nach so vielen Jahren erweise ich mich deiner als würdig. Zu viel der Ehre.«

Abraham klopfte Kleber aufmunternd auf die Schulter.

»Du wirst jeden Tag besser, glaub mir, würde ich dich jemals belügen?«

Dann betraten sie den Sektionsaal und überschritten diese ganz bestimmte Linie, von der ab es nun wirklich nichts mehr zu lachen gab.

KAPITEL DREIZEHN

»Wann schläfst du eigentlich mal?«, fragte Levy. »Du siehst furchtbar aus. Wie dein eigener Geist.«

»Wenn ich die Zeit dazu habe«, sagte Abraham. »Und wenn ich meinen Geist demnächst treffe, bestelle ich schöne Grüße von dir.«

Aufgebahrt auf dem kalten, stählernen Tisch lag Margot Beenhakkers aufgeschnittener Körper. Beinahe wie immer fiel Abrahams Blick als Erstes auf die am Tisch angebrachten Rinnen, in denen das Blut abfloss. Es war eines der Details, an denen man sich in diesen Momenten festhält, jeder hatte so seine Tricks, um die Zeit in der Rechtsmedizin rumzukriegen.

Abraham und Kleber hatten der Sektion des Leichnams beigewohnt, der ruhigen Stimme Levys gelauscht, der die einzelnen Untersuchungen samt Ergebnissen mit seinem Diktiergerät dokumentierte, die zahlreichen Verletzungen, deren Dichte und Tiefe beschrieb.

»Keine Anzeichen einer Vergewaltigung, dementsprechend fanden sich auch keine Spermaspuren. Sie wurde totgeprügelt, Frank, und das mit bloßen Fäusten. Keine Abwehrverletzungen. Als hätte sie die Tat über sich ergehen lassen. Oder sie ist überrascht worden.«

»Niemand lässt sich einfach so totschlagen, ohne sich zur Wehr zu setzen«, sagte Abraham.

»Sie war körperlich wohl nicht in der Lage dazu.«

»Der Killer ist wie ein Raubtier über sie hergefallen. Kein Zögern, kein Zaudern«, sagte Kleber.

Levy sagte: »Ihre Verletzungen sind wirklich massiv.«

Er zählte sie noch einmal auf, um dann abschließend festzustellen: »Klassischer Fall von Übertöten. Dazu die abgebrochene Flasche in ihrem Geschlecht. Übrigens erst post mortem eingeführt.«

»Klingt nach einer ganzen Wagenladung Hass«, sagte Kleber.

»Du meinst also, dass er nur seine Hände benutzt hat?«, fragte Abraham.

»Die KTU hat noch keine anderen Spuren finden können. Und andere Gegenstände, ein Hammer zum Beispiel oder eine Hantel, hätten an ihrem Körper Spuren hinterlassen, winzige Partikel. Hier: nichts. Außer Hautpartikeln, die von dem zweiten Toten stammen. Nein, nur die Fäuste. Euer Mann muss ein kräftiger Kerl sein, vielleicht ein Bodybuilder, sehr stark und trainiert. Besitzt jedenfalls gehörig Muskelkraft.«

Abraham und Kleber tauschten Blicke miteinander. Phelps sah nun wirklich nicht wie ein Bodybuilder aus.

»Wie bei der Markowitz«, warf Kleber ein.

»Ja«, sagte Levy, »dem anderen Opfer aus Wilmersdorf. Nur war da keine abschließende Schändung im Spiel. Aber das Muster kommt hin, dieselbe rohe Brutalität.«

»Wenn du von einem Muster sprichst«, sagte Abraham, »dann geh noch einen Schritt weiter und nenn es eine Serie.«

»Eine Serie ist es erst ab drei Morden mit demselben Modus Operandi«, sagte Levy mit ernstem Blick, »aber darauf könnte es hinauslaufen.«

Kleber schüttelte den Kopf.

»Da im Kühlfach liegt die zweite Leiche, Doc, und der Kerl hat eine Menge Spuren an Beenhakker hinterlassen. Aber nicht an der Markowitz. Er ist Australier und erst gestern in Berlin angekommen.«

»Dann hatte er es mit dem Mord aber ganz schön eilig. Gibt es da eine Verbindung zwischen ihm und dem Opfer?«

»Wir sind dabei, das herauszufinden.«

Wenn es kein Zufallsmord war, dachte Abraham, dann muss es zwischen den beiden eine Verbindung geben. Die meisten Menschen wurden von denjenigen ermordet, von denen sie es nicht erwarteten.

Levy sagte: »Verstümmelungen kommen sehr selten vor. Meistens, um eine Leiche verschwinden zu lassen. Das klassische Zerstückeln zum Beispiel. Ansonsten sprechen wir von Verstümmelungen sexueller oder aggressiver Natur. Hier scheint mir beides vorzuliegen. Die Flasche ist eine deutliche Botschaft – die Tote wird selbst nach ihrer Ermordung weiter drangsaliert und verhöhnt.«

Zu Kleber: »Vergiss die Wagenladung Hass – hier haben wir es mit einem ganzen LKW zu tun.«

»Hört sich nach einem Mann mit einem erheblichen Problem an«, sagte Kleber.

»Ja«, sagte Abraham, »sein Problem ist buchstäblich mörderischer Natur.«

Gottwald rief an, hatte Neuigkeiten, Kleber übernahm den Anruf, er war froh, den stillen Raum verlassen zu können.

»Sie war schwere Alkoholikerin. Du hast ja den Zustand ihrer Leber gesehen«, sagte Levy, während sein Assistent begann, Beenhakkers Körper wieder zu verschließen und herzurichten. »Ihr allgemeiner Gesundheitszustand war verheerend, sie war viel zu dünn, fast schon unterernährt. Sie hätte bei dieser Art von Leben nicht mehr lange mitgemacht. Vielleicht noch zwei, drei Jahre, die Leberzirrhose hätte sie mit Sicherheit umgebracht.«

»Ja, nur hatte es ihr Mörder sehr viel eiliger.«

»Du meinst meinen zweiten Kunden?«

»Was kannst du von ihm berichten?«

»Dass er gesprungen und aufgeschlagen ist und die Verletzungen der Höhe und Wucht entsprechend sind. Ansonsten war er organisch gesund, ein Mann in unserem Alter.«

»Man sieht ihnen den Grund nicht an, was?«, sagte Abraham, als sie in den Flur hinaustraten. Abraham reichte Levy eine seiner Zigaretten.

»Nein. Ich schneide sie auf und sehe in sie hinein, aber einen Grund für dieses oder jenes habe ich noch nie gefunden. Irre ich mich, oder geht dir diese Sache hier an die Nieren?«

»Du irrst nicht«, sagte Abraham.

»Das ist nicht die erste ermordete Frau in deiner Karriere.«

»Nein.«

»Aber die Art und Weise, wie sie getötet wurde, nimmt dich mit.«

»Ja.«

»Weil es dich an etwas erinnert, an das du nicht erinnert werden möchtest.«

»Verdammt, ja«, sagte Abraham und wich Levys Blick aus. Der nickte nur. Schweigend lehnten sie an der Wand und rauchten und warteten auf Kleber.

Levy sah Abraham schließlich lange und prüfend an.

»Dein Vater ist jetzt also ein freier Mann.«

»Nett, dass du im Zusammenhang mit toten Frauen meinen Vater erwähnst.«

»Ich dachte, das böte sich an.«

Levy war einer der wenigen Menschen, die Abrahams Geschichte kannten, die wussten, was sein Vater in diesem endlosen Sommer getan hatte. Nachdem Robert sich aus seinem Leben davongestohlen hatte und da Erin nun nicht mehr wirklich zu ihm gehörte, blieb ihm nur Levy.

»Nachdem die Sicherheitsverwahrung gekippt worden ist, kommen eine Menge Leute frei, bei denen ich ein schlechtes Gefühl habe«, sagte Abraham.

»Wie lange sitzt dein Vater schon … eine gefühlte Ewigkeit lang.«

»Fast dreißig Jahre.«

»Was wirst du tun, Frank?«

»Ich weiß es nicht. Ich wünschte, Robert wäre da …«

»Dein großer Bruder lebt sein eigenes Leben.«

»Wenn ich nur wüsste, welches? Und mein Vater ist Teil unser beider Leben. Es ist nicht fair, dass er mich mit ihm alleine lässt.«

»Nun, du kannst dich natürlich zu Hause unter der Decke verkriechen und die Augen schließen und der ganzen Welt …«

»Schon verstanden. Ich laufe nicht davon.«

Levy zog an seiner Zigarette, inhalierte den Rauch, ließ ihn wieder ausströmen und fragte:

»Wie krank ist er?«

»Er wird sterben. Bauchspeicheldrüsenkrebs. Dir brauche ich die Prognose in so einer Sache ja nicht zu erläutern.«

»Dann könntest du es einfach aussitzen. Der Staat kümmert sich um ihn. Sozialbehörden, Pflegeeinrichtungen … es wäre okay.«

»Ich sagte doch, ich laufe nicht davon.«

»Niemand verlangt oder erwartet von dir, dass du dich um ihn kümmerst.«

Es ist ja kein Kümmern, dachte Abraham. Es ist vielmehr so, dass ich mich ihm stelle. Alleine. Ohne Robert. Und das obwohl dieser wusste, dass ihr Vater freikam. Aber er meldete sich nicht.

Wann haben wir das letzte Mal miteinander telefoniert? Telefoniert, mein Gott. Wo steckst du bloß? Erzählst mir nichts. Ich weiß nichts über dich. Der Felsen. Bist du das noch? Bist du noch so stark? Und wenn ja, wieso kommst du dann nicht. Ich brauche dich, Rob.

»Mein Vater wird kommen und um Vergebung bitten«, sagte Abraham und starrte auf die Glut seiner Zigarette. »Weil er stirbt, weil er denkt, dass dreißig Jahre vielleicht genug sind, um zu vergessen. Aber es ist nie genug, niemals. Und ich träume von ihm. Schreckliche Träume. Dort hat er mich ganz für sich. Vater und Sohn, und nur die Toten sind um uns herum.«

»Das ist sehr morbide«, sagte Levy. »Und traurig ist es auch.«

»Du sagst es.«

»Aber was wirst du tun, wenn du ihm gegenüberstehst?«

Abraham sagte: »Ich suche noch nach einer Antwort darauf. Und ich schätze, ich habe Angst davor, sie zu finden.«

Levy sah seinen Freund an und las in dessen Augen Verzweiflung und einen Haufen Gründe für Albträume.

»Und Erin?«

Abraham seufzte. »Du eröffnest eine Menge Baustellen gleichzeitig.«

»Kann sein. Mir macht Sorge, dass sie alle ungesichert sind, Frank. Dir über den Kopf wachsen. Ungesicherte Baustellen sind gefährlich, man fällt leicht in dieses oder jenes Loch hinein.«

»Ich achte schon auf meine Schritte.«

»Wir sollten darüber reden. Aber du besuchst Sarah und mich ja nicht mal mehr. Wir treffen uns immer nur an irgendwelchen Mordschauplätzen oder zwischen gekühlten Leichen. Sarah vermisst dich. Sie vermisst auch Erin. Früher haben wir oft was unternommen.«

»Früher war gestern, Ben. Gestern ist vorbei.«

»Scheiße, hör dich doch mal an. Du läufst auf Reserve, mein Freund. Und das schon viel zu lange.«

»Ich weiß.«

Wieder schwiegen sie.

Kleber kam zurück.

»Carla steht draußen vor dem Institut mit der Schwester von Phelps.«

Abraham war überrascht. »Aus Australien etwa?«

»Nein, aus Berlin-Charlottenburg. Sie ist hier, um ihren Bruder zu identifizieren. Stefan Phelps.«

Kleber gönnte ihnen und sich eine dramatische Pause, bevor er den Hammer rausholte. »Und ihre Mutter gleich mit. Margot Beenhakker, unser Mordopfer.«

»Tja«, sagte Levy, »Ende der Zigarettenpause.«

KAPITEL VIERZEHN

Lydia Beenhakker, geschiedene Kaminski, sie hatte wieder den Mädchennamen ihrer Mutter angenommen, war Mitte vierzig, und als Abraham sah, wie sie den Raum betrat, dachte er, sie bestünde aus rostigem Eisen, aus Stacheldraht, der sich über Jahre in die Rinde eines Baumes eingegraben hat. Diese Frau war taff bis zur Selbstverleugnung, ihr langer Regenmantel hing lose an ihrem schlanken Körper herunter, ihr dunkles Haar war vom Regen nass und lag matt auf ihren schmalen Schultern. Ihr Gesicht bestand aus Ecken und Kanten, die ein gutes, schönes Leben vielleicht, nein, bestimmt, glatt geschmirgelt hätte. Doch anscheinend war sie dieser Art von Leben nie begegnet.

Abraham nickte Gottwald zu.

Diese sagte zu Lydia Beenhakker: »Wenn Sie so weit sind …«

Lydia sagte: »Ich war mein ganzes Leben lang so weit.«

(Weshalb erwähnt sie das?, überlegte Abraham. Da lag etwas in ihrer Stimme, ein metallischer Nachgeschmack, ein fernes, verbranntes Echo. Ein alter Schmerz. Eine schwärende Wunde.)

Levy hob das grüne Laken an und zeigte ihr das Gesicht ihres Bruders. Lydia blickte lange in dieses Gesicht, so als würden Erinnerungen sie bestürmen und als müsste sie der Wucht dahinter standhalten. Dann beugte sie sich runter und küsste die kalte Stirn ihres Bruders. Alle im Raum sahen für einen Moment in eine andere Richtung.

»Wir können Sie auch einen Augenblick alleine mit ihm lassen, wenn Sie möchten«, sagte Levy.

Lydia schüttelte den Kopf.

»Können Sie bestätigen, dass es sich bei dem Toten um Ihren Bruder Stefan Phelps handelt?«, fragte Kleber.

»Ja, das ist er«, sagte Lydia gefasst.

Sie hielt sich gut, dachte Abraham. Er hatte schon weitaus Schlimmeres gesehen. Herzzerreißendes; Väter, die ihre Töchter identifizierten, Töchter ihre Mütter. Menschen, die mit einem brutalen Mal etwas Grundlegendes begriffen: Ihre Liebsten waren tot, weg, fort, einfach so.

Der Kuss überraschte ihn nicht. Das hatte er auch schon gesehen. Der Unmittelbarkeit des Todes wurde ebenso unmittelbar begegnet. Solange die Körper noch warm waren. Oder man sich zumindest dieser Illusion hingab.

»Wenn Sie etwas brauchen …«, begann Abraham. Lydia blickte ihn an und er wurde aufs Tiefste getroffen, ohne zu wissen warum. Er glaubte auch in ihr etwas Ähnliches zu sehen, oder bildete er sich das nur ein? Er war verwirrt und berührt zugleich.

»Wo ist meine Mutter?«, fragte sie.

Abraham blickte zu Levy.

»Wir müssen das nicht alles überstürzen«, sagte Levy. »Das ist alles sehr viel und …«

»Zeigen Sie sie mir.«

Ihre Stimme, die eben ein wenig gezittert hatte, war nun von einer kristallinen Kälte.

Levy führte sie zum zweiten Leichnam. Abraham war gespannt auf ihre Reaktion, ein Gefühl, für das er sich fast schämte, denn wo, wenn nicht hier, gab ein Mensch seinem Innersten Ausdruck; und er stand daneben und dachte und handelte wie ein Bulle, indem er registrierte und wahrnahm.

Aber das würde wie immer später kommen, wenn ihn Phelps und Beenhakker, verbunden durch Leben und Tod, im Traum erschienen

… irgendwo in der Stadt, die er den Toten errichtet hatte.

Als Levy zögerte, das Laken anzuheben, verständlich, denn Beenhakkers Gesicht, aus nächster Nähe von ihrem Mörder bearbeitet, war kein leichter Anblick, und die Tochter hatte gerade erst ihren Bruder identifiziert, da übernahm das Lydia Beenhakker selbst in einer einzigen fließenden Bewegung – in etwa so, wie man ein verkrustetes Pflaster von der Haut reißt, weil man es eben hinter sich bringen will.

»Ja«, sagte sie, und der Abgrund in ihrer Stimme verschlang das Ja auf halbem Wege.

»Das ist sie.«

Nicht: meine Mutter. Mama. Und keine Tränen. Keinen Kuss.

Stattdessen ein kurzer Blick, ein Zucken ihrer Mundwinkel, ein nüchternes Registrieren. Und dann schlug sie das Laken zurück, so als begrub sie eine alte, bittere Geschichte.

Kleber fragte: »Wann haben Sie Ihre Mutter zum letzten Mal gesehen?«

Lydia sagte: »Vor einer Million Jahren …«

(Als du jung warst, dachte Abraham, weil er das die ganze Zeit gedacht hatte. So müde und erschöpft von den Dingen, die hinter ihr lagen. Und kannte nicht auch Abraham diese Gestalt aus grauem Rauch und altem Staub? Der Mann im zerschlissenen Anzug, der sein Gesicht trug. Und gab es in ihrem Leben nicht eine ähnliche, wenn auch weibliche Gestalt? Ganz bestimmt.)

Kleber sagte: »Wir bräuchten es schon ein wenig präziser …« Zum ersten Mal schlich sich so etwas wie ein Lächeln über ihr Gesicht, aber es wirkte wie eine unglückliche, unpassende Entgleisung und verschwand auch sofort wieder. Aber der kurze Auftritt ihres Lächelns, als sie Abraham ansah, veranlasste ihn, ebenfalls zu lächeln, und damit waren sie die zwei einzigen hier in diesem Raum, die eine andere Regung zeigten als Trauer, Ungläubigkeit und professionelle Distanz.

Lydia Beenhakker sagte: »Ich habe meine Mutter seit sehr vielen Jahren nicht mehr gesehen. Aber ich kann Ihnen guten Gewissens ihre Identität bestätigen. Das Gesicht einer Mutter vergisst man nicht, und von dieser hier schon gar nicht. Ja, das ist sie, und sieht sie nicht grauenhaft aus?«

Levy sagte: »Ihre Gesichtsverletzungen sind sehr massiv, es tut mir leid …«

»Es ist nicht ihr Zustand, den ich meine«, sagte Lydia.

Da war eine ganze Reihe von Dingen, die Abraham speicherte, Stoff für Fragen, die ihm zusehends unter den Nägeln brannten. Zum Beispiel, dass Margot Beenhakker Phelps' Mutter war. In einer ersten Befragung durch Gottwald hatte Lydia ihr erzählt, dass Stefan Phelps vor vielen Jahren nach Australien ausgewandert war, bis er plötzlich vor ihrer Tür stand. Unangekündigt, einfach so. Und dass er sie nach der Adresse ihrer Mutter gefragt hatte. Mehr hatte Lydia bis jetzt nicht verraten. Auf sie gekommen waren sie durch den Inhalt von Phelps' Brieftasche, neben einem australischen Reisepass und Führerschein, Kreditkarten und dem Foto seiner dortigen Familie befand sich ein Zettel mit Lydia Beenhakkers Namen und Adresse darauf. Trotzdem fragte sich Abraham, ob es zwischen den Geschwistern nicht vorher schon Kontakt gegeben hatte – einfach so aufzutauchen nach vielen Jahren, quasi aus einem anderen Leben wechselnd, und wusste Phelps da schon von Lydias Scheidung und dass sie unter ihrem Mädchennamen immer noch in Berlin wohnte? Wieso war er nicht länger bei seiner Schwester geblieben?

Als wäre er nur wegen einer bestimmten Person zurückgekehrt. Und warum jetzt, wenn er doch so lange schon am anderen Ende der Welt lebte? Hört sich wie eine Flucht an, dachte Abraham. Der Mordermittler in ihm straffte sich, stellte eine Liste auf, bereitete sich vor. Ja, diese Abläufe waren immer dieselben. Und doch war da noch etwas anderes: das Bedürfnis, mit dieser Frau zu reden. Über den zweifachen Verlust in ihrem Leben, über Tod, Unglück – aber auch über ihre Vergangenheit.

Abraham sah, dass Kleber bereit war, weitere Fragen abzuschießen, deshalb entschied er: »Wir setzen die Befragung an einem anderen Ort fort.«

An Lydia gewandt: »Das war bestimmt sehr schwer für Sie. Wir brauchen das nicht mehr heute zu erledigen, in den nächsten Tagen ...«

»Bitte«, sagte sie, »ich möchte das alles so schnell wie möglich hinter mich bringen. Sie glauben, dass Stefan unsere Mutter getötet hat?«

»Nun, er ist zumindest tatverdächtig«, sagte Kleber.

Sie schüttelte den Kopf.

»Nein.«

Gottwald sagte: »Sie sagen das so sicher ...«

»Ich weiß es.«

Warum?, fragte sich Abraham.

Kleber verwies auf die Fingerabdrücke in der Wohnung, die auch auf dem Körper der Toten sichergestellt waren, vor allem am Hals, an dem Margot Beenhakker massive Verletzungen aufwies. Genauere DNA-Analysen standen noch aus, aber unzweifelhaft war Phelps zum Zeitpunkt des Mordes in der Wohnung gewesen.

»Was wollte er denn dort?«

»Er wollte sie noch einmal sehen.«

»Hat er Ihnen etwas darüber gesagt? Eine Andeutung gemacht?«

»Nein.«

Wieder blickte sie zu Abraham, als wollte sie ihm ein Zeichen senden, weil sie in Bedrängnis war.

Stattdessen mischte sich Levy ein: »Wenn Sie eine psychologische Betreuung brauchen, es gibt ein Kriseninterventionsteam, welches ...«

»Das habe ich ihr schon angeboten, aber sie hat abgelehnt«, sagte Carla.

Alle standen einen Moment unschlüssig herum.

Schließlich sagte Abraham: »Ich bringe Sie nach Hause.«

Damit war Lydia Beenhakker einverstanden.

KAPITEL FÜNFZEHN

Lydia Beenhakker wohnte gerade mal zehn Minuten zu Fuß von Abrahams angemieteter Wohnung entfernt, und doch waren sie sich bis zum heutigen Tage nicht begegnet. Jedem seinen Kiez, hieß das hier, wir sind alle Bewohner unserer eigenen kleinen Insel, aber das hier war ja gar nicht sein Kiez – das hier war nur der Ort, an dem er sich vor seiner zerrütteten Ehe versteckte. Eigentlich gehörte er gar nicht hierher. Er war ein einsamer Mann, nun, das war seine eigene Entscheidung ebenso wie es Teil seines Wesens war. Manchmal fragte er sich, ob das Leben mit Erin und den Kindern nicht vielleicht doch ein Traum, eine Wunschvorstellung gewesen war, so als existierten sie nur in seiner Sehnsucht nach einer intakten Familie. So als wäre er tatsächlich immer noch alleine, die Mutter tot, der Vater im Knast, der Bruder irgendwo da draußen auf seinem eigenen Pfad in die Nacht. Und nur du bist übrig und kriegst es doch nicht auf die Reihe. Was denn? Zu leben. Glücklich zu sein. War Lydia Beenhakker ein glücklicher Mensch? Die Mutter ermordet, der Bruder ein Selbstmörder, und alles innerhalb eines einzigen düstergrauen Wintermorgens. Du bürdest ihr eine Menge auf, dachte Abraham und wusste eigentlich gar nicht, wen er da genau ansprach. Aber wie auch immer es in ihr aussah, diese Tür blieb ihm vorerst verschlossen. Und doch musste er durch diese Tür treten, wenn er die Wahrheit wissen wollte. Zuerst aber betrat er ihre Wohnung im zweiten Stock eines Altbaus. Lydia Beenhakker zog ihren durchnässten Mantel aus, bot auch Abraham an, den seinen auszuziehen, aber er lehnte ab.

Ihre Wohnung war das genaue Gegenteil der Behausung ihrer Mutter. Waren dort die versifften, hoffnungslose Räume ein verlorenes Gebiet, an die Trunksucht und Verwahrlosung abgetreten, erschien hier alles rein, sauber, fast schon zu makellos.

Teures Parkett, schwere Vorhänge, sehr viel Licht, helle Wände. Ein wenig steril, dachte Abraham. Nicht abgewohnt wie bei anderen, die Jahre miteinander verbrachten; er wusste, wovon er sprach. Vor allem war die Wohnung viel zu groß für nur eine Person. Aber da Lydia schon mal einen anderen Namen getragen hatte, erzählte wahrscheinlich auch diese Wohnung die Geschichte zweier Menschen, von denen einer fehlte.

Unterwegs hatte sie ihm erzählt, dass sie jahrelang in der Spedition ihres Mannes die Buchführung gemacht hatte, bis die Ehe auseinanderging und sie bei der Scheidung als Abfindung unter anderem die Wohnung erhielt. Lydia ging in die Küche und ließ Abraham im Wohnzimmer zurück. Eine schwere Couch, ein Tisch, mehrere Sideboards mit Büchern, eine Stereoanlage, der obligatorische Fernseher, geschmackvoll und durchdacht eingerichtet. So wie sich normale Menschen eben einrichten, dachte er. Oder meinen, dass man es so tut.

»Ich koche Kaffee«, rief sie, wahrscheinlich wollte sie sich einfach nur irgendwie beschäftigen. Auch diese Reaktion kannte er von Hinterbliebenen; etwas tun, arbeiten, so sinnlos die Tätigkeit in diesem Augenblick auch war. Der Körper musste beschäftigt werden, um nicht in der Schreckensstarre, dem Nachhall des Todes zu verharren. Das Leben musste weitergehen. Wer wohl diesen blöden Spruch als Erster gebracht hatte?

»Nehmen Sie auch einen?«

Eigentlich nicht, trotzdem sagte er Ja.

»Sie müssen nicht, wenn Sie nicht wollen«, hörte er sie aus der kleinen Küche rufen. »Wenn es nur aus Höflichkeit ist … ich koche grauenhaften Kaffee, viel zu stark, fast verbrannt.«

»Das geht in Ordnung. Meiner ist auch nicht viel besser.« Nachdem er einige Zeit aus dem Wohnzimmerfenster auf die mit erstarrter Kälte überzogenen Straßen geblickt hatte, so glatt, dass die Menschen da unten ins Rutschen kamen und mit kleinen Schritten, die ihn an dahinwatschelnde Pinguine erinnerten, trippelten, ging er in die Küche, weil es eigentlich nicht so lange dauerte, Kaffee, selbst schlechten, zu kochen.

Außerdem verspürte er einfach das Bedürfnis, ihr bei was auch immer zuzusehen.

Zugleich überlegte er, ob er ihr nicht doch die Hilfe eines Seelsorgers oder einer der auf Trauerfälle, vor allem bei Angehörigen von Ermordeten, spezialisierten Einrichtungen anbieten sollte.

Alleine war diese erste Trauerphase kaum zu bewältigen. (Doch da erinnerte er sich an den Satz, den sie beim Anblick ihres Bruders gesagt hatte. Und an ihre Nichtreaktion auf den ihrer Mutter.)

Nun, sie kochte keinen Kaffee. Stattdessen stand sie am kleinen Küchenfenster, den Rücken ihm zugewandt, er sah den Rauch einer Zigarette über ihrem Kopf hängen, sah, dass eine Hand zur Faust verkrampft war und dass ihre Fingernägel sich tief in die Haut schnitten. Sie blutete, schien aber weder Schmerz noch das Blut wahrzunehmen. Behutsam, um sie nicht zu erschrecken, trat Abraham hinter sie. Da spürte sie schon seinen Atem, seine Nähe, auch die Wärme, die von ihm ausging. Ein Schluchzen löste sich aus ihrer Kehle, es hörte sich an wie bei einem waidwunden Tier.

»Ihre Hand«, sagte Abraham und nahm die verkrampfte, verletzte Hand in seine eigene. Sie war eiskalt, und deshalb schloss er auch seine zweite darum.

»Ich kann das immer noch, wissen Sie«, sagte Lydia leise.

Er sah, was sie meinte, fragte aber trotzdem: »Was?«

»Mich verletzen.«

»Besitzen Sie einen Verbandskasten?«

»Lassen Sie nur. Etwas Wasser genügt.«

Ihre Hand löste sich wieder aus den seinen. Abraham gab sie nur widerwillig frei. Sie drehte in der Spüle den Wasserhahn auf und hielt ihre verletzte Hand unter den warmen Strahl. Ihre Fingernägel hatten die Oberfläche ihrer Haut aufgeritzt. Nicht zum ersten Mal, überlegte Abraham, denn dieses wunde Feld war schon öfters beackert worden. Und als sein Blick ihre freiliegenden Unterarme streifte, fielen ihm noch mehr Furchen auf. Wieso überraschte ihn das nicht?

»Ertappt«, sagte sie, als sie seinen Blick auffing.

»Tut mir leid«, sagte er.

»Eine alte ungesunde Angewohnheit.«

»Das geht mich nichts an.«

»Doch, tut es. Sie sind Polizist, Sie sehen oft Menschen, die verletzt sind, nicht wahr?«

»Ja.«

»Und macht es Ihnen noch etwas aus?«

»Ja. Ich schätze, ich will mich einfach nicht daran gewöhnen.«

Lydia schlang sich ein sauberes Küchentuch um ihre Hand. Sie lachte, dunkel und anziehend.

»Eine Frau in Schwierigkeiten«, sagte sie.

»Sie sind nur durcheinander, das ist verständlich. Ich habe Ihnen mein Beileid noch gar nicht ausgesprochen.« Das hatte er tatsächlich nicht. Während der Fahrt in seinem Wagen hatte Lydia die meiste Zeit über geschwiegen, und Abraham hatte sich zurückgenommen, um ihr die Zeit zu geben, die Ereignisse der letzten Stunde zu verarbeiten.

»Ja, danke.«

»Ich würde Ihnen gerne mehr als nur das anbieten«, sagte Abraham.

Schnell, zu schnell sagte sie: »Ich komme schon zurecht.«

»Nein, kommen Sie nicht.«

»Nein?« Ihre Stimme wurde wieder hart.

Abraham war verlegen und hilflos zugleich. Das lag an ihr, die seine stille Souveränität durcheinanderbrachte. Sie ist so ganz anders als Erin, dachte er, und alleine, dass er sie mit Erin verglich, zeigte, wie sehr er durch den Wind war. Was heute Morgen (und er erinnerte sich noch gut an Erins Gegenwart, ihre

Wärme, aber auch an die Kluft zwischen ihnen jenseits ihrer Körper) mit zwei Toten begonnen hatte, hatte ihn mit dieser Frau zusammengebracht, und jetzt stand er mit ihr in ihrer Küche und wollte mehr über sie erfahren.

Draußen nahm der Himmel inzwischen eine noch dunklere Färbung an – als hätte ein gigantischer Kalmar Tinte ausgestoßen. Die Dunkelheit in der Küche wurde unangenehmer, drückender. Die Nacht, die erst vor ein paar Stunden dem Tag hatte weichen müssen, schien mitsamt den tiefschwarzen Wolken und der Kälte zurückgekehrt zu sein. Es gab genügend Lampen in dieser Wohnung, aber Lydia Beenhakker schien sie nur selten zu benutzen. Sie war, so dachte er, eine Frau, die die Schatten vorzog.

»Ich muss Ihnen einige Fragen stellen«, sagte er.

»Ist das jetzt der offizielle Teil?«

»Ich fürchte, ja.«

Sie verließen die Küche und gingen ins Wohnzimmer. Abraham nahm auf einem Stuhl Platz, während Lydia sich auf die Couch setzte.

»Wie lange haben Sie Ihren Bruder nicht mehr gesehen?«

»Zwanzig Jahre, vielleicht länger.«

»Das ist eine lange Zeit«, sagte er.

»Ja.«

»Gab es einen Grund dafür … einen Streit …«

»Nein. Jeder lebte sein Leben. Ich hier, er in Melbourne.«

»Hat er Ihnen erzählt, warum er auswanderte?«

»Nun, jeder hat seine eigenen Gründe«, sagte sie. »Er kam mit Berlin nicht mehr zurecht. Vielleicht setzte ihm das Wetter hier zu.«

»Hatte er drüben einen Job?«

»Er arbeitete in der Dienstleistungsbranche. Ich glaube, er verdiente ganz gut.«

»Also hatten Sie Kontakt miteinander?«

»Ab und an.«

»Wie oft in zwanzig oder mehr Jahren.«

»Ein-, zweimal.«

»Das ist wenig.«

»Ja.«

»Hatte er Familie drüben?«

»Eine eigene? Ja, hatte er. Sie tun mir leid. Wissen sie es schon?«

»Wir haben uns mit der australischen Botschaft in Verbindung gesetzt. Die werden die dortigen Kollegen verständigen. Seine Familie würde sicher auch gerne etwas von Ihnen hören …«

»Die wissen nichts von mir.«

Abraham blickte sie erstaunt an.

»Er hat ihnen nicht erzählt, dass er eine Schwester und Mutter in Deutschland hat?«

»Nein.«

»Gab es einen Grund dafür?«

»Das scheint Sie ganz schön mitzunehmen, Herr Abraham«, sagte Lydia. »Sie können sich so etwas wohl nicht vorstellen.«

Abraham dachte an Robert und gestattete sich ein wehmütiges, zaghaftes Lächeln.

»Sehen Sie, als er Berlin und dieses Land hier verließ, drehte er sich kein einziges Mal mehr um. Es war, wie aus einer Tür zu treten und sie offen stehen zu lassen, egal, was mit dem Rest, den man zurücklässt, geschieht.«

»Das ist sehr konsequent.«

»Es war das erste Mal, dass Stefan so konsequent war.«

»Gab es ein zweites Mal?«

Sie nickte. »Ja. Heute Morgen.«

Abraham erinnerte sich an ihren Satz, den sie beim Anblick der Leiche ihres Bruders gesagt hatte: *Ich war mein Leben lang so weit.* Bezog sich der Satz tatsächlich darauf, dass sie den Selbstmord ihres Bruders irgendwann erwartet hatte? Als er sie danach fragte, lächelte Lydia traurig.

»Den haben Sie sich gemerkt?«

»Das gehört zu meinem Job. War Ihr Bruder labil?«

»In seinem früheren Leben: ja. In Australien … da fragen Sie die Falsche. Ich glaube, dass er dort lange Zeit zufrieden war.«

»Nicht glücklich?«

»Was ist schon Glück? Kennen Sie den Satz von Ludwig Wittgenstein. Er geht so … ›Es gibt eine Welt der Glücklichen und‹ …«

»›… es gibt eine Welt der Unglücklichen‹«, vollendete Abraham. Auch er lächelte jetzt, weil sie etwas gemeinsam besaßen: eine Vorstellung, wie sich die Welt da draußen für gewisse Menschen darstellte. Und er überlegte, was ihr und ihrem Bruder zugestoßen sein musste, dass sie sich zur Welt der Unglücklichen zählten. Zumindest zeitweilig. Denn war ihm und Robert nicht dasselbe geschehen? Eine Katastrophe, eine schreckliche Fügung. Und hatten sie beide nicht auch versucht, den Schatten ihrer Vergangenheit zu entkommen? Robert noch konsequenter als er. Er war beinahe völlig verschwunden. Abraham hingegen hatte irgendwann kehrtgemacht, um sich den Dämonen zu stellen. Plötzlich empfand er das Bedürfnis, ihr davon zu erzählen. Die ganze Geschichte zu offenbaren. Die Tür zur Dunkelkammer zu öffnen. Etwas, das er selbst Erin verwehrt hatte. Da war dieser Moment, in dem er schon dazu ansetzte … und sich dann sagte, dass er als Polizist hier war und dass es nun um ihre Geschichte ging und um die ihres Bruders. Und um einen Mord, den es aufzuklären galt.

Er sagte: »Ich hatte das Gefühl, als Sie sich von ihm verabschiedeten und seine Stirn küssten, dass Sie beide sich doch sehr nahestanden. Andererseits würde das nicht dazu passen, dass er seiner Familie in Australien nichts von Ihrer Existenz erzählte und dass er Sie, ich vermute heimlich, in zwanzig Jahren nur ein-, zweimal anrief.«

»Das würden Sie auch nicht verstehen.«

»Ich möchte es aber.«

Sie zögerte einen Augenblick lang, und er nickte ihr aufmunternd zu, als wollte er ihr sagen, dass sie ihm vertrauen konnte.

»Ich habe Stefan geliebt. Und ich habe ihn beschützt … vor sehr langer Zeit, in einem anderen Leben, wie man so sagt. Aber es gibt keine anderen Leben, auch wenn mein Bruder der Meinung war, dass es so ist. Dass man sich an einem anderen Ort neu erfinden kann, ohne die Last der Vergangenheit mitzuschleppen.«

»Nun, ganze Nationen sind auf dieser Vorstellung aufgebaut«, sagte Abraham. »Gods own country … Kanada, auch Australien.« Sie lächelte, aber jede Wärme oder jedes Verständnis war aus diesem Lächeln gewichen. Es war spöttisch, verletzlich.

»Vielleicht irren sich ja alle. Vielleicht geistern Ihre früheren Leben ruhelos in Ihren Träumen weiter. Als Polizist haben Sie bestimmt auch hin und wieder Albträume …«

»Das kommt vor«, sagte Abraham mit belegter Stimme. Registrierte sie sein Unbehagen? Wenn ja, dann ließ sie sich nichts anmerken.

»Wie gehen Sie damit um?«

»Träume kommen und gehen«, sagte er. »An die meisten erinnere ich mich gar nicht.«

An einige hingegen schon. Mehr, als gut für mich ist.

»Aber Sie wissen, dass sie schlecht waren.«

»Nicht immer … manchmal.«

Er blickte zu den vielen Lampen im Zimmer, alle erloschen, weil sie es so wollte, oder? Die zunehmende Verfinsterung machte ihm zu schaffen. Als sie das bemerkte, stand sie auf und schaltete das Licht an.

»Ich bin unhöflich«, sagte sie, »lasse Sie einfach im Dunkeln sitzen.«

»Was wollte Stefan von seiner Mutter?«

»Ich schätze, er wollte sie noch einmal sehen, bevor er aufs Dach stieg.«

»Sie meinen, er ist nach Hause gekommen, um sich hier umzubringen? Das hätte er auch in Melbourne tun können. Ich glaube, er hatte einen ganz bestimmten Grund, um zurückzukommen.«

»Um unsere Mutter zu töten?«

»Vielleicht.«

»Nein.«

»Manchmal will man so etwas einfach nicht wahrhaben. Welche Beziehung hatte er zu ihr? Er nannte sich Phelps, nicht Beenhakker, warum?«

»Er hat drüben den Namen seiner Frau angenommen. Er wollte, was das Vergangene angeht, gründlich sein.«

Aber er war nicht gründlich genug, dachte Abraham. Was auch immer ihn quälte, es hatte ihn gefunden, trotz Australien, trotz eines neuen Namens, eines neuen Lebens.

Er sagte: »Ihr Bruder ist von dem Dach des Hauses gesprungen, kurz nachdem er Ihre Mutter in ihrer Wohnung körperlich attackiert hat. Ich muss Sie das fragen: Hat Ihnen Stefan sein Kommen angekündigt?«

Sie schluckte hart. »Ich wusste, dass er kommt.«

»Seit wann?«

»Er rief mich vom Flughafen aus an.«

»Aus Melbourne?«

»Nein, Tegel.«

»Wussten Sie, was er vorhatte?«

»Nein. Natürlich nicht.« Ihre Augen schwammen und jede Härte verlor sich aus ihrer Stimme. »Glauben Sie, ich hätte das zugelassen?«

»Nein«, sagte Abraham. »Nein, das glaube ich nicht.«

»Sein Eintreffen hat mich auch überrascht.«

»Woher wusste er, wo Sie wohnen und dass Sie geschieden sind, wenn es doch keinen regelmäßigen Kontakt zwischen Ihnen gab?«

»Vor drei Jahren haben wir zuletzt telefoniert. Da hab ich

ihm ein wenig aus meinem Leben erzählt. Und er aus seinem. Er erzählte mir von seinen Kindern, seinen Töchtern. Wie stolz er war, als er ihre Namen erwähnte. Und wie traurig er sich dabei gleichzeitig anhörte.«

Ihre Stimme drohte zu brechen.

Abraham merkte, dass er ihr zusetzte. Normalerweise hätte ihn das nicht gestört – er spürte deutlich, wenn er sich dem Kern der Wahrheit näherte, und es war ihm egal, ob er dabei eine Kernschmelze auslöste, wenn er dabei nur dem Mörder und seinem Verbrechen nahe kam. Dann gab es keinen Spielraum für Zurückhaltung, dann galt es, immer weiterzumachen und nicht nachzulassen.

Aber diesmal war es anders.

Sie war anders, das war der Punkt.

»Sie sagen, Sie haben ihn beschützt – wovor?«

»Vor allem. Er war kein besonders gefestigter Mensch. Er hatte vor allem Angst. Das hatte mit unserer Kindheit zu tun.«

»Und mit Ihrer Mutter.«

Sie nickte.

»Sie müssen mir davon erzählen. Was ist Ihnen und Ihrem Bruder geschehen, dass weder Sie noch er Kontakt zu ihr hatten? Sie muss doch etwas damit zu tun haben. Sie war der Grund, warum Ihr Bruder ausgewandert ist, nicht wahr? Und warum Sie …«

Er hielt inne, als er an Lydias selbstbeigebrachte Wunden dachte.

»Hat Stefan seine Mutter gehasst? So sehr, dass er bereit war, ihr – und das auch noch nach Jahrzehnten – etwas anzutun?«

Sie atmete tief durch. War schweißgebadet, trotz der Kälte draußen. »Nicht heute«, sagte sie müde. »Es war doch ein bisschen viel. Ich würde mich gerne hinlegen.«

Abraham nickte. Er war neugierig darauf, mehr zu hören, zu erfahren, auch über Lydia, aber ja: für heute reichte es.

»Haben Sie jemanden, der sich um Sie kümmert?«

»Ich könnte meinen Exmann anrufen, wenn er denn interessiert wäre.« Sie machte eine lange, bittere Pause. »Ist er aber nicht.«

»Das tut mir leid.«

»Mir auch. Irgendwie hab ich auch das vermasselt.«

Verlegenes Schweigen, so als wartete der eine auf ein bestimmtes Wort des anderen, das die Situation zwischen ihnen grundlegend veränderte. Doch erschöpft von den dunklen Ereignissen des Tages, ließen sie beide den Augenblick verstreichen. Lydia sah ihn an, so als hätte sie die Vermutung, dass sie sich von früher her kannten, von vor langer Zeit, aber wahrscheinlich hatte das nichts zu bedeuten, und er *deutete* ihren Blick nur falsch.

Abraham stand auf.

»Ich melde mich, sobald wir weitere Erkenntnisse haben.«

Der Satz klang so abgedroschen, geschäftsmäßig und nüchtern, dass er ihm beinahe im Hals stecken blieb; irgendwie hatte sie so einen lahmen Satz nicht verdient.

Auch Lydia stand auf und gab ihm die Hand – die rechte, unverletzte. Abraham hielt sie länger als nötig.

Die andere verbarg sie hinter ihrem Rücken – so wie sie auch sich selbst verbarg.

KAPITEL SECHZEHN

Warum so traurig? Wie sie am Fenster dasteht und hinausblickt in den Tag, der Nacht sein will, spürst du ihr Verlangen, sich so wie früher rettungs- und besinnungslos in den Taumel der Nacht zu stürzen. Die Vergangenheit, die in ihr wütet, kann es kaum erwarten, zu den alten Ritualen zurückzukehren. Die Nacht ruft immer noch ihren Namen, und es ist immer noch schwer für sie, zu widerstehen. Aber es war die Nacht, die sie beinahe umbrachte, sie auf dieselbe Kante zutrieb, über die du dann gesprungen bist. Erst jetzt, wo du alles hinter dir gelassen hast, bist du fähig, ihre wahre Gestalt zu erkennen. Erst jetzt, versorgt mit den Ereignissen ihres weiteren Lebens ohne dich, nach dem man euch auseinanderriss und trennte, verstehst du, dass sie dasselbe Taumeln am Abgrund durchmachte wie du. Ihr seid die Kinder der verlorenen Jahre, nicht der Geborgenheit. Lydia zündet sich eine Zigarette an und zieht an ihr und dann, weil sie alleine ist und dich spürt, schickt sie dir einen Gruß, um dich wissen zu lassen, dass sie an dich denkt. Dazu krempelt sie ihren Ärmel hoch und löscht die Glut auf ihrer Haut, wo die anderen Narben den Neuankömmling in ihren Reihen aufnehmen. Du erinnerst dich – du erinnerst dich an alles, und das wird nie mehr aufhören, denn der Tod ist nichts anderes als ein Sich-Verlieren in dem, was und wer man war, also, du erinnerst dich an den Tag, als ihr euch nach Jahren wiedersaht. Unter einer Autobahnbrücke, inmitten einer wilden Müllkippe, und im Dunkeln begleitete euch das wilde Stöhnen und Weinen eines alten betrunkenen Mannes, der sich wer weiß wohin schleppt. Du warst deiner neuesten Pflegefamilie entkommen, ihre Liebe war dir zu viel, zu präzise und zu scharf, du schnittest dich an ihr auf. Lydia hatte einen Rockertypen in ihrer Sozialwohnung bier- und drogenselig zurückgelassen. Sie war erst seit ein paar Wochen raus aus der Geschlossenen und zurück auf der Straße. Sie trug zu viel Make-up, verschmierte, schmutzige Farben, die sie wie eine Kriegerin rüberkommen ließen. O ja, sie war damals auf dem Kriegspfad. Sie präsentierte dir ihre Narben wie ein stolzer Indianer. Du hast nicht viel geredet in dieser Nacht – auch weil dir klar war, dass deine Schwester unter Drogen stand. Sie hatte diese Fluchtmöglichkeit selbst gefunden, und die Rocker, Zocker und Zuhälterkerle dienten ihr nur, um an das Zeug heranzukommen. Kein Wort von Liebe erfüllte sie. Sie war so weit weg von dir und allem, sie gehörte bereits der kaputten Seite der Nacht. Sie redete wirres Zeug, schmiedete Rachepläne gegen die Ungerechtigkeit der Welt, ohne den Feind zu kennen. Da war ein Flackern in ihren Augen, das dich an das Feuer von Brand-

stiftern erinnerte, die nur dann Glück empfinden, wenn die Welt um sie herum in Flammen steht. Und war sie nicht auch deswegen in der Psychiatrie gewesen? Weil das Feuer ihren Namen kannte. Ihr wusstet, ihr konntet nicht zusammenbleiben. Du wurdest bereits vom Jugendamt gesucht, wieder einmal, und diesmal stand dir eine härtere Gangart bevor. Und Lydia, die dich gerettet hatte, musste sich jetzt selbst retten – falls sie bei diesem selbstzerstörerischen Kurs lange genug am Leben blieb. Alles war ungewiss. Alle Antworten lagen jenseits der Nacht. Ihr hörtet, wie der Betrunkene ins feuchte Gras fiel. Er weinte jetzt lauter und rief Namen aus seiner Kindheit, beschwor die Hilfe seiner Mutter, und das machte Lydia so rasend, dass sie ihn am liebsten mit Fußtritten kaltgestellt hätte. Aber du klammertest dich an ihren gezeichneten Körper und endlich flossen deine Worte wie Tränen in einen Ozean und deine Stimme wisperte und bat, und sie ließ es zu. Es war euer letzter Körperkontakt, denn sehr viel später gingst du fort, ranntest bis ans Ende der Welt, und Lydia fand vorübergehend Frieden und Halt in Tabletten und einem Mann, der dem Tag gehörte. Ihr solltet euch bis gestern nie wiedersehen. Wie sehr sie sich verändert hatte, deine schöne starke Schwester.Du wolltest sie noch einmal sehen. Da war kein zerstörerisches Feuer mehr in ihren Augen, nur noch der Rest einer nicht ausgetretenen Glut, die immer schwelen wird.

Die Welt ist zerbrochen, und du wanderst durch ihre Scherben. Die Zeit ist aus den Fugen und bedeutungslos. Lydia ruft deinen Namen. Er geht durch dich hindurch wie der Kuss, den sie dir gab, das letzte Geleit. Sie streckt ihre Hand aus, aber du bist schon durch die Scheibe ihres Fensters und hinter dem großen, stillen Mann mit den traurigen Augen. Du passt dich seinem Schritt an, und gemeinsam blickt ihr auf das Fenster, hinter dem Lydia steht und Abraham nachsieht. Und du weißt, dass sie heute der Nacht nicht widerstehen wird. Während Abraham in seinen Wagen steigt, steigst du in den glühend heißen Sommer von vor fast dreißig Jahren. Du willst alles wissen. Die ganze Geschichte mit Abraham und dem Felsen. Und in der Intimität seiner verborgenen, verschlossenen Dunkelkammer erfährst du alles, die ganze elende Geschichte.

Da waren ihr Blick und ihre Gestalt am Fenster ihrer Wohnung und plötzlich *die Gegenwart eines anderen, die ihn streifte,* und dann war diese Berührung oder was auch immer schon vorbei. Nur der eiskalte Wind, dachte Abraham, der ging durch die Haut bis auf den Grund der Seele. Deshalb sah er so viele erschöpfte Menschen um sich herum. Als er im Toyota saß und ihn wie eine unsichere, zerbrechliche Schaluppe durch das Eismeer der Berliner Straßen bugsierte, rief ihn Kleber über die Freisprechanlage an.

»Zwei Neuigkeiten, Boss, und alle beide werden dir nicht gefallen.«

»Na, dann los.«

»Lydia Beenhakker war als junge Frau drei Jahre lang in der Psychiatrie.«

Obwohl er auch schon mit diesem Gedanken geliebäugelt hatte, vor allem wegen der Verletzungen, fühlte Abraham sich trotzdem getroffen.

»Wegen was?«

»Das habe ich noch nicht herausgefunden. Datenschutz, Patientengeheimnis und so. Aber da gibt's noch mehr. Sie ist bei uns aktenkundig. Die Delikte liegen zwar Jahre zurück … Drogenbesitz, Prostitution, Brandstiftung, sie hat einige Autos angesteckt. Kein Personenschaden, immerhin. Sie hatte eine ganze Reihe falscher Männer … Unterwelttypen, Kleinkram, keine großen Nummern. Ein sehr unstetes Leben, bis sie Martin Kaminski kennenlernt und ruhiger wird. Kaminski ist Speditionskaufmann. Sie sind seit vier Jahren geschieden.«

Ruhiger?, dachte Abraham. Oder ruhiggestellt? Oder hatte sie die anscheinend vorhandenen selbstzerstörerischen Seiten ihrer Persönlichkeit in … nun ja, einen Wandschrank verschlossen?

»Weiter.«

»Tja, die KT hat mal Dampf gemacht und siehe da – auf der Flasche, die in Margot Beenhakkers Unterleib steckte, haben sich keine Fingerabdrücke von Phelps gefunden.«

Nun, *das* waren Neuigkeiten.

»Aber an ihrem Hals …«

»Ja. Also was soll das? Er würgt seine Mutter mit bloßen Händen und zieht sich erst danach, als er sie schändet, Handschuhe an?«

»Unwahrscheinlich, vor allem, wenn es ein spontan ausgeführter Mord war.«

»Aber wenn er aus Australien kommt, um eine Rechnung zu begleichen, dann plant er das doch. Der planvolle und der planlose Täter in ein und derselben Person?«

Der planvolle Täter wusste, was er tat. Er hatte sich auf sein Verbrechen vorbereitet, den Mord schon lange im Voraus durchdacht und durchgespielt. Er säuberte den Tatort von Fingerabdrücken und Ähnlichem, was ihn verraten konnte. Der planlose Täter hingegen schlug aus der Gelegenheit heraus zu, er scherte sich einen Dreck darum, Spuren am Tatort zu hinterlassen, er taumelte durch die Mordszenerie wie ein Elefant im Porzellanladen.

»Oder wir haben es mit noch jemandem zu tun?«, sagte Abraham.

»Zwei Täter? Aber Groschek, der Nachbar, hat nur Phelps gesehen.«

Mag ja sein, dachte Abraham. Aber was, wenn da noch jemand in der Wohnung gewesen war? Jemand, dessen Kommen und Gehen der neugierige Nachbar eben nicht bemerkt hatte. Jemand, der dabei war, als Stefan Phelps in Streit mit seiner verhassten Mutter geriet. Sie angriff, würgte. Aber nicht tötete. Er rief sich Lydias Abschiedsworte an der Tür ihrer Wohnung ins Gedächtnis: »Sie kennen ihn nicht. Sie wissen nichts über ihn oder mich. Stefan war ein Glasmensch. Er ist viel zu oft selbst zerbrochen worden, um andere zu zerbrechen.«

Vielleicht, dachte Abraham, war Phelps schwach und zerbrechlich. Aber für seine Schwester galt das nicht, oder? Er dachte an die metallische Härte in ihrer Stimme: an eine tief in ihr liegende versteckte Kraft. Eine Überlebenskraft, die er auch von sich selbst kannte. Eine Art innerer Versteifung. Es gibt Gebiete in uns, in denen herrscht ganzjährig Winter. Die uns suchen, finden uns dort in unseren dunkelsten Stunden.

Vielleicht war Phelps nicht der Mörder seiner Mutter. Die Wucht der Schläge schienen auch nicht zu dem eher schwächlichen Mann zu passen. Doch Abraham wusste, dass sowohl Hass als auch Liebe ungeahnte Kräfte in den Herzen der Menschen freizusetzen vermochten. Dann war alles möglich. Abraham sagte: »Sucht in der Wohnung nach weiteren Spuren, sucht noch mal genau. Vielleicht war noch jemand zum Zeitpunkt des Mordes dort. Laut dem Nachbarn hat sich Beenhakker in der Trinkerszene rumgetrieben, zeigt ihr Bild, fragt nach, möglicherweise kannten einige sie näher.«

»Bin schon dabei«, sagte Kleber. »Was ist mit Lydia Beenhakkers Psychiatrie-Aufenthalt?«

»Ich frage Levy. Der kennt wirklich jeden Weißkittel in Berlin.«

Den Rechtsmediziner rief Abraham sofort an und schilderte die Ereignisse und brachte seine Bitte vor.

»Du verlangst von mir, dass ich den zuständigen Kollegen das Patientengeheimnis abluchse?«

»Genau das.«

»Wieso fragst du Lydia Beenhakker nicht selbst?«

»Sie würde es mir nicht sagen.«

»Ich mache mich nicht gerade beliebt.«

»Dann weißt du ja, wie ein Bulle sich in dieser Stadt fühlt.«

»Ärzte sind auch dazu da, ihre Patienten zu schützen, Frank.«

»Das ist mir schon klar, aber hier geht es um einen besonders scheußlichen Mord, und ich muss mehr über die darin verwickelten Personen wissen.«

»Na schön. Ich kenne tatsächlich jemanden dort … dafür verlange ich aber ein Mittagessen.«

»Ich bringe momentan keine gute Laune mit, Ben, und ich will Sarah nicht den Tag versauen.«

»Gut, dann treffen wir uns in einem Restaurant meiner Wahl, damit du mal wieder unter Menschen kommst, die weder vorbestraft noch tot sind. Und du übernimmst die Rechnung.«

Lachend fügte Levy hinzu: »Das hat dann etwas Konspiratives an sich. Als würdest du einen Spitzel mit, sagen wir, einem orientalischen Zitronenhühnchen auszahlen.«

»Ja, warum nicht«, sagte Abraham. »Einer muss schließlich immer zahlen.«

KAPITEL SIEBZEHN

Sie fuhren bei Nacht, und sie fuhren alleine.

Polly konnte sich an keinen solch kalten Winter erinnern. Sie wurde die Kälte einfach nicht los. Sie lag auf dem Rücksitz eines uralten Renaults aus den frühen 90ern und versank in dem viel zu großen, breiten Mantel, den Mevissen aufgetrieben hatte. Sie sah darin aus wie das Michelin-Männchen ihrer Kindheit, aber zumindest bot er ihr ein wenig Wärme. Die Heizung im Wagen war defekt, die Bremsen ein Lotteriespiel, die Reifen abgefahren und die Scheibenwischer entschieden selber, wann sie bereit waren, die Scheiben vom Eisregen zu befreien. Jeder halbwegs ausgeschlafene Bulle würde sie aus dem Verkehr ziehen.

Aber dieses Wrack von einem Auto war ihre beste und einzige Chance, so schnell wie möglich nach Berlin zu kommen. Mevissen hatte ihn besorgt, und Polly hatte den Preis dafür gezahlt. Und genau das war der Grund, warum Mevissen weinte und immer wieder sagte, wie leid es ihm täte, und ja, Polly wollte ihm glauben, weil Mevissen der einzige Mensch war, der sie nicht anlog.

Es ist gut, wollte sie sagen, so als müsse sie ihn über das Schreckliche, das ihr geschehen war, hinwegtrösten. So sehr liebt er mich, dachte sie, dass er sich für meinen Schmerz verantwortlich fühlt. Aber natürlich konnte Mevissen nichts für das, was ihr zugestoßen war. Sie haben seine Abwesenheit ausgenutzt, wusste Polly. Sie hatten ihn reingelegt und weggelockt, und dann waren sie zu Polly gekommen. Ein halbes Dutzend Fremder in einem kleinen, stinkenden Raum. Schweiß, Urin, eine schwielige Hand, die ihr den Mund verschloss. Der Atem der Männer auf ihrem Gesicht, in ihrem Mund, zwischen ihren Beinen. Die Erinnerung daran rammte sich erneut wie ein Messer zwischen ihre Schenkel. Nun, zumindest blutete sie dort nicht mehr.

»Wir kommen wieder auf die Beine«, sagte Mevissen jetzt, »ich versprech's dir, es wird besser, wenn wir in Berlin sind.«

Polly schloss die Augen. Berlin, dachte sie. Sie fürchtete sich vor dieser großen, gefräßigen Metropole. Außerdem war sie müde und erschöpft, verletzt und gedemütigt. Amsterdam hatte ihre letzten Kraftreserven aufgebraucht, und alleine der Gedanke daran setzte ihr erbarmungslos zu.

Leg dich hin, wisperte die Erschöpfung. Die Erschöpfung war ein Dämon, ein schwarzer Hund, der den Obdachlosen und Säufern, den Verzweifelten und Mutlosen durch ihre jeweilige Nacht folgte, um sie dazu zu bringen, aufzugeben. Ein zahnloser Mund öffnete sich, tausend Jahre alt, und mit einem Füllhorn aus Lügen gesegnet. *Leg dich hin, ruhe dich aus, bleib liegen, komm nicht mehr hoch.*

Leere deine Taschen.

Schließe deine Augen.

Es ist so einfach …

Polly blickte angestrengt zu Mevissen, der fast schon über dem Lenkrad hing, weil er wie ein Besessener fuhr, und sie sah, halluzinierte, wie sich der Dämon jetzt ihm zuwandte. Schlaf nicht ein, Christian, dachte sie und wollte es ihm sagen, denn dort draußen waren sie das einzige Licht, das sich durch diese schier ewige Mitternacht bohrte, und wenn Mevissen einschlief und einen Unfall baute, dann würden sie im Graben landen und erfrieren oder an ihren Verletzungen verbluten; sie würden sterben.

Bei einem Unfall.

So wie ihr Vater.

Nein, dachte Polly, nein … aber schon füllten sich ihre Augen mit Tränen, ihr Bild verdoppelte, verdreifachte sich und zerbrach dann in Prismen aus Licht und Farben. Ihre bewussten Gedanken rissen ab wie die Kette aus gezuckerten Perlen, die sie als Kind um den Hals getragen hatte, ein letztes Geschenk ihres Vaters.

Und wie Perlen tropften die Erinnerungen in den dunklen Schacht ihres Schlafes. Und die Erschöpfung nahm sie in ihre Arme.

Als Polly acht war, starb ihr Vater. Er raste mit seinem Motorrad, es war dieselbe Maschine, auf der er sie manchmal zu heimlichen Spritztouren mitnahm, frontal gegen einen LKW. (Sein Anblick war so schrecklich, dass die Beamten der Familie dringend abrieten, ihn noch einmal zu sehen. Identifiziert wurde er über seine Zähne.)

Später erfuhr sie, dass er an Depressionen litt – als würde das den Schmerz und das Entsetzen auch nur um einen Deut mildern –, aber damals war es für sie so, dass er ihr an einem völlig belanglosen Morgen wie jeder andere einen Kuss auf die Wange drückte und aus der Türe ging … und einfach nicht mehr zurückkam. Er war weg, verschwunden, so als hätte sich der Boden unter seinen Füßen geöffnet und der abgrundtiefe Schlund ihn ihr geraubt. Seitdem kreiste Schmerz in allen Dingen um sie herum.

Die Beerdigung war wie der Schlag eines Hammers auf einer Auktion – ihr Glück und ihre Geborgenheit wurden unter Wert versteigert. Dann, als sie, immer noch verwirrt und benommen zwischen all den schweigenden Trauergästen, den angeblichen Freunden ihres Vaters, die seine Erkrankung weder bemerkt noch hatten verstehen wollen, herumirrte, nahm ihre Mutter sie beiseite. Sie war nie eine ausgeglichene, besonders mitfühlende Frau gewesen, und als ihr Mann sich mit seinem Motorrad (das sie immer schon gehasst hatte, weil es ihn viel zu oft von ihren maßlosen Forderungen und Verdächtigungen wegtrug) zerlegte, ließ sie in ihrem Inneren stählerne Rollläden herunter. Polly blickte in die harten Augen ihrer Mutter. Mit harscher Stimme, laut genug, dass alle um sie herum diese Lektion mitbekamen, sagte sie: »Nichts ist sicher. Niemand. Niemals.«

Das Trostloseste war, dass keiner der Anwesenden der Witwe widersprach. Denn Polly weinte und fragte jeden, ob das wahr sei. Doch keiner dieser düsteren Menschen antwortete ihr. Stattdessen tranken sie, schwiegen, blickten zu Boden oder durch sie hindurch, so als wäre sie nicht mehr von Belang und damit auch schon gar nicht mehr da. Ein Geist in ihrem eigenen Leben. Polly begriff tatsächlich etwas: Sie war alleine, und niemand würde ihr helfen.

Niemand half ihr, und so geriet sie an die Falschen. Es waren die immer gleichen Scheißkerle mit den gleichen Lügen, die sie ihr mit einem Goldrand servierten, weil sie etwas an sich hatte, das diese Kerle anzog, ihre Sanftheit, ihre Unbeholfenheit, es lag an ihrem seltsam schutzlosen Gesicht mit den großen Augen, die manchmal in die Tiefe des Raumes und in die Welt blickten, weil sie dort nach etwas suchte, das sie verloren hatte.

Die Schule erlebte sie wie einen schlechten Traum, aus dem sie Gott sei Dank schnell erwachte.

Weder Freunde noch Verbündete fanden sich dort – sie galt als kontaminiert. Sie trug den Tod an ihren Fingern, die anderen Mädchen mieden sie. Sie hatten ja alle noch ihre Väter, die sie von der Schule abholten, und keine Mutter, die sich innerlich verrammelte und verriegelte. Mit den Jungs war es einfacher – die wollten nicht mit ihr befreundet sein oder sie in ihre Clique aufnehmen, die wollten nur Sex. Das war okay für Polly. Es war besser, als alleine zu sein. Gesichter und Namen waren belanglos, ihr Körper besaß kein Gedächtnis, er nahm und empfing und funktionierte, was das anging, so hervorragend, dass sie so tat, als gefalle ihr das, was sie mit ihr machten, derweil sie einfach verschwand, aus der Welt hinaustrat in das Nichts.

Ihr Vater war, wenn auch auf andere Weise, denselben Weg gegangen.

Sie bekam bald einen gewissen Ruf, und ihre Liebhaber (so nannten sich die Gesichter, die Finger und Schwänze in frecher Anmaßung selbst) wurden rücksichtloser und benutzten ihren Körper so selbstverständlich, als gehörte er schon immer zum Inventar ihrer Phantasien. Nach der Schule ging es einfach mit anderen Kerlen weiter. Das war die Essenz des Lebens, oder? Dass es einfach weiterging, egal, wie beschissen es war.

Nun, abgesehen von den Toten. Für die ging rein gar nichts weiter.

Polly fand einen Job an der Supermarktkasse. Die Zeit erwies sich als ein launisches Miststück. Die Tage zogen sich immer gleich in die Länge, waren getaktet und verplant, und doch kam es ihr vor, als müsse sie nur einmal zwinkern, um vierundzwanzig Stunden zu überbrücken.

Männer traten in ihr Leben ein wie Reisende in einen zugigen, düsteren Bahnhof, kaum war man da, wollte man wieder weg. Und jedes Mal derselbe Vorwurf: Du bist so kalt wie Sushi. Ihre Teilnahmslosigkeit provozierte das Schlechteste in ihnen. Doch selbst Schläge ließen sie nicht auftauen.

»Warum bist du nie da, wo ich bin? Du bist wie abgestandene Luft, wie ein leeres, vergammeltes Haus mit offen stehender Tür. Was ist mit dir schiefgelaufen?«, fragte der Letzte.

Nicht, dass es ihn wirklich interessierte. Sie arbeitete, ließ sich ficken, tat, was er ihr sagte, und da er gerade ohne Job war und auch keine Lust auf einen hatte, akzeptierte er die immer längeren Phasen ihrer inneren Abwesenheit.

»Du brauchst Hilfe, echte Hilfe, aber zu so etwas habe ich keine Lust, wirklich nicht, ich weiß ja nicht mal, ob es sich lohnt.«

(Seiner Meinung nach war sie ein hoffnungsloser Fall. Insgeheim war er sogar richtig froh, sie so einfach loszuwerden, als er ihr erzählte, dass er eine andere kennengelernt hatte. Sie machte ihm weder Vorwürfe noch eine Szene. Ihre emotionale Teilnahmslosigkeit, die ihn manchmal beim Sex so erregte, dass er ihr wehtat, aber nur ein bisschen, wie er sich vor sich selbst rechtfertigte, kotzte ihn zuletzt nur noch an. Irgendwie, dachte er, war sie wie eine schlechte Angewohnheit, die man einfach ablegt. Und er vermisste sie kein bisschen.)

Mevissen war mit ihr zur Schule gegangen, aber nicht in dieselbe Klasse. Sie waren sich ab und an in den stillen Ecken und Winkeln des bedrückenden grauen Komplexes begegnet, und manchmal schnorrte der eine vom anderen eine Zigarette. Mevissen war selten alleine, er war einer dieser Einzelgänger, deren Wortkargheit und Lakonie bigger than life erschienen, und deshalb galt er als cool, und wer cool war, hatte immer ein oder zwei besonders anhängliche Jünger im Schlepptau. Nicht, dass ihn irgendjemand wirklich zu interessieren schien. Seltsam, sie ähnelten sich in ihrer Verschlossenheit, aber im Gegensatz zu ihm legte man das ihr wie selbstverständlich als Idiotie aus.

Außerdem war sie als billig verschrien, ein Flittchen, eine Matratze. Jeder sprang auf ihr herum. Außer Mevissen. Dabei war er der Einzige, den sie wirklich gewollt hätte. Aber Mevissen vögelte keine Schulmädchen. Er trieb sich bereits in den dunklen Ecken des Lebens herum, vor denen man sie in der Schule noch eindringlich warnte. Lernte Leute kennen, die in keinem Adressverzeichnis unter der Rubrik »anständig«, oder »geregeltes Leben« verzeichnet waren.

Er war zwar der Sohn eines Arztes (und schon damals nannten ihn alle Doc, der Name hielt sich und er nahm ihn auch in sein anderes Leben mit) und intelligent, aber nicht dazu bereit, in das Rattenrennen einzusteigen, auf den man den Rest konditionierte.

Irgendwann verschwand Mevissen von der Schule. Gerüchte machten die Runde. Angeblich hatte er einen Lehrer verprügelt. Andere behaupteten, Mevissen würde mit Dealern abhängen. Einbrüche begehen. Die Bullen suchten angeblich nach ihm. Seine Eltern hätten ihn verstoßen. All das trug zur Legendenbildung bei. Als hätte Mevissen durch was auch immer eine Sprengfalle ausgelöst, und nun trafen die Druckwellen der Realität auch alle anderen.

Seht her, das geschieht euch, wenn ihr scheitert.

Für Polly war er einfach so verschwunden wie ihr Vater. Sie rechnete nicht damit, ihn irgendwann wiederzusehen. Seltsamerweise tat ihr das irgendwie leid.

Holger war Geschäftsmann, er handelte mit Computern, die er aus Südkorea bezog. Ein Erfolgsmensch, gutaussehend, ein blendender Typ, im wahrsten Sinne. Er war mit Männern seines Schlages unterwegs, nachrückende, sich nach oben durchbeißende Mittelschicht, sie kauften in dem Supermarkt, in dem sie arbeitete, für einen ihrer Männerabende ein. Holger war der Mittelpunkt dieser Rotte, an ihn wurden die meisten Fragen gestellt, ihm bereitwillig zugehört. Er hatte etwas Anmaßendes an sich, eine Arroganz, die aus seiner Fähigkeit rührte, zu bestimmen und zu führen. Er war ein Macher.

An diesem Abend streifte sein Blick nur kurz über Polly, er hätte genauso gut auch eine Flasche Glasreiniger oder eine

Schachtel Kekse ansehen können, nichts in seinem Gesicht verriet sein späteres Interesse.

Er legte sie wahrscheinlich in dem Fach: »mausgrau, unscheinbar« ab. So dachte sie jedenfalls und das war okay, sie war eben keine Frau, der man einen zweiten Blick zuwarf, wenn der erste schon nicht verfing.

Tatsächlich aber hatte er sie sehr wohl wahrgenommen, schon als er den Laden betrat und sie an der Kasse sitzen sah, mit ihrem müden, verlorenen Alltagsgesicht und ihren glanzlosen Augen, in denen sich Kummer und Verzweiflung schon lange eingerichtet hatten.

Der Wolf in ihm nahm Witterung auf.

Zwei Abende später stand er für sie unerwartet (denn bis auf dieses erste Mal hatte sie ihn noch nie hier einkaufen sehen) wieder vor ihrer Kasse. Das Band ihrer Kollegin war leer, und Polly hatte genug zu tun, dennoch stellte sich Holger in die Schlange, bis er an der Reihe war. Und diesmal nahm er sie wahr, sehr sogar, und ja, er war verdammt charmant und selbstsicher, er zwinkerte ihr zu und grinste auf eine unverschämte Art und Weise, die die allermeisten Frauen anziehend finden und nur einige wenige abstoßend, weil sie aus Erfahrung mit solchen Typen wissen, was sich wirklich hinter dem teuren Anzug verbirgt. Aber zu diesen Frauen gehörte sie damals noch nicht. Vielleicht hätte sie den Wolf erkannt, wenn sie ihm beim ersten Mal nur tief genug in die Augen gesehen hätte … aber wie seine Opfer zuvor blendete sie der falsche Glanz, mit dem der Wolf sich tarnte. Und war es nicht auch ihre eigene Entscheidung? Als hätte sie bewusst irgendetwas entschieden … sie bestimmte schon lange nicht mehr über sich selbst. Erneut hatte sie keinerlei Begründung dafür, warum sie sich so treiben ließ, dass jeder Windstoß ihr Leben umkrempelte.

Holger trug wie alle anderen auch eine soziale Maske, und wie die meisten legte er diese Maske von Zeit zu Zeit ab, um ganz er selbst zu sein. Ganz er selbst zu sein bedeutete für sie, Teil seiner sadistischen Welt zu werden.

Wohin und zu wem hätte sie gehen können? Es gab keine Sicherheit, nicht wahr? Niemand war sicher. Dir konnten während eines einzigen Blinzelns die schrecklichsten Dinge geschehen. Du konntest verwundet werden bis auf den Grund der Seele. Oder einfach verschwinden.

Holger war weder wahnsinnig noch unberechenbar. Er war höchst berechenbar. Er war ein Kontrollfreak, er war die erste und letzte Instanz. Seine sadistischen Neigungen waren über die Jahre gewachsen wie einer dieser Joshua-Bäume in der Wüste, die mit wenig Wasser auskommen, die hart und erstarrt und ewig sind. Er hatte, wie er ihr einmal erzählte (sie musste ihm dabei wie üblich gefesselt und geknebelt zuhören), mit Tieren angefangen, mit Katzen und Hunden, mit Knüppeln und Giftködern. Er legte Feuer an einen Kaninchenstall. Tötete eine Katze mit einem Feuerwerkskörper, den er dem Tier in den Anus steckte. (»Aber zuerst brach ich ihr die Beine, damit sie nicht weglief.«) Ansonsten blieb er unauffällig und strebsam. Klassenbester. Mädchenschwarm. Ein perfekter Schauspieler – wie jeder Psychopath. Sex langweilte ihn. Macht auszuüben war sein Ding. Mit selbstbewussten Frauen war das nur begrenzt möglich – wie er nach einigen Fehlschlägen lernte, und er war nicht so dumm, es so weit zu treiben, dass er in echte Schwierigkeiten geriet. Obwohl dieses ganz bestimmte Gefühl in ihm niemals nachließ. Wie ein Kratzen im Hals, ein chronischer Husten, der nicht verschwinden will. Er verspürte ein dringendes Bedürfnis danach, bei der Zerstörung, der Auslöschung eines Menschen mitzuwirken. Er stellte sich dieses Ereignis wie eine Mischung aus Gottesdienst und Höllensturz vor. Er würde blutbesudelt als etwas Neues auferstehen. Als Wolf.

Also war er immer auf der Suche nach dieser einen, einzigen Frau, diesem Opferlamm, einem Menschen, der schon verloren war und von aller Hoffnung verlassen.

(»Hörst du«, sagte er, während er eine Zange um eine ihrer Brustwarzen schloss, »ich habe dich gesucht und gefunden.« Wie immer steigerte er den Schmerz, bis er Polly aufs Ganze ausfüllte und das Nichts in ihr für diese Nacht löschte. Sie versuchte zu schreien, aber der Gummiball in ihrem Mund zerquetschte jedes Wort.)

Gegen die Schmerzen seiner »Behandlungen« gab er ihr Schmerzmittel. Holger besaß eine ganze Armada davon – Tilidin und Tramadol, Oxycodon und Novalgin. Rezeptpflichtig, aber er hatte, wie er sagte, dafür jemanden an der Hand. Die Schmerzmittel betäubten Polly auf jede erdenkliche Weise. Die Tropfen und Tabletten und ihr stillender, narkotisierender Trost waren die Rückseite der Schmerzen. Und sie machten Polly ebenso abhängig wie das Schlaf- und Beruhigungsmittel Lorazepam. Im Discounter waren sie neidisch auf Polly, die jetzt jeden Tag mit einem Porsche vorgefahren wurde. Neidisch auf die teuren Kleider, unter denen sich ihr geschundener Körper verbarg. Das teure Make-up (denn er berührte niemals ihr Gesicht), den Schmuck (denn sein Spielzeug sollte etwas hermachen, schließlich hatte er einen Ruf), auf das gute, besondere Leben (wer träumte nicht davon? Und besonders war es ja jetzt auch, ihr Leben).

Die Zeit ihres Umhertaumelns war vorbei – Holger hatte sie, buchstäblich, an die Leine gelegt. Sichtbar (wenn sie alleine waren und Polly nackt und blutend auf allen vieren durch seine Penthouse-Wohnung hinter ihm herkroch) und unsichtbar, wenn sie, Hand in Hand (aber niemand sah, wie seine starken Finger sich in ihr Fleisch bohrten, so dass ihre Augen immer feucht vor Ergriffenheit und Glück waren), durch die Straßen flanierten. Oder bei ihrer Mutter auftauchten. Denn Holger interessierte sich sehr für Pollys Leben. Für die Triggerpunkte ihrer Persönlichkeit. So erfuhr er von ihrem Vater.

Er erfuhr es in einem langen, nachmittäglichen Gespräch mit ihrer Mutter, die ihm bereitwillig Auskunft erteilte.

Polly hatte ihre Mutter seit Jahren nicht mehr gesehen und war, obwohl sie nicht mehr viel für sie empfand, erschrocken über ihren Absturz. Sie hatte ihre Arbeit verloren, trank und rauchte im Übermaß, das Alter hatte sich wie eine verfrühte Totenmaske auf ihre Züge gelegt. Sie hatte ihrem Mann seinen Tod nie verziehen. Holger hingegen gefiel ihr, auch wenn sie nicht verstand, warum er sich ausgerechnet eine wie Polly ausgesucht hatte. (Sie war immer noch blind und taub angesichts ihrer Tochter.) Und von Polly kam nichts. Sie war mit Schmerzmitteln vollgepumpt und erlebte den Besuch wie unter einer gläsernen Glocke, die sie vor der Welt da draußen abschirmte. Genau das, was Holger auch bezweckte.

»Die macht's nicht mehr lange«, sagte Holger, als sie wieder in den Porsche stiegen, dabei küsste er Polly demonstrativ, weil ihre Mutter dunkel und hohl wie eine verblassende Erinnerung am Fenster stand und ihnen nachsah. Wo er schon einmal dabei war, biss er Polly gleich die Lippe blutig. Das Blut war warm und salzig und, was ihn anging, süß.

»Bald kann die Alte verscharrt werden, und wen interessiert's, dich bestimmt nicht, oder?«

Und verdammt, ja, er hatte recht, denn Polly hatte ihre Mutter schon lange aus ihrem Leben gestrichen. Ihrer Meinung nach hatte das Schicksal ihr den falschen Menschen geraubt. Und als sie ihm das im Tran ihrer Betäubung sagte, grinste Holger und entblößte seine blutigen Zähne, und da sah sie ihn zum ersten Mal, wie er schon zur Welt gekommen war: als Wolf.

»Dein Vater ist weg, deine Mutter ist fertig«, sang er und riss an ihren Haaren, und der Wolf schlug ihr seinen fauligen Atem ins Gesicht.

»Aber ICH bleibe.«

Ihr war klar, dass sie sterben würde.

Holgers Regiment wurde zunehmend härter. Seine Manipulationen an ihrer Seele wurden subtiler, seine Schnitte und Verbrennungen an ihrer Haut tiefer. Jetzt bearbeitete er auch in den Momenten, in denen er sich, ungezügelt und mit wölfischer Grausamkeit, in seinem Sadismus verlor, ihr Gesicht. Er sperrte sie in der Wohnung ein. Er kündigte ihren Job im Discounter. Er bereitete ihr Verschwinden vor. Er hatte noch nie einen Menschen getötet, und er malte sich aus, wie es wohl sein würde, diese letzte Grenze zu überwinden.

Polly versank immer mehr in einer Art von Bedeutungslosigkeit sich selbst gegenüber. Sie war nicht mehr als ein Zombie, gab eine Antwort, wenn sie gefragt wurde, wusch sich, wenn man es ihr auftrug, aß, schiss, schlief und war doch weniger anwesend als je zuvor. Was sie tat, war ohne Bedeutung. Sie war ohne Bedeutung. War gefangen in einem Limbo voller Zerrspiegel, in denen sie sich als ein sich ständig verändertes Etwas sah. Nur manchmal, in den wenigen Minuten, in denen sie zwischen zwei weiteren Tranchen Betäubungsmitteln ihren klaren Verstand zurückerlangte – nicht mehr als das Aufblitzen einer silbrig geschwungenen Klinge in der dicken wattierten Dunkelheit, die in ihr herrschte –, raunte ihr ein letzter Funke Lebenswille zu, dass Holger sie einfach wie Müll entsorgen würde, wenn er ihrer überdrüssig wurde. Und tatsächlich hielt der Wolf schon wieder Ausschau nach einer Nachfolgerin. Fuhr mit seinem Porsche nachts die Straßen ab. Seine gelben Augen leuchteten mit dem Mond um die Wette.

Pollys Zeit lief ab.

Holger erhöhte die Dosis ihrer Mittel. Sorgte dafür, dass sie wie ein Bleigewicht in den Federn hing. Die Medikamente pürierten ihr Gehirn und ließen sie beinahe unablässig die bizarrsten Dinge träumen, die ihr so plastisch erschienen, dass sie glaubte, wahnsinnig zu werden. Oder es schon zu sein.

Wenn es zu schlimm wurde, versuchte sie mit aller Macht, sich an ihren Vater zu erinnern, wendete, faltete seine Bilder, sprach seinen Namen wie einen Schutzzauber aus, schnüffelte nach seinen Aromen und Gerüchen … vergeblich, er blieb verschwunden, gefressen von demselben schwarzen Loch, das sich nun sie vornahm.

Nein, sagte sie, nein. Sie durfte sich nicht einfach so auflösen. Also flüsterte sie ihren Namen. Polly. Eigentlich Pauline, so stand es zumindest in der Geburtsurkunde.

Aber Papa nannte mich immer nur Polly, weil er den Namen *so viel schöner fand. Pauline. Polly.*

Polly. Ich. Ich bin das.

Polly. Ich bin hier. An diesem Ort.

Ich.

Doch in der Schwärze hinter ihren Lidern löschte sich die Welt aus, und sie verlor die Verbindung zu sich selbst.

Keine Rettung in Sicht, nirgends.

Holger bezog seinen Stoff von einem Kerl, der mit den Rezepten seines Vaters dealte und so an die Schmerzmittel herankam. Holger traf ihn normalerweise außerhalb seiner Wohnung, aber an diesem Abend holte er ihn zu sich hoch. Polly lag, mit Handschellen nach ihrer letzten Behandlung ans Bett gefesselt, im Schlafzimmer. Sie blutete aus einer tiefen Schnittwunde am Bauch, sie blutete viel zu stark und viel zu schnell, und die Wände fielen unerträglich langsam auf sie nieder. Sie würden sie unter sich begraben. Endlich. Vielleicht war es endlich so weit. Sie hörte Stimmen. Sie hörte den Wolf. Sie hörte den anderen Mann sprechen. Sie glaubte, diese Stimme schon einmal gehört zu haben. Holger hatte sie nicht geknebelt, neuerdings war er von ihrem Wimmern und Schreien fasziniert, es war das letzte bisschen, mit dem sie ihn noch reizen konnte. Sie versuchte, sich erkennbar zu machen.

Hilfe.

(Nein, das war zu schwach.)

HILFE.

(Ja, das würde besser sein.)

Dann los. Sie musste nur den Strick, den die Beruhigungs-

und Betäubungsmittel ihr in die Zunge geknüpft hatten, lösen. Ihre Zunge war so schwer wie eine Bleiplatte …

Hilllfffeee …

Wie ein krächzender Rabe … mehr kam nicht. Aus Enttäuschung schob sie ihre nutzlose Zunge, diesen elenden Dreckskerl zwischen ihre Zähne und biss zu, bis sie auch dort blutete. Das Blut schmeckte seltsam, so als wäre es nicht ihres, und es brannte salzig in ihrem Rachen. Sie versuchte erneut auf sich aufmerksam zu machen, aber inzwischen lagen die Wände des Zimmers auf ihr drauf und pressten ihr den letzten Atem aus den Lungen. Alle Farben um sie herum verblassten, und Finsternis stieg vor ihr auf. Sie driftete weg … und in der Finsternis nahm ihr Vater endgültig Gestalt an und streckte seine Hand nach ihr aus. Sie war warm und lebendig.

Polly ergriff sie. Von irgendwo hinter ihr polterten Geräusche wie von einem Kampf in der Dunkelheit, aber was hinter ihr lag, besaß keine Bedeutung mehr.

Als sie erwachte, war da kein Unterschied zwischen Traum und Realität. Sie stand an einem Strand vor einem ruhigen Meer und starrte auf zwei exakt gleich große Monde, die sich wie Zwillingsgeschöpfe die ganze unendliche Breite des Firmaments teilten. Es war weder Tag noch Nacht, sondern beides in einem. Als sie Mevissen später von diesem Traum erzählte, meinte er, dieses Bild schon einmal in einem Film gesehen zu haben. Sie hätte ihn bestimmt auch irgendwann gesehen und sich daran erinnert.

»Ich glaube, so muss es im Jenseits aussehen«, sagte sie. Fremd, unendlich fremd, eine andere Welt. »Aber ich war real, ich habe mich gespürt, und das Meer war real, der Wind in meinen Haaren, alles.«

Dieser Traum … sie fragte sich, ob manche Träume so intensiv waren, dass sie einen veränderten. Die letzten Wochen und Monate, eigentlich die ganze Zeit seit dem Tod ihres Vaters waren ihr wie ein Traum vorgekommen, der nicht mehr Traum war, sondern Wirklichkeit. Alles hatte sich verändert, hatte sie verändert, so dass sie ihre eigenen Erinnerungen nicht mehr wiedererkannte. Ihre Erinnerungen waren zu Träumen zerfallen.

»Du hattest viel Blut verloren«, sagte Mevissen und hielt sie fest. »Und du warst voll mit dem Zeugs, das ich diesem Dreckskerl verkauft habe.«

Er brachte sie in die Praxis seines Vaters, am selben Abend noch. Rief ihn von unterwegs an, sagte, eine Freundin sei verletzt und er könne sie nicht in ein Krankenhaus bringen. Was sie nicht wusste, war, dass es das erste Mal in zwei Jahren war, das sie wieder miteinander sprachen.

(Die Druckwellen der Realität. Mevissen musste seinen alten Herrn um Hilfe bitten, auch wenn jedes Wort als Stein in seinen Magen fiel und er sich dabei besiegt vorkam.)

Mevissens Vater erwartete sie bereits, als sie ankamen. Er nähte nicht nur die tiefe Wunde, die ihr Holgers Messer zugefügt hatte, sondern versorgte auch die anderen, zum Teil schon älteren Wunden und Narben.

»Das war nicht Ihr Sohn«, sagte Polly, als sie das entsetzte Gesicht des alten Mannes sah, »im Gegenteil, er hat mich gerettet.«

»Das wäre das erste Mal, dass Christian etwas für einen anderen tut«, sagte sein Vater. »Suchen Sie sich dringend Hilfe, aber nicht bei Christian, glauben Sie mir, er ist nicht der gute Samariter, für den Sie ihn halten.« Und als wolle er ihr beweisen, dass er recht hatte, führte er Polly, auf seine Schulter gestützt, in sein Arbeitszimmer. Mevissen stand mit dem Rücken zu ihnen vor einem Medizinschrank und steckte sich Schmerz- und Betäubungsmittel in seine Jackentaschen. Aus der Hosentasche ragte ein Block Privatrezepte hervor. Als er Polly und seinen Vater bemerkte, verdüsterte sich sein Gesicht und brannte vor Scham und Trotz.

»Polly braucht das Zeug«, sagte er.

Sein Vater sagte: »Sie muss davon runterkommen. Nicht sie braucht es, du bist derjenige, der davon abhängig ist, Christian. So abhängig, dass du mich bestiehlst wie ein kleiner Junkie.«

»Tja, was soll ich dazu sagen außer: richtig, ich bin ein kleiner verschissener Junkie.«

»Dann lass dir helfen und hau nicht wieder ab.«

»Dieses honorige Angebot kommt ein bisschen spät.«

Mevissen drängte sich an seinem Vater vorbei und griff dabei nach Pollys Hand, die sich instinktiv an ihn klammerte.

»Das Mädchen braucht Hilfe, aber nicht deine«, rief sein Vater ihnen hinterher.

»Ja, so wie Mutter deine gebraucht hätte, aber du warst ja nicht da«, sagte Mevissen. So zugedröhnt konnte Polly gar nicht sein, um nicht den klaffenden Abgrund in seiner Stimme zu hören.

Mevissen zog Polly hinaus in die Nacht. Es regnete, es war kalt, aber zum ersten Mal hielt Polly eine Hand, der sie vertraute.

Später fragte ihn Polly: »Und seine Unterschrift? Ohne seine Unterschrift kannst du die Rezepte doch gar nicht einlösen.«

»Er ist mein Vater«, sagte Mevissen, »aber das Einzige, was uns noch verbindet, ist dieselbe Handschrift.«

»Willst du darüber reden?«

Er strich über ihr Haar. »Was gibt's da schon zu sagen? Es ist doch immer irgendwie die gleiche abgefuckte Geschichte.«

Die von den Familienabgründen; von unbeglichenen Forderungen und enttäuschten Erwartungen. Von dem, was man losließ, weil es sich nicht lohnte, daran festzuhalten.

Nun, auf *dieser* Ebene verstand sie ihn.

»Und er«, sagte Mevissen, »würde dir denselben Scheiß ganz anders erzählen. Und du wüsstest nicht, wem du glauben solltest.«

»Doch«, sagte sie, »dir. Dir würde ich glauben.«

Mevissen schüttelte den Kopf, und mit einem Mal legte sich der drückende Schatten eines Zweifels über sein Gesicht.

»Nein, Polly. Glaube nie irgendjemandem irgendetwas.«

Sie legte ihren matten Kopf an seine Schulter und blickte durch die Windschutzscheibe auf die Nacht und ihre verzerrten, verwaschenen Lichter.

Es war letztendlich Holgers Geiz, der Polly das Leben rettete. Immer wieder hatte er den Preis für die Schmerz- und Betäubungsmittel gedrückt, so dass Mevissen ins Minus rutschte. Er hatte noch andere Kunden an der Hand, aber die verarschten ihn wenigstens nicht. Holger hatte Schulden und Mevissen machte Druck.

»Du kriegst deine Kohle schon«, sagte Holger am Handy.

»Ja, und zwar heute. Jetzt und sofort.«

»Ich kann gerade nicht weg«, sagte Holger. Dabei blickte der Wolf in das Schlafzimmer. Er hatte das Gefühl, eine Sache endgültig abzuschließen, und er wollte es genießen.

»Das macht nichts«, sagte Mevissen, »ich stehe vor deiner Tür und du wirst sie öffnen, oder ich finde einen Weg hinein.«

Das war keine leere Drohung, wusste Holger. Gut, scheiß drauf. Bezahlte er eben diesen Mistkerl. Schon schlug dieser gegen seine Wohnungstür. Was sollten die Nachbarn bloß davon halten? Immerhin hatte er einen Ruf zu verlieren als properer, tüchtiger junger Mann, everybodys darling, ein Schwiegersohn wie aus der Reklame – nun ja, nur solange man sich nicht allzu tief in seine Augen versenkte, um dahinter einen anderen Blick aufzufangen, einen *hungrigen* Blick.

Holger sah noch ein letztes Mal auf das zusammengeschnürte, blutige Bündel auf dem Bett und schloss die Schlafzimmertür. Dann ließ er Mevissen in die Wohnung.

»Aber du wusstest doch nichts von mir«, sagte Polly später.

Mevissens Fingerspitzen kreisten sacht um ihre geschundene Haut, so als könne er sie alleine dadurch wieder heilen.

»Zuerst nicht. Alles schien normal zu sein – bis auf den Typen. Er hatte nämlich etwas Blut am Gesicht und an seinen verdammten Fingern.«

Und da war auch Blut am Knauf der Schlafzimmertür. Mevissens Blick blieb daran wie ein Magnet haften.

»Ich spürte, dass da etwas nicht stimmte.«

Holger war damit beschäftigt, das Geld zu zählen.

»Abzuzählen, denn er wollte mir nicht mehr geben, als er schuldete, dieser kleine, ekelhafte Pedant.«

Als Mevissen ihn auf das Blut ansprach, sagte Holger, er hätte sich beim Rasieren geschnitten.

»Aber da war keine Wunde in seinem Gesicht.«

Mevissen ging zum Schlafzimmer und öffnete die Tür. Er wartete darauf, dass Holger protestierte, aber der ließ es, das Geld in der Hand, geschehen.

»Er tat nichts, um mich davon abzuhalten, das Zimmer zu betreten. Ich glaube, er wollte sehen, wie ich auf den Anblick da drinnen reagiere. Wollte mich prüfen. Sehen, ob ich auf seiner Wellenlänge bin. Oder ob mir das, was ich dort vorfand, einfach nur scheißegal war.«

Polly hörte den Ekel in seiner Stimme und sah den Ekel in seinen Augen, als er davon sprach.

»Er wartete, bis ich wieder rauskam.«

Mevissen erinnerte sich an Holgers Blick. Seinen *wölfischen Blick.* Die beiden Männer sahen sich an. Dann sagte Holger mit einem verzerrten Grinsen: »Ach, scheiß drauf. Was kümmert's dich schon? Dich interessiert doch gar nichts außer dir selbst.« Er holte ein zweites Bündel Scheine hervor und pflückte mehrere Hundert Euro davon ab. Hielt sie Mevissen hin. »Die vermisst niemand«, sagte er.

»Das glaubte er tatsächlich«, sagte Mevissen. »Er war davon überzeugt, dass es Menschen gibt, die so unbedeutend, so unsichtbar sind, dass man sie einfach beseitigen kann, ohne dass die Welt diesen Verlust bemerkt. Aber es war nicht das, was mich wütend machte. Es war seine selbstverständliche Annahme, ich würde das Geld nehmen und den Mund halten und meine Augen verschließen. Vielleicht stimmt es, was mein Alter sagt, vielleicht bin ich tatsächlich ein egoistischer Drecksack. Tja, das wäre dann neben der Handschrift das Zweite, was uns beide verbindet. Und ja, ich kann nicht behaupten, dass mir viel an anderen liegt. Nur … dieses Mädchen, das dort blutend und gefesselt lag, war keine Fremde. Denn ich hatte dich wiedererkannt.«

Sie lagen nebeneinander, und Mevissen tat nichts anderes, als ihren geschundenen, bebenden Körper an seinen zu drücken.

»Und das macht den Unterschied aus, glaube ich«, sagte Mevissen. »Ich konnte mich nicht einfach umdrehen und das Geld nehmen und alles hinter mir lassen, so wie ich's schon oft getan habe. Diesmal nicht.«

»Ist er tot?«, fragte Polly.

»Willst du das wirklich wissen?«

»Nein.«

Mevissen wusste nicht, ob er Holger getötet hatte. Sie hatten miteinander gekämpft. Holger war stark, fitnessstudiogestählt und *wölfisch entschlossen*, seine Beute zu verteidigen, aber Mevissen trieb sich schon lange auf der Straße herum, und die Straße hatte ihn gelehrt, wie man kämpft. Er trug ein Springmesser bei sich, weil er oft genug Leuten begegnet war, die etwas anders als Geld aus ihren Taschen beförderten, wenn sie ihre Hände dort reinschoben. Das Messer landete in Holger und blieb dort stecken. Wahrscheinlich nur nicht tief genug.

Nun, es spielte keine Rolle, ob Holger tot war oder nicht. Wenn er tot war, würden die Bullen früher oder später nach Mevissen und damit auch nach Polly suchen. Lebte er noch, dann war Mevissen nicht mehr sicher, denn Holger kannte

Mevissens Kontakte und würde ihn entweder bei den Bullen verpfeifen oder selbst nach ihm suchen. Wölfe wie er vergaßen und vergaben nichts.

»Du hättest mich bei der Polizei abliefern können«, sagte Polly. »Ich hätte dich niemals verraten.«

»Hättest du das gewollt? Dass ich dich bei den Bullen abgebe und wieder aus deinem Leben verschwinde?«

»Nein«, sagte sie, ohne groß darüber nachzudenken. »Nein.«

»Aber versprich mir eines«, sagte sie dann.

Er blickte sie mit seinen warmen Augen an.

»Egal, was du tust, lüg mich niemals an.«

»Tue ich nicht.«

Nur dieser eine Satz, und mehr bedurfte es nicht, um mit ihm zu gehen.

Sie schliefen das erste Mal in einem billigen Hotelzimmer am Rande einer größeren Stadt miteinander. Das Zimmer war klein und spärlich eingerichtet, der Vorläufer von vielen, die noch folgten. Die Vorhänge waren schmutzig und stanken nach altem abgestandenem Zigarettenrauch. Die Bettlaken sahen benutzt aus – andere Paare vor ihnen hatten diesen Fluchtpunkt ebenfalls aufgesucht, um einen Moment der Ruhe im Sturm ihres Lebens zu finden. Bevor sie sich liebten, wusch Mevissen Pollys geschundenen Körper und wechselte den Verband an ihrem Bauch, den sein Vater angelegt hatte. Als er den blutigen Tupfer und die Mullbinde entfernte, fühlte er sich, weil sie beide ihre Finger am gleichen Material hatten, seinem alten Herrn fast nahe. Dieses Gefühl überhaupt zuzulassen, beschäftigte ihn mehr, als ihm lieb war, und es gelang ihm nur mühsam, die anderen desaströsen Bilder, die sich dahinter verbargen, von sich fortzuschieben. Irgendwann würde er die Fäden der Wundnaht ziehen müssen und auch das hinbekommen. Mevissen entsorgte das blutige Verbandsmaterial in einer Einkaufstüte. Dann verabreichte er Polly ein Schmerzmittel.

Ihre Toleranzgrenze war durch Holgers sadistische Fürsorge hoch, aber jetzt war nicht die Zeit, um sie davon runterzubringen. Er selbst genehmigte sich auch etwas davon – allerdings im Bad, wo sie es nicht so mitbekam. Er wartete, bis sich das Morphin im Blut verteilte, rasch, weil er einen dauerhaft erhöhten Pegel besaß. Er wurde ganz leicht und warm.

Die Welt draußen zog sich zurück, und die Welt in ihm drinnen ebenfalls.

Das Gefühl eines sanften Vertigos stellte sich ein – eine Kamerafahrt vor und einen gleichzeitigen Zoom zurück.

Als näherte er sich seinem Gesicht im Badezimmerspiegel, nur um sich direkt wieder davon zu entfernen.

Und genauso fühlte er sich schon sein ganzes Leben lang.

Anschließend legte er sich zu ihr, schlüpfte aus den Schuhen, ließ aber die Jeans und sein Hemd an. Polly trug eines seiner Hemden (in Holgers Wohnung hatte Mevissen auf die Schnelle nur einen schon blutgetränkten Fetzen über Polly geworfen, ihr Hose und Schuhe angezogen und später aus der Praxis seines Vaters ein frisches Hemd und eine wattierte Jacke besorgt) und ihr Höschen. Zum ersten Mal war er unsicher und hilflos in der Gegenwart eines anderen Menschen. Er versuchte immer noch nachzuvollziehen, was ihn zu der Entscheidung, Polly zu retten und mitzunehmen, wohin auch immer, geführt hatte. Handelte es sich tatsächlich nur um den Moment des Wiedererkennens? Tatsächlich hatte er alle Gesichter aus seiner schulischen Laufbahn vergessen, Namen sowieso, diese Leute hatten ihm schon damals nichts bedeutet. Aber an Polly, der er nur ein paar Mal völlig unverbindlich zum Zigarettenschnorren begegnet war, hatte er sich, sobald er ihr Gesicht sah, wieder erinnert. So als wäre sie die ganze Zeit auf eine subtile, unsichtbare Weise in einer staubigen Schublade seines Gedächtnisses präsent gewesen. Und jetzt lagen sie beieinander, und er erinnerte sich nicht daran, jemals jemandem so nahe gewesen zu sein.

Es überhaupt gewollt zu haben.

Mevissen wollte ihr noch Zeit geben, weil er dachte, dass sie, gerade erst einem sadistischen Vergewaltiger und Beinahe-Mörder entkommen, vieles im Sinn hatte, nur nicht, mit ihm zu schlafen, aber es war Polly, die ihn drängte, die ihn an sich zog, seine warmen Hände auf ihre Brüste legte, zerkratzt, zerbissen von den Attacken des Wolfes, der seine Spuren auf ihr zurückließ, aber sie nicht mehr in Besitz hatte. Sie war überall verletzt worden, und es würde dauern, bis sie sich davon wieder erholte. Er zögerte zuerst davor, in sie einzudringen aus Angst, ihr wehzutun, weil er den Schmerz in ihren Augen sah, aber sie sagte ihm deutlich, dass es an der Zeit war, ihren Körper, der viel zu oft seiner eigenen Wege gegangen war, zu bezwingen und ihn sich zurückzuholen.

»Ich bestimme über ihn«, sagte sie und sah ihn mit ihren großen, weichen Augen an. Und er sah sie an. Er konnte nicht genug von ihr bekommen, so als wäre er niemals zuvor mit einer Frau zusammen gewesen, und tatsächlich war er jemandem wie Polly bislang nicht begegnet. Kein Wunder, denn dort, wo er sich herumtrieb, immer auf der schäbigen Rückseite der Straße, immer dort, wo die Laternen und Lichter als Erstes abgeschaltet wurden, gab es niemanden wie sie. Und zugleich war ihm klar, dass sie dort nicht hingehörte. Da draußen war kein Platz für verwundete Seelen – es gab zu viele Wölfe, die nur darauf warteten, ihre Beute in die tieferen, dunklen Ecken der Nacht zu ziehen.

KAPITEL ACHTZEHN

Polly öffnete die Augen und blickte in den Himmel über Berlin. Sie hatten die Nacht tatsächlich unbeschadet überstanden. Eine weitere Nacht, an die sich ein weiterer Tag anschloss. Was immer auch dieses Wesen (natürlich eine Ausgeburt meiner überdrehten Phantasie, dachte sie, nicht real wie andere Nachtmahre, Holger etwa, der immer noch in ihrem Kopf war, der Wolf im Winter, irgendwo da draußen unterwegs) gewesen war, es hatte sie nicht zur Strecke gebracht.

Mevissen drehte sich zu ihr um. Er lächelte und sagte: »Berlin«, als wären damit alle Probleme gelöst. Sie hielten an einem Schnellimbiss, und Mevissen besorgte Snacks und Getränke. Polly zwang sich zu essen, auch weil sie seinen besorgten, schuldgeplagten Blick nicht ertrug.

»Es geht mir gut«, sagte sie. Im Radio lief ein Song von den Turin Brakes, »Sea Change«, sie legte sich in ihn hinein wie in ein gemachtes, sauberes Bett.

Doch kaum war der Song vorbei, fräste sich Amsterdam und das, was ihr dort geschehen war, wie eine Kettensäge durch ihre Erinnerung. Später, dachte sie, später, und schob die verstörenden Bild- und Tonsegmente, die sich vor ihr aufbauten, einfach beiseite. Stattdessen kroch nun ein anderer Gedanke zurück in ihr Hirn, so wie ein kalter, bleicher Liebhaber unter ihre Bettdecke. Diesen Gedanken trug sie schon wie einen versteckten Virus seit Amsterdam mit sich herum: Berlin ist eine Falle, und wir tappen sehenden Auges hinein. Diese Art von Klarsicht passte eigentlich nicht zu ihr – und tatsächlich war es nicht mehr als ein Gefühl, dumpf, drückend und schwer, das sie beschäftigte.

Sie erinnerte sich daran, wie sie in Amsterdam, kurz bevor Mevissen den Renault besorgte und sie alleine zurückließ, darüber redeten.

Sie brauchten Geld. Mevissen hatte keinen wirklich richtigen Plan vom Leben, er driftete, flipperte herum, und Polly hatte ihn endgültig aus der Bahn geworfen. Jetzt trug er Verantwortung für jemanden; Bremsklötze an seinen flinken Hinterläufen, die ihn sonst nicht schnell genug wegtragen konnten. Und Polly, ganz nahe an ihm dran, erkannte so einiges. Auch Mevissen war von den Medikamenten, die er verkaufte, abhängig. Angeblich hatte es mit einer verschleppten Bronchitis angefangen und mit Unmengen von Kodein. Kodein war einer der klassischen Einstiege in die Medikamentensucht.

Mevissen war ein Klassiker: ein Dealer, der seinem eigenen Produkt verfallen war.

»Hier können wir nicht bleiben«, sagte er.

Das war ihr schon klar. Angeblich kannte Mevissen Leute in Amsterdam, aber diese Kontakte hatten sich als nicht sattelfest herausgestellt. Vor allem den Kerl namens Jeroen fand sie abstoßend. Er verkaufte Heroin, und seine Kundschaft sah dementsprechend aus. Er grinste die meiste Zeit jovial und tat easy, aber tatsächlich hielt er sie nur hin. Seine Augen erzählten das Gegenteil von dem, was sein Mund ihnen versprach, und in seinen leeren Taschen sammelten sich keine Besitztümer, sondern nur Staub.

Jeroen hatte sie in einem ihrer vielen Absteigen untergebracht, einem Drecksloch, dessen dunkle Gänge zu einem Labyrinth verschmolzen, gespenstisch beleuchtet nur von einigen wenigen Glühbirnen. Manchmal fanden sie Automaten, aus denen man Snacks ziehen konnte, weil es keine Küche gab. Die Rezeption wurde von einem Serben geführt, der weder Englisch noch Niederländisch sprach, aber sie immerhin weder nach Papieren fragte, noch sich für eine Meldebestätigung interessierte.

Mevissen kannte Jeroen über drei Ecken, anscheinend aber kannte er ihn nur halb so gut, wie er glaubte. Zwar half ihm Jeroen dabei, die aus der Praxis seines Vaters gestohlenen Medikamente und Rezepte einzutauschen und an den Mann zu bringen, teilte den Gewinn allerdings mit zwei zu eins auf – das war seine Stadt und seine Regeln.

Hier kämen sie auf keinen grünen Zweig, geschweige denn auf einen Ast, der stark genug war, sie zu halten.

Außerdem hatte Jeroen ein Auge auf Polly geworfen. Als er Mevissen fragte, ob sie nicht Lust hätte, sich im Club eines

Freundes etwas dazuzuverdienen, war ihm klar, dass sie wegmussten. Also rief er eine Nummer in Berlin an und hörte eine Stimme aus seiner Vergangenheit, die er am liebsten vergessen hätte. Aber wie das so ist mit begrabenen Leichen – manche haben die unangenehme Art an sich, irgendwann wieder aufzutauchen.

»Wer ist der Typ?«

Mevissen hatte ihr von Berlin erzählt, von einem alten Freund, der dort seine Zelte aufgeschlagen hatte und der ihnen dabei helfen konnte, Geld zu machen. Mevissen erzählte ihr von Beck, der ebenso ein Einzelgänger war wie er selbst.

»Vielleicht noch mehr als ich. Eigentlich weiß ich nicht besonders viel über ihn.«

»Ich dachte, ihr seid Freunde.«

»Definiere mal Freundschaft. Beck war … ich glaube, er hatte Probleme in seinem privaten Umfeld. Er lungerte meistens auf der Straße rum. Er hat bestimmt eine Schule besucht, aber nicht besonders lange. Er war kein Typ für große soziale Kontakte.«

»Warst du mal bei ihm zu Hause?«

»Nie. Er hat mich nie eingeladen, und ich glaube, ich wäre auch nicht hingegangen. Und umgekehrt war es eigentlich genauso, obwohl der Stress mit meinem Vater erst nach dem Tod meiner Mutter begann. Danach war mir alles scheißegal, und ich wollte nur noch weg von allem.«

»Was macht Beck denn so in Berlin?« Es war eine naive Frage – Mevissen kannte niemanden, der einem normalen bürgerlichen Beruf nachging.

»Hat er mir nicht verraten, aber wir werden's sehen. Jedenfalls kenne ich sonst niemanden, der uns dort weiterhelfen könnte. Beck hatte immer was am Laufen, ich glaube, er saß sogar im Knast … ja, schau mich nicht so an.«

»Wegen was saß er?«

»Wahrscheinlich hat er rumgedealt und ist erwischt worden. Oder er hat vielleicht den einen oder anderen Bruch gemacht.«

»Er steigt in Häuser ein?«

»Nicht nur. Eher in Geschäfte, kleinere Läden. Wahrscheinlich haben sie ihn einmal dabei geschnappt. Was soll's.«

»Das hört sich so an, wie du das erzählst …«, sagte sie.

»Wie denn?«

»Als hättest du so was auch mal gemacht.«

Natürlich fiel ihr dabei die Szene in der Praxis seines Vaters wieder ein. Sicher, es war sein Vater, den er beklaut hatte – und trotzdem blieb es Diebstahl.

»Habt ihr beiden damals Dinger gedreht?«

Mevissen grinste. »Tja, wenn du mich so fragst.«

Sie kicherte, weil er sich tatsächlich ein bisschen dafür zu schämen schien. Aber auch nicht zu sehr.

»Und wie war das, in fremde Häuser einzusteigen?«

»Nicht in Häuser«, sagte Mevissen. Dabei überhörte sie den seltsam bleiernen Unterton in seiner Stimme.

»Seid ihr erwischt worden?«

»Nein.«

»Nie?«

»Das ist lange her, Süße.«

»Du hast ihn jahrelang nicht mehr gesehen. Was macht dich so sicher, dass er uns hilft? Menschen verändern sich.«

Wer, dachte sie, wüsste das nicht besser als ich selbst?

Mevissen lachte und drückte sie.

»Na, auf meine Menschenkenntnis kann ich mich verlassen.«

Wieso klang dieser Satz plötzlich aber so hohl und nichtssagend?, dachte Polly. Und wieso hatte Mevissen nach all den Jahren, in denen er angeblich keinen Kontakt mehr zu Beck gehabt hatte, seine Nummer parat?

»Doc.«

»Beck.«

Sie standen am Alexanderplatz und froren und warteten bereits eine halbe Stunde, als Beck endlich auftauchte. Dass er sie bereits eine ganze Zeitlang beobachtet hatte, wussten sie nicht. Beck war vorsichtig, immer wachsam, immer auf dem Sprung. Und anderen zuzusehen, wie sie auf seine Ankunft warteten, war nicht nur lehrreich, sondern auch unterhaltsam. Denn er sah schon von weitem, dass sowohl Mevissen als auch das Fötzchen neben ihm am Ende waren. Am vorläufigen Ende ihrer Optionen. In der Sackgasse. Er hatte ein Auge dafür. Mit den Fingern zog er seine Mundwinkel zurück, so dass es aussah, als grinste er. Hätte sich jemand unmittelbar in seiner Nähe aufgehalten und ihm bei dieser Vorbereitung zugesehen, hätte ihn dieses Bild zutiefst verstört. Das Grinsen war nicht nur aufgesetzt, sondern zutiefst falsch.

Aber üblicherweise hielten sich die Leute freiwillig von ihm fern. Seine Gegenwart war ihnen auf eine Art und Weise unheimlich, die in Worte zu fassen sie nicht imstande waren. Das nannte man dann wohl einen Eindruck hinterlassen.

Beck wusste, dass er damals auch bei Mevissen Eindruck hinterlassen hatte, so sehr, dass sich ihre Wege getrennt hatten – wie kaputt musste Doc also sein, um jetzt hier aufzutauchen?

Vielleicht litt Mevissen ja an Gedächtnisverlust? Hatte die gute alte Festplatte gelöscht oder irgendwie abstürzen lassen. Das wäre aber schade, dachte er, es gibt Dinge, die es wert sind, immer wieder abgespielt zu werden. Auch wenn sie nicht jedermanns Sache waren. Weil jedermann dabei gekotzt hätte. *Nein, Christian, das, was uns beide verbindet, vergisst man nicht. Und wenn doch, werde ich dich daran erinnern müssen.*

Beck trug eine Basecap mit dem pinkfarbenen Schriftzug BERLIN drauf und schien sich wie aus dem Nichts zu materialisieren. Polly hörte, wie Mevissen neben ihr scharf die kalte Luft in sich sog und sich einen Augenblick lang versteifte, als sei er sich plötzlich nicht mehr so sicher, ob es eine gute Idee gewesen war, hierherzukommen. Aber es war zu spät, um noch einen Rückzieher zu machen, und so ging ein Ruck durch ihn und er fiel Beck regelrecht um den Hals. Beck drückte zu und presste seinen alten Freund an sich, den er, wie lange jetzt – acht, neun Jahre? –, nicht gesehen hatte. Wickelte ihn regelrecht ein wie eine Anakonda. Dabei hob sich sein Blick über Mevissens Schulter, und seine Augen bohrten sich wie die Enden eines Elektroschockers in Pollys Hirn. Vertrieben für einen Moment den Nebel, hinter dem sie sich zurückgezogen hatte.

»Schön, dass es dich noch gibt«, sagte Beck, und seine Stimme klang wie Metallspäne, die man aufs Eis wirft, ein dürres unangenehmes Krächzen. Polly ertrug den Blick, solange sie konnte – genau einen Herzschlag lang –, und sah zu Boden. Denn sie hatte ein Gespür dafür entwickelt, wenn jemand log. Im Laufe ihres Lebens im Schmerz, im Anderssein war sie einem ganzen Haufen von Heuchlern und Lügnern begegnet, angefangen bei ihrer Mutter bis hin zu Holger, dem Wolf, dem Blender schlechthin. Sie glaubte alle Farben der Lüge zu kennen. Aber Beck war noch einmal etwas anderes. Er mischte eine ordentliche Portion Schwarz in den satten Farbtopf.

Mevissen schien blind dafür zu sein.

Polly hingegen entwickelte beinahe sofort einen Widerwillen gegen Beck.

Beck war ein relativ kleiner Mann, der sich aber größer machen konnte, als er war. Er war durchtrainiert, vor allem seine Arme waren ausgeprägt muskulös – so als hätte er sie regelrecht aufgepumpt. Er trug ein schwarzes T-Shirt und eine dünne abgewetzte Lederjacke und musste eigentlich entsetzlich frieren, aber entweder marschierte die Kälte einfach durch ihn hindurch, oder aber er selbst war ein Teil der Kälte.

Er trug eine, wie Polly fand, völlig unpassende randlose Brille, die ihm wohl ein akademisches, seriöses Aussehen verleihen sollte. Hinter der Brille funkelten zwei harte schwarze Murmeln in einem düsteren Licht. Sie waren das genaue Gegenteil von Mevissens Augen, erdfarben und beruhigend, und überhaupt schien der Kerl so völlig anders als Mevissen zu sein, und sie verstand immer noch nicht, was die beiden eigentlich miteinander verband, außer einer kleinkriminellen Vergangenheit. Da musste mehr sein.

(Und eben das beunruhigte sie. Weil sie nicht glauben konnte, dass ihr Mevissen etwas verschwieg.)

Beck kam auf sie zu und streckte seine Hand aus. Etwas daran stimmte nicht: Es kam nicht echt rüber, sondern beinahe roboterhaft abgehackt, so als halte er ihr einen Stock hin. Sie schauderte bei dem Anblick seiner Hand mit ihren kräftigen Fingern, und als sie sie dennoch nahm, von Mevissen sorgfältig beobachtet, hatte sie das Gefühl, als schließe sich ein Eisblock um ihre Hand.

Beck brauchte nur einmal die Muskeln (wie Stahltrosse, dachte sie) spielen zu lassen, um sie zu zerquetschen.

Was er nicht tat, aber einen Moment lang blitzte ein tiefes, aus schlechten Erfahrungen und Albträumen herrührendes Unbehagen in ihren Augen auf, und sie bemerkte sehr wohl, wie Beck dieses Unbehagen aufmerksam registrierte. Dabei veränderte sich etwas in seinem seltsam glatten, konturlosen, falsch-freundlich-ausdruckslosen Gesicht, es war nur eine Nuance, die niemand anderem als ihr, die einem solchen Menschen wie ihm schon begegnet war, aufgefallen wäre. Aber sie sah dieses sekundenkurze Zucken seiner Mundwinkel wie den hinterhältigen Verrat seiner Gedanken über seine Mimik, die wie einstudiert wirkte.

Wie eine Maske, was sie nur noch mehr beunruhigte.

Vielleicht war er ja eine große Nummer darin, alles und jeden, Mevissen eingeschlossen, in seiner Umgebung zu täuschen, aber nicht Polly. Was sie noch registrierte, war, wie sich seine Nase kräuselte, als schnuppere er wie ein Hund, und ihr war klar, dass sie der Grund dieses merkwürdigen Verhaltens war. Als wäre er erregt von der Furcht, die er an ihr schmeckte und roch.

Es gefällt ihm, wenn Menschen sich vor ihm ängstigen, dachte sie. Weil es ihn anmacht.

Wie Holger, den sadistischen Wolf. Wieso erkannte Mevissen das nicht? Oder wollte er es nicht erkennen? Mevissen, der Holger durchschaut hatte.

(Aber er hat auch mit ihm Geschäfte gemacht, wisperte eine Stimme dunkel in ihr, und jetzt geschieht es wieder, und vielleicht weiß Mevissen tatsächlich mehr über Beck, als er ihr gegenüber erzählte.)

Nein, Beck war nicht Jeroen. Er war auch nicht Holger. Er war viel mehr als diese beiden.

Und sie waren jetzt in seiner Stadt.

KAPITEL NEUNZEHN

Manche Typen, dachte Beck, bestehen nur aus Löchern, durch die ein besonders trostloser Wind pfeift. Doc war einer von ihnen, ohne Zweifel, und eigentlich war er das immer schon gewesen. Mevissen aß ohne großen Appetit von seinem Döner, zermatschte dabei das schlappe, kaltgewordene Fleisch zwischen seinen Fingern. Beck hingegen verputzte schon seine dritte Portion. Er verbrannte viel – ja, tatsächlich schwammen Ameisen in seinem Blut und hielten ihn auf Trab, und manchmal verirrten sich ein paar von ihnen sogar in seinen Kopf, dieses Kellergewölbe mit seinen abgeschlossenen Parzellen. *Zutritt verboten.*

Nicht, dass jemand diese Orte in ihm je freiwillig betreten würde.

»Iss auf, Doc, sonst nimmt's Mustafa hier persönlich. Du bist ja ganz schön vom Fleisch gefallen«, sagte Beck und schob sich eine zusammengerollte Kugel aus Fleischfetzen, Salat und Brot in den Rachen. Mevissen zwang sich dazu, den Bissen, an dem er schon Minuten kaute, herunterzuschlucken.

Schön brav, mein Hündchen. Ich gebe die Richtung vor – wie damals.

»Seit wann bist du drauf, Doc?« *Seit wann nimmst du deinen eigenen Mist?*

»Scheiße«, sagte Doc nur, ertappt, am Arsch, so richtig *opfermäßig.*

»Hast ganz schön abgebaut, Alter, ich mache mir echt Sorgen.«

»Ist nur eine Phase«, sagte Mevissen. Seine Pupillen zoomten ständig vor und zurück, als versuche er, in Dinge einzudringen, Gegenstände, Menschen. Nun, in Beck käme er nicht rein.

Nur wenn ich's will. Und das willst DU nicht.

»Wenn man so richtig drauf ist, dann schmeckt man gar nichts, oder?«, fragte Beck.

»Schmerzmittel unterdrücken das Hungergefühl«, sagte Doc.

»Coole Methode, um abzunehmen. Deine kleine Freundin könnte auch einen Happen-Pappen vertragen, nicht?«

Polly war in Becks Wohnung geblieben und schlief einen tiefen langen Schlaf. Mevissen hatte ihm von Polly erzählt, am Telefon gesagt, dass er jemand mitbrächte, eine Frau.

»Hier laufen genug Frauen rum, Doc, lass deine Freundin doch zu Hause.«

»Das kann ich nicht. Ich bin für sie verantwortlich. Sie hat eine Menge schlimmer Dinge erlebt.«

Na, dann dürfte sie's bei dir ja bestimmt besser haben, du Loser.

»Ist sie dir so wichtig, Doc?« Er wartete mit angehaltenem Atem auf die Antwort.

»Ja.«

Ein Grinsen zog sich wie ein tiefer breiter Riss über sein Gesicht.

»Dann musst du sie natürlich mitbringen.«

Beck zog aus seiner Brieftasche ein pralles, fleckiges Bündel Geldscheine hervor. Mevissens Pupillen tanzten bei dem Anblick regelrecht.

»Du hast ganz schön Geld gebunkert, Beck.«

Beck lachte.

»Wenn's läuft, dann läuft's. Und hier läuft immer was. Große Stadt, viele Arschlöcher. Hab mir den richtigen Ort ausgesucht, Doc.«

»Und davor?«

»Mal hier, mal dort.«

»Immer noch die alte Tour?«

Beck grinste erneut und hob wie zur Kapitulation beide Hände.

Mevissen sprach von den Einbrüchen. Er sprach von damals. Damals ist lange her, dachte Beck. *Hat sich seither eine Menge getan, Doc. Du würdest es nicht glauben. Oder doch? O ja, vielleicht doch. Aber könntest du es aushalten? Nein. Tust so, als wärst du anders als die anderen und bist genauso wie sie – nur viel weniger, bist ne Handvoll von den Besten und den Schlechtesten unter ihnen. Ich aber bin anders – anders als ihr alle zusammen.*

Mevissen sagte: »Hab gehört, du hast gesessen.«

»Wenn man das so sagt.«

»Und wegen was?«

»Na, wenn du dich umgehört hast, weißt du's doch.«

Ja, wusste er. Totschlag. Nach einer Kneipenschlägerei. Mit bloßen Fäusten. Sein Gegenüber war ein im Milieu bekannter Schläger und Zuhälter mit einer ellenlangen Vorstrafe. Irgendein Luftikus von Anwalt schwafelte geschickt von Selbstverteidigung und ersparte Beck einen wirklich ausgedehnten Aufenthalt. Nichts davon hatte Mevissen Polly erzählt. Er hatte sie angelogen und fühlte sich schlecht dabei. Er hatte ihr auch nicht die Wahrheit über die Einbrüche erzählt. Sie waren nicht nur in Läden eingestiegen, sondern auch in Häuser und Wohnungen. Aber daran wollte er nicht mehr denken. Das war vorbei. Er fühlte sich in Becks erneuter Gegenwart unwohl. Dabei versuchte er doch, den alten Draht wiederherzustellen. Und zweifelte mit einem Mal, ob es den jemals so richtig zwischen ihnen gegeben hatte. Dass Beck jemanden getötet hatte, überraschte ihn allerdings nicht. Das hatte er kommen sehen. Ihm diesbezüglich Vorwürfe zu machen war aber in etwa gleichbedeutend wie eine Fahrt in die Einbahnstraße, denn immerhin hatte auch Mevissen einem Typen ein Messer in den Körper gerammt. Also mach dich nicht besser, als du bist, dachte er.

»Wie war's im Knast denn so?«

»Ne Menge Loser, die ihre Runden drehen. Ich war nicht lange genug drin, um einer von ihnen zu werden.«

»Hast du Kontakte knüpfen können?« Die Frage erschien ihm sinnvoll – was sonst, außer an die Zellenwand zu starren und selbst Teil von ihr zu werden, sollte man in einer Umgebung machen, in der Leute vom gleichen Schlag einsaßen, mal mehr, mal weniger erfahren.

»Wie meinst du das?«

»Na, ich überleg, ob du dort Anschluss gefunden hast.«

»An wen?«

»Weiß nicht.«

»Ich suche keinen Anschluss, Doc. Das müsstest du doch noch wissen. Du warst der einzige Partner, den ich neben mir erlaubt habe.«

Ja, sehr großzügig von dir, dachte Mevissen. Nur entsprach das nicht der Wahrheit. Beck hatte den Ton angegeben, Mevissen war ihm gefolgt. Und zuerst klappte ja alles auch wunderbar. Sie stiegen ein, machten Beute bis … bis Beck komisch wurde. Das fing damit an, dass er Mevissen die Suche nach Bargeld oder Schmuck überließ und sich mehr für das Innenleben der Bewohner interessierte. Er stahl ihnen Fotografien, Tagebücher, persönliche Korrespondenzen … Wäsche. Mevissen war zuerst zu beschäftigt, um der Sache mehr Aufmerksamkeit zu schenken. Er hielt es für einen Spleen – oder für eine besondere Art, die Leute, die sie beklauten, zusätzlich zu demütigen, indem man ihnen Dinge entwendete, die, jenseits des Geldes und der Wertgegenstände, wirklich wichtig für sie waren; Teil ihrer Identität, ihres Lebens. Es war dumm und unprofessionell, sie trugen praktisch die Beweise gegen sich bei einer möglichen Verhaftung mit sich rum. Aber Beck wollte die Sachen gar nicht für sich und für was auch immer behalten. Er benötigte sie für etwas anderes, wie er Mevissen erklärte, weil er damals noch dachte, dass sie auf einer Wellenlänge waren. Beck verbrannte diese Dinge später nämlich auf einem kleinen Scheiterhaufen. Wie bei einem perversen Gottesdienst. Beck zündelte gerne. Er hatte auch die Idee, in eingebrochenen Wohnungen Feuer zu legen. Als Mevissen ihn fragte, warum sie dieses zusätzliche Risiko auf sich nehmen sollten, sagte Beck: »Um die Spuren zu verwischen.«

Aber erstens trugen sie Handschuhe, zweitens hätten sie dafür Brandbeschleuniger mitschleppen müssen. Mevissen stellte sich vor, wie die Bullen sie damit abgriffen. Dann käme neben Einbruch auch noch Brandstiftung hinzu. Er redete Beck diese Scheißidee also aus, und so begnügte sich Beck mit seiner rituellen Feuerbestattung. Das schien ihm sehr wichtig zu sein … all diese Erinnerungen, Habseligkeiten, Träume der Leute in Rauch aufsteigen zu sehen. Beck begründete das Verbrennen damit, eine Art poetische Bestrafung durchzuführen.

»Diese Wichser mit ihren gutsituierten, bürgerlichen satten Scheißleben. Ich verachte dieses Pack. Ich zeig ihnen, wie's in der Welt zugehen kann. Weil es unterhalb von deren Scheißwelt noch eine andere gibt – meine. Geld weg, Schmuck weg, Erinnerungen – alles weg. Mir macht's Spaß, ich stelle mir vor, wie sie dastehen und zittern und heulen, weil ich ihnen alles genommen habe. Und weil sie in ihren kleinen grauen Zellen kapieren, dass sie nie mehr sicher sind.«

Der Höhepunkt dieses … Mevissen fiel nichts anderes ein als Rachefeldzug, wäre das Anzünden der Wohnungen und Häuser gewesen. Stellvertretend für was?

Als verbrenne er sie selbst, oder? Das hast du doch damals gedacht, es ihm aber nicht gesagt. Weil du Angst vor ihm hattest. Und immer noch hast. Und nicht begreifst, wieso du wieder seine Nähe suchst.

Später dann hätte Beck den Bestohlenen und Gedemütigten die Asche ihres verbrannten Lebens in einem Umschlag geschickt. Irgendwie verstörend. Gemein. Und krank.

Und Mevissen fragte sich erneut, was Beck so in den letzten Jahren getrieben hatte, und dabei schlugen in seiner Vorstellung dichte Flammen aus Fenstern, und Menschen schrien um Hilfe.

Und eine düstere Gestalt, in den Schatten seiner eigenen Scheißwelt verborgen, sah dabei zu, von einem dunklen Licht erfüllt.

»Deine kleine Freundin sollte wirklich was essen, Doc.«

Beck hob drei Finger und ließ sie in der Luft kreisen.

Er rief laut und penetrant: »Einen Teller Salat, Mustafa, zum Mitnehmen. Grünzeug und Vitamine. Kommt bei Frauen immer an.«

Mevissen nickte nur geistesabwesend. Die Erinnerungen strömten jetzt wie austretendes Gas aus einem beschädigten Rohr, und er fürchtete sich vor dem Funken, der sie zur Explosion brachte. Denn die Lust an der Demütigung, am Feuerlegen war bei weitem nicht alles gewesen. Sie hatten immer darauf geachtet, in Objekte einzusteigen, von denen sie durch vorheriges Auskundschaften wussten, dass sie leer standen, die Bewohner im Urlaub, auf Trauerfeiern, zumindest aber außer Haus … *und außer Gefahr.*

Bis auf dieses eine Mal, und danach hatten sich ihre Wege getrennt.

Nett ausgedrückt, du bist vielmehr vor ihm geflohen.

Mevissen sah wieder Becks Gesicht vor sich ... mit diesen kleinen Spritzern aus Blut besprenkelt, beinahe wie Sommersprossen. Mevissen: wie er das Handy in seiner zitternden Hand hielt, um die Bullen anzurufen. Nicht um sich zu stellen, natürlich nicht. Nur damit jemand vorbeikam und nach ihr sah ... nach der Frau in der Wohnung.

Beck, der ihm das Handy abnahm, sein Gesicht entgleist zu einer zornesüberzogenen Fratze.

»Damit die deine verschissene Stimme auf Band haben, ja? Damit die uns orten, ja? Du blödes Arschloch.«

»Wir können die nicht so liegen lassen.«

»Scheiß drauf. Scheiß auf diese Hure. Du Weichei.« Wie Beck das Wort aussprach ... die Verachtung raste wie ein Achtzigtonner auf Mevissen zu. Das war's, dachte er in diesem Moment. Das war's für mich mit ihm.

Und zweifellos dachte Beck dasselbe von ihm.

Beck sagte: »Such dir eine nette Telefonzelle, Doc, und hol Hilfe. Ruf die Feuerwehr.«

(Als er das sagte, grinste er wieder, und mit all dem Blut im Gesicht, das er sich jetzt mit einem Taschentuch abwischte, sah er aus wie ein zukünftiger Schlächter.)

»Aber darüber hinaus hältst du dein Maul.«

Und genau das tat Mevissen auch.

In der Zeitung las er einen Tag später einen Bericht über einen Wohnungseinbruch, bei dem die beiden maskierten Täter von der Eigentümerin überrascht wurden und diese dann halb totschlugen. So war es gewesen, nur dass Beck zugeschlagen hatte und es Mevissen war, der ihn davon abhielt, die Frau zu töten, denn genau das hatte Beck vorgehabt.

Selbst jetzt, nach Jahren, setzte ihm das zu. Es war ein Unterschied, ob er sich daran beteiligte, eine alte Frau totzumachen, oder einem Sadisten wie Holger ein Messer in den Bauch zu stoßen. Es musste einen Unterschied geben, denn sonst war er genauso wie Beck, und das war er nicht. Aber außer Beck kannte er niemanden hier, und er war für Polly verantwortlich. Und er war angeschlagen.

(Sich mit dem Teufel einzulassen, brachte einen direkt in die Hölle, oder?)

Mevissens Kopf dröhnte, und ihm wurde ganz schummrig, wie er so in Becks pechschwarzen Augen versank wie in einer riesigen Öllache oder schwarzem Treibsand.

»Also, was genau hast du hier am Laufen?«, fragte Mevissen.

»Mal dies, mal jenes. Ich halte immer Ausschau nach Dingen, die sich ergeben. Man tut, was man kann, Doc. Aber du weißt ja, man kann immer mehr tun. Die Dinge optimieren. Mit ein wenig Hilfe und den geeigneten Partnern.«

Doc war ein bisschen schwer von Begriff – kein Wunder bei dem, was er sich einwarf. (Beck hatte sich sein geschrumpftes Arsenal von ihm zeigen lassen.) Beck meinte Polly. Polly hatte es ihm angetan. Dass Mevissen wieder da war, war ihm scheißegal. Allerdings war er jetzt froh, ihm nicht die Frau, na ja, eher Mädchen, ausgeredet zu haben. Dass sie Mevissen etwas bedeutete, machte sie für ihn nur noch interessanter. Beck hatte ihre Angst gerochen, scharf und würzig wie ein Bukett aus Scheiße; Angstscheiße, wenn die Schließmuskeln desertierten und sich Leib und Seele zu einem großen Tamtam verknoteten. Und er hatte das Blut zwischen ihren Beinen gerochen, er hatte eine Nase für Fotzenduft, und diese Blume hier blühte rostrot auf.

Es war nicht mehr zu leugnen:

Beck hatte sich in Polly verschossen.

Mevissen war blind für dieses Verlangen. Er war ein kranker Mann, löchrig wie ein Schweizer Käse; leg ihn auf eine heiße Herdplatte, und alles, was ihn ausmacht, zerfließt zu gelbem nutzlosem Fett. Das Mädchen und er befanden sich auf einer abschüssigen Strecke ins Nichts, und dieses Gleis hatte sie direkt zu Beck geführt. Und für diese beiden Süßen war das, unter uns gesagt, dachte Beck, keine besonders gute Nachricht.

Woher stammt wohl der Begriff »totes Gleis«?

Beck zog aus seiner Tasche eine kleine Flasche mit einer klaren Flüssigkeit darin.

»Ich habe mir da etwas überlegt, Doc, die ganze Sache ist recht einfach. Du hast bestimmt schon mal von K. o.-Tropfen gehört.« Mevissen nickte.

»Ich erklär's dir genauer«, sagte Beck.

KAPITEL ZWANZIG

Beck hauste in einer kleinen Zweizimmerwohnung in Berlin-Lichtenberg. Auf dem Weg dorthin, in Mevissens aus dem letzten Loch pfeifenden Renault, hatten sie schäbige, verwahrloste Straßen, verwitterte Häuser, Fenster und Türen mit Brettern zugenagelt oder mit wehenden Plastikplanen als Fensterersatz, am Straßenrand entsorgte, ausgeschlachtete Autowracks und wilde Müllkippen passiert und zuletzt dann einen Autohof, ein Matratzenlager, ein aufgegebenes Sonnenstudio und einen dichtgemachten Imbiss. Vor einer gespenstisch dunklen Kneipe rangen zwei alte betrunkene Männer unbeholfen miteinander und brüllten sich dabei gegenseitig an, ihre Stimmen hallten noch weiter, als sie selbst längst schon verschwunden waren.

Becks Wohnung lag im zweiten Stock eines völlig heruntergekommenen Sechsparteienhauses, in dem Beck der momentan noch einzige ausharrende Bewohner war. Kein Wunder, denn aufgrund einer energetischen Gebäudesanierung, verbunden mit horrend steigenden Mietkosten sowie massiven Umbauarbeiten, hatte man den Rest der ehemaligen Mieter, darunter einen verwahrlosten Alkoholiker, eine psychisch auffällige alte Frau und einen Typen, entfernt, der drei Wochen tot im Sessel gesessen hatte, wie Beck ihnen erklärte. Nur er selbst war noch da, aus Prinzip, wie er sagte, vor allem aber, weil er hier, abseits vom Schuss und unbehelligt, seine Dinger drehen konnte. Das Haus war nicht der einzige Schandfleck in dieser toten Straße, es gab wie immer auch andere, und sie alle zusammen drängten sich wie ein frierender Haufen von Verlierern aneinander, bessere Ruinen, ihre schlechten Witze von Vorgärten waren mit dem Abfall des gesamten Stadtteils übersät. Beck zahlte nur noch die Betriebskosten, aber keine Miete mehr. Die Kohle von der ARGE wanderte in seine eigene; dort fühlte sie sich sowieso am wohlsten.

In Becks Wohnung war es feucht und klamm. Schwarze Schimmelsporen zogen ihre Bahn kreuz und quer über Decken und Wände wie eingefrorene Ameisenkolonien. Es roch muffig, nach alten Kleidern und nach verfaultem Obst.

Beck hatte ihnen zwei Matratzen und Decken besorgt und in einem Nebenraum Platz geschaffen. Die beiden Männer wollten sich erst mal bereden, und Beck schlug einen Dönerladen vor. Polly hatte weder Hunger noch Lust, sie wollte einfach nur schlafen. Da sie beide Handys besaßen, konnte Polly Mevissen jederzeit anrufen, wenn ihr danach war.

Die Kälte des Winters hatte die Sanierungsarbeiten gestoppt, und jetzt, ganz allein in dem großen baufälligen Haus, kam ihr die Stille vor wie im Inneren eines Sarges. Polly legte sich auf eine der Matratzen und warf eine Decke über sich. Nur zu gerne hätte sie jetzt jeden Gedanken ausgesperrt, aber diese Gnade erfüllte sich nicht und so flimmerten mal scharf, mal verschwommen die Bilder der letzten Tage und Wochen vor ihrem inneren Auge.

Mevissen und sie hatten sich gefunden, als sie beide verloren waren, an der Schwelle zum Verlöschen; sie bewegten sich mit der manischen Geschwindigkeit Getriebener durch ein fremdes Land; fremd, weil sie selbst fremd darin waren und fremd den Dingen gegenüber. Selbst die Menschen um sie herum schienen eine andere Sprache zu sprechen, die Worte glücklicher, zufriedener Menschen, die sich in einem anderen Raum-Zeit-Gefüge bewegten. Sie hasste diese Menschen, und sie wusste, dass er es auch tat. Niemand von ihnen würde ihnen je zu Hilfe kommen; wir können auf den Straßen erfrieren, in der Nacht, aber niemals in den Räumen unserer Liebe, dachte sie.

Das alles wühlte sie dermaßen auf, dass ihr Körper keine Ruhe fand. Sie versuchte wieder aufzustehen, und es dauerte geschlagene fünf Minuten, also eine Ewigkeit, bis sie den Kampf mit der Decke gewonnen hatte und der Raum sich vor ihr verbeugte angesichts dieses kleinen Sieges.

Es war dunkel und kalt in Becks winziger Küche. Der Kunststofftisch, an dem Polly saß, war schmierig und zerkratzt – als hätte jemand ein scharfes Messer an seiner Oberfläche ausprobiert. (Draußen war es ebenfalls dunkel, so als zürne der Himmel den Bewohnern der Stadt, und so sah Polly nicht, dass es Namen waren, die Beck dort verewigt hatte.) Von der Decke baumelte eine blanke Glühbirne so trostlos wie ein Erhängter und gleichsam bar jeglichen Lebens. Sie gehörte ausgewechselt, aber Polly war nicht dazu imstande, und die beiden Männer waren weg, tauschten wahrscheinlich Erinnerungen aus. Mevissen hatte sie ja mitnehmen wollen, aber sie hatte gebeten, in der Wohnung zu bleiben. Sie war so müde, ihr Kopf schmerzte und ihre Beine und Arme waren wie mit nassem Kies gefüllt. Ihr Unterleib hatte wieder angefangen zu bluten, ihr Höschen war ganz durchnässt, daraufhin hatte sie in Becks Bad mit dem spärlichen Toilettenpapier das Blut aufgefangen. Elektrische Stöße peinigten sie. Die Wirkung des Tramals ließ nach, es war Zeit für die nächste Ladung. Vierzig Tropfen sammelten sich zu einem kleinen See aus Glückseligkeit in ihrer Handfläche und lagen ihr kurz darauf metallisch auf der Zunge. Aus einer angebrochenen Cola-Flasche trank sie zwei Schlucke, um den Geschmack zu neutralisieren. Dann zwei Lorazepam. Jetzt saß sie wieder neben dem beruhigenden Surren des Kühlschrankes in ihrem Rücken und starrte aus dem Fenster neben der Spüle auf die eisgraue Stadt. Schneeflocken wirbelten durch die Luft, schlugen gegen das Fenster, lösten sich an der Oberfläche auf und flossen wie Tränen an dem Glas herunter. Das Betrachten dieses ständigen Untergangs, beinahe hypnotisierend, ermüdete sie nur noch mehr, und auch die Betäubungsmittel griffen jetzt ein wie wohlmeinende Pfleger, die nur ihr Bestes im Sinn haben. Der Schlaf, den sie eben noch von sich weggestoßen hatte wie einen besonders aufdringlichen Scheißkerl, näherte sich ihr wieder, diesmal mit den düsteren Absichten eines Triebtäters. Aber Polly wollte nicht schlafen. Dösen, schweben, ja, komatös, betäubt, im Innern irrlichternd, dabei nur nicht in den dunklen Schacht fallen, auf dessen Grund Schreckgespenster auf sie lauerten.

Wie ging dieser alte 80er-Hitparaden- Schlager noch mal?

»Komm, wir fahren nach Amsterdam, ich weiß, dass uns dort nichts passieren kann … Regenbogengold haben wir gewollt, rote Rosen sollen vom Himmel fallen und nie verblühen …«

Ja, und jetzt musste man nur noch wissen, dass das Lied von zwei Junkies auf ihrer rosaroten Höllenfahrt erzählte …

»Traum von Amsterdam, der die Hoffnung nahm« … in den 80ern endete eben jeder abgewrackte Junkie entweder als Stricher in Bowies West-Berlin oder stoned in Europas Lieblingsdrogenmetropole Amsterdam … aber das hier waren nicht die 80er, und Mevissen und Polly waren auch keine Heroin/Kokain-Nasen, immer auf der Suche nach dem perfekten Snief / Schuss, immer Ausschau haltend nach der nächsten versifften Bahnhofstoilette, nein, sie waren ja nur medikamenten- und liebessüchtig und lebensüberdrüssig und old-fashioned abgewrackt, schliefen in ihren Kleidern, die das Grau der Tage ihnen an den Leib geschmiedet hatte. Ein anderer Song, Bryan Ferry, »You running with me, don't touch the ground,

we're the tired and weary, let there be no doubt ...« Was war so schlecht daran, eine Sklavin der Liebe zu sein? War es nicht das, was sie wollte, jetzt, wo sie eine Seele gefunden hatte, in der sich ihr eigenes Verlorensein spiegelte? Mevissen liebte sie aufrichtig, und alleine dieses Wort schmolz ihr wie feinste Schokolade auf der Zunge, ›aufrichtig‹, sie hatte dieses Wort vorher noch nie gehört und seine Bedeutung nachgeschlagen, und es hatte sie entzückt und zum Lächeln gebracht, und ihr Lächeln brachte wiederum Mevissen zum Lächeln, ein schiefes, unbeholfenes, weil jahrelang in Düsternis und Verbitterung weggeschlossenes Lächeln – in ihrer Gegenwart aber konnte er dieses Gefühl endlich von der Kette lassen. So schlugen sie sich durch und hatten sich und brauchten niemand anderen.

Was jedoch keines ihrer Probleme löste. An Geld zu kommen. Denn in dieser mit bunten Scheinen gepflasterten Welt war Geld eine harte Währung, und manchmal, nein, viel zu oft war sie härter als Vertrauen, Mitgefühl, Liebe oder Vergebung. Und irgendwo da draußen im Hinterland des Winters war vielleicht noch ein Wolf am Leben, der sich die Haut eines Menschen übergezogen hatte, verletzt, gedemütigt, rasend vor Rache und auf der Suche nach ihnen. Und dieser Wolf besaß Geld, genug, um vielleicht auf ihre Spur zu kommen.

Alles war möglich in diesem Winter, der nicht enden wollte.

Sie lagen wie bewusstlos in den Armen des jeweils anderen. Auf dem Nachttisch ihres Zimmers in der Absteige glühte ein kleiner Heizlüfter und blies ihnen die Gesichter warm, als es klopfte. Mevissen öffnete, und Jeroen verkündete, er habe einen Wagen aufgetrieben. Er drängte sich nicht in ihr Zimmer, sondern blieb in der Tür, wartete, während Mevissen sich im Bad Wasser ins Gesicht spritzte, um einigermaßen klar zu werden, aber dort, den einzigen Ausgang versperrend, starrte Jeroen Polly auf eine widerlich-aufdringliche Weise an. Auf Holländisch sagte er zu ihr: »Du siehst aus wie eine Nutte mit Schüttelfrost. Ein bisschen Bewegung schadet deinem Arsch bestimmt nicht.« Sie verstand keines seiner Worte, spürte aber, dass an ihnen etwas Ekelhaftes klebte, so wie ein Schmutzrand unter den Fingern. Mevissen hatte ihr nichts von Jeroens Zuhälter-Ideen erzählt. In einem der Clubs der Stadt zu arbeiten. »Ihr Gesicht ist toll«, hatte Jeroen gesagt, »so ein Kleines-Mädchen-hat-ihren-Daddy-lieb-Gesicht. Die Sugardaddys werden voll abdrücken – in doppelter Hinsicht.«

Mevissen hätte ihn dafür am liebsten geschlagen, er spürte wie ihn eine zornesrote Welle aus Gewalt (dieselbe als er dem Wolf gegenüberstand) zu überrollen drohte. Stattdessen aber ballte er nur die Hände in den Taschen seiner Jacke zu Fäusten und sagte: »Polly ist nicht so.«

Jeroen sah, wie ein Schauer über Mevissens ansonsten abgeklärtes Gesicht zog wie eine durchziehende Sturmfront, es machte ihm keine Angst, denn er hatte den Teufel auf seiner Seite und sagte: »Sie ist medikamentenabhängig, und du bist es auch. Ihr kommt von dem Zeug nicht runter, weil es euch an die Erde kettet, ohne seid ihr weg vom Boden, und da oben in den Wolken ist es noch viel kälter, und übrigens, es gibt keinen Gott dort. Sie wird irgendwann anschaffen gehen, und du wirst ihr Zuhälter sein. Das ist der Lauf der Dinge.«

»Ja, danke für deine weisen Worte, Speedball, und jetzt besorg mir eine Karre.«

Jeroen, der einen langen verfilzten Zopf unter seiner Basecap trug und einen Schnurrbart, der schlapp an den Mundwinkeln hinunter wuchs, was ihn älter aussehen ließ, lachte und entblößte braune, wie mit Melasse eingepinselte Zähne. Medikamentenjunkies waren in seinen Augen ohnehin Loser – er stand auf Koks und Heroin und hey, was ist gegen einen ordentlichen Speedball schon einzuwenden? Oder einen Rudelbums mit einer Loser-Braut? Er wollte wirklich gerne in dieses träge, schwache Fleisch unter der Bettdecke dort hineinstoßen, bevor ihr dunkler Ritter hier mit seiner holden Maid den Abgang machte. Und er kannte ein paar Jungs, zugegeben, üble Typen, die immer Lust auf Action hatten und die ebenfalls bereit waren, für dieses schmutzige Vergnügen einen kleinen

Obolus zu entrichten. Für die Party musste er nur Mevissen weglocken. Ans andere Ende der Stadt auf einen Schrottplatz, wo ein Renault auf ihn wartete. Aber zuvor musste Mevissen noch ein paar Tilidin-Flaschen verticken. Ein wenig Oxycodon in Umlauf bringen. Die Schmerzen der Stadt, ach, der großen weiten beschissenen Welt zu lindern helfen. Das würde ein bisschen Zeit in Anspruch nehmen.

Und das andere auch.

Leider würde er selbst daran nicht teilnehmen können – einer musste ja den Dödel ablenken, ihn dazu bringen, nach rechts zu blicken, während links sein Mädchen rangenommen wurde, aber da heutzutage jeder ein Handy bei sich trug, durfte er sich später auf eine private Vorführung der best shots freuen. Und danach ab mit ihnen ins World Wide Web.

»Lass mich hier, ist in Ordnung, ich laufe dir schon nicht weg, ich werde an Ort und Stelle sein, wenn du zurückkommst, ich bewege mich keinen Millimeter, ich warte«, sagte sie und wunderte sich, dass sie so viel Kraft aufbrachte, diese Worte abzuschießen.

»Es dauert nicht lange«, sagte Mevissen, wusste dabei aber schon, dass er sein Versprechen, schnell zurück zu sein, nicht würde einlösen können. Jeroen hatte ihn in Beschlag genommen, quetschte ihn aus, trieb ihn an, und sie brauchten so dringend ein neues Auto. Amsterdam war eine Sackgasse, schon klar, deshalb hatte er alte Kontakte spielen lassen und einen Anruf getätigt, gestern in einer Telefonzelle, die eingeklemmt war zwischen einem geschundenen Bettler und einer betrunkenen Frau, die sich leise neben der gläsernen Trennwand, die ihn von ihr trennte, erbrach. Ließ es durchläuten. Hing an der Leine, zappelte wie unter Strom gestellt, bis er diese andere Stimme erneut hörte wie ein Echo, das aus der Zeit nach ihm griff, und ihren Worten lauschte wie etwas Verbotenem.

Und wieder in den Bann rutschte, in seine ewig alten vergeudeten Tage.

Mevissen verschloss auf Pollys Wunsch hin die Zimmertür von außen, ohne zu wissen, dass Jeroen, der sie in dieser Absteige untergebracht hatte, mit dem Serben von der Rezeption, der einen Generalschlüssel für alle Zimmer besaß, einen Deal hatte. Und Mevissen, ein Mann in Gedanken (und diese Gedanken belasteten ihn zusehends, sie standen zum Beispiel in der Nacht Schlange an seiner Seite des Bettes und wisperten: »Es wird schiefgehen, es wird böse enden, das wurde dir vor langer Zeit verkündet«, diese Gedanken trugen die Züge seiner verstorbenen Mutter und seines verhassten Vaters), bemerkte auch nicht Jeroens joviales Zwinkern sowie das heisere, wissende Lachen des Mannes, als sie den düsteren Concierge passierten – zwei Männer, die seit Jahren auf eine Art und Weise miteinander verflochten waren, die anderen Leuten stets nur Unglück brachte.

Polly lag unter der tonnenschweren Decke und dem wachsweichen Bett und kam sich vor wie geplättet und geschält. Schuld daran waren natürlich all diese Pillen und Tropfen, die jetzt über sie bestimmten, nein, nur mitbestimmten, da sie jetzt über einen Captain of her heart verfügte, sie summte den Text dieses schönen Liedes, und er half ihr dabei, einen Weg zurück über die Yellow brick road ihrer Kindheit zu finden, an deren Ende ihr Vater auf seiner Maschine auf sie wartete, darauf wartete, dass sie sich ihm auf den Rücken warf, so dass er starten konnte, um sie mitzunehmen, fortzutragen, weit weg, uneinholbar, wohin auch immer, solange sie nur den Wind im Rücken und die Sonne im Gesicht hätten. »Waitin' for another dayfall …«, und da fiel ihr ein anderer Fetzen Text ein, »Dreamin of mercy street … in her daddys arms again …«, und unter dem kühlen Helm spürte sie die weiche samtene Haut ihres Vaters, der jung gestorben war und damit niemals alt krepieren würde wie die Väter der anderen Mädchen, die sie eben dafür gehasst hatten.

Sie fuhren die geschwungenen, engen, gefährlichen Straßen ihrer beider Leben rauf und runter und zeigten den Wölfen, die in den

Schatten der Wälder zurückblieben, den verrotteten, bigotten Scheißkerlen, den falschen Heiligen, den grandiosen Arschlöchern am Wegesrand den Mittelfinger, und Polly breitete die Arme aus, ohne zu fallen, und schrie den Himmel an und lachte Tränen, und kein Hindernis würde ihnen den Weg abschneiden. Die Welt der Toten hatte keine Bedeutung für die, die erlöst waren.

Plötzlich rutschten sie weg, verloren den Halt, prallten zu Boden, und eine ungeheure Macht riss Vater und Tochter auseinander, und Gottes Hand schleuderte ihn in den Himmel und in die Sonne, bis er verglühte, und die Pranke des Teufels zerrte Polly in die tiefe, dunkle feuchte Erde.

Hände zerrten an ihr, rissen an ihr, gruben sich in ihren Körper, bohrten sich in ihre Öffnungen, Hände wuchsen, Finger krochen aus dem Nichts, attackierten sie, belagerten sie, taten ihr weh, brachten sie zum Bluten, zum erneuten Bluten, verschlossen ihren Mund, stopften sich in ihren Mund, drückten ihre Zunge in den Schlund, ließen sie würgen, so dass sie nahe am Ersticken war. Ein dunkelhäutiges Gesicht, grässlich entstellt von einer Messernarbe, die ihm den Mund, die Lippen gespalten hatte, bohrte sich wie eine Faust in ihres, eine Zunge schnellte heraus und in sie hinein, und ein Schwanz schnellte heraus und in sie hinein, und ein weiterer Schwanz schlug gegen ihre Arschbacken, wo gierige, schmierige Finger zuvor ihre Hose entfernt hatten, und eine Eichel kitzelte ihren Damm, und Zähne verbissen sich in das weiche Fleisch ihrer Brust, der einen, der anderen, Hände quetschten ihren Busen, drehten, zwirbelten an ihren Brustwarzen, immer wieder Zungen und Schwänze, und beide bohrten sich in ihre Scham, in ihr Arschloch, in ihren Mund, füllten sie aus, besudelten sie, entluden sich in ihr, auf ihr, dazu Schreie, ihre eigenen, wie sie registrierte, die untergingen in dem heiseren Rufen und Lachen der sechs, sieben, acht Männer, die sich gegenseitig anfeuerten und von denen zwei Donald-Duck-Masken trugen und ein anderer sich geschminkt hatte wie Pierrot der Clown. Das Bett krachte unter dem Gewicht dieser geballten Menschenmasse zusammen, noch mehr Gelächter, stumm nur der eine Typ, der eine Karnevalsmaske trug, sie zeigte den Teufel, und der Teufel hielt ein Handy und filmte, der Teufel führte Regie. Ihr Blick verschleierte sich, setzte aus, ihr Kopf setzte aus, die Welt setzte aus, war einfach weg, kam wieder, war weg, kam wieder, war weg, kam wieder.

Ein Messer näherte sich ihr wie ein Raumschiff aus einer langen Umlaufbahn, wie ein Versprechen aus den Tagen des Wolfs, näherte sich ihr wie der Tod, erbärmlich und grauenhaft und trostlos und PAPA PAPA PAPA.

In der Straße begegnete Mevissen einen um sich selbst wirbelnden, wilden, ausgelassenen Haufen junger Männer, die ihn an sich selbst erinnerten, vor sehr, sehr langer Zeit, einige von ihnen entsorgten Masken in einer Mülltonne, obenauf lag das jetzt leere Gesicht eines gehörnten Teufels. Es starrte Mevissen an, und dieser starrte zurück und grinste.

Du mich auch! Er hatte den Renault an einem Supermarkt abgestellt und noch etwas Geld übrig. Er würde Polly zum Essen ausführen. Fleischkroketten und Pommes rot-weiß, Hollands Glorie.

Die Türe stand offen, das sah er schon von weitem, und seine Beine bewegten sich, und er lief so schnell wie nie zuvor und wusste doch, dass er immer zu spät kommen würde … und die ganze Zeit über schrie Mevissen ihren Namen, als wäre es das allerletzte Wort in seinem Leben.

Die Schreie, das Weinen; nichts davon war neu für den düsteren Serben an der Rezeption, das Geld unter dem Tresen zählend, ordentlich für eine Schlüsselumdrehung. Vor vielen Jahren hatte er auf den Berghügeln vor Sarajevo gelegen und mit einem Gewehr auf Menschen unten in der Stadt geschossen, es floss kaltes Blut in ihm, und es floss langsam und stetig. Er wusste um den Zustand der Welt, um ihre Zähne, ihre Reißzähne, ihr ungeheures Maul, ihren Appetit auf Leiden und Elend. Die beiden da oben würden drüber hinwegkommen. An so etwas zerbrach man nicht. Man zerbrach, wenn man tot war. Leben konnte man mit so ziemlich jeder

Scheußlichkeit. Der junge Mann würde es verstehen, irgendwann, besser früher als später. Aber na klar, jetzt walzte Rachsucht durch sein verwundetes Herz. Der Serbe hatte nichts gesehen und nichts gehört, und falls der andere anderer Meinung war, würde der Serbe sich verteidigen müssen. Er verstaute das Geld in seiner Hosentasche – linke Tasche, genau über der Lederscheide, in der sein altes Kampfmesser steckte.

»Christian.«

Er beugte sich über sie und küsste sie, und es schmeckte süß und vertraut und gut, alles war gut und sie waren …

»In Berlin, weißt du doch«, sagte er und bettete ihren Kopf in seinen Schoß. Sie hatte geweint, also hatte der Schlaf sie doch noch gekriegt und mit ihm die in seinem Gewand verborgenen Dämonen.

»Nicht Amsterdam«, sagte er. »Wir sind nicht mehr in Amsterdam.«

Sie nickte und begriff und war beschützt, jetzt, wo er wieder da war. Er zeigte ihr den Salat aus dem Döner-Imbiss, »Probiere ihn für mich, okay, Kleines«, und er lächelte, und doch sah sie einen tiefen Kummer in seinen Augen und noch etwas anderes … den gespiegelten Schatten einer sich nähernden Bedrohung.

Und im Hintergrund hörte sie Beck lachen.

KAPITEL EINUNDZWANZIG

»Sie sehen so aus, als hätten Sie Ihren einzigen Freund verloren.«

Keine Anmache, weder clever noch smart, sondern die Beschreibung eines Zustandes, der sich in ihrem Gesicht widerspiegelte, in der Art und Weise, wie verkrampft ihr Körper war, erschöpft davon, Haltung zu bewahren, das Rückgrat verdammend, das keine Trauer, keine Angst zuließ. Es war die Wahrheit, weil Robert über Selina Dinge wusste, die anderen verborgen blieben. Vorsprung durch Information.

»Wie bitte?«

Selina hob ihr Gesicht aus dem Glas. Sie trank bereits seit einigen Nächten zu viel. (Genaugenommen seit ihre Mutter den Weg in die lange Dämmerung angetreten hatte, aber es war nicht so, dass sie explizit die Tage an ihrem Kalender markierte und runterzählte wie eine Gefangene.) Es wurde immer schlimmer, fiel in ihren Kreisen aber auch nicht sofort auf, weil jeder becherte, Berlin, Party, Feiern, Trinken, das passte schon. Sie drehte ihr Gesicht in die Richtung der Stimme, der Kerl hatte sich direkt neben sie gesetzt, was ihr sonst überhaupt nicht gefiel, wenn sie dabei war, sich aus der Nacht zu trinken.

Also, da unten liegen übrigens meine Selbstachtung, mein Mut, meine Kraft. Hey Fremder, sehen Sie mal genauer hin, da unten bin ich, das neben Ihnen ist nur mein Avatar, meine traurige 2.0 Version einer jämmerlichen Großstadtkatze.

Und, immer noch interessiert?

Ja, war er. Denn er sah ihr ins Gesicht, sah ihr direkt in die Augen, und was er sah, gefiel ihm sichtlich, und es gefiel ihr, wie er sie ansah, denn ansonsten hätte sie alle Schotten dicht gemacht und wäre abgetaucht in tiefere alkoholische Gewässer.

»Wie kommen Sie denn nur auf so etwas?«

Sie versuchte ganz brav, Wort an Wort zu reihen, aber diese kleinen Bastarde verließen ihre Zunge schwankend wie auf einer Planke in aufgewühlter See. Er nahm einen Schluck von seinem Whiskey und sagte, sie dabei nicht aus den Augen lassend: »Mit Verlusten kenne ich mich aus.«

Sein Blick war warm und weich, er bohrte keine laserstrahlgeformten Löcher in ihren diamantharten Körper wie andere

Typen, die sich an ihr aufschlitzten, wenn sie partout keine Lust hatte, weder zum Reden noch zum Vögeln; das eine tat sie im Job, das andere, weil sie damit die klaffenden Spalten in ihrem Leben zukleisterte. Ein Blick, als öffnete jemand ein Fenster zum Sommer hin, gebündeltes Licht, das sich vom Osten her über die Welt ergießt, ein Blick, *sein* Blick, und es gefiel ihr immer noch und immer mehr, und sie spürte jenseits der Taubheit, die der Alkohol wie selbstverständlich, weil gewünscht und erhofft in ihr aktivierte, ein ganz bestimmtes Kribbeln, und das machte sie nicht nur geil, sondern auch wütend darauf, dass sie geil wurde. Wieso nur reagierte ihr verschissener Körper auf jeden gutaussehenden Kerl? O ja, und der hier sah auf eine männlich-erwachsene und vor allem, im Gegensatz zu ihr, in nicht gespielter Selbstsicherheit gut aus, kein Vergleich zu den Boheme- und Hipster-Schlappschwänzen mit ihren Second-Hand-Erfahrungen, die gar keine waren, sondern nur Nacherzählungen von Erzählungen von Erfahrungen, die einer mal gemacht hatte, und obwohl sie ja eigentlich dazugehörte, Teil dieses urbanen Netzwerkes war, fühlte sie sich tatsächlich alleine und verdammt dazu, alleine zu sein. Dass sie mit vielen dieser Männer (und manchmal, wenn sie in der entsprechenden Stimmung war, auch mit Frauen) schlief, bedeutete nun wirklich nichts.

Als wäre ein warmer Körper neben einem schon der Beweis dafür, nicht einsam zu sein.

Und was war mit ihm hier?

Jedenfalls war er interessant genug, um ihn sich näher anzusehen. Imposant, aber die Zeit macht auch vor dir nicht Halt, dachte sie. Da war eine Ernsthaftigkeit an ihm. Etwas Solides, Massives, etwas, worauf man bauen konnte. Mal sehen, dachte sie, die Nacht ist jung, ich bin betrunken, und meine Mutter stirbt schon viel zu lange, und wenn ich Glück habe oder Pech, sucht euch was aus, denn mir ist es gleich, dann stirbt sie, während ich einen Mörder-Orgasmus habe, der mich zu den Sternen schießt und Mama unter die Erde. Dann endlich kann ich vielleicht aufhören, mich beschissen zu fühlen. Oder vielleicht erst richtig damit anfangen.

Und sie dachte:

Stirb, Mutter.

Stirb endlich, damit die Party weitergehen kann.

Oder endet.

Stirb, damit ich frei bin.

Oder für immer gefangen in Träumen.

Stirb, damit ich wieder atmen kann.

Oder ersticke.

Stirb.

Stirb.

Bitte.

Nicht.

Bitte.

Mutter.

Stirb.

Nicht.

War das anmaßend, unverschämt, verkorkst oder verzweifelt, oder alles zusammen?

Tja, willkommen in meinem Leben, du großer Fremder.

Manche Menschen zerfallen innerhalb weniger Tage und Wochen, andere zerbröckeln über Jahre hinweg, es kam auf die Umstände ihres Schmerzes, ihrer Verwirrung an, auf deren Größe und Dauer, auf die Art und Weise, wie sich ihre Persönlichkeit geformt hatte, die Kraft und Stärke, die ihnen angeboren war oder die sie durch das Leben selbst erworben hatten. Bei Robert dauerte dieser Zerfallsprozess schon eine ganze Weile, und er hätte nicht mal sagen können, wann es angefangen hatte; er spürte nur immer stärker, immer drängender, wie die Brandung der Zeit und der Umstände seines geheimen Lebens ihn zersetzten; er trank zu viel, er war zu alleine, er war einsam,

Punkt! Er war der Handlanger eines kriminellen Soziopathen, mied darüber hinaus den Kontakt zu dem einzigen Menschen auf der Welt, der ihm etwas bedeutete, für den er sogar sterben würde, und er hatte es so satt. Und als er sich mit all diesen Aspekten beschäftigte, fiel ihm, natürlich und leider und verdammt, Klaus Mikosch ein, diese halbe Portion, dieses sich selbst zerreißende Blatt Papier, und er begriff endlich das, was er bei seiner Begegnung damals nicht hatte hören, geschweige denn wahrhaben wollen: dass es zwischen ihm und Mikosch keinen Unterschied gab. Robert befand sich ebenso wie Mikosch in einem Zustand der Auflehnung.

Aber das ist das Tolle daran, wenn du ein Felsen bist – niemand sieht, wenn die Lavasuppe in dem verschlossenen Kratersystem anfängt hochzukochen, bis der ganze Berg explodiert und dir der Scheiß mitten im Gesicht landet.

Robert infiltrierte Selinas Leben behutsam, näherte sich ihr in geduldigen, konzentrischen Kreisen. Folgte ihren Spuren, ihrem Alltag und lernte dabei seine Stadt erneut kennen wie einen alten Freund, den man viel zu lange vermisst hatte.

Wie aus großer Ferne sah er Liebespaaren zu, wie sie engumschlungen an Straßenecken standen, sah die Gesichter in den breiten, hellen Fenstern der Restaurants und Bars, sah zu, wie sich das Leben um ihn herum wie eine Flamme verzehrte, Menschen, die auf die Grenzenlosigkeit ihrer Liebe bauten oder auf ihren Vorrat an Selbsttäuschung, Menschen, die in Bewegung waren oder schon dabei zu erstarren, die zusammenfanden oder sich trennten.

Erst in der dritten Nacht startete er seinen ersten Versuch. Es zeigte sich, dass er nur diesen einen benötigte.Es war einfacher, in ihre Nähe zu kommen, wenn sie nicht umgeben war von ihren Künstlerfreunden, also folgte er ihr in eine Bar, knipste in seinen Augen die Lagerfeuer, goldene Schalen aus Licht und Ruhe an und machte sich an die Arbeit.

Das hier ist ein Job, musste er sich sagen, und je näher er ihr kam, desto häufiger wiederholte er es, und das brachte ihn aus dem Konzept: seiner eigenen inneren Anweisung, dem Masterplan nicht mehr zu trauen, ihn in Zweifel zu ziehen. Irgendein Scheiß lief ihm gerade mitten in die Parade hinein. Ein Stein, über den er stolperte. Die Bananenschale, die ein höhnisch grinsender Affe ihm vor die Füße warf, und klar, er rutschte natürlich auf ihr aus. Robert am Boden, Affe lacht.

Der Stein, die Bananenschale; Gefühle. Selbst Robert, dieser Roboter-Kurier, dieser Seelenverkäufer in eigener Sache besaß so etwas. Immer wenn er an Frank dachte. Das hier bedeutete also nicht die Entdeckung Amerikas, des Gelobten Landes, auf seiner spärlich beleuchteten Seelenkarte. Aber es kam überraschend – in etwa so überraschend wie ein Herzinfarkt bei einem 150 Kilo schweren Diabetiker. Und immer zur Unzeit. So etwas konnte er sich gerade jetzt nicht leisten: etwas für einen anderen Menschen zu empfinden, das über bloßen Sex oder ein Geschäft hinausging. Immerhin würde er Selina ausnutzen, belügen, betrügen, ihr den Vater rauben, egal, ob der sie einen Dreck interessierte oder nicht, ihr Vater würde für immer verschwinden, umgebracht von zwei russischen Blutsäufern, vergraben in unheiliger Erde, zerstückelt, gekocht, mit ungelöschtem Kalk zersetzt, was auch immer diese Supermörder draufhatten an Scheußlichkeiten; es würde kein Lebewohl geben, nicht mal eine bühnenreife Auseinandersetzung über die Verfehlungen in Mikoschs Vergangenheit. Das alles raubst du ihr, dachte Robert, und nebenbei raubte der Tod ihr die Mutter, und danach macht ihr beide euch aus dem Staub wie ein paar schäbige Diebe in der Nacht. Er würde ihr wehtun und da sie nicht dumm war, würde sie irgendwann eins und eins zusammenzählen und seinen Namen in die Nacht brüllen und ihn verfluchen.

Falls sie dazu dann noch die Kraft fand.

Selina sagte etwas, was er nicht sofort mitbekam, sie hatte sich ihm jetzt zugewandt und lächelte, und dieses Lächeln machte sie, anders, als er das bei Frauen sonst erlebte, älter, als sie eigentlich war. Denn es war ein verletztes, trauriges, betrunkenes Lächeln, dieses Lächeln stand nicht auf festem Grund, sondern auf dünnem Eis, er hörte es beinahe unter ihr krachen und nachgeben, in ihrer Stimme, in der Art, wie sie sich an ihrem Glas festhielt. Es war schwer von Kummer und Müdigkeit, aber gerade deswegen umso schöner. Er hatte nie zuvor so ein Lächeln gesehen, und nie zuvor hatte ein anderer Mensch, abgesehen von seinem Bruder, ihn so angelächelt – mit einem derart offenen Visier, dass es schon an Fahrlässigkeit grenzte. Es war wie ein Schwert, das sich in seine Brust bohrte – direkt auf Herzhöhe. Selina Leifheit brauchte ganz dringend eine tröstende Umarmung, feste Worte, denen sie glauben konnte. (Die Umarmung eines Vaters, dachte Robert.)

Sie war eine Frau, die schwere Zeiten durchmachte.

Sie schwankte; sie war angeschlagen wie ein Boxer in den Seilen. Er dachte, dass es leicht sein würde, wusste es bereits, er sah, was kommen würde und auch wie, und er schämte sich dafür. Mehr noch: Ihm wurde regelrecht schlecht davon. Erneut stotterte sein sonst so geschmeidiger, gut eingeölter Vollstreckungsmotor. Er war dankbar dafür, dass er sich jetzt gerade nicht in einem Spiegel betrachten musste. Was war eigentlich los mit ihm?

Lag es an der Stadt, an diesem kleinen großen, ihm den Boden unter den Füßen wegziehenden Wort *Zuhause*? Daran, dass Frank hier irgendwo war; Frank, der nicht wusste, wie nah ihm Robert war. Oder hatte es mit seinem Vater zu tun? Übertrug sich ein Teil seiner Erkrankung wie eine böse, zerstörerische, ihn aus dem Gleichgewicht bringende Energie auf Robert?

Eine Handbewegung in seinem äußeren Blickfeld, ein leeres Glas wippte auf und ab, sein Lagerfeuer-Blick fokussierte sich von der Leere, in die er eben noch ein Loch gestarrt hatte, wieder zurück auf Selina, die ihn unmissverständlich aufforderte nachzuladen. Er bestellte für sie beide weitere Drinks. Er verglich sie jetzt mit den Aufnahmen, die Arschawin von ihr gemacht hatte, der müde, blasse Eindruck von ihr täuschte nicht. Es ging ihr schlecht, auch wenn sie es leidlich kaschierte. Enge Freunde konnte sie wahrscheinlich nicht täuschen, enge Freunde aber besaß sie laut Arschawin nicht. Und für den um sie herumwirbelnden Rest, die geballte Oberflächlichkeit, flüchtige Gespenster auf Abruf, reichte es.

Robert reichte ihr die Hand. Sie zögerte den Bruchteil einer Sekunde lang, dann ergriff sie sie.

»Handelsvertreter, also kommen Sie viel rum.«

Er nahm einen Schluck von seinem Drink.

»Mehr, als einem lieb ist.«

»Und lernen Sie viele Leute kennen?«

»Gesichter und Namen, und am nächsten Tag bringe ich beides schon nicht mehr zusammen.«

Nahm sie ihm das ab? Handelsvertreter, heute hier, morgen dort, der perfekte One-Night-Stand. Sie hatten die Bar verlassen und sich an einen Tisch gesetzt. Zwei Schälchen mit Oliven und Erdnüssen vor ihnen. Gedimmtes Licht, nur noch wenige andere Nachtgestalten hier.

Ihre Augen hatten sich ineinander verhakt und ließen den jeweils anderen nicht mehr los. Sie machten Small Talk, um zumindest eine gewisse Anstandszeit zu überbrücken. Tatsächlich aber war ihnen klar, wie das hier enden würde. Robert mehr als ihr. Eigentlich lief es wie in einem Film ab, nach einem vorgefertigten Schema. Du steigst in eine Situation ein und weißt, wie du jeden Schritt setzen musst, damit es so abläuft, wie es abzulaufen hat.

Robert verdrängte dabei jeglichen Gedanken an Verrat. Unterdrückte ihn wie einen hartnäckigen Hustenanfall oder einen Brechreiz. Das lag daran, dass Selina keine Hindernisse vor sich aufstellte. Es gab keine Codes oder Wegweiser, die Robert beachten musste. Der Weg war frei, die Straße offen. Und dann bekam er es nicht hin.

Schaffte es nicht, dieses unglückliche Gefühl in ihm abzustellen. Suchte verzweifelt nach einem Weg, diese Sache hier rational anzugehen. Aber mit jeder Sekunde mehr in ihrer Nähe verlor er den Abstand zu den Dingen. Und begriff plötzlich, dass er ihr etwas über und von sich erzählen musste. Nicht zu viel (noch nicht), aber genug, um es real wirken zu lassen. Ihr zu zeigen, dass er real war. Nicht die Wahrheit, sondern nur an ihren Rändern entlang. Er dachte, ich muss ihr etwas von mir geben, denn *sie* war bereit, ihm alles zu geben. Es war anders als sein kurzes Intermezzo mit Lise in Hongkong. Auch Lise hatte ihm aus ihrem Leben erzählt, aber das war nicht mehr als das vom reflektierenden Sonnenlicht blinkende Stück einer Scherbe im Sand gewesen.

Sie tranken und redeten und lachten und waren nicht anders als die anderen um sie herum und doch so weit von ihnen entfernt wie nur irgend möglich. Robert erfuhr, dass sie eine (»seit zehn Jahren«) Zugewanderte war, ursprünglich aus Viersen am Niederrhein stammte und wie viele andere der Faszination Berlins erlegen war.

Berlin war gleichbedeutend mit Freiheit, mit der Möglichkeit, ein ganz anderer zu werden als der, der man war, neu anzufangen, Mauerstadt, Transit, offener Raum, der heilige Gral. Das Herz dieser Stadt schlug nie dort, wo man sich aufhielt, sondern immer eine Ecke, einen Straßenzug weiter, so dass man gezwungen war, dem Herzschlag hinterherzueilen, um ja nichts zu verpassen. Nichts war mehr von Dauer, Gebäude existierten gerade so lange, um legendär zu werden und dann wieder unterzugehen, damit die kurze Erinnerung an ihre Anwesenheit die Zeiten im Gedächtnis derer, die Teil davon waren, überdauerte. Robert erzählte ihr von dem West-Berlin der 80er, in dem er aufgewachsen war, von diesem gleichzeitig düsteren und magischen Ort, von seiner schmutzigen Clubatmosphäre, seinem poetischen Verfall, und plötzlich fragte sie nach seiner Familie, und das war der Moment, in dem er sein Visier schließen musste, weil er sonst die Kontrolle verlor. Doch er war wie gelähmt und ließ einen Spalt offen, und der reichte ihr, um durchzuschlüpfen und zu ihm zu gelangen, und sie eroberte ihn ohne Gegenwehr, und die folgenden Worte fielen wie eine Erlösung aus seinem Mund. Er trat aus den Schatten in das Licht. Erzählte ihr von seinem Bruder und dass dieser Polizist war, hier in Berlin, und als sie den Stolz in seiner Stimme wahrnahm, spülte ihr warmes Lächeln ihn fast aus der Bar. Beide konstatierten, dass in dieser Stadt, die sich so vorwärtsgewandt gab, immer noch eine Menge Leute damit beschäftigt waren, zurückzublicken, und sie fragten sich beide, ob das nicht Zeitverschwendung war. Sie wurden dabei nicht müde, einander anzusehen, den anderen zu erforschen, sich auf ihn einzulassen, so dass die anfängliche Ungezwungenheit einer Ernsthaftigkeit wich, von der sie nicht wussten, wohin diese sie führen würde.

»Wollen wir gehen?«

Es war Selina, die fragte, drängte, die bereit war, immer bereit, wie Arschawin ihm verächtlich erzählt hatte. Robert nickte. Sie stand auf und ging voraus, Robert zahlte und folgte ihr hinaus in die Nacht.

Arschawin legte die Kamera zur Seite und sagte:

»Er ist an ihr dran, dieser Mister Gigolo.« Dann dachte er, dass die beiden nun miteinander schlafen würden, und es pisste ihn wirklich an. Er verachtete Robert Abraham. Gut genug, dieses Flittchen klarzumachen, aber wenn es dann blutig und grausam wurde, wollte er sich nicht die Hände oder seinen teuren Anzug schmutzig machen. Grischa neben ihm nahm ihm die Kamera aus der Hand und blickte auf die Aufnahme im Display, die Arschawin durch das Panoramafenster hindurch geschossen hatte. Arschawin spürte einen Schauer im Genick. Das war also der Eismann.

Er hatte ihn heute Morgen vom Flughafen abgeholt; der Kerl sah vielleicht aus: wie das menschgewordene Väterchen

Frost, ungewöhnlich klein und untersetzt wie ein Bauernbursche aus der Taiga, er roch nach Kohl und Knoblauch, alles in allem ein älterer, harmloser Rentnertyp, wenn man ihn so von weitem sah. Kam man dann aber näher, änderte sich die Perspektive radikal. Dann sah man dem Kerl in die Augen. Und die Augen erzählten eine andere Geschichte.

»Genug gesehen?«

Grischa zog es vor, zu schweigen, er saß nur da und starrte auf Robert Abraham und Selina Leifheit, beide nicht mehr als eine Straßenbreite von ihm entfernt.

Dass er ihm nicht sofort antwortete, ärgerte Arschawin. Von Anfang an hatte der Profi aus Moskau ihn nicht für voll genommen. Als wäre er nur eine lästige Fliege, die um ihn herumschwirrte und deren Anwesenheit er hinzunehmen hatte.

Abraham, der Auftragsmörder, und was war seine Rolle?

Wieso sollte *er* sich eigentlich wie ein Stück Scheiße fühlen?

»Was ist mit der Waffe?«, fragte Grischa Arschawin.

Am liebsten hätte ihm Arschawin gesagt: Besorg sie dir selbst, Wichser, und wenn du schon dabei bist, besorgst du es DIR am besten auch noch selbst, aber er hatte in diese Augen geblickt und hielt klugerweise den Mund. Sagte nur:

»Wartet in der Wohnung.«

Sie fuhren los, Arschawin die Hände verbissen ums Lenkrad gekrallt, Grischa in sich versunken und gleichzeitig doch hellwach, fiebrig und eiskalt, zwischen beiden Aggregatszuständen pendelnd.

Selina wohnte in der Torstraße, einem Kraftzentrum des Gegenwärtigen, Berlin, das »Lost-Generation«-Paris des Internet-Zeitalters, Freiheitsraum und Feier der leeren Brieftasche zugleich. Eigentlich war die Torstraße nichts anderes als grau, breit, schmutzig und hässlich, aber trotz der Plattenbauten, die ihre ausgelaugten Gesichter von der Sonne abwendeten, brauchte man inzwischen Wochen für Tischreservierungen in einem der ansässigen Restaurants. Selina arbeitete als Kunstmaklerin, ein Zwischending aus Galeristin, Muse und Szenegängerin. Sie lebte in einer Zweizimmerwohnung, die besetzt war von Kunst, Plastiken, kleineren Skulpturen, Bildern, Fotografien, eine Art geballte Faust der hiesigen Kunstszene. Farbexplosionen auf Gemälden wechselten sich mit rätselhaft-irritierenden Fotografien dunkler Hauseingänge ab, in denen spärlich bekleidete Frauen mit Micky-Maus-Masken David Lynch-artig verstörend in die Kameras blickten.

Als Selina aus ihren Sachen schlüpfte, lachte sie dabei und drehte eine Pirouette. Ein wenig ungelenk, weil sie angetrunken war. Ihr Körper verlor sich einen Moment lang im Halbdunkel des Schlafzimmers ihrer Wohnung. Das war vielleicht die größte Überraschung – dass sie hier gelandet waren und nicht auf seinem Hotelzimmer.

Eine Premiere, wie sie ihm erklärte.

»Ein No-go, aber bei einem so schönen Mann mache ich eine Ausnahme.«

Weil sie davon ausging, ihn morgen nicht wiederzusehen? Robert legte seinen Anzug ab, als entledige er sich einer Rüstung. Selina ließ sich aufs Bett fallen und sah ihm zu. Wartete. Wartete auf ihn.

Plötzlich kam er sich unsicher vor – wie ein junger Kerl vor seinem ersten Mal. Seine ansonsten so fließenden Bewegungen stockten. Sie grinste übers ganze Gesicht, weil sie seine Unsicherheit regelrecht witterte, und sie fand es süß und rührend, weil er doch so viel älter und in vielen Dingen erfahrener war. War er also vielleicht doch verheiratet und das hier sein erster Seitensprung? Die Unsicherheit vor einer Premiere? Einen Ring an seinem Finger hatte sie nicht gesehen, aber seine Anzugtaschen waren ja groß genug. Doch interessierte sie das wirklich? Hatte es sie denn je interessiert, in den vielen Nächten, in denen der Körper des anderen wichtiger war als das, was sich dahinter verbarg?

Dann war er bei ihr, und es war egal.

Sie küssten sich, ihr Mund war sinnlich, ihre Zunge verspielt und herausfordernd.

Anfänglich maßen sie ihre Kräfte, klammerten sich aneinander, keiner wollte der Erste sein, der nachgab. Robert fand es rätselhaft befriedigend, ihren Namen auszusprechen; er wiederholte ihn mit jeder Berührung ihrer gebräunten Haut. Absolut nichts an ihr wirkte banal, und neben ihr, auf ihr, in ihr kam er sich nicht fremd vor wie sonst. Ein seltsames und gleichzeitig unglaublich beruhigendes Gefühl erfüllte ihn – wie wenn man aus der finsteren Kälte einer menschenleeren Landschaft in ein von Licht und Wärme erfülltes Haus voller Menschen tritt. Ihre Stimme hatte sich wieder gefangen, war fest und weich zugleich, wechselte zwischen hart und sanft, so wie ihr Körper sich seinen Bewegungen anpasste.

Sie schlang ihre Beine um seine Hüften, schrie, als sie beim ersten Mal kam, zu schnell, zu heftig, zerrte an Roberts Haaren, brachte sie in Unordnung, brachte ihn in Unordnung, ordnete sich seinem Körper unter, während er sich tief in ihren schob, sich regelrecht in ihn versenkte, so als wäre dies schon immer seine Bestimmung gewesen. Abzutauchen an einen Ort, an den ihn die Schattenfinger seiner Jugend nicht erreichten. Aber es gab keinen Ort, der so tief verborgen lag, als dass er sich hätte in ihm verstecken können. Und die Schattenfinger der Erinnerung, diese dunklen Suchscheinwerfer, die ihn mit ihrem schwarzen Licht verfolgten, fanden ihn.

KAPITEL ZWEIUNDZWANZIG

Er stürzt einen Abhang hinunter, einen Abgrund, der sich plötzlich vor ihm öffnet, dreht sich, wirbelt, schlägt, prallt gegen Steine, Schutt, Erde, seine Finger greifen nach Halt, greifen ins Leere, er hört sich schreien. Schwärze. Als er die Augen aufschlägt, hört er die Stimme seines Bruders rufen. »Komm endlich, oder willst du dich den ganzen Tag ausruhen?« Scheiße, denkt Robert, gib mir fünf Minuten, aber er ist schon wieder auf den Beinen und schüttelt sich wie eine nasse Katze. Frank ist vielleicht hundert Meter voraus, seine nackenlangen Haare flattern im Wind, ein großer dürrer Bursche, den Robert regelrecht zum Essen zwingen muss. Herrje, der Kleine ist so durch den Wind, dass er glatt vergisst zu essen. Robert ist genauso groß wie sein Bruder, er ist vier Jahre älter, fast siebzehn, muskulös, durchtrainiert, und er ist der einzige Mensch, der weiß, wie es in Frank aussieht. Bei der Beerdigung ihrer Mutter vor drei Wochen haben sie geschworen, aufeinander aufzupassen und alles gemeinsam durchzustehen. Ein Umzug steht bevor, sie werden Berlin für längere Zeit verlassen, wer weiß, ob sie jemals zurückkehren. Die Schwester ihrer verstorbenen Mutter und deren Familie in Norddeutschland nehmen sie auf. Robert weiß schon jetzt, dass ihre fürsorgliche Liebe die Mauern, die er um sich errichtet, nicht durchbrechen wird. Der Felsen ist im Werden begriffen. Also Abschied von Berlin, von den grauenhaften Ereignissen der letzten zwei Monate, acht Wochen, die alles verändert haben. Er macht sich große Sorgen um seinen Bruder. Es gibt Tage, an denen Frank wie tot ist, verstummt, verzweifelt am Fenster hockt, den Blick ins Nichts gerichtet. Wenn man ihn anspricht, reagiert er wie in Zeitlupe. Und nur Stunden später platzt er beinahe vor manischer Energie, rast durch den Tag, pulsiert, vibriert, rennt, ruft, aber alles ohne Ziel, ohne Ergebnis.

Energie, die sich selbst verschwendet.

Frank, der sich selbst aufzehrt. Unbändig, kaum zu stoppen – nur um später wieder in einen katatonischen Zustand zu verfallen, Körper und Seele aus dem Tritt.

Robert hingegen versteinert im Inneren. Wenn er nichts mehr fühlt, sich selbst und anderen gegenüber, dann kann ihn nichts verletzen. Die einzige Ausnahme, die einzige Lücke in der Mauer, lässt er für Frank. Aber das nun, denkt er jetzt, ist überhaupt keine gute Idee. Sie sind am Wannsee, und hier gibt es eine Reihe von Gartenlauben, und eine von ihnen gehört ihrem Vater. Ihrem abwesenden Vater, der im Gefängnis auf seinen Prozess wartet. Die Laube ist eigentlich fast schon ein kleines Häuschen mit einem Zimmer, einer Kochnische, einer Dusche. Ideal für abgelegene Wochenenden. Ideal für Morde. Darum sind sie hier. Das Werk ihres Vaters sehen. Natürlich ist inzwischen alles gesäubert worden, die Tatortabsperrungen beseitigt. Das Häuschen steht harmlos und unscheinbar zwischen seinen Nachbarn. Von Kommissar Lohmann haben sie erfahren, dass man es wohl abreißen wird. BLAUBARTS MÖRDERISCHES LIEBESNEST, erinnert sich Robert an die brüllend fette Schlagzeile. Das ist jetzt die letzte Gelegenheit für die Brüder, den Ort zu sehen, an dem ihr Vater drei Frauen getötet hat. Und doch ist es Wahnsinn, denkt er. Frank wird das nicht ertragen. Frank wird zusammenbrechen. Und Robert hat Angst davor, ihn zu verlieren. Denn obwohl er tief in seinem Inneren schon für sich beschlossen hat, alleine durchs Leben zu gehen, könnte er eine Welt ohne Frank nicht ertragen.

Und er weiß, dass sein kleiner Bruder genauso denkt.

Was ihnen geschehen ist, die Sicherheit und Geborgenheit nicht nur zu verlieren, sondern erkennen zu müssen, dass es sie vielleicht niemals gegeben hat, weil ihre Eltern eine Lüge lebten, hat sie nur noch mehr aneinandergeschmiedet. Denn inzwischen treibt ihn eine düstere Ahnung umher. Etwas, auf das ihn Lohmann gebracht hat. Weil er ihre Mutter direkt gefragt hat – hinter einer vermeintlich verschlossenen Tür. Ob sie von der mörderischen Natur ihres Mannes wusste? Anscheinend gibt es Hinweise darauf, aber das erzählt ihm Lohmann natürlich nicht. Hat sie sich deswegen umgebracht? Oder war die letzte Konfrontation im Gefängnis mit ihrem Mann zu viel für sie? Robert denkt: Wenn Mutter davon wusste, dann hat sie uns ebenso wie er belogen. Dann war sie nicht viel besser als er – eine Komplizin, oder etwa nicht? Aber wie soll er das Frank erklären? Der Junge würde endgültig zerbrechen. Frank sieht in seiner Mutter das letzte Opfer ihres Vaters – eine Frau, die an dem, was ihr Mann anderen angetan hat, zugrunde ging und sich selbst das Leben nahm. Mit dieser Erklärung muss er weiterleben. Himmel, lass es nicht wahr sein, denkt er. Sie hat nichts davon gewusst. Hat sie nicht. HAT SIE NICHT.

»Rob!«

»Scheiße, Frank, wir sollten gar nicht hier sein.«

Frank tippt sich an die Stirn, trotzig, wütend, verletzlich.

»Was redest du da? Wir sollten nirgendwo anders sein als hier.«

Er klettert problemlos über das verschlossene Tor.

Ja, und ich hab's dir nicht ausreden können, denkt Robert und folgt ihm, weil er nun nichts anderes mehr tun kann, als direkt hinter seinem kleinen Bruder zu bleiben. Keine Menschenseele lässt sich heute blicken, zu sehr sind alle Besitzer noch entsetzt von dem Horror, der in ihre kleine idyllische Gartenzwerg- und Laubenpieperwelt eingebrochen ist. So eine Scheiße geschieht sonst nur in Aktenzeichen XY. Frank und er bewegen sich wie Eingeweihte durch die verschlungenen Wege, dabei waren sie nie vorher hier.

Karl Abraham mietete die Laube ohne das Wissen seiner Familie. Was hätte er wohl getan, wenn wir es herausgefunden hätten und einfach aufgetaucht wären, denkt Robert.

Als Überraschungsbesuch.

Und er stellt sich vor, wie sie mitten in einen seiner Morde hineinplatzen, und ihm wird furchtbar übel. Er versucht sofort diesen Gedanken zu verdrängen, der ihn jedoch bereits wie ein Eindringling bedrängt, der seinen Fuß in den Türspalt schiebt und sich anschickt, in die Wohnung zu kommen.

Dann erreichen sie den Schauplatz der Morde, DAS MÖRDERISCHE LIEBESNEST, in dem ihr Vater seinen Gespielinnen seine kranke Liebe mit dem Messer in die Haut schnitt. Die Tür ist abgeschlossen, aber Frank, angetrieben von dem unbarmherzigen Wunsch, sich dem Horror auszusetzen, schlägt das Fenster daneben mit einem Stein ein. In der Stille des verblassenden Tages ist das Geräusch so ohrenbetäubend laut wie der Zusammenprall zweier Autos auf einer Schnellstraße. Selbst die wenigen Vögel verstummen und ziehen sich zurück. Mehr noch: Robert hat das Gefühl, als würde die Welt selbst sich ihnen verweigern, weil sie in den Schauplatz des Grauens eindringen, weil sie die Ruhe der Toten stören, weil sie nicht die Augen und Ohren und Herzen zu verschließen bereit sind …

Robert blickt sich um und erwartet jede Sekunde, dass ein anderer Laubenbesitzer auftaucht und sie verscheucht – aber das geschieht nicht. Es hätte auch nichts gebracht.

Wir haben das RECHT, hier zu sein, würde ihm Frank sagen. Es ist UNSERE Geschichte, nicht ihre.

Ja, verdammt, denkt Robert und sieht, wie sich Franks schmächtiger Körper durch die schmale Öffnung schlängelt und von der Finsternis da drinnen verschluckt wird. Er hört einen dumpfen Schlag und ein Stöhnen, Frank ist unsanft gelandet oder hat sich gestoßen.

»Mach die Tür endlich auf«, sagt Robert.

»Geht nicht«, ruft Frank zurück. »Die Polizei hat die Tür bombenfest verriegelt. Du musst durchs Fenster.«

Na toll, großartig, kein Problem, sie beseitigen erst mal den von scharfkantigen Splittern gesäumten Rahmen, und danach legt Robert seine Jacke in die Öffnung, das fehlt noch, denkt er, dass ich mich hier aufschlitze. Er quetscht sich gerade so hinein. Sie haben keine Taschenlampen mitgebracht, nur ihre wirren Gedanken und verwundeten Seelen … ein bisschen wenig für eine Besichtigung. Aber dann findet Frank den Lichtschalter.

Sie stehen da und wissen nicht weiter.

»Wo ist das ganze Blut?«, fragt ihn Frank. »Es sollte doch alles voller Blut sein.« Dabei hat seine Stimme alle drängende Energie und Willen verloren und hört sich stattdessen eingeschüchtert, verängstigt und überfordert an.

Die Wände, der Boden, das inzwischen von Laken und Matratze ausgeweidete Bett in der Ecke … hatten die Zeitungen gerade diesen Aspekt gierig betont: ALLES WAR BLUTROT.

»Beseitigt«, sagt Robert. »Was glaubst du denn? Dafür gibt's spezielle Tatortreiniger.«

»Echt gruselig.«

»Du wolltest ja unbedingt hierher.«

»Du etwa nicht?«

»Ich muss ja wohl gezwungenermaßen …«

»Du brauchst mir nicht hinterherzulaufen.«

»Und wer hält deine Hand …«

Frank schweigt fürs Erste, schluckt dafür hart und steckt seine Hände tief in die Hosentaschen. Eben darum, denkt Robert, ohne zu triumphieren. Der Mord- und Todesraum zeigt erste Wirkung. Frank hat den Ansturm der Dämonen, die hier auf sie wie in einer Falle warten, unterschätzt.

»Wir können auch wieder gehen«, schlägt Robert vor.

Er selbst würde das sogar begrüßen. Zwar fühlt er sich mental stärker als Frank, aber hier zu sein, die Nähe seines Vaters zu spüren, seinen mörderischen Wahn, setzt auch ihm zu, mehr, als er dachte. Ein beklemmendes Gefühl, so als fülle jemand sein Innerstes mit Zement aus.

»Ich schaffe das«, erklärt Frank.

Ja, zäh bist du, Kleiner, aber das hier ist alles eine Nummer zu groß. Er legt seine Hand auf die Schulter seines Bruders.

»Lass uns gehen.«

»Nein.«

Frank wirbelt herum und in die Arme seines Bruders hinein und ruft: »Ich kann nicht weg, ich kann nicht weg.« Es hört sich an wie ein Hilfeschrei, und Robert fragt sich, ob auch die Frauen so geschrien haben, als ihr Vater sich ihnen als das offenbarte, was er immer schon war und was sie vielleicht geahnt, aber nicht hatten glauben wollen, bis der Dämon seine menschliche Gestalt abstreifte wie einen zu engen, lästigen und überflüssigen Anzug aus Haut, um ihnen in seiner nackten blutigen Gestalt die Pforten zur Hölle zu öffnen. Und Robert hält ihn fest und sagt:

»Dann halten wir eben stand, wir beide, zusammen, immer

zusammen«, und Jahre später, als er sich mit dem Verbrechen einlässt und einem anderen Teufel namens Bela Nagy, wird er sich an diese Worte erinnern – in der Nacht, als er Berlin Hals über Kopf verlässt, hinter sich die Trümmer seiner Existenz und Frank, der den Glauben an den Felsen verliert. Also bleiben sie und bewegen sich gemeinsam Seite an Seite durch die bedrückende Enge der Laube, alles wirkt fehl am Platze, besonders sie selbst, und es ist, als wäre ihre Orientierungslosigkeit Teil eines viel größeren Plans, der auf ihr restliches Leben übergreift.

»Warum? Warum hier?«

»Weil er einen sicheren, ungestörten Platz brauchte«, sagt Robert. Er weiß in dieser Sache mehr als Frank – noch, denn leider hat sich sein Bruder mit Lohmann, dem Mordermittler, angefreundet und erfährt so nach und nach Dinge, die er gar nicht wissen sollte. Zumindest nicht jetzt. Robert selbst hat auch mit Lohmann gesprochen. Eigentlich dürfte der ihm gar keine Ermittlungsergebnisse mitteilen – aber er fühlt sich mitschuldig am Selbstmord ihrer Mutter und sieht das als eine Art von Bringschuld an. Ungeheuerliches erfährt Robert so: dass ihr Vater eine Stadtwohnung unter falschem Namen anmietete, wo er sich mit den Frauen traf. Dass er eine Familie hatte, erfuhren die nicht – und als eine von ihnen das doch herausfand und ihn verlassen wollte, brachte er sie um. Ihr Vater führte ein Doppelleben, eine, wie es Lohmann nennt, »magische Biografie«, indem er das zu sein vorgab, was er nicht war, aber wovon er glaubte, dass es ihm bestimmt war. Frauenheld, Künstler, Mörder, Dämon. Tatsächlich aber war er nur ein ordinärer grauer Gutachter für den medizinischen Dienst einer Krankenkasse. So lernte er übrigens eines seiner Opfer auch kennen – durch ihre Patientenakte.

In der Stadtwohnung, die in Steglitz liegt, hatte er sich ein Atelier eingerichtet. Dort malte und zeichnete er seine Gespielinnen, vorzugsweise nackt und in obszönen Positionen. Einem Faun gleich verschlang er die Frauen mit seiner grauenhaft übersteigerten manischen Lust – er tat Dinge mit ihnen, die ihm ihre Mutter niemals erlaubt hätte. Ein düsterer Doppelgänger, der seine Gesichtszüge trug, weilte dort und steigerte sich in eine psychotische sexuelle Raserei hinein. Robert vernimmt jetzt Lohmanns Worte wieder in seinem Kopf.

»Tja, irgendwann begriffen die Frauen, dass er sie a) unter- und miteinander betrog und b) dass sein Verlangen immer bösartiger wurde. Aber er war ein vorzüglicher Schauspieler, ein Mann der Masken und der Worte. In den besten Jahren, kultiviert, charmant, solange er es sein musste. Ein begnadeter Lügner, das sind sie alle. Er jonglierte mit mehreren Variablen gleichzeitig, dann löschte er eine nach der anderen aus. Vorher zerschnitt er die Bilder, die er von ihnen gemalt hatte. Wir können nur spekulieren … wahrscheinlich nahm er ihre Ermordung vorweg. Die Verteidigung plant, die Morde als Affekttaten hinzustellen – na klar, und das dreimal hintereinander, das nenn ich dreimal draufgeschissen, von wegen mangelnde Impulskontrolle und so. Euer Vater ist ein durchtriebener Psychopath, der hätte nicht aufgehört.« Aber das war nicht alles. So erfuhr Robert auch, dass ihr Vater schon in seiner Jugend wegen sexueller Belästigung und Tierquälerei vorbestraft war. (»Das schon klassische Anfangsverhalten eines Sadisten«, erklärte ihm Lohmann.) Vorstrafen, von denen er ihrer Mutter naturgemäß nichts erzählt hatte. Stattdessen stand er sauber und proper da – ein wahrer Unschuldsengel, ein wenig bieder, ein wenig langweilig, ein liebender, aufmerksamer, tüchtiger, schläfriger, hilfsbereiter, gewitzter Mann.

Ein Mann wie viele andere auch.

Das war eindeutig zu viel Täterpsychologie für Robert.

»Aber uns hat er nie etwas getan … und Mutter auch nicht … er war so …«

»Normal«, sagte Lohmann und verzog sein Gesicht. »Er ist wahrscheinlich durch eure Mutter, durch euer gemeinsames Leben in seinem inneren Chaos stabilisiert worden … ja, auch das geschieht manchmal. Sie fallen dann in einen dunklen langen Schlaf. Das kann jahrelang gut gehen, bis der finstere mörderische Drang,

der ja nicht weg ist, sondern nur weggeschlossen, sich wieder in Erinnerung ruft und wie ein altes Versprechen darauf besteht, eingelöst zu werden.«

»Er hätte dagegen ankämpfen müssen«, sagte Robert mit tonloser Stimme, als wäre das alles eine Sache des Willens und nicht des Wollens.

»Das hat er«, sagte Lohmann sanft, »er hat sehr lange dagegen angekämpft … aber am Ende haben ihn die Dämonen gekriegt. Letztendlich kann niemand ewig vor dem weglaufen, was in ihm wütet.«

Während Robert Lohmanns Stimme wieder aus seinem Kopf drängt, nähert sich Frank dem Bett, das trostlos entkernt vor ihm steht, dort hat ihr Vater die Frauen nach einer stundenlangen sexuellen Tortur abgeschlachtet. Beide nackt und sich in ihrem Blut wälzend, die in Raserei gesteigerte Parodie eines Liebeskampfes. Und Franks Blick schwebt losgelöst von seinem Körper auf den Tatort zu und durch Zeit und Raum, und seine mit dunklen Winkeln und Abgründen gesäumte VORSTELLUNG der Morde materialisiert sich, wird REAL und GEGENWÄRTIG und erschafft die Reproduktion dessen, was hier geschehen ist. Denn das Echo allen Schreckens hat die Laube nicht verlassen. Bösartig grinsend und mit hyänenartigem Kichern drängen sich Todesboten um die beiden Brüder. Frank würgt und krampft, und als Robert, erschrocken von diesen Geräuschen, die aus seinem Bruder kommen, nach dessen Hand greift, sieht er MIT und DURCH die Augen seines Bruders auf eine Art und Weise, die nicht von dieser Welt ist … und sieht … wie Karl Abraham sich, Schaum vor dem Mund, TOLLWÜTIG, auf eine an Händen und Füßen gefesselte und geknebelte Frau stürzt und ihr ein Jagdmesser in den weichen bloßen Unterleib rammt, ihr den Knebel rausreißt und ihre Zunge mitsamt Zungenwurzel kappt, ihr die Wangen wie ein warmes duftendes Sonntagmorgenbrötchen aufschneidet, ihre Lippen mit der Klinge wie bei einem Gebet kreuzt, ihr ein Auge aussticht und seine Finger in die blutige Höhle hineinbohrt, als fände er dort die Gründe für seinen Wahnsinn, und als das nicht der Fall ist, weitersucht, indem er das Messer wie eine Erkundungssonde in die tieferen Schichten hineinbohrt …

Frank wirbelt herum, lässt dabei Roberts Hand los und kotzt.

Dieser ist wie elektrisiert. Was war das eben? WAS ZUR HÖLLE …? Ja, genau DIE.

»Wir gehen«, sagt er und schwört, dass, wenn der Kleine immer noch nicht genug hat, er ihn zwingen wird …

»Nichts wie weg«, stöhnt Frank.

Draußen breitet die Nacht ihre ledrigen Schwingen aus. Sie sprechen nicht über das, was sie gesehen haben … oder was ihnen offenbart wurde, wie auch immer. Robert glaubt weder ans Übernatürliche noch an Gott. Er vertraut dem festen Grund unter seinen Füßen, darauf, dass auf die Nacht der Tag folgt mit der beruhigenden zuverlässigen Regelmäßigkeit der Natur. Dort drinnen war nichts. Sie haben NICHTS gesehen. Sie sprechen nicht darüber, sie werden bis zu dem Tag, an dem sich ihre Wege trennen, nicht mehr über diesen späten Nachmittag reden. Sie laufen durch die Laubenkolonie und klettern über den Zaun und verschwinden wieder in der Welt.

Und dann gehen sie, jeder für sich, darin verloren.

Robert klappte die Augen auf und war für eine Sekunde blind in der Schwärze seiner Erinnerung, stolperte durch eine kalte, verdunkelte, steinerne Halle, deren Boden mit blutigen Fleischfetzen ausgelegt war, und sah Frauenkörper, die sich hinter breiten riesigen Säulen versteckten, Frauen ohne Gesichter, ohne Brüste, Scham, entbeinte, entkernte Frauen, namenlose Schreckensgestalten, die Karl Abrahams Namen brüllten wie Furien, und er wusste, sie brüllten und verwünschten ihn im Augenblick ihrer Ermordung … und in den tiefsten Tiefen dieser Halle stand sein Vater nackt mit aufgerichtetem Schwanz und blutigem Grinsen vor einer Leinwand, und sein Messer schnitt rostrote Schlitze in ihre Haut …

Beim zweiten Anlauf erwachte er endlich und spürte Selinas unversehrten Körper neben seinem und ihren lichten, sanften Geist, ihre beruhigende, ihn glücklich machende Gegenwart. Sie murmelte seinen Namen und drängte sich noch enger an ihn. Er schlang einen Arm um sie und vergrub sein Gesicht in ihrem Nacken. Tränen liefen seine Wangen hinunter.

Das geschieht dir aber reichlich spät, mein Freund, dachte er. Denn er hatte in dieser Zeit der Dunkelheit nie geweint, Felsen heulen nicht, und es Frank überlassen, ihr Unglück auszuleben, Tränen, Verzweiflung und Wut inklusive. Er selbst blieb verschlossen – nur so konnte er seinen Bruder stützen und für ihn da sein. Er dachte an die verschwendeten, verfluchten Jahre im Zentralmassiv des Nirgendwo, fernab der Gemeinschaft der anderen, stattdessen in Begleitung von Menschen, die buchstäblich über die Leichen der anderen gingen, wenn es erforderlich war, Netzwerker der Gewalt, eine Bruderschaft der Nacht und der Niedertracht.

Er gehörte Männern an, die Feinde der Gesellschaft waren, Ausbeuter und Piraten, Lügner, Betrüger, Diebe und Mörder.

Aber das bist doch nicht du, hörte er sich in der mit quälenden Selbstvorwürfen aufgeladenen Dunkelheit des Zimmers sagen. (Aus der Finsternis seiner Überlegungen rollte der abgeschlagene Kopf des Mannes in der Lagerhalle, und seine aufgerissenen Augen blinzelten Robert höhnisch zu.)

Das bist doch nicht wirklich du.

Und plötzlich war ihm, als strebe er einem inneren Punkt zu, hinter dem der elementarste Kern seines Wesens wie das Signalfeuer eines Leuchtturms durch die Nacht schnitt. Und sein Herz schlug schneller, als sein Verstand arbeitete, und beide suchten nach einer Lösung aus dieser Misere.

KAPITEL DREIUNDZWANZIG

»Ich muss verrückt sein, dass ich dir das antue.«

Selina rieb sich den Schlaf aus den Augen und schnappte nach der Zigarette, die er ihr hinhielt, wie eine Ertrinkende nach einem Rettungsring. Robert rauchte schon seine zweite, er war geschlaucht, völlig fertig, dieser Traum war *so real* gewesen … und er hatte den Wandschrank wieder weit geöffnet und alle darin weggesperrten Dämonen auf einen Schlag freigesetzt. Er hatte seit Jahren nicht mehr so heftig geträumt … sich an viele Dinge erinnert, von denen er glaubte, sie erfolgreich verdrängt zu haben.

Diese verdammte Stadt, dachte er. Die Nähe seines Bruders, die Nähe seines Vaters, sie alle wieder einmal nach so langer Zeit an einem Ort versammelt, ohne es zu wissen. Ohne voneinander zu wissen.

»Ich bin hysterisch und bescheuert«, sagte Selina und riss ihn aus seinen Gedanken. Er wandte sich ihr zu und sah, dass sie weitaus größere Probleme hatte.

»Ich komme gerne mit, wenn du das möchtest«, sagte er und hielt ihre Hand.

Eiskalt und zitternd.

Sie schüttelte den Kopf, und ihre langen Haare fächerten über ihr Gesicht. Sie weigerte sich zu weinen, wollte sich diese Intimität vor ihm bewahren; als spielte das jetzt noch eine Rolle, dachte er, er wusste so viel über sie, Dinge, die einem Dreckskerl wie Arschawin auf ewig verborgen bleiben würden, weil er nicht mal in die Nähe ihres Herzens kam. Robert jedoch, und es hatte ihn verwandelt.

Ja, so fühlte er sich in ihrer Gegenwart: verwandelt.

»Ich *kann* dich nicht mitnehmen … ach, ich hätte dir gar nichts erzählen sollen …« Aber genau das hatte sie, weil das Bedürfnis danach zu groß war, um es zu unterdrücken. Ihre Mutter starb, und sie kam damit nicht zurecht. Wer konnte das schon? Niemand bereitete einen darauf vor.

Als meine Mutter starb, dachte Robert, war ich noch weniger drauf vorbereitet als du. Er erinnerte sich an diesen Tag mit erschreckender Präzision: wie er ihren Namen rief, weil sie nicht in ihrem Bett lag, die Badezimmertür, die abgeschlossen war, die Stille hinter dieser Tür, in der er weder eine Toilettenspülung noch die Dusche vernahm, die Vorahnung einer Katastrophe, dann unendlich langsam das Blut, das sich unter dem Türrahmen sammelte. Er brach die Tür auf, warf seinen kräftigen Körper dagegen, Holz splitterte, BOOM, und er rutschte auf dem vielen Blut aus und fand sich am Boden wieder … buchstäblich am Boden beim Anblick ihres zerschnittenen Körpers in der Badewanne. Dann Franks Stimme aus seinem Zimmer, »Was ist los?«, und Robert, der sich aufrappelte und die Badezimmertüre wieder zuschlug, sich davorstellte und Frank den Weg versperrte. Und Frank sah das Blut an Roberts Hemd und das Blut auf dem Boden und warf sich gegen ihn, den Felsen, aber der Felsen wich nicht, ließ ihn nicht mit dem letzten zerstörten Bild seiner Mutter zurück. Irgendwann war Frank zu müde und zu verzweifelt, um noch weiter gegen ihn anzustürmen, und er brach in Roberts Armen zusammen.

Ihre Mutter hatte sich die Pulsadern aufgeschlitzt, sich dabei die Arme aufgeschnitten und weit geöffnet, so viel Blut, und Robert verstand erst später, dass darin auf irgendeine schrecklich subtile Art und Weise eine Botschaft enthalten war. Denn ihr Vater hatte seine Frauen ebenfalls aufgeschlitzt und ausbluten lassen.

War dieser Selbstmord eine Reminiszenz an den Mann, der sie so betrogen, der sie vernichtet hatte? Oder lag etwas anderes darin … etwa ein verborgenes, verbotenes Wissen? Er hatte bis heute keine Antwort darauf. Und er spürte den Wunsch, endlich Klarheit darüber zu haben. Doch nur sein Vater konnte ihm diese Klarheit verschaffen. Sein Vater, der in ein paar

Stunden ein freier todkranker, ein sterbender Mann war. Ein Mörder. Ein Blender und Lügner.

Robert hatte zwar verhindern können, dass Frank seine tote Mutter sah, aber nicht, dass sein kleiner Bruder den Schauplatz der Morde seines Vaters aufsuchte. Schon damals hatte sich Frank wie ein Mordermittler verhalten, der dorthingeht, wo die Toten sind. Hatte für sich da insgeheim schon die Entscheidung getroffen, was er sein wollte. Von der plötzlichen Finsternis seines Lebens auf die Spur gesetzt.

»Robert?«

Sein Name aus ihrem Mund (sein wahrer Name, keine Tarnung, keine Lüge) holte ihn in ihre Gegenwart zurück.

»Ich begleite dich«, sagte er, »keine Diskussionen.«

»Ich werde bei ihr sitzen und ihr die Hand halten.«

»Ich vertreibe mir schon die Zeit«, sagte er. »Ich werde in deiner Nähe sein.«

Sie lächelte, und egal, was ihn erwartete, das hier war es wert.

Selinas Mutter starb im labyrinthischen Komplex der Charité, in einem Einbettzimmer mit Blick in den eisgrauen Winterhimmel. Selina war alleine in das Zimmer gegangen, und Robert war mehr als erleichtert darüber. Er konnte einer sterbenden Frau nicht ins Gesicht sehen, wissend, dass er dabei war, den kläglichen Rest ihrer Familie zu zersprengen. Also trieb er sich im Flur herum, wartete, als wäre er ein Angehöriger, ab und an tauchte eine Schwester auf, nickte ihm zu, manchmal schlurften Patienten, die an einem mobilen Infusionsständer hingen, an ihm vorbei, und beileibe nicht jeder sah aus wie der leibhaftige Tod, auch wenn dieser in ihnen wütete. Robert mochte Krankenhäuser nicht. Allein schon dieser spezielle Geruch nach Desinfektionsmittel, dazu lange Gänge mit Türen, hinter denen sich zumeist keine Erfolgsgeschichten verbargen. Palliativstationen waren in dieser Hinsicht besonders trostlos.

Er hatte auf dem Weg Selinas Hand gehalten, so als wären sie fest zusammen, und kam sich dabei lächerlicherweise wie ein Teenager vor. Aber er spürte, dass er ihr Kraft und Halt dadurch gab, und er fragte sich, wie sie es all die Monate alleine hierhin geschafft hatte – ohne eine Hand, die ihre hielt. Als er darüber nachdachte, wurde ihm wieder bewusst, in was für einer unmöglichen Situation er steckte, in einer unvorhergesehenen und ungeplanten Situation, und er wusste nicht ein noch aus. Von seinem Auftrag her war es richtig, dass er sie hierher begleitete. Denn vielleicht tauchte Mikosch hier auf. Ganz bestimmt würde er hier auftauchen, um seine Frau noch einmal zu sehen, besser früher als später. Trotzdem oder gerade deswegen fühlte er sich schäbig. Jeder Schritt, den er mit ihr tat, jede Geste, jedes Wort war *Verrat*, war eine *Lüge*.

Aber so war es nicht. So *fühlte* er nicht.

Was fühlte er? Liebe? War es das? War das der Grund seiner Verwandlung? Der Grund, warum er sich neben dieser jungen Frau wie neugeboren fühlte. War es so simpel?

Und wenn es so ist, dann ist alles andere nicht mehr wichtig. All die Reisen in die Nacht, das Verbotene, der Mann im Spiegel, der dich ansieht und den Blick senkt, das Zappeln an Fäden, Schulden und Lügen, Erpressungen und Lethargie, Bela Nagy, nichts davon zählt noch, nichts war jemals wichtig. Es ist noch nicht zu spät.

Vor langer Zeit, als Selina noch ein Kind war, hatte ihre Mutter ihr nach dem Baden die langen Haare geflochten, Haare, die so lang und schwarz und schön waren wie ihre eigenen. Wir erinnern uns vor allem an Nebensächlichkeiten, wenn wir begreifen, dass die Zeit endlich ist. Ihre eigenen Haare hatte ihre Mutter schon lange verloren, ihr Körper würde nie mehr etwas anderes produzieren außer den Metastasen, die dabei waren, sie zu töten. Anfangs hatte sie sich manchmal zu ihr ins Bett gelegt, wenn die Wirkung der Chemo durchschlug und sie niederwarf, so als könnte sie nur durch die Anwesenheit ihres

Körpers ihrer Mutter Kraft und Stärke wie bei einer Bluttransfusion übertragen. Aber das war nur eine Illusion, ihre Mutter verfiel zusehends trotz aller zunehmend verzweifelten ärztlichen Gegenmaßnahmen und hatte nun einen Punkt erreicht, in dem sie zwischen Leben und Tod hing wie ein zappelndes Insekt in einem Spinnennetz. Selina nahm die schmalen, knochigen Hände ihrer Mutter. Haut so dünn wie Pergament, mit blauen Flecken übersät, wo man Infusionen angelegt hatte. Infusionen, die nun nicht mehr nötig waren. Die Ärzte wollten sie in zwei Tagen in ein Hospiz bringen lassen. Selina hatte es ausgesucht – ein anderer Ort, ein anderer Raum. Dasselbe Ende der Geschichte.

Und danach? Was dann? Weitermachen? Weiter surfen, auf die nächste Welle warten, die sie wohin auch immer bringt? Eine Familie gründen? Wer, ich? Du machst Witze. In dieser Stadt war das Alleinsein keine Schande, sondern Teil eines solitären Lebensgefühls. Dann dachte sie an den Mann, der draußen auf sie wartete. Gestern war er noch ein Fremder gewesen, und normalerweise blieben sie das auch. Männer kennenzulernen war so einfach – vor allem, wenn man sie nicht behalten wollte. Der hier aber war tatsächlich *geblieben.*

Und sie wollte nicht, dass er einfach wieder so aus ihrem Leben verschwand.

Ihre Mutter atmete schwer. Der Krebs hatte ihre Lungen zerfressen. Ihre Lippen bewegten sich, suchten nach Worten, formulierten sie schwerfällig. Selina beugte sich über sie, so dass sie beinahe Wange an Wange waren, das letzte Mal war sie ihr als Kind auch körperlich so nahe gewesen.

»Mama«, sagte sie und verfiel wieder in ihre Klein-Mädchen-Stimme.

»Dein Vater … er war gestern hier.«

Selina hatte sich nicht verhört, nicht, wenn sie so nahe war, und doch klang der Satz irreal und unglaubwürdig. Die Ärzte hatten ihr gesagt, dass Menschen im Angesicht des Todes manchmal halluzinierten … dass sie Dinge herbeisehnten, die es ihnen erleichterten loszulassen … Erinnerungen und Träume und Sehnsüchte, die buchstäblich Gestalt annahmen.

»O Mama«, sagte Selina, erschüttert und wütend zugleich. Beide Gefühle transportiert durch die Erwähnung eines Mannes, der sich Vater nannte und der für sie nichts anderes war als die bloße Abwesenheit von Geborgenheit und Vertrauen. Ein schemenhaftes Gesicht, Schritte im Schatten, eine flüchtige, fliehende Bewegung.

Sie spürte, wie eine unangenehme Hitze in ihr aufstieg, lodernder Zorn, nein, dieses Phantom hatte sie immer noch nicht überwunden. Ihre Mutter ebenfalls nicht. Seit sie im Sterben lag, hatte sie ihn immer wieder erwähnt und Selina damit ungeheuer zugesetzt. Was sollte sie tun? Sie wusste ja nicht mal, ob er überhaupt noch lebte. Er hatte sich vor zig Jahren aus dem Staub gemacht und nichts als Chaos hinterlassen, Schulden und gebrochene Herzen.

Selina erinnerte sich schon lange nicht mehr an den Mann, der sie als Kind gebadet hatte, der mit ihr im Sandkasten spielte und der ihr vom Nachtvogel erzählte, der vor dem Bild des Mondes schwebte und auf die Menschen herunterblickte. Sie erinnerte sich nur an Gerichtsvollzieher, an ein zwangsgeräumtes Haus, an die vielen Tabletten und den Wein, mit dem ihre Mutter sich in den Schlaf flüchtete. An endlose Behördengänge, Demütigungen, an klaustrophobisch kleine Wohnungen in immer mieseren Gegenden.

»Mama, bitte«, sagte sie.

»Er war da. Er war bei mir.« Der Blick ihrer Mutter wurde plötzlich ganz klar. Einen Moment lang war sie von Krankheit und Tod befreit, war wieder unversehrt und in Sicherheit, und dieser Blick ging Selina durch Mark und Bein. Sterbende lügen nicht, hieß es. Sie haben keinen Grund mehr zu lügen, nicht wahr?

»Was sagst du da?«

»Er war hier, gestern, am Abend, am Ende der Besuchszeit, ein paar Minuten nur. Die Tür öffnete sich, und da war er.«

Ihre Mutter lächelte, als sie daran dachte. Es war kein Traum gewesen, keine Halluzination, denn keines von beiden hätte jemals ein so starkes Gefühl in ihr auszulösen vermocht. Die Verbitterung, die Enttäuschung, die Wut über seinen Abgang besaßen in der unmittelbaren Nähe des Todes keine Bedeutung mehr. Wonach sie sich sehnte, war Frieden und Erlösung und damit verbunden Verzeihen und Vergeben.

Sie hatte während ihres Siechtums, versunken zwischen Tag und Traum, immer wieder sein Gesicht heraufbeschworen; seltsam, während die Welt um sie herum zusehends verblasste, gewann die Erinnerung an ihren Mann zunehmend an Farbe und Intensität. Und als er dann wirklich an ihr Bett trat, Tränen in seinem gehetzten Gesicht, und ihre Hand nahm, wusste sie, dass es bald so weit war.

Selina schüttelte den Kopf. »Dieser Mann … dieser Mann ist aus unserem Leben verschwunden, aus deinem und meinem, er hat uns verlassen, Mami, uns zurückgelassen, als wir ihn, als *du* ihn am dringendsten brauchtest … er ist …«

»Zurückgekommen.«

»Das glaube ich nicht.«

Wenn ich es nicht akzeptiere, ist es vielleicht nie passiert, dachte sie. Aber dieser unfassbare klare und wache, in der Gegenwart des Todes sich noch einmal aufbäumende Blick erzählte etwas anderes. Die Wahrheit.

O nein, dachte sie.

Dieser Mistkerl! Was für ein Timing! Ihre Mutter bat sie, ihren Nachttischschrank zu öffnen. Darin lag ein Zettel mit einer Telefonnummer. Die Schrift darauf war die ihres Vaters, sie erkannte sie auf Anhieb wieder, noch so präsent in ihr wie am ersten Tag.

»Ruf ihn an«, sagte ihre Mutter.

Ihr Körper bäumte sich unter einem quälend langen, heftigen

Hustenanfall auf. Selina gab ihr ein Glas Wasser zu trinken, von dem ihrer Mutter die Hälfte aus dem offenen Mund wieder herausrann.

»Ruf ihn an, er möchte dich sehen …«

Die Hand ihrer Mutter packte unvermittelt und mit erstaunlicher Kraft ihren Arm. Selina rieb ihre Stirn über diese Hand. Sah ihre Mutter wieder an.

»Hast du … hast du ihm meine Adresse gegeben?«

Ihre Stimme zitterte, denn sie fürchtete nichts mehr, als dass ihr Vater einfach so vor ihrer Tür aufkreuzte. Wie sollte sie dann reagieren? Sie brauchte Zeit, um sich auf ihn einzustellen. Eine Strategie zu entwickeln. Ihm ihre berechtigten Vorwürfe ins Gesicht zu schreien. Ihre Enttäuschung, ihren verlorenen Zorn. Irgendetwas … damit sie sich nicht mehr so hilflos fühlte, so elend alleine und verlassen. Ich habe ein Recht auf meinen Zorn, dachte sie. Ihre Mutter hatte den ihren verloren, so wie sie sich bald schon selbst verlieren würde in der allerletzten Umarmung der Nacht.

»Er sprach davon, nicht viel Zeit zu haben«, sagte ihre Mutter und presste jedes Wort angesichts ihrer schwindenden Kräfte hervor, »er sagte, er hätte etwas für dich, eine Wiedergutmachung … du musst nichts wiedergutmachen, habe ich ihm gesagt … wir haben beide Fehler gemacht.«

Selinas Augen füllten sich mit Tränen, und sie weigerte sich, auch nur ein weiteres Wort davon zu glauben. Ihre Mutter aber lächelte, und ihr Lächeln breitete sich wie eine warme Decke über ihr Gesicht aus. »Du hast immer nur meine Version gehört … und die war naturgemäß ziemlich einseitig. Ich war voller Zorn, so wie du jetzt, und ich brauchte jemanden, den ich mit diesem Zorn ausfüllen konnte. Ich brauchte eine Bestätigung meiner Verletzung, meiner Demütigung … und du erteiltest sie mir … aber du warst ein Kind, du hattest niemanden außer mir, und es war falsch. Dein Vater hatte zu Anfang unserer Trennung, denn nichts anderes war es, Selina, immer wieder versucht, Kontakt zu dir aufzunehmen, aber ich ließ es nicht zu. Es war wohl meine Art von Rache … vergib mir«, sagte ihre Mutter.

»Du hast nichts Falsches getan«, stieß Selina hervor. Panik stieg in ihr auf, und sie verstand nicht, warum.

»Halt mich fest«, sagte Selina, denn sie kippte ihm förmlich entgegen, als sie aus dem Zimmer ihrer Mutter kam, sich in seine feste Umarmung flüchtete und ihr Gesicht in seiner Brust vergrub. So hielt er sie einfach, und das war das Beste, das er tun konnte, und es war der einzige Trost, den er geben konnte, und so standen sie da, ohne sich zu bewegen oder zu reden. Nach einigen Minuten hatte sich Selina wieder gefangen und sie fuhren mit dem Aufzug ins Foyer. Unterwegs zeigte sie ihm die Telefonnummer ihres Vaters. Da er ihre Geschichte aber, wie sie glauben musste, nicht kannte, bekamen die Nummer und das plötzliche Auftauchen ihres Vaters erst eine Bedeutung, als sie ihm von der Leere und Abwesenheit erzählte, die ihr Vater hinterlassen hatte, als er sich aus ihrem Leben stahl. Und Robert, einen Arm um sie geschlungen, hörte zu. Er hörte ihren Zorn, ihre Enttäuschung, das kleine verwundete Kind sprach aus dem Körper der jungen Frau zu ihm, und er dachte an sich selbst, an Frank und daran, wie gottverdammt alleine sie nach diesem dunklen Sommer zurückblieben. Oh, er verstand Selina besser, als sie glaubte. Er konnte jede Nuance ihres Gefühlschaos nachvollziehen.

»Was soll ich nur tun?«, sagte sie, den Zettel in ihrer verkrampften Hand. »Ihn anrufen, ihn treffen oder den Zettel wegschmeißen, das Telefon abstellen, warten, bis er wieder verschwindet wie ein schlechter Traum?«

»Das ist deine Entscheidung«, sagte Robert. Aber das war sie nicht. Es war nicht mehr Selinas Entscheidung, und er wusste, was von ihm erwartet wurde. Doch das war vor der Verwandlung gewesen. Er war jetzt auf dem Weg, ein anderer zu werden.

Selina hob ihr verzweifeltes Gesicht und sah ihn durchdringend an.

»Ich brauche Hilfe dabei … ich fühle mich wie überrollt. Ich brauche deinen Rat. Was soll ich tun?«

Und Robert sagte es ihr.

KAPITEL VIERUNDZWANZIG

Abraham verbrachte den Morgen und den Vormittag mit der Aufarbeitung von Ermittlungsergebnissen; im Fall Beenhakker allerdings balancierte er noch auf einem Hungerast.

Gottwald, Kossack und Kleber streiften durch die Kneipen des Viertels, suchten die Trinkhallen, Kaschemmen, Spelunken auf, fragten in kleinen Kiosken, grasten die versteckten, verdreckten, suspekten Ecken ab, die unsichtbaren Plätze, trostlose Territorien hinter Müllcontainern, unter Autobahnbrücken, Gleisunterführungen, in U-Bahneingängen, redeten mit Menschen, die zwischen die Zahnräder der Zeit gestürzt waren, Verlorene, Depressive, Erniedrigte, Menschen, die sich selbst scheißegal waren und alle anderen ebenso. Sie zeigten Fotos von Margot Beenhakker, ernteten dabei jedoch nur Achselzucken, Schweigen, Desinteresse, wühlten den Boden auf, aber der Boden war hart gefroren, und die, die außerhalb der Norm lebten, waren es auch. Fündig wurde seine Mannschaft trotzdem: ein erfrorener Obdachloser im Gebüsch, die Hose noch um die Knöchel, weil er dabei war, sich zu erleichtern, als er einschlief und der kalte Tod ihn zudeckte; eine Überdosis, weiblich, jung, in einer Bahnhofstoilette, auf dem linken Arm über dem tödlichen Einstich das Tattoo ihrer kleinen Tochter, die vom Jugendamt betreut wurde; eine Messerstecherei unter Betrunkenen in einer Bierstube, die Kossack beim Eingreifen eine Fleischwunde einbrachte.

Übers Handy hörte Abraham Kleber:

»Mit zehn Stichen genäht, eine Packung Schmerztabletten und eine Woche dienstfrei, Ersatz für den Kollegen gibt's nicht, wir sind wieder mal unterbesetzt. Tja, nur unterbeschäftigt sind wir dagegen nie. Aber ich rufe eigentlich an, weil ich Neuigkeiten über Margot Beenhakker habe. Die Dame war aktenkundig, ich habe mich beim Jugendamt eingeklinkt, wir reden jetzt über die frühen 80er Jahre und über eine Frau, der die Kinder weggenommen wurden.«

»Jetzt bin ich aber gespannt.«

»Das darfst du auch, es ist eine wirklich üble Geschichte, unsere Margot muss eine grauenhafte Frau gewesen sein. Die Kinder, Lydia und Stefan, sind in einer Messie-Hölle groß geworden, sie wurden geschlagen, und es gab auch Anzeichen sexuellen Missbrauchs. Beenhakker lebte mit dem widerwärtigsten Abschaum zusammen, einige von denen saßen später wegen solcher Nettigkeiten wie Vergewaltigung und Raubmord ein. Margot war jedenfalls schon in jungen Jahren ganz schön heruntergekommen.«

»Was war mit den Kindern?«

»Das Jugendamt rettete ihnen wohl das Leben. Nachdem du den Bericht gelesen hast, greifst du dir nur noch an den Kopf. Hier steht, dass die Kinder aus einer verzweifelten Notlage befreit werden mussten – eingeschlossen in einer Müllhalde, ohne Nahrung und Wasser. Margot hatte sich seit Tagen aus dem Staub gemacht und die Kinder gefesselt zurückgelassen. Wahrscheinlich mit der Absicht, sie dort sterben zu lassen.«

Abraham schloss die Augen und atmete tief durch. Er verstand jetzt vieles, aber beileibe noch nicht alles.

»Lydia legte damals ein Feuer in der Wohnung, so dass die Nachbarn die Feuerwehr riefen. Beide Kinder erlitten Rauchvergiftungen. Es stand sogar in der Zeitung mit den vier großen Buchstaben, gleich auf Seite eins.«

»Was geschah mit Beenhakker?«

»Als sie zurückkehrte, nahm man sie fest. Sie wurde auf Bewährung verurteilt. Die Kinder landeten in Pflegefamilien, ab da verliert sich ihre Spur.«

Abraham musste das erst mal sacken lassen.

Sagte dann: »Mir will einfach nicht einleuchten, dass die Beenhakker als Unsichtbare durch die Gegend gelaufen sein soll.«

»Nun, die ist kein unbeschriebenes Blatt, Boss, es gab genug Leute, in deren Gesichter es verdächtig gezuckt hat, als wir sie erwähnten, und als wir dann mitteilten, dass sie ermordet wurde, war dann total Sense, da war niemand mehr zu Hause. Was ist mit ihrer Tochter?«

»Ich treffe mich nachher mit Levy«, sagte Abraham. »Er hat sich in der Psychiatrie umgehört, in der Lydia behandelt wurde. Dann erfahre ich hoffentlich ein bisschen mehr über sie und vielleicht auch über ihre Mutter.«

Doch zuvor suchte er nochmals den Tatort auf, diesmal alleine, so wie er es öfters tat, wenn er nicht weiterkam und darauf hoffte, etwas zu finden, was die anderen Kollegen übersehen haben konnten. Es ging ihm dabei nicht so sehr um weitere Spuren – die Kriminaltechnik war in dieser Hinsicht auf Zack –, sondern um den *Nachhall* der Tat. Tatorte konservierten manchmal monatelang den Schrecken, der sich in ihnen abgespielt hatte, Schwingungen einer bösen, manischen Energie, stumme Schreie, in der Zeit eingefroren. Abraham war für diese Dinge empfänglich – wie ein altes Radiogerät, an dem man so lange herumfummelt, Frequenzen und Sender verstellt, bis man auf ein geisterhaftes Rauschen stößt. Stimmen, die in einem elektromagnetischen Nebel wabern. Das Wispern der Dinge. Und genauso etwas hatte er auf dem Dach des Hochhauses gefühlt, hatte es gefühlt, als er Stefan Phelps' Leiche betrachtete, und es hatte ihn auch bis zum zweiten Tatort, der Wohnung Margot Beenhakkers, begleitet. Es war ein Gefühl, das er nicht richtig beschreiben konnte, in etwa so, als blicke dir einer über die Schulter. Du weißt, du musst dich jetzt umdrehen, doch gleichzeitig hast du große Angst davor, zu sehen, wer oder was hinter dir ist. Ein Gefühl wie beim ersten Sprung vom Zehnmeterbrett, wenn eine gehässige Stimme dir einzureden versucht, dass das Blaue unter dir nur die Illusion von Wasser ist, tatsächlich aber der harte Boden auf dich wartet, der deinen schwachen, verletzlichen Körper töten wird.

Daher der Spruch: gelähmt vor Angst. Und das bist du: starr und panisch und willenlos.

Doch wenn du dich dann doch endlich in Erwartung aller Schrecken umdrehst, ist da niemand.

Abraham kam sich vor wie der letzte Mensch auf der Welt, als er durch die Korridore des Hochhauses streifte. Kein Mensch, nirgends, schon draußen auf dem Vorplatz nicht. Schnee war gefallen und hatte die letzten Spuren von Phelps' Aufprall zugedeckt. Im Inneren war es nicht besser. Aus den Wohnungen drang kein Laut. Als hätte die erbitterte Kälte alle in eine Winterstarre versetzt. Selbst Groschek, der neugierige Nachbar von nebenan, verzichtete auf seinen Auftritt. Der Tatort war abgesperrt und noch nicht wieder freigegeben. Als Erstes fiel Abraham auf, dass der Gestank der zugemüllten Wohnung, vermischt mit dem Blutgeruch der ermordeten Frau, nicht mehr ganz so penetrant in seiner Nase stach. Der Grund war, dass die Kollegen mehrere Fenster auf Kipp gestellt hatten. Die eisige, zugige Luft tat ihr Übriges. Abraham betrat das verlassene Reich des Todes und zog die Tür hinter sich zu. Sein Herz klopfte schneller als sonst. Früher hatte er sich oft vorgestellt, wie es wohl wäre, dem Killer plötzlich wieder am Tatort zu begegnen, ganz alleine, nur er und der Mörder. Träumte nicht auch dieser von einer Rückkehr an den finsteren Ort seiner Tat? Dort, wo er noch einmal alles erleben konnte wie in einem Film, den man zurückspult. Und wie wäre es dann wohl für ihn, auf Abraham zu stoßen?

Einen Moment lang würden sie sich anstarren wie Verlorene und sich dann im jeweils anderen wiederfinden, Jäger und Gejagter, Spiegelbilder, Doppelgänger.

Wenn man einmal mit dem Morden anfängt und feststellt, dass es ein gutes Gefühl ist, mehr noch: dass es das ist, worauf man sich seine ganze Existenz hin zubewegt hat, Schicksal und Erfüllung und überwältigende Lust, so hatte ihm einmal ein Killer während seiner Aussage erklärt, dann hört man nicht mehr auf. Man macht so lange weiter, bis man geschnappt oder sonst wie aus dem Verkehr gezogen wird. (Bei diesen Worten dachte er automatisch an seinen Vater. Er stellte seine Erinnerung scharf, und das Gesicht eines Mannes erschien, ein ernsthaftes, intellektuelles Gesicht, anziehend, interessant, doch gleichzeitig mit dem Wissen von heute und *dahinterblickend:* freudlos, öde, verwirrt und verstört zwischen psychotischen Schüben, hinterhältig und verräterisch, tödlich für seine Opfer, ein scheinbar ruhender See, unter dessen Oberfläche ein unbarmherziger Sog der Gewalt und des Terrors wütet.)

Abraham schüttelte sich und blickte sich um. Was für ein Chaos, der alte, staubige Teppich mit winzigen Glassplittern zerbrochener Spirituosen übersät, die Wände im beängstigenden Grau einer Sturmfront gehalten. Überall noch Reste von Markierungen, von Kringeln und Kreisen um Blutspritzer, Positionsbestimmungen, Wegweiser. Buchstaben, die zu entziffern waren. Als lese man in einem Buch des Blutes. Aber sonst? Weder Staub noch Erdkrumen, Fußspuren auch nicht, nur die Sets der Fingerabdrücke von Beenhakker selbst und Phelps. Nur eben nicht auf der Flasche, die der Mörder Beenhakker in ihr Geschlecht gerammt hatte. Warum also dort nicht? Weil eine dritte Person anwesend gewesen war. Jemand, der Handschuhe getragen oder ein verschwundenes Stück Papier, einen Fetzen Stoff um den Flaschenhals gewickelt hatte. Der bei dem Mord dabei gewesen war. Der Mörder selbst? Der *nach* Phelps die Wohnung betreten hatte? Unbemerkt von Groschek. Oder: der sich die ganze Zeit über in der Wohnung aufgehalten hatte.

Mit Beenhakkers Billigung? Mit ihrem Wissen.

Sich dann versteckt hatte, als Phelps kam. Die Situation zwischen Mutter und Sohn, die Entgleisung, Phelps' Angriff, sein Würgen mitangesehen und nichts unternommen hatte. Bis Phelps abzog und seine geschundene Mutter zurückließ.

Zu diesem Zeitpunkt noch am Leben.

Lebendig.

Abraham dachte an den Markowitz-Mord und erinnerte sich an Levys Bemerkung in der Rechtsmedizin, dass ein weiterer Mord, der dritte, eine Serie bedeutete und der Täter damit kriminologisch als Serientäter eingestuft wurde. Hatten sie es also möglicherweise mit dem Auftakt einer Serie zu tun? Im Paris Mitte der achtziger Jahre des letzten Jahrhunderts hatte es mal eine Mordserie an alleinstehenden älteren Frauen gegeben, die Täter zwei junge Schwarze, die auf Raubzug waren und dabei ihrer Mordlust freien Lauf ließen. In diesem Fall allerdings ging Abraham von nur einem Täter aus, und falls die beiden Morde, der an Markowitz und der an Beenhakker tatsächlich von ein und demselben Mann begangen worden waren, dann schied Stefan Phelps tatsächlich und endgültig aus.

Ich sollte Kleber darum bitten, eine Liste der ungeklärten Mordfälle an älteren Frauen in den letzten Jahren aufzustellen, dachte er. Weiter. Wie wählt er seine Opfer aus? Nach welchen Kriterien? Wo lernt er sie kennen?

Warum mordet er?

Wie? Wo? Warum?

Es sind ältere, alleinstehende oder geschiedene Frauen, in einem schlechten Allgemeinzustand, Trinkerinnen, sozial abgestiegen, vereinsamt, verachtet, *leichte Beute.*

Und wer sagt, dass er erst hier damit angefangen hat? Vielleicht sollten wir noch nicht einmal nur auf Berlin schauen, überlegte er weiter.

Vielleicht sollten wir gleich bundesweit suchen. Vielleicht war alles noch viel schlimmer.

Doch noch bevor er Weiteres in die Wege leiten konnte, erhielt er einen Anruf aus dem Gefängnis Moabit. Einen Moment lang dachte er, es gehe um seinen Vater, bis ihm wieder einfiel, dass Karl Abraham, der Jahrzehnte in Moabit gesessen hatte, in den letzten Monaten wegen seiner schweren Erkrankung im Justizvollzugskrankenhaus lag.

Abraham erinnerte sich daran, dass er in all diesen Jahren auf einen ganz bestimmten Anruf gewartet hatte. Einen Anruf, in der eine neutrale, geschäftsmäßig-bürokratische Stimme ihm mitteilte, sein Vater sei in der Haft verstorben oder habe sich umgebracht. Nur ein paar dürre wohlgesetzte Worte. Der Punkt hinter dem Satz. Das Schließen einer offenen Tür. Er hatte immer eine unterschwellige Hoffnung diesbezüglich gehabt und darüber auch mit Robert, am Telefon, wo sonst, gesprochen.

»Das wäre die einfachste Lösung«, hörte er Robert sagen.

»Du denkst also genauso.«

»Ja. Würde uns beiden die Last nehmen, ihm noch einmal in die Augen blicken zu müssen.«

»Ich sehe jeden Morgen in seine Augen«, sagte Abraham, »immer dann, wenn ich pisse und meine Zähne putze.«

»Du kannst schon beides gleichzeitig? Wow, Glückwunsch.«

Sie lachten. Das war es, nicht?

Im Schrecken zu lachen. Ihn anzulachen, auszulachen, ihm den Stinkefinger zu zeigen, diesem alten Affen Angst. Zusammen mit Robert hatte er das immer gekonnt: den Teufel anzuschreien.

Die Brüder Löwenherz.

Gott, wie sehr er ihn vermisste.

Abraham sagte: »Ich wollte immer so sein wie du.«

Robert sagte: »Sei froh, dass du es nicht bist.«

Aber man rief nicht wegen seines Vater an, sondern wegen Martin Krawczyk. Der Mann hatte sich in seiner Zelle erhängt und Abraham etwas hinterlassen.

KAPITEL FÜNFUNDZWANZIG

Das Restaurant, das Levy vorgeschlagen hatte, lag im jüdischen Bildungszentrum Chabad Lubawitsch in Wilmersdorf, in einem modernen, architektonisch anspruchsvollen Gebäude, in dem sich auch eine Synagoge befand. Weiß eingedeckte Tische, holzvertäfelte Wände, eine schicke Bar. Der Geschäftsführer begrüßte Levy mit einer Umarmung und großem Hallo. Abraham bewunderte seinen Freund dafür, mit so ziemlich allen Menschen, denen er begegnete, warm zu werden, ein völliger Kontrast zu seiner ungeselligen, stillen Arbeit an und mit den Toten. Abraham war zum ersten Mal in dieser Einrichtung. An diesem Ort fiel ihm gezwungenermaßen seine jüdische Abstammung wieder ein und mit ihr eine Vielzahl von Geschichten, so dramatisch und bedrückend wie der Großteil jüdischen Lebens in dieser Stadt, zu allen Zeiten. Doch diese Erzählungen stammten aus dem Fundus seiner Kindheit, und genau das war das Problem – er scheute sich davor, an diesen verhängnisvollen Ort zurückzukehren. Robert und er hatten nie viel über ihren Glauben gesprochen, weder praktizierten sie ihn, noch spielte er eine Rolle in dem Leben, das sie führten.

Einige andere Gäste riefen Levys Namen und, sich augenzwinkernd bei Abraham entschuldigend, machte Levy schnell eine Runde durch das Restaurant, schüttelte Hände, klopfte Schultern, während sich Abraham schon an ihren Tisch setzte.

In diesen Momenten, wenn er sah, wie vernetzt Levy in der jüdischen Gemeinde Berlins war, wie geborgen und beschützt, spürte er die Kluft, die ihn von den anderen trennte, noch viel stärker und schmerzlicher. Gleichzeitig war ihm bewusst, wie sehr er sich wünschte, all diese liebenden, lachenden, glücklichen Menschen, die sich in ihren kleinen, viel zu kurzen Leben so gut es eben ging eingerichtet hatten, vor dem zu beschützen, was in den Schatten lag.

Aber dann sah er Nina Krawczyks entstellten Körper wieder vor sich, hörte ihre Worte und wusste, dass er immer zu spät kommen würde.

»Tut mir leid«, sagte Levy, als er endlich zu Abraham stieß.

»Bist ein begehrter Mann. Und du hast denen allen nicht zufällig verraten, wo du arbeitest?«

»Doch, das mach ich immer als Erstes. Gestatten, Benjamin Levy, Dr. Tod.«

»Und trotzdem schütteln sie deine Leichenfinger.«

Levy grinste. »Vielleicht hoffen sie, bei mir in guten Händen zu sein, wenn es sie mal erwischt.«

»So habe ich das noch gar nicht betrachtet.«

»Tja, irgendwie bin ich wohl so eine Art Schleusenwächter.«

»Du schneidest ihre Körper auf!«

»Ja, genau. Und jetzt habe ich Hunger.«

Abraham bestellte ein Lachsfilet, Levy orientalisches Huhn, so wie er es angekündigt hatte.

Während sie aßen, lauschten sie dem Stimmenwirrwarr um sie herum. Deutsch, englisch, arabisch, jiddisch. Berlin-Babylon. Das war einer dieser Momente, in der Berlin sich wie zu Hause anfühlte und Abraham wieder mal klar machte, dass er nirgendwo sonst leben wollte.

»Wollen wir über Lydia Beenhakker reden?«, fragte Levy nach dem Essen.

»Ich möchte dir zuerst etwas zeigen.«

Er gab Levy einen zusammengefalteten, handschriftlich verfassten Brief. Der Brief war von Martin Krawczyk kurz vor dessen Freitod aufgesetzt worden. Nach dem Anruf war Abraham in die JVA Moabit gefahren, wo ihm der Brief ausgehändigt wurde. Er war eigens für ihn bestimmt, und Abraham wurde darin auch persönlich angesprochen. Levy lehnte sich zurück und las in dem Brief, einem Din-A4-Blatt, beidseitig beschrieben in der für Psychopathen typisch grandios-ausholenden, größenwahnsinnigen Handschrift.

Levy las konzentriert und schnell.

Abraham trank derweil etwas von dem bestellten Wein, schloss die Augen, aber nicht die Welt aus. Blicke, Gelächter, Gespräche an Nebentischen, Geschirr klirrte, Handys summten, vibrierten. Er wartete, bis sein Freund fertig war.

»Ich nehme an, du willst was von mir dazu hören?«

Abraham nickte.

»Was dagegen, wenn ich einige Passagen laut vorlese?«

»Willst du den anderen den Tag versauen?«

»Keine Sorge, so laut bin ich nun auch wieder nicht. Aber anscheinend willst du darüber reden, sonst hättest du den Brief nicht mitgebracht.«

»Eigentlich würde ich diesen Kerl am liebsten vergessen«, sagte Abraham, »das Problem ist nur, dass ich seine abgeschlachtete Tochter ständig vor mir sehe.«

»Ja, darüber schreibt er auch«, sagte Levy und markierte die Stelle mit seinem Finger.

»Ninas Körper zu zerstückeln beruhte nicht nur auf der Idee, sie damit leichter beseitigen zu können, sondern vielmehr sie dadurch völlig auszulöschen, sie in mikroskopisch kleine Stückchen zu verarbeiten, ihr Fleisch aufzunehmen und ihr damit einen angemessenen Ort zu geben – in mir.«

»Du liest daraus dasselbe wie ich«, sagte Levy.

»Ja, Kannibalismus.«

»Wusste seine Frau davon?«

»Das wird sich noch herausstellen. Den Inhalt des Briefes kennt sie nicht, aber vielleicht den Inhalt seines Kopfes.«

»Ein entsetzlicher Gedanke.«

»Sie ist eine entsetzliche Frau.«

»Hier drinnen gibt es Leute, die mich tot sehen wollen, wie ich Ihnen schon einmal erklärte. Sie vernichten mich mit ihren Blicken, in ihren Augen bin ich schon längst ein toter Mann, und das lassen sie mich bei jeder Gelegenheit wissen. Und natürlich bin ich das in gewisser Weise ja auch. Bin es immer schon gewesen.«

»Ich habe ihn ein einziges Mal aufgesucht«, sagte Abraham. »Anscheinend gab es tatsächlich Morddrohungen anderer Mithäftlinge. Du weißt, wie gern gesehen solche Killer wie Krawczyk im Knast sind. Kinderschänder, Kindermörder, der Bodensatz. Krawczyk hat sich ausführlich darüber beschwert. Ich verwies ihn an die Gefängnisleitung.«

Abraham sah den Mann jetzt wieder vor sich sitzen. Krawczyk sah schrecklich aus, wie jemand, der tagelang nicht mehr geschlafen und gegessen hatte, er war ungefähr so erfrischend wie eine zu lang getragene Unterhose.

»Die wollen mich umbringen«, sagte er, »die sagen, Leute wie ich gehören entfernt. Die sagen, ich bin anders als die anderen, und sie haben recht.«

Krawczyk spielte mit dem Gedanken, sich selbst zu richten. Er nannte es »mich zu entsorgen« – als sei er Abfall, das in die Tonne oder an den Straßenrand gehört.

Abraham sagte: »Was wollen Sie von mir?«

»Ich denke hier drinnen viel über mich nach.«

Ja, diesen Spruch hatte Abraham immer und immer wieder von Inhaftierten gehört, ihre Reflexionen über ihr verschwendetes Leben mündeten in die immer gleichen Sackgassen. Es waren Männer, für die der Knast ein einziges Spiegelkabinett war – sie sahen sich jeden Tag von ihren Zerrbildern umstellt. Bei Krawczyk war das anders – wo keine Persönlichkeit vorhanden ist, kann auch nichts gespiegelt werden. Wie bei einem Vampir fehlte ihm ein Bild von sich selbst, das abseits seiner grauenhaften Neigungen existierte.

(»Richtig«, sagte Levy, »er existiert nur in seinem Verlangen. Darüber hinaus ist er das perfekte Nichts, eine soziale, gesellschaftliche Leerstelle, hohl.«)

»Sie haben mich verhaftet«, sagte Krawczyk. »Das ist gut so, denn es wäre nicht bei Nina geblieben. Ich hatte schon lange vor, ein junges Mädchen zu töten. Sie erst zu foltern, zu ficken und sie dann abzustechen.« Die Stimme des Killers blieb bei diesen Ausführungen ganz ruhig. Unbeteiligt. So als spräche er von einem anderen Typen, der ihm zufällig über den Weg gerannt und ihm diese Neuigkeit erzählt hatte. Aber in seinen starren, kalten Augen arbeitete diese Phantasie wie besessen, spulte sich der immer gleiche Terror wie ein Gedanken-Snuff-Movie ab. Nina, seine eigene Tochter, stellte dabei die Blaupause dar.

Levy fragte: »Wollte er damit noch weitere Morde gestehen?«

»Nein, ich bin sicher, dass er nur Nina getötet hat. Aber er hatte es vor, und es steht in diesem verdammten Brief drin. Er hat davon geträumt.«

Levy sagte: »Darum geht es ihnen. Sie leben ihre Träume aus. In ihren Köpfen befinden sich ungeheure Räume voller Spiegelungen und Brüche, Schauplätze morbider Todesnähe. Sieh mal – jeder von uns träumt oder denkt mal daran, jemandem zu schaden. Dagegen ist niemand gefeit. Nur: Wir belassen es bei dem Gedanken, bei der Idee, es ist eine Art Spiel, ungefährlich, weil wir wissen, dass es bei uns höchstwahrscheinlich niemals dazu kommen wird. Serienkiller sind da völlig anders, sie geben ihren Vorstellungen Raum, Fleisch und Blut, sie leben den Tod. Was uns Durchschnittsmenschen angeht: Wir sind für diese Menschen nur insofern relevant, als wir in ihrer Gegenwart bluten und schreien. Was uns von Tieren unterscheidet ist, dass wir wissen, dass wir sterben werden. Das ist für unsereins weder Gnade noch eine Bürde, aber für einen Killer ist es der Brennstoff, der sie antreibt und ihre Todesträume befeuert.«

Er zitierte wieder aus dem Brief:

»*Dieser Wunsch wurde immer übermächtiger, so wie ein Hunger, der sich nicht stillen lässt, egal, wie viel man isst. Ich glaube, solange ich Nina fickte, konnte ich es kontrollieren. Sie war mir wirklich wichtig, ihr Körper, auch dass sie Abscheu empfand, wenn wir zusammen kamen. Das hat mich erregt, ich fickte sie härter und gnadenloser, je schlechter es ihr dabei ging. Zuerst war es nur das Ficken, aber als ich meine Hand um ihren schönen langen Hals legte und sah, wie ihre Augen hervorquollen, da war es gut wie nie zuvor. Angst geilte mich auf. Aber ich konnte mich immer zurückhalten.* (»Tja, da scheint dieser nette Herr fast stolz drauf zu sein«, sagte Abraham, »nur ganz zum Schluss hat er seine vornehme Zurückhaltung aufgegeben.«) *Dann träumte ich von Stahl, der sich in Fleisch bohrt, und ich wusste, ich hing am Haken.*«

»Lieber Gott«, murmelte Levy.

»Erinnere dich nur mal an die älteren Schnittwunden an ihrem Körper. Er hat wirklich ordentlich an ihr geübt, es aber niemals auf die Spitze getrieben, solange sie nur verfügbar war.«

»Bis sie sich aus seinen Klauen befreit hat.«

»Ja, und das hat ihm nun so gar nicht gepasst, und leider hat es sie auch nicht gerettet, im Gegenteil, tatsächlich war es ihr Todesurteil.«

»Das arme Kind«, sagte Levy in aufrichtiger Trauer. Auch ihn hatte Ninas Ermordung schwer getroffen – denn wie Abraham hatte auch er eine Tochter in diesem Alter.

»Ja, es ist gut, dass du so empfindest, Ben, denn ich tue es auch, und außer ihrem Freund scheinen wir die einzigen Menschen weit und breit zu sein, die das Ganze nicht mit einem Achselzucken wegstecken.«

»Nun, das wird sich wohl nie ändern.«

»Das sollte es aber. Heutzutage scheint der Wert eines Menschen gegen null zu tendieren, also ist's egal, ob man ihn zerfetzt und zerstückelt und wie Abfall entsorgt, Hauptsache, es reicht für eine saftige Meldung zwischen Abendbrot und Nachtschicht.«

»Du bist zynisch.«

»Mir gefällt der Begriff ›verzweifelt‹ sehr viel besser. Was Krawczyk angeht: Ich glaube, er hatte schon lange vor, Nina zu töten. Das war nicht nur ein Verdeckungsmord – schließlich wusste die Leitung der Sozialeinrichtung bereits von dem Missbrauch, ihr Freund ebenfalls, das aufzuhalten war Krawczyk unmöglich. Ich glaube, dass, wenn Nina nicht noch einmal überraschend bei ihrem Vater aufgetaucht wäre, Krawczyk sie sich so schnell wie möglich geschnappt hätte. Es zumindest versucht hätte. Und wenn nicht Nina, dann irgendeine andere, die das Pech hatte, ihm über den Weg zu laufen. Einfach, um seinen Traum vom Töten zu leben, bevor er wegen Kindesmissbrauch einfährt und die Phantasie nur eine Phantasie bleibt, die sich niemals mehr erfüllen wird. Eine Art schmerzhafte Dauererektion ohne die Möglichkeit abzuspritzen.«

»Tatsächlich hatte meine Tochter ein ernsthaftes Problem mit Autorität. Und davon abgesehen, war sie natürlich eine Frau, also eine Nutte, das sind sie alle, egal wie alt. Das Alter ist keine Ausrede. Und wenn sie es schon mit einem Affen aus dem Busch treibt, wieso nicht dann auch mit ihren eigenen Leuten.«

Levy sagte: »Der meint das alles ernst.«

»Ja, er meint es sogar todernst, wie du und ich inzwischen wissen. Killer sind wirklich schrecklich humorlose Typen.«

»Manchmal frage ich mich ernsthaft, wie lange ich es nur mit mir aushalten konnte. Schon seltsam, das Nichts hat kein Bewusstsein, und ich bin das Nichts.«

Levy schüttelte fassungslos den Kopf.

Abraham sagte: »Das Ende gefällt mir am besten. Da ist er ganz bei sich.«

»Ich werde, wenn Sie diesen Brief erhalten, bereits eine schäbige Leiche abgeben. Zuerst überlegte ich, mir die Pulsadern aufzubeißen, aber die Gefahr, dabei entdeckt und gerettet zu werden, ist zu

groß. Also werde ich mich strangulieren, ich habe den Strick bereits geknüpft, gleich ist es so weit. Ich werde jedenfalls langsamer sterben als Nina, und wissen Sie was, Bulle? Ich werde jede einzelne Sekunde davon genießen. Wenn ich schon niemand anderen mehr töten kann, greife ich eben auf mich selbst zurück. Das wird die anderen wirklich ärgern; sie hätten es mir gern selbst besorgt, und nun erledige ich das für sie. Ich glaube, ich wäre ein guter Henker oder so geworden: Bei mir gibt's kein Zögern und Zaudern, und für so eine Lächerlichkeit wie Gnade bin ich überhaupt nicht empfänglich. Ich bin immunisiert gegen Mitgefühl und Liebe; das hätte mir mal einer erklären müssen, wozu das alles gut sein soll. Aber ich hätte es sowieso nicht kapiert. Letztendlich sind wir alle nur ein Sack Scheiße, und dieser Sack *hier wird jetzt entsorgt. Grüße aus der Hölle, Bulle, ich schau mich mal dort gründlich um.«*

Levy gab Abraham den Brief zurück. Dann wischte er sich die Finger sorgfältig mit einer Serviette ab.

»Wäre schön, wenn es so einfach wäre, die Gedanken dieser Leute auf diese Weise loszuwerden«, sagte Abraham. »Das Problem dabei ist nur, dass sie dir nicht an den Fingern kleben bleiben, sondern in deinem Kopf.«

Sie schwiegen eine Zeitlang, dann nahmen sie jeder noch einen Kaffee, und Levy berichtete, was er über Lydia Beenhakker herausgefunden hatte. Die harten, bekannten Fakten wusste Abraham schon von Kleber, trotzdem lauschte er jedem Wort seines Freundes. Wenn er mit Lydia sprach, würde er ihre Version mit der offiziellen abgleichen.

»Ich würde sagen, sie besitzt einen starken Überlebenswillen. Wie die meisten, die so eine Kindheit überstehen. Nicht jeder von ihnen geht vor die Hunde, obwohl sie allen Grund dazu hätten. Das Schlimmste daran ist noch nicht einmal die Verwahrlosung und der körperliche sowie seelische Missbrauch – das Schlimmste ist der Verlust jeglicher Sicherheit. Es gibt keine Sicherheit mehr, keinen geschützten Raum, es ist, als offenbare sich dir die Welt als ein eisiger, dunkler und apokalyptischer

Ort, in dem deine Eltern deine wahren Feinde sind und alle anderen Menschen entweder nichts davon wissen wollen oder ihnen egal ist, was mit dir geschieht.«

Abraham dachte lange darüber nach. Dachte auch über sich selbst nach.

»Was immer du auch vorhast, du solltest, wenn du sie nach ihrer Vergangenheit fragst, sehr behutsam vorgehen. Äußerlich gesehen scheint sie stabil, aber tatsächlich bleiben die meisten von ihnen ihr Leben lang fragil. Die Leben, die sie führen, liegen im Gegensatz zu denen der anderen auf abschüssigem Terrain. Es ist nicht sicher dort, aber sie würden niemals von dort wegziehen. Sie haben sich an den Abhang, den Abgrund gewöhnt. Sie können mit ihm leben.«

»Ihr Bruder konnte es nicht.«

»Zuletzt nicht, ja. Aber davor schon – sehr lange sogar.«

Sie traten hinaus in eine erstarrte Winterlandschaft. »Vermisst du Israel?«, fragte Abraham unvermittelt.

»Wie kommst du denn jetzt darauf?«, erwiderte Levy. »Eben unterhalten wir uns noch über Psychopathen und misshandelte Kinder und plötzlich …«

»Keine Ahnung. Es schwirrte mir eben im Kopf rum.«

Abraham stockte, machte einen leicht verwirrten Eindruck. Geschunden und ausgelaugt, dachte Levy. Er blieb stehen und sah ihn besorgt an.

»Wir haben noch nie über Israel gesprochen, Frank, und wir kennen uns jetzt schon sehr lange. Ehrlich gesagt, ich mache mir Sorgen um dich … du hast ein paar harte Monate hinter dir, deine Trennung von Erin, die Entlassung deines Vaters, und ich sehe doch, dass du angeschlagen bist. Mir brauchst du nichts vorzumachen. Was ist mit dir los? Und komm mir nicht mit einer Midlife-Crisis, dafür bist du nicht der Typ.«

»Ich bin nur müde«, wehrte Abraham ab.

»Damit gebe ich mich nicht zufrieden.«

»Ich stelle dir eine Frage und bei dir schrillen sofort die Alarmglocken, das ist nicht fair.«

»Ich bin eben sehr sensibel.«

»Du schneidest Tote auf.«

»Gerade deswegen.«

Abraham nickte, und sein Blick wanderte von Levy über die Häuserfassaden gen Himmel und wieder zurück.

»Ich … ich habe irgendwie meine Mitte verloren«, sagte er. »Vielleicht ist es alles wirklich zu viel. Momentan komme ich mir irgendwie … ich komme mir falsch vor. Es ist nichts Körperliches … es ist eher hier drin.« Er tippte sich an die Brust. »Als wäre ich mit mir selbst fehlbesetzt. Eine Imitation. Nicht wirklich.«

Levy sagte: »Wie in dem Donald-Sutherland-Film ›Die Körperfresser kommen‹, so in etwa? Als hätte dich jemand ausgetauscht gegen ein emotionsloses Duplikat.«

»Genauso.«

»Manchmal hat man solche Tage …«, sagte Levy. »Aber man sollte sie nicht zu oft haben. Weißt du, was du da beschreibst?«

»Sag's mir.«

»Eine Depression, mein Lieber.«

Abraham sagte nichts wie »Du spinnst« oder »Ich – ich doch nicht« und das beunruhigte Levy jetzt doch. Sein Freund holte tief Luft.

»Oder es ist nur eine Grippe«, sagte er dann. Nicht sehr überzeugend.

Levy sagte: »Na klar, und ich bin nicht beschnitten. Du brauchst eine Auszeit, und du brauchst sie jetzt.«

»Nicht wenn ein möglicher Serienkiller hier rumläuft.«

»Du bist nicht der einzige fähige Polizist in Berlin, Frank. Nimm das hier nicht auf die leichte Schulter.«

Abraham dachte an Lohmann. Die eigenen Kräfte zu verlieren und damit auch Mut, Zuversicht und Entschlossenheit, musste eine entsetzlich niederschmetternde Erfahrung sein.

Sie hatte Lohmann zur Strecke gebracht, und möglicherweise war er jetzt einfach an der Reihe. Nun, so wie er lebte und arbeitete, mit dieser irrsinnigen Besessenheit, war es wohl kein Wunder, er hatte sich selbst auf diese Abschussliste gesetzt. Und wenn es so ist? Kleber war auch nach einer Auszeit zurückgekommen, oder? So etwas passiert eben.

So etwas passiert uns Bullen ständig.

Warum solltest du die eine glorreiche Ausnahme sein?

Levy sagte: »Ich kenne einen tollen Arzt, einen in diesen Dingen sehr erfahrenen Mann. Ich rede nicht von einem Polizeipsychologen, weil du zu dem ohnehin nicht gehen würdest.«

»Ich denk drüber nach.«

»Warum überzeugt mich das nicht?«

Abraham quälte sich zu einem Lächeln.

»Also, vermisst du es?«

»Was, wen?«

»Israel.«

»In diesen Tagen … wie der Teufel die Hölle«, sagte Levy und sie lachten. »Berlin ist anders … mein Leben ist anders … ja, ich vermisse Israel, in etwa so wie man seine Kindheit vermisst, aber das hier ist jetzt mein Zuhause. Ich fühle, dass ich hierhergehöre. Und jetzt sag mir, warum du plötzlich auf Israel kommst.«

Abraham erzählte Levy von dem letzten Sommer, den die Familie Abraham dort verbracht hatte, Ende der 70er Jahre.

»Unsere Großmutter lag im Sterben, und wir verbrachten die Tage damit, ihr beizustehen. Ich kann mich daran erinnern, dass Mutter mit Vater darüber diskutierte, ob wir nicht komplett dort bleiben. Ich glaube, er hatte das eine Zeitlang sogar in Erwägung gezogen.«

»Hätten du und Robert das gewollt?«

»Robert ganz bestimmt nicht. In West-Berlin war sein ganzer Freundeskreis, dort waren unsere Wurzeln. Er konnte sich nicht vorstellen, irgendwo anders zu leben. Was mich anging … ich war zu klein, um mir eine eigene Meinung zu bilden. Israel war cool … trotz der ständigen Kriege, und richtig schlimm mit dem Terror wurde es erst später. Ich denke an meinen Vater, Ben. Es war das letzte Mal, dass wir ihn so richtig für uns hatten. Er war immer schon ein in sich gekehrter Mann. Wenn man zu ihm sprach, dann zu jemandem, der hinter einer Tür stand und auch so klang, gedämpft und verborgen. Manchmal überlege ich, ob er seine Dämonen dort besser im Griff gehabt hätte.«

»Du glaubst, er hätte in Israel nicht angefangen zu morden?«

»Ich weiß es nicht. Ich weiß nur, dass wir uns ihm so nahe fühlten wie lange nicht. Er war ein strenger Vater, weißt du. Aber dort drüben, in diesem flirrenden Sommer, in der Zeit des Abschiednehmens, da war er ganz weich … als wäre sein Panzer aufgebrochen. Als wäre er in diesen Wochen von einer Last befreit. Als wäre der Terror, der in ihm wütete, neutralisiert. Aber vielleicht bilde ich mir nur ein, dass Israel ihm und uns guttat. Er war ein deutscher Jude, unsere Familie ist mit jedem Nebenzweig, der noch existiert, über ein halbes Dutzend Länder verteilt. Mit seiner Mutter sprach er Deutsch, weil sein Hebräisch ganz schrecklich klang. Er hätte seine Arbeit aufgeben müssen … es wäre ein großer Schritt gewesen.«

»Frank, dein Vater hätte auch dort gemordet.«

»Ja. Wahrscheinlich.« Und ich wäre heute vielleicht ein Polizist in Israel, dachte er.

»Wir sind nie wieder dorthin zurückgekehrt«, sagte Abraham mit belegter Stimme. »Nie wieder … weder Robert noch ich.«

Aber vielleicht eines Tages … wenn ich einen Ort brauche, um zur Ruhe zu kommen, dachte er. Um mich zu erinnern. Um mich an alles zu erinnern.

Ihre Wagen waren eingeschneit, und sie verbrachten die nächsten Minuten damit, sie von der Schneedecke zu befreien. Levy umarmte Abraham. Dann wurde er wieder ernst und sagte:

»Du wirst zu ihr gehen, nicht wahr?«

Er sprach von Lydia Beenhakker.
»Ja.«
»Du gehst als Polizeibeamter zu ihr hin.«
»Wie meinst du das?«
Levy sagte: »Ich bin nicht total verblödet, Frank. Ich habe gemerkt, dass da etwas zwischen euch ist. Die Art von Blicken, die ihr miteinander ausgetauscht habt …«
»Was soll das schon bedeuten?«
»Eine Menge, wenn zwei Menschen aufeinandertreffen, die in ihrer Kindheit und Jugend extreme Erfahrungen gemacht haben. Manchmal glaubt man dann im anderen etwas zu sehen, etwas wiederzufinden …«
Abraham klopfte seinem Freund auf die Schulter.
»Es ist gut, Ben. Ich weiß das zu schätzen, wirklich.«
Levy sagte: »Du neigst dazu, dich in gewisse Dinge zu verbeißen wie ein Bullterrier.«
»Wenn du damit Mord meinst, gebe ich dir recht.«
»Du bist ein hoffnungsloser Fall.«
»Nur einer von vielen in dieser Stadt.«
»Ich hoffe, du verrennst dich da nicht in eine Sache, die du vielleicht missverstehst.«
»Dann müsste ich blind und taub sein, Ben. Meine Augen sind jedoch weit geöffnet.« Aber noch während er sprach, dachte Abraham: Ich wünschte mir, ich könnte sie für eine Weile schließen und ihnen die Ruhe gönnen, die sie verdienen. Plötzlich erschien ihm wieder Phelps' zerschmetterter Körper mit seinen halb geöffneten Augen, in denen winzige Schneekristalle glitzerten.

Du bist dein Leben lang mit geschlossenen Augen durch die Welt geflüchtet; sie war dir nichts als eine ewige Dunkelheit. Aber wenn du stirbst, dann mit offenen Augen. Du willst sehen, was kommt. Du willst es so sehr.
Das Licht.

»Frank?«

Abraham blinzelte heftig. Der Wind hatte ihm eine ferne Stimme ans Ohr geworfen. Er drehte sich um, suchte nach der Richtung, aber sie hätte von überall und nirgends kommen können.

»Geht's dir gut? Du warst für einen Augenblick weg.«

»Aber ich bin hier«, sagte Abraham. »Wo sonst sollte ich sein?«

KAPITEL SECHSUNDZWANZIG

Bevor er Lydia Beenhakker aufsuchte, fuhr Abraham zu Henning Markowitz. Der Mord an Edda Markowitz ging ihm nicht aus dem Kopf, und er hoffte, noch irgendetwas aus dem Mann herauszuholen.

Markowitz hatte sich zwar aus seiner beschissenen Ehe gelöst, was seinen sozialen Abstieg allerdings nicht gebremst hatte. Die Wohnanlage, eine Aneinanderreihung von tristen Wohneinheiten, war so düster und trostlos wie das Wetter. Markowitz öffnete selbst die Tür, etwas wackelig auf den Beinen, er trug Unterhemd, Unterhose und einen muffigen alten Bademantel, er zitterte und kratzte sich, er war am Trinken, dabei, den Tag auszufüllen.

»Sie hier? Bin ich jetzt verhaftet?«, krächzte er.

»Warum, haben Sie was ausgefressen?«, fragte Abraham. Markowitz grinste trübe und fuchtelte mit dem Zeigefinger vor Abrahams Gesicht.

»Die isses selbst schuld ...«

Abraham blickte an Markowitz vorbei auf eine junge Vietnamesin, die verängstigt aus dem Badezimmer kam und deren linke Gesichtshälfte geschwollen war.

Sie sagte: »Polizei?«

»Ich bin von der Kripo, Frau …«

»Markowitz«, sagte Markowitz, »meine Frau, mit Brief und Siegel und Tamtam.«

Dann trat er zur Seite und machte Abraham den Weg frei. »Treten Sie ein, hab nichts zu verbergen.«

Abraham drängte sich an ihm vorbei, roch den Alkohol, den Schweiß, abgestandene Zigarettenluft. Er ging zu der verängstigten Frau und untersuchte sanft ihr Gesicht.

Lächelte sie dabei aufmunternd und beruhigend an. Weiß Gott, sie hatte ein Lächeln dringend nötig.

»Ihre Kollegen waren gestern schon hier«, sagte sie in gebrochenem Deutsch. »Er schlägt nur, wenn er trinkt.«

»Ich trinke nicht, ich nippe nur, meine Butterblume.«

»Hat sich das ein Arzt angesehen?«, fragte Abraham die Frau.

Sie nickte. »Aber ich wollte nicht in Hospital gehen.« Weil sie sich schämte. Weil sie hier fremd und verloren und mit einem Trinker verheiratet war. »Ich habe nicht gute Essen gekocht«, sagte sie jetzt und weinte.

»Genau«, sagte Markowitz. »Und dann ist sie frech geworden, und so was lass ich mir nicht mehr bieten.«

»Richtig«, sagte Abraham gefährlich ruhig, »diese Zeiten sind ja vorbei, nicht wahr?«

»Das geht Sie nichts an.«

»Im Gegenteil, Freundchen. Ich interessiere mich brennend für Arschlöcher, die ihre Frauen schlagen.«

Etwas in Abrahams Stimme, ein stählerner Abscheu, veranlasste Markowitz, sich in einen fleckigen Sessel sinken zu lassen. Er rieb sich durch das wirre Haar und schluchzte plötzlich. Abraham schloss die immer noch offen stehende Wohnungstüre und holte aus der Küche einen Stuhl, den er vor Markowitz platzierte. Wie bei einem Verhör. Die junge Frau kniete bei Markowitz und tröstete ihn. Sagte: »Es ist nicht deine Schuld, es ist nicht deine Schuld«, und Abraham wusste, dass er ihr zwar die Adresse eines Frauenhauses dalassen, sie diese aber nicht aufsuchen würde. Er schickte sie ins Schlafzimmer, um sich Markowitz ungestört vornehmen zu können. Der hatte die Hand bereits wieder an der Flasche, die wie ein braver Adjutant neben ihm stand. Abraham nahm sie ihm ab, ging in die Küche und schüttete das Zeug in die Spüle. Markowitz saß derweil einfach nur da und sagte nichts und tat nichts, wieder mal besiegt von so ziemlich allen, einschließlich sich selbst, aber das war nun offensichtlich wirklich keine Premiere.

»Was soll dieser Mist?« Abraham erinnerte sich daran, mit diesem Mann damals beim Verhör so etwas wie Mitleid empfunden zu haben, und bereute es inzwischen. Er hatte tatsächlich gedacht, Markowitz hätte sich geändert, aber vergessen, dass der Mann Alkoholiker war und zu kaputt, um sich neu einzurichten. Stattdessen hatte er, wie auch immer, eine unbedarfte, fremde Frau gefunden, wahrscheinlich illegal hier und ohne Papiere, um in seiner neuen Ehe mal den starken Part geben zu können.

Markowitz murmelte: »Ich weiß nicht … ich hab nicht nachgedacht. Ich war betrunken und schlecht drauf.« Er suchte in Abrahams Gesicht so etwas wie Verständnis, prallte aber wie ein Tennisball von einer Mauer ab. »Nehmen Sie mich jetzt mit?«

»Hat Ihre Frau Anzeige erstattet?«

»Nein. Sie ist ein gutes Mädchen«

»Ja, Sie behandeln sie ja auch wie eine Prinzessin.«

Er grunzte etwas Unverständliches.

»Wo haben Sie sie aufgegabelt?«

»In einer Kneipe. Sie putzt dort.«

»Und Sie haben einfach Ihren berühmten Charme spielen lassen und die Kleine um den Finger gewickelt, was? Oder ist es nicht eher so, dass wir uns hier über eine Scheinehe unterhalten. Das würde die Sozialbehörden bestimmt brennend interessieren.«

Abrahams Worte holten Markowitz aus seinem Tran heraus. Nüchtern wirkte er noch schäbiger als betrunken. »Mann, kommen Sie schon, mir ist die Hand ausgerutscht, es tut mir leid.«

»Haben Sie ihr das auch schon gesagt?«

»Ja.«

Abraham glaubte ihm kein Wort. Er schob sein Gesicht ganz nahe an Markowitz' Visage heran.

»Im Gegensatz zu Edda schlägt sie hier wenigstens nicht zurück, oder?«

Markowitz blickte auf seine Hände runter, sie zitterten bei dem Versuch, so etwas wie eine Faust zu bilden. Der Mann schluckte hart.

»Bitte tun Sie ihm nichts«, hörte Abraham die Stimme der jungen Frau aus dem Schlafzimmer. Die ganze Situation deprimierte ihn mit jeder weiteren Minute.

»Am liebsten würde ich Ihre Frau dazu überreden, Sie anzuzeigen.«

»Tun Sie's nicht, bitte.«

»Keine Schläge mehr«, drohte Abraham, »sonst sorge ich dafür, dass jede Nacht zwei Beamte vor der Tür Wache schieben und horchen, ob alles in Ordnung ist.«

»Und das andere?« Markowitz meinte die Sozialbehörden, aber Abraham ging davon aus, dass dieses Traumpaar ohnehin schon in deren Fokus stand, und er hatte Wichtigeres zu tun.

»Ich bin hier, um über Edda zu reden.«

»Edda ist tot und begraben«, sagte Markowitz.

Abraham tippte Markowitz an die Stirn.

»Ach ja, da oben auch?«

Markowitz schüttelte den Kopf.

»Ich habe damals gefragt, ob Edda sich mit anderen Männern getroffen hat. Ob sie davon erzählt hat.«

»Ich sagte Ihnen doch, wir lebten da schon nicht mehr zusammen. Ich weiß es nicht. Ich war froh, von ihr weg zu sein.« Markowitz' Kopf schlug gegen seine Brust. Abraham richtete ihn wieder auf, wollte den Blickkontakt nicht unterbrechen.

»Kommen Sie, Henning, geben Sie Ihrem kalten Herzen einen Ruck. So einfach geht man doch nicht auseinander. Sie können mir nicht erzählen, dass Sie ihr komplett aus dem Weg gegangen sind. Sie sind damals ausgezogen, nur ein paar Straßen weiter. Sie waren räumlich von ihr getrennt, auf dem Papier, aber nicht hier drinnen.« Er klopfte ihm mit den Fingerknöcheln auf die Stirn. Da war etwas drin, ein Hinweis, eine Beobachtung, eine flüchtige Geste, ein verschlucktes Wort, das er benötigte und das ihm Markowitz damals beim Verhör nicht gegeben hatte. Abraham würde nicht eher weggehen, bis er es hatte.

»Los, nachdenken. Ansonsten wird das ein langer Tag für uns beide.«

Was machst du eigentlich hier?, fragte sich Abraham. Drohst, bluffst, und mehr hast du nicht zu bieten. Er hatte keine Ermittlungen gegen Markowitz laufen. Dieser hatte ihn freiwillig in die Wohnung gelassen und konnte ihn ebenso auch wieder loswerden. Aber Abrahams rigorose Art setzte ihm zu. Er war kein besonders widerstandsfähiger Mann mehr, er war gebrochen, durch seine zerstörerische Ehe, durch das Trinken, und dennoch immer noch fähig, Gewalt gegen noch Schwächere auszuüben, o ja, wie wichtig es für diese Leute war, immer noch nach unten treten zu können, sich zu vergewissern, dass man noch nicht am untersten Ende der Kette angelangt war. Markowitz bebte regelrecht, als die Dämonen der Erinnerung sich seiner bemächtigten.

»Wieso können Sie mich nicht einfach in Ruhe lassen?«

»Weil Edda tot ist und weil ich eine zweite Tote habe und glaube, dass es vielleicht derselbe Mörder ist, der immer noch herumläuft. Und weil mir das keine Ruhe lässt, sorge ich dafür, dass einige andere Leute in dieser Stadt auch keine finden, und ja, richtig, damit meine ich eine ganz bestimmte Person.«

Markowitz nickte und fasste sich langsam wieder.

»Das ist ja auch Ihr Job. Dafür bezahlt der Staat Sie auch.«

Abraham sagte: »Glauben Sie mir, ich würde sogar umsonst arbeiten, damit solche mörderischen Scheißkerle von der Straße kommen. Aber ich bin nicht allwissend. Ich benötige Spuren, Hinweise, noch nicht mal ein fett blinkendes Warnsignal oder die Schrift an der Wand, nur einen Hauch, ein Flüstern, manchmal reicht das aus.«

Markowitz nickte erneut. Blickte zu der offenen Schlafzimmertüre, aufs Bett, wo seine neue Frau saß. Er sagte: »Es tut mir so leid, Schatz.« Die junge Frau zeigte keine Reaktion. Sie sah zu Boden, die Hände gefaltet, ihre ganze Gestalt, ihr Leben zusammengefaltet und in ängstlicher Hab-Acht-Stellung.

»Wie ist ihr Name?«

»Was?«

»Ihre Frau, wie heißt sie?«

»Co Bao. Sie stammt aus Vietnam. Fragen Sie mich nicht, wo das ist, ich bin noch nie weiter als bis Potsdam gekommen.«

»Tja, dann stellen Sie sich mal vor, wie das für Co Bao ist. Weit weg von zu Hause, in einem kalten, fremden Land, mit Menschen, die anders aussehen und sich anders benehmen, wer hätte da nicht Angst?«

Markowitz sagte: »Es ist keine Scheinehe ...«

»Ich sagte doch, das ist nicht meine Baustelle.«

Markowitz sagte: »Co Bao tut mir gut. Ich würde völlig verwahrlosen ohne sie.«

»Wieso schlagen Sie sie dann?«

»Weil ich saufe ... weil ich schwach bin.«

Leute wie Markowitz, dachte Abraham, fanden immer dieselbe einfache Antwort für ihr Problem, Mitgefühl zu empfinden. Am liebsten hätte Abraham Co Bao mitgenommen und weggebracht. Das hier war eine verlorene Sache. Aber er hatte einen Killer zu finden, und das schnell.

»Edda«, sagte er. »Sie sind ihr doch noch begegnet.«

»Ab und zu. Wenn wir uns, jetzt jeder für sich, eindeckten. Beim Aldi, an der Tanke …«

»Und?«

»Wir wechselten kein Wort miteinander. Wie Fremde. Alles, was zwischen uns lag, war erloschen. Als würde man über die Asche des jeweils anderen gehen.«

»War sie jemals in Begleitung eines anderen Mannes?«

»Sie war alleine … wie ich, bis ich Co Bao begegnete.«- Verdammt. Abraham versuchte, ruhig zu bleiben, um Markowitz, der in einer sehr fragilen Stimmung war, nicht zu verunsichern. Aus unzähligen Verhören unter Lohmann hatte er gelernt, dass die meisten Leute keine Antworten auf Fragen geben, sondern sie verraten, wenn man sie nur lange genug unter Druck setzt und dabei nicht lockerlässt. Er konnte regelrecht fühlen, wie es in dem Mann arbeitete, als dieser die Räume seiner Erinnerung eine nach dem anderen aufschloss. In diesen düsteren Räumen fand er jedes Mal erneut seine Exfrau vor, jede ihrer Kämpfe, ihrer Exzesse, ihrer täglichen Untergänge. Es war wie ein elektrischer Sturm, als zöge jemand an sämtlichen Nervensträngen.

Es war Schmerz, Qual, Schuld, es war ein großer Mist, ein Scheißhaufen von Leben am Wegesrand.

»Einmal«, sagte Markowitz. »Einmal war sie nicht alleine. Das war im Tiergarten. Ich war zufällig dort … vertrödelte den Tag. Ich hatte mir angewöhnt, durch die halbe Stadt zu laufen, ziellos, einfach nur einen Fuß vor den anderen zu setzen … ich dachte, es würde mich irgendwohin führen, ich weiß nicht wo.«

»Es hat Sie an diesem Tag zu Ihrer Ex geführt. Wer war in ihrer Begleitung?«

»Ein junger Kerl. Relativ jung, zumindest für sie. Ich hab die beiden nicht von nahem gesehen. Ich könnte ihn nicht mal richtig beschreiben. Irgendwie passte es nicht zusammen.«

»Wie meinen Sie das? Denken Sie nach.«

»Es war nicht so, dass er sie bedrohte, im Gegenteil. Sie saßen auf einer Bank und schienen sich angeregt zu unterhalten. Aber ich wusste, dass sie um diese Tageszeit meist schon abgefüllt war und zu nichts zu gebrauchen. Es war auch mehr der Typ, der auf sie einredete. Sie schienen sich zu kennen … er strich ihr über das Haar, und einmal berührte er ihre Wange. Und … sie lachte dabei.«

»Wie sah er aus? Beschreiben Sie ihn.«

»Ich bin mir nicht mehr sicher … ich weiß es nicht.«

Abraham rief: »Scheißdreck! Natürlich wissen Sie's. Alleine dass der Kerl Ihre Ex zum Lachen bringt, muss Sie doch fertiggemacht haben. Immerhin hat er etwas zustande gebracht, was Ihnen nicht mehr gelungen ist. Ich an Ihrer Stelle hätte mir diesen Kerl genauer angesehen.«

Jeder Satz ersetzte Abraham die Ohrfeigen, die er dem Mann am liebsten verpasst hätte. Markowitz krümmte sich wie vor Schmerzen.

»Na, kommen Sie schon«, drängte Abraham ihn, »der Tag hier könnte uns beiden noch so viel mehr bescheren als Alkohol und Schläge.«

»Sie sind ein Mistkerl«, sagte Markowitz. »Sehen Sie denn nicht, wie schlecht es mir geht.«

»Nicht so schlecht wie Ihrer neuen Frau. Ihr Gesicht sieht nämlich im Gegensatz zu Co Baos noch ganz manierlich aus, Markowitz. Und wenn wir uns schon darüber unterhalten, vielleicht sollte ich Ihnen die Tatortfotos von Eddas Leiche zeigen. Und dann unterhalten wir uns noch mal über *Ihr* Befinden.«

Markowitz murmelte: »Ich bin kein schlechter Mensch …«

»Denken Sie nach, das würde Sie mir gleich sympathischer machen.«

»Ich bin mir nicht sicher … ich glaube, er trug eine Baseballmütze, Jeans, eine Jacke, keine Ahnung welche Farbe … ich sah die beiden, und dann ging ich weg. Ich dachte … ich weiß nicht, was ich dachte. Vielleicht hatte der Kerl ihr einen ausgegeben. Es war mir egal. Sie war mir egal.«

»War er groß, klein, schmächtig, kräftig?«

»Ich habe nicht mehr.«

Am liebsten hätte Abraham Markowitz gepackt und die Erinnerungen aus ihm herausgeschüttelt wie Staub aus einem alten Regal.

»Warum haben Sie mir das nicht damals erzählt?«

Vor Monaten, verdammt!

»Hatte es verdrängt. Vergessen. Wie gelöscht.«

Abraham sagte: »Eine zweite Frau ist getötet worden.« Er nannte Beenhakkers Namen, aber wie erwartet konnte Markowitz damit nichts anfangen. »Vielleicht hat dieser Mann etwas damit zu tun.«

»Ich kann Ihnen wirklich nicht mehr sagen …«

Abraham stand auf, er war deprimiert, weil ihm Markowitz nicht mehr liefern konnte, und gleichzeitig doch auch irgendwie angefasst, weil er jetzt zumindest den Fetzen einer Information hatte. Ein junger Kerl bei Markowitz. Vielleicht auch bei Beenhakker? Und wenn es derselbe war? War das die Verbindung zwischen den beiden Opfern? Er musste dringender als zuvor zu Lydia. Er hatte so viele Fragen zu stellen … der Bulle in ihm, der Mensch hingegen … mein Gott, dachte er, was passiert hier eigentlich?

Abraham gab Markowitz seine Visitenkarte mit der Durchwahl seines Büros.

»Wenn Ihnen doch noch etwas einfällt, dann melden Sie sich.« Markowitz steckte die Karte ein. Abraham verabschiedete sich von der jungen Frau. Er wiederholte noch einmal sein Angebot, sie in einem Frauenhaus unterzubringen, aber sie lehnte erneut ab.

Ihre Entscheidung.

Die Tür schlug zu, und damit war er endlich den Bullen los. Markowitz' Kopf drehte sich, ihm war speiübel. Ausnahmsweise einmal nicht vom Saufen.

Er hatte dem Bullen nicht alles gesagt.

Bei weitem nicht alles.

Der Kerl mit der Basecap war beileibe kein Fremder für ihn. Markowitz war ihm begegnet – nicht nur im Park. Er hatte ihn in Eddas Wohnung gesehen. Ja, er war ihnen damals gefolgt. Der Kerl hatte ihm geöffnet – als wäre dies das Selbstverständlichste auf der Welt.

Ganz der Herr im Haus.

Hatte ihn dabei mit seinen Augen fixiert.

Diese Augen vergisst man nicht.

Auch Markowitz hatte sie nicht vergessen – und mit ihnen diesen abgründigen Blick, der sich wie ein Eiszapfen in ihn bohrte. Er verstand nicht, warum Edda diesem Mann fast hörig war – denn genauso benahm sie sich. Sie sah schlecht aus, noch schlechter als während ihrer Ehe, er erschrak so sehr über ihr Erscheinungsbild, weil er sie jetzt wieder von nahem sah, dass ihm schlecht wurde. Nur ihrem neuen Kerl schien ihr schlechter Allgemeinzustand nichts auszumachen – im Gegenteil.

Nun, war es nicht ihr Leben?

Und was tat er hier überhaupt? Er war sie los, sie ging ihn nichts mehr an. Er war hier fehl am Platze. Nur dieser Kerl … irgendetwas an dem war falsch. Wenn er mit Edda sprach, und es waren nur wenige Worte, dann veränderten sich seine Augen. Als betätigte jemand einen Lichtschalter in einer dunklen Gruft, die gleich darauf von einem dunklen Leuchten erfüllt war. Bleib von dem Kerl weg, Edda, dachte er, aber er *sagte* es ihr nicht; hätte sie denn auf ihn gehört? Natürlich nicht, für sie war er eine abgeschlossene Sache.

Ihr neuer Freund, Lebensgefährte, was eigentlich?, besorgte drei Flaschen Bier und überredete Edda, gemeinsam einen zu heben. Zum ersten Mal hatte Markowitz keine Lust zu trinken, tat es aber trotzdem, zwang sich regelrecht jeden Schluck ein. Beobachtet von dem anderen, der lässig in der Tür stand und ihn fixierte wie ein Raubtier ein Stück Fleisch. Edda, die schon einiges intus hatte (er sah die ganzen Flaschen auf dem Tisch), laberte schließlich los und beschimpfte ihn wie in alten Zeiten, angefeuert auch von dem Typen, der sie ermunterte, mal richtig abzuledern. Eddas Zorn, immer noch tief in ihr sitzend, die alten Wunden, die bluteten und eiterten, amüsierte ihn wie ein kleines Kind, das sich an dem sinnlosen Geplapper eines Papageis erfreut. Gib's ihm ruhig, er hat's verdient, der alte Pisser, hau ihm noch eine rein und noch eine, HAHAHA. Dabei ließ er Markowitz nicht aus den Augen, wartete auf eine Reaktion – auf was? Dass er zusammenbrach und sich selbst unter dem Elend begrub?

Oder dass er aggressiv wurde und zuschlug – wie früher. Was für ein Scheißkerl bist du bloß?, dachte Markowitz. Ihm wurde die ganze Situation immer unangenehmer. Er fühlte sich fehl am Platze – mehr als je zuvor in Eddas Nähe. Und er wollte von diesem Kerl mit den toten Augen weg. Denn was Edda nicht sah oder sehen wollte oder sehen konnte, weil er sie täuschte oder weil sie bereit war, sich täuschen zu lassen, war, dass ihr Begleiter etwas zutiefst Verstörendes ausstrahlte.

»Ich gehe jetzt«, sagte Markowitz und stellte die halbleere Flasche auf den Tisch, wo sie sich zu den anderen reihte. Aber der Kerl versperrte ihm den Weg hinaus. Er ging nämlich einfach nicht aus der Tür, die er mit seinem muskulösen breiten Körper völlig einnahm.

»Nein, lass das Schwein nicht gehen«, krächzte Edda, »er soll sich alles anhören, alles, was er mir angetan hat.«

»Was *ich dir* angetan habe?«, rief Markowitz und drehte sich zu ihr. »Und du mir. Wir uns!« Es war die Wahrheit, nicht seine Wahrheit, sondern DIE Wahrheit; dieses brache Feld hatten sie beide über Jahre gemeinsam bearbeitet.

»Was sagst du denn dazu, Edda?«, höhnte der Kerl.

Edda schrie und warf ihre Flasche in Richtung Markowitz. Sie verfehlte ihn und platzte an der Wand neben der Tür. Der andere zuckte nicht mal. Edda stieß jetzt jedes einzelne Wort abgehackt hervor: »*Du* hast versucht, mich zu killen, du Schwein.«

Sie hat nicht mal unrecht, dachte Markowitz.

»Edda, bitte«, sagte er kraftlos. Aber Edda ließ sich nicht mehr aufhalten. Sie sprang regelrecht vom Stuhl und auf ihn zu und schlug ihm ihre Fingernägel wie Krallen ins Gesicht. Er spürte den Schmerz, er spürte das Blut. Zwei starke Hände griffen nach Eddas Handgelenken, bogen sie nach hinten.

»Besser, du gehst jetzt, Pisser, besser, bevor deine Alte durchdreht. Und tu uns allen einen Gefallen: Lass deinen Schwanz in der Hose und vergiss sie. Und vergiss mich, hörst du? Komm nicht zurück.«

Und wenn doch, dachte Markowitz. Was machst du dann? Aber das wollte er wirklich nicht wissen, als er durch die Türe schlüpfte und aus dem Haus ging. Und er drehte sich nicht um, und er löschte Edda aus seinen Gedanken.

Als er von ihrer Ermordung erfuhr, galt sein erster Gedanke dem Kerl. Doch als der Bulle, dieser Abraham, ihn befragte, da erzählte er nichts von seiner letzten Begegnung.

Die Gedanken Markowitz' blieben Abraham verborgen. Er hatte unterdessen den Plattenbau verlassen und kehrte zu seinem Wagen zurück. Zündete sich unterwegs eine Zigarette an, inhalierte den Rauch, trat gegen einen festgebackenen Schneeklumpen. Sah zwei Kindern zu, die ihren Papierdrachen an den Wind verloren und ihm lärmend hinterherjagten. Keine Chance, ihn wiederzukriegen, schwarze Wolken rissen ihn über die Stadt und hinfort.

Du blickst dem großen Mann mit den traurigen Augen über die Schulter, und dein Blick zerfällt und kehrt zurück, er sucht nach Antworten, die du bereits kennst, könnte er nur das sehen, was du siehst, deinen Worten lauschen, könnte er dich wirklich verstehen und begreifen jenseits der Linie, die euch trennt. Du weißt von der Stadt in der Wüste, dem Ort der Finsternis, in der sich Schänder und Geschändete gleichermaßen auf Augenhöhe bewegen, in der der Mann seinem Schicksal begegnet in Gestalt seines älteren Abbildes. Es gelingt dir nie lange genug, dort zu bleiben, um auf den verschlungenen bizarren Wegen des Traumes Kontakt zu ihm aufzunehmen, denn du bist nicht Teil dieser Welt, die er erschafft und die er bevölkert mit seinen Mördern und Opfern. Du könntest ihm so viel erzählen …

Es ist Herbst, kälter und dunkler als sonst, und deine Mutter friert, wie sie immer friert, egal in wie viele Kleider sie sich gewickelt hat, Blusen, Pullover, zwei Jacken über ihrer bleichen, schlaffen Haut, dazu ein Kopftuch, das ihre strähnigen, ungewaschenen Haare verbirgt. Ihr ist innerlich kalt, es ist die Kälte, die in alten Menschen wohnt, fernab von Durchblutungsstörungen und Fehlfunktionen; die kalten Fakten des Todes.

Sie streunt durch den Tiergarten, es ist Samstag und Hertha spielt, es ist Flaschenzeit, Dosenzeit, egal, wie sehr das Wetter wütet, sie braucht jeden Cent für ihren Nachschub.

Als deine Mutter ihren zukünftigen Schlächter das erste Mal sieht, angetrunken, einen Sack mit Leergut schleppend, den sie aus Glascontainern und Mülleimern gesammelt hat, glaubt sie, der Kerl wolle sie einfach nur abziehen. Es ist ein brutaler junger kräftiger Mann mit einer ins Gesicht gezogenen Basecap, auf der BERLIN prangt, einer Bomberjacke, dessen Bewegungen etwas Effizientes und Gnadenloses ausstrahlen – er bewegt sich mit der Selbstsicherheit eines Henkers. Sie verspürt Angst, eine tiefsitzende, tierische Angst. Sie hält in ihren Bewegungen inne wie ein Tier, das sich regungslos im Gras vor dem Räuber versteckt. Dann kommt er auf sie zu und hebt sein Gesicht und lächelt, und er sieht aus wie ein Baby-Boy, das ist, was sie als Zweites denkt, ein verlorener Baby-Boy, dieser zweite Gedanke nimmt fortan sämtlichen Raum in ihr ein und löscht den allerersten Eindruck der Angst aus. Wie ein Gespenst sickert der Fremde in sie ein, infiltriert ihre Erinnerungen an dich, zieht sie ihr wie ein golden gesponnenes Knäuel aus der schwarzen Schatztruhe ihrer Phantasien. Er macht dies nicht zum ersten Mal, er weiß, wie man täuscht und lügt, er ist ein Meister darin. Es ist seine Masche, damit fährt er gut, er hat es einfach drauf, er wickelt diese alte Tante um seine Finger, seine starken, mächtigen Finger, mit denen er ihr das Handgelenk, diesen morschen Knochen brechen könnte … aber nein, später, unser kleiner Kraftprotz hält sich zurück, er lässt es langsam angehen, er benötigt erst einmal seine Lektionen, und er weiß, dass er sie nur bei Mama bekommt.

Mama trägt heute dieses verlotterte, ausgezehrte ALKOHOLIKER-Gesicht. Sie ist ein SCHLUCKSPECHT. Außerdem RIECHT sie nach altem SCHWEISS und nach MOTTENPULVER und nach TOTEM TIER.

AH, DER DUFT DER FRAUEN.

Seine Gedanken leuchten in dir auf wie glühende Signalfeuer, die sich in die Schwärze deiner Nicht-Existenz bohren, Brandzeichen gleich. Deine Mutter war verloren von dem Moment an, an dem er sie auswählte – Tage zuvor, als er beobachtete, wie sie sich beim PENNY mit Bier eindeckte und andere Kunden mit ihrem wirren, debilen Gequatsche belästigte. Er trieb sich in den Gängen herum und tat so, als wäre er wie alle anderen. Dabei juckte ihm der Schwanz, weil er spürte, wie das Verlangen nach Bestrafung wieder anwuchs wie ein fetter Furz, der unbedingt rauswill. Es war wieder so weit, er hielt Ausschau, er hatte die andere schon vergessen, schon in dem Moment, als seine behandschuhten Fäuste wie Kolben auf- und abstiegen und er ihr seine Form von Liebe ins Gesicht stanzte. Er ist ihr Baby-Boy, er ist jetzt du, er ist wie du, er wird du, er saugt an Mamas schlaffen, zerkratzten Brüsten, leckt ihre ungewaschene Haut, küsst sie zwischen den Beinen, wo das LOCH ist, vor dem du dich so gefürchtet hast, das LOCH, das dich zu verschlucken drohte, DU FÄLLST NICHT IN DAS LOCH, SONDERN ES FRISST DICH AUF, KLEINER MANN, UND NIEMAND WIRD DICH DORT DRIN FINDEN, KOMM ZU MAMAMAMAMAMA … aber der andere fürchtet sich nicht vor dem LOCH, er erobert die dunkle, tiefe Kaverne, er akzeptiert den Untergang, steckt sich den Daumen in den Mund, während sie ihn verprügelt und dominiert, weil er es will und braucht, und sie ist jetzt wieder jung, deine Mutter, die Frau mit den kalten, grausamen Augen, die ihrem neuen Baby-Boy ins Gesicht sieht und nicht begreift, dass dessen Augen genauso grausam und kalt und mörderisch sind wie ihre eigenen. Und der Schlächter ist selig, als er bestraft wird, denn er ist ein böser Junge, der zu einem sehr bösen und sehr kranken jungen Mann geworden ist.

Zwei Menschen finden zusammen, die zusammengehören, er scheißt in Töpfe und auf Teller, und er ist ein wirklich schmutziger kleiner Dreckskerl, und sie zwingt ihn, die Scheiße zu fressen, und er leckt sogar den Teller sauber.

Es schmeckt ihm wie zu Hause. Wie bei seiner eigenen Mutter, die er schon vor Jahren unter der Erde begraben hat. Als sie noch lebte, aber durch zwei Schlaganfälle stumm und bewegungslos war, und es ihm keine Mühe bereitete, ihr ein Grab auszuheben und sie im Dreck zu entsorgen. Er erinnerte sich an das panische Flackern in ihren Augen, wenn wieder eine Schippe Erde auf ihr landete. Wie es sein kaltes, kaltes Herz wärmte.

All dies würdest du Abraham so gerne erzählen, ihm davon erzählen, dass es noch viel mehr Frauen wie deine Mutter gibt, sie sind über das ganze Land verstreut, ihre toten, zerstörten Gesichter vergraben, verwest, verfault, schreien stumm in der Hölle.

Plötzlich schwappte ein Strom schlechter Gedanken durch seinen Kopf, so als wären sie von jemandem dort implantiert worden, einen Moment lang fühlte es sich an, als sähe er die Welt durch die Augen eines anderen, der sich vor ihm verborgen hielt, es fühlte sich an wie der Beginn einer schweren Krankheit. Abraham krümmte sich, hielt inne, den Wagenschlüssel in der Hand, und blickte sich um.

Endlose Reihen verschlossener Türen und Fenster. Verkehrsgeräusche, fern und unwirklich. Sein Atem gefror in der Luft. Er zitterte.

Einige Jugendliche, vermummt wie Terroristen auf ihrem

Marsch durch die Wüste, umkreisten ihn kurz wie ein Rudel Raubtiere, nahmen Witterung auf und überlegten, ob es sich lohnte, über ihn herzufallen. Kurz war er versucht, ihnen seine Marke zu zeigen – als hätte diese ihn ernsthaft schützen können. Die Meute entschied sich dann allerdings dagegen und joggte in geschlossener Formation zur nächsten U-Bahnstation; da unten war es viel gemütlicher und versteckter, um jemanden den Schädel einzuschlagen und abzuziehen.

Das war unverdientes Glück, dachte Abraham, denn er hätte ihnen alleine nichts entgegensetzen können, heutzutage waren diese Halunken so flink und tollwütig und zielten grundsätzlich auf den Kopf. Die Zeiten haben sich eben geändert, hieß es dann. Als wäre es früher tatsächlich besser gewesen. Abraham hätte ihnen allen etwas anderes erzählen können. Er entspannte sich wieder.

Er wusste, dass sein Glück das Unglück eines anderen bedeutete; nun, so lief es eben.

Als könnte er sich wirklich damit abfinden. Konnte er nämlich nicht. Das war sein Problem.

KAPITEL SIEBENUNDZWANZIG

»Was hast du, Robert? Mein Gott, du bist ja ganz blass.«

»Glaubst du an Gespenster, Robert?«

»Nein.«

»Das solltest du aber.«

Nagy hatte es gewusst, Nagy hatte vorhergesehen, dass es für Robert keine unbeschadete Rückkehr nach Berlin gab. Schon gar nicht hier am Potsdamer Platz. Und ihm war, als fiele er auseinander, als setzte er einen Schritt von heute ins Gestern und den nächsten von gestern ins Heute, weil sein Kopf zwischen beiden nicht mehr unterschied. Er drohte zu zerreißen – so wie Mikosch, der Mann aus Papier. Es war Selinas besorgte Stimme, die ihn zurückholte und verankerte – vorerst. Robert rückte sich zurecht, was ihm nicht leichtfiel.

In diesen Tagen fiel ihm überhaupt nichts leicht. »Vielleicht sollten wir es einfach lassen«, sagte sie. Sie saßen in dem BMW, den er bei Sixt gemietet hatte, und warteten, bis ihnen buchstäblich die Stunde schlug, und stiegen dann aus.

»Du kannst nicht immer weglaufen, Selina«, sagte er und hätte sich dabei am liebsten selbst geohrfeigt, denn wenn auf jemand dieser Satz zutraf, dann auf ihn. Sein ganzes Leben lang. Und wer weiß, vielleicht gab es ja keine Zufälle. Vielleicht hatte Mikosch ihn deshalb hierherbestellt – an einen öffentlichen Platz, wo er sich in relativer Sicherheit vor unliebsamen Überraschungen befand. Dass sich Roberts Leben, seine ganze Existenz mit dem Potsdamer Platz verknüpfte, konnte Mikosch nicht wissen, aber der große Zampano, eifrig damit beschäftigt, ihre Körper und Seelen zu beschriften, der wusste, was er tat.

»Halt dich zurück, bleib im Hintergrund«, sagte Robert zu Selina. Das war ihr Plan.

Selina hatte ihren Vater angerufen. Die ganze Zeit über hielt sie das Handy ans Ohr, als hinge ihr Leben davon ab, und sie hatte die Augen dabei geschlossen, als schliefe sie und träumte die andere Stimme nur. Robert hielt ihre Hand. Mikosch hatte den Treffpunkt Henriette-Herz-Park zwischen dem Beisheim und dem Sony Center bestimmt. Er wollte nicht zu Selina nach Hause kommen. Er klang wie ein gehetzter Mann. Was er auch war, dachte Robert. Und nun würde ihm anstatt Selina ihr Freund entgegentreten – vordergründig, um die Lage zu sondieren, um das Treffen zwischen ihm und seiner Tochter vorzubereiten. Tatsächlich hatte Robert anderes vor. Er wollte Mikosch aus der Stadt, aus Selinas Nähe vertreiben. Wenn möglich, ihm das gestohlene Geld abnehmen – er wusste nur noch nicht wie. Sollten Nagys Killer ihn bloß woanders erledigen. Natürlich würde ihn Mikosch wiedererkennen und glauben, Nagy hätte ihn geschickt, was ja der Wahrheit entsprach. Er würde begreifen, dass Selina in großer Gefahr schwebte. Was ebenfalls der Wahrheit entsprach.

Wer würde wen zuerst erkennen? Selina hatte sich zwischen zwei Bäume zurückgezogen. Robert bewegte sich durch den Schnee. Ruhig, bedächtig. Ein großer Mann mit großen Schritten.

Schneeräumfahrzeuge keuchten durch die Straßen. In der Luft kreiste ein versprengter Schwarm schwarzer Vögel.

»Sie Dreckskerl.«

Robert drehte sich um.

»Wo ist Selina, wo ist sie?«

Seit ihrem letzten Mal schien Mikosch sich regelrecht halbiert zu haben. Sein Mantel schlotterte an seinem Körper, einem kurzen Strich in der Landschaft. Seine papierdünne Haut war eingefallen und wellig – wie nasse Pappe. Tiefe Furchen hatten sich kreuz und quer durch sein Gesicht gezogen.

»Also hat Nagy Sie geschickt – ja, warum denn nicht. Was haben Sie mit Selina getan? Sie sind der Freund, von dem sie mir erzählt hat … natürlich dachte ich an einen anderen … dachte nicht, dass ihr schon so nahe seid.«

Robert sagte: »Mit dem Nachdenken hätten Sie besser schon viel früher beginnen sollen. Jetzt ist es zu spät. Einen Mann wie Bela Nagy bestiehlt man nicht.«

»Wie kann man etwas von einem Dieb und Gauner stehlen?«

»Ich bin nicht Ihr Feind, Mikosch.«

»Wo ist Selina?«

»In der Nähe.«

»Ich will sie sehen. Ich will sehen, dass es ihr gut geht.«

»Und dann? Was sagen Sie ihr dann? Dass Sie einem russischen Mafioso Geld gestohlen haben. Mal abgesehen davon, dass Sie Ihre Familie vor Jahren sitzen gelassen haben und jetzt, wo Ihnen der Arsch brennt, zurückkommen … für was? Ein letztes Hurra? Daddy ist wieder zurück – und schaut mal, was ich mitgebracht habe. Blutgeld. Ihr Blut, Mikosch.«

Der kleine Mann zitterte heftig. Mikosch war fertig, am Ende. Er war noch nicht lange auf der Flucht, sah aber wie ein Mann aus, der sich seit Jahren nur noch umblickte. Und so war es wohl auch. Nicht wirklich gemacht für die Schattenschneise. Robert machte einen Schritt auf ihn zu.

Mikosch wich zurück. Seine rechte Hand fiel wie erschlafft in seine Manteltasche.

»Geben Sie mir das Geld und verlassen Sie die Stadt«, sagte Robert.

»Was würde das ändern?«

»An Ihrer Situation? Nichts.«

»Gar nichts?«

»Kommen Sie, Sie wissen, dass Nagy so etwas nicht durchgehen lassen kann. Diese Leute besitzen eine blutige Form von Moral. Biblisch, könnte man sagen.«

»Diese Leute … die sind auch *Ihre* Leute.«

»Ja, das sind sie.«

Das waren sie, dachte Robert. Das waren sie.

Robert sagte: »Ich würde gerne verstehen, warum Sie …«

Er hielt inne, als er den Lauf des Revolvers bemerkte, der auf seine Körpermitte zielte. Er war viel zu groß und viel zu schwer für Mikoschs kleine schwache Hand. Robert hätte sie ihm mühelos entwenden können – spätestens wenn er noch einen weiteren Schritt tat. Robert verlagerte sein Gewicht von einem Fuß auf den anderen, und Mikosch schüttelte den Kopf, als er die Veränderung wahrnahm.

»Oh nein, lassen Sie das. Sonst … Ist mir scheißegal. Ich drücke ab. Ich kann das. Ich habe in den letzten Tagen eine Menge Dinge an mir entdeckt, von denen ich nichts wusste.«

Robert hob die Hände auf Brusthöhe, ließ sie dann langsam sinken.

»Ich tue Ihnen nichts.«

Mikosch lachte.

»Ich weiß. Wir sind beides keine Killer. Wenn ich nicht solche Angst hätte, würde ich mich kaputtlachen. Waffen und ich passen einfach nicht zusammen. Ich habe nicht mal meinen Wehrdienst geleistet.«

Mikosch reckte seinen Hals und blickte an Robert vorbei. Robert drehte sich um und sah Selina, die zwischen den Bäumen hervortrat. Aus Mikosch kam ein undefinierbarer Laut.

»Stecken Sie die Waffe weg«, sagte Robert.

»Was haben Sie mit ihr vor?«

»Ich will sie aus allem raushalten, aber das kann ich nicht, wenn Sie in ihrer Nähe sind. Nagys Leute sind bereits unterwegs, und ich soll Sie denen ausliefern.«

»Dann wäre es wohl das Beste, ich würde mich stellen, oder?«

Robert sagte: »Ja. Nein. Ich weiß es nicht.«

»Das hier ist anders als das, was Sie sonst für ihn tun, nicht wahr?«

»Ja, ist es.«

»Damit haben Sie Probleme?«

»Sie wissen gar nichts, Mikosch. Sie sind ein dummer Mann.«

»Ja, das war ich schon immer und es wird scheinbar nicht besser.«

»Solche Leute bestiehlt man einfach nicht. Wie konnten sie nur auf diese Scheißidee kommen?«

»Durchwachte Nächte, zu viel Sperrmüll im Kopf, man erstickt an den Verhältnissen … ich dachte mir, es ist besser, als wenn ich zu den Bullen gehe und rede.«

»Aber warum?«

»Ich kann nicht mehr.«

»Das ist doch kein Grund.«

»Sie verstehen rein gar nichts.«

»Ich weiß, dass Sie bald ein toter Mann sein werden.«
»Nicht werden, ich bin bereits tot, ja.«
»Und Ihre Familie auch.«
»Meine Frau stirbt, ja. So ist das.«
»Und Selina?«
»Das Geld ist für sie.«
»Sie wird es nicht nehmen. Nicht von Ihnen.«
»Sie kennen sie anscheinend besser als ich.«
»Nein.«
Mikosch blickte zu Boden.
»Wieso erzählen Sie mir dann so einen Mist?«
»Mikosch«, sagte Robert eindringlich, »verschwinden Sie aus der Stadt. Nehmen Sie das Geld mit, wenn Sie es für nötig halten. Es ist egal. Halten Sie sich nur von Selina fern.«
Selina kam auf die beiden Männer zu. Zaghaft, als traue sie dem Boden unter sich nicht. Robert bemerkte, wie Mikosch den Revolver wieder wegsteckte.
»Ich habe eine Menge gutzumachen«, sagte er.
»Sie Wahnsinniger, Sie wissen ja nicht, was Sie tun.«
»Das trifft wohl auf uns beide zu.«
Dann hob Mikosch die Hand und winkte seiner Tochter zu. Langsam und träge, als kapituliere er.
Er sagte: »Ich muss nachdenken.«
Robert sagte: »Dafür bleibt keine Zeit.«
»Verschaffen Sie sie mir. Sie können das. Wenn Sie mir helfen wollen, dann geben Sie mir Zeit. Ich werde nicht gehen, ohne mit Selina gesprochen zu haben. Aber nicht hier und nicht heute.«
Mit jedem weiteren Wort entfernte er sich von Robert, und dann, als Selina sie beide fast erreicht hätte, drehte er sich um und ging. Erstaunlich schnell und sicher, aber das lernte man wahrscheinlich auf der Flucht.
Selina rief seinen Namen, rief: »Nicht schon wieder.« Robert griff an ihren Arm und hielt sie zurück.

»Du feiger Mistkerl«, schrie sie ihrem Vater hinterher. »Dein Vater steckt in sehr großen Schwierigkeiten«, sagte Robert, als er Selina mit dem BMW zurückbrachte. Dann erzählte er ihr das, was er sich in Gedanken schon zurechtgelegt hatte. Nicht die volle Wahrheit, vor allem seine Rolle betreffend, sondern wie immer an den Rändern entlang.

»Ich begreife rein gar nichts«, sagte sie.

Ich weiß, dachte er.

KAPITEL ACHTUNDZWANZIG

Eisregen splitterte aus dunkeldickbäuchigen schweren Wolken, attackierte unablässig die Windschutzscheibe seines Toyotas. Die Gesichter der Menschen verbargen sich unter bis zur Nase hochgewickelten Schals, Kapuzen verbargen ihr Antlitz im Schatten, erstarrte, scharfkantige Schneehaufen wiesen schwarze Schmutzränder auf. Ständig hörte er die Sirenen von Löschzügen, als stecke jemand die Stadt absichtlich in Brand, als könne nur das gigantische Feuer aller Seelen, aller Dinge die Welt ein für alle Mal von Kälte und Eis befreien.

Wahrhaft dunkle Zeiten, dachte Abraham.

Er dachte an seine Kinder, an Judith in Paris, Tyler in den Staaten, und dass er sie viel zu lange nicht mehr gesehen hatte. Dachte an Robert, der immer irgendwo in ihm herumspukte. Er vermied es, an seinen Vater zu denken. Er würde ihm, so wie es aussah, wohl alleine gegenübertreten müssen. Ohne Robert. Ihm alleine gegenübertreten nach so vielen Jahren – in Fleisch und Blut, nicht mehr in bizarren unheimlichen Träumen, sondern in ihrer gemeinsamen Realität. Er wusste nicht, ob er dafür stark genug war. Wusste nicht, was ihn erwartete. Um sich abzulenken, dachte er an Erin, aber er war nicht richtig bei ihr, er war längst woanders mit seinen Gedanken. Bei *ihr.*

Warum war alles so kompliziert?

Weil es zu einfach wäre, wenn es einfach wäre.

Wie durch ein Wunder fand er einen Parkplatz, die Reifen des Toyotas gruben sich in Eis und Schnee. Ein anderer Bewohner des Hauses öffnete ihm die Haustür und blickte ihm neugierig hinterher. Abraham nahm ihn nicht einmal wahr. Er stieg die Treppen hoch, seine Beine waren seinen Gedanken immer einen Schritt voraus, bis ihre Wohnungstür ihn stoppte. Nervös und aufgeregt wie ein Pennäler vor einer wichtigen Prüfung störten ihn Levys mahnende Worte bei einem letzten Versuch, den Privatmann und den Polizisten voneinander getrennt zu halten, er schwankte hin und her, bis sein Finger die Entscheidung für ihn traf und auf den Klingelknopf drückte. Er hörte ihre eiligen Schritte, und als sie ihm öffnete und sagte: »Ich habe Sie erwartet«, war alles entschieden, aber es war ihm unmöglich zu sagen, warum und wieso, nur dass er das Gefühl hatte, angekommen zu sein, was auch immer das bedeutete.

Sie bot ihm einen Kaffee an und sagte: »Aber *Sie* kochen ihn«, und das brach die dünne Schicht Eis zwischen ihnen; was darunter lag würde sich zeigen. Er ging in die Küche und hantierte herum und schaffte es, den Kaffee nicht zu verpfuschen, und sie applaudierte und lächelte dabei ein warmes, tiefes Lächeln, und es war einfach … wow.

Sie holte Becher aus dem Schrank und rückte dabei ganz nahe an ihn heran. Sie roch gut, hatte Parfüm aufgetragen. Für ihn etwa? Komm schon, nimm dich nicht so wichtig, dachte er, das ist lächerlich. Oder nicht? Denn sobald er wieder in ihrer Nähe war, fühlte er sich wie unter einem Bann. Er verstand nicht, was mit ihm geschah, aber es schien gut zu sein.

Lydia sagte: »Ich nehme an, Sie haben sich ein wenig über mich und meine Familie erkundigt.«

Er war überrumpelt und sagte nur: »Ja.«

»Sie hätten mich auch direkt fragen können.«

»Deswegen bin ich hier.« (Das war der Bulle in ihm. Abraham aber dachte: Tatsächlich bin ich wegen *dir* hier.)

Sie setzten sich wie beim ersten Mal ins Wohnzimmer. Er nahm einen Schluck vom Kaffee, ging in Ordnung, sie nickte, fand es ebenfalls, dann setzte er mit flatterndem Herzen an, aber sie kam ihm zuvor und begann von sich aus zu erzählen, und zumindest den Anfang hatte sie vorbereitet, tastete sich behutsam durch die verschlungenen, verdrehten Korridore ihrer Erinnerung. Die Jahre danach, die sie ummantelt hatten, brachen splitternd von ihr ab, und gemeinsam entdeckten sie das kleine Mädchen, das versuchte, in der Hölle zu überleben.

»Die Kindheit ist ein Zug, von dem wir unser Leben lang nicht abspringen. Was Stefan und mich anging – wir waren von Anfang an auf einem toten Gleis unterwegs. Als Stefan endlich der Absprung gelang, schlug er hart auf, sehr hart. Der Sturz mag seinen Körper zerschmettert haben, aber er war schon lange vorher zerbrochen. Sehr viel später habe ich herausgefunden, dass die Person, die sich als meine Mutter bezeichnete, an einer bipolaren Störung litt, manisch-depressiv war, all das, worüber man heute offen redet und diskutiert. Ich weiß das, weil ich, wie Sie wahrscheinlich inzwischen wissen, selbst diese Schiene gefahren bin und einige Zeit in der Psychiatrie verbringen musste. Es war so, als hätte diese Frau mich mit ihrem Wahnsinn angesteckt – mit dieser irrsinnigen Art zu leben, der Auslöschung entgegen. Wahrscheinlich steckt es in den Genen – das sagt man doch so, oder? Jedenfalls wurde mir eines in der Klapse klar – ich würde keine Kinder in die Welt setzen, nein danke, deswegen sind mir eine Menge Männer von Bord gegangen, na ja, kein Wunder bei einem sinkenden Schiff.«

»Ihr Bruder hat aber eine Familie gegründet.«

»Ja, hat er. Warum? Keine Ahnung. Vielleicht war es das, was er brauchte, um sich zu stabilisieren. Ich habe ihn nie gefragt, und jetzt kann ich's nicht mehr.«

»Bedauern Sie das?«

»Ja. Nein. Stefan und ich … unsere Beziehung war so kaputt wie unsere Kindheit und Jugend. Was uns zusammenschweißte, um die ›Wohltaten‹ unserer Mutter zu überleben, trennte uns, nachdem wir sie los waren. Plötzlich entdeckten wir, dass wir nichts anderes als schlingernde, nicht festgezurrte Kanonen auf einem Schiffsdeck waren, dazu bestimmt, so viel Chaos und Zerstörung wie möglich anzurichten – in unserem Leben und im Leben der anderen. Das ging eine ganze Weile so … es brachte mich dazu, die ganze Welt zu hassen, und Stefan, sich selbst zu hassen … er versuchte damals zweimal sich umzubringen.«

»Das haben Sie vorher nicht erwähnt.«

»Ich habe vieles nicht erwähnt, dafür bekommen Sie jetzt die volle Ladung ab.«

Abraham sagte: »Vielleicht ist es doch keine gute Idee, das alles wieder auszugraben. Es muss hart gewesen sein, die Vergangenheit zuzuschütten.«

Lydia nickte. »Ich musste immer hart an mir arbeiten. Ich lief im Gegensatz zu meinem Bruder vor nichts davon, sondern ging mitten durch.«

Je mehr sie ihm nun enthüllte, desto präziser wurden die Bilder in seinem Kopf, die er sich von ihr machte. Auch von Margot Beenhakker, einer schwergestörten Frau Ende zwanzig, die zwei Kinder in eine Welt setzte, von der sie sich bereits immer mehr löste und die sie zunehmend, wie der vergebliche Blick durch eine dicke Milchglasscheibe, als etwas nicht Greif- und Identifizierbares zu fürchten begann. Er war nicht mehr Zuhörer, sondern Beobachter eines grotesken, erbärmlich-grausamen Schauspiels.

Zwei Kinder, die sich durch eine stinkende Müllhalde von weniger als vierzig Quadratmetern bewegten, die neben scharfkantigen Konserven, zerbrochenen Einmachgläsern, deren Inhalt längst verfault war, feuchten, verschimmelten Zeitungshaufen und gammligen Klamotten schliefen, in einem Wust verdorbener Gedanken und verlorener Tage. Die sich mit Plastiktüten und Müllsäcken zudeckten, weil sie nichts anderes als das waren; Teil des Inventars, Hintergrundfiguren einer Katastrophe. Müllkinder. Restposten.

Zu Anfang hatte die Frau, die sich ihre Mutter nannte (und sie war ihre Mutter, denn die Züge ihres Gesichts drückten sich mit jedem weiteren Tag aus den Gesichtern ihrer Kinder; jeglicher Gedanke daran, dass sie vielleicht von einer verrückten Frau bei ihrer Geburt ihrer leiblichen Mutter gestohlen worden sein könnten, erübrigte sich beim Anblick im Spiegel), sie zumindest noch gefüttert; eine mechanische Notstandsversorgung aus abgepackter Wurst, ungeschnittenem Brot (sie versteckte das Besteck vor ihnen, als fürchtete sie die spitzen Zinken der Gabel, die scharfe Schneide des Messers in ihren Händen, denn was hätte man nicht alles damit anstellen können …), aus dem sie wie Wölfe aus einem Riss große Brocken brachen, dazu Limonade, literweise; wie gesagt, zu Anfang. Kein Obst, kein Gemüse. Keine warme Mahlzeit. Wie peinigend war der Geruch frisch zubereiteten Essens, der manchmal aus den Nachbarwohnungen durchs Fenster zog, wenn es denn einmal für kurze Zeit offen stand, ihre Nasen reizte und ihre leeren Mägen terrorisierte. Zum Einkaufen wurden sie nicht mitgenommen. In die Schule gingen sie Hand in Hand, voller Angst, weil die Welt da draußen laut und ohrenbetäubend und überwältigend groß auf sie eindrang, weil sie den Rest der Zeit im Schweigen verbrachten. Weil jeder Laut, jedes Wort, selbst geflüstert, die Frau mit den wirren Haaren und dem wirren Blick, der unheilvoll flackerte und immer auf der Suche nach etwas schien, was gar nicht existierte außer in dem Nebel in ihrem Kopf, in Rage versetzte. Dann bewegten sich ihre Hände, schneller als ein Falke vom Himmel, stieß in ihre Gesichter hinein. Weil das mit der Zeit zu auffällig wurde, schlug sie später auf ihre Bäuche und Rücken ein. In der Schule blickten die Lehrer betreten zur Seite, wenn sie die Ausreden hörten, von denen sie wussten, dass es Ausreden waren. Nicht, dass es ihnen egal war, sie waren nur zu träge und zu feige, um sich zu kümmern. Es gab ja schließlich noch andere Kontrollorgane. Die sahen allerdings immer in die jeweils falsche Richtung.

»So zu leben ist unmöglich«, sagte ihre Mutter manchmal, wenn der Nebel sich lichtete, »wer würde so etwas wie hier tatsächlich glauben? Aber genauso ist es, genauso, mitten unter ihnen allen.« Den Zustand zu ändern war ihr unmöglich – sie hätte sich selbst ändern müssen, wozu sie keine Lust hatte. Die Kinder … ja, die Kinder waren nun einmal da, sie waren aus ihrem Körper geflutscht, nass und blutbeschmiert und mit den eingedellten Gesichtern alter Menschen, vor denen sie sich schon von klein auf gefürchtet hatte. Ihre Finger zwangen sich dazu, ihre kleinen Köpfe zu streicheln (erst Lydias und dann später Stefans), aber in ihr selbst rührte sich kein Gefühl von Nähe oder Zuneigung.

Ihre Väter, verschieden und doch gleich beschissene Kerle, die sich schon aus dem Desaster ihres Lebens verabschiedeten, als ihre triefenden Schwänze noch in ihrem Loch steckten, blieben auch nur weitere Leerstellen in einem leeren Bild, hinterließen nicht mehr als Spermakleckse auf dem sich auflösenden Porträt einer taumelnden Frau.

Ihre Mutter kannte jeden Ausdruck für Hass und keinen für Liebe.

Liebe? Was war denn das für ein Wort? Sicher, sie war umzingelt davon … in Zeitschriften, TV-Serien und in Schlagern, aber was genau bedeutete dieses Wort eigentlich?

Es ergab letztendlich wie alles andere für sie auch keinen rechten Sinn.

»Sie hätte uns abtreiben können. Sollen. Müssen. Wollen. Sie tat es nicht, ich weiß nicht, warum. Vielleicht waren wir ihr wichtig – nicht als ihre Kinder, nicht als etwas Beschützens- und Liebenswertes, sondern eher als ein Bestandteil ihres Körpers, als etwas, worauf sie ihren Zorn, ihre Verrücktheit konzentrieren konnte. Sie zerfiel vor unseren Augen, jeden Tag, und es gelang ihr immer weniger, sich so zusammenzusetzen, um damit durchzukommen. Natürlich stank die Wohnung, aber wir waren daran gewöhnt. Die Nachbarn scheinbar auch. Sie sahen uns zumeist nur verächtlich an – wie eiskalt und besinnungslos manche Menschen in ihrem Desinteresse bloß sind.«

Lydia stockte. Abraham hatte das Bedürfnis, ihre Hand zu nehmen und zu halten, so wie bei seinem ersten Besuch, als sie sich selbst verletzte, um sich an diesen alten Schmerz zu erinnern.

»Da war niemand, der uns hätte helfen können oder wollen. Da waren nur wir beide ...«

»Wie lange ging das so?«, fragte Abraham.

»Wie immer: viel zu lange. Aber wir hielten durch, wir mussten ja. Wir dachten, die Welt ist nun einmal so. Das war Unsinn, und ich wusste es damals schon, weil wir ja durchaus sahen, dass andere anders lebten. Da unser Leben ein Ausnahmezustand war, ein Katastrophengebiet. Jetzt überlegen Sie, warum ich niemandem etwas von den Verhältnissen erzählt habe? Ja, ich wollte es, aber ich konnte nicht.«

»Weil sie es Ihnen verbot.«

»Das wäre zu einfach gewesen. Was hätte sie denn machen sollen? In die Schule mussten wir, weil das Jugendamt sonst sofort vor der Tür gestanden hätte. Sie besaß subtilere Methoden.«

Was war schlimmer? Wenn sie mit ihnen schrie oder wenn sie mit ihnen flüsterte? Wenn sich ihre Stimme senkte, so als käme sie aus einem dunklen Kellerraum, dann spürten beide Kinder einen Grad der Bedrohung, der ihre Körper regelrecht versteifte. Dann nahm sie ihre Gesichter in beide Hände und drückte so hart zu, dass ihre Knochen noch Stunden danach schmerzten. Ihre Drohungen waren vielfältig, ein Sammelsurium übelster Andeutungen, in einer simplen, aber wirkungsvollen Sprache, die sie alle beide verstanden. Sie kämen an Orte, an denen böse Menschen mit ihnen böse Dinge täten. Weil *sie* ja dann nicht mehr bei ihnen wäre, um sie zu beschützen.

(»Ihr glaubt, ich bin schlimm, nur weil ihr mich manchmal wütend macht? Ich bin nichts gegen das, was auf euch wartet, von dem Tag an, an dem ihr hier aus der Tür geht.«)

»Es zeigte Wirkung«, sagte Lydia, »sie konnte, wenn sie wollte, eine sehr gerissene Frau sein. Angst ist eine mächtige Waffe, vor allem wenn man selbst noch ein Kind ist.« Sie stockte erneut und sammelte sich, sammelte Atem und stieg in den Keller ihrer Erinnerung, um sich dem folgenden Schrecken auszusetzen; sie hatte sich ihm jahrzehntelang verweigert, bis ihr Bruder plötzlich wieder in ihrem Leben auftauchte und sie daran erinnerte, mit seinem Körper, seinen uralten Augen, den Spiegelscherben, zu denen sein Geist zerbrochen war. Ihr langes Schweigen wurde noch durchdringender durch die Stille auf den Straßen.

»Und dann begann das andere.«

Lydia stand auf und ging im Wohnzimmer auf und ab, als würde sie vor einem Publikum dozieren, tatsächlich aber sprach sie jetzt vor allem zu sich selbst. Abraham saß am Rande, war am Rande, traute sich nicht ins Zentrum zu ihr vor, weil er nicht wusste, ob es dort einen Platz für ihn gab.

»Das Allerschlimmste.«

Abraham fragte: »Was war das Allerschlimmste?«

Lydias Angespanntheit zog jegliche Energie aus ihrem Körper und formte sie zu einem Geschoss, zu einem kinetischen Pfeil der Zeit, den sie durch die Jahre zurück abfeuerte. Sie holte tief Luft, und ihr Blick verdunkelte sich für einen Moment so sehr, dass Abraham Angst um sie bekam und das alles hier beenden wollte. Was sie nicht gewollt hätte. Alles, was sie ihm, einem anderen Menschen, erzählte, so begriff er, war eine Premiere. Und es gab für sie beide kein Zurück mehr.

»Sie missbrauchte Stefan.«

Das Mädchen fror, und ihr Bauch tat weh. Sie schreckte aus dem Schlaf hoch und sah, dass Stefan nicht neben ihr lag wie sonst. Sie tastete sich im Dunkeln zur Toilette, einem weiteren Chaosraum, die Wanne voll mit schmutziger Wäsche und dreckigem Geschirr, als sie die Geräusche hörte. Aus dem Schlafzimmer. Hinter der abgeschlossenen Tür. Laute. Flüstern. Weinen. Stöhnen. Dinge, für die es keine Sprache gab und wenn, dann hätte man diese verbrennen müssen.

»Ich weiß nicht, ob es das erste Mal war oder ob es schon länger ging. Stefan kam zurück wie jemand, der gerade aus einer Narkose erwacht. Er legte sich hin. Ich spürte, wie er am ganzen Leib zitterte. Ich wollte, dass er sich an mich kuschelt, weil wir das oft taten. Er stieß mich fast panisch weg. Ich fragte ihn, was los sei, aber natürlich gab er keine Antwort. Also fragte ich sie. Ich fragte, was sie getan hatte. Sie schlug mir so heftig ins Gesicht, dass es mich gegen die Wand warf. Ich war ein Kind, aber ich war nicht dumm. Bald wusste ich, was sie mit ihm machte.«

»Wie oft geschah das?«

»Viel zu oft. Nicht jede Nacht, denn es gab auch noch Männer. Ja, Männer … aber was für welche. Diese Typen waren der Bodensatz … na ja, keiner von ihnen besaß so etwas wie eine bürgerliche Biografie. Sie nahmen das, was sie bekamen, und das war sie. Sie kamen ohnehin nur zum Ficken und Saufen. Kaputte Kerle, aber selbst unter denen gab es genug, die sich vor der Wohnung ekelten, vor dem Dreck, dem Gestank … und mit der Zeit kamen sie immer seltener. Mit einer Irren zu ficken verschaffte ihnen irgendwann keinen Kick mehr. Ab und an brachte einer von ihnen uns sogar Schokolade mit … oder ein Stück Seife, aber es bestand nie die Gefahr, dass sie zu den Behörden gingen. Sie wissen, was man über Missbrauch sagt … es geht nicht so sehr um Sex, sondern darum, über den anderen Macht auszuüben. Ihn sich einzuverleiben, seinen Körper, seinen Geist. Ihn zu demütigen, ihn zu besitzen.«

Abraham dachte an Krawczyks Brief. Dachte daran, dass Krawczyk und Margot Beenhakker gut zusammengepasst hätten. Er fühlte sich beklommen und matt – nicht so sehr von dem, was er hörte (denn solche Dinge hörte er beileibe nicht das erste Mal), sondern weil er sich zu Lydia hingezogen fühlte.

Er fragte: »Hat Ihre Mutter sich jemals an Ihnen vergangen?«

»Nein. Nicht auf diese Weise.«

Er stand auf und folgte ihr ans Fenster. Nicht zu nahe – nicht so, dass er sie mit seiner Gegenwart erdrückte.

Lydia sagte: »Es gab nicht viel, was ich tun konnte … das habe ich mir irgendwann so zurechtgelegt wie einen Stapel vermeintlich sauberer Wäsche.«

»Sie waren ein Kind. Sie haben getan, was Sie konnten …«

»Er war mein Bruder. Ich hätte ihn besser beschützen müssen. Aber als es darauf ankam, habe ich versagt. Und danach war es zu spät … war alles zu spät.«

Abraham fehlten die Worte. Er sah wieder, wie Robert ihn davon abhielt, ins Badezimmer zu stürzen, um ihre Mutter in der Wanne liegen zu sehen. Wie er sich in seinem starken Griff hin und her warf. Aber Robert ließ ihn nicht los. Robert hielt ihn fest, und Abraham klammerte sich an den Felsen, als sich der Boden unter ihm auftat. Er berührte Lydias Schulter. Es geschah einfach. Er machte sich auf eine Abfuhr bereit. Auf eine negative, wütende Reaktion. Er hätte es verstanden. Er wäre gegangen und nicht mehr zurückgekommen. Er glaubte nicht mehr, dass Stefan Phelps nach Berlin zurückgekehrt war, um seine Mutter zu töten, sondern dass er zurückgekehrt war, um hier zu sterben. Bei dem Menschen, der ihn vernichtet hatte. Bei dem Menschen, der ihn liebte.

Lydia schloss die Augen und drückte ihre Stirn gegen das kühle Glas der Fensterscheibe. Sie griff nach seiner Hand und hielt sie fest. So standen sie eine Zeitlang zusammen, beinahe zu einer Gestalt verschmolzen.

»Sie ging weg. Das war gut für uns. Wir waren alleine, ohne sie. Sie schloss die Tür ab, nahm den Schlüssel mit. Sie blieb stundenlang weg. Dann ganze Tage. Es waren Sommerferien. Niemand vermisste uns. Wir ernährten uns von abgelaufenen Konserven. Schlammbeißer, das waren wir. Dreckfresser. Stefan bekam Fieber. Ich machte ihm Wadenwickel. Es gab keinen Telefonanschluss, der war schon lange abgestellt. Stefan krampfte. Etwas in seinem Kopf funktionierte nicht. Der ganze Müll, der ganze Schmutz. Parasiten fraßen sich durch unsere Körper. Einmal huschte eine Ratte über mein Gesicht, ich schlief nur noch mit offenen Augen. Endlich kam sie zurück. Betrunken, wütend. Mitten in der Nacht. Stefan ging es schlecht, er musste ins Krankenhaus. Doch stattdessen schleppte sie ihn ins Schlafzimmer. Ich schrie sie an … und dann griff ich sie an … ich hatte eine Gabel versteckt. Ich zielte auf ihre Augen. Ich verfehlte sie und durchbohrte ihre Wange. Dann weiß ich nichts mehr. Ich erwachte im Dunkeln. Sie hatte mich an die kaputte Heizung gefesselt. Sie sagte: ›Wenn ich zurückkomme, bist du längst verschimmelt.‹ Sie hatte mich mit einem Eisenrohr verprügelt, ich hatte zwei Rippen gebrochen, den kleinen Finger meiner linken Hand, ein Auge war zugeschwollen. Ich machte mich bereit, um zu sterben. Ich hatte … seltsam, ich hatte keine Angst. Ich war nur traurig. Ich hätte so gerne im Sommer im Gras gelegen. Gelauscht, wie die Erde brummt … dieses Geräusch wie aus einem Mutterleib beruhigte mich, ich stellte mir dieses Brummen, dieses Grollen vor. Ich wollte einfach einschlafen.«

Lydia sah ihn an, die Augen leicht glasig. Er berührte ihr Gesicht und zeichnete seine Konturen mit den Fingern nach.

»Psst«, machte er.

»Aber nein«, sagte sie, »nein, es geht schon, es ist doch vorbei.«

Nun, nichts war vorbei, wie sie ihm eindrucksvoll bestätigte.

Das Mädchen dämmerte dahin. Durst, quälender Durst. Der

Hunger lag ihr wie ein Sack Steine im Bauch. Ihre Kehle war wund, sie hustete Glasscherben. Schmerzen. In der Seite. Ihr Finger pochte. Ein Auge hatte sich schon geschlossen. Vor dem anderen flimmerte es in der Dunkelheit. Etwas roch. Wie Müll, den man in Brand gesteckt hat. Ein kleines Feuerchen täte mir gut, dachte das Mädchen, denn ihr war schon lange sehr kalt. Nur dieser Rauch, der wie ein Geist über den Boden kroch, störte. Er nahm ihr die Luft zum Atmen. Andererseits: Da, wo sie hinging, war so eine Banalität wie zu atmen wohl nicht mehr nötig. Irgendwo in der Finsternis und im Rauch wartete der Tod, und er rückte mit jeder Minute näher. Sein kalkweißes, verzerrtes Gesicht. Seine kleinen grauen Zähne, die sich in das Seil verbissen, mit dem sie gefesselt war.

»Stefan blutete aus dem Mund, als er fertig war. Er brach bewusstlos zusammen und wachte nicht auf, egal, wie stark ich ihn schüttelte. Er hatte das Schlafzimmer in Brand gesteckt – weiß Gott, wie, er hat es mir nie erzählt. Durch den ganzen Abfall, mit dem die Wohnung vollgestopft war, breiteten sich die Flammen schnell aus. Ich hob Stefan auf und trug ihn zum Fenster. Wäre ich mit ihm zur Wohnungstür geeilt, dann wären wir dort gestorben. Mutter hatte sie wirklich doppelt und dreifach abgeschlossen. Ich nahm eine Vase und schlug die Scheibe ein. Wir wohnten im zweiten Stock, und unter uns war Asphalt. Ich stieg aufs Fensterbrett, und das zerschlagene Glas schlitzte mir das Bein auf. Ich schrie. Leute kamen aus den anderen Häusern. Ich warf meinen Bruder in ihre Arme.«

Lydia seufzte und sagte: »Jetzt brauche ich eine Zigarette.«

Abraham ebenfalls. Die Nähe zwischen ihnen zog sich ein wenig zurück, so wie das Meer vom Strand, das den Blick freigab auf das angeschwemmte Strandgut, und genauso fühlten sie sich, jeder auf seine Weise gezeichnet von den Dingen, die ihnen vor langer Zeit zugestoßen waren.

Sie rauchten und erholten sich beide.

Abraham fragte: »Was geschah danach?«

»Wir kamen ins Heim, wohin auch sonst. Der Staat übernahm unsere Fürsorge. Er fütterte uns, besorgte uns ein warmes Bett, wusch uns, ließ uns regelmäßig zur Schule gehen – zwei gehorsame kleine Menschenkinder, abgestumpft, kaputt. Dann steckten sie uns in Pflegefamilien. Wir erwischten wirklich nette Leute, aber wir waren getrennt voneinander untergebracht, und das ging nicht gut. Außerdem waren wir immun gegen jede Art von Nähe, wir waren wie Hunde, die nach allem schnappten, was sich in die Reichweite ihrer Schnauzen wagte. Das torpediert selbst die besten Absichten. Wir erschöpften, jeder mit seinen eigenen Mitteln, unsere jeweiligen Pflegefamilien.«

Lydia zündete sich eine weitere Zigarette an.

»Ich schlief mit meinem … na ja, Pro-forma-Bruder. Da war ich gerade fünfzehn und er ganze siebzehn. Armer Kerl, er war in mich verliebt und heillos überfordert. Ich wollte nur raus aus dieser mich behaglich erstickenden Friede-Freude-Eierkuchen-Leibeigenschaft. Wahrscheinlich hatte ich mich auf eine kranke Art und Weise an das zerstörerische Chaos in meinem Leben gewöhnt. Also provozierte ich meinen Rausschmiss. Ich hätte auch mit meinem Pflegevater gebumst, um das zu erreichen … nicht dass er es je versucht hätte, es waren gute Menschen, die das Pech hatten, ein psychotisches Wrack in ihre Obhut zu bekommen.«

Abraham fiel auf, dass ihre Stimme nicht mehr so zitterte wie bei ihrer Erinnerung an Stefans Missbrauch. Von sich selbst sprach sie so abgeklärt und distanziert wie von einer anderen – und er fragte sich, wie viel von dieser anderen Lydia noch in ihr war.

»Ich benahm mich wie eine kleine Terroristin. Es gefiel mir. Ich war auf einem Rachefeldzug und mein Ziel war einfach alles und jeder. Hass ist ein ebenso guter Brennstoff wie Liebe, und ich brannte. Dinge anzuzünden wurde mein Hobby, abgesehen davon, mich schlecht zu benehmen.« Sie lachte seltsam blechern. »Ich meine damit, meinen Körper für einen Joint und ein paar Flaschen Bier zu verschleudern.« Sie betrachtete ihn aufmerksam. »Enttäuscht Sie das? Ich schätze, ich hatte einfach eine Menge Scheiße in mir, die rauswollte. Das sah man natürlich anders, also wurde ich weggeschlossen. Therapiert ... ja, was man so Therapie nennt. Ich erzählte irgendetwas. ich hatte von meiner Mutter gelernt zu lügen, ohne dabei rot zu werden.«

»Ich glaube, Sie hatten alles Recht der Welt dazu, sich schlecht zu fühlen«, sagte Abraham. Es klang nicht überzeugend.

»Nein, hatte ich nicht, es war mir nur egal. Ich bin auf meiner Odyssee durch die diversen Institutionen genug anderen Menschen begegnet, die Ähnliches durchgemacht haben. Viele von ihnen haben sich von den Schrecken ihrer Kindheit erholt. Weil sie stark waren, weil sie gehärtet wurden wie bester Stahl. Nicht jeder zerbricht; nicht jeder führt das fort, was ihm vorgelebt wurde. Man kann wählen, wir wählen, was wir tun, oder nicht? War es nicht auch so bei Ihnen?«

»Was meinen Sie?«

»Ich habe Sie gegoogelt. Hauptkommissar in der Mordkommission Berlin. Ich dachte, mich an den Namen zu erinnern ... Abraham, Frank Abraham ... Karl Abraham. Der Sommer 1982, die Fußballweltmeisterschaft in Spanien, Christian Klar wird verhaftet, dies und das, und dann: Dreifachmörder geschnappt. Karl Abraham, der Berliner Blaubart. Im Internet haben sie Zugriff auf jede Zeitungsausgabe, die mal produziert wurde. Es waren nur ein paar Klicks nötig.«

Als sie sah, wie er zusammenzuckte, griff sie schnell nach seiner Hand.

»Ich war nur neugierig ... ich wollte Ihnen nicht wehtun.«

Zu spät, dachte er, und genau das las sie auch in seinem Gesicht.

»Es war ... ich war gedankenlos. Dumm. Ich schätze, ich habe vergessen, wie das ist, wenn man Teile seines Lebens verdrängt und wegsperrt.«

»Ich war noch ein Kind«, sagte Abraham. »Ich verstand gar nichts. Ich versuche es bis heute zu verstehen.«

»Manche Dinge lassen sich nicht verstehen. Erklären vielleicht … aber nicht verstehen. Ich spreche schließlich aus Erfahrung.«

»Und das zum ersten Mal so offen?«

»Ja«, sagte sie.

»Wieso mit mir? Weil ich Sie gefragt habe?«

»Nein. Gefragt haben mich viele. Geantwortet habe ich keinem.«

Sie berührte sein Gesicht. »Wer hat Sie jemals gefragt? Wem haben Sie Ihre Geschichte erzählt?«

Keinem, dachte er. Nie zur Gänze. Nie mit all den hässlichen Details, die er im Laufe der Jahre herausgefunden hatte. Weder Erin noch den Kindern. Selbst Levy, der so viel mehr als die anderen wusste, hatte er nicht alles erzählt.

Über seine Mutter zum Beispiel.

Oder über Lohmanns letzten Brief an ihn.

Lohmanns Brief traf per Post in Abrahams Büro ein.

Abraham bearbeitete gerade den Fall eines Mannes, der unter Drogeneinfluss und aus Eifersucht seine Exfreundin verschleppt und bei lebendigem Leib verbrannt hatte. Es war nicht leicht für ihn, diesen Brief zu öffnen. Der Poststempel offenbarte, dass Lohmann ihn noch am Tag seines Todes abgeschickt hatte – die letzte Handlung, bevor er sich mit seiner Waffe in das schäbige Hotelzimmer zurückzog.

Für so einen langen Abschied, dachte Abraham, war es ein kurzer Brief.

»Ich weiß, Du wirst mich dafür hassen und Du bist zu jung, um das zu verstehen, aber glaub mir: Es ist gut so. In anderen Zeiten als diesen sind Männer wie ich sehr viel früher gestorben, in ihren Stiefeln, wie man so sagt, in Erfüllung ihrer Pflicht. Ich erinnere mich

daran, wie ein Freund meines Vaters meiner Mutter und mir erzählte, wie er gestorben ist, 1943 im Kursker Frontbogen, er verbrannte in seinem Panzer, und es dauerte lange. Meine Mutter wollte die ganze grausame Wahrheit wissen. Ungewissheit ist etwas für Feiglinge. Ich schätze, mein alter Herr hätte bestimmt einer Kugel den Vorzug gegenüber einem Tod gegeben, der seinen Körper mit Stahl zusammenschmolz. Ich könnte genauso gut in meinem alten Sessel sitzen und der Zeit beim Sterben zusehen, so wie alle anderen, aber Du weißt, ich bin die Dinge gerne frontal und zügig angegangen. An dem Tag meiner Pensionierung begann ich bereits zu gehen, jetzt tue ich nichts anderes, als meine Schritte zu beschleunigen. Ich habe weder Dir noch Deinem Bruder jemals die ganze Wahrheit über das, was Deine Mutter anging, offenbart. Ich hielt das für gerechtfertigt; Ihr wart auch so schon genug angeschlagen. Und später, als wir beide zusammenarbeiteten, hast Du mich nie wirklich danach gefragt, und ich hielt meinen Mund. Das ist jetzt anders; jetzt sage ich es Dir, und vielleicht wirst Du mich dafür verachten; denk darüber, wie Du willst.

Deine Mutter wusste von den Morden. Dein Vater offenbarte sich ihr nach der ersten Tötung. Er erzählte ihr nicht alle grausigen Details, nur das Wesentliche. Das Wesentliche war ein Mord. Dein Vater hat mir das nie gegenüber bestätigt, Deine Mutter hingegen schon – spätestens als sie ihn auf mein Drängen hin in der Untersuchungshaft besuchte und Dein Vater noch einmal Einfluss auf sie auszuüben versuchte. Ihr Selbstmord hat wohl damit zu tun gehabt. Deine Mutter war eine Komplizin, weil sie ihn nicht anzeigte. Ich kann nur spekulieren, warum. War es Liebe, Abhängigkeit, eine innere Abgestumpftheit? Vergiss bitte nicht, wie unendlich gerissen und manipulativ Dein Vater sein konnte.

Frank, ich war bereit, Deine Mutter ebenfalls vor den Richter zu bringen. Das ist unsere Aufgabe. Wir dürfen keine Ausnahmen zulassen, niemals. Aber sie entzog sich mir, indem sie ihre eigenen Konsequenzen zog. Ihr Tod hat mich erschüttert, aber gleichzeitig, so schrecklich er auch für Euch beide war, gab er Euch die Möglich-

keit, sie als sein letztes Opfer zu betrachten. Schlimm, aber nicht so schlimm wie das andere.

Du hast mit der einen, Deiner Wahrheit über sie gelebt, und jetzt bitte ich Dich, mit meiner zu leben.«

Nicht einmal Robert wusste von diesem Brief, wie auch? Das war keine Sache, die man am Telefon beredete.

Nur Lydia kannte jetzt Lohmanns Wahrheit.

»Mein Gott«, sagte sie.

»Sie war kein schlechter Mensch«, sagte Abraham. »Sie war nur nicht stark genug, ihn zur Strecke zu bringen, und deshalb mordete er weiter. Aber ich kann sie nicht dafür verachten. Sie war meine Mutter.« Er fühlte sich leer und klein und senkte seinen schweren müden Kopf, und er fiel in ihre Arme, die da waren und ihn auffingen, genauso wie ihre Worte, die in sein Ohr strömten. Alles andere ergab sich mehr oder weniger. Denn nackt waren sie ja beide ohnehin schon.

»Lange her«, flüsterte sie, als sie ihn auszog und er sie.«Das verlernt man nicht«, sagte Abraham, »es dauert eben nur ein wenig länger, bis man's wieder weiß.«

»Dann hilf mir dabei.«

Ja.

Nach Erin hatte er mit keiner anderen Frau mehr geschlafen. Auch er musste sich erst wieder an die Landschaft eines anderen Körpers gewöhnen. Der hier war so völlig anders als Erins, karger, verbrauchter auch, von früherer Skrupellosigkeit gezeichnet, verschwendet, ein ge- und verlebter Körper, doch die Scheu, die sie zu Anfang noch hatte, ihn herzuzeigen, verlor sie, als er sich ihr gegenüber öffnete, auf eine Art und Weise, wie nur Verwundete und Verbündete es tun. Und Liebende.

Aber vielleicht war dieses Wort einfach noch zu groß.

Sie spreizte die Beine, nahm seine Hand und führte ihn, ließ ihn in sie eintreten.

»So wie du bereits in mein Leben eingetreten bist.«

Alle Türen offen, dachte er, wo sich sonst alle Türen hinter einem langsam und endgültig schließen.

»Du bist keiner von den Versagern, die ich früher hatte«, sagte sie danach. »Ich habe mich zu oft unter Wert verkauft.« Als er gehen wollte, bat sie ihn zu bleiben.

»Ich habe ziemlich lange meine Ruhe gehabt«, sagte sie, »mir fehlt der Hall einer anderen Stimme in diesen Räumen.«

Sie erzählten einander aus ihren Leben; sie vermieden dabei die jeweils dunklen Unterströmungen des anderen, trugen Wichtiges und Banales zusammen, schnürten ihre Päckchen auf, liebten sich erneut und dann noch einmal, bis der Schlaf ihr Verlangen zudeckte.

KAPITEL NEUNUNDZWANZIG

Beck. Das Kind.

Lebendig begraben an einem stockdunklen, stillen Ort. An dem ORT. Gefangen im eigenen Körper, und sein Kopf wirr von Träumen, Straßen gepflastert aus Blut und Scheiße, seine Träume waren Erinnerungen, terrorisierten ihn in mal aschfarbenen, dann wieder rostroten Bildern, Mahlströme aus Entsetzen und Angst. Wahnsinnige Welten, bevölkert von Wahnsinnigen mit erloschenen Augen, manchmal sogar ohne Augen, dafür mit schwarzen Löchern versehen, aus denen es blutete, sie redeten in einem unwirklichen Tempo und bewegten sich rückwärts, spiegel-, seitenverkehrt, dabei aber langsam mit weit ausholenden spinnenartigen Schritten, und sie machten ihm eine höllische Angst, er schiss sich regelrecht ein, und das war das Letzte, was er durfte, SICH EINZUKACKEN WIE EIN SCHMUTZIGER KLEINER LUMP, aber was konnte er tun. Sein Schließmuskel war beschädigt durch die ständigen Vergewaltigungen AN DIESEM FÜRCHTERLI-

CHEN ORT, an den es ihn hinzog, um dort auf seine Strafe zu warten. AN DIESEM FÜRCHTERLICHEN ORT warteten im Dunkeln die Monster auf das Kind, das von seiner MUTTER dorthin gezerrt wurde, das Kind schrie und bettelte und biss und kratzte und kämpfte; und das alles endete, als es in den RAUM geworfen wurde, ins Finstere hinein, und die Tür hinter ihm zuschlug. In der undurchdringlichen Schwärze hörte das Kind die Monster schwer atmen. Und es hörte noch mehr, weil seine Sinne durch die entsetzliche ANGST geschärft waren wie ein Schwert, das es nicht bei sich hatte, um sich zu verteidigen, hörte, wie sich Gürtelschnallen lösten, Reißverschlüsse öffneten, roch den sauren Alkoholgeschmack in den Mündern, die sich auf seinen drückten, während grobe, brutale Hände ihm die Hosen auszogen und ihn bäuchlings auf den Tisch zwangen und seine Hände fesselten.

Das Kind schrie, aber nicht sehr lange.

Beck erwachte mit dem vertrauten Geräusch seines aufgehetzten, aufgeblähten Magens, er schlüpfte aus seinem Bett und huschte über den dunklen Flur zur Tür und war schon draußen und eine Etage höher, wo er mit seinem Spezialschlüssel die Wohnung aufschloss, in der die alte, verrückte Frau gehaust hatte, die inzwischen – von der Welt vergessen, dement, verwahrlost, erledigt – in ein Pflegeheim abgeschoben war, er schaffte es jetzt gerade noch ins Zimmer und streifte seine Hosen runter, und ein Strahl konzentrierter Scheiße spritzte auf den Boden und vermischte sich mit den bereits eingetrockneten Exkrementen alter Tage.

Er fühlte sich sofort erleichtert, schmutzig, ja, aber in erster Linie zufrieden, weil er sein GESCHÄFT erledigt hatte und seine Wohnung sauber blieb.

Kein Grund für Schläge, Mutter, dachte er, heute nicht, siehst du, ich halte mein Zeugs SAUBER.

Der Gestank war überwältigend hier drinnen, alle Fenster

waren verschlossen, zum Teil, wo das Glas beschädigt war, mit Brettern vernagelt und seit Wochen nicht mehr geöffnet worden, damit das Odeur nicht flöten ging, wie er fast beschwingt dachte.

Schade, dass er diese Wohnung hier ebenso wie seine eigene bald aufgeben musste – es gefiel ihm, das ganze Haus für sich zu haben und es langsam in ein Universum aus Scheiße und Angst zu transformieren; nun, es ging nicht anders, er brauchte ein neues Refugium, aber er hinterließ auf jeden Fall seine spezielle Duftmarke.

Der Traum hatte ihn ordentlich zum Entladen gebracht, die Angst, den Terror, dem er darin ausgesetzt war.

Er stieg aus seiner Unterhose, zog auch sein Unterhemd aus und stand nackt in der brüllend stinkenden Dunkelheit. Er machte kein Licht an, der Strom war ohnehin abgestellt, er orientierte sich wie eine Fledermaus an dem Schall der eingefrorenen Schreie, die aus dem alten Wandschrank zu ihm rüberdrangen.

Wo er gerade schon hier war und so aufgewühlt und gleichzeitig entleert, gönnte er sich ein wenig Spaß und holte eine seiner Kassetten hervor. Sie stammte aus dem Kassettenrekorder direkt neben seiner Sammlung, seiner Best-of's. Mit MP3-Playern oder iPods konnte er nichts anfangen – Kassetten waren the real deal, und er war in vielerlei Hinsicht ein analoger Mann. In der Dunkelheit fanden seine Finger, die nach Scheiße rochen (er konnte nicht widerstehen und schleckte sie ab, jetzt waren sie SAUBER, und der SCHMUTZ lag auf seiner DRECKIGEN Zunge, aber das war in Ordnung, schließlich hatte man ihm immer schon ein DRECKIGES, LOSES Mundwerk attestiert, in den Heimen und Anstalten, an all diesen stumpfsinnigen, grauen Orten, die er sich rückblickend nur brennend mitsamt Mann und Maus vorstellen konnte), eine der Kassetten und setzten sie in den Rekorder ein.

Er drückte auf PLAY.

Eine Stimme kroch durch die Finsternis zu ihm. Es war die Stimme einer Frau, die es nicht mehr gab. Sie verrottete in der Hölle ebenso wie all die anderen Stimmen auf den anderen Kassetten seiner Sammlung. Beck setzte sich auf den Boden, wurde schmutzig, DRECKIGES KLEINES HÜNDCHEN, und lauschte mit gespitzten Ohren …

Eine Hand legte sich auf Pollys Gesicht. Sie würgte und strampelte und … es war ihre eigene Hand, die sie erschreckt hatte. Mein Gott, dachte sie und zitterte am ganzen Leib. Sie drehte sich umständlich in ihrem Schlafsack und berührte Mevissen, der tief und fest in seinem schlief. Ihre Blase brannte, und sie musste sich erleichtern, also packte sie sich aus dem Schlafsack und tastete sich zum Badezimmer vor. Sie machte das Licht an, pisste, diesmal floss zumindest kein Blut, und wollte wieder zurückgehen, als ihr auffiel, dass die Wohnungstür nicht verschlossen war, sondern nur angelehnt. Auch die Tür zu Becks Schlafzimmer stand offen, sein Bett war verlassen. Sie tappte mit bloßen Füßen und ihrem Nachthemd, in dem sie, sobald sie im eiskalten Treppenhaus war, erbärmlich fror, nach draußen. Zuerst war da nichts als Stille, selbst von draußen war nichts zu hören, die Straßen hier waren sowohl tags als auch nachts über wie tot. Umso mehr bekam sie mit, jedes Knistern, jedes Knirschen, ein fernes Brummen, das direkt aus dem Leib der Erde aufzusteigen schien.

Geh zurück, dachte sie, was soll das?

Wo war Beck?

Sie drückte auf den Lichtzeitschalter im Treppenhaus, und es wurde für die nächsten zwei Minuten hell. Sie blickte nach oben in die zweite Etage. Sie glaubte Stimmen von dort zu hören. Beck hatte ihnen versichert, dass sie hier unter sich waren und die restlichen Wohnungen leer standen. Alleine das war ihr schon unheimlich, der Gedanke an all diese leeren Zimmer in der Dunkelheit.

Und trotzdem hörte sie Stimmen. Aus der Wohnung über ihnen. Sie trat auf die erste Stufe. Horchte angestrengt. Hörte Becks Stimme seltsam hohl und mechanisch durch die Wand kratzen. Dazu die Stimme einer älteren Frau. Polly verstand nicht, was die beiden beredeten. Es war unwirklich, mit vielen Pausen, sie kam sich vor wie in einer Art Traumfuge. Aber sie träumte nicht. Sie setzte einen weiteren Schritt nach oben. Die Stufe knarzte unter ihrem Gewicht, dabei wog sie doch fast nichts. Jeder ihrer Schritte schien widerzuhallen. Ihre Hand klammerte sich am Treppengeländer fest. Ihr Herz raste, und ein stechender Schmerz bohrte sich durch ihre linke Schläfe wie der abgefeuerte Nahschuss eines Henkers. Sie hatte das Gefühl, sich auf eine Gefahr zuzubewegen. Auf etwas Entsetzliches, das da oben auf sie wartete. Etwas Beklemmendes krallte sich an ihrer Brust fest. Dann hörte sie einen gellenden Schrei. Es war die Stimme der älteren Frau. Sie schrie erneut. Im selben Moment ging das Licht wieder aus, die plötzliche Dunkelheit, die sich wie ein Sack über sie stülpte, ließ sie hilflos erstarren.

Die Stimmen verstummten, und sie hörte, wie sich in der Wohnung über ihr jemand bewegte.

Beck? War das Beck?

Und wer war da noch oben?

Eine Tür öffnete sich.

Polly bewegte sich so rasch und lautlos, dass sie glaubte, jemand anderer, der an ihre Stelle getreten war, täte es für sie und sie selbst hätte mit den hektischen Bewegungen ihres flüchtenden Körpers nichts zu tun. Wahrscheinlich war es ein Instinkt, ein unerklärlicher Gefahrenmoment, der die Kontrolle übernahm und sie wieder in der Wohnung verschwinden ließ. Kaum drinnen lehnte sie die Tür an und hörte, wie Beck die Stufen hinunterschlich. Sie kletterte zurück in ihren Schlafsack und schloss die Augen, vergaß beinahe zu atmen, als ein Schatten sich über sie beugte.

Öffne nicht die Augen, sagte sie sich, öffne NICHT die Augen, und sie roch einen penetranten Kotgeruch, der sie fast würgen ließ, und, DU MUSST ATMEN, so natürlich wie möglich, als würdest du schlafen, weil er sonst merkt, dass etwas nicht stimmt. Also ließ sie die Luft aus sich heraus und atmete diesen widerlichen Gestank ein, und hinter ihren geschlossenen Lidern spürte sie ein böse lauerndes Augenpaar, das sie anstarrte und darauf wartete, dass sie sich verriet. Doch gerade als sie sich sicher war, es nicht mehr länger auszuhalten und aufzuspringen und zu schreien, zog sich die über ihr schwebende Präsenz zurück und verließ den Raum.

Polly wagte es, ihre Augen einen kleinen Spalt weit zu öffnen.

Schwärze um sie herum. Sie hörte, wie im Badezimmer die Dusche lief. Sie tastete nach Mevissen, flüsterte seinen Namen, aber er reagierte nicht, er war weit weg, war gefangen in einem bleiernen, pechschwarzen Traum.

Mevissen träumte von Verrat, brennenden Wohnungen, abgeschlachteten Frauen. Beck war in seinem Unterbewusstsein und hatte sich wie eine bösartige Erkrankung in ihm eingenistet. Übernahm die Kontrolle.

Mevissen hatte nichts, was er ihm entgegensetzen konnte. Die Geschichte seiner Sucht, angefangen mit dem Kodein über die Schmerztabletten und Schlafmittel, hatte ihn ausgezehrt und zu einem müden, vorzeitig gealterten, mutlosen Mann werden lassen, der sich selbst verachtete und sein gezeichnetes Gesicht im Spiegel hasste. Sein Selbstbewusstsein hatte sich wie eine enttäuschte Geliebte von ihm verabschiedet, inklusive Türknallen, und insgesamt gesehen trudelte er seit vielen Jahren schon dem Boden entgegen. Nur dass er jetzt einen noch schwächeren Partner unter seinen lahmarschigen Flügeln trug. Alles entglitt ihm auf übelste Weise, und mitten aus diesem Chaos streckte ihm der Teufel seine geschwärzte Klaue hin.

Und wieder einmal schlug Mevissen blind und blöde ein.

Im Traum erinnerte er sich an den Rest ihres Gespräches im Döner-Imbiss.

»Nein«, sagte Mevissen, »das geht nicht. Nicht mit ihr.«

Beck lachte. »Warum nicht. Sie ist perfekt. Wir werden sie ein bisschen herrichten müssen. Aber alleine ihr Gesicht ist eine Wucht. Die alten Knacker werden auf sie fliegen.«

»Du weißt nicht, was ihr alles geschehen ist. Sie kann das nicht.«

»Wieso fragst du sie nicht erst mal?«

Becks Augen. Sein Blick wie ein Natternnest, strudelndes Schwarz, Finsternis ohne Licht, *die Seitenstraßen, dachte er, die düsteren, verzweifelten Sackgassen, die alten vergeudeten Tage,* und dann war er in ihm, eine kalte Sonde, ein Eiszapfen, arktischer Winter, ein endloser Sturz.

»Weil sie ja sagen würde.«

Wegen ihm. Wegen ihnen. Weil es eine Möglichkeit war. Weil sie ihm vertraute und darauf baute, dass er sie beschützte.

Aber er hatte schon einmal versagt.

In Amsterdam.

»Ich sehe in der Sache kein großes Risiko«, sagte Beck. »Sie bändelt mit den Typen an und lässt sich abschleppen. Dann verabreicht sie ihnen K. o.-Tropfen, die Kerle legen sich schlafen, sie öffnet uns die Türen, und wir nehmen ihre Wohnungen aus. Dann hauen wir ab. Das ziehen wir ein halbes Dutzend Mal durch und versorgen dich und dein Mädchen mit frischem Geld. Vergiss nicht, du hast dich gemeldet, Alter, du, weil du meine Hilfe brauchst.«

Beck lehnte sich genüsslich zurück. »Es sei denn, du verfügst über andere Alternativen, um an Geld zu kommen.«

»Scheiße, nein«, kam es aus Mevissens leerem Gesicht.

»Wohl wahr.«

Am nächsten Morgen redete Mevissen alleine mit Polly. Beck trieb sich irgendwo herum, ließ sie in Ruhe, hatte Mevissen aber klargemacht, dass er noch heute eine Antwort brauchte. Sie saßen am Küchentisch und rührten in ihrem dünnen Kaffee herum. Je öfter er sie ansah, desto mehr wuchs seine Liebe zu ihr und das, was er von ihr verlangte, diese Unmöglichkeit des Herzens, dieser Verrat, weil er ihr zumutete, was er selbst nicht fertigbrachte – sie aus dieser Lage zu bringen –, machte ihn fertig. Und so saß er da und stocherte nach den richtigen Worten. Er hätte sich keine große Mühe zu geben brauchen, denn Polly hörte zuerst nur mit halbem Herzen zu. Vielmehr beschäftigte sie die letzte Nacht, von der sie Mevissen nichts erzählt hatte. Von dem, was sie in der oberen Wohnung gehört hatte. Diesen Schrei. Den Todesschrei einer Frau.

Das war kein Traum, ich habe nicht geträumt, auch wenn es sich so anfühlte, ES WAR KEIN TRAUM.

»Ich weiß, was ich von dir verlange … und wenn du nein sagst, ist das in Ordnung.«

»Für ihn auch?«

Beck. Der Mann in der oberen, angeblich leeren Wohnung. Der Mann mit dem Schrei. Der was tat, der wovon lebte?, der Kerl mit dem falschen Ausdruck im Gesicht, der Falsche, der Andere; Beck, der wie ein Satellit um Mevissen kreiste, um ihn herumspukte und vielleicht auch längst schon *in* ihm, der auf ihn einredete mit einem falschen Lächeln, das kein Lächeln war, sondern das hinterhältige Zucken unter der Maske, Beck, der wie eine schwarze ölige Flüssigkeit in ihren Geliebten eindrang.

Mevissen zögerte eine Sekunde zu lange, als er sagte:

»Ja, klar.«

Da wusste sie, dass er am Haken hing. Deswegen war er hiergekommen. Um eine harte Hand in seinem Genick zu spüren, unsichtbare Krallen in seiner Haut, das heiße Flüstern eines Gebieters.

»Was dann?«, fragte sie.

»Wie was dann?«

»Wie wird es weitergehen?«

»Na, irgendwie.«

»Wie irgendwie?«

Sie sah, wie nervös er wurde. Sie stellte ihm Fragen, auf die er keine Antworten wusste. Es war Beck, der jetzt die Antworten vorgab.

»Ich finde irgendwas«, sagte er schlapp und mutlos. Er kratzte sich wie verrückt, schon seit Tagen, manchmal bis es blutete, überall auf seiner Haut sah es verwüstet und schorfig aus. Es lag an all dem Zeug in seinem Blut und auf seiner Seele; wer wüsste das nicht besser als sie selbst.

Was, fragte sie sich dann, eine normale Arbeit, eine alltägliche Beschäftigung, meinte er so etwas? Ein normales Leben? Sie versuchte ihn sich in einer Fabrik vorzustellen, in einem Büro, doch jedes dieser Bilder hing schief vor ihr und verrutschte, sooft sie sie auch zu fixieren versuchte. Es hatte keinen Zweck; sie waren alle beide aus dem Bild der Welt gerutscht.

»Ich tu es.«

Aber nicht für Beck, dachte sie. Für uns. Dass wir schnell von hier wegkommen, bevor … ja, bevor was?

Bevor uns etwas zustößt.

»Nur so viel, dass wir weiterziehen können«, sagte sie, verdrängte den anderen Gedanken und nahm seine Hand.

»O Gott, Polly«, kam es stöhnend aus ihm heraus. Erleichtert. Dabei kam er sich vor wie der letzte Dreck. Er dachte an seinen Vater, er sah wieder dessen anklagendes Gesicht vor sich, sein resignierendes Kopfschütteln, eine Geste, die er sich jahrelang hatte ansehen müssen.

Ich habe das Mädchen gewarnt, aber sie wollte nicht hören. Mein Junge ist nicht gut für andere. Er bringt ihnen nur Unglück.

Du liegst genau richtig, alter Mann, dachte Mevissen. Jetzt kann ich's dir ja sagen.

Als hätte das noch irgendeine Bedeutung.

KAPITEL DREISSIG

Grischa hatte im vergeblichen Versuch, die Stadt um sich herum auszublenden, die Fenster geschlossen. Ohne den Blick auf die Leuchtreklame und Ampeln in der tintigen Dunkelheit, ohne die Verkehrsgeräusche und die auf- und abschwellenden, heulenden Winde erschien ihm das Zimmer noch viel kleiner, als es ohnehin schon war. Die Welt klebte jenseits der dünnen Glasscheibe, glotzte und trompetete vergeblich um seine Aufmerksamkeit.

Arschawin hatte diese Wohnung hier angemietet, sie diente ihnen als Operationsbasis. Ein Zimmer, Küche, Bad. Ein angemessener Unterschlupf für einen Auftragsmörder, dachte Grischa, er kam sich vor wie eine Schabe in einem Schuhkarton, aber das machte nichts; er war schon an wesentlich unwirtlicheren Orten gewesen.

Arschawin wohnte in seiner eigenen Wohnung, die bestimmt viel größer und heller und gemütlicher war.

Auch gut. Hauptsache, Grischa war ungestört. Er saß an einem winzigen Tisch, von dessen vier Beinen zwei bedenklich wackelten, und setzte die Waffe wieder zusammen, die er vor zehn Minuten mit geschlossenen Augen auseinandergenommen hatte. Es handelte sich um eine österreichische Kunststoffkomposition, eine Glock-17, sehr leicht in ihrem Gewicht und einfach zu handhaben, eine moderne, tüchtige Konstruktion, ganz anders als seine schwerfällige Tokarew, ein Relikt aus alten Zeiten, so wie er auch. Grischa hatte die einzelnen Teile der Waffe mit dem dazugehörigen Öl und einem Wattebausch gereinigt und die Patronen zurück ins Magazin gedrückt. Das war reine Routine, und er fand Routine immer schon beruhigend; Routine war der Ableger des Drills, der ihn wiederum an die Armee erinnerte.

Er beschäftigte sich auch, um den Schlaf hinauszuzögern.

Seit er die Stadt betreten hatte, fühlte sich Grischa wie in einen permanenten Halbschlaf versetzt, in dem er die schwarzen, zarten Ränder seiner Träume aufsuchte. Auf der Suche nach Larissa. Er kam nicht zur Ruhe, solange er ihr nicht begegnete – hier oder anderswo. Aber der Grund und Boden seiner Träume zerfiel wie Asche unter seinem Gewicht und stattdessen stolperte er in eine Art Kaninchenbau und fand sich in der Hölle wieder … nicht in Grosny, sondern im Hinterland … jenseits der wilden Grenze, dort, wo er alles Menschliche abstreifte und der wahre Eismann geboren wurde … der Schlächter, der Töter …

WUUUSCH.

Jemand schrie. Tretjak.

Nicht Grischa.

Grischa drückte nur seinen Kopf zwischen die angewinkelten Beine und schlang die Arme um seinen Nacken. Kugelte sich ein.

KA-BOOOOOM.

Später erfuhr er, dass sie keine schultergestützte SA-7-Flugabwehrrakete getroffen hatte, sondern eine läppische RPG-7-Granate, die gegen Panzer konzipiert war. Ein Zufallstreffer auf gut Glück auf ihren zu niedrig über die zerstörte Landschaft huschenden MIL-MI-8-Transporthubschrauber abgefeuert.

Ein Treffer am Seitenheck.

Die Welt geriet ins Trudeln.

Himmel und Erde vertauschten ihre Plätze.

Sie stürzten unkontrolliert ab.

Grischa schloss die Augen und sich selbst aus dieser Hölle und holte Larissas Gesicht aus seinem Herzen hervor. Er lächelte als Einziger, als sie in Flammen und Rauch niedergingen.

Er hatte den Tod gegeben, und er war bereit, ihn zu empfangen, um als glücklicher Mann zu sterben, denn er wurde geliebt. Als Nächstes zerrte ihn eine Vielzahl von Händen aus dem Wrack. Keine davon gehörte einem Freund. Grischas Haut unter der Uniform war versengt, er blutete, stand unter Schock, starrte aus zusammengequollenen Augen in grimmige, düstere Gesichter. Der Feind hatte ihren Absturz verfolgt und war mit alten Jeeps und Motorrädern zur Aufschlagsstelle geeilt. Grischa wusste nicht, ob er der einzige Überlebende war, aber das war auch egal. Wenn die Rettungsmannschaften eintrafen, wenn überhaupt, dann würden sie nur das ausgebrannte Wrack vorfinden. Und so war es auch.

In diesem Krieg hatte Grischa mehr als zwei Dutzend seiner Feinde getötet, Väter, Brüder, Söhne von jemandem, und jetzt befand er sich in ihren Händen, und ihm war klar, dass ihn keine Gnade erwartete.

Und so kam es auch.

Der Mann, der ihn über Tage und Wochen hinweg verhörte und foltern ließ, war ein junger, bebrillter, schmächtiger Kerl. Er ähnelte weniger einem Spezialisten für Schmerzen und Qual als einem Studenten, der geistesabwesend über den Campus einer Universität schlich, in seine Bücher vertieft, den Kopf schwer von Wissen. Ernste, dunkle Augen hinter dicken Gläsern.

Er ließ Grischa abwechselnd von zwei Handlangern verprügeln, die extra dafür abgestellt waren, so lange und so hart, bis er sich die Seele mitsamt Blut aus dem Leib kotzte. Sie wussten genau, wo sie hinschlagen mussten; er hatte es ihnen vor Grischa geduldig erklärt. So viel, um ihn vor Schmerzen schreien zu lassen, aber nicht so viel, um ihn aus Versehen zu töten. Grischa maß die Zeit anhand der Qualen, die er erlitt, seine Augen blieben meistens verbunden. Morgens war es am schlimmsten, nachmittags ließen sie es langsamer angehen und liefen abends noch mal zur Hochform auf.

Das Foltern und Verhören war eine Kunst für sich – die Tschetschenen bedienten sich deshalb ihrer erfahreneren Glaubensbrüder aus dem Nahen Osten, aus dem die wahren Künstler stammten. Der hier kam aus dem Iran und hatte seine Kenntnisse und Techniken in den Kellern des Evin-Gefängnisses in Teheran gelernt. Er wusste, dass Grischa einer Spezialeinheit angehörte, und erklärte ihm, dass es Allahs Wille war, dass er sich nun in dieser misslichen Lage befand, so als hätte die Faust einer göttlichen Macht ihren Hubschrauber vom Himmel gefegt und nicht eine Panzerabwehrrakete.

Grischa lachte ihn aus und beschimpfte ihn und den Propheten so unflätig wie nur möglich. Einerseits war das eine Taktik, um den Kerl zu provozieren und aus dem Takt zu bringen, andererseits machte es ihm einfach Spaß. Grischa war nicht mehr als ein lebender Toter und nur so lange nützlich, wie er dieses Spiel mitspielte und die andere Seite glauben ließ, sie könnten ihn brechen.

Im Laufe des Verhörs zog der Iraner mit einer Zange Grischas Fuß- und Fingernägel. Dann alle Zähne. In die offenen Wunden rieb er Salz. Grischa hörte sich selbst schreien, aber es klang gar nicht nach ihm. Es klang überhaupt nicht wie ein Mensch.

(In ihm nahm der Eismann Grischas Verstand in seine eisigen Hände und drückte zu, forderte seinen lebenslangen Platz nicht an seiner Seite, sondern IN IHM für immer ein. Etwas verschob sich in Grischa, Teile seiner Persönlichkeit drifteten wie die Kontinentalplatten am Anfang der Zeit auseinander, kollidierten, erschütterten einander, brachen auf, versanken.)

»Alle deine Kameraden sind tot«, sagte der Iraner, seine Stimme betonte jede einzelne Silbe, fast als würde er sie singen. Er hatte eine sehr hohe, kindliche Stimme, die zu seinem jungenhaften Gesicht passte. »Du bist ganz alleine, und niemand sucht nach dir. Ihr seid Kanonenfutter, entbehrlich, euer Gott hat euch verraten. Er schickt euch hierher, um zu sterben. Um einsam zu krepieren. Hier endet die Hoffnung, mein Freund. Aber vielleicht gewährt dir Allah Gnade … wenn du mit mir sprichst. Über deine Einheit zum Beispiel. Eure Ausrüstung, Taktik. Euer Hauptquartier.«

»Leck mich am Arsch«, sagte Grischa. Seine Augen waren erloschen. Der Iraner schüttelte beinahe traurig den Kopf. Er kannte diesen toten Blick, diese verzweifelte Leere, wenn die Menschen aufhörten, Menschen zu sein, um in ihre allerletzte Form überzugehen: nur noch Haut und Knochen und Blut und Schmerz und Schrecken.

Ihn schauderte, nicht vor der Gewalt, darüber war er lange schon hinaus, sondern weil er ein Mann der Sonne war, vom Kaspischen Meer stammte und dieses ewig kalte, regnerisch-graue Land hasste. Er hasste den Scheißfraß und seine ungewaschenen, stinkenden Brüder. Nichts, was er jemals laut sagen würde. Und auch der Ungläubige vor ihm würde nichts sagen.

Der Iraner wirkte verstört, beinahe wütend. Es waren die ersten emotionalen Züge überhaupt an ihm.

»Ja, sie hatten mich gewarnt«, murmelte er. »Du bist ein wirklich hoffnungsloser Fall.«

Dann tat er etwas Surreales und Beängstigendes. Er überraschte Grischa damit und trieb ihn über die Kante des Wahnsinns, an der er seit dem Absturz und der ständigen Folter stand. Hinter dieser Grenze, dem Bodenlosen, wartete der Eismann, machte sich jetzt bereit, Grischa wegzuschieben, um die Kontrolle zu übernehmen … um zu überleben. Grischa störte dabei nur, er war schwach, wie sie alle schwach waren.

Vielleicht war das, was der Iraner tat, bewusst gewollt, vielleicht auch nicht. Vielleicht war er einfach nur frustriert. Jedenfalls holte er eine kleine Fotografie hervor, die er in Grischas Uniformtasche gefunden hatte. Sie zeigte Larissa, es war das einzige Foto von ihr, das Grischa bei sich hatte. Ich hätte es vernichten sollen, dachte Grischa, jetzt fuhren die mit seinem Blut befleckten Finger des Iraners über ihr Gesicht.

Wollte er ihn damit provozieren?

Grischa war schlaff, war zusammengesackt, spürte, wie seine körperlichen Reserven wie Schnee in der Hölle zusammenschmolzen. Eisige Tentakel krochen in seinem Kopf herum. Seine verstümmelten Finger und Zehen brannten wie verrückt, und mit ebensolch verstümmeltem Blick sah er auf den kleinen Haufen Finger- und Fußnägel und Zähne, die vor ihm auf dem Tisch lagen. Teile seines Körpers, die sich schon von ihm gelöst hatten. Plötzlich griff der Iraner nach seinem Kinn und drückte sein Gesicht nach oben. Zwang Grischa, ihn anzusehen.

SIEH MICH AN UND SIEH, WAS ICH DEINER FRAU ANTUE.

Dann steckte der Iraner sich das Foto in den Mund. Kaute drauf herum, speichelte es ein und aß es auf. Vernichtete Larissa, fraß ihre Seele. Die beiden Wächter lachten dreckig dazu.

Grischa hörte sich selbst schreien … dann nichts mehr. Er stürzte einen tiefen schwarzen Schacht hinunter.

»Tötet ihn«, sagte der Iraner, er stürzte aus einer Feldflasche Wasser seine Kehle hinunter, um die zerkleinerten Reste des Fotos loszuwerden. Er verstand selbst nicht, was er da gerade getan hatte. Vielleicht hatte dieses Land, hatten diese Menschen etwas an sich, was eine Art von Irrsinn auslöste, eine Erkrankung der Seele.

Was er hingegen jedoch ganz bestimmt wusste, war, dass er genau wie Grischa nicht hierhergehörte.

Alles, was danach passierte, existierte in Grischas Erinnerung so trübe wie aufgewühlter Schlamm auf dem Grund eines urzeitlichen Sees. Wahrscheinlich, weil es nicht seine Erinnerung war, sondern die des Eismannes. Es war der Eismann, der, während ihn die Männer mit den Kolben ihrer Gewehre traktierten, die Fesseln langsam über die zerschundenen Hände streifte.

Sie wollten ihn hinter dem Haus erledigen und hatten dafür bereits ein Loch gegraben. Neben dem Loch stand ein Benzinkanister.

So als hätte jemand große Teile seines Gedächtnisses mit einer Schere zerschnitten und in einer verdrehten, falschen Abfolge wieder zusammengefügt, blitzten Bilder auf: das von der scharfen Kante des Kanisters zerschnittene Gesicht eines der Männer, der zertrümmerte Kehlkopf des anderen, Blut auf dem hartgefrorenen Boden, Mündungsfeuer, das den Himmel zerrreißt, ein zerquetschter Hoden, Finger, die sich tief und grauenhaft in Augenhöhlen bohren, eine aufgeschlitzte Kehle, ein brüllender rostroter Mann, Stunden später wie ein Wahnsinniger durch eine zerstörte Landschaft taumelnd, das Gesicht des iranischen Verhörspezialisten im Fenster des Folterhauses auftauchend, kreidebleich nach einer Waffe suchend und nichts als seine Zangen findend.

Typisch, diese bärtigen Fanatiker. Bringen eine Zange zu einer Schießerei mit. Der Eismann betrat das Haus.

Wie sich herausstellte, brauchte er keine Patrone an den Iraner zu verschwenden. Das Spiel der Messerklinge genügte, und er spielte es sehr lange.

Danach nahm er dem Iraner die Schuhe ab, kleidete sich ein, schulterte eine der AK-47s und stopfte so viel Munition wie möglich in seine Taschen. Und zog los.

In einem Gehöft, zwei Kilometer entfernt, löschte er eine Familie aus. Fraß sich durch ihre Vorräte. Spürte, wie seine Kraft zurückkam. Er tötete das Vieh auf einer Weide.

Einfach so. Er wollte töten. Die Welt auslöschen.

Alle.

Alles.

Auf seinem Weg zurück zu den eigenen Linien hinterließ er nichts anderes als eine blutige Spur.

Mit dem Wahnsinn des Eismannes hätte Larissa nicht leben können, das war ihm bewusst. Als die Armee ihn nach Hause schickte, hielt er für einige Wochen Abstand zu ihr. Es ging ihm darum, ein, wenn auch fragiles, Gleichgewicht in seinem verdüsterten Verstand wiederherzustellen. Grischa hatte furchtbare Angst, der Eismann könnte die Kontrolle über ihn übernehmen. Das Töten war so befriedigend gewesen. Er hatte sich mächtig gefühlt, unbesiegbar, unverwundbar.

Im Gegensatz zum Eismann aber hatte Grischa kein weiteres Interesse daran, erneut in den Krieg zu ziehen, obwohl ihm lukrative Jobs als Söldner winkten. Mochten die Tschetschenien-Veteranen in der Öffentlichkeit als Kindermörder angesehen werden, Kampferfahrung war unbezahlbar. Männer, die mehr als nur die Grenze des Tötens überschritten hatten, Männer ohne Moral und Anstand, Männer ohne Gegenwart und Zukunft, weil die Vergangenheit sie im Schwitzkasten hielt.

Auf den Straßen von Moskau schlug Grischa die Zeit tot und die damit verbundenen quälenden Erinnerungen an Grosny, die Gefangennahme und Folter, seine Flucht und die Blutschneise, die er dabei gezogen hatte. Er streifte wie ein Gespenst umher. Sein Kopf war kahlrasiert, seine kalten Augen waren eingesunken, das Gesicht war ausgezehrt und eingefallen, das Töten und Überleben hatten ihn sämtlicher Energie beraubt. Wenn er sich nicht herumtrieb und seine letzten Ersparnisse versoff, lag er in einem schäbigen, verlausten Zimmer in einer Absteige apathisch in seinem Bett herum und musste sich die ewigen Streitereien von Nutten und Freiern, Besoffenen und Drogenfreaks, die die anderen Zimmer in eine Vorhölle verwandelten und ihn an Gorkis »Nachtasyl« erinnerten, anhören. In den Nächten stieg der Eismann aus Grischas Körper wie ein Untoter aus einem Grab und setzte sich an sein Bett. Wenn er sprach, dann mit Grischas Mund, klirrende Worte, die sich über taube Lippen schoben. Die Luft um ihn herum gefror, und ein heftiger Schmerz siedelte sich in seinem Kopf an, ballte sich dort zusammen und ging von diesem Brückenkopf aus daran, weitere Außenposten in seinem restlichen Körper zu errichten.

»Was willst du mit deinem erbärmlichen Rest Leben noch anfangen, mein Junge?«, fragte ihn der Eismann.

»Hier liegen, bis du verfaulst und sie deinen stinkenden Kadaver entsorgen? Deine Frau wartet auf dich. Deine süße, warme Larissa. Ich weiß, du hast Angst. Angst, dass sie neben dir erfriert, weil ich es bin, mit dem sie fickt und der sie an sein kaltes, KALTES Herz drückt.«

Grischa hörte die Worte und konnte sich ihnen nicht entziehen, weder sich das Kissen auf die Ohren pressen, noch seine Finger in die Ohren drücken. Der Eismann saß bei ihm und war doch gleichzeitig IN IHM.

»Meinst du nicht auch, sie fände mit der Zeit Gefallen daran, mein KALTES Herz zu wärmen.«

Der Schmerz verwandelte sich in einen Hammer, der seinen Schädel als Amboß mißbrauchte. Er spürte, wie Stücke seines Ver-

standes (wieder einmal) abbrachen und unwiderruflich verlorengingen.

»Meinst du nicht auch, dass in ihrem Herzen genug Platz für uns BEIDE ist?«

Grischa schrie auf und rammte seinen Kopf gegen die mürben Wände des Zimmers, morste seinen Terror in die Eingeweide des Gebäudes, wo er sich zu den Albträumen der anderen Bewohner gesellte. Und als ihm das Blut in die Augen lief, weinte er Tränen wie kalte Sturzbäche.

Er stand am Fenster seines Zimmers und wünschte sich seinen Körper verdreht und zerschlagen auf dem Asphalt unter ihm. Er überlegte, sich eine Pistole zu besorgen und eine Kugel in den Eismann zu jagen. Ein Loch in seinen Schädel zu schlagen, um ihn aus seinem Versteck zu zerren.

Er leerte Flasche um Flasche. Er rief Larissa an, ohne sich zu melden, weil er Angst hatte, dass sie mit dem Eismann sprach und nicht mit ihrem Grischa. Würde sie es merken? Den kalten, erbarmungslosen Unterton in seiner Stimme? Er ging beinahe zugrunde vor Sehnsucht nach ihr, alleine ihre traurige, fragende Stimme, die seinen Namen am anderen Ende der Leitung rief, erschütterte ihn, weil er schwieg, schweigen musste, sich nicht verraten durfte, denn er war noch nicht so weit, zu ihr zurückzukehren, obwohl dies alles war, was er wollte.

Die Gewalt, die Lust an der Jagd, der Todestrieb, all diese Anlagen, die schon immer in ihm waren – sie machten ihm wie eine schäbige Gangsterbande in einem hardboiled-Roman klar, dass sein Arsch ihnen gehörte. Entweder er arrangierte sich mit ihnen (»du beteiligst uns am Blutzoll, Jungchen«), oder sie kaperten ihn wie ein leckgeschlagenes Wrack (und mehr war er zu dieser Zeit auch nicht).

Der Eismann erinnerte ihn daran, dass er sich in der Armee Fähigkeiten erworben hatte. Dass es Leute da draußen gab, die auf der Suche nach ihm waren. Nach Killern wie ihm.

»Zeit, dass du das akzeptierst, mein Junge. Zeit, dass du UNS

akzeptierst. Zeit, dass wir beide uns daranmachen, das zu tun, was wir am besten können.«

Ja, es war an der Zeit.

Also gab er nach (als hätte er je eine Wahl gehabt) und ließ sich finden. Zwei Männer mit grauen Gesichtern und schwarzen Biografien erschienen wie Höllenboten in seinem Zimmer. Wie sich herausstellte, wussten sie alles über ihn.

Zwei Tage später tötete er das erste Mal für Geld. Einen jungen Familienvater mit Schulden bei den falschen Leuten. Mit dem Geld ließ er sich bei einem Zahnarzt ein erstes notdürftiges Gebiss anfertigen. Die Armee hatte dafür leider kein Geld übrig gehabt. Seine Fuß- und Fingernägel wuchsen langsam nach. Die Farbe seines malträtierten Körpers, schwarz-blaue, violett-gelbe Quader und Risse, verblassten mit der Zeit.

Eine Woche später kehrte er zu Larissa zurück.

Und mit ihm ein ruchloser Mörder, verborgen in den kalten Hallen seiner Persönlichkeit, die ihm nicht mehr alleine gehörten.

Grischa hielt seinen brummenden Schädel unter den Wasserhahn. Er hatte schon lange nicht mehr unter solch heftigen Kopfschmerzen gelitten, ein Gruß aus der Vergangenheit. Er fühlte sich schwach und krank, als hätte ihm jemand eine Ladung Grippeviren injiziert. Schleppte sich vom Tisch zu seinem Bett zurück und dachte an Larissa.

Er hatte nie zugelassen, dass der Eismann ihr zu nahe kam. Aber Larissa war eine sensible, sensitive Frau. Als er endlich zu ihr zurückkehrte, umarmte sie ihn wortlos in der Tür und drückte ihn an sich, und nach einiger Zeit, in der sie einfach zusammenstanden, in der beruhigenden Gegenwart des jeweils anderen, sagte sie: »Wo warst du nur so lange, mein Schatz. Du bist so kalt.«

Grischa kroch unter die Decke. Der Schlaf kam wie auf Zehenspitzen zu ihm – und mit ihm nach so vielen finster leeren Nächten endlich auch wieder Larissa.

Ihr Körper war in seinen Träumen vom Krebs weder besiegt noch zerstört, die Zeit hatte einen Bogen um ihre makellose Gestalt geschlagen. Sie nahm sein Gesicht in ihre warmen, weichen Hände.

»Ich bin müde«, sagte er.

»Ich weiß, mein Liebling, aber du musst noch etwas durchhalten.«

»So schwer«, murmelte er. »Und es wird nicht einfach … ohne dich gibt es keine einfachen Tage mehr …«

»Aber wir sind schon bald wieder zusammen, Grischa. Nur wir beide. Ohne ihn. Ohne den anderen, denn er hat keine Bedeutung mehr.«

(Der Eismann regte sich in ihm und trommelte wütend gegen seinen Kopf. »WAS REDET DIESE SCHLAMPE DA? ICH BIN EIN TEIL VON DIR, MEIN JUNGE, UND ZWAR DER, DER DEINEN ARSCH GERETTET HAT.«)

Grischa stöhnte im Schlaf wie ein Tier.

Lass mich tot sein, dachte er jetzt, lass mich so tot sein wie meine Frau und wie die Menschen, die ich getötet habe. Es war nicht gerecht, dass er am Leben war, während Larissa auf der anderen Seite von was auch immer trieb. Nicht der Tod, dem der so viele Jahre lang gedient hatte, machte ihm Angst.

Es war das Leben, vor dem er sich fürchtete, die endlosen, ausgehöhlten, krummen Jahre, die noch auf ihn warteten und mit ihnen der Terror der Sehnsucht nach jemandem, der ihm geraubt worden war.

»Es tut mir so weh, zu sehen, wie du dich quälst, Liebster«, sagte Larissa.

»Aber wie kannst du Schmerz empfinden, wenn du tot bist?«, fragte er.

»So wie ich Liebe und Freude empfinde, Hoffnung und Frieden und ja, auch Schmerz und Leid. Nichts davon endet. Wir enden nicht, Grischa. Wir existieren nur in einer anderen Form weiter. Wir hören nicht auf.«

Diese Worte, im Traum gewispert, beruhigten ihn, denn es gab keinen Grund, ihnen zu misstrauen, kamen sie doch aus dem unversehrten Mund seiner Geliebten.

»Erzähl mir von dem Licht«, sagte er, während er sich in ihre Arme begab.

»Du wirst es sehen, wenn du bei mir bist.«

Bald, bald.

KAPITEL EINUNDDREISSIG

Polly starrte auf den bewusstlosen Mann mit dem Gesicht ihres Vaters. Sie drehte sich um und eilte ins Badezimmer. Mevissen hörte, wie sie sich übergab.

Beck sagte: »Sie soll bloß sauber machen, deine kleine Freundin, Doc, wozu tragen wir Handschuhe und sind echt vorsichtig, wenn dein Mädchen Mist baut.«

»Lass sie in Ruhe«, sagte Mevissen und lief ihr hinterher.

O, Doc, du armer verliebter, verlorener Trottel.

Das Miststück scheint ihn gut im Griff zu haben, emotional gesehen, vom Herzen her, dachte Beck, wenn er denn gewusst hätte, was das bedeutete, weil er seit jeher Liebe mit Terror gleichsetzte. Wie Mevissen wohl reagieren würde, wenn Beck sie ihm wegnahm? Und wie würde er reagieren, wenn sich Beck ihm dann zuletzt in seiner wahren Gestalt zeigte?

Während sie das Erbrochene in der Toilette wegspülte, spülten ihre Gedanken sie zurück zu dem einsamen Mann mit dem Gesicht ihres Vaters.

Beck hatte Kneipen ausgesucht, Clubs, Treffpunkte für die Nachtgeschwader der Stadt. Zuhauf einsame Männer flatterten wie Motten in die stechenden, mitunter grellen Lichter, waren auf der Suche, suchten nach einem weiteren Körper, nach einem Gesicht, einem Lächeln, einem Blick; alles, was sie durch die nächsten Stunden brachte. Polly war nie alleine, Beck und Mevissen lungerten in der Kälte, in den Schatten herum, nachdem sie sie an ihr Ziel dirigiert hatten, die ersten zwei Versuche schlugen fehl, die Männer waren entweder zu traurig und versunken in ihren Schmerz oder zu gleichgültig.

»Du wirst schon auf den richtigen Typen stoßen«, hatte ihr Beck erklärt, »weil derjenige nach dir sucht, er weiß es nur noch nicht.«

Polly schwebte wie ein Irrlicht durch die Nacht, geschminkt, die Haare zusammengebunden, sie trug ein enganliegendes Kleid und fühlte sich dabei so falsch und leblos wie eine Schaufensterpuppe an. Oder wie der hilflose Versuch, als Amateurnutte durchzugehen, was ihr tatsächlich ein paar hässliche Bemerkungen einbrachte. Es gab Männer, die ihr einen Drink bezahlten und sie wie Fleisch musterten, um dessen Qualitäten abzuchecken. Schmierige, zottelige Randgestalten, wurde einer zu aufdringlich, nahmen ihn Beck und Mevissen kurz zur Seite.

»Sieh dich nach Geld um«, sagte ihr Mevissen.

Natürlich, dachte sie, wenn ich mich verschwende, soll es sich zumindest lohnen.

In ihrer Handtasche lag unter einem Schminkkasten und einer Rolle Kleenex ein verkorktes Röhrchen mit Becks Geheimwaffe.

Der Mann war nicht ihr Vater, aber er hätte es, vorausgesetzt, dieser hätte sich nicht totgefahren, in einigen Jahren, von der Zeit bearbeitet, durchaus sein können. Polly starrte ihn unverhohlen an, konnte nicht anders. Er starrte zurück, interessiert. Er war angesprungen.

Nein, dachte sie, tu das nicht, aber dann war er schon bei ihr und lächelte schüchtern. Polly versteifte innerlich, und ihre Zunge schmirgelte wie Sandpapier zwischen ihren Zähnen und schabte jede mögliche Warnung ab.

Er war Mitte sechzig, seine Haut grau und fahl, als käme er nicht genug in die Sonne oder ernährte sich nicht vernünftig genug, er war Lehrer für Englisch und Geschichte, im Ruhestand, verwitwet, er war wie alle auf der Suche nach einer Hand, die blieb. Gegen Sex hatte er allerdings auch nichts einzuwenden. Dass er so viel von sich in den ersten Minuten schon preisgab, zeigte nur seine tiefe Verzweiflung. Er trug einen beigefarbenen, anständigen Anzug, gute Schuhe, eine teure Uhr, seine Brille verrutsche auf seiner Nase, als er ihr einen Kuss gab. Er lebte alleine. Er war das perfekte Opfer. Er erinnerte sie so sehr an ihren Vater, dass sie ihn auswählte (und er sie, wie Beck es prophezeit hatte) und mit ihm in seine Wohnung ging. Sie fuhren in seinem Mercedes, während der Fahrt war vor allem er es, der redete, sie hielt sich zurück, Gott sei Dank hörte sich seine Stimme nicht wie die ihres Vaters an.

Im Rückspiegel folgte ihnen Mevissens Renault.

Er hieß Nils. Er legte die Hand auf ihre Knie.

»Sag mir, wenn du es nicht willst.«

Sie wollte.

Seine Wohnung war geschmackvoll eingerichtet, nicht von ihm, sondern von der Verstorbenen, dachte Polly, es war die Handschrift einer liebenden Frau, doch ohne sie lebten die Dinge in dieser Wohnung nicht mehr, jetzt waren sie nur noch Gebrauchsgegenstände, banaler Alltag.

Er holte eine Flasche Wein und öffnete sie. Sie tranken. Der Wein schmeckte nach gar nichts, wahrscheinlich hatten die Schmerzmittel inzwischen ihre Geschmacksnerven abgetötet. Wieder küssten sie sich. Er erzählte wieder von seiner verstorbenen Frau, ihr Gesicht hing in jedem der zahlreichen Bilder an den Wänden. Kein Wunder, dass er alleine bleibt, dachte sie, wer kann schon mit einem Gespenst konkurrieren? Du machst es falsch, dachte sie, du musst diese Bilder abhängen, sie erdrücken doch jede andere. Es war seltsam, ihn zu küssen. Er küsste unbeholfen, wie aus der Übung, seine Zunge klatschte gegen ihre, sie ekelte sich, sie dachte: Er ist *nicht* mein Vater, mein Vater ist fort. Seine rauen Hände wanderten über ihre

Brüste. Er flüsterte in ihr Ohr. Er bat sie, ihm die Hose zu öffnen. Ihre Finger erledigten beflissen diese Aufgabe; sie wichste ihn so, wie wenn man mit dem Tuch in der Hand den Hausflur wischt. Er weinte ein wenig, als er in ihre Hand kam.

Im Bad wusch sie sich die Hände und schrie stumm ihr abartiges Gesicht im Spiegel an. Die alte Matratzen-Polly grinste düster zurück. Danach ging er ins Bad, um sich zu waschen. Sie zog sich derweil aus und mischte die K.-o.-Tropfen in sein Weinglas. Sie tranken. Er konnte seinen Blick nicht von ihrem Körper lösen, Narben zogen sich wie zerstörerische Netzwerke über dessen Landkarte.

»Wer hat dir all das angetan?«, fragte er. Sein halbsteifer Schwanz fiel zusammen, die Lust war einer Besorgnis und einer aufrichtigen Traurigkeit gewichen, wie sie merkte, er war doch ein guter Mensch, aber es war bereits zu spät, um alles abzublasen.

Er sagte: »Mir ist so schlecht«, und sie führte ihn zum Bett, gerade noch, weil sie nicht wollte, dass er auf dem Boden aufschlug, er war viel schwerer als sie. Er brach zusammen, sein Blick ein ausgeleerter Eimer Erstaunen und Angst.

Sie schickte eine SMS ab.

Mevissen und Beck trugen Handschuhe und zwei große Adidas-Sporttaschen bei sich. Sie gingen mit der Effizienz von geübten Einbrechern vor. Als sie Mevissen so beobachtete, wie er das Hab und Gut eines anderen Menschen, mit dem ihn nichts verband, einsackte, ekelte sie sich einen Moment zu lange vor ihm. Sein Blick traf den ihren, und er *wusste es.* Beck zeigte ihnen grinsend den Schmuck der Toten. Sie hasste ihn dafür. Mehr noch hasste sie sich selbst.

In der Küchenschublade fand Beck ein nettes, großes Messer. Gute Qualität, etwas Japanisches. Samurai-Scheiße. Er steckte es ein. Es war nicht geplant, eher so als spräche die glatte scharfe Kontur der Klinge zu ihm.

Auf uns beide wartet noch Arbeit.

Mevissen steckte seinen Kopf durch die Tür.

»Wir gehen.«

Beck blieb an den Bildern hängen. Eine schöne, aparte Frau. »Wo ist denn dieses Täubchen?«

»Sie ist tot«, sagte Polly.

Beck grabschte daraufhin nach den Fotos und warf sie zu Boden, trampelte das Glas der Bilderrahmen kaputt.

»Was soll das?«, fauchte Polly, sie hatte die ganze Zeit neben dem bewusstlosen Mann gesessen, um seine Atmung zu überwachen.

Nutzloses Miststück, dachte er. Er kam auf sie zu, *sehr, sehr schnell*, und rammte sein Gesicht beinahe in ihres hinein.

»Hast du ein Problem?«

Mevissen sagte: »Es reicht, wir müssen weg, hört auf damit.«

Polly hielt Becks Blick stand, obwohl sie am liebsten noch einmal gekotzt hätte. Beck grinste verzerrt. Er sah auf den alten Mann runter. Sah auf das große Kopfkissen. Seine Hand griff danach.

NEIN, schrie es in Polly.

Mevissen berührte Becks Schulter. Der wirbelte herum. »Lass das, Doc. Fass mich nicht an, als wäre ich deine Schlampe.«

»Was hast du denn vor? Willst du ihn töten?«

»Und wenn?«

»Der Kerl ist hinüber. Er wird sich später an nichts erinnern.«

»An deine Freundin schon.«

Polly sagte: »Wenn du ihn anrührst, geh ich zu den Bullen.«

Beck sagte: »Du? Du gehst zu den Bullen. Um was? Um was zu tun?«

Mevissen trat einen Schritt zurück, und Beck sah, wie dessen linke Hand in seine Jackentasche glitt. Er wusste von dem Springmesser dort.

Du bist nicht schnell genug, Doc, glaub mir.

»Da ist einer ja ganz schön Muschi-hörig geworden«, sagte er.

»Sei still«, sagte Mevissen.

Auf dem Bett gab Nils Klausner ein Stöhnen von sich.

»Jetzt haben wir ihn wach gemacht«, sagte Beck spöttisch.

»Wir gehen«, sagte Mevissen. Die Hand in der Jackentasche verborgen. Beck spürte den Todestrieb in sich herangaloppieren wie eine entfesselte, panische Herde von Pferden.

»Okay«, sagte er.

Die Pferde brannten, weil er sie mit Benzin übergossen und angezündet hatte. Ihre entsetzlichen Laute waren nicht von dieser Welt.

»Hab mich danebenbenommen, Doc«, sagte Beck mit ruhiger Stimme.

Brennende Pferde, die ihre flammenden Spuren durch die tiefe schwarze Nacht zogen, sich zerstreuten, zusammenbrachen, krepierten. Herrlich.

»Nimmst du meine Entschuldigung an?«

»Ja. Jetzt lass uns hier verschwinden.«

Beck nickte. An Polly verschwendete er kein Wort.

Er wusste nie ganz genau, wann seine Maschine angeworfen wurde, aber wenn es so weit war, gab es nichts, was ihn runterkochen konnte, außer loszulegen.

Und als ahnten die beiden es, vermieden sie es, ihn allzu lang in ihrem Rücken zu haben.

KAPITEL ZWEIUNDDREISSIG

Robert zog die Schlüsselkarte durch den Schlitz und betrat sein Hotelzimmer. Er hatte die Nacht bei Selina verbracht, sie hatten geredet, vor allem über sie, und miteinander geschlafen. Selina schlief noch, als er sich anzog und sie verließ. Es gab so viele Dinge, über die er ernsthaft nachdenken musste. Ernsthaft in einer Art und Weise, die über Leben und Tod entschied.

In Gedanken versunken – und erst als er seinen zerstreuten Blick hob, bemerkte er, dass er nicht alleine war. Da war eine Bewegung hinter ihm, und dann explodierte ein Schmerz in seiner rechten Seite und Robert ging zu Boden. Einen Moment lang war alles schwarz. Eine Zeitlang war er unfähig, auch nur ein Wort herauszubringen.

Die beiden anderen Männer, die während seiner Abwesenheit in sein Zimmer eingedrungen waren, sahen zu, wie der große, schwere Mann vor ihnen versuchte, wieder klarzukommen.

Arschawin hatte es sich auf seinem Bett gemütlich gemacht. Auf dem Stuhl am Fenster saß die gedrungene Gestalt eines älteren Mannes. Dessen Augen schnappten regelrecht nach Robert wie ein Haifisch nach seiner Beute. Und genauso kalt und tot waren diese Augen.

»Hallo, mein Freund«, begann Arschawin und machte Anstalten aufzustehen, um mit Robert auf Augenhöhe zu sprechen.

»Bleib sitzen und halt dein Maul«, zischte der ältere Mann. Arschawin sah ihn an und der Anflug eines überlegenen selbstsicheren Grinsens verschwand so schnell aus seinem Gesicht wie eine Exfrau mit der Kreditkarte. Jetzt wusste Robert, wer hier das Sagen hatte. Der Alte strahlte eine natürliche Autorität aus – die professionelle Ruhe des Schlächters.

Drei Männer in einem Raum, der angesichts ihrer Gegenwart immer kleiner wurde. Gewalt lag in der Luft, ein elektrisch aufgeladenes Flimmern, ein Hitzeschwall trotz der Kälte, die der Ältere verströmte.

Das ist also der Eismann, dachte Robert und sein Magen wurde hart wie Stein.

»Wo ist Mikosch?«, fragte der Killer. Sein Deutsch war schlecht, aber verständlich.

»Ich bin ihm noch nicht begegnet«, sagte Robert. Der Schmerz pulsierte wie ein Lebewesen in ihm.

»Warum nicht?«

»Er ist mir noch nicht über den Weg gelaufen.«

»Aber du schläfst mit seiner Tochter?«

»Na und«, platzte es aus Robert heraus. Plötzlich merkte er, wie wütend er wurde, weil dieser Blutsäufer anscheinend im Bilde über ihn und Selina war. Robert schoss einen hasserfüllten Blick auf Arschawin ab, der sich zu einem Grinsen quälte, immer noch frustriert wegen seiner brüsken Herabsetzung.

»Hören Sie«, sagte Robert, »das hier war nicht nötig … und was Mikosch angeht, so schnell geht das nicht, ich habe …«

Tatsächlich verstand er rein gar nichts. Sie alle hier arbeiteten für Nagy – technisch gesehen waren sie Verbündete, oder? Aber natürlich hatte er nichts mit diesen Gestalten hier gemeinsam, nicht wahr? Er war nicht der Mann fürs Grobe, er war nur der Typ, der sich in die Tochter eines Mannes verliebt hatte, den er diesen Wahnsinnigen hier ausliefern sollte. Zum ersten Mal verstand Robert einiges. Zum Beispiel, was so ein plötzlicher Ausbruch von Gewalt bewirken konnte.

Angst. Ja, Angst.

»Ja«, sagte der Russe. »Das war nicht nötig. Du würdest uns ja auch nicht belügen.«

Er beugte sich zu Robert vor.

»Du lügst mich doch nicht an, oder?«

Robert schüttelte den Kopf und zwang sich, den Mistkerl anzusehen und standzuhalten. Der Blick des Russen bohrte sich wie ein Messer in seinen Kopf.

»Ich bin an der Frau dran«, sagte er, »aber ich kann Mikosch nicht herbeizaubern …«

»Die Frau weiß, wo er ist?«, fragte der Killer.

Robert schüttelte den Kopf. Er log, und er betete, dass der

Killer nicht in seinen Augen las. Der Killer kratzte sich am Kinn und dachte nach.

»Vielleicht frage ich sie selbst …«

»So war das aber nicht geplant«, sagte Robert und verfluchte Nagy. Von wegen Florett, dachte er. Wenn diese beiden Mistkerle loslegten, dann in der Art einer verfluchten Kettensäge.

»Nagy will es aber nicht auf diese Tour«, sagte Robert.

»Nagy will sein Geld und er will den Dieb, und alles, was dazu nötig ist, wird veranlasst«, sagte Arschawin.

Robert ging aufs Ganze. Er sagte: »Dann kann ich ja auch wieder gehen. Wenn es nach Ihren Spielregeln läuft, bin ich hier fehl am Platze.« Ihm war bewusst, dass er Selina und ihre Mutter damit praktisch preisgab – ihr Leben in die Hände von Soziopathen legte. Aber er baute darauf, dass Nagy nicht von heute auf morgen seine Taktik geändert hatte. Diese Kerle wollten ihn nur testen, Druck machen, wenn nötig, sehen, aus welchem Holz er geschnitzt war. Aus Stein, dachte er, einst aus Stein. Aus einem Felsen. Der Russe sah zu Arschawin und bellte etwas auf Russisch. Arschawin antwortete ihm. Robert schwieg. Der Killer rieb sich das Bein und schlenderte ans Fenster. Robert richtete seine Aufmerksamkeit auf Arschawin. Der grinste ihn frech und … triumphierend an.

Das war gar nicht gut.

Es schien, als wüsste Arschawin etwas, das Robert wie ein erneuter Treffer mit dem Schlagring zu Boden schmettern würde. Und er wartete nur darauf, diese Nachricht auszupacken.

»War sie eigentlich ein guter Fick?«

»Das geht dich nichts an«, sagte Robert. Sie beobachteten ihn also. Ihn und Selina.

»Aber es interessiert mich. Ich könnte sie auch selbst fragen … vielleicht tu ich das.«

Er will dich nur provozieren, dachte Robert, steig nicht drauf ein.

Arschawin sagte: »Gewöhn dich nicht an die Schlampe, mein Freund.«

Robert sah den Russen an.

»Was soll das?«

Der Russe grunzte und durchbohrte Arschawin mit seinem Eisblick. Er hatte heute Morgen erst neue Anweisungen erhalten. Übermittelt von Arschawin, der sie von Nagy bekommen hatte und der sie Robert Abraham gerne selbst mitgeteilt hätte. Aber das hier war Sache des Eismannes.

»Wir töten Mikosch nicht«, sagte er zu Robert. »Wir schnappen ihn uns, aber wir töten ihn nicht. Wir lassen ihn nur zusehen.«

»Zusehen? Bei was denn zusehen?«

Arschawin lachte.

Der Russe sagte: »Wir lassen ihn dabei zusehen, wie wir seine Tochter töten.«

Und *du* darfst ebenfalls zusehen, dachte Arschawin, als er in Roberts erstarrtes Gesicht blickte.

Es hatte ihn ja selbst überrascht.

»Eine Planänderung?«

Arschawin sprach mit Vertikoff, dem Mann, der Nagys Befehle übermittelte.

»Die Tochter ist das Primärziel. Ihr Vater bleibt am Leben, er wird nicht weggepackt.«

»Das leuchtet mir nicht ein.«

Vertikoff lachte. Lachte ihn aus.

»Wen interessiert denn deine Meinung?«

Du Arschloch, dachte Arschawin. Er sagte: »Was ist mit Abraham?«

»Was soll mit ihm sein?«

»Wie soll ich ihm das jetzt wieder erklären?«

»Erklären? Willst du hier eine Diskussion starten, oder was? Der Boss hat seine Meinung eben geändert. Die Tochter ist dran. Vor den Augen ihres Vaters. Ewiger Schmerz, verstehst du.«

»Ja.«

»Dann ist ja alles klar.«

Na klar, war alles klar. Abraham hatte es jetzt auch kapiert, so fassungslos, wie er Arschawin ansah. Arschawin empfand plötzlich eine tiefe Befriedigung dabei. Er tätschelte Abrahams Kopf und folgte dem Eismann nach draussen.

Die beiden Männer verließen das Hotelzimmer, und Robert war alleine. Er versuchte als Erstes, Nagy zu erreichen, aber als man ihn nicht durchstellen wollte, war ihm klar, dass Arschawin und der Eismann ihm keinen Mist erzählt hatten. Mikosch war ein toter Mann – nicht im wortwörtlichen Sinne, wie Robert gedacht hatte. Mit anzusehen, wie seine Tochter starb, der einzige Mensch auf Erden, der ihm etwas bedeutete, war schlimmer und zerstörerischer, als selbst zu sterben. Ein wahrhaft teuflischer Plan, der auch Robert getäuscht hatte. Allerdings konnte Nagy nicht wissen, dass sich die Dinge für Robert inzwischen grundlegend geändert hatten.

Jetzt mehr denn je.

Mikosch musste aus der Stadt verschwinden. Aber das würde er nicht tun, ohne mit Selina gesprochen zu haben. Zu seinen Bedingungen.

Was soll ich tun, dachte er. Was kann ich tun?

KAPITEL DREIUNDDREISSIG

Ehrlich gesagt, fühlte sich Beck in letzter Zeit nicht so gut. Das letzte Mal lag gerade erst ein paar Tage zurück, Margot, und er war schon wieder auf der Suche. Und das, wo er doch gerade Besuch aus der Vergangenheit hatte. Dazu noch von einem, der atmete und lebte – was das anging, stellte Mevissen wirklich eine Ausnahme dar. Diejenigen, die danach seinen Weg gekreuzt hatten, befanden sich nicht mehr in so gutem Zustand. Tatsächlich musste man ihren Zustand als ausgesprochen letal bezeichnen.

Ein eiskalter Hauch aus dem Untergrund umklammerte ihn, die düsteren Wolken zogen wie im Zeitraffer über ihn hinweg, verbanden sich zu bizarren Formen, Rohrschachmustern gleich. Beck blickte hinauf und in phantomartige Gesichter, die sich aus den wirbelnden Formationen herausschälten. Nur für ihn natürlich. Er erkannte sie alle … Sandra, Carla, Agnes, Uschi, Monika, Edda und Margot. Verbargen sich diese Fotzen etwa da oben im Himmel, wo ihre Körper doch inzwischen in der Hölle verschimmeln sollten? Ja, schaut ruhig runter, dachte er und streckte ihnen den Mittelfinger entgegen, was soll's, was soll's, ich bin Kummer gewohnt. Dass man ihn beobachtete, vielmehr: dass er sich beobachtet fühlte, war kein Spleen, sondern ein psychischer Defekt, den er durchaus als solchen begriff.

Der Killer war paranoid, und das machte ihm Angst. Er hatte diese wirklich lästige Angewohnheit, sich ständig umzusehen. Natürlich fiel so ein Verhalten auf. Einmal, als es ganz schlimm war und Beck keine zwei Schritte tun konnte, ohne sich den Hals zu verrenken, sprach ihn ein zufällig vorbeischlurfender Penner darauf an.

»Was gibt's, Kumpel«, begann er, als würden sie sich schon Ewigkeiten kennen, »suchst du jemanden, oder kleben dir die Bullen am Arsch, oder was ist los mit dir?«

»Ich hab meine Mami verloren und finde sie nicht mehr«, sagte er aus einer Laune heraus. Der grauhaarige, graubärtige, stinkende Menschenmüll, der sich auf einen Rollator stützte, an dem ein halbes Dutzend mit Leergut vollgestopfte Taschen hingen, sagte: »Du bist doch schon ein großer Junge« und zog weiter. Nahm den Wahnsinn des Killers in seinem Rücken nicht mal wahr. Leute gibt's!

Das bin ich, du Arschloch, du solltest mal sehen, wie GROSS ich bin, wenn die Hexen begreifen, was Sache ist, dachte Beck. Aber natürlich würde ihn niemals ein anderer außer seinen Opfern in Aktion erleben – und wenn, dann würde diese Person nichts mehr davon berichten können.

Was den Penner anging, von Beck hatte er nichts zu befürchten: Solche Kerle überlebten den Winter ohnehin meistens nicht, jedes Jahr kratzten die Behörden ein paar von den Straßen. Der Typ war tot, ohne es zu wissen. Das unterschied ihn von Beck. Beck wusste, dass er selbst schon tot war. Ein toter Mann, eine Totgeburt. Ein wandelnder Toter inmitten von Lebenden. Und das war ja unter anderem ein Teil seines Problems. Er fühlte sich schlecht, aber das machte ihm keine allzu großen Sorgen; er kannte ja ein Mittel dagegen. Allerdings störte ihn die kurze Zeitspanne, zwischen Edda und Margot lagen mehrere Monate, und wenn er jetzt wieder etwas unternähme … im Gegensatz zu anderen unterschätzte er die Bullen nicht. Er nahm ihre Arbeit durchaus ernst, deswegen lief er überhaupt noch draußen herum. Und trotzdem war er wieder unterwegs … mal abgesehen von der anderen Sache, die er laufen hatte … nun, das hier war seine ganz persönliche Angelegenheit.

Mevissen zum Beispiel würde das hier gar nicht verstehen … aber wäre er auch überrascht, erstaunt, entsetzt? Nicht wirklich, dachte Beck, nicht wirklich.

Beck spürte einen Blick in seinem Rücken – so wie man das sich nähernde Messer eines Mörders spürt. Er ging vorerst weiter und unterdrückte den Impuls, sich umzudrehen und auf seinen Verfolger loszustürmen. Seine Hände verkrampften sich so heftig, dass sie schmerzten, und er hob sie an sein Gesicht und hauchte in sie hinein. Suchte nach einem Schaufenster, suchte nach Spiegeln, endlich kam er an einem Geschäft vorbei, Damenmode, Nuttenklamotten, er blieb stehen und gab den interessierten Voyeur und wartete und sah den anderen gespiegelt auf der gegenüberliegenden Straßenseite dahinstolpern. Amateurhaft und idiotisch. Eine lächerliche Type.

Und ein Gesicht, das er wiedererkannte.

Markowitz wich einer mit schweren Einkaufstaschen beladenen Frau aus, die zwei quengelnde Kinder hinter sich herdirigierte, rutschte beinahe auf einer Eisplatte aus, stolperte ein-, zweimal, rieb sich das durch die schneidende Kälte wunde Gesicht warm, bohrte in den vom Wind gepeinigten Augen und als er wieder nach dem Typen sehen wollte – nichts. Dabei verfolgte er ihn schon eine ganze Weile durch die Stadt.

Dass er ihn wiedergefunden hatte … tja, wie ließ sich das erklären? Vielleicht durch Eddas ihn leitende Hand? Er hatte Co Bao in der Wohnung zurückgelassen, das gute Mädchen hatte ihn nicht gehen lassen wollen, und tatsächlich, sein ramponierter Zustand war nicht für diese Art Wetter gemacht. Scheiß drauf, sagte er sich, früher habe ich die ganze verdammte Stadt innerhalb eines einzigen Tages durchquert … früher, wie viel früher denn?

Jedenfalls wollte er es versuchen. Die Worte des Bullen hatten ihn aufgeschreckt, mehr noch: ihn beschämt. Und das war ein Gefühl, das er in dieser Intensität schon lange nicht mehr gespürt hatte.

Er suchte nach der Nadel im Heu, nein, im Scheißhaufen, später dachte er dann, dass die Nadel stattdessen ihn gefunden hatte. Er quälte sich schon eine Stunde lang durch die bekannte Topografie, weiß Gott, es war nicht leicht, die vertrauten Schauplätze ihrer Kämpfe wieder aufzusuchen. Jetzt, im Winter sahen sie noch trostloser aus; Kioske, Trinkhallen, Parkbänke, Unterführungen, die immer gleichen Wege, die sie zusammen beschritten hatten, so lange aneinandergekettet wie Galeerensträflinge, bis es Markowitz gelang, seine zu lösen. Sie zu verlassen, um sich selbst zu retten. Zu retten? Sieh dich doch an. Gerettet? Du? Du bist ein elender Säufer, ein Versager, schlägst eine junge Frau, die tatsächlich etwas für dich empfindet. Herrgott, was ist aus dir geworden? Zu kalt für Selbstmitleid, dachte er, viel zu kalt.

Er war entsetzlich müde. Er trottete den ganzen Weg zurück, und auf halber Strecke, als er den anderen Kerl beinahe wieder vergessen hatte, sah er ihn aus einem Wettbüro kommen. Irgendwie schaffte es Markowitz, seinen Körper hinter ein Werbeplakat für eine Automarke zu drücken, bevor der andere ihn wahrnahm.

Das war er, das war der Typ aus Eddas Wohnung.

Markowitz klemmte sich hinter ihn, folgte ihm in gebührendem Abstand, von neuer Energie erfüllt.

Je länger sie unterwegs waren, desto leerer wurden die Straßen. Die Menschen flohen in ihre Wohnungen oder zumindest in irgendwelche Hauseingänge, in Geschäfte, Straßenbahnen, die U-Bahn, Autos.

Die Stadt schien sich nur noch auf sie beide zu reduzieren.

Und plötzlich war der Kerl verschwunden.

Markowitz hatte einen Moment lang nicht aufgepasst.

Er hielt inne und blickte sich hilflos um.

Geschlagen.

Immerhin kannst du jetzt zurück zu Co Bao gehen, dachte er, du hast es versucht, immerhin, du hast es versucht, und vielleicht ergab sich morgen eine neue Gelegenheit. Denn eines war ihm klar: Der andere war wieder auf der Suche, und solange er suchte, war er auf der Straße und klapperte all die Orte ab, die auch Markowitz vertraut waren.

Markowitz musste dringend pissen und fand eine geeignete Stelle hinter dem Parkplatz eines PENNY-Discounters, einigermaßen verborgen zwischen einem Maschendrahtzaun und Müllcontainern. Sein Herz schlug so heftig wie schon lange nicht mehr, und sein Puls galoppierte mehr, als ihm guttat. Seine Blase war zum Bersten gefüllt, und weil er nicht in der Lage war, schnell genug den gefrorenen Reißverschluss zu öffnen, streifte er seine Hose einfach ab und stand mit nacktem Arsch im kalten Wind, als –

»Suchst du nach mir, Freundchen?«

Die Stimme schien hinter ihm aus dem Boden zu steigen, so grabesdunkel hörte sie sich an. Markowitz hatte seinen Schwanz in der Hand, und genauso fühlte er sich auch – buchstäblich mit heruntergelassenen Hosen erwischt.

»Bitte«, sagte er.

»Häh, bitte was? Sieh mich an, du alter Pisser.«

Und die vertraute Stimme befahl ihm, sich umzudrehen.

»Lass deine Hände schön baumeln, die Hose unten, so gefällst du mir schon viel besser«, machte die Stimme weiter, so clever wie demütigend, weil Markowitz dadurch weder zu fliehen noch zu kämpfen vermochte. Seine Hose um die Knöchel geschlungen, erwies sich als Falle und Verhängnis. Markowitz fühlte sich ausgeliefert und hatte große Angst. Jeglicher Enthusiasmus war verflogen. Er verfluchte sich dafür, dem Kerl gefolgt, ja ihn überhaupt gesucht zu haben.

Er drehte sich um und wappnete sich, und endlich erhielt die Stimme ein dazugehöriges Gesicht.

Ja, jetzt hatte er die Bestätigung, von Angesicht zu Angesicht, dass es derselbe Kerl war, der ihn in Eddas Wohnung so gedemütigt hatte. Dieselben finsteren, toten Augen.

Die Kälte attackierte augenblicklich seinen schlaffen Schwanz und seine baumelnden Eiern, und der damit verbundene Schmerz trieb ihm Tränen in die Augen.

»Na, na, du weinst doch nicht etwa wegen mir? Oder sind das Freudentränen, weil wir uns wiedersehen?«

»Ich muss meine Hose hochziehen«, murmelte Markowitz. »Ist zu kalt.«

»Lass deine Pfoten von der Hose, Pisser, oder ich breche sie dir.«

»Mir gefrieren die Eier, Kumpel«, versuchte es Markowitz noch einmal.

»Wen interessiert schon, wenn deine Eier kaltgestellt werden. Deine Ex doch nicht mehr, oder? Wie geht's ihr übrigens, hab sie lange nicht mehr gesehen.«

Markowitz stöhnte, weil der Kerl Edda erwähnte – und weil er untenrum bereits taub wurde. Seine steifen Finger fummelten an seiner Unterhose, wenigstens die, dachte er, wenigstens …

»Ich sagte: Pfoten weg.«

Ein bösartig widerliches Zischen ließ Markowitz gehorchen. Nein, dieser Stimme widersprach man nicht.

Er blinzelte hektisch dabei und versuchte irgendjemanden auf sich aufmerksam zu machen. Leider war der Parkplatz bis auf drei, vier verlassene Autos leer, und die wenigen Menschen, die einkauften, sahen zu, dass sie so schnell wie möglich ins warme Innere des Ladens kamen. Niemand interessierte sich für die zwei Gestalten in der Ecke. Beck betrachtete Markowitz' Schwanz und Eier und grinste. Dieser Anblick war so verstörend, dass Markowitz zu Boden blickte, weil ihm sonst das Herz stehengeblieben wäre. Er zitterte unkontrolliert am ganzen Körper, und die Kälte war nur teilweise der Grund.

O Gott, dachte er. Er verfluchte jetzt, dass er ein Säufer war und in den letzten Jahren rapide abgebaut hatte. Sein Körper war in einem elenden Zustand. Er fühlte sich wehrlos und schwach, kein Gegner für so einen Kerl. Und als sich dieser Gedanke in ihm breitmachte wie sonst nur der Alkohol, da hatte er sogar eine Art Erleuchtung: da begriff er, was er Co Bao angetan hatte.

Verzeih mir, dachte er, von einer dunklen Vorahnung ergriffen, so als offenbarte sich ihm die Stunde seines Todes.

»Die Finger erfrieren meistens zuerst«, sagte Beck, »kleine von dünner Haut umgebene Blutgefäße, erst Finger, dann Zehen, werden ganz schwarz und fallen dann ab, aber ich frage mich immer, wie's die Kumpels da unten aushalten, wenn sie im nackten Wind stehen. Also, DAS würde mich wirklich mal interessieren. Aber dafür müsste es wirklich kalt sein, ich glaube, hier reicht's nur für ne nette Blasenentzündung … es sei denn, jemand packt deine Freunde in Wasser und lässt sie die Nacht draußen verbringen.«

Markowitz schloss die Augen, überlegte, ob er um Hilfe rufen sollte. Mehr als einen Schrei bringst du nicht raus, dachte er, denn mehr als einen wird er nicht zulassen.

Wenn überhaupt.

»Schlaf nicht ein und sieh mich an, wenn ich mit dir rede, Pisser. Alles andere ist respektlos.«

Beck jauchzte innerlich. Er freute sich wie ein Geier, der unverhofft einen Kadaver entdeckt. Seine Paranoia hatte sich zur Abwechslung mal als real erwiesen – dieses zitternde Bündel Elend vor ihm war KEINE EINBILDUNG, kein Auge am Himmel oder im Schatten, wo es ihn blutrot anstarrte und dabei niemals blinzelte, das Auge des VERFOLGERS. Der VERFOLGER agierte im Unsichtbaren, er zeigte sich nicht bis auf die Zeichen seiner Entität – einem konzentrierten Block aus Wahnsinn, Chaos und Depression. Dieser massive stählerne Block torpedierte zunehmend seine immer komplexeren Versuche, die fragile Balance in sich aufrechtzuerhalten. Das, was ihn davon trennte, nackt und brüllend, axt- und messerschwingend durch die Straßen zu rennen und dabei alles und jeden in seinem Weg, egal, ob Frau, Greis oder Kind, niederzumetzeln.

Edda, dachte er, Edda, du hast mir nie dafür gedankt, dass ich dich von deinem Elend hier erlöst habe. Denn natürlich wäre sie wieder zu ihm zurückgekehrt … zurück in den Suff, in den Dreck ihrer gemeinsamen nutzlosen Existenz … er hatte diese Fotze von ihrem verbrauchten, ausgelaugten Körper befreit, endlich konnte ihr Fleisch in Ruhe verrotten. Die anderen Elemente ihrer Existenz abseits des Fleisches interessierten ihn genauso wenig wie ein nächtlicher Furz, der unter der Bettdecke bleibt.

»Bitte lassen Sie mich gehen.«

Das »Bitte« gefiel ihm ungemein. Es hatte so etwas Verzweifeltes an sich. Er hatte so ein »Bitte« schon oft gehört und es sogar aufgezeichnet – im Moment des größten Terrors veränderte sich die Art, wie es ausgesprochen wurde, flehentlich, unterwürfig, genauso wie sich der Ausdruck auf den Gesichtern der Fotzen veränderte, sich von einem ungläubigen Flüstern bis hin zu einem Kreischen und Schreien steigerte, nur um dann mitsamt dem Körper unter seinen Händen unterzugehen.

Beck hatte schon entschieden, den Pisser zu entsorgen, aber nicht hier und nicht jetzt. Etwas fehlte ihm. Er hätte ihn zwar erwürgen, den Kehlkopf zertrümmern, die Halsschlagader aufbeißen können, doch er dachte nur an das gestohlene Küchenmesser mit den Fingerabdrücken des alten Lutschers von heute Morgen.

Dieses Messer, das er in seiner geheimen Kammer versteckt hatte, tanzte neckisch in seinem verwirrten Geist herum. Es bettelte geradezu danach, benutzt zu werden. Wie könnte er dieser Bitte widerstehen, wo er doch so schwach war, wenn es darum ging, die Dinge über die Grenze zu pushen. Es gab Gründe, warum er das Messer hatte mitgehen lassen, und genau hier stand einer – zwar unverhofft, aber Beck nahm alles, was kam – und fror sich die Eier ab.

Eine Fügung, dachte Beck, das ist es und er fletschte die Zähne und verdrehte die Augen, als er nach dem VERFOLGER Ausschau hielt, und lüftete für einen kurzen, intensiven irrsinnigen Moment reinen Wahnsinns die Maske und ließ Markowitz einen Blick in die Fratze seines künftigen Schlächters werfen. Markowitz ging in die Knie und brach zusammen. Beck stieß seine Hände in die dünnen Manteltaschen von Markowitz und förderte dessen Brieftasche zutage. Nahm zwei schlappe

Zehner heraus, eine Entschädigung für die unverschämte Belästigung dieses Subjekts, aber das Geld war nur eine Nebensache. Tatsächlich wollte er an die Adresse seiner Wohnung ran.

Er prägte sie sich ein, für später. Oder früher.

Egal, der Tod maß in anderen Zeiteinheiten, und er war der Tod.

Erledigt, dachte er, und dich erledige ich auch.

Dann blickte er sich erneut um, eine schnelle Rechts-links-Kombination, und trat aus dem schmalen Durchgang zwischen Zaun und Containern und bog um die Ecke, und dann löste er sich buchstäblich in Luft auf.

Und wo er eben noch gestanden hatte, könnte man meinen, es röche nach faulen Eiern und Madengewimmel, nach Schwefel und Eiter.

Markowitz hatte sich zusammengerollt und seine Hände um die Genitalien gelegt, er lag da wie neugeboren und weggeworfen zugleich. Er hatte die Augen geschlossen, weil er nichts mehr sehen wollte, schon gar nicht den Dämon über ihm. Als er begriff, dass der dunkle Mann weg war, stopfte er sich mühsam Eier und Schwanz zurück in die Hose und schaffte es irgendwie, sich so weit herzurichten, dass er den Schauplatz seiner Demütigung verlassen konnte. Geschlagen, besudelt, zerstört schleppte er sich in eine S-Bahn und drückte sich in die hinterste Ecke direkt ans Fenster. Die Leute um ihn herum starrten Löcher in die Luft, seine Anwesenheit wurde nicht einmal registriert. Er fuhr zurück zu seiner Wohnung. Der Weg dorthin zog sich unendlich lange und ließ ihm Zeit, sein Entsetzen und den Terror langsam abzustreifen. Ganz würde er ihn nie mehr loswerden – so wie seine Trunksucht.

Das ist der Mann, dachte er die ganze Zeit über, das ist Eddas Mörder. Er hatte einem wahnsinnigen Killer gegenübergestanden, und jetzt galt es, diese Erfahrung festzuhalten, sie förmlich zu fixieren und dann die richtigen Schlüsse aus ihr zu ziehen.

Was das eine anging, würde ihm Co Bao helfen müssen. Das andere konnte er selbst erledigen: sich bei Abraham zu melden. Denn wenn es tatsächlich so war, dass der Mann, der Edda getötet hatte, an noch einem Mord beteiligt war, dann musste er gestoppt werden. Und Markowitz konnte sich dem nicht entziehen. Denn er hatte trotz allem vor langer Zeit Edda geliebt, lange bevor die Dinge schiefliefen … aber es hatte diese Zeit einmal gegeben, und deshalb war er ihr es schuldig.

Einmal machst du etwas richtig, dachte er. Und wenn es das Letzte ist, was du tust.

Und damit sollte er nun wirklich mal recht behalten.

Denn zwei Stunden später bekam er Besuch.

KAPITEL VIERUNDDREISSIG

Abraham stand am Fenster seiner Wohnung und starrte hinaus auf die Stadt. Die Kälte hatte die Straßen ungewöhnlich leergefegt, kaum zu glauben: Berlin, Geisterstadt.

Nun, nicht wirklich.

Es blieben genug Menschen, die sich darum kümmerten, dass die Stadt funktionierte, die in ihren Eingeweiden und in ihrem Kopf, am oberen und unteren Ende der Skala, damit beschäftigt waren, die Dinge am Laufen zu halten, Männer und Frauen in Uniformen und an Fließbändern, in Stellwerken und Ämtern. Und natürlich waren auch andere Gestalten unterwegs; Junkies auf der Suche nach dem nächsten Schuss, Kleinkriminelle, die sich für den nächsten Kioskraub kostümierten, Betrüger, die gerade jetzt die nächste alte Oma im Namen imaginärer Enkel telefonisch um ihre Ersparnisse erleichterten.

Als er von Lydia Beenhakker zurückkam, immer noch wie

verzaubert von einem Gefühl, das er im einen Moment als Verliebtheit pries, im anderen als bloße Komplizenschaft abtat, Komplizenschaft im Sinne von Schicksalsgefährten, die in fast demselben Alter dem Bösen in der eigenen Familie begegneten, war er aufgewühlt und ein wenig orientierungslos. Am liebsten wäre er durch die Stadt gefahren, da war der Wunsch, die alten Orte aufzusuchen, an denen er früher mit Robert abgehangen hatte. Der Zeit nachzuspüren, sie zu schmecken, zu riechen, sich zurückfallen zu lassen, um erneut seine beschützende Nähe zu spüren. Aber dann entschied er sich aufgrund der schlechten Witterung dagegen, außerdem war er wirklich müde, emotional erschöpft. Nachher begann sein Dienst, er kehrte zurück, ein Streifenwagen stand vor der Tür des Mietshauses, in der seine Wohnung lag.

Einer der Beamten klärte ihn auf: Der Mieter aus dem Parterre, Nils Klausner, ein pensionierter Lehrer, war ausgeraubt worden, nachdem man ihm K.-o.-Tropfen verabreicht hatte. Die Wohnung war komplett auf den Kopf gestellt worden, Schubladen, Schränke waren durchwühlt und Wertsachen, Schmuck seiner verstorbenen Frau, teure Uhren und Bargeld gestohlen worden. Dem Mann ging es den Umständen entsprechend, er wurde vom Notarzt versorgt und würde im Krankenhaus gründlich untersucht werden.

»Vielleicht wollen Sie ihn noch etwas fragen«, sagte der junge Beamte, so alt wie Abraham vor langer Zeit und genauso unsicher, verletzlich, berührbar.

»Sie wissen, wo ich arbeite?«

»Äh ja, Mordkommission.«

»Tja, wenn er noch lebt, bin ich nicht für ihn zuständig.«

Der Beamte sah ihn aus großen Augen an und nickte. Abraham grinste und schlug ihm auf die Schulter.

Er begrüßte die Kollegen vom Einbruchsdezernat, sie tauschten kurz allgemeine Nettigkeiten aus, und Abraham versicherte ihnen, dass er sich als Nachbar um Klausner kümmerte und nicht als Polizist, denn dies hier war nicht sein Spielfeld. Klausner lag bereits auf einer Trage, es ging ihm nicht gut, ob von den Nachwirkungen des Liquid Ecstasy oder der Demütigung und dem Verlust nicht nur seiner Wertgegenstände, ließ sich nicht so einfach unterscheiden. Klausner hatte eine junge Frau mit in seine Wohnung genommen, sie hatten Wein getrunken, den Rest konnte sich Abraham denken. Klausner, von dem es im Haus hieß, er sei seit sechs Jahren verwitwet und alleine, tat ihm leid.

»Natürlich wusste sie nicht, dass ich mit einem Kommissar unter einem Dach wohne«, sagte er. »Dann hätte sie diesen Mist nicht gemacht.«

»Wer weiß«, sagte Abraham, »wenn sie das professionell macht, würde sie nicht mal der Teufel nebenan abschrecken. Aber vielleicht sollten wir demnächst ein Schild anbringen: ACHTUNG, BULLE IM HAUS.«

»Ich bin nur froh, dass ich lebe«, sagte er mit bleichem Gesicht. »Was hätte sie in meinem hilflosen Zustand nicht alles mit mir machen können? Beängstigend, wenn das eigene Leben in der Hand eines Fremden liegt.«

Zurück in seiner Wohnung, duschte Abraham erst heiß und dann kalt, kochte sich Kaffee, rauchte eine Zigarette, hörte Radio und sammelte seine zerstreuten Gedanken.

Unterbrochen von seinem Handy.

Er wollte nicht rangehen. Nicht noch ein Mord, kein weiterer Totschlag, er wollte dem ganzen Scheiß den Rücken zukehren, weglaufen, doch wohin hätte er fliehen sollen? Selbst seine Träume waren Fallen, boten keine Fluchtwege. Man macht einfach weiter, es hilft nichts. Irgendwann endet man in einem schäbigen Hotelzimmer mit dem Lauf einer Waffe im Mund, wenn es schlecht läuft. Und wenn es gut läuft … ja, nur läuft es nicht gut.

Ihm fiel ein, dass es vielleicht Lydia war, die ihn nach der gestrigen Nacht anrief. Plötzlich hoffte er es so sehr. Er wollte ihre

Stimme hören. Nur ein wenig, überlegte er, nur so viel, um ihn durch den Tag zu bringen. Ihr Eintritt in sein Leben als Gleichgewicht zu den Schrecken, denen er sich in seiner Arbeit, seiner Vergangenheit stellen musste, war überwältigend. Levy würde ihm dafür gehörig die Leviten lesen, und gleichzeitig würde er es als Freund verstehen, es zumindest nachvollziehen.

Verurteile mich nicht, Ben, dachte er, denn dies hier musste geschehen.

Das Handy klingelte derweil unverdrossen weiter; genauso wie ein ungelöster Mordfall ließ es ihm einfach keine Ruhe.

Er ging ran, was blieb ihm auch anderes übrig.

Kleber erwartete ihn schon, die Hände tief in den Taschen vergraben, finsterer Gesichtsausdruck, also war es schlimm, nur: Wann war es das mal nicht?

Abraham sagte: »Ist es das, was ich glaube?«

Denn natürlich hatte er als Allererstes daran gedacht: Mann tötet Frau, die er schon vorher misshandelt hat. Ein Mann mit einschlägiger Gewalterfahrung, den er erst gestern noch aufgesucht hatte. Verdammt, dachte er, wieso hast du sie hier nicht rausgeholt? Wieso hast du's nicht einfach getan?

Doch dann sagte Kleber: »Es sind zwei Tote.«

Das veränderte alles.

Markowitz und seine Frau. Beide tot.

»Levy ist unterwegs, die Spurensicherung auch«, informierte ihn Kleber, als sie die Wohnung betraten. Einen Moment lang zögerte Abraham, über die Schwelle zu treten. Er versuchte seine Gedanken und Gefühle zu ordnen, die wie welkes Herbstlaub von einem Sturm in alle Winde verstreut waren. Doch sobald er über die Schwelle stieg und damit einen Mordschauplatz betrat, schaltete er automatisch wieder in den Bullen-Modus.

Blut, überall Blut, das Blut zweier Menschen, vermischt, tote, entstellte Körper, zerfetzte, zerstörte Körper. Die Welt ist nicht in Ordnung, wenn so etwas geschieht, dachte Abraham, etwas läuft hier völlig schief, wie tief sinken wir noch?

Der Mörder hatte mit einem Messer gearbeitet. Es lag zwischen den beiden Toten wie ein Totem. Ein Schlachtermesser, aus einer Küchenschublade entwendet oder vom Täter mitgebracht? Scharf und lang und brutal. Abraham stellte sich vor, wie das Messer sich in das weiche, verletzliche, ungeschützte Fleisch bohrte, sich seinen vernichtenden Weg zu den lebenswichtigen Organen hindurchschnitt, er sah, dass sowohl Markowitz' als auch Co Baos Hände zerschnitten waren, typische Abwehrverletzungen, ein ungleicher Kampf, Hand gegen Messer, ein verlorener Posten von Anfang an.

Ein Messer, befanden sich dort Fingerabdrücke?

Das würde alles erleichtern.

Tiefe Wunden klafften im Gesicht der jungen Frau, Knochen lagen bloß, die Wangen waren zerfetzt, Zähne schimmerten freigelegt in ihrem Blut. Ihr Unterleib war regelrecht ausgeweidet, in rasender, triebhafter Wut entstellt. Abraham zwang sich, hinzusehen, Lohmanns Stimme in seinem Kopf: *Sieh hin, sieh immer hin, schau nicht weg, auch wenn es dich bis in deine Träume verfolgt. Aber du bist es ihnen schuldig. Sie so zu sehen, wie der Tod sie zurückgelassen hat. Weil du nur diesen Eindruck von ihnen bekommst. Weil du sie immer nur im Tod kennenlernst.*

Hier aber war es anders. Er war erst gestern noch bei ihnen gewesen. Was zum Teufel war geschehen? War Markowitz am Ende doch durchgedreht und hatte seiner Frau dies hier angetan? Sich dann selbst gerichtet? Auf solch eine grausige Weise?

Das finale katastrophale Ende eines verpfuschten Lebens? Oder waren die beiden Zufallsopfer? Hatten einen Einbrecher überrascht, was auch immer.

Abraham glaubte nicht an Zufälle, und ein Gefühl in ihm, in der Art einer inneren Warnblinkanlage, meldete sich. Aber er blickte noch nicht durch. Stocherte in einem blutigen Nebel herum.

Das Türschloss war augenscheinlich in Ordnung. Markowitz hatte seinem Mörder die Tür selbst geöffnet. Sprach dafür, dass er ihn kannte. War etwas gestohlen worden? Ein missglückter Raub? Aber hier? Was gab's hier schon zu holen? Markowitz lag nicht weit von seiner Frau entfernt. Hatte er versucht, sie zu beschützen, als der Killer sie attackierte? Oder war er zuerst getötet worden? Er lag näher an der Wohnungstür, das Blutbad hatte wohl schon dort begonnen.

Der Killer klopft, Markowitz öffnet die Tür, und dann geht es los. In seiner Kehle klaffte ein tiefer Schnitt, der Kopf war unnatürlich weit zurückgebogen, fast abgetrennt. Wie viel auch körperliche Kraft so etwas erforderte. Also einen jungen, kräftigen Mann? Keine Chance, sich zu wehren. Der Killer kommt wie eine Naturgewalt über ihn. Mit der Frau allerdings lässt er sich mehr Zeit. Und das obwohl ihm klar sein muss, dass deren Schreie gehört werden. Dünne Wände hier. Wände mit Ohren. Aber das stört dich nicht. Es ist dir egal. Du scheißt drauf. Das hier ist etwas, das du tun musst.

Co Baos Verletzungen – dafür brauchte er nicht mal Levys Expertise – waren verheerend, Markowitz hingegen war einfach nur erledigt worden. War Co Bao das Ziel gewesen? Ein Mann aus ihrer Vergangenheit vielleicht, ein verschmähter Liebhaber, eine vertrackte Beziehungskiste.

Aber dann dachte Abraham wieder an das gestrige Gespräch. Markowitz hatte ihm nicht alles erzählt.

Zum Beispiel über Eddas ominösen Begleiter.

Kleber sagte: »Carla hat eine erste mögliche Täterbeschreibung, ein Kerl, rannte aus der Wohnung, Blut an seinen Klamotten – und er trug eine Sturmhaube!«

»Was?«

»Ja.«

Ein Maskenmann.

Was war hier los?

»Boss, hier liegt deine Karte.«

Tatsächlich, blutverschmiert, halb unter dem Esstisch versteckt, lag Abrahams Visitenkarte, die sich Markowitz bei seinem Besuch gestern in die Tasche gesteckt hatte.

»Sieht so aus, als hätte er dich anrufen wollen«, sagte Kleber.

Wenn ja, aus welchem Grund? Um Hilfe zu holen? Oder um mir etwas mitzuteilen, das er mir auch gestern schon hätte sagen können. Oder war es ganz anders … hatte Markowitz etwas herausgefunden? Jemanden wiedergefunden?

Wieder einmal stellte sich bei ihm das ohnmächtige Gefühl des »Zuspätkommens« ein.

Einer der Spurensicherer hatte etwas im Papierkorb gefunden und rief Kleber zu sich. Kleber brachte Abraham die zusammengeknüllte Zeichnung eines Gesichtes.

»Wer ist der Kerl?«

»Markowitz ist es jedenfalls nicht.«

Sie breiteten die Zeichnung auf dem Tisch aus und studierten sie aufmerksam.

»Erinnert mich an eine Phantomzeichnung, nur besser. Detaillierter«, sagte Kleber.

»Das hat Markowitz nicht gezeichnet.«

»Die Frau?«

»Wahrscheinlich.«

»Warum?«

»Weil ihr Markowitz das Gesicht beschrieben hat. Und weil sie genug Talent besaß, es so zu zeichnen, dass wir es praktisch plakatieren können.«

»Aber wer ist der Kerl?«

»Schau ihn dir nur an. Ich glaube, das ist ihr Mörder.«

»Du meinst, die beiden wurden getötet, weil sich Markowitz an ein Gesicht erinnert hat?«

»Nein, weil er diesem Gesicht wiederbegegnet ist. Wahrscheinlich gestern, vielleicht auch heute.«

Dem Mann an Eddas Seite.

Dem Kerl mit der Basecap.

Wir haben ein Gesicht, dachte Abraham, und in die Trauer um den Tod der beiden Menschen mischte sich auch so etwas wie Erleichterung; Erleichterung, weil Markowitz und Co Bao nicht umsonst gestorben waren, da sich der eine an ein Gesicht erinnert und die andere diese Erinnerung visualisiert hatte. Und Glück, weil der erste Entwurf der Zeichnung vom Mörder übersehen worden war.

Du gehst davon aus, jetzt auf der sicheren Seite zu sein, dachte Abraham, nun, glaub das ruhig. Verkriech dich in deinem Loch, hör deinem schwarzen Herzen beim Schlagen zu. Denn jeder weitere Schlag kündigt mein Kommen an. Er betrachtete erneut das gezeichnete Gesicht, ein noch namenloses Gesicht. Dies war also sein Gegenspieler, der mutmaßliche Mörder von Edda Markowitz, vielleicht auch der von Margot Beenhakker und mit Sicherheit der von Henning und Co Bao Markowitz. Co Bao hatte wirklich großes Talent gehabt, ein verdecktes Talent, etwas, das nur ihr gehörte, wie eine im Verborgenen blühende Blume, der Killer hatte nicht nur ihren Körper zerstört, sondern auch dieses Einzigartige an ihr. Ebenso Markowitz. Abraham hatte sich erneut in dem Mann getäuscht, ihn als hoffnungslosen Fall, als Verlorenen abgestempelt, dabei hatte sich Markowitz noch einmal aufgerappelt, um eine Bringschuld zu erfüllen. Vielleicht war er auch dem Mörder begegnet, hatte nach ihm gesucht – real, auf den Straßen, nicht nur in seiner Erinnerung. Und das hatte ihn letztendlich getötet.

Abraham stellte sich die Überraschung im Gesicht des Mörders vor – und dann dessen brutale, kranke Logik, sich des Mannes, der ihm gefährlich werden konnte, zu entledigen.

Irgendwie musste er an Markowitz' Adresse gekommen sein. Oder er hatte ihn verfolgt, mit jedem weiteren Schritt in seinem Rücken einem Mord entgegen. Aus dem dann ein Doppelmord wurde. Umso dringlicher musste er ihn zur Strecke bringen.

Irgendwo da draußen und außer Kontrolle.

Sie traten hinaus, als Abrahams Handy klingelte. Er schickte Kleber zum Wagen und nahm erst dann ab, denn wenn es Lydia war, wollte er nicht, dass Kleber mitbekam, dass er eine intime Beziehung zu der Schwester eines, nun, inzwischen nicht mehr mutmaßlichen Tatverdächtigen hatte.

Siehst du, dachte er, du fängst schon an, Geheimnisse vor deinem Partner zu haben.

»Abraham«, meldete er sich in gespannter Erwartung.

»Wäre auch schwer enttäuscht gewesen, wenn jemand anderes als du dran gegangen wäre, Kleiner«, sagte Robert.

Abraham blieb mitten in der Bewegung wie angewurzelt stehen.

»Sag mir nicht, dass du vom Ende der Welt anrufst«, sagte er. Robert lachte.

»An manchen Tagen kann sich Berlin tatsächlich wie am Ende der Welt anfühlen, aber nicht heute.«

»Du bist *hier?«*

»Wie heißt es so schön: Niemals geht man so ganz …«

Instinktiv sah sich Abraham nach seinem Bruder um.

»Außerdem hab ich noch einen Bruder in Berlin«, sagte dieser.

»Wo zum Teufel bist du?«

»Auf dem Weg zu dir.«

KAPITEL FÜNFUNDDREISSIG

Ja, tatsächlich, der Killer war in Auflösung begriffen. Er befand sich nicht mehr in der Nähe des Tatortes, seine Beine hatten die Flucht ergriffen und ihn an einen sicheren Ort gebracht, derweil sich sein Nervenkostüm in Unordnung befand.

Disparate Teile von ihm drifteten auseinander, er befand sichin echten Schwierigkeiten. Nicht die beiden Morde hatten ihn erschüttert – sie waren notwendig gewesen, keine Frage, er dachte an die Zeichnung seines Gesichtes, das kleine Miststück hatte gerade die Hälfte geschafft, als er wie ein Albtraum über sie kam – sondern ihre Ausführung. Von allem zu viel, dachte er. Aber er hatte sich nicht zurückhalten können, seine zerstörerische Energie direkt ins Messer geleitet und war dann nur noch der Schneide gefolgt. Als er auf die Asiatin losging, glühend heiße Wut in ihm, weil sie es wagte, ihn zu bannen – er war allergisch gegen sein eigenes Bild, weil es eine Fälschung war und nichts mit dem zu tun hatte, was er war –, hatte sie nach ihrer Mutter gerufen. Zumindest redete er sich das ein, ein fremder, exotischer Name, der noch auf ihrer Zunge lag, als er sie ihr bereits abschnitt. Hatte er den Pisser Markowitz noch rein geschäftsmäßig geschlachtet, im Andenken an Edda, so hatte er sich bei der Frau gehen lassen und sie zusätzlich verstümmelt. Dabei war er gekommen – mit dem Messer ebenso wie in seiner Hose, was ihm wieder einmal klarmachte, worum es bei all dem Töten eigentlich ging und warum er davon niemals ablassen würde. Sicher, es war nur ein Aspekt, aber er war nicht zu unterschätzen; Töten und Ficken, Schwanz und Messer, diese zwei Aspekte seiner Persönlichkeit reisten nie alleine.

Manchmal vergaß er das Wesentliche. Und manchmal, in letzter Zeit allerdings zu oft, war ihm auch alles furchtbar egal. Dann steckte er in einer lahmarschigen Phase – man hätte ihn verhaften oder schlachten können; einerlei.

Schuld daran waren unter anderem Depressionen, unter denen er genauso litt wie alle anderen, nur dass er nicht wie die anderen war und nie sein würde; er war tot, und sie lebten, und weil er das nicht ertragen konnte, sorgte er dafür, dass die geeigneten Leute die Seite wechselten, so wie die anderen automatisch die Straßenseite wechselten, wenn sie ihm in seiner speziellen Stimmung begegneten; dann strahlten die Gewalt und Mordlust wie die Hitze einer anderen Sonne von ihm ab. So wie jetzt gerade auch.

In seinem Rachen klebte noch ein störrisches Stück von ihm,

er hatte sein Porträt nach den Morden hastig verschlungen, es sich einverleibt, mit einem Glas Wasser wäre es sicherlich besser gerutscht, aber dafür war keine Zeit gewesen, das hochwertige Zeichenpapier und der Geschmack des Zeichenstiftes brannten in seiner Kehle.

Hastig sah er sich nach dem AUGE DES VERFOLGERS um – dessen lauernde Gegenwart sollte ihn nun nicht wirklich erschüttern, denn es war nicht das erste Mal, dass der ihn bei einem Mord beobachtete. Seltsamerweise war er in diesem Fall gar nicht befangen und auch seine Paranoia hielt sich in Grenzen – denn wenn er drauf und dran war und gut dabei, hatte er vor nichts und niemandem Angst außer vor sich selbst, wenn er eines seiner eigenen Opfer gewesen wäre. O ja, ich hätte vor mir Angst, dachte er so nebenbei, der Gedanke erfüllte ihn mit Stolz. Außerdem gefiel ihm der Gedanke, bei seinen Untaten gesehen zu werden – als würde er für ein ausgewähltes Publikum killen wie einst Gladiatoren in der Arena. Natürlich würde dies tatsächlich nur eine Phantasie bleiben, denn ein Publikum bestand aus Zeugen, und Zeugen hatten ihn schon einmal in den Knast gebracht, damals, als er diesen Arsch in der Kneipe totschlug, und dorthin würde er nicht mehr gehen.

Beck entledigte sich seiner besudelten Kleidung, der Sturmhaube und seiner Handschuhe. Stopfte alles ordentlich getrennt in einen Altpapier-, sowie einen Glascontainer. Er trug eine zweite Schicht Kleider am Leibe. Schade um das Messer, dachte er, es hatte gut und tief geschnitten. Er überlegte, dass, wenn die Bullen den rechtmäßigen Besitzer des Messers aufspüren sollten, der sich, um aus dieser für ihn wahrlich unangenehmen Sache herauszukommen, an Polly erinnern würde. Vielleicht hatte er auch schon Anzeige erstattet. Ja, das konnte ein Problem werden. Er war es nicht mehr gewohnt, im Team zu arbeiten – sorry, Doc, these days are gone. Alleine hätte er den Alten erledigt. Ein Mord mehr oder weniger, wen störte das schon außer den Bullen?

Sirenen heulten die Straßen entlang.

SEHR DRAMATISCH, dachte er.

Bei dem Begriff »dramatisch« erinnerte er sich an den Mord an Margot. Ja, das war großes Theater gewesen, das plötzliche Auftauchen des verlorenen, verstoßenen Sohnes, die Auseinandersetzung, als MAMI wieder ihren FICK-MUTTI-UND-SEI-LIEB-Modus anschaltete und den Jungen, dieses vorzeitig gealterte Kind, erneut in den Abgrund stieß. Beck hatte sich ins Schlafzimmer verkrochen, die Tür angelehnt und zugehört und mit ihm sein Aufnahmegerät, seinen heimlichen Begleiter, denn just an diesem Tag hatte er vorgehabt, sich Margots zu entledigen. Kam ihr Sohn ihm etwa zuvor? Die Aufnahme lief jedenfalls, und Beck ließ das Geschehen im Wohnzimmer ebenfalls laufen. Irgendwann lagen die Hände des Sohnes um den Hals der Mutter, und Beck wartete. Er hörte Margot röcheln und um den Tod betteln. Das war genau sein Ding, darum ging es doch. Es war schon ein wenig traurig, dass er nun selbst nicht zum Zuge kam, aber er respektierte ungeordnete Familienverhältnisse. Er würde sich nicht einmischen.

»Töte mich«, krähte Margot, »töte mich!« Sie gierte nach dem Tod, aber er wurde ihr nicht gewährt; Peer Gynt erwies sich als zu schwach.

Stattdessen verließ er hastig die Wohnung, warf die Tür hinter sich zu und floh, was er sein ganzes Leben lang getan hatte, floh, ohne überhaupt etwas von Becks Anwesenheit geahnt zu haben.

Beck kam aus dem Schlafzimmer und sah Margot wie einen Sack Müll unterm Tisch liegen und greinen wie ein altes Waschweib.

Kinderfickerin.

Mutterhure.

»Hilf mir«, rief Margot heiser aus gequetschter Kehle. Beck blieb im Flur stehen und wartete, bis sie wieder auf den Beinen war, es dauerte seine Zeit. Währenddessen spannte und entspannte er seine Hände wie die Waffen, die sie waren. »Warum hast du nicht eingegriffen?«, greinte die Hexe und wankte auf ihn zu.

»Wieso? Du hast nicht nach mir gerufen, und davon mal abgesehen: Du wolltest doch sterben, oder habe ich mich verhört?«

»Komm zu mir, mein Schatz«, heulte sie und streckte die Arme nach ihm aus.

Ekel und Hass fluteten die Ruinen seines Verstandes. Er klinkte sich aus seinem Körper aus und stieg zurück an den FÜRCHTERLICHEN ORT, zu dem Kind, das, aus dem After blutend und mit einem um seinen Kopf zugeschnürten Plastiksack zu ihm sagte: »JETZT MACH SIE FERTIG TU ES JETZT TU IHR WEH MACH SIE KALT MACH SIE TOT MACH SIE TOT TÖTE TÖTE TÖTE.«

Aus dem Sarg namens Beck hallte eine Stimme: OKAY.

Und während er sie fertigmachte und es ihr zum letzten Mal besorgte, stürzte ein Körper aus großer Höhe an ihrem Fenster vorbei.

Beck nahm davon genauso wenig Notiz wie alle anderen.

»Wo bist du denn abgeblieben?«, fragte ihn Doc ungeduldig, als er in seine Wohnung zurückkehrte.

Ach, die Beute, das schnöde Geld, das für Doc so wichtig war und ihm scheißegal.

»Spazieren«, sagte er schnoddrig.

Er war aufgedreht, gereizt, geil, das noch frische Massaker in Markowitz' Wohnung, seine Flucht, das alles massierte gerade mächtig seine Eier. Ein falsches Wort von Doc, und Beck hätte ihn an Ort und Stelle umgebracht.

Wo war Polly? Er verspürte ein dringendes Verlangen, ihr die Haut vom Gesicht zu ziehen. Ihr danach seine Finger in die rohe Schlachtermaske zu bohren und ihre offenliegenden Nerven zu bearbeiten, bis dieses süße kleine Ferkel nur für ihn in den höchsten Höhen quiekte.

OING OING. NUR EIN SPASS, DOC.

»Können wir aufbrechen? Ich will die Teile so schnell wie möglich loswerden.«

»Alles, was du willst, Doc«, sagte Beck.

Als Mevissen und Beck sich aufmachten, um die Beute der letzten Nacht zu Geld zu machen, das hieß, alle Beck bekannten Hehler abzuklappern, war ihr klar, dass sie es jetzt tun musste.

In die obere Wohnung gelangen. Um Gewissheit zu finden.

Der Spur des Schreis nachgehen.

In die Hände spielte ihr dabei Becks Schlüsselbund, an dem ein Dutzend Schlüssel hingen. Sie mutmaßte, dass die Schlüssel zu den jeweiligen Wohnungen passten, und fragte sich, wie er daran gekommen war und ob die verbliebenen Bewohner, von denen sie allerdings noch niemanden zu Gesicht bekommen hatte, darüber Bescheid wussten. Langsam kamen ihr Zweifel, ob überhaupt noch jemand außer Beck hier hauste. Wenn nur dieser Schrei nicht gewesen wäre. Woher kam bloß ihre schreckliche Neugierde? Sie würde zu nichts Gutem führen, das tat sie nie, wieso also blieb sie nicht in ihrem Schlafsack, schluckte ihre Vergiss-dich-selbst-Tabletten und driftete einfach fort? Weil sie damit auch Zeit gehabt hätte, an das zu denken, was bis jetzt geschehen war, die Berührungen und feuchten ekelhaften Küsse des Mannes, den sie betäubt hatte, den sie dann ausgeraubt und gedemütigt zurückgelassen hatten.

Und wie allzu leicht es ihr gefallen war, ihre Rolle zu spielen.

Polly schaltete die Taschenlampe ein. Dann probierte sie den Schlüsselbund aus, der vierte Schlüssel öffnete ihr die Türe. Als Erstes schlug ihr ein furchtbarer Gestank entgegen. Es roch unverkennbar nach Scheiße. Sie musste würgen und schluckte hastig den aufkommenden Brechreiz hinunter. Das Licht schnitt dicke Scheiben Dunkelheit aus einem finsteren Leib. O Gott, dachte sie, wer lebt denn hier bloß so, in Finsternis und Exkrementen? Eine hilflose und drangsalierte Frau zum Beispiel, gab sie sich selbst die Antwort. Wenn dem so war, dann war diese Frau in einem verheerenden Zustand und den Machenschaften Becks ausgeliefert. Sie wollte nicht, musste aber die Tür hinter sich wieder schließen. Sie hoffte, dass Mevissen und Beck lange genug wegblieben. Und wenn nicht? Was, wenn sie zurückkamen? Oder noch schlimmer: nur Beck, aus welchen Gründen auch immer. Was wird er dazu sagen, dass du dich hier oben rumtreibst? Wird er überhaupt etwas sagen oder dich nur anstarren mit diesen entsetzlichen Augen … mit seinem hungrigen Wolfsblick.

Dieser Blick sagte mehr als tausend Worte, er sagte: ICH WILL DICH, UND ICH BEKOMME DICH.

Obwohl ihr übel war, sie die Hand vor den Mund hielt, schwankte und sich fürchtete, suchte sie jedes Zimmer auf, fand aber niemanden. Hatte sie sich vielleicht doch getäuscht? Etwas in ihr verweigerte sich jedem klaren Gedanken – zum Beispiel die Wohnung wieder zu verlassen. Sie tappte und trippelte weiter durch das Dunkel wie ein Soldat, der einen Befehl ausführt, und folgte dabei dem Lichtstrahl, der immer wieder Dinge aus der Dunkelheit für den Moment seines Verweilens hervorhob: zerbrochenes Geschirr, zerschlissene Vorhänge, der mit Unrat, Kot und Dreck bedeckte Boden. Auf den Fensterbänken und lose auf dem Boden lagen Teller, auf denen Scheiße angehäuft war, Haufen um Haufen.

Der Lichtstrahl ihrer Lampe preschte weiter vor, und sie entdeckte Gesichter, die auf die blanke Wand gekritzelt waren, Frauengesichter, ungelenk wie Kinderzeichnungen einerseits und dennoch auf eine unangenehme Weise verstörend detailliert, panisch, geil, bizarr. Sie konnte ihren Blick nicht davon abwenden, und je länger sie sie ansah, desto stärker quoll ein Gedanke wie frische Hefe in ihr auf: Waren das hier die toten Gesichter von einstmals lebenden Frauen? Sie zählte ein halbes Dutzend, jedes besaß zwar seine eigene Individualität, aber gleichzeitig immer denselben fremdartigen, TOTEN Ausdruck. Stammten die Zeichnungen von Beck oder dem Vormieter, der Vormieterin? Und wo war die Frau, die sie vor ein paar Nächten gehört hatte? Ein Wandschrank erweckte ihre Aufmerksamkeit. Sie versuchte ihn zu öffnen, zwecklos, er war abgesperrt. Vielleicht … sie suchte den Schlüsselbund ab, bis sie den passenden fand, tatsächlich, klein und gemein, als hätte er nur auf sie gewartet.

Knarzend öffneten sich seine Türen.

Er war leer – bis auf einen kleinen Stapel Kassetten mitsamt einem Aufnahmegerät. Sie waren in dreckige Unterwäsche eingewickelt, die stammte eindeutig von einem Mann, und sie war sich sicher, dass sie zu Beck gehörte. Ihr grauste es davor, auch nur hineinzugreifen, geschweige denn, dort etwas anzufassen. Danach muss ich meine Finger waschen, bis sie bluten, dachte sie.

Und dann geschah etwas mit ihr, besser gesagt, es geschah IN ihr, eine Stimme, die nicht die ihre war, drängte sich wie ein Fremder, der zu dir in den Zug steigt, in dein Abteil.

Das solltest du lassen, sagte DIE STIMME.

Was?

Alles einfach. Du solltest diesen Ort hier vergessen und gehen, die beiden Männer vergessen und gehen, am besten gleich aus der Türe und dann soweit du kannst, bis du nicht mehr in ihrer Nähe bist, erklärte ihr DIE STIMME.

Warum?

Das weißt du.

Ich weiß nichts, ich weiß gar nichts. Papa? Papa?

Papa, bist du das?

So unvermittelt, wie sie gekommen war, schlüpfte *DIE STIMME* wieder aus ihr heraus und ließ sie trist und ratlos zurück. Ihr überaus vernünftiger Ratschlag explodierte ihr aber nicht im Kopf, sondern nur im Bauch, wo sie ihn wie einen kurzen Schmerz einfach ignorierte. Egal, wem DIE STIMME gehörte, ob ihrem Vater oder einem Wahn, einem Geist oder nur dem Flüstern im Dunkel unter der Bettdecke ihrer Kindertage, sie machte dennoch weiter, und es war ihr, als wandte sich die Vernunft, sie als hoffnungslosen Fall klassifizierend, seufzend von ihr ab. Sie zuckte mit den Achseln und ließ es geschehen.

Endlich ungestört von Warnungen oder Vorahnungen, strich sie mit der Taschenlampe über eine der Kassetten. Sie war beschriftet, ein Frauenname stand drauf. Ob er zu den Zeichnungen gehörte? War die Stimme, war der Schrei etwa von einer von ihnen gekommen?

Sie musste es wissen, sie hatte sich schon viel zu weit in diese versiffte KLO-ake (ein wahres Wort, denn jemand, sie tippte wieder auf Beck, hatte die leere Wohnung als Abort gründlich zweckentfremdet) vorgewagt und befand sich jetzt auf unheimlichem Terrain. Da waren noch mehr Aufnahmen, sie nahm zwei weitere mit sowie das Gerät, denn eines war ihr klar: HIER würde sie sich den Inhalt auf gar keinen Fall anhören.

Polly starrte auf die Kassetten auf dem Küchentisch. Etwas Unheimliches ging von ihnen aus. Nicht von ihnen selbst – von ihrem Inhalt, den sie gleich zu hören bekäme. Sie legte die erste Kassette wie ferngesteuert in das Gerät ein.

Sie war mit dem Namen »Agnes« beschriftet.

Polly sprach ihn laut und deutlich aus, ihr war nicht ganz klar, warum sie das tat.

Es kam ihr vor, als nannte sie den Namen einer Toten.

Sie drückte auf PLAY und vernahm zuerst nur ein leeres zischendes Rauschen. Es knackte zweimal hintereinander.

Und dann, aus den tiefsten Tiefen der Hölle, stieg Beck zu ihr hinauf. Oder sie zu ihm hinunter. Nicht, dass dies einen Unterschied machte.

(Zum ersten Mal hörte Polly Becks Stimme länger als die paar Floskeln, die er sonst mit ihr tauschte; genau wie in seinen Augen offenbarten sich auch in seiner Stimme Heimtücke und Bedrohung, dabei vermied er jede Theatralik oder Raserei, sprach stattdessen ruhig und deutlich, genauso wie jemand, der für die Nachwelt aufzeichnet, und vergrößerte so ihr Entsetzen. Denn er hätte auch einen Batteriewechsel oder seinen morgendlichen Stuhlgang beschreiben können. Der Terror des Alltags. Und sie begriff, dass sie bei weitem auf nichts Verbotenes gestoßen war – vielmehr hatte der Schrecken dort schon immer auf sie gewartet.)

KAPITEL SECHSUNDDREISSIG

Beck/Agnes.

»Natürlich ist mir bewusst, wer ich bin. Wenn es Phasen gibt, in denen das nicht so ist, so habe ich keinerlei Kontrolle über diese Abschnitte; sie gehören jemand anderem, der zufällig so aussieht wie ich. Dieser Andere lädt sich nach Belieben selbst ein, er muss wirklich ein masochistischer Wichser sein, denn wer möchte schon in mir wohnen, und wenn auch nur für kurze Zeit? Jedenfalls schlägt er hier wirklich viel Porzellan kaputt, immer wenn ich in mich zurückkehre, stehe ich vor einem Haufen Probleme, die zu lösen er mir überlässt. Denn wie gewöhnlich hat er sich danach aus dem Staub gemacht. Agnes könnte ein Lied davon singen, wenn der Zustand ihrer Stimmbänder dies zulassen würde. Zu unserm gegenseitigen Bedauern ist ihr das aber nicht mehr möglich. Sie hat wirklich gern gesungen, vor allem, wenn sie einen im Tee hatte. Wenn ich sie penetrierte, übrigens auch. Ich brachte ihr die Flötentöne bei – ich meine dies wörtlich, erstaunlich, wie lernfähig sie in diesem Alter noch sind, wenn man nur die richtigen Worte findet. Zum Beispiel: Tu es, oder ich gehe, und dann sehen wir uns nie wieder. Einfacher Satzbau, klare Ansage. Sie hatte sich geziert –

du könntest mein Sohn sein, sagte sie, was in ihren Augen wohl bedeutete, ich wäre zu jung, um einen abgelutscht zu bekommen, aber das war nur eine faule Ausrede, denn in ihren Augen kochte die Gier auf meinen strammen Max schon über. Und tatsächlich: Ihre Zunge entpuppte sich dann als wahres Naturtalent und ihre falsche, gespielte Scham als Schmierenkomödie. Und sie ließ keinen einzigen Tropfen verkommen, den ich ihr in den Rachen schoss.«

(Polly drückte auf PAUSE. Dass Beck von dieser Frau namens Agnes in der Vergangenheit sprach, bedeutete nichts Gutes. Ihre düstere Vorahnung wurde gleich darauf bestätigt.)

»Was mich an dieser Sorte dumme Kuh interessiert, ist, abgesehen davon, ihr Fleisch zu zerreißen und sie gründlich fertigzumachen, dass sich dieser Abfall doch tatsächlich als Opfer sieht. Nun, Opfer sind sie erst, wenn ich mich entschließe, sie dazu zu machen. Sie sollten dies als Privileg betrachten, was sie nicht tun. Ich kann es ihnen ja nicht mal verübeln bei dem, was ich mit ihnen so treibe, vorher und erst recht danach. Dabei zerre ich sie aus dem Dunkel, in dem sie wie Insekten in einem unterirdischen Bau wuseln, ins Licht und schenke ihnen Aufmerksamkeit und Orgasmen, die für einige von ihnen wichtig, für die anderen hingegen nur Teil des ganzen Pakets waren, jedenfalls gebe ich ihnen eine Bedeutung, die sie nicht mehr erwartet haben, verdient schon gar nicht – abgesehen von meinem speziellen Interesse an ihnen, was sich aber auf mein spezielles Problem bezieht und mit ihnen als Person rein gar nichts zu tun hat. Sie sind Fetische, Objekte, sie gehören der Dingwelt an, marode Schaufensterpuppen, die ich mit Leben erfülle, bevor ich es ihnen wieder nehme, ich benutze sie wie ein Taschentuch, in das man wichst, um das Sofa nicht zu ruinieren. Dafür ruiniere ich sie, und zwar gründlich. Ich bin, das sollte ich erwähnen, bei allem, was ich tue, gründlich. Das heißt nicht, dass nicht auch mir Fehler unterlaufen. Fehler sind menschlich. Wie seltsam, das aus meinem Mund zu hören.«

(Polly drückte auf PAUSE. Sie war sich jetzt sicher, einem Mörder zuzuhören. Ihr Körper war in Alarmbereitschaft versetzt und gierte nach Tabletten und Tropfen und Vergessen und Verlöschen. Aber Becks Worte hieben wie Klingen auf sie ein. Am Küchentisch sitzend, verblutete sie regelrecht in der Beschreibung seines Wahnsinns.)

»Agnes; ich war ihrer schon bald überdrüssig. Das heißt, ich muss mich da korrigieren, nicht ihrer selbst überdrüssig, obwohl: ja, das auch, sondern der ermüdenden Vorstellung, die ich hinlegte, um als normal durchzugehen. Ständig lese ich in Artikeln, die man über Leute wie mich schreibt, wie leicht es ihnen fällt, als normal durchzugehen; nun, das ist ein Haufen Scheiße, den ich diesen Schreiberlingen am liebsten direkt von meinem Teller in ihr Maul stopfen würde; dahinter steckt reinste Schwerstarbeit! Um normal zu sein, um damit durchzugehen, sollte man als GANZE Person PERMANENT anwesend sein. Gegenwärtig. Zukünftig. Aber Leute wie ich haben ein großes Problem mit ihrer Vergangenheit – die hindert uns nämlich daran, uns als GANZE Person zu sehen. Stattdessen liegen wir in Trümmern … ganze Kapitel aus dem Buch Gestern sind gelöscht. Gestern ist Heute ist Morgen ist ein Möbius-Band, die Schlange, die sich in den Schwanz beißt, der tägliche Gruß des Murmeltieres. Für andere mag ihre Vergangenheit nichts als ein öder lahmer Furz sein, für mich ist sie jeden Tag gegenwärtig … ich begegne ihr nämlich ständig in den Gesichtern der alten Fotzen wieder … und jedes Mal, wenn ich eine von ihnen aus dem Weg räume, denke ich, das war's, jetzt ist es genug, aber kaum hebe ich den Blick, steht sie wieder da und fickt meinen Kopf, bis mir alles förmlich aus den Augen und Ohren rausquillt … und ich weiß, das hört niemals auf, solange ich da bin.«

(Polly spulte erneut vor.)

»Das mit Agnes musste natürlich grauenhaft enden, in diesem Fall wie üblich grauenhaft für sie. Sie war nicht wirklich überrascht, ich hatte ihr ein paar Mal eine geballert, weil sie es verdient hatte, das haben sie alle, sie war respektlos und versuchte, mich lächerlich zu machen, an diesem Tag streikte mein Schwanz – angesichts ihrer trostlosen Möse kein Wunder. Sie fiel in ihr altes Rollenmuster zurück – ihren Exmann, einen mickrigen Versager, hatte sie auch ständig niedergemacht, und sie war der Meinung, sie könnte es mit mir auch durchziehen. Nun, sie war an den Falschen geraten. Die Erfahrung, geschlagen zu werden, war hingegen neu für sie, denn ihr Ex hatte sie nach ihren Auseinandersetzungen in Ruhe gelassen und war mit hängendem Schwanz in der Kneipe verschwunden, diese Ehe musste ja scheitern!, und sie weinte und beschwerte sich. Drohte sie damit, mich anzuzeigen? Nein, dafür hatte ich sie schon zu sehr am Haken. Sie war die Erste, bei der ich tatsächlich geguckt habe, wie weit ich gehen kann … sie auf das, was unweigerlich kommen würde, vorzubereiten. Bei den ersten beiden habe ich hinterrücks zugeschlagen, überraschend, unerwartet, ein mörderischer Tornado. Sie ahnte, dass etwas mit mir nicht in Ordnung war … tatsächlich sprach sie mich sogar darauf an … sie vermutete sofort eine verkorkste Kindheit … als müsste ich mir das von so einer vorhalten lassen! Ich säuselte sie mit salbungsvollen Worten zu. Diese Nutten … solange man nur ein in ihren Ohren wahrhaftiges ›Ich liebe dich‹ rausbringt, klappen ihre Augen zu und ihr Verstand steigt in den Keller. Sie begreifen erst im letzten Moment, dass ›Ich liebe dich‹ und ›Ich töte dich‹ nichts anderes sind als Buchstaben und gleichermaßen ohne Bedeutung. Von Bedeutung ist nur die Faust in ihren Fressen, das Messer in ihren Fotzen, der Draht um ihren Hals. Sie leben alle nur auf diesen Augenblick hin – ihr ganzes Leben lang als wandelnde Tote darauf wartend, dass ich vorbeikomme und das Urteil vollstrecke.«

(Polly tauschte die Kassetten aus. Diese hier war mit »Ursula« beschriftet. Ihr Finger verharrte diesmal Zentimeter vor der

PLAY-Taste, sie kam ihr so bedrohlich und vernichtend wie ein roter Knopf in irgendeinem Weltuntergangsbunker vor. Hatte sie nicht schon genug gehört, um zu wissen, wie verrückt Beck war? Kranker, als sie es sich je hätte vorstellen können – und tödlich dazu. Aber bevor sie überhaupt einen weiteren klaren Gedanken und dann noch einen und den nächsten fassen konnte – und jeder dieser Gedanken schrie förmlich: DU MUSST HIER WEG, fiel ihr Finger auf die Taste.)

Beck/Ursula.

»Ursula hat sich gewehrt. Das war interessant, weil das Stück Fleisch davor, Christina, so einen Todesdrang hatte – ja, genau, das Miststück wollte sogar sterben, sie lag nämlich da wie ein Lamm auf der Schlachtbank, als ich mit der Schlinge kam, und gab keinen Mucks von sich, als ich zudrückte; dass sie zappelte, als ihr Gesicht wie ein Kürbis anschwoll und die Blutgefäße platzten, war eine rein physisch-mechanische Reaktion ihres Körpers im Todeskampf; innerlich hatte sie dem schon lange nichts mehr entgegenzusetzen. Nicht, dass ich so etwas mich gleichgültig Lassendes wie Dank erwarte – ich töte in allererster Linie für mich, damit das klar ist! Wenn ich damit nebenbei noch den Müll von der Straße schaffe, ist's auch gut. Ursula war ein größeres Kaliber. Ehemalige Kneipenbesitzerin, war mit einem Hells Angel zusammen gewesen, hatte sich ein paar Jahre prostituiert, eine sonnenbankgebräunte, durchtrainierte, blondierte Frau Anfang fünfzig, im Mami-Alter. Ursula fuhr zu Anfang unserer Beziehung zweigleisig, sie hatte auch was mit einem Gebrauchtwagenhändler laufen, einem Türken. Ich musste mich ganz schön ranhalten, um bei ihr auf dem Sattel zu landen, aber ich wusste von Anfang an, dass sie es wert war. Vor allem, als ich erfuhr, dass sie zwei Krebsoperationen hinter sich hatte. Sie wollte leben bis zum Gehtnichtmehr, weil ihr klar war, dass hinter dem Tod nichts mehr ist. Den Krebs hatte sie gut überstanden, aber ich war zu viel für sie. Sie zu töten, nachdem der älteste Feind der Menschheit bei ihr versagt hatte, war überaus geil, und dadurch, dass sie um ihr Leben kämpfte, wieder einmal, zog sich ihr Terror in die Länge. Selbst als ich ihr das Gesicht mit meinen Fäusten zertrümmerte, gab sie sich nicht geschlagen. Jedenfalls plärrte sie nicht um ihr Leben, sondern schlug mit ihren Fäusten auf mich ein; ich war beeindruckt. Ihr Rockerfreund hatte ihr einiges gezeigt, und bei einem Glückstreffer, wer weiß? Ich hatte die Türen verschlossen und die Fenster ebenfalls, außerdem war sie wirklich schwer verletzt, nein, die wäre mir nicht entkommen. Sie wurde dann wegen des Blutverlustes schwächer, ihr zerstörtes Gesicht schwamm geradezu in Blut, und als ich mit dem Messer anfing, ihre Brüste abzuschneiden, wie eine Kriegstrophäe, da kratzten ihre Finger nur noch schwach an meinen Armen herum. Ich schnitt sie ihr ebenfalls ab, alle zehn Finger, und spülte sie die Toilette runter.«

(Polly schaffte es gerade noch, auf STOP zu drücken. Auf halbem Weg ins Bad kotzte sie den Boden voll. Danach kauerte sie mit schmerzendem Bauch neben der Toilettenschüssel und atmete mehrmals tief durch. Es ist Zeit, aufzuhören und etwas zu tun, dachte sie. Aber der Schrei ging ihr nicht mehr aus dem Sinn. War das, was sie sich auf den Kassetten anhörte, tatsächlich geschehen oder erzählte Beck nur irgendeine Horrorstory? Sie schleppte sich zurück an den Tisch und fingerte nach der nächsten Kassette. »Edda«.

PLAY.

Diesmal bekam sie ihren Schrei.)

KAPITEL SIEBENUNDDREISSIG

»Die Stadt ist während meiner Abwesenheit nicht gerade kleiner geworden«, sagte Robert. »Oder hat sie sich nur weiter aufgeblasen? Dazu neigte sie ja immer schon.«

Es tat gut, endlich wieder Roberts sonore, kräftige und vor allem selbstsichere Stimme zu hören, nicht über ein verdammtes Handy, sondern in echt. Abraham hatte sie so sehr vermisst, dass er anfangs nur wenig von sich gab und Robert reden ließ.

»Kreatives Chaos ist also immer noch hier angesagt.«

»Ja, und es wird von Tag zu Tag schlimmer. Wie ist der Kaffee?«

Robert rührte in seinem Becher herum und tat so, als betrachte er die braune Flüssigkeit wie ein Wissenschaftler.

»Akzeptabel.«

»Lügner.«

»Erwischt. Er ist furchtbar.«

Sie grinsten sich an. Abraham dachte an Lydias miserablen Kaffee. Tja, so viel besser bin ich auch nicht.

»Mutter hat einen Kaffee gekocht, der war toll. Der beste«, sagte Robert.

»Du hast ihn dir ja auch jeden Morgen reingezogen.«

»Hat mich durch die Schulzeit gebracht.«

»Ja, aufgeputscht und mit mächtig Testosteron zwischen den Beinen.«

»Das neidest du mir wohl immer noch.«

Sie saßen in Abrahams Wohnung, rauchten, redeten, so als wäre Robert vor Jahren einfach mal kurz um die Ecke gegangen, um für sich und seinen kleinen Bruder Zigaretten zu holen.

Als hätten wir uns nicht verändert, dachte Abraham, aber das hatten sie, und es war an der Zeit herauszufinden, inwiefern sie sich verändert hatten. Sie beide.

»Ich war einigermaßen überrascht, als du mir diese Adresse hier nanntest. Noch mehr, als ich erfuhr, dass du hier alleine lebst. Dass das mit dir und Erin vorbei ist.«

»Das kommt davon, wenn man sich nur mal alle Jubeljahre meldet«, neckte ihn Abraham.

»Ja, gib's mir, ich hab's verdient. Ernsthaft: Wie konntest du diese Hammerfrau nur gehen lassen?«

»Vielleicht bin ich ja gegangen. Oder wir beide: im gleichen Moment.«

»Du bist sicher, dass du sie nicht betrogen hast?«

»Nur falls mein Körper an Alzheimer leidet. Es gab nie einen Grund für mich, Erin zu betrügen. Wenn es nur das wäre … es ist geschehen, es geschieht jeden Tag allen möglichen Leuten, ich weiß, das klingt so scheiße, wie es ist. Sicher hatte es mit meiner Arbeit zu tun … ja, ganz bestimmt.« Als er das sagte, verdüsterte sich seine Stimmung einen Moment lang, weil er an das dachte, was er verloren hatte … und darüber hinaus: sein Vater – ein Mörder; seine Mutter – eine Selbstmörderin; Erin – die ihr Leben ohne ihn lebte, und Robert – verschollen und wieder aufgetaucht, aber für wie lange. Ein Fingerschnipsen lang? Ein Blinzeln?

Abraham dachte, dass er irgendwann alle Menschen, die ihm etwas bedeuteten, verlor.

Robert legte seine Hand auf Abrahams Schulter, wie immer las er in ihm wie in einem offenen Buch.

»Du bist der integerste Mensch, den ich kenne, Kleiner. Ich bewundere deinen inneren Kompass – er zeigt immer in die richtige Richtung.«

Abraham legte seine Hand auf die seines Bruders; es war, als erneuerten sie ihre Bande.

»Das, was ich bin, bin ich durch dich«, sagte er, aber natürlich war das nur die halbe Wahrheit. Denn ein anderer Teil von ihm war durch das Messer eines Mörders geprägt, dessen Blut in seinen Adern lief.

»Du warst mein Felsen«, sagte Abraham.

»Du bist mehr Felsen, als ich jemals sein werde, Frank. Lass gut sein, der Heldenstatus bekommt mir nicht.«

Das war es, dachte Abraham, sie näherten sich nun nach und nach dem Kern all der Fragen, Gerüchten, Vermutungen, die er in den letzten Jahren über seinen Bruder angestellt hatte. Und es gab einen Grund, weswegen Robert so plötzlich wieder in seinem Leben aufgetaucht war. Nichts geschah einfach so, und Robert war nicht sentimental genug, um einer diffusen Sehnsucht nachzugeben und seinen kleinen Bruder mal eben so zu besuchen.

»Ich schätze, du bist nicht wegen *ihm* gekommen, oder?«

»Daran hast du wohl zuerst gedacht?«

»Ich habe dich bislang nicht danach gefragt.«

Robert lehnte sich wieder zurück und verschränkte die Arme vor der Brust.

»Nein. Nicht wegen unseres Vaters.« Er sah so etwas wie Enttäuschung in Franks Augen. »Du hast diesen Mistkerl immer noch nicht abgehakt.«

»Du etwa?« Erzähl mir nicht das Gegenteil, Robert.

»Das ist der Unterschied zwischen uns beiden, Kleiner. Ich jage dem Kerl nicht hinterher … aber du … in all den Killern, die du jagst, spiegelt sich sein Gesicht wider.«

»Sagt der große Psychologe.«

»Ja … ja, der bin ich. Zumindest in Familienangelegenheiten.«

»Das heißt dann wohl, dass du nicht mitkommst.«

»Frank, keiner verlangt von dir, dich um ihn zu kümmern.«

»Ich kümmere mich nicht um ihn … sehe ich aus wie seine Krankenschwester? Ich dachte, du hättest Fragen an ihn … bevor er diese Welt verlässt.«

»Hast du sie denn? Und wenn, wieso hast du ihn nicht in den letzten dreißig Jahren gefragt. Wie oft bist du wohl an seinem Gefängnis vorbeigekommen? Wie oft hast du irgendwelche mörderischen Arschlöcher in eben diesen Knast eingebuchtet? Bist du nie auf die Idee gekommen, ihn mal zu besuchen?«

»Einmal war ich da.«

»Ja, ich weiß. An dem Tag, als du zur Polizei gingst. Es war keine sehr ergiebige Unterhaltung, nicht?«

»Nein. Er versuchte noch nicht einmal, sich für das, was er getan hatte, zu rechtfertigen. Nun, ich hätte es ohnehin nicht hören wollen und ihm geglaubt schon gar nicht. Ich wollte nur seine Reaktion auf meine Ankündigung sehen.«

»Aber er zeigte keine Reaktion.«

»Nein. Er saß nur da, mit dem Rücken an der Zellenwand, und starrte mich aus diesen hinterhältigen, kalten Augen an.«

So wie sie es alle tun, dachte Abraham, all meine Mörder mit immer dem gleichen Blick, als würden sie sich alle diese Augen in derselben Hölle reservieren lassen.

»Diese Augen waren nicht immer so, Frank … er war nicht immer so …«

Abraham lachte bitter. »Sie können sich hervorragend verstellen. Erinnere dich an das, was uns Lohmann erzählt hat.«

»Manchmal wünsche ich mir, er hätte uns gar nichts erzählt, hätte uns einfach in Ruhe gelassen. Ich wünsche mir, du würdest diese Arbeit an den Nagel hängen.«

»Als könnte ich mein ganzes Leben an irgendeiner Garderobe abgeben wie einen Mantel.«

»Das ist doch nicht dein ganzes Leben! Und wenn doch: Sieh an, was es aus dir gemacht hat. Du lebst hier in dieser Bude, obwohl du ein großes Haus hast und Menschen, die dich lieben. Du jagst Phantomen nach …«

»Nein, Robert. Mag sein, dass sie zu Anfang noch Phantome sind, Schemen, aber mit der Zeit werden sie alle real. Ganz reale Killer, die weitermachen, wenn ich sie nicht schnappe. So wie Vater. Der hätte auch nicht aufgehört.«

Sie schwiegen eine Zeitlang. Abraham spürte, wie sich Ärger

und Wut in ihm die Waage hielten. Lohmanns Brief fiel ihm ein. Jetzt schien die Gelegenheit, Robert mit seinem Inhalt zu konfrontieren. Wenn nicht jetzt, wann dann? Aber als er schon dazu bereit war, kam ihm Robert zuvor und sagte:

»Ich stecke in einem wirklich üblen Schlamassel.«

»Hab ich mir gedacht.«

»Deswegen bist du hier.«

»Ja. Ich brauche deine Hilfe.«

»Ich vermute, es ist nichts, was ein Staatsanwalt mit einem Haftbefehl lösen könnte.«

»Nicht da, wo ich herkomme.«

»Und von wo kommst du her? Wo warst du? Was tust du? Ich weiß nichts über dich. Damals bist du gegangen … hast deine Gläubiger geprellt, deine Mitarbeiter. Wenn du mal anriefst und ich fragen wollte, hast du abgeblockt. Inzwischen habe ich mir einiges zusammengereimt, und nichts davon gefällt mir. Aber es ist dein Leben, deine Entscheidung. So wie es meine war, der zu werden, der ich bin.«

»Das hier musste ich mir wohl anhören.«

»Ja, verdammt. Keine Sorge, ab jetzt halte ich den Mund und höre zu. Aber du musst mir alles erzählen. Keine Geheimnisse mehr.«

»Keine Geheimnisse«, sagte Robert und begann.

Danach verspürte Abraham das Verlangen nach frischer Luft und einem klaren Kopf. Er streckte ihn aus dem Fenster und ließ die Kälte seine Schläfen massieren. Robert saß mit dem Rücken zur Wand am Boden, die Beine ausgestreckt, eine Zigarette müde zwischen den Fingern, Aschestummel in den Aschenbecher schnippend.

»Meinst du, das verändert etwas zwischen uns?«, fragte ihn Robert.

»Zwischen uns beiden? Oder meinst du zwischen dem Polizisten und dem …«

»Sprich es ruhig aus: Gangster.«

»Eher eine Art Söldner.«

»Ja, verkauft habe ich mich.«

Abraham sagte: »Ich kann das eine nicht vom anderen trennen.«

»Das habe ich auch nicht von dir erwartet. Im Gegenteil, es bestätigt nur, dass du der bessere Mann von uns beiden bist.«

»Als hätte das alles damit zu tun.«

Robert lachte traurig. »Meinen Kredit aus der Vergangenheit habe ich wohl schon lange aufgebraucht, Bruderherz.«

»Nicht bei mir. Niemals bei mir.«

»Und doch würdest du mich verhaften, wenn du Beweise für meine Arbeit für Nagy hättest.«

»Frag mich nicht so etwas.«

»Tue ich aber.«

»Und ich verweigere dir die Antwort darauf.«

»Das ist nicht konsequent.«

»Ich streite mich nicht mit dir. Wir sollten lieber überlegen, wie wir diese Frau und ihren Vater schützen.«

»Schnapp dir die beiden Mistkerle. Mikosch interessiert mich nicht, der hat genau wie ich Dreck am Stecken. Aber Selina Leifheit hat damit nichts zu tun.«

»Und wie genau stellst du dir das vor? Soll ich mit einem SEK anrücken?«

»So in der Art.«

»Robert, die werden wissen, wer sie verpfiffen hat. Ich kann nicht einfach so aus dem Himmel fallen und sagen: Hey, Freunde, mein Killerinstinkt hat euch wahrgenommen, Hände hoch. Deine … die Leute, für die du arbeitest, werden dir das nicht durchgehen lassen. Von meinem Apparat mal ganz abgesehen.«

»Da hast du recht.«

»Sonst hast du nichts dazu zu sagen?«

»Mehr gibt es nicht zu sagen.«

»Und dann? Fische ich dann irgendwann deinen Körper aus der Spree oder aus irgendeinem Dreckloch am Ende der Welt.«

Robert lächelte.

»Du würdest nichts mehr von mir finden.«

Abraham sagte: »Das kann ich nun wirklich nicht zulassen.«

»Wie beruhigend. Also werde ich untertauchen müssen.«

»Untertauchen? Schon wieder. Und wie nennst du dieses Leben, das du jetzt führst?«

Robert sagte: »Hör zu, ich weiß, dass ich in eine Situation geraten bin, die ich nicht mehr kontrolliere.«

»Das ist, gelinde gesagt, die Untertreibung des Jahrzehnts.«

»Dabei bin ich dafür gar nicht bekannt.«

»Ich hasse es, wenn du in einer solchen Lage versuchst, ironisch zu sein.«

»Du gönnst mir auch gar nichts.«

Abrahams Handy klingelte.

Kleber war dran.

»Ich brauche dich im Präsidium, es eilt, ich glaube, wir haben den Kerl auf der Zeichnung.«

Abraham sagte: »Bin gleich da.«

Robert sagte: »Deine Mörder gönnen dir keine Ruhe, was?«

»Wieso sollten sie? Ich tue es ebenso wenig. Du wartest hier, bis ich zurück bin, und dann tüfteln wir einen Plan aus.«

»Soll ich uns was kochen?«

»Wie früher?«

»Nudeln al dente.«

»Mit Verlaub: Etwas anderes konntest du gar nicht.«

»Ja, das aber gut.«

KAPITEL ACHTUNDDREISSIG

Unter dem Vorwand, sie müsse Besorgungen erledigen und brauche Mevissen dabei als Fahrer, hatte Polly es geschafft, sie beide aus dem Haus zu schaffen. Ihr war klar, dass Beck, sobald er in die andere Wohnung ging, erkennen würde, dass sich jemand an seinen Trophäen zu schaffen gemacht hatte.

Denn nichts anderes waren die Kassetten: die Trophäen eines Serienmörders.

Und eine der Aufnahmen fehlte jetzt.

Edda.

Sie steckte in Pollys Jeans, und ihr Inhalt steckte in ihrem Kopf und würde nie mehr von dort verschwinden. Vor allem die entsetzlichen Todesschreie nicht, die sie darauf gehört hatte.

Jetzt stand ihr Wagen in einer düsteren Seitenstraße, und Polly erzählte Mevissen von den Dingen in der oberen Wohnung, von ihrem Verdacht, von allem. Mevissen betrachtete die Kassette, drehte und wendete sie, konnte nichts mit ihr ohne den Inhalt anfangen. Fehlt ihm der Glaube, hält er mich für verrückt oder was?, überlegte Polly.

»Ich werde mit Beck über die Sache reden.«

»Du willst in das Haus zurück?«

»Wir können nicht einfach so abhauen.«

»Bitte«, flehte sie, »du kannst nicht zu ihm zurückgehen.«

»Und was sollen wir tun?«

»Zur Polizei …«

»Und dann? Dann sind wir selbst dran, Polly. Vielleicht hat Holger überlebt und mich angezeigt. Vielleicht fahnden die Bullen längst nach mir. Und was ist mit dem alten Typ, den wir ausgenommen haben? Der hat immerhin dein Gesicht gesehen, wer weiß, ob sie nicht auch dir schon auf der Spur sind. Nein, vergiss die Bullen, auf gar keinen Fall.«

»Wir können nicht zurück.«

»Bist du … bist du dir sicher, dass du dir das alles nicht einfach …?«

»Eingebildet hast, meinst du das? Spinnst du? Das ist seine Stimme da drauf.«

»Vielleicht erzählt er einfach nur irgendeinen Mist, um sich wichtig zu machen.«

»Wenn du das hier gehört hast, dann weißt du, dass er keinen Mist erzählt. So etwas erzählt niemand, der bei Verstand ist. Christian, das hier ist ein Beweismittel.«

»Vielleicht gibt's die Tanten ja gar nicht. Zu einem Beweismittel wird es erst mit der dementsprechenden Leiche. Oder liegen die oben in der Wohnung herum?«

»Nein.«

»Na siehst du.«

Mevissen lachte nervös und streichelte Pollys Gesicht. Sie schob seine Hand weg.

»Du weißt es«, sagte sie. »Du weißt, wozu er fähig ist. Du hast es immer schon gewusst. Du willst es nur nicht wahrhaben.«

»Ich weiß gar nix. Ich hab den Kerl jahrelang nicht mehr gesehen.«

»Er saß im Knast, aber nicht wegen Diebstahls, oder?«

Sie sah ihn so eindringlich an, dass ihm übel wurde. Er kam sich vor wie ein Boxer, der langsam, aber unerbittlich unter einem Schlaghagel verschwand.

»Ja … ja gut, er saß wegen einer Kneipenschlägerei. Der andere ist unglücklich gestürzt und dabei gestorben. Polly, bitte, das macht ihn noch nicht zu einem Serienkiller.«

Sie wandte ihren Blick nicht ab, sondern intensivierte ihn. So hatte er sie noch nie erlebt. So entschlossen.

»Du hast mich belogen.«

»Das kannst du so nicht sagen … es hat doch nichts mit uns zu tun. Das alles hier … ja, Beck ist ein harter Hund, und er ist vielleicht auch unheimlich, aber was du da erzählst …«

»Es ist hier drauf. Und das ist nur *eine* Aufnahme, eine von vielen. Jede berichtet von einem Mord. Christian, dieser Mann ist ein Massenmörder.«

»Das vermutest du doch nur … und wir sind schließlich auch keine Engel, Kleines.«

Sie lachte bitter. »Was redest du da nur? Vergleichst du uns mit IHM.« Sie schüttelte ernüchtert den Kopf und wollte aussteigen, aber Mevissen hielt sie zurück.

»Was hast du denn vor?«

»Zur Polizei gehen.«

»Tu das nicht.« Er griff in ihr Haar und zog sie an sich, tat ihr dabei unabsichtlich weh, bedeckte ihr Gesicht mit seinem.

»Wovor hast du Angst, Christian?«

»Dich zu verlieren, uns zu verlieren, und genau das wird geschehen, wenn wir zu den Bullen gehen.«

»Zurück zu ihm können wir auch nicht. Er wird bemerkt haben, dass die Kassette fehlt, und er wird wissen, wer sie ihm gestohlen hat. Und was glaubst du, wird er tun?«

»Hör mal … ich rede mit ihm.«

»Das ist verrückt.«

»Beck wird mir nichts tun …«

»Woher weißt du das? Wie kannst du dir so sicher sein?«

»Gib mir die Kassette, ich bringe sie zurück. Vielleicht hat er ja noch gar nichts bemerkt.«

»Und falls doch?«

»Dann gebe ich sie ihm. Ich sage: Hey, was du in deiner Freizeit tust, ist deine Sache, sie hat nichts mit uns zu tun.«

»Du solltest dich mal reden hören«, sagte Polly. Sie schlug die Hände vor ihr Gesicht.

Mevissen wollte sie umarmen, das half immer, aber sie schob ihn weg, schuf Distanz zwischen sich und ihm, schuf einen leeren Raum.

»Hör zu«, sagte Mevissen, »das Geld, das wir für den Schmuck bekommen haben, wird uns eine Zeitlang über Wasser halten. Wir können damit Berlin verlassen. Du wirst Beck nie wiedersehen, versprochen. Aber die Kohle ist in seiner Wohnung. Ich will unseren Anteil haben, und ich werde hier nicht ohne ihn weggehen. Von mir aus rufen wir die Bullen später anonym an und hetzen sie ihm auf den Hals, okay?«

»Bis dahin hat er alle Beweise weggeschafft, hältst du ihn für so dumm?«

»Ich weiß nicht, was ich von ihm halten soll«, rief Mevissen gereizt. Er stieß seinen Finger gegen die Kassette.

»Oder was ich davon halten soll. Ich weiß es nicht. Aber ich werde es herausfinden.«

»Dann komme ich mit …«

»Nein.«

»Nein?«

»Angenommen, es stimmt alles, dann ist es besser, wenn du dich von ihm fernhältst.«

»Dann ist er doch gefährlich.«

»Ich passe auf mich auf.«

In der Rathausstraße am Alexanderplatz gab es ein Internet-Café, in dem er Polly absetzte.

»Gib mir eine Stunde, wenn ich mich dann nicht melde, ruf die Bullen. Aber komme nicht selbst und schon gar nicht alleine.«

Sollte er noch sagen: Ich liebe dich? Sie wusste es doch. Es würde zu melodramatisch klingen. Zu endgültig. Wie der Abschied eines Todgeweihten.

Mevissen stieg in den Renault und fuhr davon.

Etwas in Polly sagte ihr, dass sie ihn nicht wiedersehen würde. Es war dieselbe Stimme, die sie davor gewarnt hatte, sich in die obere Wohnung zu begeben.

Polly fand einen Platz in der hintersten Ecke, meldete sich an und ging online, da sie das Café ansonsten wieder hätte verlassen müssen. Reglos starrte sie eine Zeitlang auf den blinkenden Cursor. Mit einem Mal kam ihr ein Gedanke, scharf und angsteinflößend, und sie ging auf die Webseite der Berliner Kriminalpolizei. Auf einer der Seiten waren die ungeklärten Todesfälle der letzten Monate aufgeführt. Polly suchte nach einem vollständigen Namen, von dem sie nur den Vornamen wusste. Edda.

Sie wurde fündig.

Edda Markowitz; in ihrer Wohnung ermordet.

Da war ein Bild der Frau, ein Gesicht, ein Ausdruck jenseits des Entsetzens, den Polly in der aufgezeichneten Stimme im Moment ihrer Ermordung vernommen hatte. Auf dem Foto, das neben den Daten ihres Lebens, der Beschreibung ihrer Person und den Umständen ihrer Ermordung, aufgeführt war, sah sie mutlos und bitter aus; grauenhafterweise entsprach ihr Äußeres genau den Beschreibungen und Anmerkungen, die Beck über sie gemacht hatte. Er hatte von ihr gesprochen, nur nicht mehr von einer Lebenden. Denn für ihn war sie schon vom ersten Moment ihrer Begegnung an ein totes Bündel. Er musste es nur noch zusammenschnüren.

Sie wählte Mevissens Handy an, aber er nahm nicht ab. Sie versuchte es wieder. Er nahm nicht ab. Sie unterdrückte den Schrei, der sich schon auf den Weg gemacht hatte, und sank stattdessen völlig mutlos und erledigt auf ihrem Platz zusammen. Und wie immer nahm keiner der anderen Notiz von ihrem Zustand.

KAPITEL NEUNUNDDREISSIG

Beck war nicht in seiner Wohnung, als Mevissen zurückkam.

Die Kassette in seiner Hosentasche fühlte sich wie ein atomarer Brennstab an. Er berührte das Springmesser in der anderen Tasche wie einen Talisman (und war dieser nicht auch schon mit dem Blut eines Wolfes getauft?), aber es beruhigte ihn kein bisschen. Sein Handy vibrierte, er hatte es extra stumm geschaltet, um sich nicht vorzeitig zu verraten.

Anhand der gespeicherten Nummer sah er, dass es sich um Polly handelte, die ihn anrief, die bestimmt wissen wollte, wie es ihm ging.

Nicht jetzt, Kleines, dachte er, nicht jetzt.

Vor Polly hatte er es nicht zugeben wollen, doch hier, in dieser kalten, finsteren Stille, konnte er sich selbst nicht weiter belügen. Er hatte Angst. Er hatte Angst, weil er tatsächlich wusste, dass Beck krank war. Ein sehr kranker Mann. Damals schon. Inzwischen musste sich sein psychischer Zustand erheblich verschlimmert haben.

Damals, dachte er, bist du einfach davon gelaufen, obwohl dir klar war, woraufhin Beck steuern würde.

Der letzte Einbruch.

Die alte Frau.

Die Feuer.

Der Hass.

Hast dich feige verzogen, weil dich niemand außer dir selbst interessiert hat. Du hast ihm all diese Menschen preisgegeben, dachte er weiter.

Das kannst du niemals wieder gutmachen.

Trotzdem war er hier, um sich ihm zu stellen. Um es von Beck selbst zu hören. Um die Kassette abzuspielen, ihn dazu zu zwingen, auch alle anderen abzuspielen. Um Gewissheit zu kriegen. Polly verstand dies nicht. Er war nur froh, dass sie nicht hier war, in Gefahr. Ja, dachte er, in Gefahr, denn Beck war ein gefährlicher Mann. Weil er anders war. Noch viel mehr als Mevissen. Anders als alle anderen Menschen. Und dann? Was dann?

Er hätte auch einfach nach der Kohle suchen und abhauen können. Wie früher.

Die obere Wohnung war nicht abgeschlossen. Mevissen betrat sie vorsichtig und erschrak angesichts der Dunkelheit und des Gestankes. Das Licht im Treppenhaus hielt nicht lange an und deshalb steuerte er, nachdem er sich ein wenig orientiert hatte, direkt auf den Wandschrank zu. Die Kassetten lagen tatsächlich dort immer noch, so als warteten sie auf ihn. Auch das Abspielgerät war da. Bislang hatte ihm Polly also die Wahrheit gesagt. Der Rest würde sich jetzt zeigen. Wenn es nur nicht so dunkel hier wäre. Das Licht im Treppenhaus ging in dem Moment aus, als er die Aufnahme, die ihm Polly überlassen hatte, abspielte.

So hörte er Becks Stimme genau dort, wo sie hingehörte und herkam, so wie der ganze Mann: wenn nicht aus der Hölle, dann doch immerhin aus der tiefsten Finsternis.

Mevissen stand da und lauschte Becks Worten wie einem abgründigen Evangelium, strudelte in diesen Worten, versank in ihnen wie in Fluten, versank darin so sehr, dass er nicht mitbekam, wie jemand den Raum betrat, wie da einer durch die Dunkelheit schlich, sich an ihn heranschlich, bis sich ein Gesicht aus der Nacht der Worte herausdrückte und Lippen sich in einer grotesken Parodie dazu bewegten, wiederholten, was gesagt und – mehr noch – was getan war.

Mevissen stieß einen Fluch aus, als er Becks unheimliche Anwesenheit bemerkte, und stolperte zurück.

Zu spät, um noch davonzukommen.

Aber das hattest du ja auch nicht vor, dachte er. Stattdessen sagte er: »Es ist also wahr? Du hast all diese Frauen ermordet.«

Er erhielt keine Antwort.

»Willst du nicht mit mir darüber reden, Magnus? Um der alten Zeiten willen.«

Schweigen in einem schwebenden, stummen, verzerrten Gesicht.

»Wir könnten eine Lösung finden. Hör zu, ich will nur meinen Anteil holen …« Er glaubte sich selbst kein Wort, wieso sollte ihm also Beck glauben?

Beck schnalzte mit der Zunge, seine Kiefer mahlten und kauten, und er hatte jetzt wirklich Schwierigkeiten, seine Gesichtszüge unter Kontrolle zu halten. Ein anderer stieg die Kellertreppe zu ihm hoch. Seine Schritte hallten durch seinen Kopf. Jemand wimmerte, um gleich darauf zu verstummen. Das Geräusch kam aus Beck, aber der tat so, als hätte er es nicht gehört und schon gar nicht von sich gegeben. Ein heißer Schwall reinster Angst flutete Mevissens Stammhirn.

»Was ist los? Rede mit mir«, rief Mevissen. Zu dunkel, dachte er, es war viel zu dunkel in diesem Raum, keine gute Idee, hierherzukommen, das wenige Licht, das sich durch Ritzen und Spalten quälte, reichte nicht, um vernünftig kämpfen zu können. Denn darauf lief es hinaus.

Beck schlug die Tür hinter sich zu.

Mevissen zog sein Messer, ließ die lange scharfe Klinge aufspringen. »Mach jetzt keinen Scheiß«, sagte er. »Hörst du, Magnus, mach jetzt keinen Scheiß.«

»Wen? Wen meinst du denn damit«, hörte er aus der Dunkelheit eine Stimme. Sie hörte sich überhaupt nicht wie die von Beck an. Mevissen kapierte überhaupt nichts. Wer war noch hier?

»Wer ist da?«, rief er.

»Na ich.«

»Magnus?«

»Wer ist denn dieser Kerl?«

»Verarsch mich nicht … sag was, Magnus, rede mit mir.« Mevissen bewegte sich sehr vorsichtig in Richtung der Stimme. Er kniff die Augen zusammen und sah die Umrisse einer Person. Er streckte die Hand mit der Klinge vor. Der Umriss verschwand wieder wie schwarzer Rauch in der Dunkelheit. Mevissen schwitzte wie verrückt, obwohl es hier eisig war. Er würde Beck verdammt noch mal abstechen.

Komm schon, dachte er, sag noch einmal etwas … lotse mich zu dir.

»Magnus.«

»Magnus … tja, ich fürchte, der ist gerade nicht zu Hause.«

Die Stimme kam von rechts, und Mevissen wirbelte herum und rammte das Messer in die Mitte der Schwärze, dorthin, wo sich Beck befinden musste, aber sogleich packten ihn von hinten zwei starke Arme und hoben ihn hoch und schleuderten ihn, als wäre er nicht mehr als eine Puppe, gegen die Wand. Seine Nase brach mit einem hässlichen Geräusch, Blitze tanzten vor seinen Augen, und er verlor das Messer. Bevor er überhaupt realisierte, was weiter mit ihm geschah, schlossen sich Hände wie stählerne Zangen um seinen Hals, und eine Stimme, die der Finsternis selbst gehörte, zischte in sein Ohr:

»Nein, ich glaube, der kommt auch nicht mehr.«

KAPITEL VIERZIG

Später konnte sie nicht sagen, wie oft sie seine Nummer vergeblich gewählt hatte. Tranceartig, betäubt, wie unter einem fremden Einfluss verließ sie das Sidewalks Express-Internet-Café. Auf die Idee, dass Mevissen sie bei seiner Rückkehr dorthin nicht mehr vorfinden würde, kam sie nicht.

Sie ging nicht davon aus, dass er zurückkehrte.

Ihr Handy klingelte. Mit steifgefrorenen Fingern drückte sie die grüne Taste.

»Christian?«

Nein, nicht Christian. Beck.

»Polly? Sag doch etwas? Ich weiß, dass du dran bist. Komm zurück, Polly. Christian will mit dir sprechen. Wir haben alle gemeinsam etwas zu bereden.«

Sollte sie ihm antworten? Was war mit Christian? Wieso rief er sie nicht selbst an? Wieso hatte Beck sein Handy? Das konnte nur eines bedeuten …

Sie gab einen erstickten Laut von sich.

Beck sagte: »Sag mir, wo du bist, und wir kommen dich abholen.«

Dann machte sie den Fehler und sprach.

»Wo ist Christian?«

»Er sucht nach dir.«

Das war gelogen. Christian wusste ja, wo sie war … nein, wusste er nicht. *Weil du weggegangen bist.* Sie war so blöd. Vielleicht suchte er wirklich nach ihr. Aber wieso hatte er dann sein Handy nicht mitgenommen, sondern es Beck gegeben? Das ergab keinen Sinn. Es sei denn … es sei denn, Beck hielt ihn gefangen.

Oder Schlimmeres.

Und warum sprach Beck dann von »wir«, wenn er doch offenkundig alleine war. Immerhin war Mevissen angeblich ja schon auf der Suche nach ihr.

»Er hätte doch sein Handy mitgenommen …«, sagte sie.

»Doc war in Sorge, weil du nicht da warst. Ist Hals über Kopf abgehauen. Sag mir, wo ich dich finde, dann hole ich dich ab und wir warten auf Doc.«

Trau ihm nicht. Trau ihm nicht. Trau ihm nicht.

Sie durfte nicht in dieses Haus zurückkehren. Mevissen hätte nicht zurückgehen sollen.

Polly wusste nicht, was sie tun sollte. Sie geriet in Panik. Die Welt vor ihr schwankte betrunken und drohte jeden Moment wegzukippen.

Und wenn es mir gelingt, ihn vom Haus wegzulocken, überlegte sie. Wenn er Christian gefangen hält und ich ihn weglocke, dann kann die Polizei ihn herausholen.

Sie sagte zu Beck: »Ich bin am Alexanderplatz.«

Beck sagte: »Ich bin in fünfzehn Minuten da. Am besten, du wartest am Brunnen der Völkerfreundschaft auf mich. Ist nicht zu übersehen.«

Beck schob sich Mevissens Handy in die Hosentasche, in der schon die Autoschlüssel waren. Er ging zu Mevissen, der eingepfercht im Wandschrank kauerte.

Stumm, sehr stumm, für immer verstummt.

»Ja, mach's dir nur bequem, Doc, denn nachher wird's ein bisschen eng, wenn deine kleine Nutte hier noch mit einsteigt.« Dann erzählte Beck ihm, was genau er mit Polly vorhatte – etwas, das er am liebsten schon gleich von Beginn an getan hätte.

»Aber ich bin nicht der Typ, der anderen die Frau ausspannt«, sagte er, »es sei denn, die Partnerschaft befindet sich an einem … na ja, toten Punkt.«

Der Alexanderplatz war kein Wohlfühlort, kein Ziel, das man entschlossen ansteuerte, er war mehr Umschlagplatz, hektisch, laut, fordernd, mehr Passage denn Station, und trotz der bitteren Kälte und des Schnees liefen wie immer auch heute Tausende von Menschen hier herum.

Polly trieb durch die Menge von obskuren Infoständen religiöser und politischer Eiferer, mobilen Straßenverkäufern, Touristen, Studenten, Obdachlosen und Punks.

Der Brunnen der Völkerfreundschaft war umringt von Menschen, die sich an seine steinerne Haut lehnten, verweilten, kurz in sich gingen, sich sammelten, um der Stadt erneut zu trotzen oder mit ihr zu ziehen. Polly postierte sich am äußeren Wasserbecken, die Kapuze ihres Mantels über den Kopf gezogen, frierend, verängstigt. Aus den siebzehn Schalen im Inneren floss heute kein Wasser ab, zu kalt. Ihr müder Blick strich wie ein Hauch über den umlaufenden Fries mit den dort eingearbeiteten Tier- und Pflanzenmotiven.

Reiß dich zusammen.

Sie taumelte wie ein Boxer und spannte ihren Blick wie eine Armbrust an, denn irgendwo in der wirbelnden Masse von Menschen, die in ihren Winterklamotten ohnehin schon alle gleich aussahen, verbarg sich Beck, der ihr wie ein Torpedo immer näher kam.

Würde er es wagen, ihr hier etwas anzutun?

Sie wusste es nicht. Sie traute ihm alles zu.

Die Erkenntnis, dass Becks mörderische Energie so groß war,

dass er selbst hier unter Zeugen einen weiteren Mord begehen würde, schnitt wie ein scharfes Messer durch ihren Kopf. Denn aufgrund seiner Aussagen auf den Kassetten wusste sie nun, dass Beck wahnsinnig und unberechenbar war. Ich werde nicht mit ihm gehen, dachte sie, also wird er es hier tun.

Er wird es tun.

Sie kam in die Gänge, plötzlich von neuem Leben erfüllt, ihrem eigenen, das sie schützen musste, wenn sie wollte, dass der Albtraum endete. Und gerade als sie sich von dem Brunnen wegbewegte, sah sie Becks Basecap, BERLIN, und wie er sich durch die anderen Körper schob, als gäbe es sie gar nicht. Er sah sie nicht, suchte nach ihr, und Polly umrundete den Brunnen und kroch förmlich in die Masse der Menschen hinein, benutzte sie als Deckung, immer Beck im Auge behaltend.

Alleine. Beck war alleine gekommen.

Auf dem Display leuchtete nur noch ein Balken auf. Im Internet-Café hatte sie sich die Nummer des LKAs aufgeschrieben.

Der Abteilung für Delikte am Menschen.

Ein Kollege rief Gottwald zu sich und reichte ihr den Hörer weiter.

»Das ist interessant, hör dir das mal an.«

Und Carla hörte, was Polly ihr in atemlos-springenden, gehetzten Sätzen erzählte. Sie unterbrach die junge Frau und sagte ihr, wo sie hingehen sollte, in ein Restaurant ganz in der Nähe. Sie griff sich das Holster mit ihrer Dienstwaffe und machte sich auf den Weg, um sie abzuholen und in Sicherheit zu bringen.

KAPITEL EINUNDVIERZIG.

Die Zeichnung auf der linken Seite seines Schreibtisches verglich Abraham mit dem Fahndungsfoto von Magnus Beck.

»Datenspeicher sind doch so was Nützliches«, sagte Kleber, »und unser Engelchen hier ist wirklich gut getroffen. Scheint ein richtig kleiner Experte für Sauereien aller Art zu sein.« Ja, dachte Abraham, Alter: sechsundzwanzig; Einbruch, Körperverletzung, Brandstiftung, Drogenhandel.

»Sieh mal an, Totschlag ist auch dabei«, sagte er, als Becks Strafregisterauszug über den Bildschirm des Computers scrollte. Kleber blickte Abraham über die Schulter und schniefte hörbar.

»Kräftig genug sieht er ja dafür aus, erinnerst du dich an Levy und seine Theorie mit dem Kraftsportler, der Mann liegt goldrichtig, wir haben hier einen kleinen widerlichen Muskelprotz vor uns. Immer unter der Voraussetzung natürlich, das ist unser Mann in Sachen Markowitz/Beenhakker.«

»Nun, einen Menschen hat er mindestens umgebracht«, sagte Abraham. »Und wenn ich mir die Vorgeschichte so ansehe, dann wurde das ja auch irgendwann mal Zeit.«

»Nur seltsam, dass es nicht schon vorher geschah, bei seinen Einbrüchen, bei seinen Feuerspielchen.«

»Glück für ihn, aber noch mehr für die anderen. Nur der Kerl in der Kneipe hatte an diesem Tag keines.«

Es war ein banaler Streit gewesen, ein dummer Wortwechsel, der eine betrunken, der andere gereizt, man begann in der Kneipe und machte draußen weiter, bis einer von beiden nicht mehr aufstand. Beck flüchtete und wurde später geschnappt.

»Er saß brav seine fünf Jahre in der JVA Werl ab. Entlassen wegen guter Führung. Verließ dann Nordrhein-Westfalen und ging nach Berlin. Lebt hier von Hartz-IV. Ab und an in Fortbildungen und ABM-Maßnahmen. Ich habe schon herumtelefoniert, aber du weißt ja, mit Infos halten sie einen knapp, selbst wenn der Betreffende die Hand am Zünder hat. Scheint aber ein renitenter Bursche zu sein, Typ Besserwisser. Arrogant, überheblich.«

»Hat er einen ARGE-Mitarbeiter mal bedroht?«

»Nein. Weder verbal noch körperlich, und das, obwohl ihm schon Leistungen wegen Nichterscheinen gekürzt wurden. Was heißt das? Hat er sich so gut unter Kontrolle? Hat er das vielleicht im Knast gelernt?«

»Möglicherweise hat er eine Anti-Aggressions-Therapie mitgemacht. Vielleicht hat er auch einfach nur kapiert, dass es besser ist, den Ball flach zu halten, um nicht gleich wieder einzufahren. Apropos Therapie: So etwas käme für unseren Jungen tatsächlich in Betracht. Aber davon steht hier nichts. Dabei wäre es doch interessant zu wissen, wie's in seinem Kopf so aussieht.«

»Wenn du mich fragst: unheimlich und zappenduster. Soll ich die Kollegen in NRW kontaktieren?«

»Das mache ich selbst.«

Der Direktor der JVA Werl lieferte Abraham keine neuen Erkenntnisse, verwies ihn aber auf einen Psychiater namens Kersten, der sich mit Beck auseinandergesetzt hatte. Er gab Abraham dessen Nummer. Abraham ließ sich verbinden und wartete volle zehn Minuten, bis Kersten für ihn Zeit hatte.

»Hören Sie«, sagte Kersten, »aufgrund der Vorgeschichte des Insassen wurde ein einmaliger Gesprächstermin angesetzt.«

»Vorgeschichte? Meinen Sie die Einbrüche und die Brandstiftung?«

»Nein. Nun, darüber haben wir auch gesprochen, aber er war da sehr zurückhaltend. Eigentlich ging es darum, dass ein Mitgefangener ihn angeschwärzt hatte. Na ja, angeblich hatte ihm Beck von dem Mord an einer Frau erzählt.«

»Glaubhaft?«

»Tja, Beck hat dies mir gegenüber natürlich bestritten, und es war ja außer den beiden auch keiner dabei.«

»Hatte er seinem Zellenkumpel Details genannt?«

»Nein, es waren eher vage Äußerungen allgemeiner Natur. Mordphantasien, aber nichts wirklich Konkretes, nichts, was weitere Ermittlungen nach sich gezogen hätte. Und Sie wissen selbst, was die Männer reden, wenn ihnen die Decke auf den Kopf fällt.«

»Ja, Mord und Totschlagstorys vertreiben einem da drin wirklich die Zeit.«

Kersten bemühte sich, den zynischen Unterton zu überhören. »Beck hatte gar kein Problem mit dem Gespräch. Er war sehr kooperativ. Sehr höflich, sehr beherrscht, obwohl …«

»Ja?«

»Es schien ihm Mühe zu bereiten, einen gefestigten Eindruck zu machen. Er wirkte sehr verbissen in seiner Zurückhaltung. So als hätte er sich das zuvor antrainiert. Ich glaube, er war innerlich aufgewühlt.«

»Und haben Sie nachgehakt?«

»Ich hielt das nicht für nötig«, rechtfertigte sich Kersten. »Der Mann saß wegen Totschlags und nicht wegen heimtückischen Mordes, und er war auch in keiner Sicherheitsverwahrung, die ein psychologisches Gutachten gerechtfertigt hätte.«

»Was hat er denn zu den Vorwürfen gesagt?«

»Er nannte sie Spinnereien seines Zellengenossen.«

»Und das haben Sie ihm geglaubt.«

»Nun, es stellte sich heraus, dass der Mitgefangene ein notorischer Lügner war, der einem anderen Häftling schon einmal mit der gleichen Geschichte Ärger gemacht hatte. Deshalb wurde die Sache schnell wieder fallen gelassen. Beck erwähnte im Gespräch mit mir nur Depressionen, unter denen er litt, und ich sorgte dafür, dass er medikamentös eingestellt wurde. Und mehr war nicht.«

Was für ein netter, kleiner letzter Satz, dachte Abraham, als er auflegte. Mehr war nicht. Den konnte man sich fast schon über den Schreibtisch hängen.

»Und was nun? Wir haben Becks Adresse, sollen wir ihm einen Besuch abstatten?«

Kleber fläzte sich auf seinem Stuhl herum. Abraham starrte intensiv auf die hängenden Blätter der Zimmertopfpflanze.

Der Himmel steuerte zur allgemeinen Tristesse bei. Die Zeit gefror ihnen zu dicken Blöcken massivster Hilflosigkeit.

Da draußen lief ein Killer herum und folgte seinen eigenen verschlungenen, verdrehten Pfaden.

»Wenn er unser Mann ist«, sagte Abraham, »derjenige, der die Markowitz getötet hat, Henning, Co Bao und davor Edda und auch Margot Beenhakker, dann stehen wir bald schon vor der nächsten Leiche. Weil die Abstände zwischen den Morden immer kürzer werden.«

»Erzähl das mal einem Staatsanwalt. Die Zeichnung in der Wohnung reicht nicht aus, um dem Kerl ordentlich auf die Pelle zu rücken. Kein Blut, keine DNA-Spuren, keine Fingerabdrücke, Zeugen sowieso nicht. Ich fürchte, Beck wird sich charmant aus der Sache herausreden, es sei denn, wir kitzeln ihn ein wenig an den richtigen Stellen.«

»Und das können wir ja gut.«

Es klopfte an der Bürotür. Gottwald steckte ihren Kopf rein. »Seid ihr gerade mit Beck beschäftigt?«

»Sicher, das Schätzchen nimmt momentan unsere vollste Aufmerksamkeit in Anspruch«, sagte Kleber.

»Dann müsst ihr jemanden kennenlernen.«

Gottwald berichtete ihnen von Pollys Anruf, wie sie durchgestellt wurde, was sie erzählte und wie Gottwald schnell reagierte und sie persönlich abholte und damit außer Gefahr brachte.

»Und Beck war hinter Ihnen her?«

»Er hat nach mir gesucht, ja.«

Vor ihnen saß Pauline Lambert, einundzwanzig, dunkles, feuchtes Haar, ein an guten Tagen ausdrucksstarkes Gesicht, aber gute Tage hatte sie schon lange nicht mehr gehabt. Abraham beobachtete sie, ihre misstrauischen, hin und her jagenden Augen. Sie ist auf der Flucht, dachte er, nicht nur vor Beck, sondern vor mehr, ihr Körper war auf dem Sprung, nur der Augenblick zwang sie zur Ruhe. Kleber hatte ihr einen Kaffee besorgt, und Gottwald war dabei, eine Blutprobe ins Labor zu schicken. Denn in Pauline Lamberts Taschen hatten sie verschreibungspflichtige Medikamente, teils schwerste Opiate, gefunden. Ein Medikamentenjunkie. Darüber würde später mit ihr noch zu sprechen sein. Aber Beck hatte Vorrang, und Polly erzählte ihnen von Mevissen und ihr, wie sie nach Berlin kamen (nichts von Holger, nichts von Mevissens Dealereien), und davon, dass Beck der einzige Mieter in dem Haus war (die Adresse im Computer war also richtig) und von der oberen Wohnung.

Von den Kassetten.

Von ihrem Inhalt.

Die beiden Beamten hörten ihr aufmerksam zu. Sie erzählte ihnen, wie Mevissen zurückgegangen war, um Beck zur Rede zu stellen – und nicht wiedergekommen war. Beck dafür sein Handy hatte. Wie sie im Internet auf den Mordfall Edda Markowitz gestoßen war – dieselbe Frau, deren Todesschrei sie auf der Kassette gehört hatte.

»Etwas ist ihm zugestoßen«, sagte sie.

»Noch wissen wir nicht was und ob überhaupt«, versuchte Kleber sie zu beruhigen, aber der Blick, den er Abraham zuwarf, sprach Bände. Abraham dachte an die Aufnahmen. An die wenigen Bruchstücke, die Polly sich gemerkt und ihnen wiedergegeben hatte.

»Sie hätten uns die Kassette mit dem vermeintlichen Mord an Edda Markowitz überlassen sollen«, sagte er.

Polly starrte zu Boden. Sie sagte:

»Ich hab versucht, es ihm auszureden. Aber er wollte nicht hören.«

Sie ließen Polly alleine und traten auf den Flur.

»Immer noch zu dürftig für den Staatsanwalt«, sagte Kleber.

»Aber Gefahr im Verzug«, sagte Abraham. »Mevissen schwebt wahrscheinlich in akuter Lebensgefahr. Und ich werde nicht einfach irgendeine Streife mir nichts, dir nichts dorthinschicken.«

»Dr. Kovacs schuldet uns noch einen«, sagte Kleber. »Zumindest einen Durchsuchungsbefehl.«

»Ja, ich schätze, der gute Doktor ist heute fällig. Wer ruft an?«

»Das mache besser ich«, sagte Kleber, »ich erinnere mich daran, dass ihm dein Ton beim letzten Mal nicht gefallen hat.«

»Da ist er nicht der Einzige hier.«

Im Fall Magnus Beck war der Einsatz eines SEK vertretbar, fand Abraham, vor allem zur Absicherung. Weniger als direkte Zugriffsmöglichkeit.

Denn das erste Gesicht, das Magnus Beck sehen sollte, würde Abrahams sein.

Sie machten sich sofort daran, die entsprechenden Vorbereitungen möglichst schnell in Gang zu setzen. Dabei verloren sie Polly ein wenig aus den Augen. Polly wurde von einer Beamtin in einen Nebenraum geführt und dort zum Warten aufgefordert. Dann ließ man sie alleine, aber das kannte sie schon zur Genüge. Sie stand auf und prüfte, ob die Tür abgeschlossen war.

Das war sie nicht.

KAPITEL ZWEIUNDVIERZIG

Da war er nun ins Leben seines Bruders zurückgekehrt und versuchte sich über seine Gefühle ihm gegenüber klar zu werden. Dass Franks Ehe gescheitert war, tat ihm wirklich sehr leid. Und dass sein Bruder anscheinend im Mittelmaß der Einsamkeit versank, erst recht.

Die kleine Wohnung, in der Robert zurückgeblieben war, machte auf ihn einen deprimierenden Eindruck. Kein Vergleich zu dem Haus, das sein Bruder mit Erin und den Kindern bewohnt hatte. Früher war er gar nicht so selten bei ihnen gewesen und hatte dabei zugesehen, wie liebevoll sie miteinander umgingen. Wenn Frank bei seiner Familie war, war er ein anderer Mensch als in den Momenten, wo er alleine zurückblieb, auf sich selbst geworfen, mit den strudelnden Untiefen seiner Persönlichkeit beschäftigt. Er war froh, dass sein Bruder glücklich war, Halt und Stabilität in einer Welt gefunden hatte, von der er sonst nur das Schlechteste zu sehen bekam. Aber das war jetzt vorbei.

Die Enttäuschung darüber zwang ihn auch wieder, sich mit seiner eigenen Person auseinanderzusetzen.

Niemand, der ihn kannte, und es war ja nicht so, dass er vor seinem Abtauchen kein gesellschaftliches Leben in dieser Stadt gehabt hätte, niemand würde jemals dahinterkommen, was er tat und für wen. Was für Geschäfte er betrieb; dass er Leute bestach, bedrohte, Drogen transportierte, Schwarzgeld, Waffen, Duplikate, Fälschungen; das Verbotene. Das alles vollzog sich unterhalb der Ebene gewöhnlichen Lebens. Er huschte durch dieses Leben wie ein Spuk. Deshalb brauchte er auch keine eigene Wohnung, keinen festen Ort, er befand sich sozusagen permanent im Transitbereich seiner neuen Existenz. Sein Leben bestand nicht aus Farben, nur aus Routine, dem Handwerk des Kuriers, einer scharfen, fast schmerzlichen Wachsamkeit, dem sich ständigen Bereithalten, ein Leben mit dem Ohr am Telefon und dem Blick auf die Landkarte gerichtet.

Er war dessen müde. Er war seiner selbst überdrüssig. Er war bereit, aufzuhören. Er wusste, dass sein Ausstieg mit erheblichen Risiken behaftet war. Er dachte an Selina. Sie wusste nichts, sie befand sich noch im Stadium der Unwissenheit, was nichts anderes war als Unschuld. Aber sie hatte ihn verwandelt und nun gab es keinen Weg mehr zurück für ihn.

Keine nächtlichen Lagerhallen mehr.

Kein Blut, keine abgeschlagenen Köpfe. Und keine Lügen mehr.

Robert legte sich in Franks Bett, verschränkte die Arme unter seinem Kopf und dachte: früher war es oft genau andersherum.

Er wartete. Wartete, dass die Zeit verging.

Das Warten machte ihm nichts aus.

Er war eingeschlafen und wachte auf, als sein Handy klingelte.

Hatte sein Bruder schon so schnell wieder Sehnsucht nach ihm?

Er nahm ab.

Nicht Frank war am anderen Ende, sondern Arschawin. Robert schwang sich aus dem Bett und drückte sich an die Wand, als könnte er dort vor den schlechten Neuigkeiten Schutz suchen.

Arschawins Stimme troff vor Verachtung und bitterböser Schadenfreude.

»Sie hat uns alles erzählt, mein Freund, deine kleine Braut. Sehr redselig, die Kleine, wenn man ihr erst mal einen Zigarettenanzünder auf den Oberschenkel drückt.«

Roberts Welt schien zu explodieren. Er hatte sich schon sehr lange auf diesen Punkt zubewegt, und jetzt hatte er ihn erreicht.

Er brüllte: »Was habt ihr gemacht?«

»Wo ist Mikosch?«, rief Arschawin hasserfüllt. »Du hast dich mit ihm getroffen und ihn laufen lassen, du Bastard. Oh, das sieht und hört der Boss gar nicht gerne.«

Robert versuchte sich zu sammeln. Sie hatten Selina. Wut, Hass, Ohnmacht und Angst balgten sich wie streunende Hunde miteinander um sein bisschen Seele. Er zwang sich, ruhig zu bleiben, und konzentrierte das, was von ihm noch übrig war, in seine Stimme: fest und entschlossen.

»Hör zu«, begann er.

»Leck mich am Arsch, Abraham. *Du* hörst zu und hör gut zu, denn ansonsten wird diese kleine Nutte so langsam sterben, dass sie ihr eigenes Krepieren minutiös miterlebt. *Du* bringst uns Mikosch, und zwar gleich. Wie du das machst, ist dein Problem. Schaff seinen Arsch her.«

Und er sagte ihm, wohin.

Obwohl er wusste, dass es sinnlos war, fuhr Robert in die Torstraße und eilte in Selinas Wohnung.

Ihre Tür stand weit offen, im Inneren sah es katastrophal aus. Die liebevoll zusammengetragenen und arrangierten Kunstwerke waren zerstört, die Skulpturen enthauptet, entleibt, die Fotos zerrissen, die Installationen zerbrochen. Ihre Wäsche lag verstreut und zerfetzt auf dem Boden, ihre Bettdecke war zerschnitten.

Großer Gott, dachte er. Nichts an dieser blindwütigen Zerstörung ergab einen Sinn – es sei denn, Arschawin hatte sie angewiesen, sich richtig auszutoben.

Weil er wusste, dass ich es sehen würde, dachte er.

Diese Botschaft, denn um nichts anderes handelte es sich hier, war für ihn bestimmt.

Und da war Blut auf dem Boden. Blutspuren, die ihn zur Dusche führten. Sie waren in die Wohnung eingedrungen, als Selina unter der Dusche stand, nackt und wehrlos. Glas war zersplittert, vielleicht hatte sie sich während des Kampfes, denn sie hatte sich bestimmt zur Wehr gesetzt, verletzt. Oder die Killer hatten sie verletzt. Vielleicht war sie gar nicht mehr am Leben.

Nein. Sie sollte vor den Augen ihres Vaters sterben. Ein zu früher Tod wäre höchst unprofessionell.

Der Plan, den Killer von seinem Bruder abfangen zu lassen, würde nun nicht mehr funktionieren.

Also musste er sich etwas anderes ausdenken. Aber seine Optionen tendierten gegen null.

Er rief Mikosch an.

Sicher konnten Arschawin und der Killer Mikoschs Nummer aus Selina herausholen, aber das war nicht ihre Aufgabe, das war seine Aufgabe. Seine persönliche Tortur.

Geh ran, dachte er, geh um Himmels willen ran.

Zuerst hört er nur ein Rauschen, doch darin verbarg sich das mühsam angespannte Atmen eines Mannes unter Druck.

Wie ich, dachte er, wir beide nun.

Robert sagte: »Wenn Ihnen etwas an Ihrer Tochter liegt, dann kommen Sie zu Selinas Wohnung. Die haben sie. Die haben Ihre Tochter. Überlegen Sie, was Sie tun, Mikosch. Bringen Sie das gottverdammte Geld mit. Ich schätze, wir haben jetzt alle beide keine Optionen mehr.«

Keine Antwort, nichts. Das Rauschen verschwand, das Atmen ebenso. Stille.

Robert dachte: Wenn er nicht kommt, ist Selina tot.

Doch wenn er kommt und sich stellt, ist sie es ebenfalls.

Seine Finger huschten über die Tasten seines Handys, tippten Franks Nummer ein. Verharrten über der grünen Verbinden-Taste. Frank war da draußen, um einen Serienmörder zu jagen, und anscheinend war er ihm hart auf der Spur. Mit welcher Begründung konnte sein Bruder jetzt mitten in der heißen Fahndungsphase aussteigen? Frank hatte versprochen, ihm zu helfen, aber das war vor Selinas Entführung gewesen.

Die Karten waren unterdessen neu gemischt worden, und Robert besaß kein einziges gutes Blatt.

Er setzte sich in einen Stuhl und wartete, bis Mikosch auftauchte oder nicht.

KAPITEL DREIUNDVIERZIG

Schneider, der Leiter des Spezialeinsatzkommandos, unter der Hand als SEK-Schneider bekannt und berüchtigt, hatte seine Männer so platziert, dass sie unsichtbar waren. Abraham und Kleber waren bei ihm im Einsatzfahrzeug. Kameras, deren Bilder auf Monitore übertragen wurden, überwachten die Straße.

»Wenn er kommt, schnappen wir ihn uns«, sagte SEK-Schneider. Die Zielperson. Das war Beck ab jetzt: die Zielperson. »Und falls er drinnen ist, holen wir ihn raus.«

»Nein. Sie lassen ihn in das Haus gehen, falls er auftaucht«, sagte Abraham. Kleber sah ihn an.

»Er könnte inzwischen zurückgekehrt sein, Boss. Wer weiß, ob der Typ, von dem uns die Frau erzählt hat, nicht tot ist. Oder seine Geisel.«

Eher tot, dachte Abraham.

»Vielleicht kommt er auch gar nicht mehr zurück. Er kann sich doch denken, dass die Frau zur Polizei gegangen ist und wir vielleicht schon auf ihn warten«, meinte SEK-Schneider.

»Nein, der kommt zurück«, sagte Abraham. »Der holt sich die restlichen Tonbänder, wenn er hier die Biege macht. Auf keinen Fall flieht er ohne die Aufnahmen.«

»Das ist Beweismaterial«, ergänzte Kleber, »er muss es verschwinden lassen. Die Aufnahme von der Tötung Edda Markowitz' ist echt, die anderen sind es dann wahrscheinlich auch. Mit Namen beschriftet – jeder Name steht für eine ermordete Frau.«

»Beck verschwindet nicht ohne sie«, sagte Abraham. Das stand für ihn fest. »Und wenn er kommt, dann trifft er auf mich, denn ich werde in seiner Wohnung auf ihn warten.«

»Alleine?«

»Ja.«

Kleber grunzte. »Spinnst du, Boss? Ich lasse dich dort nicht alleine reingehen. Und falls er da ist, dann schon gar nicht ohne Verstärkung …«

Kleber und der Einsatzleiter sahen ihn an wie einen Lebensmüden.

Beck war brandgefährlich. Ein Totschläger und mutmaßlicher Serienkiller. Ihm alleine gegenüberzutreten, war reiner Wahnsinn.

»Das kann ich nicht verantworten«, sagte SEK-Schneider entschieden.

»Gut, dass Sie es nicht müssen«, sagte Abraham. »Ich leite die Festnahme …«

»Und ich den Zugriff. Wollen Sie unbedingt der nächste tote Bulle in Berlin werden?«

Kleber nahm Abraham zur Seite. »Was bitte soll das? Was ist nur los mit dir? Du bist ja völlig durch den Wind …«

»Vertraust du mir nicht?«

»Natürlich, aber …«

Abraham sagte: »Geben Sie mir ein Headset mit. Wenn etwas passiert, rufe ich Verstärkung herbei.«

»Wir können vieles, aber Fliegen gehört noch nicht dazu«, sagte SEK-Schneider. »Wir sind schnell, aber nicht so schnell wie eine Kugel oder ein Messerstich.«

Abraham präsentierte ihm daraufhin die ballistische Weste.

»Schön und gut, und was ist mit Ihrem Kopf?«

»Nun, der sitzt auf meinen Schultern, und es gefällt ihm dort so gut, dass er bleiben möchte. Ohne ein Loch darin.«

Abraham stieg aus dem Wagen. Die SEK-Männer waren ganz in seiner Nähe, schwerbewaffnet, vorbereitet, angespannt und gleichzeitig die Ruhe selbst.

So wie er.

Kleber stapfte wütend neben ihm her.

»Verrückter Kerl, ich muss dich wohl erst in Ketten legen lassen …«

Abraham schlug seinen Mantel auf und zeigte ihm seine Dienstwaffe im Seitenholster. »Beruhigt?«

»Nein. Beruhigt bin ich, wenn ein halbes Dutzend SEK-Leute Beck unter sich begraben.«

»Wenn Beck mich sieht, weiß er, dass die Sache gelaufen ist.«

»Wenn Beck dich sieht, könnte er auf die Idee kommen, zumindest noch einen Polizisten mitzunehmen, falls er in den Knast einfährt oder in die Hölle.«

Kleber stoppte Abraham vor der Tür des Hauses.

»Das ist gegen jede Vorschrift, alleine da reinzugehen, Boss.«

»Ich weiß.«

»Aber es ist dir egal.«

»Ja.«

»Wegen Markowitz und seiner Frau, ja? Weil du dir Vorwürfe machst. Weil du diesen Kerl für dich alleine haben willst.«

»Willst du mich jetzt tiefenpsychologisch deuten?«

»Ich will nicht, dass du dumme Sachen machst. Ich will nicht, dass du so endest wie Dorfmann. Du bist nämlich gerade dabei, in seine Fußstapfen zu treten, und du weißt, wohin die ihn geführt haben.«

»Ich hab's nicht vergessen.«

»Dann kommst du endlich zur Vernunft und überläßt den Profis die Arbeit.«

»Nein.«

»Nein? Hab ich richtig gehört? Ja, habe ich.« Kleber klatschte enttäuscht in die Hände. »Du sturer Bock.«

»Glaubst du mir, wenn ich dir sage, dass ich weiß, was ich tue?«

»Eigentlich schon … nur heute könntest du mal eine Ausnahme machen.«

»Gerade heute nicht.«

Kleber kannte den Unterton in Abrahams Stimme, ein unerschütterliches Fundament für jede Art von Entscheidung. Zu tief gegraben und zu solide gebaut, um es zu stürzen.

»Okay«, sagte Kleber. »Scheiß auf die Vorschriften. Aber wenn, dann übertreten wir sie beide.«

»Du lässt auch nicht locker«, sagte Abraham.

»Von wem ich diese Einstellung nur habe?«, sagte Kleber.

Gut.

Kleber würde in Becks Wohnung warten, Abraham in der Wohnung darüber, in der sich nach Pollys Angaben der Schrank mit den restlichen Tonbändern befand. Er wusste, dass Beck sofort in diese Wohnung stürmen würde. Zu ihm.

Zu mir, dachte er.

Er hatte Angst.

Er war nie ohne Angst unterwegs. Ja, es erforderte Mut, Verstand und Rücksichtslosigkeit, um sich dem Bösen zu stellen, und gleichzeitig Angst, Zweifel, alle und alles gehörte zusammen, wechselte sich ab, Logik, Wahnsinn, Gut, Böse, Verantwortung, Verwahrlosung.

(Mit einem Mal wird dir klar, dass du sterblich bist. Dass du heute, hier und jetzt, zurückbleiben könntest, leer und ausgehöhlt, verdreht und zerschlagen. Wenn du daran denkst, dann fühlst du dich lebendiger als je zuvor. Du lebst, der andere hingegen ist schon lange tot. Was dir gegenübersteht, ist nur noch sein aufrecht gehender Kadaver. Aber dieser Kadaver atmet, er bewegt sich, und er tötet.) In seiner Manteltasche lag schwer wie das Blei der letzten Tage der Haftbefehl. Er war hier, um ihn durchzusetzen. Er alleine, so wie es sein sollte; ein Mann, um einen anderen Mann zu fassen und aus dem Verkehr zu ziehen. Hinter Abraham baute sich die Autorität des Staatsapparates mit ihren mächtigen Institutionen auf, aber hier in diesem Moment, wo er kurz davor stand, sich auf das Territorium eines Mörders zu begeben, waren all die Regeln, Gesetze und Verordnungen weit weg, schimmerten einer Fata Morgana gleich am Rand einer ungeheuren Wüste.

Sie hatten Becks Gesicht, gezeichnet von der Hand einer Toten, seinen Namen, gerufen im Moment des Sterbens von einer

Toten, und sie hatten ihn selbst, sein übles grauenhaftes Inneres umgestülpt, offengelegt und dargeboten wie eine Schlachtplatte.

Und als Abraham jetzt einen weiteren Schritt tat, den einen Fuß gehorsam vor den anderen setzte und sich langsam und schwerfällig bewegte wie ein Schlachtschiff im Sturm, da setzte er sich ebenso wie andere Männer zu gleichen Zeit an anderen Orten der Gefahr aus. Nicht jeder von ihnen trug eine Pistole und einen Ausweis, die einen schraubten gerade den Zünder einer Bombe ab, die anderen verbarrikadierten eine Schule vor dem Ansturm eines entfesselten Mobs, andere wiederum organisierten den Transport von dringend benötigten Medikamenten durch eine Todeszone. Abraham fühlte sich ihnen ebenbürtig und so nahe wie sonst nur seinem eigenen Bruder.

Und sie alle zusammen setzten nicht nur ihre Körper der unmittelbaren Gefahr aus, sondern mehr noch ihr Innerstes, ihr Vertrauen darauf, dass das, was sie taten, gut und richtig war.

Das SEK besaß eine ganze Reihe von »Türöffnern«, sowohl robuster als auch subtiler Natur. Abraham hatte sich einen davon ausgeborgt und kam ohne größere Schwierigkeiten in die Wohnung, die Polly ihm beschrieben hatte. Er zog seine Dienstwaffe, entsicherte sie und folgte ihrem Lauf, den er wie eine Sonde vorschob. In der anderen Hand eine kleine Mag-Lite, weil es in der Wohnung stockdunkel war und der Strom abgestellt. Sein Herz hämmerte auf ihn ein, und in seinem linken Ohr hörte er das gleichmäßige Schnaufen und Stampfen seines Pulsschlags.

Es roch nach Scheiße und Fäulnis.

Die Scheiße war allgegenwärtig, in jedem Raum, den er durchsuchte, die Scheiße hatte sich in die wenigen verbliebenen traurigen Möbelstücke hineingefressen, in die Wände eingegraben, sie trieb ihm den Brechreiz die Kehle hoch. Abraham atmete schließlich nur noch durch die Nase, bis er jedes Zimmer mit der Waffe im Anschlag gesichert hatte. Als Erstes öffnete er die Fenster. Einige waren mit Holzbrettern vernagelt, er trat rein und warf ihre Reste nach draußen in einen zugemüllten Hof. Er sah aus dem Fenster auf der gegenüberliegenden Straßenseite mehrere Zivilfahrzeuge mit SEK-Beamten. SEK-Schneiders Stimme meldete sich über das Head-Set: »Wir sehen Sie jetzt. Wie sieht's da drinnen aus?«

»Wie im Höllenkreis der Scheiße«, sagte Abraham. »Dante würde es gefallen.«

»Dante wer?«

»Schon gut, vergessen Sie's.«

Durch die geöffneten Fenster strömte eiskalte Luft in die Wohnung und mischte sich mit dem Gestank. Auch Tageslicht drang ein, aber es war nur noch schwach, weil die Dämmerung sich bereits wie ein Lindwurm über die Stadt schlängelte. Auf dem Boden standen verteilt Teller und Schüsseln. Abraham ahnte, was sich in ihnen befand. Dann bemerkte er das Blut. Es glänzte noch relativ frisch auf dem verunreinigten Boden. Viel Blut. Es führte ihn zum Wandschrank, dem einzigen intakten Möbelstück in dem Raum. Der Blutgeruch überlagerte die Scheiße. Abraham dachte: Da drinnen ist ein Toter. Er nahm die Mag-Lite in die linke Hand, hielt die Waffe auf den Schrank gerichtet und öffnete langsam die Türen und … ein Mann fiel ihm entgegen. Er fiel Abraham in die Arme, der ihn reflexhaft auffing, die Lampe verlor, die Waffe ebenfalls. Ein blutiger, nackter, geöffneter Körper. Abraham starrte in ein Gesicht ohne Augen, nur in zwei blutige leere Löcher. Er hörte sich selbst stöhnen, aber genauso gut hätte dieses Geräusch auch aus dem aufgebrochenen Körper des anderen kommen können. Er ließ den Toten zu Boden sinken. Wahrscheinlich handelte es sich um Christian Mevissen, Pollys Freund, der hier auf Beck gewartet hatte, um ihn zur Rede zu stellen.

In seinem Körper steckte ein Springmesser, es war dort von einer unglaublichen Kraft wie ein Pflock regelrecht hineingetrieben worden.

Seine Genitalien waren abgeschnitten.

Abraham hob seine Waffe wieder auf. Das Metall fühlte sich glitschig und besudelt an. Er wischte die Waffe an seinem von Mevissens Blut verschmierten Mantel ab und seine Finger an der Hose.

Aus der unteren Wohnung hörte er Geräusche und erstarrte.

Kleber meldete sich über Funk.

»Alles klar da oben, Boss? Ich hab was gehört. Soll ich kommen?«

»Nein«, sagte Abraham, während er auf den Leichnam sah. Das Mädchen hatte mit ihrer Vorahnung richtig gelegen. Er bedauerte sie schon jetzt. Er sagte: »Wie sieht's bei dir aus?«

»Alle Zimmer gecheckt, kein Vögelchen zu Hause. Vielleicht kommt er ja doch nicht.«

»Er kommt«, sagte Abraham. Er zwang sich jetzt doch woanders hinzusehen als in die ausgestochenen dunklen Höhlen in Mevissens Gesicht.

Das Miststück war verschwunden, die Stadt hatte ihre Hosen runtergelassen, und Polly hatte sich in die Arschritze des Giganten vergraben. Sich in Luft aufgelöst. Das war bedauerlich.

Sie hatte ihn bestohlen – und das war ÄRGERLICH. Und DUMM.

Er war DUMM.

Er wünschte sich plötzlich, er hätte das Messer aus Markowitz' Wohnung wieder mitgenommen, um sich seine Dummheit ins Gesicht zu schneiden. Später vielleicht. Die Frage war, ob sie nicht vielleicht doch bei den Bullen saß. Als er sie angerufen hatte, mit Mevissens Handy, da hatte sie schon etwas geahnt. Beck hatte das Blaue vom Himmel gelogen, aber es nicht geschafft, sie zurück zum Haus zu lotsen. Er hatte das Handy entsorgt – die Bullen konnten so etwas heutzutage orten. Es sei denn, natürlich, das Miststück hatte ihnen seine Adresse gegeben.

Dann saßen sie vielleicht schon auf der Lauer.

(DER VERFOLGER SCHICKTE SEINE HÖLLENHUNDE AUS.)

Beck hielt sich dicht am Boden auf, duckte und krümmte seinen Körper, glitt, schlängelte, huschte durch die Straßen, weil er es nicht wagte, in den Himmel zu blicken. Eben hatte er es getan und war beinahe völlig abgedreht. Der Himmel hing voll GLÜHENDER ROTER AUGEN. Sie hingen dort oben herum wie ein Haufen abgestorbener Sterne, riesige Monde, die jeden Moment auf die Erde fallen und sie zertrümmern würden. Beck wimmerte und stieß einen lauten, panischen Angstschrei aus. Er legte seine Hände vor die Augen und stieß gegen einen Laternenpfahl, was ein paar in seiner Nähe lungernde Schulkinder zum Lachen brachte. Beck sprang um eine Ecke und kotzte auf den Boden.

Die AUGEN starrten ihn an. Sie warfen … nun ja, man könnte glatt sagen … ein Auge auf ihn.

Er rief: »DAS IST JA WIRKLICH SCHRECKLICH LUSTIG.«

Ja, zum Totlachen. Oder Totmachen.

War nicht beides ein und dasselbe?

Der Weg zurück.

Unter Beobachtung.

Türen öffnen sich in seinem Kopf, Menschen gingen ein und aus. Menschen, keine Stimmen im Kopf, sondern Menschen mit Armen und Beinen und Gesichtern. Keiner von ihnen lebte noch, aber da waren sie nun einmal, schrecklich munter und damit beschäftigt, ihm Vorwürfe zu machen. Immer die gleiche alte Leier: Du Mörder, Mörder, Mörder, MÖRDER. Sie schmiedeten ständig Verschwörungen gegen ihn und flüsterten so leise miteinander, dass er sie nicht verstand.

Ich brauche dringend ein Loch im Kopf, dachte der Killer, um diese Arschlöcher zu vertreiben. Ich schmeiß sie raus und dann fülle ich Zement in dieses Loch und SPERRE EUCH

AUS. Diese Idee gefiel ihm wirklich. Endlich kein Druck mehr. Endlich würde sein Kopf nur ihm alleine gehören.

War daran was falsch?

Wo waren die Bullen?

Keine Streifenwagen vor dem Haus, keine Hackfressen auf der Straße. Es war ihm auch egal. Er war jetzt wie eine Handgranate ohne Splint.

Er musste seine Schätzchen holen.

ER MUSSTE.

Auf den Bändern hatte er alle Nutten gefangen, sie gehörten ihm, ihre nutzlosen Geschichten, ihr Jammern und Flehen, ihre Schreie, alles seins. Ihre Körper waren längst verfault, aber ihr wahres Selbst GEHÖRTE IHM.

Er rannte die letzten Meter und stürmte wie nur sonst was ins Haus. Er hatte kein Auge für die realen Augen, die jeden seiner Schritte beobachteten.

SEK-Schneider brüllte in Abrahams Ohr. »Er ist da, er kommt die Straße runter, was sollen wir tun?«

»Nichts«, sagte Abraham. »Lassen Sie ihn durch. Der soll ruhig ins Haus gehen.«

SEK-Schneider stieß einen saftigen Fluch aus. »Hören Sie, Abraham, etwas stimmt nicht mit dem. Der schlingert und torkelt und quatscht laut mit sich selbst und sieht völlig irre aus.«

Kleber schaltete sich ein. »Ist er bewaffnet?«

SEK-Schneider sagte: »Kann ich nicht erkennen. Der ist so dünn angezogen, da würden wir eine Pistole erkennen. Was mit Messern ist, sehen wir nicht. Aber er ist kräftig, nur Muskeln, ein robuster Scheißkerl.«

»Ruhig Blut«, sagte Abraham, »kugelfest ist er nicht.«

»Da kommt eine Dampframme auf Sie zu«, sagte SEK-Schneider, »geben Sie bloß acht.«

Kleber sagte: »Ich komme zu dir hoch.«

»Nein, du bleibst dort. Vielleicht geht er doch zuerst in seine Wohnung.«

Obwohl er das nicht glaubte. Das, was Beck wollte, befand sich hier.

»Na, darauf freue ich mich jetzt schon.« Klebers Stimme klang ein wenig erstickt. Nur Angst, dachte Abraham, Angst und Erwartung. Die Erinnerung an das, was Dorfmann zugestoßen war.

»Ich bin nur einen Atemzug von dir entfernt«, sagte er.

Kleber lachte, aber es war kein befreiendes Lachen.

Er sagte: »Ich glaube, ich schieße zuerst und warte dann auf dich.«

»Das Schießen sollten Sie uns überlassen«, zischte SEK-Schneider. »Er geht jetzt ins Haus. Er ist drin.«

Abraham wies Schneider an, endlich Funkstille zu halten.

KAPITEL VIERUNDVIERZIG

Abraham ging zurück zum Wandschrank und holte die Kassetten mitsamt dem Aufnahmegerät dort hervor. Schob willkürlich eine in das Gerät. Dann stellte er es auf die Fensterbank und sich selbst daneben, mit dem Rücken zur Wand, das Gesicht zur Zimmertür gerichtet, seinem Feind, dem Feind aller entgegen.

Dachte an Markowitz und an Co Bao, an die Raserei, mit der Beck die beiden ausgelöscht hatte. An Mevissen, Becks Freund, daran, dass dieser am Ende die Wahrheit erkannt hatte. Aber sie hatte ihn nicht befreit, sondern getötet. Hörte erneut wie in einem Echo, die Schreie Edda Markowitz', als sich Beck ihr offenbarte – in all seiner Grausamkeit.

Dachte an Phelps' zerschmetterten Körper.

Fühlte sich plötzlich nicht mehr alleine in diesem Raum. Fühlte eine tröstliche flüchtige Präsenz, die neben ihm stand, hinter ihm, vor ihm herging, ins Licht, aus dem Licht, er streckte die Hand aus, Abraham kniff die Augen zusammen, er sagte: »Wer?«, und einen Augenblick lang war seine Sicht verschleiert, und er sah wie durch einen Nebel. Ihm war ein wenig übel und sein Mund so trocken, dass er selbst Schnee gelutscht hätte. Der Raum spielte mit ihm, dehnte und streckte sich, nur um sich im nächsten Moment wieder zusammenzufalten.

»Wer immer du bist, wende dich nicht von mir ab«, flüsterte Abraham, »denn ich brauche jede Hilfe, die ich kriegen kann.« Denn obwohl er eine ganze Kompanie schwerbewaffneter Elitepolizisten um sich herum wusste und seinen Kollegen nur ein paar Stufen entfernt, und obwohl er selbst bewaffnet war, fühlte er sich so nackt, verletzlich und hilflos wie einst die Christen, die man in Neros Arena getrieben hatte, um sie von den Löwen zerreißen zu lassen.

Du spürst Schmerz, Zorn, Verwirrung und Finsternis, als der rasende Mann durch dich hindurchgeht und sich dem anderen Mann nähert, der oben auf ihn wartet. Der nicht weicht, der standhält, weil einer es tun muss. Einer stellvertretend für alle anderen aufrechten Menschen. Alles reduziert sich auf zwei Körper in diesem Todesraum, fernab der Gestaden von Recht und Rechtsprechung, an einem Ort, wo das geschriebene Wort an seine Grenzen stößt und wo das Gute dem Bösen in völliger Waffengleichheit gegenübersteht. Keine abgefeuerte Kugel, kein Schließen der Handschelle entscheidet diesen Konflikt; es ist das Nicht-Weichen vor dem Terror, das Sich-dem-Aussetzen. Es ist, nicht mehr und nicht weniger, die Prüfung des Glaubens.

Klebers Stimme an seinem Ohr:

»Er ist an mir vorbei, er kommt nach oben.«

Abraham stellte sich vor, wie sein Partner jetzt aus Becks Wohnung trat und lauschte, die Waffe so fest an sich gepresst, als hinge sein Leben davon ab. Und so war es doch auch, genauso.

Beck kam also.

Gut.

Er war bereit.

Abraham drückte auf PLAY.

Gleich darauf füllte Becks Stimme den Raum.

»Nichts interessierte mich, wenn es lebt. Die Dinge sind nur interessant, wenn sie genauso tot sind wie ich. Wenn sie es nicht sind, sorge ich eben dafür. Das heißt, ich mache sie mir gleich. Andersherum zu existieren ist mir nicht möglich. Meine Dimensionen sind unfassbar. Ich durchschreite Welten, die außer mir niemand zu sehen bekommen wird – denn während ich auf ihnen wandele, erschaffe ich sie im selben Augenblick, so dass jeder Schritt auf neugeborenem Boden Premiere feiert. Ja, ich weiß. Der alte Gottkomplex. Und wenn schon. Würde ich diese Welt hier beherrschen, in der ich als Leichnam durch die Nacht gehen muss, um alte Leute zu erschrecken und aufzufressen wie Riesenzwerge, dann könntet ihr alle was erleben. Herodes, Hitler und Stalin, ein wenig Pol Pot, Sektenführer Jones, David Koresh, Osama, o ja, in mir sind viele Räume, und in jedem ist eine Pritsche frei. Legt euch zu mir. Wir wetteifern um den größten Blutzoll, bis nichts und niemand mehr übrig ist. Am Ende alleine und befreit – und dann der letzte Mord an mir selbst.

Mord an einem verfaulenden Mann.«

Sobald er im Haus war, wagte er es, seinen Blick zu heben. Der VERFOLGER traute sich hier nicht hin. Dafür rammte ihm jemand einen Eispickel durch seinen Schädel. Beck schlug die Luft zusammen. Er brüllte vor Schmerzen und kniff sich schnell die Eier ab. Der neue Schmerz vertrieb den anderen. Er fühlte sich völlig ausgelaugt. Ich brauch mal Urlaub, dachte er. Er hastete an seiner Wohnung vorbei. Unwichtig.

Wichtig war, was oben auf ihn wartete.

Als er seine eigene Stimme außerhalb seines Körpers hörte, war ihm, als prallte er gegen eine Mauer.

Jemand spielte seine Aufnahmen ab.

Jemand war da oben.

Mitten auf der Treppe zwischen den beiden Wohnungen blieb er stehen. Er konnte jetzt umdrehen und weglaufen – nach draußen, wo der VERFOLGER auf ihn wartete. Versuchen, irgendwie durchzukommen, bis es Nacht war und der Himmel ausgelöscht – und wenn er sich die Augen mit den Fingern ausstechen musste, um nicht zu SEHEN … oder er ging nach oben, um auf denjenigen zu treffen, der dort auf ihn wartete.

Er hörte es in sich trippeln, kleine Füße kratzten in seinem Kopf herum, einer lachte dreckig und gemein, ein anderer stieß abgehackte, hohe Schreie aus. Eine Hand senkte sich in seine Gehirnmasse und knetete sie wie Teig. Ein Rührbesen schlug seine kleinen grauen Zellen schaumig.

Ein gewaltiger psychotischer Schub entlud sich und zwang ihn wie von fremder Macht die restlichen Stufen nach oben.

»Im Knast jammerten sie einem die Ohren voll. Eingekerkert. Begraben. So fühlte ich mich bereits meine ganze Existenz lang. Die grauen, öden Wände einer Zelle sind nichts gegen die verbunkerten Räume in einem selbst.

Da ist ein Junge, der manchmal in mir ein und aus geht, ganz wie es ihm passt. Das passt mir natürlich nicht, aber wer fragt mich schon? Dieser Junge kommt mir bekannt vor, dieses Kind ruft meinen Namen, und der Klang seiner Stimme ist vertraut – so könnte ich mich mal angehört haben. Seine Augen sind Schalen voller Angst und Entsetzen – denn weder begriff sein kleiner zerbrechlicher Körper den Schmerz, den man ihm antat, noch sein Verstand den Terror, dem er ausgesetzt war. Sie haben diesem Kind Grauenhaftes angetan. Deshalb musste es auch grauenhaft werden.

Niemand weiß, wie sensationell es für mich wäre, endlich schlafen zu können, ohne zu träumen.«

Eine Urgewalt rammte die Wohnungstür auf, und ein wuchtiger Körper drang wie ein Geschoss in sein Inneres ein. Abrahams Hand zuckte zur Waffe, seine Finger schlossen sich bereits um den Knauf der Pistole, als Beck in das Zimmer taumelte und dann plötzlich, als zöge jemand an einer Kette, die unsichtbar an ihm befestigt war, ruckartig stehenblieb.

Er atmete heftig.

Abraham hingegen atmete völlig ruhig.

Er sagte: »Magnus Beck?«

Beck sagte: »Mach das weg.«

Er fürchtete sich plötzlich vor seiner eigenen reproduzierten Stimme, so wie manch einer seinen eigenen Schatten fürchtet. Solange er seine Stimme mitsamt den Aufzeichnungen für sich gehabt hatte, war alles in Ordnung. Aber der Bulle hier … erst Polly, dann Mevissen, jetzt der Bulle. Das waren entschieden zu viele, die Bescheid wussten.

Er nahm die Basecap ab und fuhr sich durch die kurzgeschorenen Haare.

Abraham ließ ihn keine Sekunde aus den Augen.

Es war Beck, kein Zweifel, denn Abraham holte demonstrativ das Bild hervor, das Co Bao von ihm gezeichnet hatte, und glich es noch einmal ab. Es entsprach auch dem Foto in der Datenbank. Es war immer derselbe Typ.

Magnus Beck, verhaltensauffällig von Jugend an; Brandstifter, Dealer, Totschläger, Serienmörder.

Als Beck die Zeichnung sah, wurde er ganz blass und war tatsächlich überrascht. Er dachte: Ich habe sie doch verschlungen, aber der Bulle vor ihm hielt sie in der Hand, also hatte ihn sein Körper verraten, und die Leute in seinem Kopf hatten die verräterische Zeichnung wieder zusammengesetzt und dem Bullen zukommen lassen.

Abraham sagte: »Aber es ist viel zu interessant. Ich kenne eine Menge Leute, die in den nächsten Jahren hierüber Fachbücher schreiben werden. Du wirst dann allerdings im Knast sitzen – lebenslang.«

Beck brüllte: »MACH ES AUS.«

SEK-Schneider rief: »Was geht da vor?« Er drehte sich zu seinem Teamleiter um und sagte: »Schick die Männer rein, und zwar jetzt!«

Kleber bewegte sich. Er stürmte aus Becks Wohnung und nahm die ersten Stufen mit einem Sprung, verdrehte sich dabei das Knie, schrie auf und brach zusammen. Verlor die Waffe, griff erneut nach ihr und schleppte sich, den stechenden Schmerz ignorierend, hoch.

Abraham drückte auf STOP.

Becks Stimme verstummte.

Beck sagte: »Wo ist der Rest von euch Clowns?«

Abraham sagte: »Überall, wir sind überall.«

»Ja, so ist es immer«, sagte Beck zu dem VERFOLGER.

Endlich da, endlich leibhaftig.

Eine kalte Ruhe überkam ihn, anders als sonst, wenn er die Weiber fertigmachte, weil er da wirklich erhitzt war; nun allerdings fühlte er sich so wie bei dem Mord an Doc: das war Arbeit, kein Vergnügen, es musste getan werden. Auch der Bulle vor ihm bedeutete Arbeit.

»Findest du es nicht unverschämt, in meinen privaten Sachen zu schnüffeln, Freundchen?«

»Nein, das ist mein Job. Mach dir mal keine Sorgen wegen des Geruchs, ich bin nicht zimperlich, was deine Körperhygiene angeht, aber ich werde richtig sauer, wenn ich auf eine Mordserie stoße. Die stinkt nämlich ebenfalls zum Himmel.«

»Eine Mordserie? Wovon sprichst du denn da?«

»Von Edda Markowitz, Margot Beenhakker und den anderen. Und von ihm auch.«

Abraham deutete auf den in einer Ecke liegenden Christian Mevissen. Beck würdigte ihn keines Blickes.

»Er war dein Freund, nicht wahr? Freund und Komplize, zumindest früher. Dann taucht er wieder auf, zusammen mit seinem Mädchen. Sie ist übrigens in Sicherheit, und sie hat uns eine Menge über dich erzählt.«

»Ich hätte sie gleich fertigmachen sollen.«

»So wie Henning Markowitz und dessen Frau. Da hast du schneller reagiert. Markowitz hat dich wiedererkannt. Seine Frau hat eine Zeichnung von dir angefertigt – genau die, die ich in der Hand halte. Du hast nur den ersten Entwurf vernichtet. Dazu kommen die Aufnahmen mit einer ganzen Menge an Täterwissen. Und ich sehe, du trägst keine Handschuhe, diesmal nicht. Ich wette, an dem Messer, das in Mevissen steckt, finden sich diesmal sogar deine Fingerabdrücke. Alles in allem endet die Straße hier in einer Sackgasse; es ist wie immer.«

Beck bewegte sich daraufhin auf Abraham zu.

Langsam, ohne Hast, mit der Ruhe eines Henkers.

Abraham sagte: »Selbst wenn du mich erledigst, kommst du aus dieser Nummer nicht mehr raus.«

Er zog seine Pistole, hielt sie aber noch mit der Mündung nach unten gerichtet.

Klebers massige Figur erschien im Türrahmen, sein Gesicht schmerzverzerrt. Er richtete die SIG-Sauer-Pistole auf Beck und rief: »Keine Bewegung.«

Gleichzeitig betrat das erste SEK-Team das Haus.

Abraham sagte: »Schluss jetzt, Beck, es reicht.«

Der Killer schüttelte langsam den Kopf.

Abraham sah es kommen, sah ihn kommen, sah es in derselben Sekunde, in der Beck aus dem Stand heraus erst zwei, dann drei und zuletzt vier große Schritte machte und seinen wuchtigen, tödlichen Körper auf das Fenster steuerte, seine

Hände, seine Mordwerkzeuge, schnappten nach seinen Trophäen, nach den Stimmen auf Band und nach denen in seinem Kopf, und noch bevor Kleber abdrücken oder Abraham seine eigene Waffe auch nur annähernd auf ihn richten konnte, verschwand Beck in der Öffnung und stürzte hinaus ins Freie.

Wie Tage zuvor schon einmal schlug ein Körper auf dem Boden auf.

Als Nächstes stürmte ein halbes Dutzend SEK-Männer des zweiten Einsatzteams brüllend auf Becks zusammengekrümmte Gestalt zu und umringte ihn mit ihren im Anschlag gehaltenen Waffen. SEK-Schneider kletterte aus dem Überwachungswagen und lief zu ihnen. Er beugte sich über Beck und untersuchte seinen Pulsschlag.

Von oben aus dem Fenster rief Kleber:

»Ist er tot?«

»Nein, der Mistkerl lebt, aber so wie ich das sehe, kann er seine Beine für die nächste Zeit vergessen.«

»Diesmal wäre es fast so weit gewesen«, sagte Kleber, als sie zusahen, wie Becks schwerverletzte Gestalt in den Krankenwagen verfrachtet wurde.

»Was meinst du damit?«

»Na, dass du deine Waffe benutzt.«

»Ich bin froh, dass ich es nicht tun musste.«

»Kommst du nicht mit zurück?«, fragte Kleber.

Abraham schüttelte den Kopf. »Ich muss noch etwas erledigen. Es kann sein, dass ich …«

Er sah seinen Kollegen an.

Kleber sagte: »Wenn du meine Hilfe brauchst …«

»Könnte sein.«

»Aber du willst jetzt noch nicht darüber reden.«

»Hmm.«

»Ist es wieder mal etwas außerhalb der Reihe?«

»Ja.«

»Das gibst du ganz unverblümt zu?«

»Ja.«

»Und der ganze Polizeiapparat ist dir dabei eher hinderlich.«

»Ich kann keine offiziellen Stellen mit hineinziehen.«

»O Mann«, seufzte Kleber, »das hört sich nicht gut an.«

»Das ist es auch nicht.«

»Schlimmer als das hier?«

»Persönlicher.«

»Du kannst wohl niemand anderen fragen?«

»Nein. Nur dich.«

»Sollte mich das ehren, oder sollte es mir zu denken geben?« Abraham schwieg.

»Also beides«, murmelte Kleber. »Wäre es dann nicht besser, ich würde dich jetzt begleiten?«

»Und wer schreibt den Bericht? Wer begleitet unseren Mörder in die Klinik?«

»Gottwald.«

»Nein, ich möchte, dass du dich um diese Dinge kümmerst. Wenn ich dich brauche, dann rufe ich dich an.«

»Das sagst du doch nicht jetzt einfach so daher, um mich zu beruhigen, oder?«

Es dauerte, bis Abraham wieder runterkam, sich das Adrenalin in ihm abbaute. Es half ihm dabei, zu fahren und sich auf die Straße, auf den Schnee zu konzentrieren. Unterwegs rief er seinen Bruder an. Robert nahm nicht ab. Er wiederholte die Anrufe in immer kürzeren Abständen, mit jedem Mal beunruhigter.

Ich hatte dir doch gesagt, du solltest auf mich warten, dachte er verärgert.

Als er seine Wohnungstüre öffnete, ahnte er schon vorher, dass Robert nicht mehr da war.

Etwas ist geschehen, das ihn dazu bewogen oder gezwungen hat aufzubrechen, ohne auf mich zu warten oder mir eine Nachricht zu hinterlassen.

Robert war verschwunden – so wie er es anscheinend immer tat, wenn es ernst wurde.

Tu mir das nicht an, dachte Abraham und brach beinahe auf dem Küchenstuhl zusammen. Die Anspannung der letzten Stunde presste ihn wie die Nuss in einem Nussknacker gnadenlos zusammen, knackte ihn schließlich und ließ ihn gekrümmt und geschlagen zurück.

Nach einiger Zeit kam er wieder zu sich, so als wäre er tatsächlich aus seinem Körper geschlüpft, um seinen Geist, seinen Intellekt vor dem Grauen, dem er begegnet war, in Sicherheit zu bringen. Abraham blinzelte verwirrt in der plötzlichen Fremde seiner Wohnung und rief den Namen seines Bruders. Wählte wieder dessen Nummer.

Nichts. Es klingelte durch, aber niemand nahm ab. Auch die Mailbox schaltete sich nicht ein.

Was ist dir geschehen?, dachte er. Hatten ihn Nagys Männer doch bis hierher verfolgt und nur darauf gewartet, dass sein Bruder, der Polizist, Robert alleine ließ, um ihn sich dann zu schnappen? Oder war etwas mit dieser Frau, die Robert anscheinend viel bedeutete … Selina Leifheit? Plötzlich kam er auf einen anderen Gedanken. Roberts Handy war eingeschaltet. Also konnte er es orten. Und damit vielleicht Robert finden.

Er rief Kleber an.

»Was brauchst du, Boss?«

»Eine Handyortung. Und ich brauche sie schnell und ohne Wissen der hohen Tiere.«

»Bekommst du. Ach, noch was. Sie ist weg.«

»Wer?«

»Pauline Lambert. Im ganzen Trubel ist sie ein wenig untergegangen. Sie ist einfach ganz nett rausspaziert. Was machen wir?«

Sie weiß, dass ihr Freund tot ist; was sollte sie hier noch halten, dachte Abraham.

»Nichts«, sagte er.

KAPITEL FÜNFUNDVIERZIG

Die Frau wimmerte vor Angst, als sie sie aus dem Kofferraum des Passats hievten und auf die Beine stellten. Sie torkelte wie eine Betrunkene, und Arschawin kniff ihr daraufhin aus reiner Bosheit in die Brandwunde an ihrem Oberschenkel. Dann riss er ihr das Klebeband ab, mit dem ihr Mund geknebelt war. Nur ihre Hände blieben gefesselt.

Sie hatten Selina unter der Dusche erwischt, zwei Männer, vermummt, schnell und brutal, die wie Tiere über sie herfielen. Grischa warf ihr einen Bademantel über, sonst nichts, und deshalb fror sie entsetzlich. Zuerst brachten sie sie in die von Arschawin angemietete Wohnung, wo sie zum ersten Mal über ihren Vater befragt wurde. Dabei folterte sie Arschawin mit einem Zigarettenanzünder und einem kleinen Küchenmesser. Sie blieb dabei nackt, was ihre Panik noch steigerte, aber keiner der Männer rührte sie an – was diesen Aspekt anging. Sie erzählte ihnen, was sie wusste, und so erfuhren sie, dass Robert Abraham Mikosch schon am Wickel hatte.

»Ich wusste, dass dem Kerl nicht zu trauen ist.« Befriedigt, dass er sich nicht getäuscht hatte, rief er Abraham an.

Grischa setzte sich zu Selina und betrachtete sie, ihre Wunden, ihren Schmerz. In seinem Blick aber lag weder Mitleid noch wirklich Interesse an ihrem Schicksal. Seine Augen waren wie die eines Toten. Sie hatte noch nie in solche Augen geblickt.

Er sagte: »Ich kann dir was gegen die Schmerzen geben.«

Sie schüttelte den Kopf.

»Bringen Sie mich zurück«, flehte sie.

»Das können wir nicht tun. Ihr Vater ist an allem schuld.«

Arschawin kam zurück, ein fettes Grinsen im Gesicht.

»Er besorgt uns Mikosch.«

Sie fesselten und knebelten Selina und verfrachteten sie in den Kofferraum.

»Okay, wie ist das?«

»Was? Was ist wie?«

»Töten. Wie fühlt sich das an?«

Grischa sah zu, wie die Landschaft an ihm vorbeizog. Berlin, sich mit jeder weiteren Sekunde verändernd.

Wurde zu Grosny.

Wurde zu dem Dorf, aus dem er stammte.

Erinnerung als Seelentopographie. Die Wahrheit dieser Erinnerung.

»Ich erinnere mich an andere Leben«, flüsterte Grischa. Ich erinnere mich viel zu viel.«

Arschawin sah ihn von der Seite her an, als wäre er etwas, von dem man sich besser fernhielt. Was ja hinkam. Was quatschte der Typ bloß? Er war schon die ganze Zeit so komisch. Arschawin hingegen war ganz aufgekratzt. Der Überfall auf die Frau war verdammt geil gewesen. Er kam sich vor wie der Hauptdarsteller in seinem eigenen Film. In seinem Hosenbund steckte eine Glock. Er hatte zwei Waffen besorgt, eine für den Eismann und eine für sich selbst.

»Man wählt einen Ort aus, um an diesem zu sterben. Früher war das so. Und heute? Ich weiß es nicht«, sagte Grischa.

Er redet gar nicht mit mir, dachte Arschawin. Was war los? Todesahnungen? Schamanengeschwätz? Altersdebilität?

»Das Töten«, sagte Arschawin ärgerlich. »Ich rede vom Töten.«

Grischa hingegen vom Sterben.

Der Park der Tempelhofer Freiheit ist weitläufiger als der New Yorker Central Park, eine gigantische Steppe inmitten der Stadt, so groß wie fünfhundert Fußballfelder zusammen, umgeben von drei Ortsteilen, Tempelhof, Neukölln und Kreuzberg. Einst starteten und landeten hier Flugzeuge, bis 2008 nichts mehr ging. Das Feld existierte von da in seiner eigenen Zeit, in seinem eigenen Raum, eine magische Leere, ein unwirklicher Ort. Unmöglich für Hinterhalte und Überraschungen.

Am Südrand zog eine S-Bahn vorbei, am Nordrand Menschen wie kleine schwarze Punkte über den Columbiadamm.

Der Winter hatte sich wie ein Gigant zum Schlafen auf diese titanische Fläche gelegt, sie mit dichten, harten Eisplatten überzogen, hier herrschte immer Wind, und dieser war so kalt wie die Männer, die sich in und mit ihm bewegten.

Dem Eismann gefiel es hier.

Er dachte, dass dies ein guter Ort war.

Sie brachten Selina zu einer dichten Baumgruppe im Norden, stellten den Passat dahinter ab. Außer ihnen setzten sich nur wenige Menschen dieser Witterung aus, und sie waren so weit ausholend verstreut, dass sie wie Spielzeugfiguren wirkten.

Sie warteten.

Robert und Mikosch redeten kein Wort auf der Fahrt in die Falle. Es gab nichts zu bereden. Mikosch drückte die Tasche mit dem gestohlenen Geld an sich. Robert lenkte den BMW über die stillgelegte zwei Kilometer lange Rollbahn und dann nach Norden zu der Baumgruppe, die Arschawin ihm beschrieben hatte.

»Haben sie den Revolver noch?«

»Ja.«

»Die werden uns beide durchsuchen.«

»Glauben Sie, die lassen Selina laufen?«

»Nein.«

»Sie sind ehrlich.«

Robert sagte: »Es tut mir leid. Ich hätte niemals hierherkommen dürfen.«

»Nein. Ich bin derjenige, der schuld ist. Nagy hätte dann eben jemand anderen geschickt.«

Ja.

Robert dachte an Frank. Seine Entscheidung – ich halte ihn raus. Was auch geschieht, dachte er, es geschieht mir. Er konnte es nicht ertragen, seinen kleinen Bruder in Gefahr zu sehen. Einen Augenblick lang hatte er erwogen, Frank Bescheid zu geben, damit dieser mit der großen Kavallerie anrückte. Aber dann hatte er sich dagegen entschieden – um die Konsequenzen wissend. Er war noch nicht am Ende. Er musste nur mit Nagy sprechen, und dies würde nur über Arschawin laufen. Es hatte keinen Sinn, das Mädchen zu töten. Das würde er Nagy klarmachen. Robert hatte schon vor Jahren Dinge zusammengetragen, die Nagy bei den Steuerbehörden in Großbritannien belasteten. Alles lag bei einem Notar – im Falle seines Verschwindens an die Behörden zu senden. Robert meldete sich einmal im Monat – gab ein Lebenszeichen ab; öfter als bei deinem eigenen Bruder, dachte er. Die Unterlagen und Datenträger waren jetzt sein Pfand, um Selinas Leben zu retten. Was mit ihm geschah – nun, was auch immer, er hatte es verdient, wahrscheinlich.

Irgendwann zahlen wir alle auf dieser Seite der Nacht.

»Da sind sie.«

Arschawin entdeckte den BMW als Erster.

Grischa wählte Roberts Nummer an.

»Wo ist Mikosch?«

»Bei mir. Mit dem Geld.«

»Stellen Sie den Wagen ab. Den Rest des Weges gehen Sie zu Fuß.«

Es war kein weiter Weg von Charlottenburg zum Tempelhofer Flugfeld. Kleber, der die Handyortung von Roberts Handy organisierte, dirigierte Abraham in dessen Richtung. Abraham fuhr auf das Gelände des Tempelhofer Flugfeldes.

Wo bist du, Robert?

»Die Tasche auf den Boden«, befahl Grischa.

Mikosch warf sie ihm vor die Füße. Robert suchte Selina, fand sie zwischen den Bäumen, halbnackt, zitternd, unter dem Bademantel blutend, verbrannt. Er nickte ihr beruhigend zu.

»Das wird böse enden«, sagte Arschawin, als er in Selinas Haare griff und sie hinter sich herzog. Selina schrie den Namen ihres Vaters.

Mikosch starrte Grischa an. Das war sein Henker.

»Meine Tochter«, sagte er.

Grischa zuckte mit den Schultern.

»Das liegt nicht in meinem Ermessen«, sagte er und zog seine Pistole. Plötzlich zuckte sein Kopf von Mikosch weg in eine andere Richtung, aus der sich ein weiterer Wagen näherte.

Mikosch hörte Selinas Schrei. Er bewegte sich schneller, als sie alle es ihm zugetraut hätten.

KAPITEL SECHSUNDVIERZIG

Mikosch schrie und zog seinen Revolver hervor, was bei Arschawin nur ein müdes Grinsen hervorrief. Er schleuderte Selina zur Seite und griff nach Mikosch, der ihm den Revolver in den Bauch schob. Als er abdrücken wollte, klemmte Arschawin seinen Finger unter den Hammer und blockierte den Mechanismus. Dann zog er ein Messer hervor und schnitt Mikosch mit einer rasenden Bewegung die Kehle durch. Mikosch spürte nur einen scharfen und dann, Sekunden später, brüllend heißen, zerfetzenden Schmerz, und als sein Kopf daraufhin nach hinten kippte und Blut aus der klaffenden Spalte schoss, verwandelte er sich von einem Moment zum nächsten in ein totes Ding. Sein Körper durchlief ein Zittern, so heftig wie kurz, was selbst Arschawin ein kleines bisschen schockierte. Immerhin tötete er zum ersten Mal von Angesicht zu Angesicht. Er wich vor dem Mann zurück und zog dabei seinen blutenden Finger aus dem Hammer.

Was den Revolver doch noch auslöste, weil Mikosch den Abzug nicht losgelassen hatte. Die Kugel schlug mit einem satten Knall in Arschawins Eingeweide ein.

Er spürte keinen Schmerz, nur einen unangenehmen Druck. Er dachte: Das ist doch gar nichts.

Die beiden Männer verkeilten sich ineinander und Mikosch schrie, und dann hörte Robert einen Schuss und sah, wie Mikosch zu Boden ging. Arschawin stand aufrecht, zitterte aber ein wenig, schwankte, hielt sich den Bauch, warf das blutige Messer, mit dem er Mikosch getötet hatte, weg, und griff stattdessen nach seiner Glock.

Der Eismann sah den Toyota mit hoher Geschwindigkeit auf sie zukommen. Also hatte sich Abraham einen Backup mitgebracht. Ja, mit so etwas hatte man rechnen müssen.

Arschawin würde die Frau schnell töten müssen. Um den Wagen kümmerte er sich. Er hatte die Waffe schon in der Hand und stellte sich hin, die Beine leicht gespreizt und mit ausgestreckten Armen, die Waffe beidhändig umklammert und dadurch stabilisiert. Der Boden war glatt, und er hatte Mühe, einen festen Stand zu bekommen. Der Wagen raste heran und schlingerte und scherte plötzlich aus. Drehte sich um die Achse, rotierte, wirbelte, eine tobende Masse aus Blech und Stahl, in die der Eismann Löcher stanzte.

Abraham hatte keinen Plan. Er hatte nur Angst um Robert, der da draußen von Feinden umgeben war. Er wusste nicht genau, was er tun sollte, außer endlich seinen Bruder zu erreichen. Dann sah er den Mann, der knapp hundert Meter von ihm entfernt wie eine Statue dastand und auf ihn zielte. Plötzlich splitterte die Windschutzscheibe. Spinnennetzartige Muster wuchsen aus dem Nichts. Abraham schloss die Augen und drückte das Gaspedal durch, schleuderte und verlor die Kontrolle über den Wagen.

Der Toyota rammte Grischa, der sich zur Seite warf, aber das nicht schnell genug. Seine Beine brachen wie Streichhölzer, doch sein Körper fror den plötzlichen Schock regelrecht ein, und er rollte über den Boden, die Waffe noch in der Hand.

Abraham stieß die Fahrertüre auf, als die erste Kugel dicht an seinem Gesicht vorbeipfiff. Er zog seine Pistole und lief um die Kühlerhaube herum.

Robert stürzte sich auf Arschawin und klemmte die Waffe unter sich ein. Dann schlug er Arschawin ins Gesicht, immer und immer wieder, bis kein Gesicht mehr da war, in das er noch hätte schlagen können.

Wie oft hast du abgedrückt, Grischa? Hast du mitgezählt? Der andere Kerl hat ein volles Magazin und du? Deine Beine? Vergiss deine Beine. Scheiß auf den Schmerz. Du musst uns am Leben halten, AM LEBEN.

Aber er war so müde. Er wollte einfach nur noch hier liegenbleiben.

Der Eismann sah in das Gesicht des anderen Mannes und hob die Waffe.

Abraham schoss dem Killer zweimal in die Brust. Der Mann ächzte und rührte sich nicht mehr.

»Du fährst mit ihr in meine Wohnung und wartest da.«

Abraham schob Robert und Selina in den BMW. Er verstaute auch die Tasche mit Nagys Geld in den Wagen. Sie würden das Geld noch brauchen. Robert wollte etwas sagen, es gab so viel zu sagen, aber Abraham schüttelte den Kopf; nicht jetzt.

Er sah ihnen nach, als sie den Schlachtort verließen. Blieb zurück mit zwei Toten, Mikosch, Arschawin und einem Schwerverletzten, und mit Fragen, auf die er keine Antworten geben konnte.

Aber irgendetwas musste ihm einfallen.

Er rief Kleber an, bestellte die Kollegen, den Krankenwagen, dann setzte er sich in seinen ramponierten Toyota und wartete, bis er die Sirenen hörte, das Blaulicht sah, Kleber und Gottwald, die auf ihn zurannten, die an seiner Seite waren, so wie derjenige, den er in Becks Haus gespürt hatte, an seiner Seite war; und er wusste, er war nicht alleine.

KAPITEL SIEBENUNDVIERZIG

Zwei Tage später.

»Bist du bereit?«

»Nein. Du?«

»Nein. Ich glaube, ich will gar nicht bereit sein.«

»Gut, dann können wir ja.«

Vierundzwanzig Stunden zuvor war Selinas Mutter gestorben. Achtundvierzig Stunden zuvor hatte man einen der Killer notoperiert, seine Chancen tendierten gegen null. Für Befragungen war er zu schwach. Aus dem Russen würden sie ebenso wenig herausholen wie aus den beiden Toten, die Dr. Benjamin Levy im Sektionssaal aufschnitt; wie immer fand er dort nur den Grund ihres Todes, nicht den ihres Lebens.

Vor achtundvierzig Stunden war Abraham das erste Mal befragt worden, seine Waffe zwecks ballistischer Untersuchungen eingezogen. Weitere Befragungen standen aus. Die Interne Ermittlung hatte sich eingeschaltet. Es gab Spuren und Hinweise und Fragen zu seinem Bruder, der vor Jahren in dunkle Geschäfte mit der Baumafia verwickelt war.

»Haben sie dich vom Dienst suspendiert?«

»So nennen die das nicht. Ich habe Urlaub genommen.«

»Für wie lange?«

»Wenn's nach denen geht, für immer.«

Selina hatte die letzten dreiundzwanzig Stunden in Abrahams Wohnung durchgeschlafen. In der Stunde ihres Erwachens redete Robert lange und ausführlich mit ihr. Abraham saß daneben und hörte zu. Danach war ihm vieles klar. Vor allem, dass Robert nicht hierbleiben konnte und Selina ebenso wenig.

»Wohin werdet ihr gehen?«

»Das kann ich dir nicht sagen. Du weißt, warum.«

»Ja.« Ja, verdammt.

Das Justizvollzugskrankenhaus Berlin lag am Saatwinkler Damm 1a in Charlottenburg, nicht weit entfernt von Abrahams Wohnung. Sein Vater war ihm die letzten Monate auch räumlich wieder näher gekommen – nach mehr als zwanzig Jahren im Zuchthaus Moabit. Das Krankenhaus war 2007 eröffnet worden und bot Platz für hundertsechzehn Betten, sechsunddreißig davon in der Abteilung für Psychiatrie und Psychotherapie und dreißig in der Abteilung für Innere Medizin. Stationäre Grundversorgung plus ein fachärztlich ambulanter Versorgungsauftrag.

Der behandelnde Arzt hieß Anheuser. Er klärte sie über den Status ihres Vaters auf, warf mit Fachchinesisch um sich, von dem sie nur herausfilterten, dass er zu schwach war, um noch verlegt zu werden, dass er ein freier Mann war und todkrank, dass es nur noch eine Frage von Tagen war, vielleicht Stunden. Operiert worden war er vor vier Monaten, Chemo und Bestrahlung, aber »diese Art von Tumor ist ein heimtückischer Mörder, er agiert im Verborgenen und zeigt sich erst in seiner Gänze, wenn es schon zu spät ist«.

Anheusers Worte; wie wahr gesprochen, dachte Abraham, wie verteufelt wahr.

»Bist du bereit?«

»Nein. Du?«

»Nein. Ich glaube, ich will auch gar nicht bereit sein.«

»Gut, dann können wir ja.«

Vierundzwanzig Stunden zuvor saßen Robert und Frank in dessen Wohnung am Küchentisch, tranken Kaffee, rauchten, schwiegen, die zwei Gesichter ein und derselben Seele, die perfekte Ergänzung des jeweils anderen. Betrachteten sich intensiv und speicherten die Updates des jeweils anderen. Trugen einander im Herzen, egal, was käme, und da war so viel mehr: als könne der eine jederzeit in den anderen hineinsteigen und sein Leben führen. Wie es wohl auf der jeweils anderen Seite zuging? Als sie begriffen, dass sie beide über dasselbe nachdachten, grinsten sie verschwörerisch und schüttelten synchron den Kopf.

Nach einiger Zeit holte Abraham Lohmanns Brief aus einer Schublade und schob ihn Robert zu.

»Du willst jetzt nicht, dass ich das lese, oder?«

»Doch.«

»Wird mir gefallen, was da drin steht?«

»Ich fürchte, es wird dir nicht gefallen.«

»Wieso sollte ich mich dann damit belasten?«

»Weil ich es auch getan habe.«

»Das ist ein Argument.«

Abraham registrierte jede Aufmerksamkeit, jede Regung im Gesicht seines Bruders, als dieser in und zwischen den Zeilen eintauchte und versank, wieder hochkam, nach Luft schnappte, sich über das Gesicht fuhr, die Finger feucht von Tränen.

»O Mann«, sagte er.

»Ja«, sagte Abraham.

Der gab Robert die nötige Zeit, um den Inhalt zu verdauen. Also wieder Kaffee, ein neues Päckchen Zigaretten. Schweigen, und in dem Schweigen die langsamen Tage dieses einen Sommers, die Unermesslichkeit dieser Stunden, so präsent, als stünden die Bilder und Geräusche vor ihnen aufgereiht, als bräuchten sie nur danach zu greifen.

»Es wird bei und mit ihm enden«, sagte Robert nach einer Weile.

Er streckte seinen Körper aus, machte ihn lang und breit, sammelte neue Energie, lud sich auf, erneuerte seine Fähigkeiten; er wusste, Selina und er würden sie alle brauchen. Und neu anfangen. Ohne die Last der Toten auf ihrer beider Schultern. Denn im Gegensatz zu seinem Bruder, hatte er nicht vor, dem Ruf der Toten zu folgen.

»Okay, lass uns hingehen, lass uns die Sache beenden, vielleicht fühlen wir uns dann besser, oder auch nicht.«

»Ich dachte, du hast mit ihm abgeschlossen?«

»Schon lange. Aber du hast es nicht.«

Sie klopften nicht an. Wozu auch?

Karl Abraham saß, den Rücken am Kopfkissen, in seinem Bett. Einst war er so groß und stark wie seine Söhne gewesen, jetzt hingegen wirkte er wie eine Puppe: geschrumpft, mit wächserner, trockener Haut, kahlköpfig, ausgezehrt, die Augen trübe. Ein Sterbender; und es war kein leichtes Sterben.

Nun, bestimmt leichter als unter einem Messer, dachte Abraham und betrachtete die Schläuche und den Port im Körper seines Vaters, durch den die Schmerzmittel flossen.

»Man hat mir gesagt, dass ihr kommt, ihr beide«, sagte ihr Vater mir raspelnder Stimme. »Ich konnte es nicht glauben … verständlicherweise.«

Sie sagten nichts, standen nur da, unfähig, sich zu rühren, zu sehr im Bann dieses Momentes.

»Wie geht es euch?«

Robert und Frank sahen einander an. Die Situation war dermaßen unwirklich.

Es war Robert, der vorpreschte.

»Wir leben«, sagte Robert. »Wir sind am Leben und du stirbst, das ist eine Tatsache, die einzige, die ich akzeptiere.«

Ihr Vater nickte. »Das habe ich mir wohl verdient.«

»Ja, und du hast wirklich hart dafür geschuftet.«

»Wieso seid ihr beide gekommen, wenn es sonst nichts mehr zu sagen gibt? Um mich sterben zu sehen?«

»Das wäre ein Zuviel an Gefühl«, sagte Robert. »Aber im Prinzip liegst du schon völlig richtig.«

Karl Abrahams Aufmerksamkeit richtete sich auf Frank.

»Du siehst das natürlich genauso.«

»Ich weiß nicht, was ich sehen oder denken soll«, sagte Abraham, »ich fühle mich in deiner Gegenwart furchtbar, weil ich mich die ganze Zeit, die wir jetzt hier bei dir sind, an ein anderes Leben erinnere.«

»Ja, wir hatten auch schöne Zeiten.«

»Ich dachte immer, du erklärst es uns irgendwie.«

»Ich habe nichts mehr dazu zu sagen.«

»Das kann ich nicht akzeptieren.«

»Ich habe damit abgeschlossen.«

»Mit dem Mord an drei Frauen.«

»Das war ich nicht.«

»Was?«

»Das war ich nicht. Ich war nicht bei mir.«

»Das hat dir schon vor dreißig Jahren keiner geglaubt.«

»Erzähl mir von der Stadt in der Wüste, Junge.«

Abraham prallte regelrecht vor diesen Worten zurück.

Robert sagte: »Was hast du?«

»Das kann nicht sein. Das kannst du nicht wissen.«

Eine Art Lächeln überzog das eingefallene Gesicht Karl Abrahams, es sah so scheußlich aus wie all das der Mörder, denen er begegnet war, es unterschied sich in nichts von ihnen.

Und da waren kleine, hinterhältige flitzende Bilder und Töne; eine helle und eine dunkle Sprache, weite, offene Räume und verbotene innere Labyrinthe, eine Sonne, die sich mit Blut füllte, ein Mond, der schwarz anlief.

»Wir sind stärker miteinander verbunden, als du wahrhaben willst, Frank.«

»Das scheint dir zu gefallen.«

»Immerhin habe ich so etwas von dir.«

Abraham trat ans Bett und sah seinem Vater in die Augen. Es waren dieselben Augen wie in seinen Träumen, derselbe dunkle Blick, der allerdings nichts mehr von seiner hypnotischen Wirkung auf ihn hatte.

»In der ersten Zeit ohne dich und Mutter schrie ich jede Nacht. Ich fand keinen Schlaf, ich dachte, ich würde nie mehr schlafen. Ich wollte tot sein. Ich dachte, dass es eine gute Sache wäre: tot zu sein. Dorthin zu gelangen, wo Mutter war. Ich hörte mein Herz schlagen, es schlug im selben Takt wie deines, und das machte mir Angst. Ich dachte: Wenn es dasselbe ist wie deines, dann bin auch ich derselbe Mann wie du.«

»Das tut mir leid«, sagte sein Vater.

»Nein. Ich glaube, es interessiert dich gar nicht. Warum verstellst du dich immer noch? Ich bin mein Leben lang solchen wie dir begegnet. Ich kenne alle eure Lügen.«

Sein Vater drehte sein Gesicht zur Seite – getroffen von der Wirkung jedes Wortes.

Robert sagte: »Eigentlich wollen wir nur eines von dir wissen. Was wusste Mutter von deinen Taten?«

»Was erwartest du denn, das ich sage, Robert?«

»Zur Abwechslung mal die Wahrheit.«

Sie traten hinaus auf den Gang, atmeten beide tief durch. Verließen das Gebäude, hatten auf dem Parkplatz endlich Zeit für eine Zigarette.

»Glaubst du ihm?«

Robert zuckte mit den Schultern.

»Ich weiß es immer noch nicht. Ich weiß auch nicht, ob das, was in dem Brief von Lohmann steht, stimmt. Die einzige Person, die mir sagen könnte, was stimmt, ist Mutter, und sie ist tot. Und dennoch … ich danke dir dafür, dass du mir den Brief gezeigt hast.«

Viel später brachte Abraham Robert und Selina zum Flughafen Tegel.

»Ich weiß nicht, ob das eine gute Idee von dir ist, Nagy das Geld zurückzubringen«, sagte Robert.

»Er wird mir nichts tun, so dumm ist er nicht. Aber er wird nach dir suchen.«

»Vielleicht auch nicht. Ich werde ihm nicht ans Bein pinkeln. Nicht, wenn ich nicht muss.«

»Das werde ich ihm ausrichten.«

Abraham blickte zu Selina, die am Gate stand. Sie wirkte gefasst, äußerlich zumindest. Verloren auch, unsicher, was sie erwartete. Ein Felsen, dachte Abraham. Nicht das Schlechteste.

»Du passt auf sie auf.«

»Sie wird wohl eher auf mich aufpassen«, sagte Robert. Er dachte wieder an Mikoschs totes Gesicht. Nein, dachte er, du warst nicht dafür gemacht zu fliehen.

Und er selbst?

Er wusste, die Zeit würde ihm diese Frage beantworten.

Sie umarmten einander, wiegten sich im Halt des jeweils anderen.

»Danke«, sagte Robert aufrichtig.

»Lass mich nicht wieder eine Ewigkeit auf dich warten«, sagte Abraham.

»Ich werde dir irgendwann mitteilen, wo wir sind. Und dann kommst du zu mir. Ohne Gespenster im Handgepäck.«

»Ich liebe dich«, sagte Abraham.

»Ich weiß«, sagte Robert.

Beide würden sich erinnern; ihre Erinnerung ließ keinen von ihnen im Stich, sie verfluchte und sie tröstete sie, aber sie verweigerte niemals ihren Dienst.

Abraham wartete nicht, bis das Flugzeug nach Istanbul abhob. Schon morgen würden Robert und Selina ganz woanders sein.

KAPITEL ACHTUNDVIERZIG

Jemand hatte ihm einen Tubus gelegt und einen Schlauch in seine Luftröhre geschoben. Er war an eine Beatmungsmaschine angeschlossen. Grischa fühlte, wie sich seine Brust hob und senkte. Er selbst trug nichts dazu bei, außer zu sterben. Der Mann, der ihn angeschossen hatte, stand mit zwei Ärzten vor seinem Bett. Draußen auf dem Gang saßen zwei zu seiner Bewachung abgestellte Uniformierte. Das ist wirklich nicht mehr nötig, dachte Grischa, aber er war nicht in der Lage, das den anderen mitzuteilen. Sie sprachen über ihn. Er verstand nicht, worüber genau, sein schlechtes Deutsch hatte sich schon einmal vorab von ihm verabschiedet; bald würde der Rest von ihm folgen. Wahrscheinlich sprachen sie über seine Verletzungen, seinen Zustand, die Prognose. Grischa hätte ihnen auf alle drei Punkte eine Antwort geben können: schwer, beschissen, bald tot.

Er hatte keine Angst.

Er starb in einem sauberen weißen Bett mit der bestmöglichen medizinischen Versorgung in einem zivilisierten Land, er starb ohne größere Schmerzen, er würde mehr oder weniger sanft weggleiten; was hätte Belenski wohl dafür gegeben?

Irgendwie nicht fair, dachte er.

Der Mann beugte sich über ihn. Das war nicht Robert Abraham, aber er sah beinahe genauso aus, vielleicht etwas magerer, hoch aufgeschossen, die Gesichtszüge ähnelten sich, Brüder? Darüber hatte man ihn nicht informiert. War der Mann ein Polizist? Ja, das konnte sein. Deswegen war er auch bewaffnet gewesen. Und so etwas erfahre ich gar nicht, dachte er. Schlampige Arbeit von diesem Arschloch Arschawin. Der wohl auch tot war. Gut so. Solche unfähigen Leute mussten aus dem Verkehr gezogen werden.

Ein Bulle also.

Von einem Polizisten erschossen.

Warum nicht? Besser, als von irgendeinem Halunken überfallen zu werden. Jetzt hatte ein Profi wie er selbst ihn zur Strecke gebracht. Das ging wohl in Ordnung.

Grischa starb wie ein Soldat. Im Einsatz gefallen.

Die beiden Ärzte verließen die Intensivstation. Der Polizist sah ihn an. Grischa erwiderte den Blick. Wenn du nach dem Eismann suchst, dachte er, dann suchst du vergeblich. Der Eismann war vor ihm gegangen. Endlich.

Der Polizist sagte etwas zu ihm. Für einen Augenblick kehrten die Bruchstücke der fremden Sprache wie ein verspätetes Geschenk noch einmal zu ihm zurück. Er hörte die Worte, und er verstand sie jetzt auch.

Der Polizist sagte zu ihm:

»Es ist gut jetzt. Lass los.«

Dann verließ er ebenfalls den Raum und schloss leise die Türe hinter sich.

Grischa war alleine.

Er schloss die Augen und ruhte ein wenig. Er spürte keine Schmerzen, sie hatten ihn wirklich optimal mit allem eingestellt. Etwas Kühles legte sich auf sein Gesicht. Er öffnete die Augen, und das Zimmer, das im Halbdunkel eines sich durch das strenge Winterwetter schnell verdüsterten Tages lag, hellte sich mit einem Mal auf. Grischa blickte zum Fenster, aber kein Lichtstrahl bohrte sich von außen in den Raum. Das Licht kam aus einer Ecke des Zimmers. Es wanderte bis zur Decke hoch, eine goldene, wabernde Masse aus Licht. Er hatte nie zuvor etwas so Reines und Wahrhaftiges gesehen. Es nicht mal für möglich gehalten in der Finsternis, die in ihm war.

Ein Mann bewegte sich durch das Zimmer auf ihn zu. Sein durchsichtiger, flüchtiger Körper hatte sich aus dem Licht an der Wand geschält. Zuerst dachte Grischa, dass der Polizist, Robert Abrahams Bruder, noch einmal zurückgekommen war. Aber dieser Mann hier war ihm unbekannt. Er hatte ihn noch nie zuvor gesehen. Grischa wusste nicht, ob er träumte oder halluzinierte oder ob sich ihm etwas Größeres offenbarte. Das Ende seiner Existenz. Das Ende der Zeit. Wo war Larissa? Er hatte sie erwartet, nicht einen Fremden aus Licht.

In das eingefallene, todmüde Gesicht des Mannes im Bett schieben sich abwechselnd und sekundenkurz die Gesichter anderer Menschen, deren Geschichte sich dir im Moment ihres Erscheinens und Verlöschens offenbart. Ein Soldat in einer brennenden Stadt. Ein Verhörspezialist in einem Zimmer. Eine Journalistin in einem Fahrstuhl. Ihr streift einander wie Passanten im Vorübergehen und erkennt euch. Du beugst dich über den Mann, während sich seine Züge entspannen und das Licht wie eine goldene Flüssigkeit in ihn einsickert und ihn ausfüllt.

Was? Was geschieht? Ein Schwall von Bildern; Grosny, Feuer in der Nacht, Rufe, da waren Männer, die nach ihm riefen, sie standen auf einem Hügel, und er war unten im Tal, er roch Heu im Sommer, der Geschmack von Weizen, der Wind raschelte durch die Baumkrone, in der er sich vor den anderen verborgen hielt, er schritt voran, und die blutigen Abdrücke seiner Füße markierten seine Wege.

Es ist fast vorbei. Er weinte bei dem Gedanken. Da überkam ihn ein letzter Augenblick der Euphorie, und etwas in ihm begann matt zu leuchten und anzuschwellen und sich in ihm auszubreiten, bis es durch die Poren seiner Haut strahlte und seinen sterbenden Körper verließ und ihn emportrug; es gab keine Worte für diese Empfindung.

Du legst deine Hand auf seine Augen und du löschst seinen Blick.
Grischa erhob sich und ging davon.

KAPITEL NEUNUNDVIERZIG

Abraham landete am Abend des nächsten Tages in Heathrow. An einem der Ausgänge wartete ein schwarzer Mercedes mit dem Kennzeichen, das man ihm am Telefon durchgegeben hatte. Robert hatte ihm die Nummer hinterlassen, und Abraham diese angerufen. Jetzt war er hier, er und mit ihm das Geld.

Im Fond saß er eingekeilt zwischen zwei Männern, deren undurchdringliche Mienen keine Zeichen sendeten. Sie durchsuchten ihn und die Tasche, die er bei sich trug. Ihren erwarteten Inhalt. Sie fanden nichts, was sie alarmiert oder nur beunruhigt hätte. Natürlich nicht.

Niemand von ihnen redete. Das Reden war zuvor am Telefon mit dem Mann erledigt worden, der ihn zu Nagy brachte. Er saß neben dem Fahrer und nickte Abraham zu.

Sie fuhren in Richtung der grundsanierten und in den frühen Abendstunden silbern in der regnerischen Dunkelheit funkelnden Docklands. Eine Menge Häuser, die sich in den Himmel bohrten, Glasfassaden und Lichter. Vor einem stiegen sie aus.

»Hat er eines seiner Büros hier?«, fragte Abraham Nagys Handlanger. Ein passendes Büro zu einer passenden Firma. Wie nannten die Russen die Kunst des Verschleierns, der Täuschung gleich noch mal?

Maskirowka.

Der Mann lachte. »Ihm gehört das Gebäude.«

Leute wie Nagy zählen nicht nach, nie. Das erledigen andere. Abraham stand vor Nagy, der hinter einem schweren gläsernen Schreibtisch saß und ihn aufmerksam musterte. Er hatte ihm Platz angeboten, aber Abraham verzichtete darauf, ihm auf Augenhöhe zu begegnen. Er fand es richtiger, zu stehen. Als blicke das Gesetz auf die Niederungen des Verbrechens. Oft genug war es andersherum. Nagy schien seine Gedankengänge nachzuvollziehen, er lächelte süffisant.

Es machte ihm nichts aus, dass er zu Abraham aufsehen musste. Beiden war klar, wie die Verhältnisse wirklich waren.

»Nett, dass Sie extra nach London gekommen sind.«

Nagys Deutsch war klar und angenehm und fast ohne Akzent. »Natürlich hatte ich Ihren Bruder erwartet …«

»Ich bin nicht hier, um Small Talk zu machen«, stellte Abraham fest, »nur, um einige Dinge zwischen uns festzuhalten.«

»Sie sind der falsche Ansprechpartner, fürchte ich.«

»Nun, es gibt keinen anderen.«

»Sie denken, ich lasse ihn so davonkommen?«

»Er hat Ihnen nicht geschadet.«

»Er weiß viel, Ihr Bruder.«

»Er kann schweigen.«

»Darauf soll ich mich verlassen?«

»Ja.«

»Wie wäre es, wenn Sie statt seiner für mich arbeiten? Viele Polizisten arbeiten für mich.«

»Ich wäre ein schlechter Mitarbeiter. Ich habe zu viele Skrupel.«

Das Geld, so Nagy, reichte aus, um Selina aus der Schusslinie zu holen. Was Robert anging, war alles offen.

»Was sollte mich davon abhalten, nach Robert zu suchen?«

»Nichts«, sagte Abraham. »Aber Sie sollten wissen, dass ich ebenso gut im Aufspüren von Leuten bin wie Sie. Sie wissen schon, Killern und anderen üblen Gestalten. Ich bin wirklich sehr gut darin, diese Leute zu finden, egal, wo sie sich verstecken. Ich finde sie immer.«

Er ging zur Tür, drehte sich aber noch einmal zu Nagy um. »Und ohne meinen Dienstausweis bin ich noch viel effektiver. Jemanden, der den Beschränkungen des Gesetzes nicht mehr unterliegt, würde ich sehr ernst nehmen.«

»Das tue ich, Herr Abraham. Ich unterschätze niemals meine Gegner.«

»Ich bin nicht Ihr Gegner. Außer Sie verlangen danach.«

Nagy sagte: »Sie sind genau der harte Bursche, als den Robert Sie mir beschrieben hat.«

»Wir sind eben Brüder.«

Er nahm noch in derselben Nacht den nächsten Flug zurück nach Berlin. Sein gebeutelter Toyota stand im Parkhaus und wartete auf ihn. Wenigstens einer.

Er fuhr zu Lydia. Er rief sie unterwegs an, bereit, bei einem Nein den Blinker zu setzen und in seine grauenhaft leere Wohnung zu fahren, aber sie erlöste ihn mit einem Ja.

Und dann stand er wieder vor ihr, und sie nahm ihn bei der Hand, und er fragte: »Kann ich mich hier ausruhen?«, und sie sagte: »Mehr als das«, und später, als er sich an ihr wärmte, sagte er: »Wenn du sie hören willst, möchte ich dir eine Geschichte erzählen …«

Er begann: »Sie handelt von zwei Brüdern …«

KAPITEL FÜNFZIG

Polly verließ die Stadt mit dem letzten Geld. Es schmolz wie Schnee in ihrer warmen Hand. Sie faltete die Fahrkarte nach ihrer Entwertung zusammen und drückte sie die ganze lange Fahrt an ihre Brust. Der Zug rollte aus dem Hauptbahnhof Lehrter Platz.

Schneeregen, bitterkalt, trommelte gegen das Fenster.

»Hört das irgendwann auf?«

»Vielleicht ist's das Ende der Welt. Es fühlt sich jedenfalls so an.«

Stimmen neben ihr. Gesichter. Zwei junge Frauen in ihrem Abteil, Schattenjahre von ihr entfernt. Waren irgendwann, irgendwo dazugestiegen und stiegen irgendwann, irgendwo wieder aus. Ohne Belang. Bedeutungslos.

Sie schlief nicht, noch träumte sie, nichts von beidem, und dennoch war sie nicht anwesend. Und paradoxerweise war sie gerade deswegen bei sich.

Sie ging durch den Schnee, durch den Regen, durch die Nacht; sie ging alleine.

In der Praxis brannte Licht, der Rest der Straße lag im Dunkeln, das einzige Licht in der Straße, vielleicht das einzige in der Welt, jetzt, im Moment, vielleicht auch für immer. Sie klingelte.

»Er ist tot, nicht wahr?«, sagte Mevissens Vater, als er ihr noch eine Decke um die Schulter legte.

»Ja.«

Es hatte in den Zeitungen gestanden, Polly hatte den Artikel gelesen, aber die Worte waren einfach durch sie hindurchgefallen, Mevissens Vater hingegen war von der Polizei informiert worden, er hatte genickt und so getan, als hätte er wirklich verstanden, was die Beamten ihm mitteilten.Er kam sich vor wie in einem Traum, aus dem ihn erst Polly befreite, als sie ihm bestätigte, was er immer befürchtet hatte.

Polly hielt eine Tasse Tee fest und sah an ihm vorbei in das Schneegestöber.

»Hört der Winter irgendwann auf?«

»Nun, das tut er immer, nicht wahr? Das haben die Dinge so an sich. Sie kommen, bleiben so lange, wie sie es für nötig halten, und gehen wieder, wenn es an der Zeit ist.«

Der Satz gefiel ihr. Er brachte sie zum Lächeln.

Mevissens Vater fand, dass sie ein beeindruckendes Lächeln besaß und dass es sich lohnte, hinter diesem Lächeln so viel mehr zu entdecken.

»Darf ich bleiben?«, fragte sie, »nur für eine Weile.«

»Solange du willst.«

EPILOG

Sein Vater fiel an einem der ersten sonnigen Nachmittage seit langem ins Koma. Die JVK-Leitung erreichte ihn nicht in seinem Büro, weil er immer noch vom Dienst suspendiert war. Es war Kleber, der ihn bei Erin anrief und es ihm mitteilte. In letzter Zeit hielt sich Abraham wieder viel öfter in Erins Nähe auf. Es hatte auch damit zu tun, dass Judith aus Paris und Tyler aus Baltimore auf irgendeine magische Weise Zeitfenster in ihrem Leben eingerichtet hatten, um zu ihnen zu gelangen, so als spürten sie mit dem Instinkt liebender Kinder, dass sie beide sie jetzt bei sich brauchten.

»Was willst du tun?«, fragte ihn Erin. Sie saßen alle zusammen in der Küche, so wie früher.

»Ich werde zu ihm gehen«, sagte Abraham. »Aber ich werde weder seine Hand halten noch um ihn weinen.«

Und er tat tatsächlich nichts von beidem.

Jüdische Trauer und Beerdigungsrituale schreiben vor, dass ein Begräbnis so schnell wie möglich durchzuführen ist. Strenggläubige bitten darum, dass vom Moment ihres Todes bis zum Begräbnis nicht mehr als eine Stunde vergeht.

Abraham hielt sich daran.

Er blieb alleine auf dem Friedhof zurück, als die anderen schon gegangen waren. Levy hatte ihn zu sich und Sarah eingeladen und diesmal würde er sie nicht enttäuschen. Er brauchte jetzt einen Freund.

Die Kälte der letzten Monate war weitergezogen und hatte die Stadt aus ihrer Umklammerung entlassen. Es versprach, ein schöner, warmer Frühling zu werden.

Abraham rauchte eine Zigarette und überlegte, ob ihm mit Lydia Beenhakker eine mögliche Zukunft offenstand. Vielleicht, vielleicht auch nicht. Dann ertappte er sich dabei, wie er auch an Erin dachte. Er schüttelte den Kopf. Eigentlich bist du nicht der Typ, der zwischen zwei Frauen pendelt, dachte er. Vielleicht brauchst du einfach ein wenig Zeit, um darüber nachzudenken.

Seine Hand glitt in seine Manteltasche und strich über das Flugticket nach Israel. Nur eine Möglichkeit, dachte er. Ich kann es einlösen oder stornieren.

Kleber brachte ihm den Brief nach Feierabend vorbei.

»Du wirst dringlich vermisst«, sagte er.

»Ach ja, sag bloß.«

»Von mir, von Carla, auch vom ollen Kossack und …«

»Ja?«

»Das war's auch schon.« Sie lachten.

Kleber hatte den Brief, an »Herrn Kriminalhauptkommissar Frank Abraham« adressiert, eigentlich entsorgen wollen, »du hast in letzter Zeit schon zu viel um die Ohren gehabt«, aber sich dann dagegen entschieden. »Denn andererseits: Du hättest mir ansonsten doch die Hölle heißgemacht, Boss.«

Der Brief war von Beck.

Abraham dachte sofort an Krawczyk. In letzter Zeit verspürten seine Killer ein ausgeprägtes Bedürfnis nach Kommunikation. Er würde den Brief lesen, aber nicht auf ihn antworten.

Das tat er nie.

Beck war querschnittsgelähmt, unwiderruflich, ein Krüppel. Seine Arme und Hände funktionierten hingegen noch. Sein Kopf auch. Eine eigene Terrorzelle.

Sehr geehrter Herr,

ich nenne Sie nicht beim Namen, denn was bedeuten Namen: nichts. Sie haben mich geschnappt, na und? Wenn nicht Sie, dann ein anderer. Trotzdem, im Nachhinein bin ich froh, dass ausgerechnet Sie es waren. Ich habe, als ich im Krankenhaus lag, von Bullengesichtern bewacht wie der tollwütige Köter, der ich nun einmal bin, lange über Sie nachdenken können. Ich habe nämlich zuvor auch einiges rausgekriegt bzw. mein Anwalt, dieser alte Lutscher springt, wenn ich kläffe, und wenn ich die Zähne fletsche, dann guckt er immer so seltsam. Als sei ich geistesgestört. Er will auch darauf plädieren. Mir ist's egal, die Gitterstäbe sind ohnehin die gleichen, und wir beide wissen, dass ich nicht verrückter bin als Ihr Vater.

Ja, ich weiß Bescheid. Herzliches Beileid übrigens. Ich hoffe, er hatte einen langsamen Tod. Sie auch? Ganz bestimmt. Waren Sie auf seiner Beerdigung, oder wurde er einfach so verscharrt? Natürlich kann er sich nicht mit mir messen, er hatte einfach nicht genug Zeit, um auf meine Quote zu kommen, aber LUST hatte er ganz bestimmt … und das wäre jetzt meine Frage an Sie, Herr Polizist, Sohn eines Mörders, gleiches Blut, gleiche Gene, meine Frage ist: TRÄUMEN SIE JETZT, WO ER TOT IST, IMMER NOCH VON IHM? Und falls ja, würden Sie mir davon erzählen? Es ist so einsam in meiner Zelle, ganz im Gegensatz zu meinem Kopf, dort herrscht wie immer reger Verkehr, aber das ist nicht Ihr Problem. Schreiben Sie mir? Oder kommen Sie vorbei. Unsereins hat so viel Zeit; eine Ewigkeit hier oder in unseren Träumen.

»Und, was für einen wirren Scheiß hat der Typ abgelassen?«

»Nichts, was mir zu denken geben sollte«, sagte Abraham.Er angelte sein Feuerzeug aus der Hosentasche und zündete den Brief an. Sah der Flamme dabei zu, wie sie das bisschen Papier auffraß und nichts als einen dürren Ascherest zurückließ.

Als er Klebers fragendes Gesicht sah, sagte er: »Nur ein Feierabendexorzismus.«

Er öffnete das Fenster, damit alle Geister, die guten wie die bösen, entschwinden konnten.

WIDMUNG

Ich widme dieses Buch meinen geliebten Eltern.

Ferner gewidmet dem Andenken an meinen Großvater, Prof. Dr. rer. nat. Franz Hendgen, Deckname »Vulkan«, im dreißigsten Todesjahr.

DANK

Das Buch veröffentlicht zu sehen bedeutet das Ende einer langen Reise, die den Autor oft genug in Sackgassen und Seitenstraßen führte, durch Finsternis und Verwirrung, durch Selbstzweifel und mit immer wieder neuen Anläufen. Man sollte nie aufgeben, seinen Träumen zu folgen, auch wenn diese manchmal einen verdammt großen Vorsprung besitzen. Ich für mich habe begriffen, dass ich eher der Typ Langstreckenläufer bin, ausgestattet mit mehr als nur einem »zweiten Atem«.

Dieser Roman wurde überwiegend nachts geschrieben, und in vielerlei Hinsicht hat mich das Schreiben des Romans auch durch die Nacht gebracht.

Diesen Weg geht man immer alleine; Autoren sind notorische Einzelgänger, und wahrscheinlich ist ein gehöriges Maß an innerer Einsamkeit unabdingbar für den Beruf.

Auf der anderen Seite wäre dieses Buch ohne die Mitwirkung folgender Personen nicht entstanden.

Ich danke also meinem Agenten Joachim Jessen, der die Tür öffnete und es möglich machte, und mit ihm dem gesamten Team der Literaturagentur Thomas Schlück für das Interesse und das mir erbrachte Vertrauen.

Ich danke meinem Lektor beim Aufbau-Verlag Reinhard Rohn, der sich für das Manuskript einsetzte, als er nicht mehr als knapp hundert Seiten der allerersten Fassung in den Händen hielt; gefühlte hundert Überarbeitungen später redete er mir meine Zweifel aus, und am Ende wurde alles gut.

Ich danke dem gesamten Aufbau-Team für die Herstellung dieses Buches, inklusive des wirklich furchterregenden, tollen Covers.

Dank geht an meine beiden Geschwister; an meinen Bruder

Schahrus und an meine Schwester Fariba, Erstleserin, Vertraute und Komplizin, die den Anstoß zu einer ganz bestimmten Mail gab, die dann alles andere wie eine Lawine mit sich zog. Du bist mein Felsen, Schatz!

Ich danke Alexander Sieberichs, wo auch immer du dich jetzt rumtreibst, für deine Freundschaft in einer Zeit, als ich dringend einen Freund brauchte.

Und ich danke Clemens Baumeister, der einem halbwüchsigen, kleinen Kerl in seiner Buchhandlung quasi ein zweites Zuhause gab und mich mit der besten Droge versorgte, die man für Geld kriegen kann: Büchern.

KATHARINA HÖFTMANN
Die letzte Sünde
Kommissar Rosenthal ermittelt in Tel Aviv
288 Seiten. Broschur
ISBN 978-3-7466-2854-7
Auch als E-Book erhältlich

Stadt im Fieber

Tel Aviv – die Metropole der Sünde im Heiligen Land. Hier ermittelt Kommissar Assaf Rosenthal, ein ehemaliger Armeeoffizier, der Menschenfreund, Zionist, Frauenheld und liebenswertes Muttersöhnchen zugleich ist. Als eine junge Frau an einer Sprachenschule erdrosselt aufgefunden wird, scheint der Täter schnell gefunden: Ein junger Afrikaner wurde zuletzt mit der Toten gesehen. Doch dann findet Rosenthal heraus, dass das Mädchen eine Prostituierte war und den Namen Sulamith trug – »die schönste aller Frauen«. Plötzlich scheinen andere verdächtig: Die Spur führt zu den Zuhältern und Drogenbossen der Stadt.

»Spannend und unerwartet – ein Blick hinter die Fassaden des modernen Israels.« BUCH MAGAZIN

Mehr Informationen erhalten Sie unter www.aufbau-verlag.de oder in Ihrer Buchhandlung

atb aufbau taschenbuch

KARL OLSBERG
Schwarzer Regen
Thriller
409 Seiten. Broschur
ISBN 978-3-7466-2518-8

Es ist nicht die Frage, ob es passiert, sondern wann …

Der größte Horror wird Realität – ein tödlicher Anschlag auf eine deutsche Großstadt. Unter den zahllosen Opfern ist auch Ben, der Sohn des Ex-Kommissars Lennard Pauly. Bei einem Überwachungsauftrag stößt der Privatdetektiv auf Informationen, die ihn an der offiziellen Aufklärung des Attentats zweifeln lassen. Während das ganze Land von einem Feuer aus Hass und Gewalt verzehrt wird, sucht er nach der Wahrheit. Ist es möglich, dass die, die jetzt vom Zorn über den Anschlag profitieren, die eigentlichen Drahtzieher sind?

Nach den großen Erfolgen von »Das System« und »Der Duft« legt Karl Olsberg mit »Schwarzer Regen« sein bisheriges Meisterstück vor.

Mehr Informationen erhalten Sie unter www.karl-olsberg.de oder in Ihrer Buchhandlung

atb aufbau taschenbuch